U0533880

華忱之　喻學才　校注

人民文學出版社

孟郊詩集校注

中國古代名家集

圖書在版編目（CIP）數據

孟郊詩集校注/（唐）孟郊著；華忱之，喻學才校注．—北京：人民文學出版社，2015
（中國古代名家集）
ISBN 978-7-02-011033-9

Ⅰ．①孟… Ⅱ．①孟…②華…③喻… Ⅲ．①唐詩—詩集 Ⅳ．①I222.742

中國版本圖書館 CIP 數據核字(2015)第 149033 號

責任編輯 葛雲波
裝幀設計 李思安
責任印製 任 禕

出版發行 人民文學出版社
社　　址 北京市朝内大街 166 號
郵政編碼 100705
網　　址 http://www.rw-cn.com

印　　刷 三河市中晟雅豪印務有限公司
經　　銷 全國新華書店等

字　　數 507 千字
開　　本 880 毫米×1230 毫米 1/32
印　　張 22.5 插頁 2
印　　數 3001—6000
版　　次 1995 年 12 月北京第 1 版
印　　次 2019 年 8 月第 2 次印刷

書　　號 978-7-02-011033-9
定　　價 56.00 圓

前　言

一

孟郊，字東野，湖州武康人。生於蘇州之崑山。幼而喪父，老而失子。少隱嵩山，稱處士。曾參加湖州釋皎然組織的詩會〔一〕。與盧殷一班文士馳騁詩酒場中，「初識漆鬢髮，爭爲新文章。夜踏明月橋，店飲吾曹床。……吟哦無滓韻，言語多古腸。」（《弔盧殷十首》）放浪形骸，詩酒流連地度過了他的壯年。四十以後，懷着匡時濟世之志，決心棄隱出仕，但久困文場，三試始得一第。東西南北，寄食四方，白首選書，始釋褐爲溧陽縣尉，沈淪下僚，自難展其抱負。元和以後，仕爲鄭餘慶賓佐，定居洛陽立德坊，雖心形較爲逍遥，但依然過着「清貧聊自爾，素責（同『債』）將如何」（《立德新居十首》）、「官給未入門，家人盡以灰」（《雪》）的「典賣致盃」的生活。元和九年，應鄭餘慶再招爲興元軍參謀，自洛陽赴任。終於以孱病之身齎志以殁，死於路途，結束了淒涼寂寞的一生！

宋蘇軾《讀孟郊詩二首》，以孟郊喜作苦語，比爲「寒蟲夜號」〔二〕；南宋嚴羽、元辛文房也謂讀孟郊詩「使人不懽」〔三〕；金元遺山甚至譏爲「詩囚」〔四〕。這些評價，貶之太過，俱非知人論世之言，也並不符合孟郊思想創作的實際。我們知道，唐朝自安史之亂後，開始出現了藩鎮割據，特别在德宗李适統治時期，諸藩鎮互相勾結，形成了「五賊（按指藩鎮李希烈、田悦、朱滔、王武俊、李納）株連半天下」的嚴重局勢。加以吐蕃、回紇頻繁入侵，邊患日急，人民水深火熱，承受着深重的苦難。另一方面，在唐朝統治集團内部，朝臣與宦官之間，新官僚與舊官僚之間的矛盾衝突，也日趨尖鋭，互結朋黨，彼此傾軋，形成了複雜多變的政治局面。孟郊就是生長、活動在這内憂外患、矛盾重重的時代和社會裏。他之所以喜作愁苦之音，不能僅僅認爲是抒寫他個人小小的悲歡、一生的坎坷，而是從他個人的不幸中更深刻地折射出時代的艱難，現實的殘酷，世路的險巇，揭示了封建社會中無數有正義感的知識分子悲慘命運和苦悶心情，是有其特定的現實意義與思想價值的。

孟郊是有政治抱負的，他不止一次希望用他的詩才和文筆，取得高第，以爲進身之階。但事與願違，屢試不第，這就不能不激發起他的憤懣。所以當他一旦登第後，便自然而然地寫出了像「春風得意馬蹄疾，一日看盡長安花」那樣的「快語」，以宣洩多年來内心的積憤。宋人往往以此二語爲孟郊「氣度窘促」之證，實非知言。蓋孟郊應試乃至出仕，都非單純爲了個人的得失窮達，而是有着更爲遠大的追求。正如他在《古興》（卷二）詩中所説：「楚血未乾衣，荆虹尚埋輝。痛玉不痛身，抱璞求所歸。」他以楚人卞和泣血獻玉自喻被褐懷玉，抱璞求歸，矢志不移，壯懷激烈。氣度何嘗窘促？他的「春風得意」二語，直抒胸臆，語無矯飾，千載下猶能彷彿想見他當年揚眉吐氣的心情，固不當以「氣度窘促」貶之。

孟郊的政治理想，以儒家倫理道德之説爲宗，而又崇尚自然，也受有老莊思想一定的影響。這些都從他的詩文中反映出來。晚年在精神生活與物質生活雙重困頓下，把他的心靈轉而寄託在對佛經的鑽研上去，促使他發出了「始驚儒教誤，漸與佛乘親」這樣沉痛的呼聲！孟郊在《上常州盧使君》兩書中曾提出：「道德仁義之言，天地至公之道也。」主張君子應「法天而行身」，「於萬物皆不棄」，「以公道養天下」。在獨孤郁《答孟郊論仕進書》（《唐文粹》八十三）中，又提出孟郊的仕進觀「爲身之役歟？爲人之役歟？」的問題。從獨孤郁答語中，顯然看出孟郊主張「仕非爲貧」，從政不是爲一己之私利，而是爲了以「天地至公之道」，解懸拯溺，爲民謀福。在孟郊《弔元魯山十首》（卷十）中，又從歌頌元魯山「萬物飽爲飽，萬人懷爲懷」的政治理想，曲折地透示出孟郊民胞物與的進步觀點。因之，在孟郊全部詩作中，除了詠歎個人悲苦遭遇外，還有不少以他親切感受寫下的憂時憤世的詩篇。當建中三、四年間諸藩鎮連兵抗唐時，孟郊痛心國難，蒿目時艱，在《殺氣不在邊》、《感懷》、《百憂》等不少詩篇中，揭示了「兩河屯兵，烟塵馳突」、「清濁鎖流」的亂象；展現了「壯士心是劍，爲君射斗牛。朝思除國讎，暮思除國讎」、「長策苟未立，丈夫誠可羞。靈響復何事，劍鳴思戮讎」的壯志豪情；以及詩人憂心如焚，獨寢難眠，嘆息沾纓的萬千思緒。特別在《傷春》一詩中，沉痛描繪了兩河十年戰亂後，傷心慘目的荒城景象，寄寓着作者難以抑制的內心悲憤，也是替苦難的人民大衆向封建統治集團提出了血淚的控訴和無言的抗爭。當吐蕃、回紇頻繁入侵，邊患日急時，他寫出了《猛將吟》等詩篇，歌頌了「手驅虎隊，心藏豹篇」的北方猛將。當元和初年劉闢抗命作亂時，唐廷命高崇文征蜀。蜀平後，孟郊和韓愈同作有《征蜀聯句》，寫出了「風旗匝地，雷鼓轟天」的征蜀盛況；並在與韓愈同作的《會合聯句》中，念念不忘的依然是「劍心知未死，詩思猶孤聳」，「國讎未銷鑠，我志蕩邛隴」。正如魯迅正確評價陶潛那樣：陶潛除了「悠然見南山」之外，「也還有『精衛銜微木，將以填滄海。形天舞干戚，猛志固常在』之類的『金剛怒目』式，在證明着他并非整天整夜的飄飄然」。「這『猛志固常在』和『悠然見南山』的是一個人，倘有取舍，即非全人；再加抑揚，更離真實」〔五〕。孟郊也正是如此，他關懷國事，同情下層勞苦人民，用他的詩歌創作控訴封建社會一些巧諂非義的不合理事象，批判奔競勢利的封建關係與封建習俗，也并非整年整月的哀吟哭訴個人生活的悲苦。退一步說，正由於孟郊親身經歷了坎坷不遇的窮困生活，纔使他對於勞苦人民生活實況有着較爲深切的體驗，思想感情也和勞苦人民息息相通，纔能寫出如《長安早春》、《織婦辭》、《寒地百姓吟》等反映社會現實，關懷人民疾苦的出色詩篇。我們衹有把孟郊在現實痛苦磨煉下描寫個人生活窘困的詩篇，和他反映人民生活疾苦的詩篇互相聯繫起來；把他個人的不幸和時代的多艱互相結合起來；加以考察和理解，才能深入地把握孟郊詩歌深刻的思想意蘊與社會價值，廓清前人由於「門徑不同，故是丹非素」（紀昀語）的一偏之見。

孟郊是奇士，也是畸人。兩《唐書·孟郊傳》稱他「性孤僻寡合」，「性介少諧合」。韓愈《薦士》詩也稱他「行身踐規矩，甘辱恥媚竈」。他爲人正直耿介，雖然一生過着「裘褐懸結」的貧苦生活，但堅持操守，決不肯趨附權貴，同流合污。在他的詩裏就有「萬俗皆走圓，一身猶學方」（《上達奚舍人》），「楚屈入水死，詩孟踏雪僵。直氣苟有存，死亦何所妨」（《答盧仝》）這樣一些矯激不平之音。冷酷的現實帶給詩人如此沉重的不幸，但詩人的回答卻是：

零落雪文字，分明鏡精神。坐甘冰抱晚，永謝酒懷春。（《自惜》）

倚詩為活計，從古多無肥。詩飢老不怨，勞師淚霏霏。（《送淡公》）

從這些擲地作金石聲的語言中，一個古心自鞭，坐甘冰抱，品格崇高，倔強不屈的詩人形象，不是屹立於千古了嗎？孟郊這種與封建社會鑿枘相違的性格，自然招致了俗流的譭毀，韓愈《薦士》詩中有云：「酸寒溧陽尉，五十幾何耄。……俗流知者誰？指注競嘲慠。」孟郊對惡毒的讒毁有着特別痛切的感受，如《懊惱》中云：「以我殘杪身，清峭養高閑。求閑未得閑，衆誚嗔虓虓。」《秋懷》中云：「詈言不見血，殺人何紛紛。聲如窮家犬，吠竇何誾誾！」在《君子勿鬱鬱士有謗毁者作詩以贈之》、《連州吟三章》、《答晝上人止讒作》、《峽哀》等詩中，更是不止一次地談到讒毁。他歌頌堅貞，正直，以直道而行對抗讒毁，既以激勵自己，又以鼓舞友人和推許前人。對自己則云：「誰言碧山曲，不廢青松直。……我有松月心，俗騁風霜力。貞明既如此，摧折安可得！」（《寓言》）「絃貞五條音，松直百尺心。貞絃含古風，直松凌高岑。浮聲與狂葩，胡爲欲相侵？」（《遣興》）「松柏死不變，千年色青青。志士貧更堅，守道無異營。……何以報知者？永存堅與貞！」（《答郭郎中》）對友人和前人則云：「古人留清風，千載遥贈君。……破竹見貞心，裂竹看直文。殘月色不改，高賢德常新。」（《大隱詠·崔從事鄖以直隳職》）「日影不入地，下埋冤死魂。有骨不爲土，應作直木根。」（《弔比干墓》）這些正義凜然的詩句，對孟郊個性的成長和創作風格的形成，都是有相當影響的，成爲孟郊政治觀、人格觀的重要組成部分。

二

現存孟郊詩五百餘首，絶大多數都是五言古詩。其中一類是樂府詩，一類是山水景物詩，一類則是詠懷、酬贈、送別、哀弔之作。他的樂府詩有樂府舊題，有新樂府（如《湘絃怨》、《求仙曲》等），也有自創的新題

（如《清東曲》等）。題材廣泛，不拘一格，有感時（如《殺氣不在邊》、《有所思》等）；有述懷（如《灞上輕薄行》、《長安羈旅行》等）；有關懷人民疾苦（如《織婦辭》等）；有寫親子之愛（如《遊子吟》、《歸信吟》等）；有閨怨（如《古薄命妾》、《征婦怨》等）；有紀遊（如《湘妃怨》等）；有酬贈（如《楚竹吟酬盧虔端公見和湘絃怨》、《和丁助教塞上吟》等）；有寓言（如《黄雀吟》、《覆巢行》等）。「托興深微，結體古奥」，風格各異，色彩紛呈。繼承借鑒詩三百篇及漢魏以來樂府民歌慣用的比興、諧音等手法，而又自出機杼，推陳出新，展示獨特的藝術個性。其中五七言短章，思深意鍊，尤爲當行出色。如《古怨》：「試妾與君淚，兩處滴池水。看取芙蓉花，今年爲誰死？」通篇無一怨字，通過淚滴池水，芙蓉萎死作喻，寫思婦之深情與哀怨更加委婉動人。唐代及唐以前寫怨情的樂府詩，連篇累牘，孟郊此篇獨以設想奇妙，含意雋永，别闢蹊徑，另具一格。同樣是寫怨情的還有《閑怨》（一作《閨怨》）：「妾恨比班竹，下盤煩寃根。有筍未出土，中已含淚痕。」通篇以湘妃斑竹盤根錯節比譬思婦愁苦縈迴；而又以筍未出土，已含淚痕設喻，更深一層烘託出思婦無盡的哀愁。前篇《古怨》，兼寫男女雙方；此篇則單寫思婦；前篇以藴藉見情，此篇則以直切取意；寫法互不雷同。其它如《巫山曲》，寫高唐神女的風姿；《羽林郎》寫羽林兒揮鞭出獵；前者色彩幽豔，後者色彩斑爛，各擅其妙。新樂府《結愛》，連用九個「結」字，一層深一層地描摹思婦結愛之深，亦爲樂府詩中創格。

我們再看《絃歌行》：「驅儺擊鼓吹長笛，瘦鬼染面惟齒白。暗中崒崒拽茅鞭，倮足朱褌行戚戚。相顧笑聲衝庭燎，桃弧射矢時獨叫。」儺，是古代驅除疫鬼的儀式。宋葛立方《韻語陽秋》卷十七稱：「《周官·方相氏》：『黄金四目，玄衣朱裳，執戈揚楯，以索室驅疫。』謂之時儺。釋者謂四時皆作也。……今春秋無儺，惟於除夕有之。孟郊所謂（詩引見前）王建亦云：『金吾除夜進儺名，畫袴朱衣四隊行。』皆謂除夕大儺也。其塗飾之制，若驅禳之儀，與《周官》略相類。」孟郊此篇短短六句，全用白描手法，狀寫在庭燎照明下，衆人擊鼓吹笛，桃弧射矢驅除疫鬼的熱烈場面，描摹疫鬼染面，裸足，身着朱禪，手拽茅鞭，戚戚而行的動態，寫得形象生動，聲貌俱現，真實地描繪了一幅唐代風俗畫。即從史料價值上看，也是彌足珍視的。宋曾季貍《艇齋詩話》稱：「孟郊、張籍一等詩也。唐人詩有古樂府氣象者，唯此二人。……孟郊如《遊子吟》、《列女操》、《薄命妾》、《古意》等篇，精確宛轉，人不可及也。」所論頗有見地，可備參考。

孟郊是唐代寫情寫景的高手。他的山水景物詩，融理於景，景中見情，以情爲主，情景相生。俱非單純爲寫景而寫景，而是有着深刻的思想感情的寄託。如組詩《石淙十首》（卷四），通過丹巘霽波，幽深草木，詩人昇險探奇，借以自抒其應試不第的「前恨」和「棄懷」。組詩《寒溪九首》（卷五），表現詩人踏雪寒溪，目見魚鳥皆被凍殺，象徵性地刻畫了「凍飆雜號，鼉音坑谷」的冷酷血腥的世界，和百姓被剸割的苦難。詩人獨立無語，默念酸嘶，由此引發出一段感時傷世之言：「因凍死得食，殺風仍不休。以兵爲仁義，仁義生刀頭。刀頭仁義腥，君子不可求。」詩人掩埋了凍死魚鳥的「骼胔」，並涕泗珊珊地哭弔了它們，曲折地映現了孟郊「君子不棄於萬物」，「以道德仁義、天地至公之道養天下」的政治理想。最後又寫到素冰解凍，溪景明春，一派新生景象，末二語以「忽如劍瘡盡，初起百戰身」戛然作結。

與《寒溪九首》相類的還有組詩《峽哀十首》（卷十）。詩人以雲譎波詭之筆，窮形盡態地刻畫了峽水、峽螭之險惡害人：「峽暉不停午，峽險多饑涎。樹根鎖枯棺，直骨褭褭懸。」「峽水聲不平，碧沲牽清洄。沙稜箭箭急，波齒斷斷開。呀彼無底吭，待此不測災。」「峽螭老解語，百丈潭底聞，毒波爲計較，飲血養子孫。」借以揭露批判世風之澆薄，讒毁之陰森可怖，象徵性地抒寫詩人應試不第，遭際迍邅的幽憤沉哀，哀弔古往今來死於邪惡勢力的逐客、竄官、幽魂、寃鬼。通篇遣辭鑄句，劌目鉥心，有聲有色，奇險生峭，意境幽深，展現了孟郊鑱刻山水的獨到的藝術才能。他在《石淙十首》中有云：「入深得奇趣，昇險爲良躋。古駭毛髮慄，險驚視聽乖。」如果用來形容他的山水組詩的語言風格，也是十分恰切的。

我們再看孟郊的《京山行》（卷六），又是一番景象。「衆蝱聚病馬，流血不得行。後路起夜色。前山聞虎聲。此時遊子心，百尺風中旌。」前四句全爲末二句舖墊蓄勢，而風旌百尺，寫遊子心態，亦極誇張之緻。通篇無一句正面寫京山，而京山之險阻，旅途之艱苦，已躍然紙上。孟郊好作險語，於此可見一斑。

孟郊寫景詠物詩，興寄象外，妙語如珠。窮入冥搜，戛戛獨造。除了人們所熟知的《遊終南山》、《洛橋晚望》諸作，膾炙人口，已有定評外，其它如《旅次洛城東水亭》（卷五）：「霜落葉聲躁，景寒人語清」一聯寫秋日景色，造境幽遠。《桐廬山中贈李明府》詩（卷六）用「千山不隱響，一葉動亦聞」渲染山中靜境，更見匠心。《遊城南韓氏莊》（卷四）：「時見水底月，動摇池上風。」用倒裝句法寫水中倒影，構思新穎。《汝州南潭陪陸中丞公讌》詩（卷五）：「分明碧沙底，寫出青天心。」二語，也是從潭中倒影設喻立意，與前詩相類。他的詠物詩雖然篇什不多，但也各具特色。如《蜘蛛諷》、《蚊》、《燭蛾》（卷九）諸篇，緣物寓諷，寄託遥深。《酬鄭毗躑躅詠》（卷九）：「孤光裹餘翠，獨影舞多妍。迸火燒閑地，紅星墮青天。」四語寫盡躑躅色態。特别用「迸火」、「紅星」兩句狀寫躑躅色紅，設喻奇巧，造語工新。《井上枸杞架》一首：「深鎖銀泉甃，高葉架雲空。……影疎千點月，聲細萬條風。」首二句點題。「影疎」二語，摹寫枸杞架枝葉扶疏如蓋，疎影細聲，動態如繪。孟郊《題韋少保靜恭宅藏書洞》詩有云：「高意合天製，自然狀無窮。」他的山水景物諸作，正是這兩句詩具體的實證和形象化的說明。

孟郊在詠懷、酬贈、送別、哀弔一類詩中，藝術表現手法和語言風格，絢爛多姿。既有濃墨重彩，又有淡遠絕塵；既有硬語盤空，又有敷柔紆餘。擅用白描手法和形象化譬喻突出所要描繪的對象，摹寫出難言之情和難狀之景。孟郊的景語，其實也是情語。他往往能從平凡生活中，從切身感受中，概括出一些富有真情至性的詩句，如見肺腑地道出人人心中語，具有深刻的生活概括力和審美表現力。他的《送草書獻上人歸廬山》一詩（卷八），即集中地運用了白描手法和形象化譬喻，如「手中飛黑電，象外瀉玄泉。」「忽如畫虵虺，嗔然生風煙。江人願停筆，驚浪恐傾船。」這些設色濃麗的詩句，誇張地描摹出獻上人奔放不羈，變化萬端的草書技能。使人讀後，恍如面對一幅雲煙靉靆，氣韻生動的水墨畫卷。又如《傷春》一詩（卷三），寫大曆、建中、貞元間兩河十年征戰後的荒城景象：

兩河春草海水清，十年征戰城郭腥。亂兵殺兒將女去，二月三月花冥冥。千里無人旋風起，鶯啼燕語荒城裏。春色不揀墓旁枝，紅顏皓色逐春去，春去春來那得知？今人看花古人墓，令人惆悵山頭路！

通篇全用對比對照的寫實之筆，从春色春花，鶯啼燕語的一派生機中，更加倍地反襯出千里無人，紅顏春去的亂後景象。感傷今昔，慨寄無窮，寫得凄艷哀婉，扣人心弦，是純用白描手法寫成的又一力作。

孟郊詩的語言藝術，固然有如韓愈所稱道的：「硬語盤空，妥帖排奡」的一面；也還有吸取漢魏以來樂府民歌的優長，運用明白如話的俚語寫詩，展示平易淡遠風格的另一面。他的《濟源寒食七首》（卷五）中：《女嬋童子黄短短》、《蜜蜂爲主各磨牙》二首；《送淡公十二首》（卷八）中：《銅斗飲江酒》、《短簑不怕雨》、《射鴨復射鴨》諸篇，都洋溢着强烈的生活氣息，表現出古樸冲淡的情調，顯示了所受民歌的影響。詩中自云：「銅斗短簑行，新章其奈何。兹焉激切句，非是等閑歌。」不喜孟郊詩的蘇軾也稱：「尚愛銅斗歌，鄙俚頗近古。……歌君江湖曲，感我長羈旅。」又云：「我憎孟郊詩，復作孟郊語。……詩從肺腑出，出輒愁肺腑。」這就足以説明孟郊詩在藝術感染上已然取得了撼人心魄的效果。他的硬語盤空和平易淡遠的語言風格特色都不同程度地統一在孟詩的整體風格中，形成孟詩寓形象於白描，奇險而有平易的獨特藝術風貌。

孟郊詩初看乍讀，似覺生澀難解，細按之，不少篇什章法整贍，脈絡井然。鍊句鍊意，避陳避熟，慘淡經營，皆由苦吟得之。如《憶周秀才素上人時聞各在一方》詩（卷七），首二句「東西分我情，魂夢安能定？」合寫各在一方的二人，並隱隱點出「憶」字。「野客雲作心」以下十句，每句分寫一人；末二句「羡爾欲寄書，飛禽杳難倩。」又合寫二人，並與首二句相呼應。構思細密，承接分合之間不着痕迹，工力老成，於此可見。《與二三友人秋宵會話清上人院》詩（卷四）：「一僧敲一磬，七子吟秋月。」短短十字，隱括清上人與二三友及「秋」字，點題工妙，匪夷所思。末二語「扣寂兼探真，通宵詎能輟？」又隱隱結出夜話清上人院題意，結構嚴整，耐人尋繹。

孟詩鍊意之深，鍊字之精，允爲一時獨步。《西上經靈寶觀》詩（卷六），用「一片古關路，萬里今人行」二語隱括古今，意象開濶，與王昌齡《出塞》詩「秦時明月漢時關，萬里長征人未還」有異曲同工之妙。如此之類，在孟郊集中隨處可見。他的《秋懷》十五首（卷四），是晚年居洛陽時所作。在組詩中，反覆詠嘆老病侵尋，一貧徹骨的內心淒苦，反映了作者晚年壯志銷磨，感懷既往的愴痛心情，集中地體現了孟詩鍊句鍊字之妙。如寫秋露，則云：「冷露滴夢破，峭風梳骨寒。」「滴」字「梳」字，鍊字艱苦。寫秋葉、秋衣，則云：「商葉墮乾雨，秋衣臥單雲。」陳延傑評云：「乾雨，言秋葉落成陣，聲乾如雨。單雲，則狀秋衣之單。」寫秋風、秋聲，則云：「歲暮景氣乾，秋風兵甲聲。」用「兵甲聲」渲染秋風肅殺，用「乾」字形容秋氣，設想之奇，出人意表。寫秋月、秋蟲，則云：「秋深月清苦，蟲老聲麤疎。」體物入微。寫貧病，則云：「一片月落牀，四壁風入衣。」「瘦坐形欲折，晚飢心將崩。」這些淒神寒骨的詩句，非親歷者不能道。正如韓愈所稱許：「鉤章棘句，掐擢胃腎。神施鬼設，間見層出。」孟郊正是運用一些險語、拗句、僻字，說出一些不經人道語，給人以耳目一新之感，從而展示獨特的藝術個性和奇崛生峭的美學風格。當然，由於孟郊刻意追求新奇險僻，有些詩句，鍛鍊之極，流於難以索解，顯露出刻削造作的痕迹，損害了單純自然的藝術美。反而成爲疵累，這是不足爲法的。

三

前面說過，在現存孟郊詩五百餘首中，絕大多數都是五言古詩。他偶而也寫作近體詩，但在字句和聲律上，每每不受對偶和平仄的限制，仍然保持獨特的拗折古勁的風格。這些都自然和他的文學主張有密切關係。

我們知道，唐初詩壇大多承襲齊梁以來崇尚聲律駢偶的餘風，柔靡綺麗的「宮體詩」，曾經風行一時。一直到了陳子昂、李白諸人才推崇「風雅」，提倡「興寄」和「漢魏風骨」，並在各自的創作中實踐了他們的主張。如陳子昂《修竹篇序》中稱：「文章道弊五百年矣！漢魏風骨，晉宋莫傳。……僕嘗暇時觀齊梁間詩，采麗競繁，而興寄都絶，每以永歎，思古人。」他明確提出反對齊梁間「逶迤頹靡」的形式主義詩風，深恐「風雅不作」而耿耿於懷。李白《古風》一也稱：「大雅久不作，吾衰竟誰陳？王風委蔓草，戰國多荊榛。……正聲何微茫，哀怨起騷人。……自從建安來，綺麗不足珍。」這些詩句，祖述詩騷，贊美建安，批判齊梁綺麗詩風。他們提出的詩歌革新主張，把當時趨向浮靡的詩風初步扭轉，引向「雅正」的道路。而孟郊也正是在理論上繼承和發展了前輩詩人詩歌革新的主張，他在《贈鄭夫子魴》詩（卷六）中稱：

天地入胸臆，吁嗟生風雷。文章得其微，物象由我裁。宋玉逞大句，李白飛狂才。苟非聖賢心，孰與造化該？

這，實際上，是一首論詩詩。形象地説明了詩歌創作客觀與主觀相統一的過程，闡釋了文學創作中，客觀事物反映到主觀世界，主觀世界發爲文章，表現客觀世界，對自然和社會生活中一切物象進行剪裁取舍的道理。而歸根結底，要像宋玉、李白那樣，得文章之精微，具備聖賢之心，方能「與造化該」。在《讀張碧集》（卷九）詩中又稱：

天寶太白殁，六義已消歇。大哉國風本，喪而王澤竭！先生今復生，斯文信難缺。下筆證興亡，陳詞備風骨。

這首詩，實際上也是代表孟郊審美主張的一篇詩論。他痛惜天寶已來，六義消歇，國風喪而王澤竭，王澤竭而詩不作。從理論上表達了對唐代自陳子昂、李白以來倡導的詩歌革新主張的擁護和支持，是與陳子昂、李白諸人的論點一脈相承的。「下筆證興亡，陳詞備風骨。」二語，既是對張碧詩作的贊揚，也是他提出的品評詩歌創作思想、藝術的兩個標準。「證興亡」，指思想意藴；「備風骨」，指風格、創作個性等。他們的目的，以「復古」爲革新，都想借「復古」的名義，將詩歌引向革新的道路。所以孟郊一再提出「雅正」和「六義」，作爲號召的旗幟，詩歌的準繩，并在創作上實踐了自己的主張。如他自稱：「一生自組織，千首大雅言。」「自謂古詩量，恥將新學偏。」「顧余昧時調，居止多疎慵。……天疾難自醫，詩僻將何攻？」爲了詩歌的革新，他寧願「心與身爲仇」，苦吟成白頭，堅定不移地從「新學」和「時調」中解脱出來，戰鬥過來。孟郊這些文學主張，是和韓愈當時倡導的「務反近體」的古文運動，相輔相成的。因之，孟郊的詩得到了韓愈的激賞，對它作出了高度的評價。韓愈《薦士》詩中稱：「……建安能者七，卓犖變風操。逶迤抵晉宋，氣象日凋耗。中間數鮑謝，比近最清奥。齊梁及陳隋，衆作等蟬噪。……國朝盛文章，子昂始高蹈。勃興得李杜，萬類困陵暴。……有窮者孟郊，受材實雄驁。」在《送孟東野序》中又稱：「唐之有天下，陳子昂、蘇源明、元結、李白、杜甫、李觀皆以其所能鳴。其存而在下者，孟郊東野始以其詩鳴。其高出魏晉，不懈而及於古，其他浸淫乎漢氏矣。」直接把孟郊當作漢魏以來，李杜之後，現實主義詩歌優良傳統的繼承人，充分説明了孟郊對推動唐代詩歌運動的發展，確是作出了重要的貢獻。

我們如果再從孟郊當時的交遊中略加考察，也可約略窺見孟郊文學主張及其創作實踐的歸趨和影響。

孟郊年輩早於韓愈。張籍爲韓愈任汴州觀察推官時所舉州貢進士。賈岛曾從韓愈、張籍、孟郊問學。孟郊和他們交誼夙篤，俱爲忘形之契。韓愈拗折奇崛的詩風，與孟郊有相近的一面，他們共同致力於詩歌革新和古文運動的建設。張籍夙擅樂府歌行，白居易《讀張籍古樂府》詩中稱贊説：「尤工樂府詞，舉代少其倫。」姚合《贈張籍》詩也説：「古風無敵手，新語少人知。」張籍的樂府詩所以取得妙絶一時的成就，正是由於他繼承借鑒了《詩經》、《楚辭》、漢魏樂府以及前輩詩人的優長，並向民間口頭創作學習的結果。他和摯友白居易、元稹、王建一道，共同推動了唐代新樂府詩運動的開展。張籍樂府詩的淵源和方向以及某些特色，正也是孟郊樂府詩所追求的。賈岛早期詩作與孟郊相接近，受有韓愈、孟郊相當的影響。所以孟郊稱贊他説：「詩骨聳東野，詩濤湧退之。」（《戲贈無本》）「燕本冰雪骨，越淡蓮花風。五言雙寶刀，聯響高飛鴻。」（《送淡公》）韓愈《贈賈岛》詩也説：「孟郊死葬北邙山，日月星辰頓覺閒。天恐文章渾斷絶，再生賈岛在人間。」從韓、孟贈賈岛詩中，不也可約略窺見孟郊和賈岛詩歌創作之間「同聲相應，同氣相求」的密切聯繫嗎？王建與張籍「年狀皆齊」，亦工爲樂府歌行。他的某些五言古詩與韓愈、孟郊相近。元辛文房《唐才子傳》卷四稱他：「初遊韓吏部門牆，爲忘年之友。與張籍契厚，唱答尤多。……二公之體，同變時流。」「同變時流」，即謂張、王樂府歌行古調獨彈，不同流俗，使時調爲之一變。在韓門弟子中，還有劉叉其人。《唐才子傳》卷五稱他：「工爲歌詩，酷好盧仝、孟郊之體。造語幽蹇，議論多出于正。」宋葛立方《韻語陽秋》也稱：「劉叉詩酷似玉川子。」（按指盧仝）劉叉《答孟東野》詩亦自云「酸寒孟夫子，苦愛老叉詩。生澀有百篇，謂是瓊瑶辭。」據此可知劉叉詩奇險生澀，受有盧仝、孟郊影響，故深爲孟郊所喜愛。而《唐才子傳》以盧仝、孟郊詩體並舉，也可想見盧仝語尚奇譎，詩風和孟郊相接近。孟郊當時正是與這些志同道合的詩友，沆瀣一氣，爲唐代詩歌開拓了新路。

孟郊對前輩詩人李白、杜甫、孟雲卿、包佶等都備極推崇。對略早於他的同輩詩人韋應物、李益、張碧等也都引爲同調。孟雲卿，工詩。詩體繼承沈千運、陳子昂的遺風，深得杜甫、元結的愛重。《唐才子傳》卷二稱他：「當時古調，無出其右。」孟郊曾過孟雲卿嵩陽荒居，作詩哀之（卷十）。包佶，曾被孟郊引爲「知音」。他在《上包祭酒》詩（卷六）稱贊包佶詩説：「瓊音獨聽時，塵韻固不同。……時吟五君詠，再舉七子風。」着眼點在於歌頌包佶詩繼承了漢魏建安「五君」「七子」的詩風。《唐才子傳》卷三也稱他：「心醉古經，神和大雅，詩家老斲輪也。」韋應物詩效陶潛體，並深受謝靈運影響。孟郊對陶潛、謝靈運詩風極推重；孟郊的抒情寫景諸作，其清遠古淡的一面，也從韋詩得到啓發。因之，韋應物也即成爲孟郊心目中所取法的楷模。唐李肇《國史補》卷下稱韋應物：「其爲詩馳驟建安以還，各得其風韻。」宋晁公武《郡齋讀書志》一論韋應物詩稱：「詩律自沈、宋以後，日益靡曼，……音韻諧婉，屬對麗密，而閑雅平淡之氣不在矣。獨應物之詩馳驟建安以還，得其風格云。」（《唐才子傳》卷四韋應物條文略同）當時與孟郊同樣喜愛謝靈運和韋應物詩的，還有詩僧皎然。他字清晝，俗姓謝，人稱晝上人。他自稱是謝靈運的後裔，以「我祖文章有盛名」頌揚祖德。與陸羽、孟郊友善，屢有詩作相唱酬。皎然在所作《詩式》中，熱情稱贊謝靈運詩：「上躡風騷，下超魏晉。」他和韋應物也是唱酬的詩友。他特愛韋應物詩，甚至做效韋體，作詩爲贄。（參見《因話録》、《嬾真子》）可以想見皎然對韋應物詩的嚮往心情。而這些也正是孟郊所以引皎然爲「知音」，追念詩會舊遊的必然依據。

四

孟郊詩中常常提到屈原、宋玉、建安七子、竹林七賢、陶潛、謝靈運、謝朓、李白、杜甫諸人，對他們表示贊賞，特別對謝靈運詩衷心嚮往。他在《贈蘇州韋郎中使君》詩（卷六）中說：「謝客吟一聲，霜落羣聽清。文含元氣柔，鼓動萬物輕。……塵埃徐庾詞，金玉曹劉名。章句作雅正，江山益鮮明。」這些詩句，妙在以韋擬謝，既稱許了韋蘇州，更歌頌了謝康樂。既道出了韋、謝詩的優長，更曲折地展現了韋應物詩與謝靈運詩有其一脈相承的一面，切中肯綮，獨具卓識，實發唐宋詩評家之所未發。末四句「曾是康樂詠，如今搴其英。顧惟菲薄質，亦願將此并。」合寫韋謝，並願以韋詩也即謝詩作爲自己創作的圭臬。通篇是論詩詩，也是孟郊審美主張的展示。實際上，孟郊並不一般地反對向六朝學習，他的抒情寫景之作，特別是山水詩，「情必極貌以寫物，辭必窮力而追新」（《文心雕龍·明詩》）的創作傾向，確是善於創造性地向謝靈運學習的。他揚棄了謝詩富豔華麗的外形，而吸取了謝靈運所擅長的刻畫形象，緣情體物和鍊意鍊辭的妙處。鮑照樂府詩得力於漢魏樂府，五言古體抒情寫景諸作，句法高妙，音響峭促，專事鍊字鍊句鍊意，務去陳言，力避熟俗。鍾嶸《詩品》稱他「善製形狀寫物之辭。」惟有時過於雕琢，顯得生澀。這些都爲孟郊所取法，特別對孟郊的山水詩有相當的影響。清方東樹《昭昧詹言》稱：「東野詩出鮑明遠，以《園中秋散》等篇觀之可見。」他在評鮑照《園中秋散》詩又稱：「此直書胸臆即目，而情景交融，字句清警，真孟郊之所祖也。」陳衍《石遺室詩話》也稱：「東野首聯多對起，多警辟語，皆從鮑照來也。」但孟郊學謝、鮑，並非摹擬字句，而是善於吸取衆長，加以融化概括，鎔鑄成獨創的風格。如他的某些樂府詩，比興深微，妙得風、騷之旨。《感懷》八首，指陳時事，託意規諷，是有意識地學習阮籍《詠懷》詩的。《新卜青羅幽居奉獻陸大夫》、《立德新居》諸首，又近似陶淵明詩。當時李觀《與梁肅補闕書》中推薦孟郊的詩稱：「五言高處，在古無上，平處下顧二謝。」（謂謝靈運、謝脁）李翺薦所知於張僕射書》中也稱：「郊爲五言詩，自前漢李都尉、蘇屬國，及建安諸子、南朝二謝，郊能兼其體而有之。」評隲雖未免偏高，但大體上，還是可以説明孟郊詩歌創作的宗法和方向的。

孟郊詩不僅「在古無上」，而且流風所被，影響及於中晚唐。除前面談過的賈岛、劉叉外，又如朱晝，「貞元間慕孟郊之名，爲詩格範相似，曾不遠千里而訪之。不厭勤苦，體尚奇澀。」（《唐才子傳》卷五）朱晝《喜陳懿老示新製》詩自注也稱：「予欲見詩人孟郊，故寄誠於此。」晚唐詩人曹鄴在詩歌創作上，致力於古詩和樂府民歌，自成一格。明胡震亨稱他的詩：「其源似出孟東野，洗剥到極净極真，不覺成此一體。」（《唐音癸籤·詁箋》八）清葉矯然《龍性堂詩話初集》也稱：「晚唐之曹鄴，中唐之孟郊也。逸情促節，似無時代之别。」唐張爲《詩人主客圖》卷二上取孟郊「青山輾爲塵，白日無閒人。」「食薺腸亦苦，强歌聲無歡。」等句，以爲「清奇僻苦主」。唐李肇《國史補》卷下也稱：「元和以後，爲文筆，則學奇詭於韓愈，學苦澀於樊宗師；歌行則學流蕩於張籍；詩章則學矯激於孟郊，學淺切於白居易，學淫靡於元稹；俱名爲元和體。」這裏所謂「流蕩」、「矯激」、「淺切」種種貶詞，自然是針對當時詩壇淺學、末流而言的，也代表着當時某些正統派文學評論者的偏見。但，一方面也説明了孟郊的詩，在當時是和韓、張、元、白諸人同爲時人學習的典範，蔚成一時的風氣。所以當時以「孟詩韓筆」並稱（唐趙璘《因話録》），就決非偶然的了。

孟郊的詩作，在唐代詩歌發展史上，承前啓後，是佔有重要地位的。他的流風餘韻，還不止於沾溉中晚唐，也像杜甫、韓愈、白居易那樣，開宋調之詩風，在兩宋詩壇上發生了相當的影響。宋初，以歐陽修、梅堯臣爲首，並在石介、蘇舜欽等人參加下，針對楊億、錢惟演的「西崑體」所進行的詩歌革新運動，大都是以韓愈、孟郊、張籍等人的詩作爲準則的。梅堯臣提倡「平淡」的詩風。嘗云：「作詩無古今，欲造平淡難。」（《贈杜挺之》）早期詩作學韋應物。歐陽修評之云：「初喜爲清麗，閑肆平淡，久則涵演深遠，間以琢刻以出怪巧。然氣完力足，益老以勁。」（《風月堂詩話》卷上）他的詩風受孟郊、韓愈的影響極大。歐陽修甚至把梅堯臣的詩比作孟郊。他在《讀聖俞蟠桃詩寄子美》詩中稱：「韓孟於文詞，兩雄力相當。……郊死不爲島，聖俞發其藏。……嗟我於韓徒，足未及其牆。而子得孟骨，英靈空北邙。」（《歐陽文忠集》卷二）梅堯臣自己也承認這點。他在《别後寄永叔》詩中稱：「荷公知我詩，數數形美述。……竊比於老郊，深愧言過實。」（《宛陵集》三十三）在《依韻和永叔澄心堂紙答劉原甫》詩中又稱：「退之昔負天下才，掃掩衆説猶塵埃。張籍盧仝鬥新怪，最稱東野爲奇瑰。……歐陽今與韓相似，海水浩浩山崔嵬。石君（石介）蘇君（蘇舜欽）比盧籍，以我擬郊嗟困摧。」（《宛陵集》三十五）這實際上是一篇論詩詩，曲折地映現出唐宋兩代詩人在詩歌革新運動上遞嬗演變之跡。歐陽修《水谷夜行寄子美聖俞》詩中評梅詩稱：「近詩尤古硬，咀嚼苦難嘬。初如含橄欖，真味久愈在。」如果把這幾句移來評價孟郊的詩，也同樣是極其確當的。

王安石的朋友王令，在詩藝上深受韓愈、孟郊、盧仝的影響。他在《還東野詩》中自述：「前日杜子長，借我孟子詩。三日三夜讀不倦，坐得脊折臀生胝。」孟郊詩對他的吸引，於此可見。其下又稱：「旁人笑我苦若是，何爲竟此故字紙？童子請求願去燒，此詩苦澀讀不喜。吾聞旁人笑，歎之殊不已。又畏童子言，藏之不敢示。奈何天下俱若然，吾與東野安得不泯焉！」（《廣陵集》卷十一）描摹他殷勤護持孟詩，爲孟詩不爲俗流所理解而憤憤不平的情景，感人至深。宋蘇軾《書林逋詩後》稱林和靖詩云：「詩如東野不言寒。」（《集注分類東坡先生集》二十五）以林詩比況孟郊。宋范成大還倣孟郊《峽哀》詩作《初入峽山效孟東野》，自此登陸至秭歸》詩，末云：「悲吟不成章，聊賡《峽哀》詩。」（《石湖居士集》卷九）他《送李仲鎮宰溧陽》詩中又稱：「喚起酸寒孟東野，倒流三峽洗餘悲。」（《石湖居士集》卷九）東野一篇組詩，竟使石湖念念不忘，反覆吟味，石湖對孟詩傾倒之忱，不是昭然可見了嗎？

北宋後期以黃庭堅、陳師道爲首的江西詩派，提倡學杜甫，學韓愈，學孟郊，學張籍。在詩歌運動上，力圖繼承梅堯臣、蘇舜欽、歐陽修等人反晚唐，反「西崑體」柔靡綺麗詩風的工作，并有所革新。像黃庭堅詩雖然以學杜甫爲主，但他那種鍛鍊字句，奇峭拗折的創作風格，也和孟郊詩風有着某些淵源。正如劉熙載所說：「孟東野詩好處，黃山谷得之，無一軟熟句；梅聖俞得之，無一熱俗句。」（《藝概・詩概》）這些都可表明孟郊的詩，在唐宋詩歌運動上發揮了積極的作用；在詩風上，影響唐宋兩代詩壇，深遠昭著，都是不能一筆抹殺的。但是，正如中國文學史上李杜優劣之爭那樣，揚韓抑孟或貶低孟詩之論，也屢見不鮮。因此，對孟郊這樣的詩人及其創作，在今天，應該如何全面而公允的重新予以評價，就成爲中國古典文學領域中一項重要而有意義的課題。

編者學識譾陋，爲孟集所作校注，乃嘗試之作。集後附録四種，也祇是提供一些資料，以備參考。闕誤之處，在所難免，海内博雅幸有以教之。在校注過程中，承北京圖書館、上海圖書館、四川大學圖書館惠借資料；特别是人民文學出版社古編室于紹卿、劉文忠諸同志的關懷和指導，謹在此一併表示誠摯的謝意。

編　者

一九九〇年九月

〔一〕參見孟集卷八《送陸暢歸湖州因憑題故人皎然塔陸羽墳》詩：「昔遊詩會滿，今遊詩會空。」及卷十《逢江南故書上人會中鄭方回》詩。

〔二〕宋蘇軾《讀孟郊詩二首》其一：「何苦將兩耳，聽此寒蟲號。不如且置之，飲我玉卮醪。」南宋李綱《讀孟郊詩》也稱：「郊窮如秋露，候蟲寒自吟。」

〔三〕見嚴羽《滄浪詩話·詩評》及辛文房《唐才子傳》卷五。

〔四〕見金元好問《論詩三十首》十八：「東野窮愁死不休，高天厚地一詩囚。」

〔五〕見魯迅《且介亭雜文二集·題未定草》六。

目録

卷二

樂府下

感興上

卷三

感興下

詠懷上

卷四

詠懷下

卷五

居處

卷六

行役

紀贈

卷七

懷寄

酬答

送別上

卷八

送別下

卷十

哀傷

編例

一、本書注釋力求詳明、確當。除詮解詞句，闡釋詩意外，並對某些篇章的藝術特色，進行適當的比較、分析。注釋中對重見之詞語採用互見法，除個别外，一般祇注明前見某注，不另詮釋。遇有涵義不同之重見詞語，仍另加注。注釋中所引古籍，祇取其切合詩意者，不受原始古籍出處的限制。在注釋過程中，參攷了陳延傑《孟東野詩注》，有所借資。

二、本書以近人陶湘影印北宋刻本《孟東野詩集》作爲底本，而以宋蜀刻殘本（簡稱「蜀刻本」）、宋書棚本（簡稱「書棚本」）、清沈（巖）寶研校宋本（簡稱「沈校宋本」）、明初鈔本、明弘治楊一清刊本（簡稱「弘治本」）、明嘉靖秦禾刊本（簡稱「秦禾本」），旁及《樂府詩集》、《文苑英華》、《唐文粹》、《全唐詩》諸本互勘。校記不採用彙校方式，祇出校異文及可訂補北宋刻本之闕誤者。凡北宋刻本可訂補諸本闕誤，除宋蜀刻本出校外，俱不出校。北宋刻本與諸本同字異體者，俱不出校。北宋刻本《孟東野詩集》目録，次第、詳略與諸本互有異同，俱不出校。宋刊諸本避諱闕筆之字，俱回改，不出校。

三、新寫之《孟郊年譜》，按年首列唐代有關時政大事；次列與孟郊交遊酬唱諸人可攷之生平大略，並注所據書名於下；再次標舉孟郊歷官行事及其遊踪所及，凡能攷者，靡不備舉。其末爲孟郊詩文繫年，並略加攷證。唐代大事，凡據兩《唐書·本紀》及《資治通鑑》者，除個别外，俱不一一注明出處。年譜紀元，依《資治通鑑》用後元例。

四、歷代孟郊詩評，浩如煙海，難以備舉。現僅輯録較爲重要，有代表性者，依朝代標列，以見一斑。其餘從略。

五、孟郊佚詩不多，已收入《全唐詩逸》及近人孫望《全唐詩補逸》、童養年《全唐詩續補遺》（二書收入中華書局《全唐詩外編》）諸書中，本書不再迻録。

孟郊詩集校注卷一

樂府上

列女操〔一〕

梧桐相待老，鴛鴦會雙死(1)。貞婦貴徇夫〔二〕(2)，捨生亦如此。波瀾誓不起，妾心井中水(3)。

【校記】

〔一〕「列女」，《全唐詩》本「女」下注云：「一作婦。」 〔二〕「婦」，《全唐詩》本作「女」。

【題解】

《列女操》這一樂府詩題，係孟郊改造楚樊姬的《列女引》而成。本詩以梧桐和鴛鴦起興，比譬人間的貞婦殉夫，反映了作者的節烈觀念。

【注釋】

（1）「梧桐」二句：「梧桐」在這裡實是「梧桐花」之省。梧桐花雌雄同株，花後結實爲蓇葖。因此以梧桐花的雌雄兩性一同開花、一同結實來比譬死去丈夫的女子之誓不獨生。「鴛鴦」爲匹鳥，雄稱鴛，雌稱鴦。舊題晉崔豹《古今注·鳥獸門》：「鴛鴦，水鳥鳧類也。雌雄未嘗相離，人得其一，則一思而至死。」（2）「徇夫」：言爲丈夫而死。「徇」與殉通。（3）「波瀾」二句：陸機《君子行》：「休咎相乘躡，翻覆若波瀾。」這裡反其意而用之。言己心堅貞，誓無反覆，一如古井之水，不會興起波瀾。

灞上輕薄行

長安無緩步（1），況值天景暮（2）。相逢灞滻間〔一〕（3），親戚不相顧。自嘆方拙身（4），忽隨輕薄倫。常恐失所避，化爲車轍塵。此中生白髮，疾走亦未歇一作不得歇〔二〕。

【校記】

〔一〕「滻」，北宋刻本原作「㶖」，非是。諸本俱作「滻」，今據改。〔二〕「亦未歇」，沈校宋本作「不得歇」，《樂府詩集》卷六十七《雜曲歌辭》七、明鈔本作「亦未歇」。下俱無「一作」注文。

【題解】

本篇當作於貞元七、八年間東野初至長安應進士試時。漢人樂府中有《輕薄篇》，其旨與《公子行》相當。

專咏那種乘肥馬，衣輕裘，橫行市肆的貴家子弟行徑。東野此題對漢樂府舊題有所改進，把「輕薄倫」限定在長安一地。並深有託諷，慨寄無窮。此詩的作意，可參考聶夷中的《長安道》詩：「此地無駐馬，夜中猶走輪。所以路傍草，少於衣上塵。」「灞上」，指灞水。發源於今陝西省藍田縣東，西北經長安，過灞橋，會滻水，北流入渭水。「輕薄」，輕佻浮薄。「行」，古詩體裁之一。與「篇」、「引」同。

【注釋】

（1）「長安」：在今西安市，唐朝首都。「緩步」：慢慢步行。（2）「天景」：天色。「景」，日光。（3）「滻」：滻水，水名。發源於陝西藍田縣，和灞水同位於西安市東。「灞滻間」，這裡指代長安。（4）「自嘆方拙身」：「方拙」，正直不阿。同「方正」。《韓非子·解老》：「所謂方者，內外相應也，言行相稱也。」東野此句看似自嘲，實係自讚。此處所言方拙，實有《楚辭·九辯》「圜鑿而方枘兮，吾固知其鉏鋙而難入」的意旨，言己之不能與時浮沉、隨俗俯仰。

長安羈旅行

十日一理髮，每梳飛旅塵（1）。三旬九過飲，每食唯舊貧（2）。萬物皆及時，獨余不覺春（3）。失名誰肯訪？得意爭相親。直木有恬翼，靜流無躁鱗。始知喧競場，莫處君子身（4）。野策藤竹輕，山蔬薇蕨新（5）。潛歌歸去來，事外風景真（6）。

【題解】

此詩當作於貞元八年（七九二），時作者初試落第。本篇備言爲應試而羈留京城以及落第後的種種苦況。作者通過事内風景與事外風景的對照描寫，强烈抒發了自己對長安這一「喧競場」的反感，表現了對陶潛不爲五斗米折腰的人生價值觀的傾倒。

【注釋】

（1）「旅塵」：客旅中積下的髮中灰塵。（2）「三旬」二句：此言囊中羞澀，罕得飲酒，每食無餘。「食貧」，《詩・衛風・氓》：「自我徂爾，三歲食貧。」陳延傑注引《説苑》：「子思三旬九食。」陶潛《擬古》之三詩：「三旬九遇食。」東野造語，有取於此。（3）「萬物」二句：陶潛《歸去來辭》：「羨萬物之得時，感吾生之行休。」此用其意。（4）「直木」四句：「恬翼」，指安靜棲息於直木上的鳥類。「躁鱗」，指躁動於水下的魚類。中華書局輯《音注孟東野詩》謂：「木直則鳥安，流净則魚靜。所以喧競場中，非君子所居也。」（5）「野策」二句：言擺脱名利場後的生活情境。「策」，杖。《莊子・齊物論》：「師曠之枝策也。」《釋文》司馬彪云：「枝，拄也。策，杖也。」又馬鞭。「山蔬」，野菜。「薇蕨」，並野菜名。《詩・召南・草蟲》：「言採其薇，言採其蕨。」（6）「潛歌」二句：「潛歌」，晉人陶潛曾作《歸去來辭》。此處是説詩人歌《歸去來辭》而志欲退耕。「事外」，指喧競場以外的隱逸世界。

長安道

胡風激秦樹（1），賤子風中泣。家家朱門開（2），得見不可入。長安十二衢，投樹鳥亦急（3）。

高閣何人家，笙篁正喧吸(4)。

【題解】

此篇當亦作於貞元八年東野應試落第時。《長安道》爲樂府舊題，屬橫吹曲辭。梁簡文帝、陳後主、隋何妥、唐崔顥、韋應物諸人皆有同題之作。

【注釋】

(1)「胡風」：北風。《文選》鮑照《學劉公幹體》詩：「胡風吹朔雪，千里度隴山。」唐呂向注云：「胡在北，言風雪自北來，度於隴山。」「激」：鼓動。「秦樹」：秦中的樹木。古時西域稱中國曰秦，而陝西一直是漢唐王朝的首都，故秦爲陝西省之簡稱。(2)「朱門」：紅漆大門。宋程大昌《演繁露》：「後世侯王及達官所居之屋皆飾以朱，故曰朱門。」(3)「長安」二句：「衢」，大路。「十二衢」，十二條大路。按：「十二衢」係泛指長安城中道路的縱橫交錯，極言其多，並非實指。蓋因「十二」與「九」在我國古代均表多數。陳延傑注云：「此言長安樓閣鱗次，雖飛鳥投樹，亦爲所礙，故情急。」可從。(4)「笙篁」：管樂器的通稱。「喧吸」：聲大而繁鬧。

送遠吟

河水昏復晨，河邊相送頻(1)。離杯有淚飲，別柳無枝春(2)。一笑忽然斂，萬愁俄已新(3)。

東波與西日，不惜遠行人〔一〕(4)。

【校記】

〔一〕「惜」，蜀刻本作「借」。

【題解】

此篇作年無考。《送遠吟》這一樂府詩題爲孟郊自創。

【注釋】

(1)「河水」二句：概言河邊日日有人送別。「昏」，黃昏；「晨」，清晨。(2)「離杯」二句：「離杯」，別筵上的酒杯。「別柳」，即折下的送別對方的柳枝。(3)「一笑」二句：「斂」，收斂。「俄」，俄頃，須臾。(4)「東波」二句：「東波」，指河中東逝之波。「西日」，指天上西下之日。「不惜」，不知顧惜。

古薄命妾〔一〕

不惜十指絃(1)，爲君千萬彈。常恐新聲至〔二〕，坐使一作使我故聲一作曲殘〔三〕(2)。棄置今日悲，即是昨日歡。將新變故易，持故爲新難〔四〕。青山有蘼蕪，淚葉長不乾(3)。空令後代人〔五〕，採掇幽思攢一作思幽蘭。

【校記】

〔一〕《文苑英華》卷二〇七、《樂府詩集》卷六十二《雜曲歌辭》二題作《妾薄命》。　〔二〕「至」，《樂府詩集》「至」下注云：「一作發」。《全唐詩》本同。　〔三〕「坐使」，一作「使我」，蜀刻本「使我」作「我使」。　〔四〕「持」，秦禾本「持」下注云：「一作變。」《全唐詩》本「持」下注云：「一作將，一作變」。　〔五〕「代」，《文苑英華》卷二〇七作「世」，下注云：「一作代」。《唐文粹》卷十二作「世」。秦禾本、《全唐詩》本「代」下注云：「一作世」。按唐時避太宗李世民諱，「世」改作「代」。

【題解】

本詩作年難以確考，標題係樂府舊題。不過各本略有不同。《唐文粹》作《古薄命妾》，《樂府詩集》、《文苑英華》作《妾薄命》。要之，其義一也。本篇運用比興手法，借祇擅舊聲的女子被擅新聲的女子排擠失寵，象徵自己「古道雖自愛，今人多不彈」的不爲人們理解的苦惱。

【注釋】

（1）「十指絃」：「十指」，手之十指。蔡邕《琴賦》：「屈伸低昂，十指如雨。」　（2）「常恐」二句：「坐」，因比。「新聲」，有兩種涵義，既指琴之新聲，又指彈琴之新人。「故聲」，亦類此而義則反是。　（3）「青山」二句：此用《古詩十九首》「上山採蘼蕪，下山逢故夫」典，言被遺棄女子的淚水滴濕蘼蕪葉，極言被遺棄的悲痛。「蘼蕪」，香草。李時珍《本草綱目》卷十四《草》三：「蘼蕪，一作蘪蕪，其莖靡弱而繁蕪，故以名之。」

古離別 一作對景惜別〔一〕

松山雲繚繞〔二〕，萍路水分離〔三〕（1）。雲去有歸日，水分無合時。春芳役雙眼〔四〕，春色柔四支(2)。楊柳織别愁，千條萬條絲。

【校記】

〔一〕「古離别」，《文苑英華》卷二〇二、《唐文粹》卷十三詩題作《古别離》。《文苑英華》、《唐文粹》、蜀刻本、明鈔本題下無「一作對景惜别」注文。　〔二〕「山」，《文苑英華》作「遷」，下注云：「一作山」。　〔三〕「路」，《文苑英華》作「合」，下注云：「一作路」。　〔四〕「春芳役雙眼」，《文苑英華》作「芳景役雙目」，下注云：「一作春芳役雙眼」。《唐文粹》「眼」作「目」。《全唐詩》本「眼」下注云：「一作目」。

【注釋】

（1）「松山」二句：「松山」，多松之山。《文選》顔延年《應詔觀北湖田收》詩：「樓觀眺豐穎，金駕映松山。」「萍路」，有很多浮萍的水道。　（2）「春芳」二句：「春芳」，春天的花草。陸機《悲哉行》：「游客芳春林，春芳傷客心。」「役」，勞役。「支」，同肢。

古樂府雜怨三首〔一〕

憶人莫至悲，至悲空自衰；寄人莫剪衣，剪衣未必歸。朝爲雙蔕花〔二〕，暮爲四散飛。花落却遶樹，遊子不顧期(1)。

夭桃花清晨，遊女紅粉新(2)；　夭桃花薄暮，遊女紅粉故。樹有百年花〔三〕，人無一定顔。

花送人老盡，人悲花自閑。

貧女鏡不明，寒花日少容〔四〕(3)。暗蛩有虛織(4)，短線無長縫。浪水不可照，狂夫不可從(5)；浪水多散影，狂夫多異蹤(6)。持此一生薄，空成萬恨濃〔五〕。

【校記】

〔一〕詩題，《樂府詩集》卷四十三《相和歌辭》題作《雜怨三首》。《全唐詩》本題作《雜怨》，下注云：「一作《古樂府雜怨》」。〔二〕「雙」，《樂府詩集》下注云：「一作同。」《全唐詩》本同。〔三〕「年」，《唐文粹》卷十二作「度」。《樂府詩集》、秦禾本「年」下注云：「一作度」。〔四〕「寒花日」，《唐文粹》作「寒日花」。明秦禾本、《全唐詩》本「日」下注云：「一作日花」。〔五〕「萬」，《樂府詩集》作「百」。明鈔本、弘治本、秦禾本、《全唐詩》本「萬」下注云：「一作百」。

【題解】

此詩三首。第一首寫妻憶夫；第二首寫妻自怨；第三首寫妻怨夫。本詩的特色在於賦比手法的運用極爲自然。第一首先賦後比，第二首先比後賦，第三首又賦比相參。

【注釋】

(1)「不顧期」：不遵守約定的歸期。(2)「夭桃」二句：「夭桃」，鮮嫩豔麗的桃花，亦喻少婦姿色。《詩·周南·桃夭》：「桃之夭夭，灼灼其華。」「遊女」，出遊的女子。《詩·周南·漢廣》：「漢有遊女，不可求思。」(3)「貧女」二句：「鏡不明」，有兩層涵義，一是説因家貧無錢購置新鏡，舊鏡鏡面磨損，照面模糊不清。此說貧。二是暗用徐幹樂府詩意。徐幹《自君之出矣》：「自君之出矣，明鏡暗不治。」言丈夫外出，妻子無心梳妝打扮。此說情。「寒花」，寒冷季節所開之花。日少容，有兩層意思，一言寒花逐日凋謝，二言自己的青春一天天消逝，以寒花自喻。（4）「暗蛩」：在暗處鳴叫的蟋蟀。「蛩」，蟋蟀。因其觸角細長如絲，古人誤認爲它也會吐絲織布。「虛織」，是說蟋蟀所織之布人眼無法看見。（5）「浪水」二句：「浪水」，有波浪之水。「狂夫」，行止不循常軌的人。（6）「異蹤」：怪異的行徑。

靜女吟〔一〕

艷女皆妬色〔二〕，靜女獨檢蹤（1）。任禮恥任粧〔三〕，嫁德不嫁容（2）。君子易求聘〔四〕，小人難自從〔五〕（3）。此志誰與諒〔六〕（4）？琴絃幽韻重。

【校記】

〔一〕《唐文粹》卷十二詩題「吟」作「詞」。〔二〕「妬色」，《唐文粹》「色」作「花」。沈寶研校宋本同。〔三〕「任禮」，《唐文粹》「任」作「體」。〔四〕「易」，《唐文粹》明秦禾本作「未」。〔五〕「自」，《唐文粹》、明秦禾本作「相」。〔六〕「諒」，《唐文粹》、明秦禾本作「說」。

【題解】

《靜女吟》這一樂府詩題爲孟郊獨創。本詩通過對豔女和靜女不同價值觀念的比較，表現了作者振倫常、敦教化的意向。

【注釋】

(1)「艷女」二句：「艷女」，美女。「艷」，「豔」之俗字。「靜女」，貞靜女子。《詩·邶風·靜女》：「靜女其姝，俟我於城隅。」「檢蹤」，檢點自己的行蹤。(2)「任禮」二句：「任」，用。「德」，婦德。《周禮·天官·九嬪》中有「婦德」條，《注》云：「婦德，貞順也。」(3)「君子」二句：「君子」，泛指有才有德的男子。「聘」，古時娶妻和納徵都叫聘。這裡指前者。《大戴禮·盛德》：「婚禮享聘者，所以別男女，明夫婦之義也。」「小人」，泛指沒有德行的男子。「難自從」，言不肯嫁於小人。(4)「諒」：知。漢揚雄《方言》十二：「諒，知也。」

歸信吟(1)

淚墨洒爲書(2)，將寄萬里親。書去魂亦去，兀然空一身(3)。

【題解】

孟郊的不少小詩，善於捕捉生活中稍縱即逝的細節來表現人物的內在精神。本詩即是一例。作者祇是抓住寫好家信將寄未寄時遊子的心理活動，不假雕飾地將之描摹出來，便自然真切動人。

【注釋】

(1)「歸信」：寫給自己家中告訴歸期的書信。(2)「淚墨」：飽和着淚水的墨汁。(3)「兀然」：一動不動、昏沉無知的樣子。

山老吟(1)

不行山下地，唯種山上田。腰斧斫旅松，手瓢汲家泉(2)。詎知文字力？莫記日月遷(3)。蟠木爲我身，始得全天年(4)。

【題解】

本篇描繪了一個近似陶淵明《桃花源》詩中所寫的境界。和陶詩不同的是，陶詩所描繪的是一個避世自樂的群體，而本篇則衹是描寫了一個避世者的形象。

【注釋】

(1)「山老」：隱居深山的老者。(2)「腰斧」二句：「腰斧」，腰插斧子。「旅松」，野松。「旅」在這裡作野生解。《後漢書·光武紀》上：「吾是野穀旅生。」《注》：「旅，寄也。不因播種而生，故曰旅。」這兩句在句法上師法鮑照《代東武吟》中「腰鐮刈葵藿，倚杖牧雞豚」句。「手瓢」，手自持瓢。(3)「詎知」二句：「詎知」，哪裡知道這。兩句即陶淵明《桃花源》詩中「草榮識節和，木衰知風厲。雖無紀曆志，四時自成歲」的境界。(4)「蟠木」二句：「蟠木」，盤曲之木，即《莊子·山木》所言「大木」、《人間世》中所言「散木」。由於這種樹外形醜陋卻因禍得福，「以不材得終其天年」。「爲」，這裡作「變成」解。

遊子吟〔一〕

慈母手中線，遊子身上衣。臨行密密縫，意恐遲遲歸。誰言寸草心〔二〕(1)，報得三春暉(2)。

【校記】

〔一〕明胡震亨《唐音統籤·丁籤》詩題下有「自注：迎母溧上作」七字，《全唐詩》本同。　〔二〕「誰言」，秦禾本、《全唐詩》本下注云：「一作難將」。

【題解】

此詩作於貞元十六、十七年。東野在洛陽應銓選，選爲溧陽縣尉，乃迎養老母於溧上。《遊子吟》篇名最早見於蘇武、李陵贈答詩：「幸有弦歌曲，可以喻中懷。請爲遊子吟，泠泠一何悲！」據此則《遊子吟》早在漢晉之際已經出現。又據《琴操》：「《楚引》者，楚遊子龍丘高出遊三年，思歸故鄉，望楚而長嘆。故曰《楚引》。」今人鄭文《漢詩選箋》認爲《遊子吟》或即《楚引》。若然，則《遊子吟》爲楚聲歌亦無疑問，其出現年代當更早。盛唐詩人儲光羲《霽後貽馬十二巽》詩云：「不見長裾者，空歌《遊子吟》。」與孟郊同時年長于郊的詩人顧況集中亦有《遊子吟》一篇。因此我們認定近人夏敬觀《孟郊詩》一書中謂《遊子吟》乃孟郊自創樂府新題之說不能成立。本篇是孟郊最負盛名的佳作。

【注釋】

（1）「寸草」：小草。（2）「春暉」：春天的陽光。

小隱吟（1）

我飲不在醉，我歡長寂然。酌溪四五盞，聽彈兩三絃。鍊性靜棲白〔一〕，洗情深寄玄〔二〕（2）。號怒路傍子，貪敗不貪全（3）。

【校記】

〔一〕「白」，北宋刻本原作「日」，據蜀刻本、明鈔本、弘治本、秦禾本改。《全唐詩》本作「白」，下注云：「一作日」。

〔二〕「玄」，北宋刻本原作「淵」，下注：「一作塞淵」。據蜀刻本、明鈔本、弘治本、秦禾本、《全唐詩》本改。按「淵」，唐高祖李淵名諱，當避。

【注釋】

（1）「小隱」，德行較淺者逃隱陵藪叫「小隱」。如「伯夷竄首陽」就被認爲是「小隱」。與之對稱的是「大隱」，像「老聃伏柱史」就被當作「大隱」的典型。《文選》王康琚《反招隱詩》：「小隱隱陵藪，大隱隱朝市。」集中概括了這兩種隱逸方式。（2）「鍊性」二句：「鍊性」，道家語。意思是鍛鍊性情，使之平靜若水。此即《老子》中的「汝齋戒，疏瀹爾心，澡雪爾精神」和《莊子・庚桑楚》中的「靜則明，明則虛，虛則無爲而無不爲也」的養性之法。「棲白」，《莊子・人間世》：「虛室生白。」《注》云：「室比喻心。心能空虛，則純白獨生也。」「玄」，黑而有赤色者爲玄。在這裡當作「深遠」或「神妙」解。《老子》：「玄之又玄，衆妙之門。」又云：「玄牝之門，是謂天地之根。」（3）「號怒」二句：譏奔競者。「號」，大聲呼叫。

苦寒吟〔一〕

天色寒青蒼〔二〕，北風叫枯桑。厚冰無裂文，短日有冷光（1）。敲石不得火，壯陰正奪陽〔三〕（2）。調苦竟何言〔四〕？凍吟成此章〔五〕。

【校記】

〔一〕《唐文粹》卷十三詩題「吟」作「行」。〔二〕「天色寒」，《全唐詩》本作「天寒色」，下注云：「一作色寒」。〔三〕「正奪」，《唐文粹》作「奪正」。《全唐詩》本同，下注云：「一作正奪」。〔四〕「調苦竟何言」，「調苦」，《唐文粹》作「苦調」。「竟」，作「更」。《全唐詩》本「竟」下注云：「一作更」。〔五〕「凍」，《唐文粹》作「久」。沈校宋本同。《全唐詩》本作「凍」，下注云：「一作久」。

【題解】

《苦寒吟》，孟郊自創之樂府篇名。《文選》收有魏武帝《苦寒行》。後之擬作甚多，具見郭茂倩《樂府詩集・相和歌・清調曲》中，但無用「吟」者。

【注釋】

（1）「短日」：指冬季短促的白晝。（2）「敲石」二句：「敲石」，指以燧石相擊取火。此云「不得火」，乃反用其意，極言其寒冷。「壯陰」句述説嚴寒天氣產生的原因。古人認爲影響氣候冷暖的是陰陽二氣的變化，陽甚則熱，陰甚則寒。

猛將吟

擬膾樓蘭肉一作玉〔一〕（1），蓄怒時未揚。秋鼙無退聲，夜劍不隱光（2）。虎隊手驅出，豹篇心卷藏（3）。古今皆有言，猛將出北方。

【校記】

〔一〕「樓蘭肉」，《全唐詩》本無「一作玉」注文。

【注釋】

（1）「膾」：細切。「樓蘭」：漢代西域三十六國之一。武帝時遣使通西域大宛諸國，樓蘭地處當道，屢屢攻擊漢使。昭帝即位後，遣傅介子斬其王，改名鄯善，故治在今新疆鄯善縣東南。參見《史記·匈奴傳》、《漢書·西域傳》。唐人詩中常以樓蘭指代敵國、敵人。（2）「秋鼙」二句：「鼙」，一種軍用小鼓。「秋鼙」，秋日的戰鼓。鼙鼓常用來指代戰爭，如劉長卿《送李判官之潤州行營》：「萬里辭親事鼓鼙。」「不隱」，意謂劍鋩不因夜色黑暗而隱匿。（3）「虎隊」二句：「虎隊」，勇猛的軍隊。此寫將軍驅遣士兵。「豹篇」，兵書。即《六韜》中的一篇，名曰《豹韜》。此寫將軍用兵謀略。

傷哉行〔一〕

衆毒蔓貞松（1），一枝難久榮。豈知黄庭客（2），仙骨生不成。春色捨芳蕙〔二〕，秋風遶枯莖（3）。彈琴不成曲，始覺知音傾（4）。館月改舊照，吊賓寫餘情（5）。還舟空江上，波浪送銘旌（6）。

【校記】

〔一〕《樂府詩集》卷六十二《雜曲歌辭》二詩題「哉」作「歌」。〔二〕「色」，明鈔本作「光」。

【注釋】

（1）「貞松」：常青之松，借喻人之節操。唐劉希夷《公子行》：「願作貞松千載古，誰論芳槿一朝新。」（2）「黄庭客」：指研究道家養生修煉之術有素的人。道家經典中有講養生修煉之道的《黄庭經》，「黄庭」即其簡稱。宋張君房《雲笈七籤》有《黄庭内景經》、《黄庭外景經》、《黄庭遁甲緣身經》。其十一《上清黄庭内景經·釋題》云：「黄者，中央之色也；庭者，四方之中也。」以人之腦中、心中、脾中或自然界之天中、人中、地中爲黄庭。（3）「春色」二句：「芳蕙」，香草。「春色」、「秋風」借指造化。「捨芳蕙」、「遶枯莖」，喻天地之無情。「芳蕙」、「枯莖」隱喻亡友。（4）「彈琴」二句：暗用鍾子期、伯牙事。《列子·湯問》：「伯牙鼓琴，志在高山。鍾子期曰：『峨峨兮若泰山。』志在流水。鍾子期曰：『洋洋乎如江河。』伯牙所念，子期必得之。子期死，伯牙絶絃，以無知音者。」這裡作者傷知音已死，故彈琴不能成曲。（5）「館月」二句：「館月」，客舍的月光。「吊賓」，吊喪的賓客。此作者自指。（6）「銘旌」：靈柩前的旗幡。書死者姓名於旗上，以便識别。又名「明旌」。《周禮·春官·司常》：「大喪，共銘旌。」《禮記·檀弓下》：「銘，明旌也。以死者爲不可别已，故以其旌識之。」

古怨〔一〕

試妾與君淚，兩處滴池水。看取芙蓉花，今年爲誰死（1）？

【校記】

〔一〕《全唐詩》本題作《怨詩》，下注云：「一作《古怨》。」

【注釋】

（1）「看取」二句：「看取」，助辭。孟浩然《題大禹寺義公禪房》詩：「看取蓮花淨，方知不染心。」「芙蓉花」，荷花。《爾雅·釋草》：「荷，芙蕖，其花菡萏。」《疏》：「芙蕖是總名，别名芙蓉，江東呼荷。」

湘絃怨

昧者理芳草〔一〕，蒿蘭同一鋤〔二〕(1)。狂飆怒秋林〔三〕，曲直同一枯(2)。嘉禾忌深蠹〔四〕，哲人悲巧誣〔五〕(3)。靈均入迴流，靳尚爲良謀〔六〕(4)。我願分衆泉，清濁各異渠〔七〕；我願分衆巢，梟鸞相遠居(5)。此志諒難保，此情竟何如〔八〕？湘絃少知意，孤響空踟躕〔九〕(6)。

【校記】

〔一〕「理芳草」，《唐文粹》卷十二「理」作「治」。「芳」作「春」。〔二〕「蒿」，《唐文粹》作「蕭」。秦禾本、《全唐詩》本「蒿」下注云：「一作蕭」。〔三〕「狂飆怒秋林」，《唐文粹》「狂」作「盲」。弘治本、秦禾本、《全唐詩》本「狂」下注云：「一作盲」。鈔本「狂」下注云：「一作□」。《唐文粹》「怒」作「怨」。明鈔本、弘治本、秦禾本、《全唐詩》本「怒」下注云：「一作怨」。〔四〕「禾」，蜀刻本、弘治本、《全唐詩》本「禾」作「木」。秦禾本作「木」，下注云：「一作禾」。〔五〕「哲」，《唐文粹》作「直」。〔六〕「謀」，《樂府詩集》卷九十一《新樂府辭》二、《唐文粹》、明鈔本、弘治本、明秦禾本、《全唐詩》本作「謨」。〔七〕「異」，《唐文粹》作「有」。《全唐詩》本「異」下注云：「一作有」。〔八〕「此情竟何如」，《唐文粹》「情」作「意」，「竟」作「誠」。〔九〕「湘絃」二句，《唐文粹》無末二句。

【題解】

此詩當作於貞元八、九年東野來長安應試落第後。詩中通過對屈原被讒的描述，表達了東野落第的痛苦心境，和對科場黑暗、「蒿蘭同鋤」的憤慨。

【注釋】

(1)「昧者」二句：「昧」，此處作掩蔽公道解。《荀子·大略》：「蔽公者謂之昧，隱良者謂之妬」。「昧者」，即不明事理、不按公道行事之人。「理」，治。管理。「蒿」，指代惡草。「蘭」，指代香草。(2)「狂飆」二句：「狂飆」，急驟的暴風。「曲」，彎曲的樹木。「直」，筆直的樹木。這四句中的蒿蘭、曲直各自代表着正直和邪惡兩種勢力。(3)「嘉禾」二句：「蠹」(dù 渡)，食木蟲。此處引申義爲蛀、咬。「哲人」，賢智之人。《書·伊訓》：「敷求哲人，俾輔於爾後嗣。」(4)「靈均」二句：「靈均」，屈原的字。《離騷》：「皇覽揆余初度兮，肇錫余以嘉名。名余曰正則兮，字余曰靈均。」「迴流」，此處指汨羅，屈原投水自沉於此。「靳尚」，楚懷王時大夫，姓上官，名靳尚。《史記·屈原列傳》：「上官大夫靳尚與原同列，爭寵，而心害其能。因讒之，王怒而疏屈平。」「良謀」，直譯爲好主意，這裡作反語用。(5)「梟」：鴟梟。惡禽。「梟」通「鴞」。俗稱猫頭鷹。「鸞」：鳳凰之類的鳥。《説文》：「鸞，亦神靈之精也。赤色，五采雞形，鳴中五音。」(6)「湘絃」二句：「湘絃」，疑用湘靈鼓瑟事。《楚辭·遠遊》：「使湘靈鼓瑟兮，令海若舞馮夷。」此處有「欲取鳴琴彈，恨無知音賞」的感慨。「踟蹰」，徘徊，來回走動。《詩·邶風·靜女》：「愛而不見，搔首踟蹰。」

楚竹吟酬盧虔端公見和湘絃怨

握中有新聲，楚竹人未聞(1)。識音者謂誰？清一作良夜吹贈君〔一〕(2)。昔爲瀟湘引，曾動瀟湘雲(3)。一叫鳳改聽，再驚鶴失一作出羣〔二〕(4)。江花匪秋落，山日當晝曛(5)。衆濁響雜沓，孤清思氛氳(6)。欲知怨有一作者形，願向明月分。一掬靈均淚(7)，千年湘水文。

【校記】

〔一〕「清」，蜀刻本、明鈔本、弘治本、秦禾本、《全唐詩》本「清」下注云：「一作靜。」〔二〕「失」，書棚本「失」下無「一作出」注文。明鈔本同。

【題解】

本篇爲孟郊自創的樂府新題。感遇知音是其題旨。盧虔爲盧從史之父，新、舊《唐書》俱無傳。《新唐書》卷一百三十一《盧從史傳》稱：「父虔，少孤好學，舉進士，歷御史府三院，刑部郎中，江、汝二州刺史，秘書監。」據《唐御史臺精舍題名》、唐張讀《宣室志》諸書攷之，知盧虔在貞元間曾任侍御史，故詩題以「端公」稱之。端公，唐侍御史之别稱，以其位居御史臺之首，號爲臺端，故稱爲端公。

【注釋】

(1)「握中」二句：「握中」，掌中。《文選》劉琨《重贈盧諶》詩：「握中有懸璧，本自荆山璆。」「楚竹」，楚地所産篠竹之類。本篇中楚竹指吹奏的樂曲名稱，即詩題中的「楚竹吟」。(2)「君」：指盧虔。(3)「昔爲」二句：「瀟湘引」，曲名。瀟湘，湖南省境之湘水，在零陵縣西會合瀟水，世稱瀟湘。「引」，樂府詩體的一種，如《箜篌引》、《貞女引》等，「瀟湘引」在本篇中指《湘絃怨》。「曾動瀟湘雲」暗用《列子·湯問》：「(秦青)撫節悲歌，聲震林木，響遏行雲」典故。（4）「一叫」二句：暗用《淮南子·説山》：「瓠巴鼓瑟而游魚出聽，伯牙鼓琴駟馬仰秣」的典故。（5）「江花」二句：「匪」，同「非」。「山日」句化用高適《别董大》：「千里黄雲白日曛」詩意。「曛」，形容落日的昏黄。（6）「衆濁」二句：「衆濁」、「孤清」用《楚辭》屈原《漁父》「舉世皆濁而我獨清」句意。「雜沓」，紛雜。「氛氲」，盛貌。形容清思。（7）「掬」：用雙手捧起。這裡作名詞用，相當於一捧或一把。

遠愁曲

颻颻何所從？遺塚行未逢（1）。東西不見人，哭一作泣向青青松。此地有時盡，此哀無處容。聲飜太白雲，淚洗藍田峯（2）。水涉七八曲，山一作石登千萬重。願迴玄夜月一作虛靈（一），出視白日蹤（3）。

【校記】

（一）「願迴」句，《全唐詩》本「迴」作「邀」，下注云：「一作迴」。宋蜀刻本、明鈔本、明弘治本、明秦禾本、《全唐詩》本「月」下注云：「一作靈」，不作「虛靈」。

【注釋】

（1）「颻颻」二句：「颻颻」，即飄摇，飛動貌。這裡借作動摇不定解。「何所從」，言其心中恍惚，莫知所從。

「遺塚(zhǒng 肿)」，墳地。據詩意當是詩人想出城尋訪被他引爲知己的死者而未得，因抒悲懷。（2）「聲飜」二句：「太白」，終南山山峯名，在陝西盩厔縣南。「藍田」，山名，在陝西藍田縣東。（3）「顧迴」二句：「玄夜」，黑夜。「白日蹤」，指「水涉」、「山登」兩句。

貧女詞寄從叔先輩簡

蠶一作貧女非不勤，今年獨無春（1）。二月冰雪深，死盡萬木身。時令自逆行，造化豈不仁（2）。仰企碧霞仙〔一〕，高控滄海雲（3）。永別勞苦場，飃颻遊無垠。

【校記】

〔一〕「霞」，弘治本作「雲」。

【題解】

觀詩意似爲作者向從叔孟簡傾訴應試落第的悲憤，特設譬巧妙不易覺察耳。按孟簡登第年月，據東野《舟中喜遇從叔簡別後寄上時從叔初擢第郊不從行》詩中「一意兩片雲，暫舍還卻分。南雲乘慶歸，北雲與誰羣」諸語推之，約當在貞元七年。那年東野方自湖州取解來長安應進士試，孟簡已登第歸江南。貞元八年，東野應試落第，疑此詩即是年作。故詩題以「先輩」稱孟簡。《貧女詞》，孟郊自創樂府新題。從叔：父之兄弟稱從父，父之同祖兄弟年幼於父者稱從叔。按韓愈《貞曜先生墓誌銘》：「初，先生所與俱學同姓簡，於世次爲叔父。」孟簡，《舊唐書》卷一百六十三有傳。

【注釋】

（1）「蠶女」二句：「蠶女」，以養蠶爲業的女子。疑東野自喻。「獨無春」，不遇時。（2）「時令」二句：「時令」，歲時節令。「逆行」，謂仲春二月冰雪甚深，春行冬令。「造化」，自然或天的别稱。（3）「仰企」二句：「企」，羨慕。「碧霞」，山林煙霞處。李白《題元丹丘山居》詩：「羨君無紛喧，高枕碧霞裡。」「碧霞仙」，指孟簡。簡與孟郊曾同學山中，時簡又擢進士第。「滄海」，大海。海水青蒼，故稱。又神話中海島名。舊題漢東方朔《海内十洲記》：「滄海島在北海中，……水皆蒼色，仙人謂之滄海也。」

邊城吟

西城近日天一作西域近日天〔一〕，俗稟氣候偏（1）。行子獨自渴，主人仍賣泉〔二〕（2）。燒烽碧雲外，牧馬青坡巔（3）。何處作幽夢？歸思寄仰一作酒眠〔三〕（4）。

【校記】

〔一〕「西城近日天」，明鈔本、弘治本「日」下注云：蜀刻本作「志」，非是。「一作水」，無「一作西域近日天」注文。《全唐詩》本「城」下注云：「一作域」，「日」下注云：「一作水」。〔二〕「主」，《全唐詩》本「主」下注云：「一作居」。〔三〕「何處」二句，蜀刻本作「何處作夢歸，空思寄仰（一作酒）眠。」弘治本、《全唐詩》本「作幽」作「鶻突」。《全唐詩》本下注云：「一作作幽」。

【注釋】

(1)「西城」：泛指邊城。「近日天」：言邊地氣候炎熱異常，使人有離日甚近之感。(2)「行子」二句：「行子」，旅客。鮑照《東門行》：「居人掩閨卧，行子夜中飯。」「主人」一本作「居人」。「主人」、「居人」均對「行子」而言。(3)「燒烽」二句：「燒烽」，點燃烽火。「烽」，古代邊防報警的信號。《墨子·號令》：「晝則舉烽，夜則舉火。」「牧馬」，放馬。此二句暗示戰爭即將在邊地發生。(4)「仰眠」：仰首而眠。

新平歌送許問

邊柳三四尺，暮春一作莫奏離別歌。早迴儒士駕，莫飲土番河(1)。誰識匣一作篋中寶，楚雲章句多(2)。

【題解】

此詩疑當作於貞元九年。據詩題「新平」及詩中「邊柳」諸語推之，當與《邊城吟》爲一時先後之作。許問，不詳爲何人。《新平歌》爲東野自創的樂府新題。新平，隋置郡名，唐屬關内道邠州。故治在今陝西省邠縣境。

【注釋】

(1)「早迴」二句：「儒士」，這裡指許問。「土番河」，泛指新平一帶河水。(2)「誰識」二句：「匣中寶」，謂玉。晉石崇《王明君辭》：「昔爲匣中寶，今爲糞上英。」此二句借用春秋時楚人卞和泣血獻玉事，贊美許問的才華。兼以贈别。

殺氣不在邊

殺氣不在邊，凛然中國秋⑴。道險不在山，平地有摧輈⑵。河中又起兵〔一〕，清濁俱鑠流⑶。豈唯私客艱，擁滯官行舟⑷。况余隔晨昏，去家成阻修⑸。忽然兩鬢雪，固是一日愁〔二〕。獨寢夜難曉，起視星漢浮⑹。凉風蕩天地，日夕聲颼飀⑺。萬物無少色，兆人皆老憂⑻。長策苟未立⑼，丈夫一作志士誠可羞〔三〕。靈響復何事⑽，劍鳴思戮讎。

【校記】

〔一〕「河中」，蜀刻本作「淮河」，明鈔本、弘治本、秦禾本作「河南」，《全唐詩》本作「河南」，「南」下注云：「一作中」。

〔二〕「固」，《全唐詩》本作「同」，下注云：「一作固」。　〔三〕「丈夫」，蜀刻本下無「一作志士」注文，弘治本同。

【題解】

此詩當作於建中三、四年。建中三年（七八三）藩鎮朱滔、王武俊等舉兵與田悦連合，同唐朝互爭政權。十一月，朱滔、田悦、王武俊、李納等各稱王號。李希烈亦與聯合，自稱建興王、天下都元帥。此詩即爲紀述當時藩鎮之變作，是一篇很有思想深度的詩作。氣勢宏放，格調高古，在藝術上也比較成功。

【注釋】

（1）「殺氣」二句：「殺氣」，鍾嶸《詩品》：「或負戈外戍，殺氣雄邊。」「中國」，我國上古時代建國於黃河流域，以爲居天下之中，故稱中國。後即以指中原地區。這裡「中國」是和邊地相對而言的。「凜然」，形容秋天的寒冽，暗示時局嚴重，令人緊張生畏。「秋」，在這裡指自然氣候的寒冷，兼指政治氣候、軍事爭鬥的肅殺氛圍。（2）「道險」二句：作者以行車爲喻，意謂翻車與否，並不在道路的崎嶇與平坦。二語暗諷唐王朝忽視了腹心地帶的河南藩鎮，以至釀成大亂。「輈」，原意爲用於兵車、田車、乘車上的轅。也泛指爲車。「摧輈」，摔壞的車。王維《與胡居士皆病寄此詩兼示學人》詩云：「何津不鼓棹，何路不摧輈。」（3）「河中」二句：河中起兵事見題解。「清濁俱鏁流」，意謂由於藩鎮作亂，致使汴水梗阻，不能暢通。「鏁」同「鎖」。（4）「豈唯」二句：「私客」，指被困在藩鎮勢力範圍内的外地客人。「官行舟」，指唐王朝的漕運船隻。當時李希烈陰謀奪取汴州（河南開封），李納屢遣遊兵引導李希烈斷絶汴州糧道（見《新唐書・李希烈傳》），甚至使當時「東南轉輸者，皆不敢由汴渠，自蔡水而上」（見《資治通鑑》）。（5）「況余」二句：「晨昏」，早晚。這裡指人子早晚向親長問安、侍奉。《禮記・曲禮》：「凡爲人子之禮，冬温而夏清，昏定而晨省。」「去家」，猶離家。「阻修」，言道路阻隔遥遠。《文選》張載《擬四愁詩》：「我所思兮在營州，欲往從之路阻修。」（6）「星漢」：天河。銀河。（7）「凉風」二句：「凉風」，北風。《爾雅・釋天》：「北風謂之凉風。」陸機《從軍行》有「凉風嚴且苛」句。「颼飀」（sōu liú 搜留），風聲。《玉篇》：「颼飀，風聲貌。」（8）「兆人」：指萬民，也即兆民。兆，數名詞。唐代以避李世民諱，民均改作人。（9）「長策」：「策」，本義爲馬鞭，引申爲謀略、計劃。此處用引申義。即良策。（10）「靈響」：謂因靈異而發聲。此指劍鳴。

結　愛〔一〕

心心復心心，結愛務在深(1)。一度欲離一作言別，千迴結衣襟。結妾獨守一作棲志〔二〕(2)，結君早歸意。始知結衣裳，不如結心腸。坐結行亦結，結盡百年月(3)。

【校記】

〔一〕《全唐詩》本題下注云：「一作古結愛」。　〔二〕蜀刻本「棲」作「悽」。

【題解】

《結愛》這一樂府新題爲孟郊首創。但最早使用「結愛」一詞的疑爲王筠。王筠在《春月二首》中寫道：「同衾遠遊説，結愛久相離。」

【注釋】

（1）「心心」二句：謂彼此間的情意。句式模仿《古詩十九首》「行行復行行」，和南朝梁江總《長相思》「心心不相照，望望何由知」。　（2）「獨守志」：意謂爲丈夫獨守空牀之志。《古詩十九首》：「蕩子行不歸，空牀難獨守。」（3）「百年」：《列子·楊朱》：「百年，壽之大齊。」此言一直相愛到老。

絃歌行〔一〕

驅儺擊鼓吹長笛(1)，瘦鬼染面惟齒白。暗中崒崒拽茅鞭，倮足朱褌行慼慼〔二〕(2)。相顧笑聲衝庭燎，桃弧射矢時獨叫(3)。

【校記】

〔一〕蜀刻本題下旁注「七言」二字。　〔二〕「褌」，北宋刻本誤作「襌」，今據諸本改。

【題解】

此詩所寫乃古代民俗驅儺的場面。

【注釋】

(1)「驅儺」(nuó 挪)：古時臘月驅除疫鬼的儀式。《禮記·郊特牲》：「鄉人裼(shāng 傷)」注：「裼，强鬼也。謂時儺，索室毆疫逐强鬼也。」《論語·鄉黨》作「鄉人儺」。蓋言鬼曰裼，驅逐此鬼曰儺。强鬼，强死之鬼。《吕氏春秋·季冬紀》「大儺」注亦云：「今人臘前一日擊鼓驅疫，謂之逐除，是也。」　(2)「暗中」二句：「崒崒」(zú 足)，高貌。「茅鞭」，束茅爲鞭。「倮」，同「裸」。「倮足」，赤足。「朱褌」(kūn 昆)，紅色的褲子。「慼慼」，憂懼貌。　(3)「相顧」二句：「庭燎」，大蠟燭。《詩·小雅·庭燎》：「庭燎之光。」《傳》：「庭燎，大燭也」。「桃弧」，桃弓。「矢」，謂棘矢。棘枝做的箭。桃弧棘矢爲古代避邪除災之具。《左傳·昭公四年》：

「唯是桃弧棘矢，以除其災。」《注》：「桃弓棘箭，可以禳除凶邪，將御至尊故也。」

覆巢行〔一〕

荒城古木枝多枯，飛禽嗷嗷朝哺雛(1)。枝傾巢覆雛墜地，烏鳶下啄更相呼(2)。陽和發生均孕育〔二〕，鳥獸有情知不足(3)。枝危巢小風雨多，未容長成已先覆。靈枝珍木滿上林，鳳巢阿閣重且深(4)。爾今所託非本地〔三〕，烏鳶何得同一作知爾心(5)。

【校記】

〔一〕蜀刻本題下旁注「七言」二字。　〔二〕「均」，蜀刻本作「匀」。　〔三〕「非本地」，沈校宋本作「本非地」。

【題解】

這是一篇寓言詩。詩中通過對「有情知不足」的飛禽「嗷嗷朝哺雛」，遭逢「巢覆」和烏鳶「下啄」雛鳥情景的描寫，寄寓了對飛禽所棲非地的感慨和同情。

【注釋】

(1)「嗷嗷」：衆聲嘈雜，這里形容鳥叫的聲音。《詩·小雅·鴻雁》：「鴻雁于飛，哀鳴嗷嗷。」「雛」，同雞。　(2)「烏鳶」：「烏」，烏鴉；「鳶」(yuān 冤)，鷙鳥名。俗稱鷂鷹。「更相呼」：暗用《詩·豳風·鴟鴞》「鴟鴞鴟鴞，既取我子，無毁我室」詩意。　(3)「陽和」二句：「陽和」，温暖和暢之氣，通常指春氣。《史記·秦始皇本紀》：「時在中春，陽和方起。」此句意謂造物主孕育萬物本是一視同仁，意同《貧女詞》中的「造化豈不仁」。「知（志zhì）不足」，智識不足。指飛禽結巢枯枝之上。（4）「靈枝」二句：「上林」，苑名。本秦時舊苑，漢武帝增而廣之。司馬相如有《上林賦》極言其侈，故址在今陝西省長安縣西及盩厔縣界。「鳳」，鳳凰，古代傳説中的一種靈鳥。《爾雅·釋鳥》郭璞注：「鳳凰，瑞應鳥，鷄頭、蛇頸、燕頷、龜背、魚尾，五彩色，高六尺許」。「阿閣」，有四柱的閣。晉皇甫謐《帝王世紀》：「黄帝時鳳凰巢於阿閣。」（5）「爾」：指枝傾巢覆，嗷嗷哺鶵的飛禽。

出門行二首〔一〕

長河悠悠去無極，百齡同此可嘆息（1）。秋風白露沾人衣，壯心凋落奪顔色〔二〕。少年出門將訴誰？川無梁兮路無歧（2）。一聞陌上苦寒奏（3），使我佇立驚且悲。君今得意厭粱肉（4），豈復念我貧賤時。

海風蕭蕭天雨霜（5），窮愁獨坐夜何長。驅車舊憶太行險（6），始知遊子悲故鄉。美人相思隔天闕（7），長望雲端不可越。手持琅玕欲有贈，愛而不見心斷絶（8）。南山峩峩白石爛，碧海之波浩漫漫（9）。參辰出没不相待，我欲横天無羽翰（10）。

【校記】

〔一〕宋蜀刻本題下旁注「七言」二字。 〔二〕「奪」，明秦禾本、《全唐詩》本下注云：「一作舊」。

【題解】

觀詩意此詩當爲早歲出遊感懷之作。受張衡《四愁》詩影響較爲明顯。雖露愁苦氣象，但不乏慷慨悲壯之音。

【注釋】

（1）「長河」二句：「長河」，源遠流長的大河。「無極」，猶言無窮。《莊子·逍遥遊》：「猶河漢而無極也。」「百齡」，百歲之壽。《後漢書·馮衍傳》：「百齡之期未有。」 （2）「川無梁」：《楚辭》：「道壅塞而不通兮，江河廣而無梁。」「歧」：岔路。 （3）「陌」：道路。「苦寒」：古歌曲名。魏武帝有《苦寒行》。《文選》江淹《望荊山》詩：「一聞苦寒奏，再使豔歌傷。」李善注：「沈約《宋書》曰：北上苦寒行，魏帝辭。」 （4）「粱肉」：謂美食佳肴。《列子·力命》：「衣則衣錦，食則粱肉。」「厭」：同饜，飽足。 （5）「蕭蕭」：風聲。《史記·荊軻傳》：「風蕭蕭兮易水寒」。「雨」（玉yù）：降。作動詞用。 （6）「太行險」：太行，山名，緜延山西、河北、河南三省界，素稱險阻。晉歐陽建詩：「不涉太行險，誰知斯路難。」 （7）「天闕」：天門。 （8）「手持」二句：「琅玕」（láng gān 郎甘），似珠子的美石。張衡《四愁詩》：「美人贈我金琅玕，何以報之雙玉盤。」「愛而不見」，《詩·邶風·靜女》：「愛而不見，搔首踟躕。」「愛」，與「僾」通。隱藏，蔭蔽。 （9）「南山」二句：此兩句改造寧戚歌辭而成。《史記·魯仲連鄒陽列傳》《集解》引應劭語：「齊桓公夜出迎客，而寧戚疾擊其牛角商歌曰：

『南山矸，白石爛，生不遭堯與舜禪。短布單衣適至骭。從昏飯牛薄夜半，長夜曼曼何時旦。』公召與語，説之，以爲大夫。」「南山」，泛指南面的山。「峩峩」，高峻貌。（10）「參辰」二句：「參辰」，參星和辰星。參星居西方，辰星在東方，出没兩不相見。因以借喻人之不相遇或理想之難以變成現實。「待」，等待。「横天」，横，當中截斷。顧況《小孤山》詩：「寒鴉接飯雁横天。」「羽翰」，羽翼。何遜《贈韋記室黯别》詩：「無因生羽翰，千里暫排空。」《詩·邶風·柏舟》：「不能奮飛。」此取其義。

湘妃怨 一作湘靈祠〔一〕

南巡竟不返，二妃怨一作悲逾積〔二〕（1）。萬里喪蛾眉，瀟湘水空碧（2）。冥冥荒山下，古廟收真魄〔三〕（3）。喬木深青春，清光滿一作肅瑶席（4）。搴芳徒有薦〔四〕，靈意殊脉脉（5）。玉佩不可親，徘徊煙波夕（6）。

【校記】

〔一〕沈校宋本題下無「一作湘靈祠」旁注。　〔二〕「二妃怨逾積」，沈校宋本「二妃」作「帝子」，《樂府詩集》卷五十七《琴曲歌辭》一亦同，下注「一作二妃」。《全唐詩》本作「二妃」，下注：「一作帝子」。明鈔本「逾」作「愈」。　〔三〕「真」，蜀刻本、弘治本、秦禾本作「貞」。　〔四〕「有」，秦禾本《全唐詩》本下注云：「一作自。」

【題解】此詩當作於貞元九年。本年東野再下第，乃自長安出，作楚湘之遊。此即作者遊至湖南憑弔湘靈祠之作。湘靈祠在湖南巴陵。唐屬江南道岳州。按《琴操》有《湘妃怨》，又有《湘夫人曲》。

【注釋】

（1）「南巡」二句：《史記·五帝本紀》：「舜踐帝位三十九年，南巡狩，崩於蒼梧之野，葬於九疑山，是爲零陵。」「二妃」，指娥皇、女英。劉向《列女傳》：「帝堯之二女，長曰娥皇，次曰女英。堯以妻舜于嬀汭。舜既爲天子，娥皇爲后，女英爲妃。舜死於蒼梧，二妃死於江湘之間。」羅含《湘中記》云：「舜二妃死爲湘水神，故曰湘妃。」按詩題即合二人言之。（2）「萬里」二句：「蛾眉」：美女的代稱。《詩·衛風·碩人》：「螓首蛾眉。」《離騷》王逸《注》：「娥皇、女英隨湘水溺焉。」（3）「真魄」：指娥皇、女英。（4）「瑶席」：以玉飾席。古時多用以降神。（5）「搴芳」二句：「搴」（qiān 謙），採摘。「薦」，獻，進。「脉脉」，含情不語貌。《文選·古詩十九首》之十：「盈盈一水間，脉脉不得語。」李益《華山南廟》詩：「落日春草中，搴芳薦瑶席。」與此意近。（6）「玉佩」二句：「玉佩」，古代結於衣帶上的佩物。《禮記·曲禮下》：「立則磬折垂佩。」《疏》曰：「佩，玉佩也。」「佩」通「珮」。末四句寫憑弔湘靈祠對二妃的景仰悵惘之情。

巫山曲〔一〕

巴江上峽重復重，陽臺碧峭十二峯（1）。荆王獵時逢暮雨，夜卧高丘夢神女（2）。輕紅流煙濕豔姿，行雲飛去明星稀(3)。目極魂斷望不見，猿啼三聲淚滴衣(4)。

【校記】

〔一〕蜀刻本題下旁注「七言」二字。

【題解】

此詩疑作於貞元九年東野南遊楚湘途中。

【注釋】

(1)「巴江」二句：「巴江」，嘉陵江之正源。宋樂史《太平寰宇記》卷一三六渝州引《三巴記》：「謂閬白二水，南流曲折如巴字之狀。」「峽」，謂巫峽，長江三峽之一，在湖北巴東縣西，與四川巫山縣接界。此句謂巴江進入巫峽山重水複。「陽臺」，山名，在巫山縣城北隅。清顧祖禹《讀史方輿紀要》夔州府巫山縣條：「陽臺山在縣治北，高百丈。志云：上有雲陽臺遺址。」「十二峯」，指巫山十二峯。《御覽詩》唐李端《巫山高》：「巫山十二峯，皆在碧虛中。」 (2)「荆王」二句：「荆王」，楚王。「荆」，楚之别稱。《春秋·莊公十年》「荆敗師於莘」《注》：「荆，楚之本號。」案宋玉《高唐賦·序》：「昔者先王，嘗遊高唐，夢見一婦人，曰『妾巫山之女也，爲高唐之客。聞君遊高唐，願薦枕席。』王因幸之。去而辭曰：『妾在巫山之陽，高丘之阻，且爲朝雲，暮爲行雨。朝朝暮暮，陽臺之下。』旦朝視之，如言，故爲立廟，號曰朝雲。」「先王」，指楚懷王。宋玉當時與之對話的是楚襄王。宋玉《神女賦》又云：「楚襄王與宋玉遊于雲夢之浦，使玉賦高唐之事。其夜王寢，果夢與神女遇。」

（3）「輕紅」二句：「輕紅」，指花。梁簡文帝《梁塵》詩：「帶日聚輕紅。」「流煙」，流動的雲霧和煙嵐。張翰《周小史》詩：「飛霧流煙。」「豔姿」，指神女或神女峰。「行雲」，比喻神女會楚王，天未明即飛去。「明星稀」，天色未明之象。魏武帝《短歌行》：「月明星稀。」（4）「猿啼三聲」：酈道元《水經注》三十四《江水》注：「漁者歌曰：巴東三峽巫峽長，猿啼三聲淚沾裳。」

巫山高〔一〕

見盡數萬里，不聞三聲猿（1）。但飛蕭蕭雨，中鬱亭亭魂〔二〕（2）。千載楚襄恨〔三〕，遺文宋玉言（3）。至今晴明天一作青冥裏〔四〕，雲結深閨門（4）。

【校記】

〔一〕《全唐詩》本題下注云：「一作行」。〔二〕「鬱」，宋蜀刻本作「有」，《樂府詩集》卷十七《鼓吹曲辭》二、明鈔本、明弘治本同。《全唐詩》本作「有」，下注云：「一作鬱」。〔三〕「楚襄」，《全唐詩》本「襄」作「王」，下注：「一作襄」。《樂府詩集》卷十七《鼓吹曲辭》二作「襄」，下注云：「一作王」。〔四〕「晴明天」，《樂府詩集》作「青冥裏」。沈校宋本、明鈔本作「青冥裏」，下注：「一作晴明天」。

【題解】

《巫山高》，漢樂府鐃歌十八曲之一。《樂府詩集》卷十七《鼓吹曲辭》二有漢鐃歌《巫山高》。吳兢《樂府解題》曰：「《巫山高》古辭，言江淮水深，無梁可度。臨水遠望，思歸而已。若齊王融《想象巫山高》、梁范雲《巫山高不極》，雜以陽臺神女之事，無復遠望思歸之意也。」孟郊此詩當屬後者。

【注釋】

（1）「三聲猿」：見《巫山曲》注（4）。（2）「但飛」二句：「蕭蕭」，雨聲。韓愈《盆池五首》詩：「從今有雨君須記，來聽蕭蕭打葉聲。」「亭亭」，孤峻高潔之貌。（3）「千載」二句：「楚襄恨」，謂楚襄王夢與神女相遇事。宋玉《神女賦》云：「歡情未接，將辭而去。遷延引身，不可親附。……闇然而暝，忽不知處。……惆悵垂涕，求之至曙。」此楚襄王所以遺恨於千載也。「宋玉言」，指宋玉所作《高唐賦》和《神女賦》。均見《楚辭》。（4）「至今」二句：言至今在天晴日朗時雲霧仍然籠罩着神女的深閨。此句是作者想象語。

楚怨

秋入楚江水，獨照汨羅魂（1）。手把緑荷泣，意愁珠淚黐（2）。九門不可入，一犬吠千門（3）。

【題解】

此詩疑亦作於東野貞元九年南遊楚湘途中。抒寫作者憑弔屈原所産生的萬千感慨。與《湘妃怨》及《旅次湘沅有懷靈均》諸詩大約爲一時先後之作。這首詩較早地體現出孟詩「孤芳擢荒穢，苦語餘詩騷」的特點。

【注釋】

（1）「秋入」二句：「楚江」，此處泛指。「照」，映照。「汨羅」，水名，在今湖南湘陰縣境，唐屬岳州湘陰縣。按唐李吉甫《元和郡縣志岳州湘陰縣》條：「汨水……又西經羅國故城爲屈潭，即屈原懷沙自沈之所。又西流入於湘水。」「汨羅魂」，指自投汨羅，以死徇國的屈原。（2）「手把」二句：此寫詩人引屈原爲知己，故手把緑荷而泣，既哀屈原之不遇，也借以抒發自己遭際迍邅的愁思。按屈原《離騷》：「製芰荷以爲衣兮，集芙蓉以爲裳。」屈原被服高潔，故東野用以比況屈原。（3）「九門」二句：「九門」，古制天子所居有九門。見《禮記·月令》：季春三月，「毋出九門」《注》。又指神話傳説中的九道天門。《楚辭》宋玉《九辯》：「豈不鬱陶而思君兮，君之門以九重。猛犬狺狺而迎吠兮，關梁閉而不通。」此二語即本其意。言屈原欲納忠於君，但遭讒毁，不能見容。觀詩意也是自我傾訴其應試落第的憤慨。韓愈《孟生詩》所謂「騎驢到京國，欲和薰風琴。豈識天子居，九重鬱沈沈。一門百夫守，無籍不可尋」諸語，正與此意同，可以互參。

塘下行

塘邊日欲斜，年少早還家。徒將白羽扇，調妾木蘭花（1）。不是城頭樹，那棲來去鴉〔一〕（2）。

【校記】

〔一〕「棲」，蜀刻本作「知」。

【題解】

本詩疑爲東野早年所作。詩旨與《列女操》、《靜女吟》相近。按《樂府詩集》卷三十五《相和歌辭》十《清調曲》三有《塘上行》。據吳兢《樂府解題》知《塘上行》古辭有魏武帝作和文帝甄皇后作兩説。其主題爲「歎以讒訴見棄，猶幸得新好不遺故惡焉」。孟郊易「上」爲「下」，並且賦予了歌頌貞女節操的主題。與漢樂府《陌上桑》主題相同，而敍寫繁簡迥異。

【注釋】

（1）「徒將」二句：「白羽扇」，用白鳥羽製成的扇子。裴啟《語林》：「諸葛武侯以白羽扇指麾三軍。」「調」，調謔戲弄。「木蘭花」，此當爲女性頭上佩帶的首飾，或頭上所插的木蘭花。屈原《離騷》：「朝搴阰之木蘭兮。」（2）「不是」二句：「城頭樹」，象徵青樓。「來去鴉」，象徵尋花問柳的男人。

臨池曲〔一〕

池中春蒲葉如帶（1），紫菱成角蓮子大。羅裙蟬鬢寄迎風〔二〕，雙雙伯勞飛向東（2）。

【校記】

〔一〕蜀刻本題下旁注「七言」二字。〔二〕「寄」，蜀刻本作「倚」。《全唐詩》本作「倚」，下注：「一作寄」。

【題解】

本篇疑爲東野早年鄉居之作。詩人通過象徵幸福和愛情的自然物象的描寫，刻畫了一個臨池少女懷春形象。不明言其思嫁，而求偶之意已躍然紙上。

【注釋】

（1）「蒲」：水草。梁元帝蕭繹《蒲生我池中》：「池中種蒲葉，葉影蔭池濱。」（2）「羅裙」二句：「蟬鬢」，古代婦女的一種髮式。晉崔豹《古今注》下《雜注》：魏文帝宮人莫瓊樹「乃製蟬鬢，縹緲如蟬，故曰蟬鬢」。「伯勞」，鳥名，屬鳴禽類，又稱鶪或鴂。《詩·豳風·七月》：「七月鳴鶪。」《傳》：「鶪，伯勞也。」李時珍《本草綱目》：「伯勞，象其聲。」《玉臺新詠》卷九《東飛伯勞歌》：「東飛伯勞西飛燕，黄姑（星名，即牽牛）織女時相見。」

車遥遥

路喜到江盡，江上又通舟。舟車兩無阻，何處不得遊？丈夫四方志（1），女子安可留？郎自别日言，無令生遠愁。旅鴈忽叫月，斷猿寒啼秋（2）。此夕夢君夢，君在百城樓〔一〕（3）。塞淚無因波〔二〕，寄恨無因輈〔三〕（4）。願爲馭者手（5），與郎迴馬頭。

【校記】

〔一〕「百」，秦禾本、《全唐詩》本「百」下注云：「一作北」。〔二〕「塞淚無因波」，《樂府詩集》卷六十九《雜曲歌辭》九、蜀刻本「塞」作「寒」。明鈔本、弘治本、秦禾本「塞」作「寄」。《全唐詩》本作「寄」，下注「一作寒」。「因」下注云：「一作回」。蜀刻本「波」作「收」。按作「波」義較長。　〔三〕「因」，《全唐詩》本「因」下注云：「一作回」。

【題解】

《車遥遥》，樂府雜曲歌辭名。梁車斅以及與孟郊同時的張籍、張祜、胡曾都寫過這個樂府詩題。車斅《車遥遥》辭云：「車遥遥兮馬洋洋，追思君兮不可忘。君安遊兮西入秦，願將微影隨君身。君在陰兮影不見，君仰日月妾所願。」孟郊詩亦寫此主題，代閨中少婦立言，抒發其對久遊不歸的丈夫的刻骨思戀。

【注釋】

（1）「四方志」：《左傳·僖公二十三年》：「子有四方之志，其聞之者，吾殺之矣。」按古代男子出生時，家人以桑木爲弓，蓬草爲矢，射天地四方。義取男子長成後當志在四方。（詳見《禮記·内則》）　（2）「斷猿」：斷腸之猿。《世説新語·黜免》：「桓公入蜀，至三峽中，部伍中有得猿子者，其母緣岸哀號，行百餘里不去，遂跳上船，至便絶。破視其腹，腸皆寸寸斷。公聞之怒，命黜其人。」晉干寶《搜神記》所紀略同。　（3）「百城樓」：「百城」，謂多城。孟浩然《與黄侍御北津泛舟》詩：「隄緣九里郭，山面百城樓。」（4）「因輈」：「因」，依靠。「輈」：見前《殺氣不在邊》注（2）。　（5）「馭者」：車夫。「馭」同御。

征婦怨四首〔一〕

良人昨日去（1），明月又不圓。别時各有淚，零落青樓前（2）。

君淚濡羅巾(3)，妾淚滿路塵。羅巾去在手〔二〕，今得隨妾身。路塵如得風〔三〕，得上君車輪。

漁陽千里道，近如中門限(4)。中門有外踰〔四〕(5)，漁陽去在眼。

生在綠羅下〔五〕，不識漁陽道。良人自戍來(6)，夜夜夢中到。

【校記】

〔一〕一作聶夷中詩，收《全唐詩》卷六百三十六，題作《雜怨》，下注云：「一作孟郊詩，題云《征婦怨》。」聶詩分作兩首，字句、篇次與孟詩互有異同。同卷另有聶夷中《雜怨》一篇，即孟詩《征婦怨》之第二首。弘治本、《全唐詩》本亦合成兩首，但與聶詩篇次不同。《全唐詩》本第一首末注云：「前四句，一本別作一首。」第二首末注同。《樂府詩集》九十四《新樂府辭》五本詩第三、四首次序互倒。〔二〕「去」，弘治本、秦禾本作「長」，《全唐詩》本作「長」，下注：「一作去」。第三首「去在眼」同。《樂府詩集》「去」亦作「長」。按作「長」義較長。〔三〕「得」，《樂府詩集》作「因」，《全唐詩》本「得」下注云：「一作因」。〔四〕「有外踰」，《樂府詩集》、明鈔本、弘治本、秦禾本、《全唐詩》本作「踰有時」。〔五〕「綠羅」，《樂府詩集》「綠」作「絲」。明鈔本、弘治本、秦禾本、《全唐詩》本「綠」下注云：「一作絲」。《全唐詩》本「羅」下注云：「一作蘿」。

【題解】

本篇每首皆以征婦的口吻寫她日夜懷念征人的所思所感。通篇不着一怨字，而征婦之怨自見。

【注釋】

(1)「良人」：征夫。即詩中思婦的丈夫。《孟子・離婁下》「良人者，所仰望而終身也。」《集注》：「良人，夫也。」(2)「零落」：墮落。「青樓」：指顯貴家之閨閣，或美人所居之樓。曹植《美女篇》：「借問女安居，乃在城南端。青樓臨大路，高門結重關。」(3)「濡」(rú如)：霑濕。(4)「漁陽」二句：「漁陽」，古代地名。

在今河北省薊縣。顧祖禹《讀史方輿紀要・直隸順天府薊州》：「隋末置漁陽縣，唐初屬幽州。神龍初，縣改屬營州，開元四年復屬幽州。十八年置薊州治焉，自是州、郡皆治此。」唐白居易《長恨歌》：「漁陽鼙鼓動地來」，即指此地。「中門限」，「中門」，内外室之間的門。「限」，門檻。古人於門下横木以爲内外之別。又稱閾。（5）「踰」：跳過，超越。同「逾」。《詩・鄭風・將仲子》：「將仲子兮，無踰我牆。」

（6）「戍」：戍地。

空城雀〔一〕

一雀入官倉（1），所食寧損幾。祇慮往復頻，官倉終害爾。魚網不在天，鳥羅不張水（2）。

飲啄要自然，可以空城裏（3）。

【校記】

〔一〕一作聶夷中詩，收《全唐詩》卷六百三十六。下注云：「一作孟郊詩」。《樂府詩集》卷六十八《雜曲歌辭》八載此詩，亦題聶夷中作。字句均與孟集互有異同。

【題解】

《空城雀》，樂府雜曲歌辭名。南朝宋鮑照、唐李白、王建均有同題詩作。鮑照詩的主題是歎惜空城雀「朝食野粟，夕飲冰河。高飛畏鴟鳶，下飛畏網羅。辛傷伊何言，怵迫良已多」的悲慘境遇。孟郊此詩在主題上翻了鮑照舊案。他主張「飲啄要自然」，對於那種頻頻出入官倉的雀兒提出告誡。認爲在空城里「朝拾野粟，夕飲冰河」的雀兒可以全身遠害，反而值得稱許。

【注釋】

(1)「官倉」：官府的糧倉。(2)「魚網」二句：《楚辭》屈原《九歌》：「鳥何萃兮蘋中，罾何爲兮木上。」東野詩意與此類似。(3)「飲啄」二句：「自然」，意謂遂其本性。《莊子·養生主》：「澤雉十步一啄，百步一飲。不蘄蓄乎樊中。」東野「飲啄自然」取義於此。

閑　怨〔一〕

妾恨比班竹〔二〕，下盤煩冤根(1)。有笋未出土，中已含淚痕。

【校記】

〔一〕宋蜀刻本卷一目録作「閨怨」。秦禾本、《全唐詩》本題下旁注：「一作閨怨。」蜀刻本正文及明鈔本題作「閑怨」，無旁注。

〔二〕「班」，明鈔本、弘治本、《全唐詩》本作「斑」。按：「班」與「斑」通。

【注釋】

(1)「妾恨」二句：「斑竹」，一名湘妃竹。竹身有紫色或灰色斑點。舊題晉張華《博物志》：「堯之二女，舜之二妃，曰湘夫人。舜崩，二妃啼，以涕揮湘竹，竹盡斑。」「盤」，迴繞。「煩冤」，愁悶委曲之意。《楚辭》屈原

《九章・抽思》:「煩寃瞀容。」

羽林行

朔雪寒斷指〔一〕,朔風勁裂冰(1)。胡中射鵰者,此日猶不能(2)。翩翩羽林兒,錦臂飛蒼鷹(3)。揮鞭快白馬〔二〕,走出黄河凌〔三〕(4)。

【校記】

〔一〕「朔」,蜀刻本作「胡」。　〔二〕「快」,宋蜀刻本作「決」,《樂府詩集》卷六十三《雜曲歌辭》同。《全唐詩》本作「快」,下注云:「一作決」。　〔三〕「凌」,宋蜀刻本作「陵」。按作「凌」義較長。

【題解】

《羽林行》,樂府名,屬《雜曲歌辭》。孟郊友人王建、鮑溶皆有同題詩作。見《樂府詩集・雜曲歌辭》三。鮑溶詩旨在禮贊羽林兒的慷慨報國。王建詩旨在揭露羽林兒「百回殺人身不死,赦書尚有收城功」的仗勢爲非。孟郊此詩則在贊賞羽林兒的驃悍英武,遠非胡中射雕者所可比擬。羽林,皇帝禁衛軍的名稱。一説所以爲主者羽翼也。言其如羽之疾,如林之多。漢武帝時初置建章營騎,掌宿衛侍從,後更名羽林騎。

【注釋】

(1)「朔雪」二句:「朔雪」,北方的雪。《爾雅・釋訓》:「朔,北方也。」鮑照《學劉公幹體》詩:「胡風吹朔雪，千里度龍山。」「朔風」，北風。夏侯湛《雜詩》：「朔風動秋草，邊馬有歸心。」（2）「胡中」二句：「胡」，我國古代對北方邊地及西域各少數民族的稱呼。「能」，受得住。與「耐」通。（3）「錦臂」：古代打獵時所戴一種革製臂衣，用以停立獵鷹，若今之套袖。亦稱臂韝。唐竇鞏《新羅進白鷹》詩：「漢皇無事須游獵，雪亂爭放錦臂韝。」（4）「淩」：冰。《詩·豳風·七月》：「二之日鑿冰沖沖，三之日納於淩陰。」「淩陰」，即冰室。

古意

河邊織女星，河畔牽牛郎（1）。未得渡清淺，相對遥相望（2）。

【題解】

此詩有《古詩十九首》的情調。可能是早歲模仿練筆的得意之作。《古詩十九首》有《迢迢牽牛星》一首，孟郊此篇師其意而不師其辭。古詩繁縟而孟詩簡括；古詩穠豔而孟詩平澹。「古意」與「擬古」同，多寫古代故事，往往别有寄託。

【注釋】

（1）「河邊」二句：「河」，銀河。「織女星」，天琴星座主星，在銀河北，與牽牛星隔河相對。「牽牛郎」，即牽牛星，天鷹星座主星，在銀河南，俗稱「扁擔星」。（2）「未得」二句：即取「河漢清且淺，相去復幾許。盈盈一水間，脈脈不得語」之義。

古別離〔一〕

欲別牽郎衣，郎今到何處？不恨歸來遲，莫向臨邛去⑴。

【校記】

〔一〕一作聶夷中詩，收《全唐詩》卷六百三十六，題下注云：「一作孟郊詩。」字句互有異同。

【題解】

《古別離》，樂府《雜曲歌辭》名。《樂府詩集》卷七十一《雜曲歌辭》題解曰：「楚辭曰：『悲莫悲兮生別離。』古詩曰：『行行重行行，與君生別離。相去萬餘里，各在天一涯。』後蘇武使匈奴，李陵與之詩曰：『良時不可再，離別在須臾。』故後人擬之爲《古別離》。」

【注釋】

⑴「臨邛」：古縣名，秦置。今四川省邛崍縣。卓文君私奔司馬相如的故事即發生在這裡。此處的臨邛非實指其地，乃隱諷其夫勿學司馬相如外出另覓新歡。

遊俠行

壯士性剛決，火中見石裂⑴。殺人不迴頭，輕生如暫別⑵。豈知眼有淚，肯白頭上髮。

平生無恩酬，劍閑一百月(3)。

【注釋】

(1)「壯士」二句：「剛決」指剛毅而能決斷的個性。《新唐書·僕固懷恩傳》：「爲人雄重寡言，應對舒緩，然剛決犯上。」「火中見石裂」，是形容剛決的比喻。(2)「蹔」：暫時。同「暫」。(3)「一百月」：指歲月悠長，並非實指。

黄雀吟

黄雀舞承塵〔一〕，倚恃主人仁(1)。主人忽不仁，買彈彈爾身。何不遠飛去，蓬蒿正繁新(2)。蒿粒無人爭(3)，食之足爲珍。莫覷翻車粟(4)，覷翻罪有因。黄雀不知言，贈之徒慇懃。

【校記】

〔一〕「承塵」，北宋刻本原作「埃塵」。明鈔本、弘治本、秦禾本、《全唐詩》本作「承塵」，義較長。今據改。

【題解】

此詩刺貪。詩題孟郊自創，蓋托物寄諷，與《覆巢行》、《空城雀》詩意相近。可稱之爲寓言詩，旨在勸世人以遂性爲主，以知足爲樂。全身遠害，勿介入奔競之場。

【注釋】

(1)「黄雀」二句：「黄雀」，鳥名，屬鳴禽類。「承塵」，藻井，即天花板。一説古時懸掛在牀上以承塵土的小帳幕。也名「帟」。《急就篇》三「承塵」注：「承塵，施於牀上，以承塵土。因爲名也。」(2)「蓬蒿」：蓬草與蒿草，俱草名。《莊子·逍遥遊》：「斥鴳笑之曰：彼且奚適也，我騰躍而上，不過數仞而下，翱翔蓬蒿之間，此亦飛之至也。」(3)「蒿粒」：蓬蒿的籽粒。(4)「覰」(qù去)：窺伺。「翻車粟」：即車翻後潑在路上的粟。《桂陽先賢書贊》：「成丁，郴人，能達鳥鳴，爲郡主簿。與衆人俱坐，聞雀鳴而笑曰：『東市輦粟車覆，雀相呼往食之。』遣視信然。」一説「翻車」乃捕鳥的器具。《爾雅·釋器》：「罦，覆車也。」晉郭璞《注》：「今之翻車也。有兩轅，中施罥以捕鳥。」二説皆可通。

有所思〔一〕

桔槔烽火晝不滅〔二〕，客路迢迢信難越〔三〕(1)。古鎮刀攢萬片霜，寒江浪起千堆雪(2)。此時西去定如何？空使南心遠淒切(3)。

【校記】

〔一〕蜀刻本題下旁注「七言」二字。〔二〕「桔槔」句，北宋刻本原作「秸橰」，非是。據蜀刻本、《樂府詩集》卷十七《鼓吹曲辭》二、弘治本、秦禾本、《全唐詩》本改。「晝」，蜀刻本作「盡」。按作「晝」義較長。〔三〕「信」，蜀刻本作「言」，非是。

【注釋】

（1）「桔槔」二句：「桔槔」，升降烽火的機械設施，其法若北方水井打水時用桔槔升降水桶。《漢書·郊祀志》上：「通權火」張晏注：「權火，烽火也。狀若井挈皋（即桔槔）矣。」「信」，真，確實。（2）「古鎮」二句：「攢」，聚集。「刀攢萬片霜」，言軍容整肅，劍戟森嚴。蘇軾《念奴嬌·赤壁懷古》詞中的「驚濤拍岸，捲起千堆雪」即化用「寒江浪起千堆雪」意境。（3）「此時」二句：「定如何」，疑問語。「定」，究竟。「南心」，即思家憶鄉之心。蓋因東野家在南方，此刻身向北國，故云。

求仙曲

仙教生爲門（1），仙宗靜爲根（2）。持心若妄求〔一〕，服食安足論（3）？鏟惑有靈藥，餌真成本源（4）。自當出塵網，馭鳳登崑崙〔二〕（5）。

【校記】

〔一〕「若」，《樂府詩集》卷九十五《樂府雜題》五作「苦」。《全唐詩》本「若」下注云：「一作苦」。〔二〕「登」，《樂府詩集》作「昇」。《全唐詩》本「登」下注云：「一作升。」

【題解】

此詩詩旨是諷刺服食求神仙的做法。《求仙曲》，《樂府詩集》歸之於《新樂府辭》。同代詩人張籍有《求仙行》。取義與東野此詩相近，但批判鋒芒無此尖銳。

【注釋】

（1）「仙教」句：「仙教」，指道教。因道教是唐朝的國教，不便放言指斥，故稱爲仙教。「生」，猶生生。謂安於性命之自然。意謂順應自然爲道家學說之關鍵。（2）「仙宗」句：「仙宗」，道教的根本。「宗」，本源。《呂氏春秋・下賢》：「以道爲宗。」《注》：「宗，本也。」《老子》：「萬物並作，吾以觀其復。夫物芸芸，各復歸其根，歸根曰靜。」（3）「持心」二句：「持」，執著，固守。「持心」，猶執心。「妄求」，作非分的追求。「服食」句謂靠食丹藥求長生的做法不足爲訓。《古詩十九首・驅車上東門》：「服食求神仙，多爲藥所誤。」東野取義於此。（4）「鏟惑」二句：「鏟惑」句謂消除迷惑別有靈藥，而非服食求仙。「餌」，動詞，作「食用」解。「真」，道家以順應本性，自然無爲爲真。以上兩句對言。（5）「自當」二句：「出塵網」，比喻人在世間有種種拘束，如魚在網中。故稱塵網。東方朔《東方太中集・與友人書》：「不可使塵網名韁拘鎖。」「馭」，同「御」，駕御。「崑崙」，山名。也作昆侖。在今新疆、西藏之間。古代神話傳說中的仙山。

嬋娟篇〔一〕

花嬋娟，泛春泉（1）；竹嬋娟，籠曉煙（2）；妓嬋娟，不長妍（3）；月嬋娟，真可憐（4）。夜半姮娥朝太一，人間本自無靈匹（5）。漢宮承寵不多時〔二〕，飛燕婕妤相妬嫉（6）。

【校記】

〔一〕宋蜀刻本題下旁注「雜言」二字。〔二〕「承寵」，北宋刻本原作「成寵」。明鈔本、弘治本、《全唐詩》本作「承寵」。今據改。

【題解】

此詩列舉花、竹、月和女性幾種色態美好的人和物，說明一切美好的東西都難以長久。

【注釋】

（1）「花嬋娟」二句：張旭《桃花溪》詩：「桃花盡日隨流水」，與此義近。嬋娟，色態美好。（2）「竹嬋娟」二句：元稹《雜憶詩五首》之二：「花籠微月竹籠煙。」（3）「妓嬋娟」二句：曹植《雜詩七首》之三：「南國有佳人，容華若桃李。俛仰歲將暮，榮耀難久恃。」此師其義。（4）「月嬋娟」二句：沈佺期《雜詩三首》之三：「可憐閨裏月」。（5）「夜半」二句：「姮娥」，即嫦娥。神話中的月中女神。相傳爲后羿之妻。「姮」本作「恒」，因避漢文帝劉恒諱，改稱常娥。通稱嫦娥，相沿至今。《淮南子·覽冥》云：「羿請不死之藥於西王母，姮娥竊之以奔月。」「太一」，同「太乙」。神名。「太」也作「泰」。《史記·封禪書》：「天神貴者太一。」又《史記·天官書》：「中宮天極星，其一明者太一常居也。」《正义》：「泰一，天帝之别名也。」劉伯莊云：「泰一，天神之最尊貴者也。」「靈匹」，神仙匹偶。原指牽牛、織女二星。這裡借指人間理想的匹配。謝惠連《七月七日夜咏牛女詩》：「雲漢有靈匹，彌年闕相從。」（6）「漢宮」二句：「承寵」，蒙受恩寵。王昌齡《春宮曲》：「平陽歌舞新承寵，簾外春寒賜錦袍。」「飛燕」，即趙飛燕，漢成帝宮人，成陽侯趙臨之女。初學歌舞，以體輕號曰飛燕。先爲婕妤，後立爲后。《漢書》卷九十七下有傳。「婕妤」，宮中女官名。漢武帝時置。一作「倢伃」。這裡指班婕妤。班婕妤，漢班況女，班彪之姑。《漢書・外戚傳》下：「成帝初即位，班婕妤選入後宮，俄而大幸爲婕妤。後趙飛燕寵盛，婕妤失寵。」退處東宮。

南浦篇〔一〕

南浦桃花亞水紅(1)，水邊柳絮由春風，鳥鳴喈喈煙濛濛(2)。自從遠送對悲翁，此翁已與少年別，唯憶深山深谷中。

【校記】

〔一〕蜀刻本題下旁注「七言」二字。

【注釋】

(1)「南浦」：本意指面南的水邊。《楚辭》屈原《九歌・河伯》：「子交手兮東行，送美人兮南浦。」《注》：「願河伯送己南之江之涯，歸楚國也。」後多泛指送別的地點。江淹《別賦》：「送君南浦，傷如之何？」「亞」：同壓。(2)「喈喈」：形容鳥聲清脆悅耳。《詩・周南・葛覃》：「維葉萋萋，黃鳥于飛。集于灌木，其鳴喈喈。」

清東曲

櫻桃花參差，香雨紅霏霏(1)。笑笑競攀折〔一〕，美人濕羅衣。采采清東曲，明眸豔珪玉(2)。

青巾艑上郎（3），上下看不足。南陽公首詞〔二〕，編入新樂録（4）。

【校記】

〔一〕「笑笑」，沈校宋本、《全唐詩》本作「含笑」。《全唐詩》本「含笑」下注云：「一作笑笑」。弘治本、秦禾本作「一笑。」

〔二〕「南陽公」，明鈔本、《全唐詩》本「公」下注云：「一作宫」。

【題解】

《清東曲》，孟郊自創之樂府新題。按孟郊貞元八年初下第後東歸，訪張建封於徐州。此詩當爲東野來徐州後一時遊宴之作，與本集卷四《南陽公請東櫻桃亭子春讌詩》當爲同時之作。孟郊詩素以苦寒著稱，此詩獨清麗澹雅，色彩敷腴。

【注釋】

（1）「櫻桃」二句：「參差」，不齊貌。「香雨」，花露。「霏霏」，紛飛貌。《詩·小雅·采薇》：「今我來思，雨雪霏霏。」（2）「采采」二句：「采采」，盛貌。《文選》漢禰衡《鸚鵡賦》：「采采麗容」李善《注》引「韓詩曰：『采采衣服。』薛君曰：『采采，盛貌也。』」此句指《清東曲》，兼指歌者。「珪」，原義爲古代帝王諸侯朝會時所執玉珮，這裡借指美玉。（3）「艑」（biǎn 貶）：一種大船。「青巾郎」：戴青色頭巾的青年男子。（4）「南陽」二句：「南陽公」，謂張建封。韓愈《此日足可惜》：「僕射南陽公，宅我睢水陽。」《注》：「南陽公，張建封也。」案：張建封，鄧州南陽人，故稱。「首詞」，言第一個寫作《清東曲》這個樂府新題，宜將其編入新樂録中。

孟郊詩集校注卷二

樂府下

織婦辭〔一〕

夫是田中郎，妾是田中女。當年嫁得君，爲君秉機杼(1)。筋力日已疲，不息窗下機。如何織紈素，自著藍縷衣(2)？官家牓村路，更索栽桑樹(3)。

【校記】

〔一〕「婦」，弘治本作「女」。《全唐詩》本作「婦」，下注云：「一作女」。

【注釋】

(1)「秉」：操持。「機杼」：紡織用具。機以轉軸，杼以持緯。(2)「如何」二句：「紈素」，精緻潔白的細絹，産於齊國。《文選》班婕妤《怨歌行》：「斷裂齊紈素，皎潔如霜雪。」「藍縷衣」，破衣爛衫。「藍縷」也作「襤褸」。《小爾雅》：「布褐而紩之，謂之藍縷。」《注》引《方言》云：「楚謂凡人貧，衣破醜敝爲藍縷。」

（3）「官家」，民間對官方的稱呼。「牓」，告示。與「榜」通。此處作張貼告示解。「索」，要求，命令。

古　意

蕩子守邊戍，佳人莫相從（1）。去來年月多，苦愁改形容（2）。上山復下山，踏草成古蹤。徒言採蘼蕪，千度不一逢〔一〕（3）。鑒獨是明月，識志唯寒松（4）。井桃始開花，一見悲萬重。人顏不再春，桃色有再濃（5）。捐氣入空房〔二〕，無憀乍從容（6）。啓貼理針線（7），非獨學裁縫。手持未染綵〔三〕，繡爲白芙蓉。芙蓉無染污，將以表心素（8）。欲寄未歸人，當春無信去（9）。無信反增愁，愁心緣隴頭（10）。願君如隴水，冰鏡水還流（11）。宛宛青絲繩〔四〕，纖纖白玉鉤（12）。王鉤不虧缺，青絲無斷絶。迴還勝雙手，解盡心中結（13）。

【校記】

〔一〕「千度不一逢」，明鈔本、弘治本、秦禾本、《全唐詩》本「千」作「十」。宋蜀刻本作「千」。按上言「踏草成古蹤」，以作「千」義較長。「不一逢」，《全唐詩》本作「一不逢」。　〔二〕「捐氣」，北宋刻本原作「指氣」，疑誤。蜀刻本同。據沈校宋本、明鈔本、弘治本改。《全唐詩》本作「捐氣」。「捐」下注云：「一作指」。　〔三〕「未」，北宋刻本原作「夫」，誤。據蜀刻本、明鈔本、弘治本、秦禾本、《全唐詩》本改。　〔四〕「繩」，明鈔本作「線」，下注「一作繩」。《全唐詩》本同。

【題解】

本詩寫思婦獨居之寂寞和堅貞不二之情懷。託物寄情，纏綿往復，深得風詩之旨。

【注釋】

（1）「蕩子」二句：「蕩子」，遠行不歸之人。這裡指征夫。「守邊戍」，邊戍，邊境的營壘、城堡。「佳人」，美人。這裡指思婦。（2）「去來」二句：「去來」，往來。《商君書・墾令》：「去來賚送之禮。」此「去來」意爲時間流逝，若人之去來。「形容」，指容顏。（3）「上山」四句：此反用古詩「上山採蘼蕪」詩意。言思婦見夫心切，日日登山望歸。但上山千遭，未得一逢。（4）「鑒獨」二句：「鑒」，同「鑑」。「獨」，即獨守之志。孟詩《結愛》有「結妾獨守志」，即其意。陳延傑注云：此兩句「言月可鑒吾心，松可識我操」。（5）「井桃」四句：東野《古樂府雜怨》其二云：「樹有百年花，人無一定顏。花送人老盡，人悲花自閑」，可與此互參。（6）「掯氣」二句：「掯（kèn 裉）氣」，俗語。憋住呼吸的氣息。滯留不發曰掯。「憀」，同「聊」。《説文解字》段玉裁《注》：「憀，賴也。且也。按聊者憀之假借字。」「乍」，忽然。「從容」，安逸舒緩。（7）「啓」：開。「貼」：不詳所指。疑是唐代婦女所用針線夾子之類。（8）「芙蓉」二句：「心素」，内心的情愫。李白《寄遠》詩：「空留錦字表心素。」此言不改節操，一如芙蓉之潔白無染。（9）「信」：古代稱使者爲信，也叫信使。《史記・司馬相如傳・喻巴蜀檄》：「故遣信使，曉喻百姓以發卒之事。」這裡指送信的人。（10）「緣」：圍繞，沿着。「隴頭」：隴山之邊，在甘肅天水境内。（11）「願君」二句：「隴水」，水名。《三秦記》曰：隴山「其坂九回，上者七日乃越。上有清水四注下，所謂隴頭水也」。「冰鏡」句，言願君如隴頭水，即便爲冰雪所凍，仍然還流到家。（12）「宛宛」二句：「宛宛」，迴旋屈曲貌。「青絲」，喻黑髮。「青絲繩」，繫髮的頭绳。「白玉鈎」，白玉製成的帶鈎之類的婦女飾物。（13）「迴還」二句：「迴還」，迂迴環繞。指玉鈎和青絲繩。言用此二物可以解盡心中之鬱結，勝似雙手。《詩·曹風·鳲鳩》：「心如結兮。」

折楊柳二首

楊柳多短枝，短枝多别離。贈遠累攀折，柔條安得垂（1）？青春有定節（2），離别無定時。但恐人别促，不怨來遲遲。莫言短枝條，中有長相思。朱顔與緑楊，併在别離期（3）。

樓上春風過，風前楊柳歌。枝疎緣别苦，曲怨爲年多。花驚燕地雲〔一〕，葉映楚池波（4）。誰堪别離此？征戍在交河（5）。

【校記】

〔一〕「雲」，沈校宋本、《樂府詩集》卷二十二《横吹曲辭》二作「雪」。

【題解】

《折楊柳》，樂府篇名。漢横吹曲之一。《樂府詩集》卷二十二《横吹曲辭·漢横吹曲》有《折楊柳》。《宋書·五行志》曰：「晉太康末，京洛爲《折楊柳》之歌，其曲多言兵革苦辛之事。」按：《樂府詩集》所集六朝及唐人所作《折楊柳》大都爲傷别之作。

【注釋】

（1）「楊柳」四句：此言折柳贈行，借道中所見，致其依依惜別之情。《三輔黃圖》卷六《橋》：「霸橋在長安東，跨水作橋。漢人送客至此橋，折柳贈別。」（2）「青春」：春天。《梁元帝纂要》：「春曰芳春、青春、陽春、九春。」《文選》何晏《景福殿賦》：「結實商秋，敷華青春。」（3）「朱顏」二句：「朱顏」，指送別者的容顏。「緑楊」，指送別時最關情的景物。「併在別離期」，是説朱顏和緑楊同時出現在別離場面上，容易增人感傷。（4）「花驚」二句：句中「雲」，一作「雪」。言楊花似雪，故易由路傍楊花聯想塞外飛雪。柳葉如眉，故連帶而生驚鴻照影之悲。二語雖從眼前景物生發，而實已綰合送別雙方。（5）「交河」：古城名。漢車師前首府。唐置交河郡交河縣，故地在今新疆省吐魯番西北。

和丁助教塞上吟

哭雪復吟雪，廣文丁夫子（1）。江南萬里寒，曾未及如此。整頓氣候誰？言從生靈始（2）。無令惻隱者，哀哀不能已（3）！

【題解】

《樂府詩集·新樂府辭》中有《塞上行》、《塞上曲》。《塞上吟》當亦同爲新樂府辭。本篇作年無考。詩中主旨嘆塞上之苦寒，哀民生之多艱。「助教」，官名。唐時國子學、太學、廣文館、四門學皆設助教。

【注釋】

（1）「哭雪」二句：陳延傑注：「哭雪，怨寒也。怨寒而復吟塞上曲者，唯廣文助教能之。」「廣文」，廣文館之簡稱。杜佑《通典·職官·諸卿下國子監》：「大唐天寶九載，置廣文館學生進士，廣文館博士一人，助教一人，並以文士爲之。」「丁夫子」，不詳其名。以下四句均寫丁助教《塞上吟》。（2）「整頓」二句：「氣候」，時節。《素問·六節藏象論》：「五日謂之候，三候謂之氣，六氣謂之時，四時謂之歲。」「生靈」，生民。「整頓」二句意爲若要整頓氣候，使之寒熱協調，當先從關心人民疾苦始。（3）「無令」二句：「惻隱」，見人被禍而心不忍。《孟子·告子上》：「惻隱之心，人皆有之。」「惻隱之心，仁也。」「哀哀」，《詩·豳風·蓼莪》：「哀哀父母，生我劬瘁。」此二句續申前説，東野自言所以和詩之意。意謂不要讓百姓啼饑號寒，不要讓關心百姓生活的仁人徒增慨嘆。

古怨別

颯颯秋風生，愁人怨離別。含情兩相向，欲語氣先咽〔一〕(1)。心曲千萬端(2)，悲來卻難説。
別後唯所思(3)，天涯共明月。

【校記】

〔一〕「咽」，蜀刻本作「噎」。

【題解】

本詩爲寫離愁別緒之名篇。作時年月無攷。「含情」四句寫盡人間離別愁境。柳永《雨霖鈴》：「寒蟬淒切，……執手相看淚眼，竟無語凝噎。」意境與此相類。

【注釋】

（1）「咽」：哽咽。漢樂府《隴頭歌》：「隴頭流水，鳴聲嗚咽。」（2）「心曲」：心中的委曲。《詩·秦風·小戎》：「在其板屋，亂我心曲。」《箋》：「心曲，心之委曲也。」「千萬端」：言心中欲言之事千頭萬緒。（3）「所思」：「所」，代詞，彼此。此言分手後只有彼此思念。

古別曲

山川古今路，縱橫無斷絶。來往天地間，人皆有離別。行衣未束帶(1)，中腸已先結(2)。不用看鏡中，自知生白髮〔一〕。欲陳去留意〔二〕，聲向言前咽〔三〕。愁結填心胸，茫茫若爲説〔四〕。荒郊煙莽蒼(3)，曠野風淒切。處處得相隨，人那不如月？

【校記】

〔一〕「知」，蜀刻本作「是」。〔二〕「意」，蜀刻本作「音」。按：作「意」義較長。〔三〕「向」，蜀刻本作「高」。按：作「向」義較長。〔四〕「若爲」，《全唐詩》本下注云：「一作爲君。」

【注釋】

（1）「行衣」：外出旅行的衣服。「未束帶」：言尚未穿著就緒。（2）「中腸」，腹中愁腸。（3）「莽蒼」：空曠無際貌。這裡形容荒煙迷茫的景色。

樂府戲贈陸大夫十二丈三首〔一〕

蓮子不可得，荷花生水中〔二〕。猶勝道傍柳，無事一作時蕩春風。

綠萍與荷葉〔三〕，同此一水中〔四〕。風吹荷葉在，綠萍西復東。

蓮葉未開時〔五〕，苦心終日卷。春水一作風徒蕩漾，荷花未開展。

【校記】

〔一〕《樂府詩集》卷七十七《雜曲歌辭》十七題作《樂府》三首。〔二〕「荷」，《全唐詩》本下注云：「一作蓮。」末句同。〔三〕「綠」，《樂府詩集》、弘治本、《全唐詩》本作「淥」，下同。〔四〕「同此一水中」，《全唐詩》本「此」下注云：「一作在。」「水」下注云：「一作泉。」〔五〕「蓮葉未」，《樂府詩集》「葉」作「花」，《全唐詩》本下注云：「一作花不。」

【題解】

此詩當作於貞元十三年。是年東野僑寓汴州。「陸大夫」，即陸長源。陸長源貞元十二年以御史大夫佐董晉幕，爲宣武行軍司馬。治汴州。「十二丈」：「丈」，對前輩的尊稱。「十二」，排行第十二之簡稱。「戲贈」，言此詩是以調侃遊戲的筆墨寫成。「樂府」，言用樂府體裁。

此組詩用比體寫成。第一首以荷花比陸長源。以己比道傍柳。蓮子者，愛子之謂也。言己雖愛陸，而身份各異，難以接近。此正調侃之辭。謂陸深沈，而己輕躁。第二首以荷葉比陸，以綠萍自比。謂陸有根柢，而己則天涯流浪，一如無根之浮萍。第三首仍以蓮葉荷花喻陸長源。藉蓮葉、荷花未開時不爲春水所動，譬陸長源之老成持重，不肯隨波逐流。「春水」，此處喻外物。

附　陸長源戲答

芙蓉初出水，菡萏露中花。風吹着枯木，無奈值空槎。

勸善吟醉會中贈郭行餘

瘦郭有志氣，相哀老龍鍾(1)。勸我少吟詩，俗窄難爾容(2)。一口百味別，況在醉會中。四座正當喧，片言何由通？顧余昧時調，居止多疎慵。見書眼始開，聞樂耳不聰。視聽互相隔〔一〕，一身且莫同。天疾難自醫，詩僻將何攻(3)？見君如見書，語善千萬重。自悲咄咄感(4)，變作煩惱翁。煩惱不可欺一作不可欺古劍，古劍澁亦雄(5)。知君方少年，少年懷古風。藏書拄屋脊〔二〕，不借與凡聾(6)。我願拜少年，師之學崇崇。從它笑爲矯〔三〕，矯善亦可宗(7)。

【校記】

〔一〕「互相隔」，秦禾本「互」作「不」。宋書棚本「隔」作「會」，明鈔本作「隔」，下注云：「一作會」。〔二〕「拄」，蜀刻本作「柱」。「拄」與「柱」通。〔三〕「它」，蜀刻本、明鈔本、弘治本、《全唐詩》本作「他」。「它」，古「他」字。

【題解】

據此詩中所述，知本篇作時孟郊已是「相哀老龍鍾」了。此時他的「矯激」的詩風已經到了「俗窄難爾容」的地步。他在創作上已十分自覺地追求一種和「時調」異趣的傾向。據韓愈《薦士》詩中「行身踐規矩，甘辱耻媢竈」、「俗流知者誰，指注競嘲嗷」諸語及《醉留東野》詩「東野不得官，白首誇龍鍾」諸語推之，疑此詩當作於元和元年東野僑寓長安時，或元和年間東野居洛陽時。

【注釋】

（1）「瘦郭」二句：「瘦郭」，謂郭行餘。汝州刺史，孟郊的忘年交。「瘦」，既言其形體堅瘦，亦謂其風骨崚嶒。「龍鍾」，老而失意貌。高適《人日寄杜二拾遺》詩：「龍鍾還忝兩千石，愧爾東西南北人。」此言老之例。元載《入關別妻》詩：「年來誰不似龍鍾，雖在侯門不見容。」此言失意之例。東野元和初從溧陽辭職歸來，前途未卜，故既老而又潦倒失意，悲踰他人。（2）「俗窄」：指世俗之偏見、妬嫉。「爾」：謂東野。（3）「天疾」二句：「天疾」，與生俱來的疾病。《公羊傳・衛縶何爲不君》曰：「有天疾者，不得入乎宗廟。」此處是反語，謂自己爲人不肯逢迎權貴和追逐時髦。「詩僻」，性僻於詩。《梁書・簡文帝紀》：「帝雅好題詩。其序云：『七歲有詩癡，長而不倦。』」（4）「咄咄」：《晉書・殷浩傳》：「浩被黜放，口無怨言，但終日書空，作『咄咄怪事』四字而已。」此句說東野對於自己命運如此偃蹇感覺困惑。（5）「煩惱」二句：此承上而言，謂雖煩惱仍不可侮。下句以古劍自喻，謂古劍雖銹猶雄。「澀」，生銹。元稹《元氏長慶集》卷六《三嘆》詩之一：「孤劍鋒刃澀，猶能神彩生」，與此意同。（6）「知君」四句：謂郭行餘年少有志，胸懷古風，迥異流俗。（7）「我願」四句：「崇崇」，高峻貌。《漢書》八七上《揚雄傳》上《甘泉賦》：「崇崇圓丘，隆隆天兮。」「從」，通縱。「矯」，猶言矯情，謂故意違背常情以立異。又强貌。《禮記·中庸》：「故君子和而不流，强哉矯！」意謂東野願拜郭行餘爲師，縱使他人笑東野矯情，然矯善亦可尊崇也。

望夫石

望夫石，夫不來兮江水碧（1）。行人悠悠朝與暮，千年萬年色如故（2）。

【題解】

此詩疑當作於貞元九年東野南遊楚湘期間。因此詩所寫望夫石疑爲湖北武昌北山之望夫石。南朝宋劉義慶《幽明録》：「武昌北山上有望夫石，狀若人立。古傳云：昔有貞婦，其夫從役遠赴國難，餞送此山，立望夫而化爲立石，因名焉。」蘇軾有《望夫臺》詩，詩曰：「山頭孤石遠亭亭，江轉船迴石似屏。可憐千古長如昨，船去船來自不停。浩浩長江赴東海，紛紛過客似浮萍。誰能坐待山月出，照見寒影高伶俜。」意境全類東野，而其風格古澹處則遠遜東野此詩。

【注釋】

（1）「夫不來」句：望夫石依山臨江，故與長江互相映帶，終古如斯。詩意謂江水空碧，悵望其夫之不來也。陳延傑注：「李白詩：『思君不可得，愁見江水碧。』此師其意者。」（2）「千年」句：以石色如故，比喻貞婦堅貞不渝的節操。

寒江吟

冬至日光白，始知陰氣凝。寒江波浪凍一作急，千里無平冰。飛鳥絶高羽一作去〔一〕，行人皆晏興（1）。荻洲素浩渺，碕岸澌稜磳（2）。煙舟忽自阻，風帆不相乘（3）。何況異形體，信任爲股肱（4）。涉江莫涉凌（5），得意須得朋。結交非賢良，誰免生愛憎。凍水有再浪，失飛有載騰（6）。一言縱醜詞，萬響無善應（7）。取鑒諒不遠，江水千萬層（8）。何當春風吹，利涉吾道弘（9）。

【校記】

〔一〕「一作去」，明鈔本、弘治本「去」作「樹」。《全唐詩》本注云：「一作樹，一作去。」

【題解】

據詩語知東野寫此詩前曾有結交失人之誤。詩中「涉江莫涉凌，得意須得朋」、「取鑒諒不遠，江水千萬重」、「一言縱醜詞，萬響無善應」諸語可證。因之他見寒江而生感慨。《審交》詩中的「莫躡冬冰堅，中有潛浪翻」，正可用作此詩主旨。

【注釋】

（1）「飛鳥」二句：「絶」，猶絶跡。「高羽」，高飛之鳥。此言因酷寒而無高飛之鳥。「晏興」，猶言晚起。（2）「荻洲」二句：「荻洲」，長有荻草的洲渚。「荻」，草名，禾本科，生水邊及原野。「素浩渺」，指平時長滿荻草的洲渚水面廣大空闊。「碕岸」，「碕」同圻，或作「埼」，指彎曲的水岸。「澌」，解凍時流動的冰。《楚辭》屈原《九歌·河伯》：「與汝遊兮河之渚，流澌紛兮將來下。」「澌」同「凘」。「稜磳」（léng céng 棱層），重叠不平貌。也作「崚嶒」。《文選》沈約《鍾山詩應西陽王教》：「崚嶒起青嶂。」呂向注：「崚嶒，叠重貌。」（3）「不相乘」：謂風帆和舟不能乘勢順流前進。（4）「何況」二句：意謂人和江水寒冰形體各異，唯股肱堪予信任。「股肱」（gōng 弓），「股」，大腿。「肱」，手臂由肘到腕的部分。股肱連用，比喻左右輔助得力的人。（5）「凌」：積冰。（6）「凍水」二句：「再浪」，猶言解凍。「載騰」，「載」，同再。「騰」，跳躍，奮起。（7）「一言」二句：此與上二句對應而言。謂醜詆之辭，縱使一言也將産生不良的響應。極言人言可畏，必須慎交。（8）「取鑒」二句：謂以寒江作爲前事之鑒戒。《詩·大雅·蕩》：「殷鑒不遠，在夏后之世。」（9）「何當」二句：「利涉」，順利渡河。《易·需》：「利涉大川。」「道弘」，《文選》孔融與魏武帝《論盛孝章書》：「友道可弘矣。」二語謂希冀春風吹凍，使能順利渡河。比喻結交賢良，弘揚友道。

感興上

審交

種樹須擇地〔一〕，惡土變木根。結交若失人，中道生謗言(1)。君子芳桂性(2)，春榮冬更繁一作春濃寒更繁〔二〕。小人槿花心(3)，朝在夕不存。莫躡冬冰堅，中有潛浪翻(4)。唯當金石交(5)，可以賢達論〔三〕。

【校記】

〔一〕「樹」，蜀刻本作「木」。　〔二〕「春榮冬更繁」，《唐文粹》作「春濃寒更繁」。　〔三〕「以」，蜀刻本《唐文粹》卷十六上作「與」。秦禾本、《全唐詩》本作「以」，下注云：「一作與。」按作「與」義較長。

【題解】

此篇主旨亦在交友須慎四字上。

【注釋】

(1)「結交」二句：「失人」，謂交非其人。「中道」，半路上。　(2)「芳桂」：桂之芳香者。桂樹爲常青喬木，春冬一樣，緑葉婆娑。故詩人引爲君子不易其操的象徵。　(3)「槿花」：花名。即木槿花。夏秋開花。

朝開暮斂。（4）「莫躡」二句：即《寒江吟》中的「涉江莫涉凌，得意須得朋。結交非賢良，誰免生愛憎」之意。（5）「金石交」：謂交誼堅如金石。《漢書》三十四《韓信傳》：「今足下雖自以爲與漢王爲金石交。」

怨別

一別一迴老，志士白髮早(1)。在富易爲容，居貧難自好。沉憂損性靈(2)，服藥亦枯槁。秋風遊子衣〔一〕，落日行遠道。君問去何之一作去住蹤〔二〕，賤身難一作寧自保。

【校記】

〔一〕「遊子」，《全唐詩》本「遊」下注云：「一作客」。〔二〕「君問」句，《全唐詩》本「君問」下注云：「一作問君」。明鈔本、弘治本句下無「一作去住蹤」注文。

【注釋】

（1）「志士」：守節義的人。《孟子·滕文公》：「志士不忘在溝壑。」注：「志士，守義者也。」（2）「性靈」：性情，精神。南朝梁陶弘景《答趙英才書》：「任性靈而直往。」

百憂(1)

萱草女兒花，不解壯士憂(2)。壯士心是劍，爲君射斗牛(3)。朝思除國讎一作難，暮思除國讎(4)。計盡山河畫，意窮草木籌(5)。智士日千慮，愚夫唯四愁(6)。何必在波濤，然後驚一作生沉浮。伯倫心不醉，四皓迹難留(7)。出處各有時，衆議徒啾啾(8)。

【題解】

此詩作年疑在建中三、四年之交。當時正是兩河用兵、藩鎮割據愈演愈烈之秋。詩人壯懷激烈、悲時憂國之情躍然紙上。

【注釋】

(1)「百憂」：極言煩憂之多。《詩·王風·兔爰》：「我生之後，逢此百憂。」 (2)「萱草」二句：「萱」，草名，百合科。多年生草本，又名忘憂、宜男。「萱」，與「蕿」、「諼」竝同。《說文》：「蕿，令人忘憂之草也。」《詩·衛風·伯兮》：「焉得諼草。」《傳》：「諼草令人忘憂。」東野此二語反其意而用之。 (3)「壯士」二句：意謂壯士忠君之心如寶劍的精光直射斗牛。《晉書·張華傳》：「斗牛之間，常有紫氣，乃邀雷焕仰觀。焕曰寶劍之精上徹於天耳。」此用其意。 (4)「朝思」二句：「國讎」，國家的讎敵。曹植《雜詩》之六：「國讎亮不塞，甘心思喪元。」 (5)「計盡」二句：言爲了保衛疆土，翦除國讎，壯士曾嘔心瀝血地加以籌畫。「山河畫」、「草木籌」均是比喻。按《晉書·苻堅傳》：「苻堅望八公山，草木皆晉兵。」此爲「草木籌」所取之意。 (6)「智士」二句：「千慮」，極言所慮者多。《史記·淮陰侯傳》：「臣聞智者千慮，必有一失。」「四愁」，極言所愁者少。漢張衡有《四愁詩》。 (7)「伯倫」二句：《晉書·劉伶傳》：「劉伶字伯倫，沛國人。常乘鹿車，携一壺酒，使人荷鍤而隨之，謂曰：『死便埋我。』其遺形骸如此。」顏延之《劉參軍咏》：「韜精日沉飲，誰知非荒宴。」此即孟詩所謂「心不醉」。「四皓」，漢初商山四隱士，名東園公、綺里季、夏黃公、角（lù禄）里先生。以鬚眉皓白，故稱四皓。「初，漢高祖召，不應。後高祖欲廢太子，立戚夫人子趙王如意。呂后恐，用留侯張良計，迎四皓，使輔太子。一日直燕，置酒，太子侍，四人從太子。年皆八十有餘，鬚眉皓白。上怪之，問曰：『彼何爲者？』四人前對，各言名姓。上乃大驚……四人爲壽已畢，趨去。上目送之，召戚夫人指示四人者曰：『我欲易之，彼四人輔之，羽翼已成，難動矣！』遂罷廢太子之議。」事見《史記·留侯世家》。「跡難留」，言四皓憂國之心拳拳不已，其隱居之迹終難留於山中。（8）「出處」二句：「出」，指四皓，「處」，指劉伶。言或出或處，各須審度時勢。「啾啾」，形容衆聲嘈雜。

路病

病客無主人(1)，艱哉求卧難〔一〕。飛光赤道路，内火焦肺肝(2)。欲飲井泉竭，欲醫囊用單(3)。稚顏能幾日？壯志忽已殘。人子不言苦(4)，歸書但云一作言安。愁環在我腸，宛轉終無端。

【校記】

〔一〕「求」，北宋刻本原作「永」，據明鈔本、弘治本、秦禾本、《全唐詩》本改。

【題解】

此詩爲孟郊青壯年時期漫遊之作，觀詩中「稚顔」、「壯志」諸語可知。孟郊是儒家理論原則的躬行者，這首詩表現出他的孝道修養。

【注釋】

（1）「病客」：東野自喻。「主人」：客店主人。（2）「飛光」二句：「飛光」，日光照射。「赤道路」，把道路曬得滾燙。「赤」在這裡作動詞用。「内火」，猶内熱，謂内心煩熱。「焦肺肝」，使肺肝焦爍。（3）「囊用」：盤纏。「單」：通「殫」，竭盡。《荀子・富國》：「事之以貨寶，則貨寶單而交不結。」此孟郊「單」字用法所本。（4）「人子」：《禮記・曲禮上》：「百年曰期頤。」《疏》：「人子用心，要求親之意，而盡養道也。」這裡「人子」係東野自稱。

衰松

近世交道衰，青松落顔色（1）。人心忌孤直（2），木性隨改易。既摧栖日榦（一），未展擎天力（3）。終是君子材，還思君子識。

【校記】

〔一〕「摧」，宋蜀刻本作「催」，誤。

【題解】

此詩以衰松作喻，對那些無恒操又「忌孤直」的人心世態進行了揭露。全篇句句寫衰松，亦句句寫世道。構思奇警，寄慨無窮。

【注釋】

（1）「近世」二句：「交道」，結交朋友之道。陸機《贈馮文羆遷斥丘令》：「交道實難。」「落」，猶衰敗。

（2）「忌」：嫉妬。「孤直」：孤高正直。劉希夷《孤松篇》：「青青好顔色，落落任孤直。」此反用其意。

（3）「擎天」：比喻擔當重任。「擎」，向上托。

遣興

絃貞五條音一作五音調，松直百尺心(1)。貞絃含古風，直松凌高岑。浮聲與狂苑〔一〕，胡爲欲相侵(2)？

【校記】

〔一〕「苑」，蜀刻本、明鈔本、弘治本、秦禾本、《全唐詩》本作「葩」，是。

【題解】

此詩全用比體，詩旨在於説明正直與邪佞亦如冰炭不可同爐。運用對比寫法，歌頌貞直的品格，鞭撻浮狂的習性。「遣興」，即以詩散心。

【注釋】

（1）「絃貞」二句：《禮記·樂記》：「昔者舜作五絃之琴，以歌南風。」《注》：「無文武二絃，惟宫、商等五絃也。」《禮記·禮器》：「其在人也，如竹箭之有筠也，松柏之有心也。」（2）「浮聲」二句：「浮聲」，原指音韻的輕聲。見《宋書·謝靈運傳》及《南齊書·陸厥傳》。孟郊此詩所用「浮聲」似指虚浮不實之聲，即非正聲之意。「狂苑」，狂花。謂不依時序而開之花。「胡爲」，爲甚麽。「侵」，侵襲。

退居一作退老

退身何所食〔一〕？敗力不能閑〔二〕（1）。種稻耕白水，負薪斫青山。衆聽喜巴唱，獨醒愁楚顔（2）。日暮靜歸時，幽幽扣松關（3）。

【校記】

〔一〕「何所食」，《唐文粹》卷十六下作「何食可」。沈校宋本同。《全唐詩》本作「何所食」，下注云：「一作何食可」。按作「何所食」義較長。〔二〕「能」，《唐文粹》作「得」。沈校宋本同。《全唐詩》本作「能」，下注云：「一作得」。

【題解】

元和四年東野母裴氏卒。東野辭官服喪家居。至元和九年母卒五年後，山南西道節度使鄭餘慶始奏爲興元軍参謀，試大理評事。（参見韓愈《貞曜先生墓志銘》）據詩語推之，疑此詩即作於元和四、五年間東野辭官家居時。

【注釋】

（1）「退身」二句：「退身」，退職。「何所食」，即靠甚麼來維持生計。「敗力」，衰頽的精力。（2）「衆聽」二句：「巴唱」，《文選》宋玉《對楚王問》：「客有歌於郢中者，其始曰下里、巴人，國中屬而和者數千人。」「獨醒」，《史記・屈原列傳》：「屈原曰：『舉世皆濁而我獨清，衆人皆醉而我獨醒。』」「楚顔」，比喻屈原的愁容。（3）「幽幽」：形容安閒。

臥　病

貧病誠可羞，故床無新裘。一作貧病對客羞，數整藍縷裘。春色燒肌膚，時飡苦咽喉(1)。倦寢意蒙昧，强言聲幽柔(2)。承顔自俛仰(3)，有淚不敢流。默默寸心中，朝愁續暮愁。

【題解】

此詩自述家居卧病情事。

【注釋】

（1）「時飡」：謂日食三餐。「飡」同「餐」。（2）「倦寢」二句：「倦寢」，厭睡，疲於睡卧。「意蒙昧」，形容病人初醒時思緒紊亂、視覺模糊的精神狀態。「强言」，謂病人勉强言談。（3）「承顔」：承接顔色。《漢書・雋不疑傳》：「今乃承顔接辭。」「俛仰」：低頭和擡頭，意謂周旋應付。「俛」同「俯」。《漢書・司馬遷傳》：「故且從俗浮沉，與時俯仰。」

隱士

本末一相返(1)，漂浮不還真〔一〕。山野多餒士，市井無飢人。虎豹忌當道，麋鹿知藏身(2)。奈何貪競者(3)，日與患害親。顔貌歲歲改，利心朝朝新。孰知富生禍〔二〕，取富不取貧。寶玉忌出璞，出璞先爲塵。松柏忌出山，出山先爲薪。君子隱石壁，道書爲我鄰(4)。寢興思其義〔三〕(5)，澹泊味始真。陶公自放歸，尚平去有依〔四〕(6)。草木擇地生，禽鳥順性飛。青青與冥冥(7)，所保各不違。

【校記】

〔一〕「浮」，《全唐詩》本下注云：「一作泊。」　〔二〕「生」，《全唐詩》本下注云：「一作者。」　〔三〕「其義」，《全唐詩》本「其」下注云：「一作載」，「義」下注云：「一作源」。按作「其義」是。　〔四〕「去」，《全唐詩》本下注云：「一作正。」

【題解】

此詩主旨與《求仙曲》相通。陳延傑評曰：「此詩雖多道家語，然頗具理趣。」

【注釋】

（1）「本」：本性；「末」：謂利禄。「返」：更换。 （2）「虎豹」二句：「當道」，攔路。與「藏身」對言。「麋鹿」，獸名，俗稱四不象。 （3）「貪競」：競進貪婪。《楚辭》屈原《離騷》：「衆皆競進以貪婪兮，憑不厭乎求索。」《注》：「愛財曰貪，愛食曰婪。」清王念孫《廣雅疏證·釋詁》謂貪婪爲愛財愛食之通稱。 謝靈運《初去郡》詩：「或可優貪競，豈足稱達生。」 （4）「道書」：道家的書籍。《江文通集·自序》：「山中無事，專與道書爲偶。」「爲我鄰」：即「爲偶」意。 （5）「寢興」：「寢」，睡覺；「興」，起來。《詩·衛風·氓》：「夙興夜寐。」「思其義」：思索其要點、精義。 （6）「陶公」二句：《晉書·隱逸傳》：陶潛「爲彭澤令，郡遣督郵至縣。吏白應束帶見之。潛歎曰：吾不能爲五斗米折腰，拳拳事鄉里小兒。解印去縣」。「尚平」：《文選》謝靈運《初去郡》詩李善《注》引嵇康《高士傳》：「尚長，字子平，河内人，隱避不仕。爲子嫁娶畢，敕家事斷之，勿復相關，當如我死矣。」《文選》嵇康《與山巨源絶交書》李善《注》引《英雄記》：「尚子平有道術，爲縣功曹，休歸，自入山擔薪賣，以供食飲。」《後漢書·逸民傳》作「向長，字子平，隱居不仕，性尚中和，好通老易。……與同好北海禽慶俱遊五嶽名山，不知所終」。 （7）「青青」：草木茂盛。《詩·衛風·淇奧》：「緑竹青青。」《古詩十九首》之二：「青青河畔草。」「冥冥」：鳥飛高遠貌。 揚雄《法言·問明》：「鴻飛冥冥，弋人何篡（捕捉）焉。」

獨　愁〔一〕

前日遠别離，昨日生白髮。欲知萬里情，曉卧半牀月。常恐百蟲鳴，使我芳草歇（1）。

【校記】

〔一〕蜀刻本、弘治本、秦禾本題下注云：「一作獨怨。」明胡震亨《唐音統籤》題下注云：「一作贈韓愈。」《全唐詩》本下注云：「一作獨怨，一作贈韓愈。」

【注釋】

（1）「常恐」二句：《楚辭》屈原《離騷》：「恐鵜鴂之先鳴兮，使百草爲之不芳。」東野師其意而易其辭，從獨愁中寫出遲暮之感。

春日有感

雨滴草芽出，一日長一日。風吹柳線垂，一枝連一枝。獨有愁人顔，經春如等閑(1)。且持酒滿盃，狂歌狂笑來。

【注釋】

（1）「等閑」：尋常。

將見故人

佳人季夏中〔一〕，及此百餘日。無日不相思，明鏡改形質〔二〕。寧知仲冬時，忽有相逢期。

振衣起躑躅，頳鯉躍天池(1)。

【校記】

〔一〕「佳」，《全唐詩》本作「故」，下注云：「一作佳」。 〔二〕「質」，《全唐詩》本作「色」，下注云：「一作質」。按作「質」是。

【注釋】

(1)「振衣」二句：「振衣」：抖動衣服。《楚辭》屈原《漁父》：「新浴者必振衣。」「躑躅」(zhí zhú 直逐)：以足頓地。《荀子・禮論》：「躑躅焉，踟蹰焉，然後能去之也。」《注》：躑躅，「以足擊地也。」「頳(chēng 撐)鯉」：赤色鯉魚。「天池」：寓言中所説的海。《莊子・逍遥遊》：「南冥者，天池也。」《列子・湯問》亦稱「窮髮之北，有溟海者，天池也。」

傷　時〔一〕

常聞貧賤士之常(1)，草木富者莫相笑〔二〕。男兒得路即榮名，邂逅失途成不調(2)。古人結交而重義，今人結交而重利。勸人一種種桃李，種亦直須遍天地。一生不愛囑人事，囑即直須爲生死(3)。我亦不羨季倫富，我亦不笑原憲貧(4)。有財有勢即相識，無財無勢同路人。因知世事皆一作只如此〔三〕，卻向東溪卧白雲。

【校記】

〔一〕蜀刻本題下旁注「七言」二字。〔二〕「草木」，秦禾本作「咨爾」。《全唐詩》本作「嗟爾」，下注云：「一作草木」。按作「草木」非是。〔三〕「皆」，沈校宋本作「只」，下注云：「一作皆」。

【題解】

本篇作年無攷。詩中對於人際關係的描叙，真可謂剔骨見髓，痛快淋漓。無怪乎蘇軾貶官黄州後，曾與馬夢得於東禪寺酒後高聲朗誦東野此詩。並將此詩書贈馬夢得（見《東坡詩話》）。不難看出，孟東野的不平之鳴曾引起蘇軾强烈的共鳴。此詩之妙在於以通俗之語言寫世態之真相。

【注釋】

（1）「貧賤士之常」：《列子·天瑞》：榮啓期曰：「貧賤士之常也，死者人之終也。」《晉書·皇甫謐傳》：「貧者士之常，賤者道之實。處常得實，没齒不憂。」（2）「男兒」二句：「得路」，謂獲得捷徑，躋身要津。「榮名」，美名。《古詩十九首》：「榮名以爲寶。」「邂逅」（xiè hòu 謝後），不期而會。「失途」，走岔了道。「不調」（diào 吊），樂律曰調。不調，音調不和諧。比喻宦途失意。《呂氏春秋·仲冬紀第十一》：「晉平公鑄爲大鐘，使工聽之，皆以爲調矣，師曠曰不調。」（3）「一生」二句：「囑」，託付。「直」，徑直。「生死」，謂生死交情。《史記·汲黯鄭當時傳》：「一死一生，乃知交情。」（4）「我亦」二句：「季倫富」，季倫，石崇字。王隱《晉書》曰：「石崇爲荆州刺史，劫奪殺人，以致巨富。」《世説新語·汰侈》曾有數則記石崇和别人鬥富的故事。「原憲貧」，原憲，又名原思，春秋魯人。一説宋人。字子思，孔子弟子。《莊子·讓王》描述他的窮困情況道：「環堵之室，茨以生草。蓬户不完，桑以爲樞，而瓮以爲牖。二室，褐以爲塞，上漏下濕。」又見《史記·仲尼弟子傳》、漢劉向《新序·節士》。

寓言

誰謂碧山曲，不廢青松直〔一〕。誰言濁水泥，不污明月色。我有松月心(1)，俗騁風霜力〔二〕(2)。貞明既如此，摧折安可得？

【校記】

〔一〕「青」，沈校宋本作「貞」。　〔二〕「俗」，蜀刻本作「欲」。疑非是。

【注釋】

(1)「松月心」：言己心如青松之孤直、明月之澄澈。　(2)「風霜力」：言世俗之見如風刀霜劍百般摧殘松月之心。

偶作

利劍不可近，美人不可親。利劍近傷手，美人近傷身(1)。道險不在廣，十步能摧輪。情憂不在多〔一〕，一夕能傷神。

【校記】

〔一〕「憂」，秦禾本下注云：「一作愛。」《全唐詩》本作「愛」，下注云：「一作憂」。

【題解】

此詩乃孟郊勸世之詩。其主旨在於勸世人節欲。大凡孟東野此類詩作都寫得明白如話，其藝術特色表現爲淺近自然。

【注釋】

（1）「美人」句：枚乘《七發》：「皓齒蛾眉，命曰伐性之斧。」此用其意。

勸學

擊石乃有火，不擊元無煙（1）。人學始知道，不學非自然（2）。萬事須己運，他得非我賢。青春須早爲，豈能長少年。

【注釋】

（1）「擊石」二句：此言古人擊石取火事。《書·益稷》：「予擊石拊石。」擊，敲打。（2）「人學」二句：《禮記·學記》：「玉不琢，不成器；人不學，不知道。」

贈農人〔一〕

勸爾勤耕田，盈爾倉中粟。勸爾伐桑株，減爾身上服。清霜一委地(1)，萬草色不緑。狂飆一入林，萬葉不着木。青春如不耕，何以自結束(2)？

【校記】

〔一〕一作聶夷中詩，題作《贈農》，收《全唐詩》卷六百三十六。題下注云：「一作孟郊詩。」字句略有異同。

【注釋】

(1)「委地」：累積於地。 (2)「結束」：安排，處置。

長安早春

旭日朱樓光，東風不驚塵〔一〕(1)。公子醉未起，美人爭探春(2)。探春不爲桑，探春不爲麥。日日出西園(3)，祇望花柳色。乃知田家春，不入五侯宅(4)。

【校記】

〔一〕「驚」，秦禾本、《全唐詩》本下注云：「一作起。」

【題解】

此詩當作於貞元八年。是年東野在長安應進士試。詩人從江南農村初到京城，對於上層社會的探春和田家的春天有著不同的感觸。故作此詩以致嘲諷。

【注釋】

（1）「旭日」二句：「旭日」，初出的太陽。此言朝陽射進紅樓，春風剛從冬眠中蘇醒，還没有力量颳起灰塵。（2）「探春」：唐俗，都城士女每至正月半後，爭先至園圃或郊野宴遊，叫探春。見五代王仁裕《開元天寶遺事》。（3）「西園」：舊爲漢上林苑的别稱。這裡泛指園。（4）「五侯」：原指漢成帝時同日封舅王譚、王商、王立、王根、王逢時爲侯。時人謂之「五侯」。後泛指權貴之家爲五侯家。

罪　松

雖爲青松姿，霜風何所宜。二月天下樹，緑於青松枝。勿謂賢者喻，勿謂愚者規。伊呂代封爵（1），夷齊終身饑（2）。彼曲既在斯，我正實在兹（3）。涇流合渭流，清濁各自持（4）。天令設四時，榮衰有常期。榮合隨時榮，衰合隨時衰（5）。天令既不從，甚不敬天時。松乃不臣木，青青獨何爲？

【題解】

此詩所表達的主題即《寓言》詩中的「誰言碧山曲，不廢青松直。誰言濁水泥，不污明月色」。

【注釋】

（1）「伊呂」句：意謂商之伊尹佐湯，周之呂尚佐文、武，子孫世代皆得封爵的殊遇。（2）「夷齊」句：謂伯夷、叔齊終生饑餓。《史記・伯夷列傳》：「伯夷叔齊，孤竹君之二子也。」因諫武王伐紂不成，「乃隱於首陽山，采薇而食之。及餓且死」。（3）「彼曲」二句：「彼曲」指伊呂，「我正」指夷齊。伊呂曲事人主，得大富貴；夷齊正道直行，終窮餓死。孟郊「行古道於今世」，故心儀夷齊一類人物。（4）「涇流」二句：「涇流」，涇水；「渭流」，渭水。涇水清，渭水濁。《明一統志》：「涇河自平凉府城西南自巖發源，北至西安府高陵縣界會於渭。」《詩・邶風・谷風》：「涇以渭濁，湜湜其沚。」《傳》：「涇渭相入而清濁異。」《箋》：「涇水以有渭，故見渭濁。」「各自持」，各自保持自己的本色。（5）「天令」四句：反用陶淵明《飲酒詩二十首》第一首「衰榮無定在，彼此更共之」句意，明貶實褒。

感興

拔心草不死，去根柳亦榮（1）。獨有失意人，恍然無力行。昔爲連理枝，今爲斷絃聲（2）。連理時所重，斷絃今所輕。吾欲進孤舟，三峽水不平（3）。吾欲載車馬，太行路崢嶸（4）。萬物根一氣，如何互相傾？

【注釋】

（1）「拔心」二句：《爾雅》：「卷施草拔心不死。」郭璞《注》：「卷施，宿莽也。」《南越志》：「卷施，江淮間謂之宿莽。」即屈原《離騷》：「朝搴阰之木蘭兮，夕攬洲之宿莽」中的「宿莽」。梁王僧孺《贈顧倉曹》詩：「譬如卷施草，心謝葉空存。」楊柳之根再生能力强，雖去其根，猶不露憔悴之態。這裏疑借喻應試落第。（2）「昔爲」二句：「連理枝」，枝幹連生在一起的異根樹木。這裏疑借喻同時應試的朋友或兄弟。「斷絃」，已斷之絃。（3）「吾欲」二句：「三峽」，峽名。東西横貫湖北宜昌至四川奉節之間。兩岸重巖叠嶂，其最險者稱瞿塘峽。三峽所指，歷來説法不一，今以瞿唐峽、巫峽、西陵峽爲三峽。（4）「太行」：見卷一《出門行》注。「崢嶸」：山勢高峻貌。郭璞《方言注》：「崢嶸，高峻貌。」

感懷八首〔一〕

秋氣悲萬物，驚風振長道（1）。登高有所思，寒雨傷百草。平生有親愛，零落不相保（2）。五情今已傷（3），安得自能老！

晨登洛陽坂（4），目極天茫茫。羣物歸大化，六龍頹西荒（5）。豺狼日已多，草木日已霜（6）。饑年無遺粟，衆馬一作鳥去空場〔二〕。路傍誰家子，白首離故鄉。含酸望松柏，仰面訴穹蒼。去去勿復道（7），苦饑形貌傷。

徘徊不能寐，耿耿含酸辛(8)。中夜登高樓，憶我舊星辰(9)。四時互遷移，萬物何時春？唯憶首陽路，永謝當時人(10)。

長安嘉麗地，宮月生蛾眉(11)。陰氣凝萬里(12)，坐看芳草衰(13)。玉堂有玄鳥(14)，亦以從此辭。傷哉志士嘆，故國多遲遲(15)！深宮豈無樂，擾擾復何爲(16)？朝見名與利，暮還生是非一作是與非。姜牙佐周武，世業永巍巍(17)。

舉才天道親，首陽誰採薇(18)？去去荒澤遠(19)，落日當西歸。羲和駐其輪(20)，四海借餘暉。極目何蕭索，驚風正離披(21)。鴟鴞鳴高樹(22)，衆鳥相因依。東方有一士(23)，歲暮常苦饑。主人數相問，脉脉今何爲(24)？貧賤亦有樂，且願掩一作守柴扉。

火雲流素月，三五何明明(25)。光曜侵白日，賢愚迷至精(26)。四時更變化，天道有虧盈(27)。常恐今已没，須臾還復生。

河梁暮相遇〔三〕，草草不復言(28)。漢家正離亂，王粲別荆蠻(29)。野澤何蕭條，悲風振空山。舉頭是星辰〔四〕，念我何時還〔五〕？

親愛久別散，形神各離遷(30)。未爲死生訣，長在心目間。有鳥東西來，哀鳴過我前。願飛浮雲外，飲啄見青天(31)。

【校記】

〔一〕蜀刻本以「秋氣悲萬物」至「苦饑形貌傷」連爲一首。明鈔本、弘治本、秦禾本、《全唐詩》本分作兩首，與北宋刻本同。秦禾本以「晨登洛陽坂」及「徘徊不能寐」兩首併爲一首；蜀刻本以「火雲流素月」至「飲啄見青天」連爲一首；所分俱不合八首之數。明鈔本以「河梁暮相遇」至「長在心目間」連爲一首，「有鳥東西來」四句自成一首。弘治本、秦禾本、《全唐詩》本分章同。

〔二〕「衆馬去空場」，明鈔本「馬」作「鳥」，下無「一作鳥」注文。《全唐詩》本作「鳥」，下注云：「一作馬」。按作「鳥」義較長。

〔三〕「遇」，明鈔本作「逢」。《全唐詩》本作「遇」，下注云：「一作逢」。〔四〕「是」，蜀刻本作「誓」。〔五〕「念我何時還」，北宋刻本本首句末有「自在不迫」四字評語。

【題解】

組詩疑當作於德宗建中四年至興元元年之間。攷東野一生所經歷的唐室重大離亂，祇有建中四年涇原兵變，擁立太尉朱泚爲帝一事。據詩中傷亂之辭推之，疑爲當時有感於藩鎮之變而作。時東野方旅居河南。

【注釋】

（1）「秋氣」二句：「秋氣」，秋日肅殺之氣。《楚辭》宋玉《九辯》：「悲哉秋之爲氣也，蕭瑟兮草木搖落而變衰。」「悲萬物」，使萬物皆籠罩在肅殺的氣氛之中。「驚風」，使人懼怕之强風。《後漢書・馮衍傳》：「其猶順驚風而飛鴻毛也。」「振」，言强風呼嘯道路間振振有聲。（2）「平生」二句：「親愛」，親近愛悦之人。《春秋左氏傳・襄公三年》：「寡人之言親愛也，吾子之討軍禮也。」「零落」，淪落凋謝。孔融《論盛孝章書》：「海内知識，零落殆盡。」（3）「五情」：指喜怒哀樂怨五種情緒。陶淵明《影答形》詩：「身滅名亦盡，念之五情熱。」

（4）「坂」：山坡。（5）「羣物」二句：「大化」，四時陰陽之變化。《荀子・天論》：「四時代御，陰陽大化。」楊倞《注》：「陰陽大化，謂寒暑變化萬物也。」陳子昂《感遇》詩第二十五首：「羣物從大化，孤英將奈何。」「六龍」，原指《易·乾》卦之六爻。《易·乾》：「時乘六龍以御天。」也指代太陽。傳説日神乘車，駕以六龍。《楚辭》劉向《九歎》：「貫澒濛以東朅兮，維六龍於扶桑。」此句意謂白日西落。（6）「豺狼」二句：「豺狼」句喻割據一方、橫行無忌的藩鎮。「草木」句疑以草木蒙霜隱喻萬民蒙難。（7）「去去」：促人速去之辭。《世説新語·任誕》：劉道真曰：「去去！無可復用相報。」（8）「徘徊」二句：「徘徊」句即《古詩十九首·明月何皎皎》中的「憂愁不能寐，攬衣起徘徊」意境。「耿耿」句即《詩·邶風·柏舟》「耿耿不寐，如有隱憂」意境。（9）「中夜」二句：「中夜」，半夜。「舊星辰」，指孟郊少時隱居嵩山等地的人生經歷。（10）「唯憶」二句：「首陽路」，周武王滅商，伯夷叔齊恥食周粟，隱居首陽，採薇而食，終於餓死。事見《孟子·萬章下》、《史記·伯夷列傳》。「首陽」，山名。其地見於古籍者有三。一據《水經注》，在今河南偃師縣西北，即洛陽東北之首陽山，當即本詩所指。阮籍《詠懷詩》其九：「步出上東門，北望首陽岑。」一在今山西永濟縣南；一在今甘肅隴西縣西南。「謝」，辭卻，告別。「當時人」，指奔競名利者。二語以伯夷叔齊隱於首陽自喻。（11）「宮月」：指照臨宮廷的月光。「蛾眉」：比喻月牙形狀。白居易《答馬侍御詩》：「宮月如眉伴直廬。」（12）「陰氣」句：有兩層涵義：一是指深秋的寒氣，一是指肅殺的戰爭氣氛。（13）「芳草衰」：喻唐王朝國勢衰敗。（14）「玉堂」：宮殿美稱。《韓非子·守道》：「人主甘服於玉堂之中，而無瞋目切齒傾取之患。」「玄鳥」：燕子。《詩·商頌·玄鳥》：「天命玄鳥，降而生商。」《淮南子·時則訓》：「候雁來，玄鳥歸。」（15）「傷哉」二句：正面點出此詩主旨是歎長安淪於朱泚之手。「故國」句言感念故國，經過時步履遲緩，不忍別也。《詩·王風・黍離》：「行邁靡靡，中心搖搖。」朱熹《集注》：「靡靡，猶遲遲也。」此時唐西京東京皆淪陷藩鎮手中，故詩人興起故國黍離之悲。（16）「深宮」二句：此傷國無賢相，朝臣多爭名逐利，擅生是非之徒。「樂」，音樂。二語譏刺朝廷靡靡之音盈耳而不聞正聲。（17）「姜牙」二句：「姜牙」，《史記・齊太公世家》：「太公望呂尚者，東海上人，姓姜氏。漁釣於西伯，佐武王平商而王天下。封師尚父於齊營丘。」譙周曰：「姓姜名牙。」「世業」，祖宗所傳之事業。《孔叢子・執節》：「仲尼重之以大聖，自茲以降，世業不替。」（18）「舉才」二句：《史記・伯夷列傳》：「或曰『天道無親，常與善人』，若伯夷、叔齊，可謂善人者非邪，積仁絜行如此而餓死……天之報施善人，其何如哉？」「首陽採薇」，見注（10）。（19）「去去」：見注（7）。（20）「羲和」：神話人物，爲日神駕車。《楚辭》屈原《離騷》：「吾令羲和弭節兮，望崦嵫而勿迫。」《注》：「羲和，日御也。」《初學記》引《淮南子》許慎《注》：「日乘車，駕以六龍，羲和御之。」「駐其輪」：意謂暫停日車。（21）「極目」二句：「極目」，窮盡目力。「蕭索」，蕭條衰颯。「驚風」，見注（1）。「離披」，散亂貌。（22）「鴟鴞」：凶禽。借喻作亂的藩鎮。「衆鳥」，借喻依附於藩鎮勢力者。（23）「東方一士」：東野自謂。因其時詩人在洛陽，而其故鄉在湖州武康，正在東方。（24）「主人」二句：「主人」，未詳所指。「數相問」，「數」（shuò 碩），屢次。「脈脈」，相視貌。又含情不語貌。參見卷一《湘妃怨》注（5）。（25）「火雲」二句：「火雲」，夏天熾熱的赤雲。「流」，意爲明月在雲間流動。杜甫《三川觀水漲》詩：「火雲無時出，飛電常在目。」「素月」，明月。古樂府《傷歌行》：「昭昭素月明，輝光燭我牀。」「三五」，十五夜。《禮記・禮運》《疏》：「是以三五十五日而得盈滿，又三五十五日而虧闕也。」《古詩十九首》：「三五明月滿。」（26）「光曜」二句：「光曜」，指月光。「侵」，侵犯。越過。「至精」，最精妙之物。《易·繫辭》：「非天下之至精，其孰能與於此。」此言無論賢愚，對於月光勝過日光都感到困惑不解。（27）「天道」：自然界的法則。「有虧盈」，言月有陰晴圓缺。參見注（25）。《易·謙象》：「天道虧盈而益謙。」（28）「河梁」二句：「河梁」，橋梁。《列子·説符》：「孔子自衛反魯，息駕乎河梁而觀焉。」後也用來泛指送別之地。如《漢書·李陵傳》：昭帝立，與匈奴和親。（蘇）武得還漢，陵以詩贈別曰「携手上河梁，遊子暮何之」。「草草」，猶行色匆匆。（29）「漢家」二句：王粲，三國魏人。漢獻帝初，因亂避地往依荆州劉表十五年，後歸曹操。爲建安七子之一。其《七哀》詩：「西京亂無象，豺虎方遘患。復棄中國去，遠身適荆蠻。」又云：「荆蠻非我鄉，何爲久滯淫。」東野用其事以自喻，抒寫了國亂思歸的情懷。「漢」實指「唐」。「漢家」，即謂唐朝。高適《燕歌行》「漢家煙塵在東北」、白居易《長恨歌》「漢皇重色思傾國」，與東野此處的用法相同。（30）「親愛」二句：「親愛」，見注（2）。「形神」，身體與精神。《漢書·司馬遷傳》：「形大勞則敝，形神離則死。」（31）「有鳥」四句：《莊子·養生主》：「澤雉十步一啄，百步一飲，不蘄畜乎樊中。」此用其意，以示避世遠害。

達士

四時如逝水(1)，百川皆東波。青春去不還〔一〕，白髮鑷更多。達人識元氣一作化(2)，變愁爲高歌。傾産取一醉〔二〕，富者奈貧何？君看土中宅，富貴一作已矣無偏頗(3)。

【校記】

〔一〕「還」，蜀刻本作「迴」，明鈔本、弘治本、《全唐詩》本作「還」，下注云：「一作迴」。〔二〕「産」，弘治本作「顔」。

【題解】

此詩從「青春去不還，白髮鑷更多。達人識元氣，變愁爲高歌」等句推之，似爲貞元間未出仕以前之作。詩語感慨深沉，貌爲自我解脱之辭，實寓深沉幽憤之思。

【注釋】

（1）「逝水」：比喻逝去的光陰。《論語》：「子在川上曰：『逝者如斯夫，不捨晝夜。』」（2）「達人」：同「達士」，明智達理之士。「元氣」：指人之精氣。《舊唐書》卷一六五《柳公綽傳》：「（柳）公度善攝生。曰：『吾初無術，但未嘗以元氣佐喜怒。』」（3）「君看」二句：「土中宅」，指墳墓。「偏頗」，不公正，偏袒。《書·洪範》：「無偏無頗。」

暮秋感思二首

西風吹垂楊，條條脆如藕〔一〕。上有噪日蟬，催人成皓首。亦恐旅步難，何獨朱顔醜一作朽。欲慰一時心，莫如千日酒（1）。

優哉遵渚鴻，自得養身旨〔二〕（2）。不啄太倉粟，不飲方塘水〔三〕（3）。振羽攝浮雲〔四〕，罝羅任徒爾（4）。

【校記】

〔一〕「條條脆如藕」，北宋刻本本句旁有「淺語痛快」四字評語。　〔二〕「身」，秦禾本作「生」。　〔三〕「方」，蜀刻本作「芳」。

〔四〕「戛」，蜀刻本、秦禾本、《全唐詩》本作「戞」。按「戞」同「戛」。

【題解】

此詩據其中「亦恐旅步難，何獨朱顔醜」和「優哉遵渚鴻，自得養身旨」諸語推之，疑爲詩人早年隱居嵩山期間感懷之作。似可推定爲大歷末至建中以前之間。《新唐書》、《舊唐書》本傳並稱其「少隱嵩山」，必有所據。

【注釋】

（1）「千日酒」：酒名。晉干寶《搜神記》卷十九：「狄希，中山人。能造千日酒。飲之，亦千日醉。」　（2）「優哉」二句：「優哉」，悠閒自在貌。「遵渚鴻」，循着小洲飛行的鴻雁。《詩・豳風・九罭》：「鴻飛遵渚，公歸無所，於女信處。」「養身旨」，養生之要旨。亦即《莊子・養生主》中的所謂「爲善無近名，爲惡無近刑。緣督以爲經」的「可以保身」、「可以全生」之旨。　（3）「不啄」二句：「太倉」，京城儲糧的大倉。《史記・平準書》：「太倉之粟，陳陳相因……至腐敗不可食。」「方塘」，水池。古時圓者稱池，方者稱塘。　（4）「振羽」二句：「戛」同「戞」（jiá 頰）。「戞浮雲」，謂上摩雲霄。唐白居易《草堂記》：「修柯戞雲。」「罝（jū 居）羅」，「罝」，捕獸的網。「羅」，捕鳥的網。「徒爾」，猶「徒然」。二語即漢揚雄《法言・問明》中「鴻飛冥冥，弋人何篡焉」之意。以喻脱羈遠害。

古興

楚血未乾衣，荆虹尚埋輝(1)。痛玉不痛身，抱璞求所歸。

【題解】

此詩借咏卞和泣玉的故事，寄託自己落第的悲憤。從其悲憤的强度看，似是貞元八、九年間下第或再下第後所作。寫法與本集《古意》（河邊織女星）一首相近，皆直咏本事，風格平澹蘊藉。「古興」，一種詩題。多借咏古事而抒今情。

【注釋】

(1)「楚血」二句：「楚血」，指春秋楚人卞和獻玉泣血事。《韓非子·和氏》：「楚人和氏得玉璞楚山中，奉而獻之厲王（漢劉向《新序·雜事》五作「懷王」）……王以爲誑，而刖其左足。及厲王薨，武王（《新序》作「平王」）即位，和又奉其璞而獻之武王……王又以爲和誑，而刖其右足。武王薨，文王（《新序》作「荆王」）即位，和乃抱其璞而哭於楚山之下，三日三夜，泣盡而繼之以血。王聞之，使人問其故。……和曰：吾非悲刖也。悲夫寶玉而題之以石，貞士而名之以誑。此吾所以悲也。王乃使玉人理其璞而得寶焉，遂命曰和氏之璧。」「荆虹」，即卞和所獻荆山之玉，其氣如虹。「荆山」，山名，在今湖北南漳縣西。「埋輝」，謂荆璞藏輝。

勸友

至白涅不緇，至交淡不疑(1)。人生靜躁殊(2)，莫厭相箴規。膠漆武可接，金蘭文可思(3)。堪嗟無心人，不如松柏枝一作青松姿(4)。

【注釋】

(1)「至白」二句：「至白」，極白。《論語·陽貨》：「不曰白乎，涅而不緇。」「涅」(niè 躡)，用黑色染物。「緇」(zī 兹)，黑色。「至交」，摯交。「淡不疑」，《禮記·表記》：「君子之接如水，小人之接如醴。君子淡以成，小人甘以壞。」《注》：「接或爲交。」 (2)「人生」句：王羲之《蘭亭集序》：「雖趣捨萬殊，靜躁不同。」 (3)「膠漆」二句：「膠漆」，喻交誼之牢固。《後漢書·雷義傳》：「義舉茂才，讓於陳重。鄉里爲之語曰：膠漆自謂堅，不如雷與陳。」「武」，腳印。屈原《離騷》：「及前王之踵武。」「金蘭」，喻交友投合。《易·繫辭·上》：「二人同心，其利斷金。同心之言，其臭如蘭。」 (4)「堪嗟」二句：《禮記·禮器》：「其在人也，如竹箭之有筠也，如松柏之有心也。」

夷門雪贈主人〔一〕

夷門貧士空吟雪，夷門豪士皆飲酒(1)。酒聲歡閑入雪銷，雪聲激切悲枯朽。悲歡不同歸去來，萬里春風動江柳。

【校記】

〔一〕蜀刻本題下旁注「七言」二字。

【題解】

此詩當作於貞元十五年春。按孟郊貞元十二年進士登第後，曾往汴州依陸長源。十四年冬已決計南返，但直至貞元十五年春方離汴南歸。臨行前作此詩贈陸長源。本詩「主人」謂陸長源。詩後附有長源答詩可證。陸長源，新舊《唐書》並有傳。《舊唐書》一百四十五長源本傳云：「貞元十二年，授檢校禮部尚書、宣武行軍司馬，汴州政事皆決斷之。」貞元十五年二月，汴州軍亂，被害。

【注釋】

（1）「夷門」二句：「夷門」，戰國魏大梁城東門，在汴州（今河南開封）。《史記·魏公子列傳》：「吾過大梁之墟，求問其所謂夷門者。夷門者，城之東門也。」「貧士」，東野自謂。「豪士」，豪放任俠之士。

附　陸長源答

好丹與素通不同，失意得途事皆別。東鄰少年樂未央，南客思歸腸欲絶。千里長河冰復冰，雲鴻冥冥楚山雪。

堯歌二首 一作舜歌。前篇賞鄭氏莊客去婦，後篇題逸。〔一〕

爾室何不安(1)？爾孝無與齊。一言應對姑，一度爲出妻(2)。往轍才晚鐘，還轍及晨鷄(3)。往還跡徒新，很戾竟獨迷(4)。娥女無禮數(5)，污家如糞泥〔二〕。父母吞聲瘦〔三〕，禽鳥亦爲啼。如何天與惡，不得和鳴棲(6)？

山色挽心肝(7)，將歸盡日看。村肩藍轝子〔四〕(8)，野坐白髮官一作冠。鶯弄方短短，花明碎攢攢(9)。瑠璃堆可掬(10)，琴瑟饒多歡。翠韻仙窈窕，嵐漪出無端(11)。養館洞庭秋，響答虛吹彈(12)。

【校記】

〔一〕「堯歌」，北宋刻本詩題作《堯哥》，卷首目録作《堯歌》。宋蜀刻本、明秦禾本作《堯歌》，今據改。「二首」二字不旁注。《全唐詩》本「哥」亦作「歌」，無「二首」二字。〔二〕「污」，北宋刻本原作「活」，誤。據蜀刻本、明鈔本、弘治本、秦禾本、《全唐詩》本改。〔三〕「瘦」，弘治本作「哭」。《全唐詩》本作「哭」，下注云：「一作瘦。」〔四〕「藍」，《全唐詩》本作「籃」，互通。

【注釋】

（1）「爾室」：指棄婦夫家。「安」：安寧，安樂。（2）「一言」二句：「應對」，對答。「姑」，丈夫的母親。

《爾雅》：「婦稱夫之母曰姑。」杜甫《新婚別》：「妾身未分明，何以拜姑嫜。」「出妻」，被遺棄的妻子。（3）「往轍」二句：言棄婦回娘家時晚鐘剛敲，而返回夫家時晨雞正鳴。（4）「很戾」：疑爲「狼戾」之誤。「狼戾」，縱横交錯之意。《淮南子·覽冥》：「昔雍門子以哭見於孟嘗君，孟嘗君爲之流涕……狼戾不可止。」《注》：「狼戾，猶交横也。」（5）「娥女」：美女。揚雄《方言》一：「娥、㜲，好也。」「禮數」：禮儀的等級、規矩。《左傳·莊公十八年》：「王命諸侯，名位不同，禮亦異數。」（6）「和鳴」：比喻夫婦和好。《左傳·莊公二十二年》：「是謂鳳凰於飛，和鳴鏘鏘。」（7）「挽」，牽引留住。（8）「村肩」：村人肩扛。「藍轝子」：竹轎。「轝」同「輿」。《晉書·陶潛傳》：「素有脚疾，向乘籃輿。」也作「藍轝」。王維《王右丞集》二《酬嚴少尹徐舍人見過不遇》詩：「偶值乘藍轝，非關避白衣。」（9）「鶯弄」二句：「鶯弄」，言黄鶯鳴唱有如奏樂。南朝梁簡文帝蕭綱《晚春》詩：「黄鶯弄不稀。」「攢攢」，叢聚貌。（10）「瑠璃」：也作「琉璃」。天然有光的寶石。梁簡文帝蕭綱《西齋行馬》詩：「水净琉璃波。」（11）「翠韻」二句：「窈窕」，美好貌。「嵐」，霧氣。（12）「養舘」二句：「養」，頤養。「舘」，止宿。「洞庭」，湖名，在湖南北部，長江南岸。又太湖的别名。在江蘇吳縣西南，跨江蘇、浙江二省。「響答」，猶響應。謂回聲相應。「虚吹彈」，謂水石相擊，所形成的與金石絲竹類似的聲音。因彈吹者爲水爲石，故曰虚。

孟郊詩集校注卷三

感興下

亂離

天下無義劍，中原多瘡痍(1)。哀哀陸大夫，正直神反欺(2)。子路已成血，嵇康今尚嗤(3)。爲君每一慟，如劍在四肢。折羽不復飛，逝水不復歸(4)。直松摧高柯，弱蔓將何依(5)？朝爲春日歡，夕爲秋日悲。淚下無尺寸，紛紛天雨絲(6)。積怨成疾疢，積恨成狂癡(7)。怨草豈有邊？恨水豈有涯〔一〕？怨恨馳我心〔二〕，茫茫日何之(8)？

【校記】

〔一〕「恨水豈有涯」，此五字北宋刻本原脱，據蜀刻本、明鈔本、弘治本、《全唐詩》本補。　〔二〕「馳」，蜀刻本作「遲」。

【題解】

此詩當作於貞元十五年，爲哀陸長源作。《舊唐書·德宗紀》：「貞元十五年二月丁丑，宣武軍節度使、汴州刺史董晉卒。乙酉，以行軍司馬陸長源檢校禮部尚書、汴州刺史、御史大夫、宣武軍節度度支營田汴宋亳潁觀察等使。是日汴州軍亂，殺陸長源。軍人臠而食之。」

【注釋】

（1）「天下」二句：「無義劍」，猶孟子所謂「無義戰」。「中原」，指黄河中下游地區或整個黄河流域，係對邊地而言。「瘡痍」，本義指創傷。《抱朴子・自叙》：「侯曰：弟與我同冒矢石，瘡痍周身。」這裡喻民生之凋弊。杜甫《送從弟亞赴安西判官》詩：「西極最瘡痍，連山暗烽燧。」（2）「哀哀」二句：「哀哀」，悲傷貌。「陸大夫」，陸長源。「正直」句，《史記・伯夷列傳》：「或曰：『天道無親，常與善人。』若伯夷、叔齊，可謂善人者非邪？積仁絜行如此而餓死。……天之報施善人，其何如哉？」東野用意與之相近。（3）「子路」二句：《史記・仲尼弟子列傳》：「子路爲衛大夫孔悝之邑宰。蕢聵與孔悝作亂。孔子聞衛亂，曰：『嗟乎，由死矣。』已而果死。」《晉書・嵇康傳》：「康字叔夜，至汲郡山中，見孫登，康遂從之遊。臨去，登曰：『君性烈而才儁，其能免乎？』康後爲鍾會所害，戮死。」此處借正直剛烈的子路和嵇康喻陸長源。「今尚嗤」，言嵇康之不善避禍全身，至今尚爲人們嗤笑。（4）「折羽」二句：「折羽」、「逝水」二喻皆爲惜陸長源之死而發。折羽之鳥不能再飛，東流之水不能復還，喻人死不能復生。（5）「直松」二句：「直松」，謂陸長源。「柯」，樹枝。《詩・小雅・湛露》：「柯使低垂。」《箋》：「使物柯葉低垂。」孔穎達《疏》：「柯，謂枝也。」「弱蔓」句，因東野貞元十三年曾寄寓汴州，依陸長源，故云。（6）「雨」：作動詞用，極言淚之多也。（7）「積怨」二句：「疾疢」，病也。「疢」同「疚」，通「疹」。《國語・越語》上：「令孤子寡婦疾疹貧病者納宦其子。」曹植《贈白馬王彪》詩：「憂思成疾疹，無乃兒女仁。」「狂癡」，漢陸賈《新語・慎微》：「忽忽若狂癡。」（8）「茫茫」：模糊不清貌。又曠遠貌。韓愈《祭十二郎文》：「吾年未四十，而視茫茫，而髮蒼蒼，而齒牙摇動。」「日」，每天。「之」，往。此言因極度悲慟而四顧茫然。

勸　酒〔一〕

白日無定影，清江無定波(1)。人無百年壽，百年復如何？堂上陳美酒，堂下列清歌。勸君金屈卮〔二〕，勿謂朱顏酡(2)。松柏歲歲茂，丘陵日日多。君看終南山，千古青峩峩(3)。

【校記】

〔一〕一作聶夷中詩，收《全唐詩》卷六百三十六，題作《勸酒二首》。本篇爲聶詩第二首。詩中七、八兩句聶詩作「與君入醉鄉，醉鄉樂天和」；九、十兩句作「歲歲松柏茂，日日丘陵多」；末句「千古」作「萬古」。〔二〕「屈」，《全唐詩》本作「曲」，下注云：「一作屈」。

【注釋】

（1）「白日」二句：言太陽和江水無時無刻不在運動變化。（2）「勸君」二句：「金屈卮」，酒盃名。唐于武陵《勸酒》詩：「勸君金屈卮，滿酌不須辭。」宋孟元老《東京夢華録》：「御宴酒盃，皆金屈卮，如菜碗而有手把子。」「朱顏酡（tuó 駝）」，喝多了酒臉色發紅。（3）「松柏」四句：以終南山之千古常青反襯人生之短暫。

「松柏」，此指植於墳地周圍的樹。「丘陵」，丘，小土山。陵，大土山。此處借指墳墓。「峩峩」，高峻貌。《上林賦》：「南山峨峨。」「終南山」，在長安萬年縣南。又稱南山。

去婦

君心匣中鏡，一破不復全。妾心藕中絲，雖斷猶牽連。安知御輪士，今日翻迴轅(1)。一女事一夫(2)，安可再移天？君聽去鶴言，哀哀七絲絃〔一〕(3)！

【校記】

〔一〕「七」，秦禾本下注云：「一作上」。

【注釋】

(1)「安知」二句：謂昔日驅車親迎的丈夫現在卻遺棄自己。「御輪士」，即指親迎新婦的丈夫。《詩·鄭風·有女同車》箋：「親迎同車之禮。女始乘車，壻御輪三周。御者代壻。」「翻」，反也。「迴轅」，掉轉車頭。　(2)「事」：侍奉。　(3)「君聽」二句：「去鶴」，別鶴。此處借指去婦。舊題崔豹《古今注》：「商陵牧子娶妻，五年，無子。父母欲爲改娶，乃援琴爲《別鶴操》。」「七絲絃」，指七絃琴。

君子勿鬱鬱士有謗毀者作詩以贈之二首〔一〕

君子勿鬱鬱，聽我青蠅歌(1)。人間少平地，森聳山岳多(2)。折輈不在道(3)，覆舟不在河。須知一尺水，日夜增高波(4)。叔孫毀仲尼，臧倉掩孟軻(5)。蘭艾不同香，自然難爲和。良玉燒不熱，直竹文不頗(6)。自古皆如此，其如道在何。

日往復不見，秋堂暮仍學。玄髮不知白，曉入寒銅覺(7)。爲林未離樹〔二〕，有玉猶在璞(8)。誰把碧梧枝，刻作雲門樂(9)？

【校記】

〔一〕按第二首與「謗毀」不相關，當是別爲一首。第二首又作聶夷中詩，題作《秋夕》，收入《全唐詩》卷六百三十六。字句與孟詩互有異同。　〔二〕「林」，秦禾本作「材」。聶詩同。

【注釋】

(1)「青蠅歌」：《詩·小雅·青蠅》：「營營青蠅，止於樊。愷悌君子，無信讒言。」《毛傳》：「青蠅，以喻讒人也。」李白《鞠歌行》：「楚國青蠅何太多，連城白璧遭讒毀。」　(2)「森聳」：高峙貌。《水經注·漸江水注》：桐亭樓，「樓側悉是桐梓，森聳可愛」。　(3)「輈」(zhōu舟)：車轅。此處乃以部分代整體。「折輈」，即翻車。　(4)「須知」二句：意謂浸潤之譖。《論語·顏淵》：「浸潤之譖。」鄭玄註：「譖人之言，如水之浸潤，漸以成之。」（5）「叔孫」二句：《論語・子張》：「叔孫武叔毀仲尼。子貢曰：『無以爲也，仲尼不可毀也。他人之賢者，丘陵也，猶可踰也。仲尼，日月也，無得而踰焉。人雖欲自絕，其何傷於日月乎？多見其不知量也。』」《孟子・梁惠王下》：「魯平公將出，嬖人臧倉者請曰：『他日君出，則必命有司所之，敢請。』公曰：『將見孟子。』曰：『何哉？君所爲輕身以先於匹夫者，以爲賢乎？禮義由賢者出，而孟子之後喪踰前喪，君無見焉。』公曰：『諾。』……樂正子見孟子曰：『克告於君，君爲來見也。嬖人有臧倉者，沮君，君是以不果來也。』」（6）「文」：紋理，花紋。「頗」：偏，不周正。（7）「寒銅」：謂鏡。（8）「爲林」二句：比喻未遇知音。（9）「誰把」二句：「碧梧枝」，應劭《風俗通》：「梧桐生嶧陽山巖石之上，采東南孫枝爲琴，聲清雅。」「雲門樂」，傳説中黃帝的音樂。《周禮・春官大司樂》鄭玄注：「黃帝樂如雲門。言黃帝之德，如云之出門也。」二語意謂有薦拔抱璞之士於朝廷者，可爲有用之材。

聞砧

杜鵑聲不哀，斷猿啼不切（1）。月下誰家砧（2），一聲腸一絕。杵聲不爲客，客聞髮自白〔一〕（3）。杵聲不爲衣，欲令遊子歸。

【校記】

〔一〕「白」，《全唐詩》本下注云：「一作盡。」

【注釋】

（1）「杜鵑」二句：「杜鵑」，本名鵑，傳説爲古蜀帝杜宇之魂所化，故名。亦名子規。鳴聲淒厲，能動旅客歸思，故也稱思歸催歸。「斷猿」，見卷一《車遥遥》注（2）。以上兩句用以反襯砧聲之哀切。（2）「砧（zhēn 貞）」：搗衣石。此處指搗衣聲。（3）「杵聲」二句：「杵聲」，搗衣聲。因杵與砧爲搗衣必具之物，故砧聲杵聲實爲一事。

遊　子〔一〕

萱草生堂堦（1），遊子行天涯。慈親倚門望（2），不見萱草花。

【校記】

〔一〕一作聶夷中詩，題作《遊子行》，「行」下注云：「一作吟」。收《全唐詩》卷六百三十六。

【題解】

萱草本爲忘憂之草，現樹於堂堦，而慈母不見，則慈母思子之心刻骨銘心可知矣。

【注釋】

（1）「萱草」：草名。本作「諼」。《詩・衛風・伯兮》：「焉得諼草，言樹之背。」毛《傳》：「背，北堂也。」意謂樹萱草於北堂。北堂古代爲母親所居。後遂以萱堂爲母親或母親所居的代稱。以樹萱北堂爲事母之辭。

（2）「慈親」句：《戰國策・齊策六》：「（王孫賈）母曰：『汝朝出而晚來，則吾倚門而望；汝暮出而不還，則吾倚閭而望。』」後因以比喻慈母盼子歸來的殷切心情。

自歎

愁與髮相形，一愁白數莖。有髮能幾多？禁愁日日生。古若不致兵〔一〕（1），天下無戰爭；古若不置名，道路無欹傾（2）。太行聳巍峩（3），是天産不平；黄河奔濁浪，是天生不清。

四蹄日日多，雙輪日日成（4）。二物不在天，安能免營營（5）？

【校記】

〔一〕「致」，明鈔本、弘治本、《全唐詩》作本「置」，義較長。

【注釋】

（1）「致兵」：「致」，招致。「兵」，士卒，軍隊。（2）「古若」二句：「置」，建立。「名」，功名。「欹」，傾斜。通「攲」。（3）「太行」：見卷一《出門行》注（6）。（4）「四蹄」二句：「四蹄」，指馬。「雙輪」，指車。（5）「營營」：謀求。

求友

北風臨大海，堅冰臨河面。下有大波瀾，對之無由見〔一〕。求友須在良，得良終相善；求友若非良，非良中道變。欲知求友心，先把黃金鍊。

【校記】

〔一〕「下有大波瀾」二句，北宋刻本句旁有「此豈尋常語尋常意」八字評語。

【題解】

詩以堅冰和冰下波瀾爲喻，又以鍊金爲譬，告誡人們擇善而交的道理。

投所知

苦心知苦節，不容一毛髮(1)。鍊金索堅貞，洗玉求明潔。自慙所業微，功用如鳩拙(2)。何殊嫫母顏(3)，對彼寒塘月。君存古人心，道出古人轍。盡美固可揚，片善亦不遏。朝向公卿說，暮向公卿說。誰謂黃鍾管(4)，化爲君子舌。一說清嶰竹〔一〕；二說變嶰谷(5)；三說四說時，寒花拆寒木〔二〕(6)。噗噗家道路，燦燦我衣服(7)。豈直輝友朋，亦用慰骨肉。一暖荷疋素，一飽荷升粟(8)。而況大恩恩，此身報得足。且將食蘗勞，酬之作金刀(9)。

【校記】

〔一〕「一說」，北宋刻本原脱，蜀刻本亦脱。據明鈔本、弘治本、秦禾本、《全唐詩》本補。　〔二〕「拆」，蜀刻本作「坼」。

【注釋】

(1)「苦心」二句：「苦心」，《古詩十九首》：「晨風懷苦心。」陸機《猛虎行》：「志士多苦心。」「一毛髮」，《漢書·枚乘傳》：「其出不出，間不容髮。」　(2)「鳩拙」：《禽經》：「鳩拙而安。」晉張華《注》云：「鳩，鳲鳩也。方言云蜀謂之拙鳥。不善營巢，取鳥巢而居之，雖拙而安處也。」　(3)「嫫母」：古代傳説中之醜婦。荀子《賦篇》：「嫫母力父，是之喜也。」楊倞《注》云：「嫫母，醜女，黄帝時人。」漢劉向《列女傳》：「黄帝妃曰嫫母。」　(4)「黄鍾管」：吹奏樂器。《晉書》：「十一月之管，謂之黄鍾。」　(5)「一説」二句：「嶰竹」、「嶰谷」，《漢書·律曆志·上》：「黄帝使伶倫自大夏之西昆侖之陰，取竹之嶰谷。生其竅厚均者斷兩節，間而吹之，以爲黄鍾之宫。」《注》云：「嶰谷，昆侖之北谷名也。」後世因泛稱簫笛等竹製樂器爲嶰竹。　(6)拆：分裂，裂開。　(7)「噗噗」二句：「噗噗」，猶僕僕，煩猥貌。《孟子·萬章下》：「子思以爲鼎肉使己僕僕爾，亟拜也。」《注》：「僕僕，煩猥貌。」「燦燦」，鮮盛貌。《詩·小雅·大東》：「西人之子，粲粲衣服。」二句寫擢第榮歸之狀。　(8)「一暖」二句：「荷」，仰仗。擔任。「疋」，量詞。計算布帛的單位。「升」，容量單位。十合爲一升，十升爲一斗。　(9)「且將」二句：「蘗」(bò簸去聲)，植物名。即黄檗。「食蘗」，猶言居官清貧自守。「金刀」，古錢幣。《漢書・食貨志》：「貨謂衣帛可衣及金刀龜貝。」此言願以勤勞國事，居官清廉報知遇之恩。

病客吟

主人夜呻吟，皆入妻子心；遠客一作客子晝呻吟〔一〕，徒爲蟲鳥音。妻子手中病，愁思不復深〔二〕；僮僕手中病，憂危獨難任（1）。丈夫久漂泊，神氣自然沉。況於滯疾中，何人免噓欷（2）。大海亦有涯，高山亦有岑。沉一作此憂獨無極，塵淚互盈襟〔三〕（3）。

【校記】

〔一〕「遠客」句，《全唐詩》本「遠客」作「客子」，下注云：「一作遠客。」　〔二〕「愁」，北宋刻本原作「慈」，誤。據蜀刻本、明鈔本、弘治本、秦禾本、《全唐詩》本改。　〔三〕「互」，《全唐詩》本注云：「一作欲」。

【注釋】

（1）「任」（rén 仁）：承當，經受。　（2）「滯疾」：久病。《後漢書・韋義傳》：「眩瞀滯疾，不堪久待。」「噓欷」：歎息，哽咽。　（3）「大海」四句：「岑」：崖岸。即山之最高頂。此言山有極，海有涯而沉憂無盡。

感懷

孟冬陰氣交，兩河正屯兵（1）。烟塵相馳突，烽火日夜驚。太行險阻高，輓粟輸連營（2）。

奈何操弧者，不使梟巢傾(3)。猶聞漢北兒，怙亂謀縱横(4)。擅摇干戈柄，呼叫豺狼聲(5)。白日臨爾軀，胡爲喪丹誠(6)？豈無感激士，以致天下平。登高望寒原，黄雲鬱崢嶸(7)。坐馳悲風暮(8)，歎息空沾纓。

【題解】

此詩當爲建中三年東野旅居河南時所作。是時魏博、恒冀諸藩鎮方合謀舉兵抗唐，李希烈亦與聯合。作者在詩中對李希烈等叛亂勢力的分裂行爲表示了極大的義憤。

【注釋】

(1)「兩河」：黄河南北之地。唐安史之亂後稱河南河北二道爲兩河。見《新唐書·藩鎮傳》。《小學紺珠·地理類》：「兩河，河南河北。」 (2)「輓粟」：以車運送穀物。《史記·主父偃傳》：「又使天下蜚芻輓粟。」「連營」：《三國志·魏志》：「文帝聞備與權交戰，樹栅連營七百里。」 (3)「奈何」二句：責手握重兵者不能討平叛亂。「操」，執持。掌握。「弧」，木弓。泛指一般武器。《楚辭》屈原《九歌·東君》：「舉長矢兮射天狼，操余弧兮反淪降。」「梟巢」，喻叛亂勢力。 (4)「猶聞」二句：「漢北兒」，指李希烈。據《舊唐書·李希烈傳》和《新唐書·德宗紀》，知李希烈曾於建中二年六月任淮西節度兼漢北都知諸軍馬招撫處置使，所以東野以「漢北兒」稱之。「怙亂」，謂乘亂取利。《左傳·僖公十五年》：「無始禍，無怙亂。」杜預注云：「恃人亂爲己利。」「怙」，依靠，倚仗。 (5)「擅摇」二句：此責李希烈擅自興兵作亂。「干戈」，武器名。「干」指盾，「戈」

指矛戟。（6）「白日」二句：此責李希烈不盡忠朝廷，喪其丹誠。「丹誠」，赤誠之心。任昉《勸進箋》：「冒奏丹誠。」（7）「鬱」：蘊結。「崢嶸」：凛冽貌。（8）「坐馳」：形坐心馳。身不動而心馳騖於外。《莊子·人間世》：「吉祥止止，夫且不止，是之謂坐馳。」

離　思

不寐亦不語，片月秋稍舉〔一〕。孤鴻憶霜群，獨鶴叫雲侶〔二〕。怨彼浮花心(1)，飄飄無定所。高張係繂帆，遠過梅根渚(2)。廻織別離字，機聲有酸楚(3)。

【校記】

〔一〕「稍」，沈校宋本作「梢」。〔二〕「獨」，書棚本、明鈔本作「孤」。弘治本、《全唐詩》本仍作「獨」，按作「獨」是。

【注釋】

（1）「浮花心」：本指花蕊之不結實者。韓愈《杏花》詩：「浮花浪蕊鎮長有，纔開還落瘴霧中。」此借喻離思如浮花隨風，迄無定所。（2）「高張」二句：「係」，通「繫」。「繂」，挽船的繩索。《爾雅·釋水》：「紼，繂也。」孫炎曰：「繂，大索也。」李巡曰：「繂竹爲索，所以維舟者。」「梅根渚」，地名。在池州（今安徽貴池縣）。《唐詩紀事》卷六十九：羅隱「隱池之梅根渚，自號江東生」。（3）「廻織」二句：《晉書·列女傳》：「竇滔妻蘇氏，名蕙，字若蘭，善屬文。滔，苻堅時爲秦州刺史，被徙流沙。蘇氏思之，織錦爲廻文旋圖詩，以贈滔。宛轉循環以讀之，詞甚悽惋。」此借用蘇蕙事表達離思的酸楚。

結　交

鑄鏡須青銅，青銅易磨試〔一〕。結交遠小人，小人難姑息(1)。鑄鏡圖鑑微，結交圖相依。凡銅不可照，小人多是非。

【校記】

〔一〕「試」，蜀刻本、明鈔本、弘治本、秦禾本、《全唐詩》本作「拭」。

【注釋】

(1)「結交」二句：「遠」(yuàn 願)，疏而離之。《禮記·中庸》：「去讒遠色。」「姑息」，無原則的寬容。《禮記·檀弓上》：「曾子曰：君子之愛人也以德，細人之愛人以姑息。」《注》：「息，猶安也，言苟容取安。」

傷　春〔一〕

兩河春草海水清，十年征戰城郭腥(1)。亂兵殺兒將女去，二月三月花冥冥(2)。千里無人旋風起，鶯啼燕語荒城裏。春色不揀墓傍枝，紅顏皓色逐春去(3)。春去春來那得知，今人看花古人墓，令人惆悵山頭路（4）。

【校記】

〔一〕蜀刻本詩題下旁注「七言」二字。

【題解】

此詩從「兩河春草」、「十年征戰」諸語推之，似當作於貞元八年前後詩人重遊兩河戰場時。通篇句句寫亂後傷春，情景交融，真切動人。

【注釋】

（1）「兩河」二句：「兩河」，見《感懷》詩注（1）。「十年征戰」，似指大歷建中至貞元這十年間，黄河南北唐王朝和藩鎮進行的連綿不斷的戰爭。二句用對比文筆寫出兩河景色的今昔不同。（2）「亂兵」二句：前句寫叛軍對人民的殘酷屠殺。後句寫亂後十室九空、春花自發的情景。（3）「千里」四句：進一步寫亂後荒城，千里無人，紅顔春去的慘景，歷歷如繪。（4）「春去」三句：寫地下人不知傷春，反襯出「今人看花古人墓」，更增惆悵。極寫亂後傷春之意。

擇友

獸中有人性，形異遭人隔；人中有獸心，幾人能真識？古人形似獸，皆有大聖德（1）；今人表似人，獸心安可測？雖笑未必和，雖哭未必慼。面結口頭交，肚裏生荆棘。好人常直道(2)，不順世間逆；惡人巧諂多，非義苟且得。若是效真人(3)，堅心如鐵石。不諂亦不欺，不奢復不溺(4)。面無恡色容(5)，心無詐憂惕(6)。君子大道人，朝夕恒的的(7)。

【題解】

本篇旨在於抨擊世態惡習。

【注釋】

(1)「古人」二句：《列子·黄帝》：「有七尺之骸，手足之異，戴髪含齒，倚而趣者謂之人。而人未必無獸心。雖有獸心，以狀而見親矣。傅翼戴角，分牙佈爪，仰飛伏走，謂之禽獸。而禽獸未必無人心。雖有人心，以狀而見疏矣。庖犧氏，女媧氏，神農氏，夏后氏，蛇身人面，牛首虎鼻，此有非人之狀，而有大聖之德。夏桀、殷紂、魯桓、楚穆，狀貌七竅，皆同於人，而有禽獸之心。」似爲東野所本。(2)「直道」：謂行正直之道。《論語·衛靈公》：「斯民也，三代之所以直道而行也。」(3)「効」：同「傚」，效法。也作「効」、「效」。《詩·小雅·鹿鳴》：「君子是則是傚。」(4)「溺」：沈迷。《禮記·樂記》：「姦聲以濫，溺而不止。」(5)「恡」：鄙嗇。同「吝」。(6)「詐憂惕」：欺騙戒懼。(7)「的的」：明白。《淮南子·説林》：「的的者獲。」高誘《注》：「的的，明也。」

夜憂

豈獨科斗死，所嗟文字捐(1)。蒿蔓轉驕王〔一〕，菱荇減嬋娟〔二〕(2)。未遂擺鱗志，空思吹浪旋(3)。何當再霖雨，洗濯生華鮮〔三〕(4)？

【校記】

〔一〕「王」，秦禾本作「弄」。《全唐詩》本作「弄」，下注云：「一作王」。按「王」通「旺」，作「王」是。〔二〕「荇」，北宋刻本原作「行」。蜀刻本、明鈔本、弘治本、秦禾本、《全唐詩》本作「荇」，是。今據改。〔三〕「生」，北宋刻本作「空」，明鈔本、弘治本、《全唐詩》本作「生」，是。今據改。

【題解】

此詩據「未遂擺鱗志，空思吹浪旋。何當再霖雨，洗濯生華鮮」諸語分析，當作於貞元八、九年間東野初試或再試不第時。

【注釋】

(1)「豈獨」二句：「科斗」，中國古代文字之一體。點畫率頭粗尾細，故名。孔安國《尚書序》：「至魯共王好治宮室，壞孔子舊宅，以廣其居。於壁中得先人所藏古文虞、夏、商、周之書及《傳》、《論語》、《孝經》，皆科斗文字。」「捐」，捨棄。二句自傷文字被棄，大道不行。(2)「蒿蔓」二句：「蒿」，野草。「蔓」，蔓生的雜草。

「驕王」，健旺。「王」同「旺」。「菱荇」，均水生植物，可供食用。「嬋娟」，見卷一《嬋娟篇》注（1）。二句亦即屈原《離騷》美人香草以喻忠貞，惡禽臭物以比讒佞之意。言君子道消，小人道長。（3）「未遂擺鱗志」，比喻應試落第。下句亦以魚爲喻。（4）「何當」二句：比喻再來應進士試，以再接再勵自期。

惜　苦

于鵠值諫議，以毬不能官（1）。焦蒙值舍人，以盃不得完一作官（2）。可惜大雅旨，意此小團欒（3）。名廻不敢辨，心轉實是難（4）。不惜爲君轉，轉非君子觀。轉之復轉之，强轉誰能歡？哀哉虚轉言，不可窮波瀾（5）。

【題解】

此詩作年難攷。觀詩中于焦兩人因毬因酒失官，與東野因詩遭罰俸類，或者作於溧陽縣尉任上。

【注釋】

（1）「于鵠」：《唐詩紀事》二十九：「于鵠，大歷、貞元間詩人也，爲諸府從事，居江湖間。有《卜居漢陽》及《荆南陪樊尚書賞花》詩。」張籍有《傷于鵠》詩，中云：「良玉沈幽泉，名爲天下珍。野性疎時俗，再命乃從軍。氣高終不合，去如鏡上塵。」「諫議」，諫議大夫之省稱。觀詩意似爲于鵠任諫議大夫時，因喜愛蹋毬而被免職。（2）「焦蒙」二句：「焦蒙」，事跡無攷。「舍人」，官名。二句意謂焦蒙因愛酒而去官。（3）「可惜」二句：「大雅」，《詩經》六義之一。《詩・序》：「言天下之事，形四方之風，謂之雅。雅者正也，言王政之所由廢興也。政有小大，故有小雅焉，有大雅焉。」「團欒」，圓貌。指上文毬和盃。惜于鵠、焦蒙以小節而傷大雅。（4）「名廻」二句：此言于鵠、焦蒙雖因小節去官，不敢自爲辯護，但心轉實難。「心轉」，《詩・邶風・柏舟》：「我心匪石，不可轉也。」（5）「哀哉」二句：承上謂虛轉之言，難窮人情之反覆，故深哀之。王維《酌酒與裴迪》詩：「人情翻覆似波瀾。」

寒地百姓吟 爲鄭相其年居河南畿内百姓大蒙矜恤

無火炙地眠，半夜皆立號。冷箭何處來，棘針風騷勞一作騷騷（1）。霜吹破四壁，苦痛不可逃。高堂搥鍾飲〔一〕，到曉聞烹炮（2）。寒者願爲蛾，燒死彼華膏。華膏隔仙羅，虛遶千萬遭（3）。到頭落地死，踏地爲遊遨（4）。遊遨者是誰，君子爲鬱陶（5）！

【校記】

〔一〕「鍾」，弘治本、《全唐詩》本作「鐘」。「鍾」與「鐘」通。

【題解】

鄭相，謂鄭餘慶。元和元年十一月，鄭自尚書左丞同平章事罷爲河南尹。東野從鄭餘慶任河南水陸運從事，試協律郎。定居洛陽。此詩即是時作。詩旨在讚美鄭餘慶關懷民瘼，極寫河南百姓寒冬慘狀。

【注釋】

（1）「泠箭」二句：「泠箭」，比喻峭厲的風霜。「棘針」，即棘刺。「騷勞」，一作「騷騷」，風勁貌。《文選》張衡《思玄賦》：「寒風凄其永至兮，拂穹岫之騷騷。」（2）「高堂」二句：「搥」，敲。「烹炮」，楊惲《報孫會宗書》：「烹羊炮羔，斗酒自勞。」此寫鐘鳴鼎食之家生活情景。（3）「寒者」四句：《梁書·到溉傳》：「如飛蛾之赴火，豈焚身之可吝。」「華膏」，明亮的燭火。「仙羅」，指羅製的燈罩。（4）「遊遨」：遊樂。《詩·齊風·載驅》：「齊子遊敖。」（5）「君子」：謂鄭餘慶。「鬱陶」：憂思積聚貌。《書·五子之歌》：「鬱陶乎予心。」

出東門

餓馬骨亦聳，獨驅出東門。少年一日程，衰叟十日奔。寒景不爲我[一](1)，疾走落平原。

眇默荒草行，恐懼夜魄翻(2)。一生自組織，千首大雅言(3)。道路如抽蠶，宛轉羈腸繁。

【校記】

[一]「不爲我」，明鈔本、弘治本、秦禾本、《全唐詩》本作「不我爲」。

【注釋】

（1）「寒景」：冬日的太陽。「不爲我」：言不爲我留也。（2）「眇默」二句：「眇默」，遥遠貌。《文選》顔延之《還至梁城作》詩：「眇默軌路長，憔悴征戍勤。」「夜魄」，指月亮。（3）「一生」二句：自謂一生組織詩文千首，皆大雅之言。劉勰《文心雕龍・原道》：「雕琢情性，組織辭令。」

教坊歌兒

十歲小小兒，能歌得聞一作朝天〔一〕（1）。六十孤老人，能詩獨臨川（2）。去年西京寺，衆伶集講筵（3）。能嘶竹枝詞，供養繩牀禪（4）。能詩不如歌，悵望三百篇（5）。

【校記】

〔一〕「得聞（一作朝）」，《全唐詩》本作「得朝（一作聞）」。

【題解】

此詩當爲元和五年作。東野時年六十。「教坊」，唐代掌管女樂的官署名。《新唐書・百官志》：「武德後，置内教坊於禁中。開元中，又置内教坊於蓬萊殿。」

【注釋】

（1）「天」：這裡指皇帝。「聞天」，得以上達天聽。《詩・小雅・鶴鳴》：「鶴鳴于九皋，聲聞于天。」

（2）「臨川」：《淮南子・説林訓》：「臨河而羨魚，不如臨家織網。」此用臨河羨魚義。（3）「去年」二句：「西京」，唐玄宗天寶初以長安爲西京。「伶」，樂人。「講筵」，原指講學者的席位，與講席同。這裏指講學的處所。《陳書·張正見傳》:「梁簡文帝雅尚學業,每自昇座説經,正見嘗預講筵,請決疑義。」也可指僧人講法之所。（4）「能斷」二句:「竹枝詞」,樂府名。亦名巴人調,或巴歈。取宋玉《對楚王問》「下里巴人」之意。唐劉禹錫《竹枝詞·引》稱:「余來建平,里中兒聯歌《竹枝》,吹短笛擊鼓以赴節。……故余亦作《竹枝詞》九篇,俾善歌者颺之。」貞元、元和間竹枝詞曾風行兩京。「繩牀」,坐具,即古之胡牀,又名交牀。《晉書·庾亮傳》:亮「便據胡牀,與浩等談咏竟夕」。宋程大昌《演繁露》:「今之交牀,本自虜來,始名胡牀。桓伊下馬據胡牀取笛三弄是也。隋高祖意在忌胡,器物涉胡言者咸令改之,乃改爲交牀。」《晉書·佛圖澄傳》:「澄……坐繩牀。」又《資治通鑑·穆宗紀》:「上見群臣於紫宸殿,御大繩牀。」胡三省《注》:「繩牀,以版爲之,人坐其上。其廣前可容膝,後有靠背,左右有托手,可以閣臂,其下四足著地。」（5）「三百篇」:《詩經》的別稱。

訪　疾

冷氣入瘡痛,夜來痛如何?瘡從公怒生,豈以私恨多。公怒亦非道,怒消乃天和（1）。古有焕輝句,嵇康閑婆娑（2）。請君吟嘯之,正氣庶不訛（3）。

【注釋】

（1）「天和」:自然和理。《莊子·知北遊》:「若正汝形,一汝視,天和將至。」《疏》:「自然和理,將至汝身。」（2）「嵇康」:見本卷《亂離》詩注（3）。「婆娑」:舞蹈。盤旋。《詩·陳風·東門之枌》:「婆娑其下。」

（3）「正氣」：正直之氣，與邪氣相對爲辭。《文子・符言》：「君子行正氣，小人行邪氣。內便於性，合於義，循理而動，不繫於物者，正氣也。推於滋味，淫於聲色，發於喜怒，不顧後患者，邪氣也。」「訛」：同「吪」，移動，改變。

酒德

酒是古明鏡，輾開小人心。醉見異舉止，醉聞異聲音〔一〕。酒功如此多，酒屈亦以深（1）。罪人免罪酒，如此可爲箴。

【校記】

〔一〕「醉」，北宋刻本原作「醒」。蜀刻本、明鈔本、弘治本、秦禾本、《全唐詩》本作「醉」，是。今據改。

【題解】

此詩一反歷來文人對酒的責難，而歌頌酒德酒功。認爲亂於酒德，其罪在人而不在酒。

【注釋】

（1）「酒屈」句：謂亂於酒德，反以罪酒，是酒所以被屈。

冬日

老人行人事，百一不及周（1）。凍馬四蹄吃，陟卓難自收（2）。短景仄飛過（3），午光不上頭。

少壯日與輝，衰老日與愁。日愁疑在日〔一〕，歲箭迸如讎。萬事有何味？一生虛自囚(4)。不知文字利，到此空遨遊(5)。

【校記】

〔一〕「日愁疑在日」，《全唐詩》本「日」下注云：「一作自。」「在日」，蜀刻本作「在目」。

【題解】

此詩作年無考。據詩意推測，當是晚年居洛陽時作。

【注釋】

(1)「百一」句：「百一」，猶言百中之一。「周」，細密，周到。《管子·勢》：「善周者，明不能見也；善明者，周不能蔽也。」　(2)「凍馬」二句：「吃」(jí棘)，行步遲緩艱難。「陟卓」，不詳。疑指凍馬登高時不能控制四蹄。此二句是比，說明老人行事，心力多不相應。　(3)「景」：日光。「仄」：旁邊，傾斜。通「側」。　(4)「萬事」二句：言一生立志行古道於今世，徒然是作繭自縛，畫地爲牢。萬事復有何味？　(5)「遨遊」：奔走周旋。《後漢書·馬援傳》：「卿遨遊二帝間。」又同「遊遨」。

饑雪吟

饑烏夜相啄，瘡聲互悲鳴。冰腸一直刀，天殺無曲情(1)。大雪壓梧桐，折柴墮崢嶸。安知鸞鳳巢，不與梟鳶傾(2)。下有幸災兒，拾遺多新爭。但求彼失所〔一〕，但誇此經營一作誇誕自經營。君子亦拾遺，拾遺非拾名。將補鸞鳳巢，免與梟鳶并。因爲飢雪吟，至曉竟一作意不平。

【校記】

〔一〕「求」，北宋刻本原誤作「永」，據明鈔本、弘治本、秦禾本、《全唐詩》本改。

【題解】

觀詩意此詩蓋於世風有所諷喻。

【注釋】

(1)「冰腸」二句：「冰腸」，凍鳥之腸。意謂鳥類自啄同類，實爲饑寒所迫。「曲情」，意謂徇情枉法。「曲」，不正。與直相對。(2)「梟鳶」：俱猛禽名。「梟」，參見卷一《湘絃怨》注(5)。傳説梟食母，喻邪惡之人。賈誼《弔屈原文》：「鸞鳳伏竄兮鴟梟翺翔。」「鳶」，參見卷一《覆巢行》注(2)。

偷詩

餓犬齚枯骨，自喫饞飢涎(1)。今文與古文，各各稱可怜(2)。亦如嬰兒食，餳桃口旋旋(3)。唯有一點味，豈見逃景延(4)。繩牀獨坐翁，默覽有所傳(5)。終當罷文字，別著逍遥篇(6)。從來文字淨，君子不以賢。

【題解】

此詩為東野批評當日文壇重文輕道風氣而作。

【注釋】

（1）「餓犬」二句：「齚」（zé 則），咬。「饑涎」，東野《峽哀》詩：「峽險多饑涎。」此以餓犬喻偷詩者。（2）「今文」二句：「今文」，當代通行之文字。暗指唐代律絶詩體及駢儷文體。「古文」，文體名，區别於駢文而言。「可怜」，可愛。此二句言主張駢文和主張散文者各是其所是，非其所非，皆爲作者所不取。（3）「亦如」二句：此言偏愛今文或古文者，正如嬰兒喫糖果一般，各自慢慢品味，沉浸其中。「餳」，朱駿聲《説文通訓定聲》：「餳字亦作餹，作糖。」「旋旋」，慢慢。又旋轉。（4）「唯有」二句：此仍以嬰兒喫糖爲喻，言喫糖雖有味，然而很快便會消逝。一如逝景之難延駐。「逃景」，逝景。流逝的光陰。《文選》王僧達《答顔延年》詩：「歡此乘日暇，忽忘逝景侵。」李善《注》曰：「言人壽不留，與景俱逝而壽損侵。」（5）「繩牀」二句：「繩牀」，見《教坊歌兒》注（4）。「獨坐翁」，東野自謂。「傳」，轉授。（6）「終當」二句：此言自己不願以文字與流俗一爭高下。「逍遥篇」：指《莊子·逍遥遊》。

晚雪吟

貧富喜雪晴，出门意皆饒。鏡海見纖悉，冰天步飄飖（1）。一一仙子行，家家塵聲銷。小兒擊玉指，大耋歌聖朝（2）。睿氣流不盡，瑞仙何夐寥（3）。始知望幸色，終疑異禮招（4）。市井亦清潔，閭閻聳岧嶤(5)。蒼生願東顧，翠華仍西遥(6)。天念豈薄厚，宸衷多憂焦(7)。憂焦致太平，以茲時比堯。古耳有未通，新詞有潛韶(8)。甘爲酒伶擯(9)，坐耻歌女嬌。選音不易言，裁正逢今朝(10)。今朝前古文，律異同一調(11)。願於堯琯中〔一〕，奏盡鬱抑謠(12)。

【校記】

〔一〕「琯」，北宋刻本原作「朝」，據蜀刻本、明鈔本、弘治本、秦禾本、《全唐詩》本改。

【題解】

此詩據「選音不易言，裁正逢今朝」、「願於堯琯中，奏盡鬱抑謠」諸語推之，疑當作於元和初東野任河南水陸運從事、試協律郎時。

【注釋】

(1)「鏡海」二句：此寫晴雪天境。「鏡海」、「冰天」均喻雪。「纖悉」，細微詳盡。《漢書·食貨志》：「古之治天下，至纖至悉也。」 (2)「小兒」二句：「擊玉指」，意謂敲指作拍，表示激賞晴雪，或指小兒弄雪爲戲。「耋」(dié迭)，老，壽。此寫老幼歡樂情景。 (3)「睿氣」二句：「睿氣」，聖明之氣。「睿」，同「叡」。「瑞仙」，不詳。據詩意分析，當指瑞雪。「夐(xiòng雄去聲)寥」，寥遠。 (4)「始知」二句：「望幸」，希望皇帝親臨。隋煬帝詔：「聞朕西巡，欣然望幸。」 (5)「閭閻」句：「閭閻」，里門，泛指鄉里、里巷。《史記·平準書》：「守閭閻者食粱肉。」「岧嶢」，高峻。曹植《愁賦》：「登岧嶢之高岑。」「異禮」，特殊或不同的禮節儀式。（6）「蒼生」二句：「蒼生」，百姓。「東顧」，指天子東幸洛陽。「翠華」，以翠羽飾於旗竿頂端的旗，爲天子所用的儀仗。《漢書・司馬相如傳》引《上林賦》：「建翠華之旗，樹靈鼉之鼓。」顔師古《注》：「翠華之旗，以翠羽爲旗上葆也。」這裡以「翠華」指天子。「西遥」，指天子遠在西京。（7）「宸衷」：天子的心意。（8）「古耳」二句：「古耳」，謂欣賞古樂。「新詞」，指《晚雪吟》。「韶」，傳説舜所作樂曲名。「潛韶」，自喻爲隱而未顯的韶樂。（9）「擯」：排斥，拋棄。（10）「選音」二句：言選音不易，幸逢今朝得到了裁汰整理的機會。蓋因東野是時正任協律郎故。（11）「今朝」二句：言古樂新詞律雖有異，同可調和。《書・舜典》：「聲依永，律和聲。」（12）「願於」二句：「堯」，以比喻帝王盛德或太平盛世。「琯」，古樂器名，即玉管。六孔。「鬱抑謠」，反映民間疾苦的憂懣鬱抑的歌謠、歌曲。

自惜

傾盡眼中力，抄詩過與人（1）。自悲風雅老，恐被巴竹嗔（2）。零落雪文字，分明鏡精神。坐甘冰抱晚（3），永謝酒懷春。徒有言言舊，慙無默默新（4）。始驚儒教誤，漸與佛乘親（5）。

【注釋】

（1）「抄詩」句：言將生平詩作鈔録遍送諸人。「過」，遍。《素問・玉版論要》：「逆行一過。」《注》：「過，謂遍也。」（2）「自悲」二句：「風雅」，指《詩經》中國風與大小雅。《詩·周南·關雎序》：「是以一國之事，繫一人之本，謂之風；言天下之事，形四方之風，謂之雅。」這裡比喻雅正之聲。「巴竹」，民間歌謠。即巴人竹枝詞之省稱。見《教坊歌兒》注（4）。（3）「坐甘」句：言懷抱如冰，自甘苦寒。趙曄《吴越春秋·勾踐歸國外傳》：「越王……冬常抱冰。」（4）「徒有」二句：「言言」，直言曰言。《詩·大雅·公劉》：「於時言言。」「默默」，不言；空無。《韓詩外傳》七：「昔者商紂默默而亡。」《莊子·在宥》：「至道之極，昏昏默默。」（5）「乘」：佛教以解釋教義深淺之等級爲乘，分大乘、小乘。比喻修行法門如乘車運載。

老恨

無子抄文字，老吟多飄零。有時吐向牀，枕席不解聽（1）。鬭蟻甚微細，病聞亦清泠（2）。小大不自識，自然天性靈〔一〕（3）。

【校記】

〔一〕「天」，沈校宋本作「夭」。

【題解】

此詩據「無子抄文字，老吟多飄零」諸語及東野《杏殤》九首、韓愈《孟東野失子詩》推之，知東野此詩當亦作於元和二、三年間失子之後。

【注釋】

（1）「有時」二句：言己詩少知音者賞愛。（2）「鬭蟻」二句：此東野自言雖多病而耳聰，能聞牀下蟻鬭。極寫其老境淒凉，世人不解其詩之恨。「鬭蟻」，《晉書·殷仲堪傳》：「父師嘗患耳聰，聞牀下蟻動，謂之牛鬭。」「清泠」，宋玉《風賦》：「清清泠泠，愈病析酲。」（3）「小大」句：「小」指蟻，「大」指牛。言蟻動本微，而久病耳聰卻聞若牛鬭之聲。「小大不自識」，意謂「蟻鬪」之音為天籟之音，自己的詩作亦為自然性靈之境。

詠懷上

湖州取解述情

霅水徒清深，照影不照心（1）。白鶴未輕舉，衆鳥爭浮沉（2）。因兹掛帆去，遂作歸山吟。

【題解】

本篇當作於貞元七年。東野初次赴長安應進士試在貞元八年。本篇所寫爲東野於湖州舉鄉貢進士後初赴長安應進士前情事。「取解」，即拔解。唐李肇《國史補》卷下：「進士爲時所尚久矣。……京兆攷而昇者謂之等第；外府不試而貢者，謂之拔解。」實際上，此即唐代所謂鄉貢進士。每年拔解時間一般均在七月後。

【注釋】

（1）「霅水」二句：「霅（zhà 榨）水」：水名。即霅溪。在今浙江吳興縣境。也爲吳興的别稱。參見宋樂史《太平寰宇記》卷九十四《湖州烏程縣》。吳興，本古郡名，即今浙江湖州市。東野湖州武康人。此言霅水雖然清深，但祇能照出東野的身影，不能照出東野的清心。（2）「白鶴」二句：「白鶴」，東野自喻。「衆鳥」，比喻同時取解諸攷生。「輕舉」，輕身昇起。「浮沉」，昇降，指應進士試。

落第

曉月難爲光，愁人難爲腸。誰言春物榮，豈見葉一作獨見花上霜〔一〕（1）？鵰鶚一作鶴鵲失勢病一作飛失勢〔二〕，鷦鷯假一作改翼翔（2）。棄置復棄置（3），情如刀刃傷〔三〕。

【校記】

〔一〕「豈」，《全唐詩》本作「獨」，下注云：「一作豈，一作起。」〔二〕「一作鶴鵲」，蜀刻本「鶴」作「鸛」。〔三〕「刃」，《全唐詩》本作「劍」，下注云：「一作刃。」

【題解】

本篇當作於貞元九年。東野是年再下第。

【注釋】

（1）「誰言」二句：「春物」，指春天的草木。「葉上霜」，比喻落第自傷凋謝。（2）「鵰鶚」二句：「鵰」和「鶚」，皆猛禽。東野自況。「鷦鷯」：小鳥，比譬憑藉關係應試及第的人們。（3）「棄置」：廢棄不用。《文選》曹丕《雜詩》：「棄置勿復陳，客子常畏人。」是年東野再落第，故重言之。

詠　懷一作感寓〔一〕

濁水心易一作已傾，明波興初發。思逢海底人，乞取蚌中月（1）。此興若未諧，此心終不歇。

【校記】

〔一〕詩題，弘治本作「詠情」。《全唐詩》本作「詠懷」，下注云：「一作詠情，一作感寓。」沈校宋本「寓」作「遇」，清席刻本同。

【注釋】

（1）「蚌中月」：指珍珠爲喻。舊説，蚌孕珠如人懷胎，與月之盈虧有關。高適《和賀蘭判官望北海作》詩：「月圓知蚌胎。」李白《贈崔司户文昆季》詩：「雙珠出海底，俱是連城璧。」

病起言懷

强行尋溪一作淨水，洗卻殘病姿。花景晼晚盡，麥風清泠吹（1）。交道卧來見〔一〕，世情貧去知(2)。高閑思楚逸，澮泊一作淺薄厭齊兒(3)。終伴碧山侶，結言青桂枝(4)。

【校記】

〔一〕「卧」，《全唐詩》本作「賤」，下注云：「一作卧。」

【注釋】

(1)「花景」二句：「畹晚」，日將暮。《楚辭》宋玉《九辯》：「白日畹晚其將入兮。」「麥風」，江淮間指農曆五月的東北風，爲麥信風。見唐李肇《國史補》下。省作「麥風」。「清泠」，見《老恨》注(1)。 (2)「交道」二句：《史記·鄭當時傳》：「先時，下邳翟公爲廷尉，賓客亦填門。及廢，門外可設爵羅雀；後復爲廷尉，客欲往，翟公大署其門曰：一死一生，乃知交情；一貧一富，乃知交態；一貴一賤，交情乃見。」似爲東野所本。(3)「高閑」二句：「高閑」、「澮泊」爲作者心折之品格。「楚逸」，楚國俊逸或隱逸之士。「齊兒」，梁何遜《贈族人秣陵兄弟》詩：「齊兒敢爲俗。」 (4)「終伴」二句：言將與碧山結伴，與桂枝訂約。「結言」，口頭結盟。《公羊傳·桓公三年》：「古者不盟，結言而退。」

秋夕貧居述懷〔一〕

卧冷無遠夢，聽秋酸別情(1)。高枝低枝風，千葉萬葉聲。淺井不供飲〔二〕，瘦田長廢耕。今交非古交，貧語聞皆輕(2)。

【校記】

〔一〕《唐文粹》卷十八題作《秋夕懷遠》。　〔二〕「井」，《全唐詩》本注云：「一作水。」

【注釋】

（1）「卧冷」二句：言貧家卧具單薄，一宿冷卧屢被凍醒。「聽秋」，傾聽秋聲。（2）「今交」二句：「今交」，重利之交。「古交」，重義之交。東野《傷時》詩「古人結交而重義，今人結交而重利。有財有勢即相識，無財無勢同路人」，與此意同。

夜感自遣 一作失志夜坐思歸楚江，又作苦學吟。〔一〕

夜學曉不休〔二〕，苦吟神鬼愁（1）。如何不自閑，心與身爲讎。死辱片時痛，生辱長年羞（2）。

清桂無直枝〔三〕（3），碧江思舊遊。

【校記】

〔一〕《唐文粹》卷十五下題作《失志夜坐思歸楚江》。　〔二〕「不」，《唐文粹》、弘治本、《全唐詩》本作「未」。　〔三〕「清」，《唐文粹》作「青」。

【題解】

此詩寫落第後發憤苦吟的情景。

【注釋】

（1）「神鬼愁」：杜甫《贈李白》：「筆落驚風雨，詩成泣鬼神。」（2）「生辱」：指落第。（3）「清桂」句：宋葉夢得《避暑録話》四：「世以登科爲折桂。」桂樹也就自然成了科名的象徵。東野深諳科場黑暗，故曰：「清桂無直枝。」

再下第

一夕九起嗟，夢短不到家。兩度長安陌，空將淚見花。

【題解】

此詩當作於貞元九年。本年東野再下第，乃自長安出作楚湘之遊。

下第東歸留别長安知己

共照日月影(1)，獨爲愁思一作離恨人〔一〕。豈知鶗鴂一作鶗鴂等閑鳴〔二〕，瑶草不得春(2)。一片兩片雲，千里萬里身(3)。雲歸嵩之陽，身寄江之濱(4)。棄置復何道，楚情吟白蘋(5)。

【校記】

〔一〕「一作離恨」，明鈔本、弘治本、《全唐詩》本無「一作離恨」注文。　〔二〕「一作鶗鴂等閑」，蜀刻本「鶗鴂」作「鳴鴂」。

【題解】

此篇當作於貞元九年東野再落第後，自長安東歸時。

【注釋】

（1）「日月影」：《禮記·孔子閑居》：「天無私覆，地無私載，日月無私照。」又《詩·邶風·日月》：「日居月諸，照臨下土。」　（2）「豈知」二句：「鶗鴂」，杜鵑鳥，常於春分鳴。一作「鵜鴂」。《楚辭》屈原《離騷》：「恐鵜鴂之先鳴兮，使夫百草爲之不芳。」「瑶草」，香草。《文選》江淹《别賦》：「惜瑶草之徒芳。」呂向《注》曰：「瑶草，香草。蓋自喻也。」　（3）「一片」二句：句法與《秋夕貧居述懷》中的「高枝低枝風，千葉萬葉聲」同。此亦爲東野創格。　（4）「雲歸」二句：「嵩之陽」，嵩山南麓。「江之濱」，指江南。《新唐書·孟郊傳》：「孟郊者，湖州武康人。少隱嵩山。」　（5）「棄置」二句：「棄置」，見《落第》詩注（3）。「白蘋」，水中浮草。宋羅願《爾雅翼·釋草》：「蘋似槐葉而連生淺水中，五月有花，白色，故曰白蘋。」《楚辭》屈原《九歌·湘夫人》：「登白蘋兮騁望，與佳期兮夕張。」

失意歸吴因寄東臺劉復侍御〔一〕

自念西上身，忽隨東歸風。長安日下影（1），又落江湖中。離妻豈不明？子野豈不聰(2)？至寶非眼別，至音非耳通。因緘俗外詞一作物外詞，又作俗外調〔二〕，仰寄高天鴻〔三〕(3)。

【校記】

〔一〕《唐文粹》卷十五下題作《失意歸吳寄劉侍郎》。〔二〕「因緘俗外詞」，《全唐詩》本「俗」下注云：「一作物」，「詞」下注云：「一作調」。明鈔本、弘治本無「又作俗外調」注文。〔三〕「仰寄高天鴻」，《唐文粹》「仰」作「遠」。秦禾本、《全唐詩》本「仰」下注云：「一作遠」；「天」下注云：「一作飛。」

【題解】

本篇當作於貞元八年。時東野初落第，方作歸吳計，因寄是詩。劉復，大曆進士水部員外郎。以此詩推之，知劉復在貞元八年正以侍御史分司東都洛陽。故東野以「東臺」稱之。唐趙璘《因話録》卷五《徵事》：「武后朝御史臺有左右御史之分。……惟俗間呼在京爲西臺，東都爲東臺。」

【注釋】

(1)「日下」：指唐都長安。《晉書·陸雲傳》：「雲與荀隱素未相識，嘗會張華座，華曰：『今日相遇，可勿爲常談。』雲因抗手曰：『雲間陸士龍。』隱曰：『日下荀鳴鶴。』」 (2)「離婁」二句：「離婁」，人名。亦曰離朱。《孟子·離婁》：「離婁之明。」漢趙岐《注》：「離婁，古之明目者，黄帝時人也。黄帝亡其玄珠，使離朱索之。離朱即離婁也，能視百步之外，見秋毫之末。」「子野」，春秋晉樂師師曠之字。善辨聲樂。《孟子·離婁上》：「師曠之聰，不以六律，不能正五音。」（3）「因緘」二句：「俗外詞」，超越時俗之外，不落俗套之詞。「高天鴻」，喻劉復。

下第東南行

越風東南清，楚日瀟湘明(1)。試逐伯鸞去，還作靈均行(2)。江籬伴一作待我泣〔一〕，海月投人驚(3)。失意容貌改，畏塗性命輕(4)。時聞喪侶猿，一叫千愁并一作生。

【校記】

〔一〕「一作待」，明鈔本、弘治本、《全唐詩》本無「一作待」注文。

【題解】

此詩疑當作於貞元九年。是年東野再落第，乃自長安出遊楚湘。

【注釋】

（1）「越風」二句：詩人此次還鄉，自長安出發，取道楚湘，前往浙江，故有「越風」、「楚日」之言。「瀟湘」，指湖南湘水。（2）「試逐」二句：「伯鸞」，後漢梁鴻字。《後漢書·梁鴻傳》：「梁鴻，字伯鸞，家貧，而尚節介。適吳，依皋伯通廡下，爲人賃舂。」「靈均」，屈原字。（3）「江籬」二句：「江籬」，香草名。一作江離。又名蘼蕪。屈原《離騷》：「扈江離與辟芷兮，紉秋蘭以爲佩。」「海月」，海中動物，一名窗貝。肉可食。《文選》晉郭璞《江賦》：「玉珧海月」李善注引《臨海水土物志》：「海月大如鏡，白色，正圓，常死海邊。」南朝宋謝靈運《遊赤石進帆海》詩：「掛席拾海月。」 （4）「畏塗」：艱難可怕的道路。「塗」，通「途」。

歎命

三十年來命，唯藏一卦中(1)。題詩怨問易〔一〕，問易蒙復蒙(2)。本望文字達，今因文字窮。影孤別離月，衣破道路風(3)。歸去不自息，耕耘成楚農。

【校記】

〔一〕「怨問易」，蜀刻本作「怨還怨」。沈校宋本作「還怨易」。明鈔本、弘治本同。秦禾本作「怨問易」，下注云：「一作還怨」。《全唐詩》本作「還問易」，「還問」下注云：「一作怨問，一作還怨。」

【題解】

觀詩語「三十年來命，唯藏一卦中。本望文字達，今因文字窮」，「歸去不自息，耕耘成楚農」，或當作於建中二、三年間旅居河南，年三十一、二歲時。

【注釋】

（1）「一卦」：指《易·蒙卦》。 （2）「題詩」二句：「問易」，問易卦以占吉凶。「易」，古代占卜書名，又名

《周易》。「蒙」,《易》六十四卦之一。坎下艮上䷃。「蒙復蒙」,蒙猶「屯」義。「屯」,亦易卦名。震下坎上䷂。謂運命蹇滯、晦暗。(3)「影孤」二句:寫遊子的孤苦。二語爲倒裝句法。

遠遊

慈烏不遠飛(1),孝子念先歸(2)。而我獨何事,四時心有違(3)。江海戀空積,波濤信來稀(4)。長爲路傍食〔一〕,着盡家中衣(5)。別一作烈劍不割物(6),離人難作威。遠行少童僕,驅使無是非(7)。爲性玩好盡(8),積愁心緒微。始知時節駛,愛一作戾日騰長輝(9)〔二〕。

【校記】

〔一〕「食」,《文苑英華》卷二九三作「客」。《全唐詩》本「食」下注云:「一作客。」〔二〕「愛」,一作「戾」,《文苑英華》「愛」作「夏」。《全唐詩》本「愛」作「夏」,下注云:「一作愛」。弘治本「戾」作「夏」。蜀刻本、明鈔本、弘治本、《全唐詩》本「騰」作「非」。

【注釋】

(1)「慈烏」:烏名。鳴禽類,體小嘴細狹,食穀及昆蟲。以知反哺,故名慈烏。李時珍《本草綱目·慈烏》:「此烏初生,母哺六十日,長則反哺六十日,可謂慈孝矣。」南朝梁武帝蕭衍《孝思賦》:「慈烏反哺以報親。」(2)「孝子」句:《詩·大雅·既醉》:「孝子不匱,永錫爾類。」《論語·里仁》:「父母在,不遠遊,遊必有方。」（3）「有違」：違於人子對父母晨昏定省之禮節。《詩・邶風・谷風》：「行道遲遲，中心有違。」（4）「江海」二句：「江海」，泛指江河湖海。「波濤」，波浪。涌者爲波，還者爲濤。《淮南子・人間》：「經丹徒起波濤。」《注》：「波者涌起，還者爲濤。」二句意謂自己遊蹤無定，空戀江海，而因波濤帶來的家信日稀。（5）「長爲」二句：實寫客中衣食之難。《禮記・檀弓》：「齊大饑，黔敖爲食於路，以待餓者而食之。」（6）「别劍」：「别」，分開，相背。（7）「驅使」句：言到處飄泊，如同被人驅使，手下無僕人可以差遣，是與非也難以講究了。（8）「玩好」：玩物喪志之意。《國語・齊語》：「皮幣玩好」。《注》：「玩好，人所玩弄而好也。」（9）「始知」二句：「時節駛」，謂歲月流逝。「愛日」，比喻人子侍奉父母之日。漢揚雄《法言・孝至》：「不可得而久者，事親之謂也。孝子愛日。」也用以比喻恩德。

商州客舍

商山風雪壯（1），遊子衣裳單。四望失道路，百憂攢肺肝（2）。日短覺易老，夜長知至寒。淚流瀟湘絃，調苦屈宋彈〔一〕（3）。識聲今所易，識意古所難。聲意今詎一作竟誰辨，高明鑒其端（4）。

【校記】

〔一〕「宋」，蜀刻本作「指」。按作「宋」義較長。

【題解】

本詩疑或作於東野貞元九年再下第後至貞元十一年間應試長安，客居商州時。「商州」，古地名。唐屬關内道，今陝西商縣。

【注釋】

（1）「商山」：一名商坂，商洛山，又名地肺山，楚山。在今陝西商縣東南。秦末漢初東園公等隱居於此，號「商山四皓」。商山亦緣此而名於世。（2）「百憂」：見卷二《百憂》注（1）。（3）「屈宋」：屈原、宋玉。因東野失意遠遊，故有感於屈宋。（4）「高明」：見識高超，德行純正者。《左傳·文公五年》：「高明柔克。」《疏》：「謂人性之高亢明爽也。」

長安旅情

盡説青雲路(1)，有足皆可至。我馬亦四蹄，出門似無地(2)。玉京十二樓(3)，峨峨倚青翠。
下有千朱門〔一〕，何門薦孤士(4)？

【校記】

〔一〕「朱」，北宋刻本原作「株」，非是。據蜀刻本、明鈔本、弘治本、秦禾本、《全唐詩》本改。

【題解】

本篇當作於貞元八年。時東野在長安應進士試。詩中表露了作者一種牢騷無告的憤慨心情。

【注釋】

（1）「青雲」：喻高位。《范雎傳》：「須賈頓首言死罪，曰：賈不意君能自致於青雲之上。」後以「平步青雲」比喻登科。　（2）「我馬」二句：李白《行路難》：「大道如青天，我獨不得出。」爲東野所本。　（3）「玉京」句：「玉京」，天闕，爲天帝所居。《魏書・釋老志》：「上處玉京，爲神王之宗。」李白《鳳吹笙曲》：「如聞煉氣餐金液，復道朝天赴玉京。」這裡玉京指帝都長安。　（4）「薦孤士」：《後漢書・朱穆傳》：「夫以韓翟之操，爲漢之名宰，然猶不能振一貧賢，薦一孤士，又況其下者乎。」

長安羈旅

聽樂離别中，聲聲入幽腸〔一〕。曉淚滴楚瑟，夜魂遶吳鄉。幾迴羈旅情（1），夢覺殘燭光〔二〕。

【校記】

〔一〕「聲聲入幽腸」，北宋刻本原脱一「聲」字，據蜀刻本、明鈔本、弘治本、秦禾本、《全唐詩》本補，「腸」，蜀刻本作「傷」。

〔二〕「幾迴羈旅情」二句，北宋刻本「羈旅情」原作「羈情夢」。句末附注「闕誤」二字。又缺第六句「夢覺殘燭光」。今據蜀刻本、明鈔本、弘治本、秦禾本、《全唐詩》本補、改。

【題解】

本篇當作於貞元八九年間，時東野方在長安應進士試，因作此詩，以抒羈恨。

【注釋】

（1）「羈旅」：寄居作客。《左傳·莊公二十三年》：「齊侯使敬仲爲卿。辭曰：『羈旅之臣……敢辱高位。』」

渭上思歸〔一〕

獨訪千里信，迴臨千里河〔二〕（1）。家在一作住吴楚鄉，淚寄東南一作流波。

【校記】

〔一〕北宋本《渭上思歸》及《登科後》兩篇有目無詩，據蜀刻本、明鈔本、弘治本、秦禾本、《全唐詩》本補入，在《長安羈旅》一詩後。

〔二〕「迴」，蜀刻本作「迥」。

【題解】

本篇作年難於確考。據詩意，疑或爲貞元八年離長安前夕所作。從詩中「獨訪千里信」二語推之，作者或是爲了到渭河訪取家書才去渭上的。

【注釋】

（1）「獨訪」二句：「千里信」，指家書。古代謂使者爲信，通信皆由使人遞達。後遂以作書爲信。「千里河」，渭河爲横貫關中平原、流經西安城北的大河，故云。

登科後〔一〕

昔日齷齪不足誇，今朝放蕩思無涯〔二〕（1）。春風得意馬蹄疾〔三〕，一日看盡長安花〔四〕。

【校記】

〔一〕蜀刻本題下旁注「七言」二字。〔二〕「今朝放蕩思無涯」，《全唐詩》本「放」下注云：「一作曠。」蜀刻本、《全唐詩》本本句下注云：「一作今日坦然未可涯。」〔三〕「春風」，《全唐詩》本注云：「一作青春。」〔四〕「盡」，沈校宋本、明鈔本作「徧」。

【題解】

本篇爲貞元十二年東野登進士第後作。古時分科取士。唐代取士之科有秀才，有進士，有明經等。凡應進士試得中，即稱登科或登第。五代王仁裕《開元天寶遺事》：「新進士才及第，以泥金書帖子附家書中，用報登科之喜。」

【注釋】

（1）「昔日」二句：「齷齪」（wò chuò 握輟），局促，拘於小節。《文選》張衡《西京賦》：「獨儉嗇以齷齪。」李善《注》曰：「齷齪，小節也。」「放蕩」，放肆，無拘束。《漢書·東方朔傳》：「指意放蕩，頗復詼諧。」

初於洛中選

塵土日易没，驅馳力無餘。青雲不我與，白首方選書（1）。宦途事非遠，拙者取自踈。終然戀皇邑，誓以結吾廬（2）。帝城富高門，京路饒勝居〔一〕。碧水走龍狀〔二〕，蜿蜒遶庭除。尋常異方客，過此亦踟躕（3）。

【校記】

〔一〕「京路饒勝居」，沈校宋本「路」作「洛」。「饒」，《全唐詩》本作「遶」，下注云：「一作饒。」〔二〕「狀」，秦禾本下注云：「一作蛇。」《全唐詩》本「狀」作「蛇」，下注云：「一作狀。」

【題解】

本詩當作於貞元十六年。按韓愈《貞曜先生墓志銘》：「始以尊夫人之命來集京師，從進士試。既得即去。間四年，又命來選爲溧陽尉，迎侍溧上。」東野登科在貞元十二年，下推四年，正當以貞元十六年中選，即選授官職。唐制，試士屬禮部，試吏屬吏部，以科目舉士，以銓選舉官。

【注釋】

（1）「青雲」二句：「青雲」，見《長安旅情》詩注（1）。「白首方選書」，東野年五十，始應銓選，選爲溧陽縣尉。故云。（2）「終然」二句：「皇邑」，帝都。《文選》曹植《贈白馬王彪》：「清晨發皇邑，日夕過首陽。」此詩中的「皇邑」指河南洛陽。洛陽在唐代爲東都。「結廬」，陶淵明《飲酒》詩：「結廬在人境。」又「吾亦愛吾廬」。

（3）「尋常」二句：「尋常異方客」，東野暗以自況。「踟躕」，見卷一《湘絃怨》注（7）。

乙酉歲舍弟扶侍歸興義莊居後獨止舍待替人

誰言舊居止（1），主人忽成客。僮僕强與言，相懼終脉脉（2）。出亦何所求？入亦何所索？飲食迷精麤，衣裳失寬窄。迴風卷閑簟（3），新月生空壁。士有百役身（4），官無一姓宅。丈夫耻自飾，衰鬢從颯白（5）。蘭交早已謝，榆景徒相迫（6）。惟予中心鏡，不語光歷歷（7）。

【題解】

本篇當作於順宗永貞元年乙酉。「舍弟」，謂孟酆、孟郢。興義，疑爲義興之誤地名。屬常州（今江蘇武進）。東野曾在義興買宅置田，居其家人。是年東野辭溧陽縣尉後，先令其弟扶侍其母自溧陽歸義興莊居。東野獨留溧陽官舍待繼任縣尉。因作此詩，以抒憤懣。

【注釋】

（1）「舊居止」：指舊日溧陽官舍。（2）「脉脉」：見卷一《湘妃怨》注（5）。（3）「簟」：竹席。（4）「百役」：諸多之雜役。揚雄《逐貧賦》：「身服百役，手足胼胝。」（5）「從」（zòng 粽）：任憑。通「縱」。

「颯」：凋零。（6）「榆景」：照在桑、榆樹上的落日餘輝。比喻暮年。《文選》劉鑠《擬古二首》：「願垂薄暮景，照妾桑榆時」。李善《注》：「日在桑榆，以喻人之將老。」（7）「歷歷」：分明。《古詩十九首》之七：「玉衡指孟冬，衆星何歷歷。」

西齋養病夜懷多感因呈上從叔子雲

遠客夜衣薄，厭眠待雞鳴。一牀空月色，四壁秋蛩聲(1)。守淡遺衆俗，養痾念餘生(2)。方全君子拙，耻學小人明(3)。蚊蚋亦有時(4)，羽毛各有成。如何騏驥跡，跧跼未能行(5)。西北有平路，運來無相輕。

【注釋】

（1）「蛩」（qióng窮）：蟋蟀。（2）「守淡」二句：蜀諸葛亮《誡外甥書》：「澹泊以明志，寧靜以致遠。」「遺衆俗」，言超脱一切世俗之事。「痾」，病。謝靈運《登池上樓》：「養痾對層林。」（3）「方全」二句：「君子拙」，君子之正道直行。「小人明」，小人之聰明乖巧。（4）「蚊蚋」（ruì銳）：泛指蚊。《説文》段玉裁《注》：「秦晉謂之蚋，楚謂之蚊。」《孔叢子》：「蚊蚋食人。」（5）「如何」二句：「騏驥」，駿馬。《荀子·勸學》：「騏驥一躍，不能十步。」「跧跼」，屈曲，不能伸直。《淮南子·精神》：「跧跼而諦，通夕不寐。」

孟郊詩集校注卷四

詠懷下

秋懷十五首

孤骨夜難臥，吟蟲相唧唧(1)。老泣無涕洟，秋露爲滴瀝(2)。去壯暫如剪，來衰紛似織。觸緒無新心，叢悲有餘憶。詎忍逐南帆，江山踐往昔(3)。

秋月顔色冰去聲，老客志氣單(4)。冷露滴夢破，峭風梳骨寒(5)。席上印病文，腸中轉愁盤。疑懷無所憑〔一〕，虚聽多無端。梧桐枯崢嶸，聲響如哀彈。

一尺月透户，仡栗如劍飛〔二〕(6)。老骨坐亦驚(7)，病力所尚微。蟲苦貪一作含夜色〔三〕，鳥危巢星輝〔四〕。孀娥理故絲一作煩緒〔五〕，孤哭一作坐抽餘噫〔六〕(8)。浮年不可追，衰步多夕歸(9)。

秋至老更貧，破屋無門扉〔七〕。一片月落牀，四壁風入衣。疎夢不復遠，弱心良易歸(10)。商葩將去一作老緑，繚繞爭餘輝(11)。野步踏事少〔八〕，病謀向物違(12)。幽幽草根虫，生意與我微(13)。

竹風相戛語，幽閨暗中聞(14)。鬼神滿衰聽(15)，恍惚難自分。商葉墮乾雨，秋衣卧單雲(16)。病骨可剸物〔九〕，酸呻亦成文(17)。瘦攢如此枯，壯落隨西曛(18)。裊裊一線命〔一〇〕，徒言繫絪緼(19)。

老骨懼秋月，秋月刀劍稜(20)。纖威一作輝不可干〔一一〕，冷魂坐自凝(21)。羇雌巢空鏡，仙飈蕩浮冰(22)。驚步恐自翻〔一二〕，病大不敢凌(23)。單牀瘠皎皎，瘦卧心兢兢(24)！洗河不見水，透濁爲清澄。時壯昔空說〔一三〕，詩衰今何憑？

老病一作危疾多異慮〔一四〕，朝夕非一心。商蟲哭衰運，繁響不可尋(25)。秋草瘦如髮，貞芳綴疎金(26)。晚鮮詎幾時？馳景還易陰(27)。弱習徒自恥，暮知欲何任(28)？露才一見讒，潛智早已深(29)。防深不防露，此意古所箴。

歲暮景氣乾〔一五〕(30)，秋風兵甲聲。織織勞無衣，喓喓徒自鳴(31)。商聲聳中夜，蹇支廢前行(32)。青髮如秋園(33)，一剪不復生。少年如餓花(34)，瞥見不復明。君子山岳定，小人絲毫爭(35)。多爭多無壽，天道戒其盈(36)。

冷露多瘁索(37)，枯風饒吹噓〔一六〕。秋深月清苦，虫老聲麤疎。顆珠枝纍纍，芳金蔓舒舒(38)。草木亦趣時，寒榮似春餘。自悲一作悲彼零落生，與我心何如(39)！

老人朝夕異，生死每日中。坐隨一啜安(40)，卧與萬景空。視短不到門，聽澁詎逐風。還如刻削形，免有纖悉聰。浪浪謝初始，皎皎幸歸終(41)。孤隔文章友，親密蒿萊翁(42)。歲緑閔以黄，秋節迸已一作又窮〔一七〕(43)。四時既相迫，萬慮自然叢(44)。南逸浩淼際，北貧磽确中(45)。曩懷沉遥江，衰思結秋嵩〔一八〕(46)。鋤食難滿腹，葉衣多醜躬。羸縷不自整〔一九〕，古吟將誰通？幽竹嘯鬼神，楚鐵生虬龍(47)。忠生多異感〔二〇〕，運鬱由邪衷(48)。常思書破衣，至死教初童(49)。習樂莫習聲，習聲多頑聾。明明胸中言，願寫爲高崇。

幽苦日日甚，老力步步微。常恐暫下牀，至門不復歸。飢者重一食，寒者重一衣。泛廣豈無涘〔二一〕(50)？恣行亦有隨一作隨時。語中失次第，身外生瘡痍(51)。桂蠹既潛污一作朽〔二二〕，桂花損貞姿(52)。詈言一失香〔二三〕(53)，千古聞臭詞。將死始前悔，前悔不可追。哀哉輕薄行，終日與駟馳一作欲驅馳〔二四〕。

流運閃欲盡，枯析皆相號〔二五〕。棘枝風哭酸，桐葉霜顔高。老虫乾鐵鳴，驚獸孤玉咆。商氣洗一作滿聲瘦〔二六〕，晚陰驅景勞(54)。集耳不可遏，噎神不可逃(55)。蹇行散餘鬱，幽坐誰與曹(56)？抽壯無一線，剪懷盈千刀(57)。清詩既名朓一作詩清既名郊〔二七〕，金菊亦姓陶(58)。收拾昔所棄，咨嗟今比毛(59)。幽幽歲晏言，零落不可操(60)。

霜氣入病骨，老人身生冰。衰毛暗相刺，冷痛不可勝。鷕鷕伸至明〔二八〕，强强攬所憑(61)。瘦坐形欲折，晚飢心將崩〔二九〕。勸藥左右愚，言語如見憎(62)。聳耳噎神開一作聳噍神氣開，始知功用一作者能〔三〇〕(63)。日中視餘瘡，暗鑠一作隙聞繩一作細蠅。彼鶚一何酷，此味半點凝(64)。潛毒爾無猒，餘生我堪矜(65)。凍飛幸不遠，冬令反心懲〔三一〕(66)。出没各有時，寒熱苦一作莫相凌(67)。仰謝調運翁，請命願有徵〔三二〕(68)。

黄河倒上天〔三三〕，衆水有卻來(69)。人心不及水，一直去不廻。一直亦有巧，不肯至蓬萊(70)；一直不知疲〔三四〕，唯聞至省臺(71)。忍古不失古，失古志易摧(72)。失古劍上折〔三五〕，失古琴亦哀。夫子失古淚，當時落漼漼(73)。詩老失古心，至今寒皚皚(74)。古骨無濁肉，古衣如蘚苔。勸君勉忍古(75)，忍古銷塵埃〔三六〕。

詈言一作詈劍不見血，殺人何紛紛！聲如窮家犬，吠竇何誾誾(76)！詈痛幽鬼哭，詈侵黄金貧。言詞豈用多，憔悴在一聞(77)。古詈舌不死，至今書云云〔三七〕(78)。今人詠古書，善惡宜自分。秦火不爇舌(79)，秦火空爇文。所以詈更生，至今横絪緼。

【校記】

〔一〕「疑」，蜀刻本作「凝」。　〔二〕蜀刻本「栗」作「粟」，非是。「如」作「秋」。　〔三〕「夜」，蜀刻本、沈校宋本、明鈔本、弘治本、《全唐詩》本作「剪」。　〔四〕「星」，蜀刻本、明鈔本、弘治本、秦禾本、《全唐詩》本作「焚」。　〔五〕「娥」，蜀刻本作「織」。　〔六〕「噫」，《全唐詩》本作「思」，下注：「一作噫」。　〔七〕「扉」，北宋刻本原作「扇」，誤。據蜀刻本、弘治本、秦禾本、《全唐詩》本改。　〔八〕「踏」，《全唐詩》本下注云：「一作賤。」　〔九〕「剸」，沈校宋本作「剸」，義通。　〔一〇〕「梟梟」，北宋刻本原作「梟梟」，誤。據蜀刻本、弘治本、秦禾本、《全唐詩》本改。　〔一一〕「纖威」，沈校宋本、明鈔本、弘治本、《全唐詩》本「威」作「輝」，下無「一作輝」注文。　〔一二〕「自」，北宋刻本原作「白」，蜀刻本、明鈔本、弘治本、《全唐詩》本作「自」。是。今據改。　〔一三〕「時壯昔」，沈校宋本、明鈔本、弘治本、明秦禾本、《全唐詩》本「時」作「詩」。北宋刻本「昔」原作「者」，誤。據諸本改。　〔一四〕「一作危疾」，明鈔本、弘治本、《全唐詩》本無。　〔一五〕「暮」，蜀刻本作「晏」。秦禾本作「暮」，下注云：「一作晏。」　〔一六〕「饒」，《全唐詩》本作「曉」，下注云：「一作饒。」　〔一七〕「已一作又」，《全唐詩》本作「又一作已」。　〔一八〕「秋嵩」，《全唐詩》本「嵩」下注云：「一作蓬」。　〔一九〕「麤」，弘治本、秦禾本作「塵」。《全唐詩》本同，下注云：「一作麤」。　〔二〇〕「忠生」，蜀刻本、明鈔本、弘治本、秦禾本「忠」作「志」。《全唐詩》本「忠生」作「志士」，是。　〔二一〕「涘」，北宋刻本原作「淚」，誤。據蜀刻本、沈校宋本、明鈔本、弘治本、秦禾本、《全唐詩》本改。　〔二二〕「污」，沈校宋本「污」作「朽」，下無「一作朽」注文。《全唐詩》本「污」作「朽」，下注云：「一作污」。　〔二三〕「詈」，蜀刻本諸「詈」字俱作「罵」。　〔二四〕「與駟馳」，一作「欲駟馳」，蜀刻本「駟」作「駟」。　〔二五〕「析」，蜀刻本、明鈔本、弘治本、《全唐詩》本作「折」。　〔二六〕「一作滿」，弘治本「滿」作「病」。　〔二七〕「朓」，北宋刻本原作「眺」，誤。據沈校宋本、弘治本、《全唐詩》本改。　〔二八〕「伸」，蜀刻本作「呻」。《全唐詩》本「伸」下注云：「一作神」。　〔二九〕「晚」，弘治本作「腹」。《全唐詩》本作「腹」，下注云：「一作晚」。　〔三〇〕「功用」，蜀刻本作「用功」。　〔三一〕「心」，蜀刻本作「必」。　〔三二〕蜀刻本以「流運閃欲盡」至「請命願有徵」連爲一首。　〔三三〕「倒」，蜀刻本作「到」。　〔三四〕「知」，北宋刻本原作「如」。據諸本改。　〔三五〕「上」，蜀刻本、明鈔本、弘治本、秦禾本、《全唐詩》本作「亦」，是。
〔三六〕蜀刻本以「黄河倒上天」一首與下首連爲一首。諸本俱分作兩首。　〔三七〕「書云云」，明鈔本作「云書云」。

【題解】

本組詩據詩語「浪浪謝初始，皎皎幸歸終」、「曩懷沈遥江，衰思結秋嵩」推之，似當作於元和四年東野失母，服喪家居以後，至元和八年之間。老病侵尋，貧苦無告。因賦詩抒感。

【注釋】

(1)「吟蟲」：即吟蛩，蟋蟀。「唧唧」：蟲鳴聲。 (2)「老泣」二句：「涕洟」，眼淚和鼻液。《禮記·檀弓上》：「待於廟，垂涕洟。」釋文：「自目曰涕，自鼻曰洟。」「秋露」，即指老淚。「滴瀝」，水下滴。沈約《詠簷前竹》詩：「風動露滴瀝。」 (3)「詎忍」二句：「詎忍」，豈忍。「踐往昔」，指乘船到湘、楚、吳、越等南方舊遊之地。 (4)「秋月」二句：「冰」，原注讀去聲。「老客」，東野自謂。「單」，薄弱。又通「殫」，竭盡。清朱駿聲《説文通訓定聲》：「單，假借爲殫。」 (5)「峭風」：急風。《正字通》：「峭，急也，嚴厲也。」 (6)「一尺」二句：「一尺月」，言月光短。「仡栗」，迅速移動貌。二句寫月光疾飛如劍。 (7)「老骨」：東野自謂。 (8)「孀娥」二句：「孀娥」，寡婦。楊炯《原州百泉縣令李君神道碑》：「杞婦孀娥之泣。」「理」，整理。「故絲」，舊絲。「絲」、「思」諧音。「孤哭」，一個人哭。「噫」，歎詞。漢劉熙《釋名·釋言語》：「噫，憶也。憶念之，故發此聲噫之也。」 (9)「浮年」二句：「浮年」，猶言流年漂浮無定。「衰步」，老邁遲緩的步履。 (10)「踈夢」二句：「踈夢」，稀疏破碎之夢。「不復遠」，言夢之不能致遠。「良」，甚，確實。 (11)「商葩」二句：「商葩」，秋花。按陰陽五行之説，「商」聲與秋均屬金，故稱秋爲「商」。「繚繞」，回環旋轉。 (12)「野步」二句：言衰病以來，外出踏步日長。爲病謀，故不爲物役。杜甫《秋野五首》：「易識浮生理，難教一物違。」 (13)「幽幽」二句：此言己之生命亦如草根秋蟲，生意殆盡。「幽幽」，深暗貌。 (14)「竹風」二句：「戛」，敲擊。「幽閨」，深閨。 (15)「衰聽」：衰退之聽覺。 (16)「商葉」二句：「商葉」，秋葉。「乾雨」，秋葉成陣落地之聲，有似乾雨。「單雲」，形容「秋衣」之單薄。（17）「病骨」二句：「剸」，割。「呻」，吟誦。（18）「瘦攢」二句：「瘦攢」句，言形體如此積瘦枯槁。「壯落」句，言人生由壯而老，已近黃昏。「西曛」，西下落日的餘光。（19）「裊裊」二句：「裊裊」，搖曳不定貌，又細長柔弱貌。通「嫋嫋」。「徒言」，空言。「絪緼」，指天地間陰陽二氣聚合之狀。同「氤氳」。《易・繫辭下》：「天地絪緼。」《文選》劉峻《廣絶交論》：「絪緼相感。」劉良《注》：曰：「絪緼，天地之氣也。」（20）「老骨」二句：「老骨」，東野自喻。「秋月刀劍稜」，言秋月寒光如劍稜之鋒利。（21）「纖威」二句：「纖威」或「纖輝」均指秋月。「干」，冲犯。《商君書・定分》：「故吏不敢以非法遇民，民不敢犯法以干法官也。」「冷魂」，東野自喻。「坐自凝」，意謂老骨懾於秋月的寒光，魂魄已被凍凝。（22）「羇雌」二句：「羇雌」，失群無偶的雌鳥。《文選》漢枚乘《七發》：「暮則羈雌迷鳥宿焉。」「空鏡」，據詩意當指秋月。「仙飈」，指秋風。（23）「驚步」二句：緊承上兩句，詩人自言老病懾於「空鏡」的高和「浮冰」的大，故不敢步鏡海，凌冰天。（24）「單牀」二句：「寤」，睡醒。《詩・陳風・澤陂》：「寤寐無爲，輾轉伏枕。」「皎皎」，潔白明亮貌。《詩・陳風・月出》：「月出皎兮」。「兢兢」，戒懼貌。《詩・小雅・小旻》：「戰戰兢兢，如臨深淵，如履薄冰。」《傳》：「戰戰，恐也；兢兢，戒也。」（25）「商蟲」二句：「商蟲」，秋蟲。王充《論衡》有《商蟲篇》。「衰運」，指秋。「繁響」，秋蟲鳴叫聲。（26）「秋草」二句：寫菊花傲霜貞潔的品性。「秋草」、「疎金」均指菊花。以上四句東野以秋蟲、秋草自傷衰老。（27）「馳景」：飛馳的日光。（28）「弱習」二句：「弱習」，年少時所習之學。《左傳・文公十二年》：「有寵而弱。」杜預注：「弱，年少也。」「暮」，指老年。「任」，擔負。堪。（29）「露才」二句：「露才見讒」，指屈原。班固《離騷序》：「屈原露才揚己，競乎危國群小之間，以離讒賊。」「潛智」，即隱智。《劉子・新論》：「善飾其情，潛姦隱智。」（30）「景氣」：景象。《文選》殷仲文《南州桓公九井作》詩：「景氣多明遠，風物自淒緊。」「景氣乾」：言秋風酷烈，萬木枯落。（31）「織織」二句：寫絡緯之命運。絡緯，蟲名。即莎鷄。俗名絡絲娘。「喓喓」，蟲聲。《詩・召南・草蟲》：「喓喓草蟲。」（32）「商聲」二句：「商聲」，秋聲。《管子・幼官》：「聽商聲，治濕氣。」「聳」，此字最能體現東野詩孤峻瘦硬的風格特徵。「蹇支」，行動遲緩支離。南齊謝朓《遊山》：「託養因支離，乘閑遂疲蹇。」義同蹇步。（33）「青髮」：喻少年。（34）「餓花」：未詳。疑指衰花、病花之類生命短促的花。（35）「絲毫」：微量單位。十忽爲絲，十絲爲毫。喻極細微。（36）「天道」句：《書・大禹謨》：「滿招損，謙受益。時（是）乃天道。」魏《易・謙彖》曰：「天道虧盈而益謙。」文帝曹丕有《戒盈賦》。「盈」，充滿。（37）「瘁索」：困病，毁壞之意。（38）「頳珠」二句：寫草木秋榮。「頳」（chēng 撐），紅色。《詩・周南・汝墳》：「魴魚頳尾。」《注》：「頳，赤色。」赬，俗作「頳」。「纍纍」，連綴不斷。《禮記・樂記》：「纍纍乎端如貫珠。」「舒舒」，自由伸展貌。（39）「自悲」二句：「零落生」，東野自指。《楚辭》屈原《離騷》：「唯草木之零落兮，恐美人之遲莫」。此二句即用其意。（40）「一啜」：一嘗一飲。枚乘《七發》：「摶之不解，一啜而散。」（41）「浪浪」二句：「浪浪」，流動貌。《楚辭》屈原《離騷》：「攬茹蕙以掩涕兮，霑余襟之浪浪。」「謝」，自責。認錯。《戰國策・趙策・觸讋説趙太后》：「入而徐趨，至而自謝。」「歸終」，辭官養老。（42）「蒿萊」：野草，雜草。引申爲草野。高適《秋日作》：「寂寞無一事，蒿萊通四鄰。」（43）「歲緑」二句：「歲緑」，指一年一度的緑色草木。「閔」，哀傷。「以」通「已」。「秋節」，秋天的節序。「迸」，奔散。（44）「叢」：聚集，繁雜。（45）「南逸」二句：「南逸」、「北貧」皆東野自謂。

「浩淼際」，言中進士前的吳、越、楚、湘之遊。「浩淼」，水盛大廣闊貌。「淼」同「渺」。「磽确中」，言目前在洛陽的清貧生活。「磽(qiāo 俏)确」，土地瘠薄。（46）「曩懷」二句：「曩」，往昔，從前。「秋嵩」，借指洛陽。東野曾隱於嵩山，故云。（47）「幽竹」二句：「幽竹嘯鬼神」，不詳所指。「楚鐵」，喻劍。《史記・范睢傳》：「秦昭王曰：吾聞楚之鐵劍利而倡優賤。」「虬」通「虯」。《楚辭》屈原《離騷》：「駟玉虬以乘鷖兮」。王逸《注》：「有角曰龍，無角曰虬。」（48）「運鬱」：命運鬱抑不舒。「邪衷」：不正之心。（49）「初童」：幼童。（50）「泛廣」句：《詩・周南・漢廣》：「誰謂漢廣，不可泳思。」《詩・衛風・河廣》：「誰謂河廣，一葦航之。」此用其意。「涘」，唐陸德明《釋文》：「涘，涯也。」（51）「瘡痍」：創傷。比喻禍患。（52）「桂蠹」二句：「桂蠹」，桂樹所生之蟲。《漢書・南粤五傳》：「獻……桂蠹一斗。」顏師古《注》：「此蟲食桂，故味辛。」（53）詈(lì 厲)言：罵人的話。亦即讒毀之言。（54）「商氣」二句：「商氣」，秋氣。「晚陰」，暮色。「景」，日光。（55）「集耳」二句：「集耳」，盈耳。「遏」，阻止，斷絕。「噎神」，使精神梗塞。《詩・王風・黍離》：「行邁靡靡，中心如噎。」以秋聲充盈天地之間，故云「不可遏」、「不可逃」。（56）「蹇行」二句：「蹇行」，緩慢地行走。「鬱」，憂思蘊結。「誰與曹」，誰與我相伴。「曹」，偶，對。此寫老病孤寂。（57）「抽壯」二句：言壯志銷盡，萬愁盈懷，如千刀相割。「剪」，斬斷。同「翦」。（58）「清詩」二句：「朓」，謝朓。《齊書・謝朓傳》：「謝朓，字玄暉。長五言。沈約嘗云：『二百年來無此詩也。』」朓詩風格清新秀雋，故以「清」字相概括。「陶」，陶潛。東晉詩人。愛菊，故云。（59）「咨嗟」：歎息。「比毛」，如毛。（60）「幽幽」二句：「歲晏」，歲晚。「操」，執持，掌握。（61）「鷕鷕」二句：「鷕鷕(yǎo 咬)」，雌雉鳴聲。《詩・邶風・匏有苦葉》：「有鷕雉鳴。」《文選》潘岳《射雉賦》：「雉鷕鷕而朝鴝。」李善《注》：「鷕鷕，雉聲也。」「强强」，堅決，固執。此寫東野秋夜凍卧忍痛情狀。（62）「言語」句：《史記・韓非傳》：「見憎於主。」（63）「聳耳」二句：「聳」，直立，高起。「噎」，食塞咽喉。二句寫服藥見效。（64）「日中」四句：「日中」，即正午。《左傳・宣公十二年》：「卒偏之兩，右廣初駕，數及日中，左則受之，以至於昏。」「餘瘡」，尚未痊愈之瘡。「暗鑠」，應作「暗隙」。言細蠅嚙瘡痂。「彼」，指蠅。「齅」，同「嗅」。「此」，指東野瘡痂。（65）「潛毒」二句：「潛毒」，指蠅。「猒」，飽，滿足。通「厭」。「無猒」，貪得無厭。「餘生」，東野自指。「矜」，憐惜。（66）「凍飛」二句：「懲」，責罰。《舊唐書・于頔傳》：「不忍加懲。」二句言秋盡冬來，細蠅必被凍死。（67）「出没」二句：即《罪松》「天令設四時，榮衰有常期」意。（68）「調運翁」：指造物主。「徵」，跡象，證驗。（69）「黄河」二句：《爾雅・釋水》：「河出崑崙墟。……百里一小曲，千里一曲一直。」（70）「蓬萊」：山名。傳説爲仙人所居。又指蓬蒿，草萊，隱者所處。後漢邊讓《章華賦》：「拔髦秀於蓬萊。」（71）「省臺」：官署名。《唐書・百官志》：「官司之别，曰省曰臺。」（72）「忍古」二句：「忍古」，擔荷古道。（73）「夫子」二句：「夫子」，指孔子。「失古淚」，疑指孔子泣麟。《公羊傳・哀公十四年》：「春，西狩獲麟。……孔子曰：『孰爲來哉！孰爲來哉！』反袂拭面，涕沾袍。」劉勰《文心雕龍・史傳》：「夫子閔王道之缺，傷斯文之墜，靜居以嘆鳳，臨衢而泣麟。」「漼漼（cuí 崔陽平）」，涕淚齊下貌。韓愈《憶昨行》：「淚落不掩何漼漼。」（74）「詩老」二句：「詩老」，東野自謂。「皚皚（ái 癌）」，霜雪潔白之色。劉歆《遂初賦》：「漂積雪之皚皚。」（75）「勉」：努力。《左傳・昭公二十年》：「爾其勉之。」《注》：「勉，謂努力。」（76）「吠竇」：《劉子新論》：「范蠡吠於犬竇。」「竇」，孔道，洞穴。「誾誾（yīn 因）」：通「狺狺」。犬吠聲。《楚辭》宋玉《九辯》：「猛犬狺狺而迎吠兮。」 (77)「詈痛」四句：鄒陽《獄中上梁王書》：「衆口鑠金，積毁銷骨。」此用其意。 (78)「云云」：如此如此説。《史記·汲黯傳》：「天子方招文學儒者，上曰：吾欲云云。」 (79)「爇」(ruò 若)：燃燒。

靖安寄居

寄靜不寄華〔一〕，愛兹嵽嵲居(1)。渴飲濁清泉(2)，饑食無名蔬。敗菜一作葉不敢火，補衣亦寫書。古云儉成德，今乃實起予(3)。戇叟戇不足，賢人賢有餘。役生皆促促，心竟誰舒舒(4)？萬馬踏風衢(5)，衆塵隨奔車。高賓盡不見，不道夜方虚。卧有洞庭夢(6)，坐無長安儲。英髦空駭耳(7)，煙火獨微如。厚念恐傷性(8)，薄田憶親鋤。承一作忙世不出力〔二〕，冬竹肯抽葅(9)。外物莫相誘，約心誓從初(10)。碧芳既似水，日日詠歸歟(11)。

【校記】

〔一〕「華」，《全唐詩》本下注云：「一作譁。」 〔二〕蜀刻本「忙」作「臣」。

【題解】

此詩寫寄居靖安的清貧與孤寂。靖安，地名。今江西省有靖安縣。唐置靖安鎮。

【注釋】

(1)「寄靜」二句：「華」，繁華熱鬧。「嵽嵲(dié niè 疊聶)」：高峻之山。《集韻》：「嵽嵲，山高。」杜甫《自京赴奉先縣詠懷五百字》：「凌晨過驪山，御榻在嵽嵲。」　（2）「渴飲」句：《楚辭》屈原《漁父》：「世人皆濁我獨清。」　（3）「古云」二句：「儉成德」，《易・否象》曰：「天地不交，否。君子以儉德辟難，不可榮以禄。」「起予」，《論語・八佾》：「起予者商也。」朱熹《四書集注》：「起，猶發也。起予，言能起發我之志意也。」「商」，子夏名。（4）「戇叟」四句：「戇」（zhuàng 壯），《説文》：「戇，愚也。」「役」，爲也。營也。《禮記・表記》：「君子恭儉，以求役仁。」《注》：「役之言爲也。」「促促」，短促。《藝文類聚》四十五曹丕《蒼舒誄》：「惟人之生，忽若朝露。促促百年，亹亹行暮。」此言戇叟賢人皆役生促促，心實難舒。　（5）「衢」：四通八達的道路。《爾雅・釋宫》：「四達謂之衢。」　（6）「洞庭」：見卷二《堯歌二首》注（12）。　（7）「英髦」：猶英俊。《文選》劉峻《辨命論》：「昔之玉質金相，英髦秀達。」李善《注》：「髦，俊也。」　（8）「厚念」：多念。「厚」，多。《呂氏春秋・審應》：「韓之爲不義愈益厚矣。」高誘《注》：「厚，多也。」　（9）「承世」二句：「承世」，傳世。《儀禮・少牢饋食禮》：「承致多福，無疆於女孝孫。」《注》：「承猶傳也。」「冬竹」，長緑不凋之竹。《文選》張衡《東京賦》：「修竹冬青。」「抽」，拔出。又發芽爲抽。「葅」，同「菹」。指水草多的沼澤地。《孟子・滕文公下》：「禹……驅蛇龍而放之菹。」趙岐《注》：「菹，澤生草者也。」　（10）「約」：約束，檢束。「誓從初」：謂決計歸耕侍親，遂其初心。（11）「歸歟」：思歸之意。「歟」，語氣辭。《論語・公冶長》：「子在陳曰：『歸歟歸歟。』」

雪

忽然太行雪（1），昨夜飛入來。崚嶒墮庭中，嚴白何皚皚（2）！奴婢曉開户，四肢凍徘徊。

咽言詞不成，告訴情狀摧。官給未入門，家人盡以灰(3)。意勸莫笑雪，笑雪貧爲災。將暖此殘疾，典賣爭致盃。教令再舉手，誇曜餘生才。强起吐巧詞，委曲多新裁(4)。爲爾作非夫，忍耻轟暍雷(5)。書之與君子，庶免生嫌猜。

【注釋】

(1)「太行」：山名。見卷一《出門行》注(6)。 (2)「崚嶒」二句：「崚嶒」，見卷二《寒江》注(2)。「嚴白」，白雪寒氣凜烈。《正字通》：「寒氣凜烈曰嚴。」 (3)「官給」二句：「官給」，官吏之俸禄。「灰」，意志消沉。 (4)「委曲」：曲折展轉。「裁」：裁制，剪裁。指作詩。 (5)「爲爾」二句：「非夫」，非大丈夫，即懦夫。《左傳·宣公十二年》：「先縠曰：成師以出，聞敵强而退，非夫也。」杜預注：「非丈夫。」「轟暍雷」，謂忍耻吟雪，若轟暍雷使氣候轉暖。「暍」(yè 鄴)，《說文》：「暍，傷暑也。」

春愁

春物與愁客，遇時各有違。故花辭新枝，新淚落故衣。日暮兩寂寞，飄然亦同歸。

【題解】

此詩寫愁客和春物的不和諧境界。即所謂「各有違」也。

懊惱

惡詩皆得官，好詩空抱山(1)。抱山冷殑殑〔一〕，終日悲顔顔(2)！好詩更相嫉，劍戟生牙關。前賢死已久，猶在咀嚼間(3)。以我殘杪身〔二〕(4)，清峭養高閑。求閑未得閑，衆誚瞋虓虓(5)！

【校記】

〔一〕「殑殑」，蜀刻本作「磽磽」。《全唐詩》本作「殑殑」，下注云：「音擎，寒貌。」是。〔二〕「杪」，蜀刻本、明鈔本、弘治本、秦禾本作「抄」。

【題解】

此詩據「好詩空抱山」、「以我殘杪身」、「求閑未得閑，衆誚瞋虓虓」諸語分析，並按之韓愈《薦士》詩所云「酸寒溧陽尉，五十幾何耄。……俗流知者誰，指注競嘲慠」推之，此詩或當作於貞元二十年辭溧陽縣尉後至元和元年官洛陽前。

【注釋】

(1)「抱山」：沉淪草野。(2)「抱山」二句：「殑殑」，《全唐詩》本作「殑殑」，「殑殑」，疲困欲死貌。《切韻殘卷》：「殑殑，欲死貌。」又寒貌。「顔顔」，指面容，臉色。(3)「咀嚼」：玩味，體會。劉勰《文心雕龍·序志·贊》：「咀嚼文義。」（4）「杪」：樹梢，木末。（5）「誚」：譴責。「瞋」：張目。「虤虤（yán沿）」：《説文》：「虤，虎怒也。」此言衆誚東野者張目怒視之狀。

遊適上

遊城南韓氏莊〔一〕

初凝瀟湘水〔二〕，鑠在朱門中（1）。時見水底月，動摇池上風。一作有時池底山，動摇池上風。清氣潤竹木，白光連虚空（2）。浪簇霄漢羽（3），岸芳金碧叢。何言數畝間，環泛路不窮。願逐一作常慕神仙侣，飄然一作從兹汗漫通（4）。

【校記】

〔一〕明胡震亨《唐音統籤》題下注云：「退之莊也，其地在長安城南。」〔二〕「凝」，蜀刻本作「疑」。《全唐詩》本同。義較長。

【題解】

本篇當作於元和元年。是年東野方僑寓長安。「韓氏莊」，韓愈別墅。其地在長安城南。韓愈有《符讀書城南》和《人日城南登高》諸詩。

【注釋】

（1）「瀟湘」：見卷一《楚竹吟酬盧虔端公見和湘絃怨》注（3）。「鏁」：同鎖。（2）「虛空」：天空。（3）「簇」：叢聚。或堆集成團。「霄漢羽」：指空中飛禽。「霄漢」，天空極高處。「霄」，雲；「漢」，天河。此言霄漢之羽，影入水中，爲浪所簇。（4）「汗漫」：無限。《抱朴子·内篇·暢玄》：「經乎汗漫之門，遊乎窈眇之野。」

與二三友秋宵會話清上人院

何處山不幽？此中情又別〔一〕。一僧敲一磬，七子吟秋月。激石泉韻清，寄枝風嘯咽。泠然諸境靜，頓覺浮累滅（1）。扣寂兼探真，通宵詎能輟（2）？

【校記】

〔一〕「情」，蜀刻本作「清」。

【題解】

「上人」，佛教稱具備德智善行的爲「上人」。《釋氏要覽》上：「夫人處世，有過能自改者名上人。律缾沙王呼佛弟子爲上人。」後通作爲對佛教徒的敬稱。

【注釋】

（1）「泠然」二句：「泠然」，清涼貌。《莊子・逍遥遊》：「列子御風而行，泠然善也。」「浮累」，人世間的煩累憂患。舊時以世事虚浮無定，故云。（2）「扣寂」二句：「扣寂」，陸機《文賦》：「課虚無以責有，叩寂寞而求音。」「探真」：「真」，真如。佛教語。意爲一切事物真實無妄的本性和道理。《成唯識論》二：「勿謂虚幻，故説爲實，理非妄倒，故名真如。」

夜集

好鳥無雜棲，華堂有嘉携（1）。琴樽互傾奏，歌賦相和諧。但嘉魚水合，莫令雲雨乖（2）。一爲鵾雞彈，再皷壯士懷（3）。初景待誰曉（4）？新春逐一作還君來。願言良友會，高駕不知迴。

【注釋】

（1）「嘉携」：好友。取《詩・邶風・北風》：「惠而好我，携手同行」之義。此美東道主。（2）「但嘉」二句：「魚水合」，比喻人之親密無間，如魚水之和諧。「雲雨乖」，比喻交誼疏遠。「乖」，背離。不協調。（3）「一爲」二句：「鵾雞彈」，琴曲名。《文選》嵇康《琴賦》：「飛龍鹿鳴，鵾雞遊絃。」李善《注》：「古相和歌有鵾雞曲。」李白《夜泛洞庭尋裴侍御清酌》：「抱琴出深竹，爲我彈鵾雞。」「壯士懷」，疑取魏武帝曹操《步出夏門行・神龜雖壽》：「烈士暮年，壯心不已」義。（4）「初景」：初昇的太陽。

招文士飲

曹劉不免死，誰敢負年華(1)？文士莫辭酒，詩人命屬花(2)。退之如放逐，李白自矜夸(3)。萬古忽將似，一朝同歎嗟。何言天道正，獨使地形斜(4)。南士愁多病，北人悲去家(5)。梅芳已流管，柳色未藏鴉(6)。相勸罷吟雪，相從愁飲霞(7)。酒醒不可過〔一〕，愁海浩無涯。

【校記】

〔一〕「酒醒」，蜀刻本、明鈔本、弘治本、秦禾本、《全唐詩》本俱作「醒時」。

【題解】

本詩當作於貞元廿年東野任溧陽縣尉時。前一年，韓愈因上《天旱人饑狀》被貶陽山。故詩中有「退之如放逐，李白自矜誇」、「南士愁多病，北人悲去家」諸語。

【注釋】

(1)「曹劉」二句：「曹劉」，曹植、劉楨。鍾嶸《詩品·序》：「昔曹、劉殆文章之盛。」劉勰《文心雕龍·比興》：「至于楊、班之倫，曹、劉以下。」「負」，恃。《説文》：「負，恃也。從人守貝，有所恃也。」(2)「詩人」句：言詩人命途多舛，如花之難開易凋。(3)「退之」二句：「退之」，韓愈字。按《舊唐書·韓愈傳》諸書知退之於貞元十九年拜監察御史，爲幸臣所讒，貶連州陽山縣令。「李白」，《新唐書·李白傳》：「白字太白，興聖皇帝九世孫。天寶初，至長安，召見金鑾殿。帝賜食，親爲調羹。有詔供奉翰林。數宴見。嘗醉使高力士脱鞾。力士耻之，摘其詩以激楊貴妃。帝欲官白，妃輒沮止。懇求還山，賜金放還。」「矜夸」，傲慢自大。「夸」同「誇」。《顔氏家訓·文章》：「孫楚矜夸凌上。」（4）「何言」二句：「天道」，比喻君道。「地形」，比喻臣道。此言君道不正，致使臣下受屈。（5）「南士」二句：「南士」，東野自謂。「北人」，暗指韓愈。（6）「梅芳」二句：「管」，樂器名。《詩·周頌·有瞽》：「簫管備舉。」《漢書·律曆志》：「八音……竹曰管。」「未藏鵶」，梁簡文帝《金樂歌》詩：「楊柳正藏鴉。」「鵶」同「鴉」。（7）「飲霞」：飲美酒。

陪侍御叔遊城南山墅

夜坐擁腫亭〔一〕，晝登崔嵬岑（1）。日窺萬峰首，月見雙泉心（2）。松氣清耳目，竹氛碧衣襟。
佇想一作仰悲琅玕字，數聽枯槁吟（3）。

【校記】

〔一〕「擁腫」，北宋刻本「擁」原作「癰」，誤。據蜀刻本、明鈔本、弘治本、秦禾本、《全唐詩》本改。

【題解】

此詩當爲元和元年東野僑寓長安時作。侍御叔，不知所指何人。城南山墅，在長安。

【注釋】

(1)「夜坐」二句：「擁腫」，隆起，不平直。同「臃腫」。「崔嵬」，高峻貌。《詩·小雅·谷風》：「習習谷風，維山崔嵬。」「岑」，小而高的山。見《爾雅·釋山》。　(2)「月見」句：言月光直瀉水底。　(3)「佇想」二句：「琅玕」，美石。以喻佳文。韓愈《齪齪》詩：「排雲叫閶闔，披腹呈琅玕。」又指竹。「枯槁」，憔悴。困苦。陶潛《飲酒》詩之十二：「雖留身後名，一生亦枯槁。」

登華嚴寺樓望終南山贈林校書兄弟

地脊亞爲崖，聳出冥冥中(1)。樓根插迥雲，殿翼翔危空(2)。前山胎元氣(3)，靈異生不窮。
勢吞萬象高，秀奪五岳雄(4)。一望俗慮醒，再登仙願崇(5)。青蓮三居士，晝景真賞同(6)。

【題解】

此詩當作於貞元七、八年間東野在長安應進士試時。華嚴寺，宋張禮《遊城南記》自注：「貞觀中建。」寺在陝西長安縣少陵原半坡。北距西安市約十五公里。寺居高臨下，俯瞰樊川，西望神禾原。其南遥望終南山玉案、霧岩諸峰，可盡其勝。林校書兄弟，不詳爲何人。

【注釋】

(1)「地脊」二句：「亞」，與「壓」通。杜甫《上巳宴集詩》：「花蕊亞枝紅。」郝敬《讀書通》：「壓，通作亞。」

「冥冥」，高遠。指天。又晦暗。此寫華嚴寺地勢高險。（2）「樓根」二句：「迥雲」，遠雲。「迥」爲「逈」之俗字。「危空」，高空。明張自烈《正字通》：「危，高也。」此寫華嚴寺樓之高迥。（3）「前山」：終南山。「胎」：孕生。「元氣」：指天地未分前混一之氣。（4）「五岳」：即嵩山、泰山、華山、衡山、恒山。參見《周禮·春官·大宗伯》及《大司樂》。（5）「一望」二句：「俗慮」，世俗之思慮觀念。「崇」，興。《文選》張衡《東京賦》：「進明德而崇業。」薛綜《注》：「崇，猶興也。」（6）「青蓮」二句：「青蓮」，本爲花名，梵語優鉢羅的義譯。佛書常以青蓮比佛眼，這裏借指僧、寺等。宋之問《宿雲門寺》詩：「奝緣綠篠岸，遂得青蓮宮。」「三居士」，謂東野與林校書兄弟。「居士」，梵語迦羅越的意譯。隋釋慧遠《維摩義記》：「居士有二：一、廣積資産，居財之士，名爲居士；二、在家修道，居家道士，名爲居士。」「真賞」，符合實際的鑒賞。

遊終南山

南山塞天地(1)，日月石上生。高峯夜留日太白峰西，黄昏後見餘日〔一〕，深谷晝未明(2)。山中人自正，路險心亦平。長風驅松柏，聲拂萬壑清。到此悔讀書，朝朝近浮名(3)。

【校記】

〔一〕「留日」，蜀刻本、明鈔本、弘治本、秦禾本、《全唐詩》本俱作「留景」。注文「峰西」，蜀刻本作「峰曲」。

【題解】本篇當作於貞元七、八年間東野赴長安應進士試時。終南山，一名中南山，周南山，南山，秦山。爲陝西秦嶺山峰之一。在長安縣西四十五里。東至藍田縣，西至郿縣，綿亘八百餘里。唐人所遊之終南山，即《漢書·地理志》所説的扶風武功縣境内的太一山。清閻若璩《尚書古文疏證》：「終南，南山之總名。太一，一山之别號。」讀唐人遊終南山詩，皆當作如是觀。

【注釋】

（1）「塞天地」：《孟子·公孫丑上》：「則塞於天地之間。」（2）「高峰」二句：「日」，東野自注：「太白峰西，黄昏後見餘日。」因日落地平線時，山頂最後昏黑，極寫其高。「深谷」句，兩山之間夾道或流水道爲谷。時已晝而此猶未明，極寫其深。（3）「近浮名」：謂來長安應進士試。「浮名」，猶虚名。

遊終南龍池寺

飛鳥不到處，僧房終南巔。龍在水長碧，雨開山更鮮。步出白日上，坐依清溪邊。地寒松桂短，石險道路一作苔磴偏〔一〕。晚磬送歸客，數聲落遥天。

【校記】

〔一〕「一作苔磴」，宋蜀刻本無「磴」字，疑脱。

【題解】

此詩亦當作於貞元七、八年間，東野來長安應進士試時。龍池寺，唐時爲終南勝蹟。宋張禮《遊城南記》載稱：「下瞰終南之勝，……上玉峰軒，南望龍池廢寺。」自注：「龍池寺直玉案山之北。」

南陽公請東樱桃亭子春讌

萬木皆未秀，一林先含春〔一〕(1)。此地獨何力，我公布深仁(2)。霜葉日舒卷，風枝遠埃塵。初英濯紫霞(3)，飛雨流清津。賞異出囂雜，折芳積歡忻(4)。文心兹焉重，俗尚安能珍？碧玉粧粉比，飛瓊穠艷均(5)。鴛鴦七十二，花態併相新(6)。常恐遺秀志，迨兹廣讌陳(7)。芳菲争勝引，歌詠竞良辰〔二〕(8)。方知戲馬會，永謝登龍賓(9)。

【校記】

〔一〕「林」，《全唐詩》本下注云：「一作株。」〔二〕「竞」，宋蜀刻本作「競」。

【題解】

此詩當作於貞元八年東野初試不第，訪張建封於徐州時。南陽公，謂張建封。張建封爲鄧州南陽人，故東野以「南陽公」稱之。此詩爲東野初訪徐州後答讌之作。

【注釋】

（1）「一林」：指櫻桃林。（2）「此地」二句：「此地」，指徐州。「我公」，指張建封。（3）「初英」：初生之花。（4）「賞異」二句：「囂雜」，喧鬧。「歡忻」，與「歡欣」通。《史記·呂后紀》：「歡欣交通而天下治。」（5）「碧玉」二句：此以美人比櫻桃。「碧玉」，南朝宋汝南王妾。宋郭茂倩《樂府詩集·清商曲辭·吴聲曲辭》有《碧玉歌》，引《樂苑》曰：「碧玉歌，宋汝南王所作也。碧玉，汝南王妾名。以寵愛之甚，所以歌之也。」此言碧玉施粉方可比美櫻桃花。「飛瓊」，許飛瓊。傳説爲王母侍女。舊題漢班固撰《漢武帝内傳》：「王母乃命侍女許飛瓊……」此言櫻桃花之穠艷與許飛瓊之膚色相當。（6）「鴛鴦」二句：《古詩十九首》：「鴛鴦七十二，羅列自成行。」（7）「廣讌」：顏延之《皇太子釋奠會作》詩：「獻終襲吉，即宫廣讌。」「讌」，同「宴」。（8）「芳菲」二句：「芳菲」，指櫻桃花。「引」，樂曲體裁名。「竟」，窮盡，終。（9）「方知」二句：「戲馬會」，謂戲馬臺之會。戲馬臺，在今江蘇省徐州市。晉義熙中，劉裕嘗大會羣僚賦詩於此。清顧祖禹《讀史方輿紀要·江南徐州》條云：「戲馬臺在州城南，高十仞，廣數百步，項羽所築。劉裕至彭城，大會軍士於此。」「登龍賓」，《後漢書·李膺傳》：「以聲名自高，士有被其容接者，名爲登龍門。」注：「以魚爲喻也。」《藝文類》九六辛氏《三秦記》：「河津一名龍門，大魚積龍門數千不得上，上則爲龍。」

遊華山雲臺觀

華嶽獨靈異〔一〕(1)，草木恒新鮮。山盡五色石，水無一色泉(2)。仙酒不醉人，仙芝皆延年（3）。夜聞明星館，時韻女蘿絃（4）。敬茲不能寐，焚柏吟道篇（5）。

【校記】

〔一〕「獨」，書棚本作「重」，明鈔本同。

【題解】

此詩據詩題，當作於貞元間東野應進士試時，或元和元年僑寓長安時。雲臺觀，距華山谷口約二、三里的一處名勝，建於雲臺峰頂。相傳老子及其弟子曾居於此。

【注釋】

（1）「華嶽」：華山。五嶽之一。世稱西嶽。又名太華山。在今陝西華陰縣南。（2）「山盡」二句：「五色石」，五色之石。《史記·三皇本紀》：「女媧乃煉五色石以補天，斷鼇足，以立四極。」此言山石色彩斑爛。「水無」句，水本無色，曰「無一色」者，言色雜也。（3）「仙芝」：仙草。芝，菌類植物的一種。古人以爲瑞草。服之可以輕身延年。見《爾雅·釋草》。此處泛指華山諸種藥草。（4）「夜聞」二句：「明星館」，華山中峰有明星玉女祠。「女蘿絃」，華山志書載其西南峰上有五株松，平如偃蓋，上有青蘿長百尺。此寫風吹松枝女蘿，恍如玉女彈琴的聲音。（5）「敬茲」二句：「茲」，此。指代時間、地點、事物。「道篇」，指《老子》五千言。張衡《七辨》：「無爲先生，祖述列仙。背世絶俗，唯誦道篇。」

喜與長文上人宿李秀才小山池亭〔一〕

燈盡語不盡，主人庭砌幽(1)。柳枝星影曙(2)，蘭葉露華浮。塊嶺笑群岫〔二〕(3)，片池輕衆流。更聞清淨子，逸唱頗難儔(4)。

【校記】

〔一〕蜀刻本題内脱「小」字。〔二〕「笑」，蜀刻本作「嘯」。

【注釋】

(1)「主人」：指李秀才。「庭」：堂前之地。「砌」：臺階。(2)「星影曙」：言天將明。(3)「塊嶺」：小山。「塊」，土塊。又量詞。(4)「更聞」二句：「清淨子」，指長文上人。「逸唱」，晉傅玄《正都賦》：「列仙逸唱，熊虎聽音。」此言長文上人不惟深諳玄理，而且精於吟事。「難儔」，難以匹敵。

邀花伴　時在朔方

邊地春不足(1)，十里見一花。及時須邀遊(2)，日暮饒風沙。

【題解】

考東野貞元九年應進士試再下第後，曾自長安至朔方。據東野此詩自注「時在朔方」推之，知此詩當作於貞元九年。朔方，朔方縣。唐屬關内道夏州。故城在今陝西横山縣西。王先謙《漢書補注》則謂朔方縣在今陝西榆林西南。惟横山、榆林與長安遠距千里，疑此朔方乃泛指邠、寧等州之地。

【注釋】

（1）「邊地」：指朔方。唐時朔方爲邊地。　（2）「遨遊」：見卷三《寒地百姓吟》注（4）。

石淙十首〔一〕

巉谷不自勝(1)，水木幽奇多。朔風入空曲，涇一作徑流無大波(2)。迢遞逗難盡〔二〕，參差勢相羅(3)。雪霜有時洗，塵土無由和。潔泠一作結吟誠未厭〔三〕，晚步將如何？

出曲水未斷，入山深更重。泠泠若仙語，皎皎多異容(4)。萬響不相雜，四時皆自濃〔四〕。日月互分照，雲霞各生峰(5)。久迷向方理，逮茲聳前蹤(6)。

荒策每恣遠，戇步難自迴(7)。已抱苔蘚疾一作疢〔五〕，尚凌潺湲隈(8)。驛驥苦銜勒，籠禽恨摧頹(9)。實力苟未足，浮誇信悠哉。顧惟非時用，靜言還自咍(10)。

朔水刀劍利，秋石瓊瑶鮮(11)。魚龍氣不腥，潭洞狀更妍。磴雪入呀谷，掬星灑遥天(12)。

聲忙一作惘不及韻〔六〕，勢疾多斷漣(13)。輪去雖有恨〔七〕，躁氣一作翻一何顛(14)。蜿蜒相纏掣，犖確亦迴旋(15)。黑草濯鐵髮，白苔浮冰錢〔八〕(16)。具一作其生此云遥，非德不可甄(17)。何況被犀士，制之空以權(18)。始知靜剛猛，文教從來先。

空谷聳視聽，幽湍澤心靈(19)。疾流脱鱗甲，疊岸冲風霆。丹巘墮瓌景，霽波灼一作閃虚形(20)。淙淙豗厚軸，稜稜攢高冥(21)。弱棧跨旋碧，危梯倚凝青(22)。飄飖鶴骨仙〔九〕，飛動鼇背庭一作亭(23)。常聞誇大言，下顧皆細萍。

百尺明劍一作鏡流〔一〇〕，千曲寒星飛。爲君洗故物，有色如新衣。不飲泥土污，但飲霜雪飢〔一一〕。石稜玉纖纖，草色瓊霏霏(24)。谷磑有餘力，溪舂亦多機(25)。從來一智萌，能使衆利歸。因之山水中，喧然論是非。

入深得奇趣，昇險爲良躋(26)。搜勝有聞見，逃俗無蹤蹊(27)。穴流一作湲恣迴轉〔一二〕，竅景忘東西。戇獸鮮猜懼，羅人巧罝罦(28)。幽馳異處所，忍慮多端倪(29)。虚獲我何飽？實歸彼非迷(30)。斯文浪云潔，此旨誰得齊(31)？

屑珠瀉潺湲，裂玉何威瓌。若調千瑟絃，未果一曲諧。古駭毛髮慄，險驚視聽乖。二一作土老皆勁骨，風趨緣欹崖(32)。地遠有餘一作遺美，我遊採棄一作奇懷〔一三〕(33)。乘時幸勤鑒，前恨多幽霾(34)。弱力謝剛健，蹇策貴安排(35)。始知隨事靜，何必當夕齋(36)？

昔浮南渡飈(37)，今攀朔山景。物色多瘦削，吟笑還孤永(38)。日月凍有稜，雪霜空無影。玉噴不生冰，瑶渦旋成井。潛角時聳光，隱鱗乍漂冏(39)。再吟獲新勝，返步失前省(40)。愜懷雖已多，惕慮未能整(41)。頹陽落何處，昇魄銜疎嶺(42)。

聖朝搜巖谷，此地多遺玩(43)。怠憧成遠遊，頑疎恣靈一作虛觀(44)。勁飈刷幽視(45)，怒水懾餘湍一作懦〔一四〕。曾是結芳一作茅誠，遠茲勉流倦。冰條聳危慮，霜華瑩遐眄〔一五〕(46)。物誘信多端，荒尋諒難遍(47)。去矣朔之隅，翛然楚之甸(48)。

【校記】

〔一〕北宋刻本題作《五淙十首》。其總目及分卷目録仍作《石淙十首》。《全唐詩》本題作《石淙十首》，下注云：「一作《五淙十首》。」〔二〕「逗」，《全唐詩》本作「徑」，下注云：「一作逗」。〔三〕「潔泠，一作結吟」，蜀刻本「潔」作「絜」。明鈔本、弘治本「潔泠」下無「一作結吟」注文。〔四〕「自」，《全唐詩》本下注云：「一作有」。〔五〕「一作疚」，蜀刻本「疚」作「瘦」，非是。明鈔本、弘治本「疚」作「疲」。《全唐詩》本「疾」下無「一作疚」注文。〔六〕「忙，一作惘」，明鈔本、弘治本、《全唐詩》本「惘」作「迫」。〔七〕「輪去雖有恨」，蜀刻本「恨」作「限」。〔八〕「冰」，蜀刻本作「金」。〔九〕「飄飖」，弘治本、《全唐詩》本作「飄飄」，《全唐詩》本「飄」下注云：「一作飖」。〔一〇〕「劍一作鏡」沈校宋本「劍」作「鏡」，旁注：「一作鑑」。明鈔本、弘治本、《全唐詩》本「劍」作「鏡」，無「一作鏡」注文。〔一一〕「霜雪飢」，蜀刻本作「霜雪肥」。明鈔本、弘治本、《全唐詩》本「霜雪」作「雪霜」。《全唐詩》本「飢」下注云：「一作肌」。〔一二〕「一作湲」，弘治本、《全唐詩》本無「一作湲」注文。〔一三〕「懷」，蜀刻本作

「瓌」。〔一四〕「湍，一作懦」，沈校宋本「湍」作「懦」，旁注：「一作惴」。《全唐詩》本「湍」作「愞」，無「一作懦」注文。蜀刻本「懦」作「濡」。明鈔本、弘治本「懦」作「惴」。〔一五〕「霜華瑩遐眄」，明鈔本、弘治本、《全唐詩》本「華」作「翠」。沈校宋本、《全唐詩》本「盻」作「眄」。

【題解】

本組詩當作於貞元九年。時東野再下第，自長安出遊朔方，後復自朔方遠遊湖楚。此什當即作於朔方。石淙，地名。據詩語「朔水入空曲，涇流無大波」、「去矣朔之隅，翛然楚之甸」及《邀花伴》詩自注「時在朔方」參互相證，知石淙當爲朔方名勝。

【注釋】

（1）「巘」：同「巖」。石窟。《增韻》曰：「石窟曰巘。」又高峻的山。「不自勝」：意謂山水必待人而後成爲名勝。（2）「朔風」二句：「朔風」，北方的風。「空曲」，空廓深隱之處。杜甫《重經昭陵》詩：「陵寢盤空曲，熊羆守翠微。」「涇」，水名。見卷二《罪松》注（4）。（3）「迢遞」二句：「迢遞」，遠貌。《文選》嵇康《琴賦》：「指蒼梧之迢遞。」「逗」，留。「羅」，分佈。羅列。二句寫石淙形勢。（4）「泠泠」二句：「泠泠」，形容水聲清脆。晉陸機《招隱詩》：「山溜何泠泠，飛泉漱鳴玉。」「皎皎」：見《秋懷》注（24）。（5）「日月」二句：寫石淙倒影之狀。（6）「久迷」二句：「向方理」，歸向方外之玄理。《莊子·大宗師》：「彼遊於方之外矣。」「聳」，通「竦」，敬也。《國語·楚語上》：「若殷武丁能聳其德。」「前蹤」，前賢的遺蹤，遺範。（7）「荒策」二句：「荒」，未經修治。又放縱。《莊子·繕性》：「雖樂未嘗不荒也。」「策」，杖。見卷一《長安羈旅行》注（5）。「戇步」，急直的步伐。《正字通》：「戇，急直也。」（8）「已抱」二句：「苔蘚疾」，猶言濕疾。「潺湲隈」，指石淙。「潺湲」，水流貌。「限」，山水彎曲處。《管子・形勢》：「大山之限。」《注》：「山曲也。」（9）「驛驥」，與「驛騎」同。供載人或傳郵之用。《漢書・高帝紀》：「橫懼，乘傳至雒陽。」《注》：「傳者若今之驛。古者以車，謂之傳車。其後又單置馬，謂之驛騎。」「銜勒」，馭馬的馬勒和轡頭。《大戴禮・盛德》：「善馭馬者，正銜勒。」「籠禽」，籠中鳥。韋應物《送劉評事》詩：「籠禽羨歸翼。」「摧頹」，衰敗。《文選》應瑒《侍五官中郎將建章臺集》：「毛羽日摧頹。」此以「驛驥」、「籠禽」自喻，言失意未爲時用。（10）「靜言」：《詩・邶風・柏舟》：「靜言思之。」謂安靜而思之。「自咍（hāi 嗨）」：自嗤笑。《楚辭》屈原《九章・惜誦》：「又衆兆之所咍。」《注》：「咍，笑也。楚人謂相嘲笑曰咍。」（11）「朔水」二句：「朔水」，北方之水。「瓊瑶」，美玉。《詩・衛風・木瓜》：「投我以木瓜，報之以瓊瑶。」（12）「磴雪」二句：「磴」，山階。這裡作動詞。「呀谷」：大空谷。《玉篇》：「呀，大空貌。」二句寫水。（13）「聲忙」二句：此寫石淙水流迅急之狀。「漣」，水面微波。（14）「輸去」二句：此寫水之澎湃奔流、躁怒如顛。「顛」，顛狂。（15）「蜿蜒」二句：此寫石淙水石盤繞迴旋之狀。「蜿蜒」，屈曲貌。曹植《九愁賦》：「禦飛龍之蜿蜒。」「纏掣」，糾纏牽引。「犖确」，石多貌。韓愈《山石》：「山石犖确行徑微。」（16）「黑草」二句：「鐵髮」，黑髮，狀寫黑草。「冰錢」，形容白苔色白形圓。「冰」，潔白，晶瑩。（17）「具生」二句：意謂世人俱云石淙遠離都市。實際上並不遠，唯非有德之人不能鑑別罷了。「具生」句應爲「具云此生遥」。顛倒詞序意在造成一種奇澀的藝術效果。「甄」，鑑別，彰明。（18）「何況」二句：言武人之於山水，空知以權力統馭之。「被犀士」，武人代稱。《楚辭》屈原《九歌・國殤》：「操吳戈兮被犀甲。」（19）「空谷」二句：「聳」：驚動。《左傳・成公十四年》：「大天聞之，無不聳懼。」「澤」，潤澤。《字彙》：「澤，潤也。」(20)「丹巘」二句：此寫石淙的倒影。「丹巘」，赤色的山峰。梁簡文帝《棗下何纂纂》詩：「結翠依丹巘。」「瓌」，奇偉，珍異。同「瑰」。「霽波」，明淨的波面。「灼」，鮮明。「虛形」，指丹巘的倒影。(21)「淙淙」二句：「淙淙」，水流聲。「豗(huī灰)」，水相擊聲。「厚軸」，地軸。言水石淙淙，若擊地軸。「稜稜」，威嚴貌。又與「稜層」同，高峻貌。宋之問《嵩山天門歌》：「峰稜層以龍鱗。」「高冥」，天空。(22)「弱棧」二句：此寫磴道險峻之狀。「旋碧」，言弱棧盤山而上。「危梯」，高梯。「凝青」，指天。(23)「飄飖」二句：「鶴骨」，形容身體瘦削。「鼇」，傳說海中大龜。「庭」，中庭。猶言中央。(24)「石稜」二句：「纖纖」，尖細貌。鮑照《翫月城西門廨中》詩：「纖纖如玉鉤。」「霏霏」，見卷一《清東曲》注(1)。(25)「谷磑」二句：「磑(wèi位)」，水磨。「溪舂」，水碓。此言利用水力可以磨舂。(26)「入深」二句：「奇趣」，妙趣。謝朓《敬亭山》詩：「要欲追奇趣，即此陵丹梯。」「隮(jī機)」，登，昇。同「躋」。《尚書·顧命》：「由賓階隮。」(27)「蹤」：蹤跡。同「踪」。「蹊」：小路。(28)「戇獸」二句：「鮮(xiǎn顯)」，少。「羅人」，用網捕鳥獸的人。「罝罤(jū tí居梯)」，捕兔網。(29)「幽馳」二句：「幽」，拘禁。「馳」，奔走。「端倪」，頭緒，邊際。《莊子·大宗師》：「反覆終始，不知端倪。」(30)「虛獲」二句：「虛獲」，謂遊覽所得的山水之趣。「實歸」，謂獵物。(31)「斯文」二句：「斯文」，指儒者或文人。《論語·子罕》：「天之將喪斯文也。」「浪」，輕率。徒然。「此旨」，謂「虛獲」與「實歸」二者。(32)「二老」二句：「二老」一作「土老」。「土老」，土著之民。「風趨」，謂如風迅疾。「欹」，斜。(33)「棄懷」：人棄我取之意。(34)「乘時」二句：「乘時」，趁着時機。指應進士試。「前恨」，謂應試落第。「霾」，大風雜塵土而下。又通「埋」。這裏作埋藏解。(35)「弱力」二句：「謝」，辭卻、告別。「蹇策」，「蹇」，跛。借喻爲駑劣之馬。「策」見卷一《長安羇旅行》注(5)。這裏指馬鞭。(36)「夕齋」:傍晚的齋戒。「齋」,古時祭祀前齋戒沐浴,整潔身心,以示虔誠。《孟子·離婁》下:「齋戒沐浴,則可以祀上帝。」(37)「南渡颸」:指貞元八年初下第後自徐州東歸途經蘇州小住事。「颸」,風。(38)「物色」二句:「物色」,景色。「孤永」,「永」,水流長。又同「詠」。(39)「潛角」二句:「潛角」,潛虬。「隱鱗」,潛藏水中的魚。「冏」,光明,明亮。(40)「再吟」二句:「新勝」,新的超越。「省(xǐng醒)」,察看。(41)「愜懷」二句:「愜懷」,稱心快意。「惕慮」,警惕思慮。(42)「頹陽」二句:「頹陽」,夕陽。「昇魄」,初月。陶淵明《雜詩》:「白日淪西河,素月出東嶺。」(43)「聖朝」二句:「巖谷」、「遺玩」,指石窟山谷間的景觀。又指隱居巖穴的布衣之士。(44)「怠憧」二句:「憧」,通惰。「靈觀」,神異美好的觀賞。(45)「刷」:洗刷。(46)「瑩」:使明淨。「遐眄」:遠視。(47)「荒尋」:指在邊遠地區的探幽尋勝。(48)「去矣」二句:言將結束朔方之遊而倏然赴楚。「倏(shū梳)然」,疾速貌。「儵」通「倏」。又自然超脱貌。《莊子·大宗師》:「儵然而往。」「甸」,古代稱都城郊外之地爲甸。《左傳·襄公二十一年》:「罪重於郊甸。」《注》:「郭外曰郊,郊外曰甸。」謝朓《和伏武昌登孫權故城》詩:「鳳翔臨楚甸。」

遊韋七洞庭別業

洞庭如瀟湘,疊翠蕩浮碧(1)。松桂無赤日,風物饒清激。逍遥展幽韻,參差逗良覿(2)。道勝不知疲,冥搜自無斁(3)。曠然青霞抱,永矣白雲適。崆峒非凡鄉,蓬瀛在仙籍(4)。無言從遠尚，還思君子識(5)一作兹焉與之敵。波濤漱古岸，鏗鏘辨奇石。靈響非外求，殊音自中積(6)。人皆走煩濁，君能致虚寂(7)。何以祛擾擾，叩調清淅淅(8)。既懼豪華損，誓從詩書益。一舉獨往姿，再摇飛遁迹(9)。山深有變異，意愜無驚惕(10)。采翠奪日月，照曜迷晝夕。松齋何用掃，蘿院自然滌。業峻謝煩蕪，文高追古昔。暫遥朱門戀，終立青史績。物表易淹留，人間重離析(11)。難隨洞庭酌，且醉横塘席(12)。

【題解】

本篇當作於貞元九、十年間東野自湘溯洞庭時。「韋七」，不詳所指何人。「洞庭」，湖名。見《卷二堯歌二首》注(12)。「别業」，即别墅。

【注釋】

(1)「洞庭」二句：「瀟湘」，見卷一《楚竹吟酬盧虔端公見和湘絃怨》注(3)，謂洞庭山色如堆翠。湖中小山甚多，以君山爲最著。「浮碧」，指湖水。東野今年秋方自瀟湘來遊洞庭，故云「洞庭如瀟湘」。(2)「逗」：招引，停留。「良覿(dí敵)」：「覿」，見。《文選》謝靈運《南樓中望所遲客》詩：「引領冀良覿。」李善《注》：「《爾雅》曰：覿，見也。」(3)「道勝」二句：「道勝」，《文選》張協《雜詩》：「養真尚無爲，道勝貴陸沉。」李善《注》：「《慎子》曰：夫道所以使賢無奈不肖何也？所以使智無奈愚何也？若此則謂之道勝矣。」李周翰《注》曰：「道勝者，道之勝也。所貴隱身也。」「冥搜」，搜訪及於幽遠之處。孫綽《遊天台山賦》：「夫遠寄冥搜，篤信通神。」「無斁（yì亦）」，無厭。《詩·周南·葛覃》：「服之無斁。」《傳》：「斁，厭也。」（4）「崆峒」二句：「崆峒」，山名。亦作「空桐」、「空同」。又名雞頭山。在今甘肅平涼市西。《史記·五帝本紀》：「西至於空桐。」「蓬瀛」，即蓬萊、瀛州，皆山名。相傳爲仙人所居。《史記·秦始皇本紀》：「徐市言：海中有三神山，名曰蓬萊、方丈、瀛州。」（5）「無言」二句：「遠」，深奥，久遠。「尚」，指所尊崇。「君子」，謂韋七。（6）「殊音」：特異的音響。（7）「人皆」二句：此美韋七能寧靜致遠、澹泊明志。「走」，趨向。「煩濁」，顔延之《庭誥文》：「欲者，性之煩濁，氣之蒿蒸。」「虛寂」，宋之問《遊雲門寺》：「理勝常虛寂。」（8）「何以」二句：「擾擾」，指紛亂的雜念。「叩調」，「叩」，擊。樂律曰調。此謂傾聽自然天籟。「淅淅」，風聲。謝惠連《七月七日夜詠牛女》詩：「淅淅振條風。」（9）「一舉」二句：「獨往」，一人獨行。白居易《與元微之書》：「每一獨往，動彌旬月。」「飛遁」，離世隱逸。同「肥遯」，也作「飛遯」。《文選》張衡《思玄賦》：「利飛遁以保名。」李善《注》：「遁，卦名也。上九曰：『飛遁無不利。』」（10）「山深」二句：謝靈運《石壁精舍還湖中作》：「昏旦變氣候，山水含清暉。」是其意。「意愜」，快心滿意。（11）「物表」二句：「物表」，猶言物外、世外。《文選》孔稚圭《北山移文》：「亭亭物表」，張銑《注》：「離析，離別。表，外也。」陶淵明《乙巳歲三月爲建威參軍使都經錢溪》詩：「田園日夢想，安得久離析？」（12）「難隨」二句：「横塘」，地名。一在江蘇江寧縣西南；一在江蘇吳縣西南；一在浙江吳興，見宋山謙之《吳興記》。時東野欲歸家，故云。

越中山水

日一作動覺耳目勝，我來山水州（1）。蓬瀛若髣髴，田一作四野如泛浮（2）。碧嶂幾千遶，清泉一作源萬餘流。莫窮合沓步，孰盡派別遊(3)？越水淨難污，越天陰易收。氣鮮無隱物，目視遠更周。舉俗一作族媚葱蒨，連冬擷芳柔〔二〕(4)。菱湖有餘翠，茗圃無荒疇(5)。賞異忽已遠，探奇誠淹留。永言終南色，去矣銷人憂。

【題解】

此詩當作於貞元十五年東野歷遊越中山水時。「越中」，指會稽郡。唐屬江南東道，在今浙江紹興。

【注釋】

(1)「山水州」：指越州，即會稽。(2)「蓬瀛」二句：「蓬瀛」，見《遊韋七洞庭別業》詩注(4)。「泛浮」，指水中漂浮。(3)「莫窮」二句：「合沓」，重疊。謝朓《游敬亭山》詩：「茲山亘百里，合沓與雲齊。」「派別」，指河道支流縱横交錯。晉左思《吳都賦》：「百川派別，歸海而會。」(4)「舉俗」二句：「葱蒨」，草木青翠茂盛。亦作「葱倩」。南朝梁江淹《雜體詩》：「丹巘被葱蒨。」「芳柔」，泛指草木花卉。(5)「茗圃」：茶園。「荒疇」：指雜草叢生、無人修治的田地。曹植《藉田説》：「棄而不耘，故曰荒疇。」

春集越州皇甫秀才山亭

嘉賓一作嘉誘，亦作善友在何處〔一〕，置亭春山巔。顧余寂寞者，謬厠芳菲筵〔二〕(1)。視聽日澄澈，聲光坐連綿(2)。晴湖瀉峯嶂，翠琅多萍蘚〔三〕。何以逞高志，爲君吟秋天一作秋篇。

【校記】

〔一〕「亦作善友」，蜀刻本「亦」作「又」，「友」作「天」，非是。　〔二〕「筵」，蜀刻本作「延」，非是。

【題解】

此詩當作於貞元十五年遊越州時，與《越中山水》爲一時先後之作。「越州」，州名。隋初改會稽郡爲越州。《隋書·地理志》：「會稽郡，大業初置越州。」宋廢。皇甫秀才，不詳爲何人。

【注釋】

（1）「顧余」二句：「顧」，回視。眷念。「芳菲」，謝朓《休沐重還道中》詩：「賴此盈樽酌，含景望芳菲。」「芳菲筵」，猶言春日之宴。（2）「坐」：即將，因。（3）「翠琅」：喻水。

和皇甫判官遊琅琊溪

山中琉璃鏡〔一〕，物外琅琊溪(1)。房廊逐巖壑，道路隨高低。碧瀨漱白石，翠煙含青蜺〔二〕(2)。客來暫遊踐，意欲忘簪珪(3)。樹杪燈火夕，雲端鐘梵齊〔三〕(4)。時同雖可仰，跡異難相攜。唯當清宵夢，髣髴願一作期攀躋(5)。

【校記】

〔一〕「境」，蜀刻本作「景」。　〔二〕「含」，蜀刻本作「涵」。　〔三〕「鐘梵」，蜀刻本「鐘」作「鍾」，互通。「梵」，北宋刻本原作「楚」，誤。據蜀刻本、明鈔本、弘治本、秦禾本、《全唐詩》本改。

【題解】

此詩作年難以確考。皇甫判官亦不知爲何人。按「琅琊」也作「琅邪」、「琅玡」、「瑯琊」。爲郡名。《漢書·地理志》：「瑯琊郡，越王嘗治此，起館臺。」一爲山名，一在山東諸城縣東南；一在安徽滁縣西南。若據溪以郡名考之，似當作於貞元十五年東野歷遊越中山水時；若據溪以山名考之，似當作於貞元十二年東野自長安東歸，道經安徽往汝州依陸長源途中。但據詩末「唯當清宵夢，髣髴願攀躋」二語推之，似東野未嘗遊瑯琊溪。詩中所言多係想象之辭。

【注釋】

（1）「山中」二句：「琉璃」，見卷二《堯歌二首》注（10）。「物外」，見《遊韋七洞庭別業》注（11）。　（2）「碧瀨」二句：「瀨」，湍急之水。《楚辭》屈原《九歌·湘君》：「石瀨兮淺淺。」王逸《注》：「瀨，湍也。」洪興祖《補注》：「石瀨，水激石間則怒成湍。」「蜺」，雌虹。與「霓」通。朱駿聲《説文通訓定聲》：「蜺，假借爲霓。」《爾雅·釋天》：「蜺爲挈貳。」《注》：「雌虹也。」《疏》引《音義》云：「虹雙出，色鮮盛者爲雄，雄爲虹。闇者曰雌，雌曰蜺。」　（3）「簪珪」：「簪」，冠簪。「珪」，古代朝會所佩的玉器。借指做官或顯貴。　（4）「鐘梵」：借指佛寺。　（5）「攀躋」：援引攀登。

孟郊詩集校注卷五

遊適下

汝州南潭陪陸中丞公讌

一雨百泉漲，南潭夜來深。分明碧沙底，寫出青天心。遠客洞庭至，因茲滌煩襟(1)。既登飛一作青雲舫(2)，願奏清風琴。高岸立旗戟，潛蛟失一作互浮沉。威稜護斯浸，魍魎逃所侵(3)。山態變初霽，水聲流新音。耳目極眺聽，潺湲與嶔岑(4)。誰言柳太守，空有白蘋吟(5)？

【題解】

此詩當作於貞元十年東野自洞庭往汝州依陸長源時。「汝州」，唐屬河南道。治所在今河南臨汝縣。「陸中丞」，謂陸長源。彼時方爲汝州刺史兼御史中丞。

【注釋】

(1)「遠客」二句：「遠客」，東野自謂。「洞庭至」，言自洞庭來汝州。「煩襟」，胸懷愁悶。杜甫《雲詩》：

「高齋非一處，秀氣豁煩襟。」（2）「飛雲舫」：當是陸長源宴客的船名。（3）「威稜」二句：「斯浸」，指汝州南潭。「浸」，大水，湖澤。「魍魎（wǎng liǎng 網兩）」，傳説山川中的精怪。也作「罔兩」。《左傳·宣公三年》：「螭魅罔兩，莫能逢之。」《注》：「罔兩，水神。如三歲小兒，赤黑色。」（4）「潺湲」：見卷四《石淙十首》注（8）。「嶔岑」：山高貌。（5）「誰言」二句：「柳太守」：柳惲。借指陸長源。《宋書·柳惲傳》：「惲，字文暢。河東解人。爲吳興太守。」惲有《江南曲》，云：「汀洲采白蘋。」「白蘋吟」即指此。

汝州陸中丞席喜張從事至同賦十韻

汝水無濁波〔一〕，汝山饒奇石。大賢爲此郡，佳士來如積。有客乘白駒，奉義愜所適（1）。清風蕩華館，雅瑟泛瑤席（2）。芳醑靜無喧，金樽光有滌（3）。縱情孰慮損？聽論自招益（4）。願折若木枝，卻彼曜靈夕（5）。貴賤一相接，憂一作情悰忽轉易〔二〕（6）。會合勿言輕，別離古來惜。請君駐征車，良遇難再覿（7）。

【校記】

〔一〕「水」，蜀刻本作「州」。　〔二〕「憂一作情」，蜀刻本「憂悰」下有注：「一作情操」。

【題解】

此詩亦當作於貞元十年。與前詩爲同時先後之作。「張從事」，不詳爲何人。

【注釋】

(1)「有客」二句：此寫張從事奉義來臨，愜心所適。《詩・周頌・有客》：「有客有客，亦白其馬。」《詩・小雅・白駒》：「皎皎白駒，賁然來思。」《文選》江淹《望荆山》：「奉義至江漢。」李善《注》：「奉義，猶慕義也。」(2)「清風」二句：「華館」、「瑶席」，皆指爲張從事安排的客舍之華貴。《文選》劉楨《公讌詩》：「華館寄流波，豁達來風涼。」 (3)「芳醑」二句：「芳醑(xǔ 許)」，美酒。《文選》謝靈運《擬魏太子鄴中集・阮瑀》：「傾酤係芳醑，酌言豈終始。」「金樽」，酒盃。李白《行路難》：「金樽美酒斗十千。」 (4)「縱情」二句：言縱情酣飲，誰還顧及有損健康，聆聽高論卻可獲得不少益處。 (5)「願折」二句：「若木」，神話中謂生長於日入處的一種樹木。《山海經・大荒北經》：「大荒之中，有衡石山、九陰山、泂野之山，上有赤樹，青葉赤華，名曰『若木』」。《楚辭》屈原《離騷》：「折若木以拂日兮，聊逍遥以容與。」「卻彼曜靈夕」，此言願留住西下的太陽。(6)「貴賤」二句：「貴」，指張從事。「賤」，東野自謂。「憂悰」，憂樂。「悰」，歡樂。謝朓《遊東田》詩：「戚戚苦無悰，携手共行樂。」 (7)「請君」二句：「君」，指張從事。「征車」，行旅之車。「良覿」，見卷四《遊韋七洞庭別業》詩注(2)。

夜集汝州郡齋聽陸僧辯彈琴

康樂寵詞客，清宵意無窮(1)。徵文北山一作窗外，借月南樓中(2)。千里愁併盡〔一〕，一樽歡暫同。胡爲戛楚琴一作瑟〔二〕？淅瀝起寒風〔三〕(3)。

【校記】

〔一〕「愁併盡」，《文苑英華》卷二一二作「寂然靜」。下注云：「集作愁併盡」。《全唐詩》本注云：「一作寂然靜」。〔二〕「琴」，《文苑英華》作「瑟」。〔三〕「淅瀝起寒風」，北宋刻本「瀝」原作「溰」，「起」原作「處」，疑俱因形近而誤。竝據《文苑英華》、蜀刻本、明鈔本、弘治本、秦禾本、《全唐詩》本改。

【題解】

此詩當亦同作於貞元十年在汝州時。陸僧辯，不詳其生平里貫。

【注釋】

（1）「康樂」二句：「康樂」，謂謝靈運。這裡指陸長源。按《宋書·謝靈運傳》：「謝靈運，襲封康樂公。出爲永嘉太守。……靈運既東還，與族弟惠連、東海何長瑜、潁川荀雍、泰山羊璿之以文章賞會，共爲山澤之遊。時人謂之四友。」（2）「徵文」二句：「徵文」，徵求文字。「北山」，指鍾山。南朝齊周顒與孔稚圭等初隱居鍾山。後周顒應詔出仕，期滿進京，再過鍾山。孔稚圭撰《北山移文》，諷刺周顒變其初衷，醉心利禄。「移文」猶檄文。「南樓」，古樓名。在湖北鄂城縣南，也稱「玩月樓」。《世説新語·容止》：「庾太尉（亮）在武昌，秋夜氣佳景清，使吏殷浩、王胡之之徒登南樓。」或爲東野所本。（3）「淅瀝」：形容風聲。

同年春讌

少年三十士，嘉會良在兹。高歌摇春風，醉舞摧花枝。意蕩晼晚景(2)，喜凝芳菲時。馬跡攢驥裊(2)，樂聲韻參差〔一〕。視聽改舊趣，物象含新姿。紅雨花上滴，緑煙柳際垂。淹中講精義，南皮獻清詞(3)。前賢與今人(4)，千載爲一期。明鑒有皎潔，澄玉無磷緇〔二〕(5)。永爲沙泥別〔三〕，各整雲漢儀〔四〕(6)。盛氣自中積，英名日西馳。塞鴻絶儔匹，海月難等夷(7)。鬱抑忽已盡〔五〕，親朋樂無涯。幽蘅發空曲，芳杜綿所思(10)。浮跡自聚散，壯心誰別離？願保金石志，無令有奪移。

【校記】

〔一〕「韻」，蜀刻本作「運」。〔二〕「澄」，《全唐詩》本下注云：「一作良」。〔三〕「永爲沙泥別」，蜀刻本「爲」作「與」，「沙泥」作「泥沙」。弘治本、秦禾本、《全唐詩》本「爲」作「與」。《全唐詩》本「與」下注云：「一作將」。〔四〕「雲」，《全唐詩》本下注云：「一作霄」。〔五〕「鬱抑」，弘治本「抑」作「折」。《全唐詩》本「抑」下注云：「一作折」。

【題解】

此詩當作於貞元十二年。是年東野進士登第。「同年」，科舉制度同榜登第的人稱同年。唐李肇《國史補》：「得第謂之進士。互相推敬謂之先輩。俱捷謂之同年。」「醼」，聚飲。同「宴」、「燕」。「春醼」，即唐代所謂「曲江大宴」。五代王定保《唐摭言》卷一述進士下：「曲江大會在關試後，亦謂之關宴。宴後同年各有所之，亦謂之爲離會。」

【注釋】

(1)「畹晚」：見卷三《病起言懷》詩注(1)。　(2)「腰裊(niǎo鳥)」：宛轉摇動貌。「裊」，通「褭」。又良馬名。也作「騕褭、要褭」。《爾雅·釋獸》：「飛兔、腰褭，古之駿馬也。」　(3)「淹中」二句：「淹中」，春秋魯國里名，在山東曲阜。《漢書·藝文志》：「禮古經者，出於魯淹中。」《注》：「淹中，里名也。」《梁書·徐勉傳》上《修五禮表》：「淄上淹中之儒，連蹤繼軌。」「精義」，至理。《文選》曹植《思友人》詩：「精義測神奥，清機發妙理。」「南皮」，縣名。《漢書》「渤海郡有南皮縣。」曹丕《與吴質書》：「昔日南皮之遊，誠不可忘。」　(4)「前賢」二句：「前賢」，謂淹中、南皮之儒；「今人」，謂預春讌之諸同年。　(5)「明鑒」二句：「明鑒」，美攷官慧眼識英才。「無磷緇」，謂不因磨而致損，不因染而變黑。比喻操守不變。《論語·陽貨》：「不曰堅乎，磨而不磷；不曰白乎，涅而不緇。」「磷」，薄，損傷。「緇」，黑色。　(6)「永爲」二句：「雲漢」，天河。《詩·大雅·棫樸》：「倬彼雲漢，爲章於天。」　(7)「塞鴻」二句：「塞鴻」，邊塞之雁。雁是候鳥，秋季南來，春季北去。「海月」見卷三《下第東南行》注(3)。「等夷」，同輩。　(8)「幽蘅」二句：「蘅」，香草。「空曲」：見卷四《石淙》詩注(2)。「杜」，香草名。即杜衡。一作杜蘅。《楚辭》屈原《九歌·山鬼》：「被石蘭兮帶杜蘅，折芳馨兮遺所思。」又木名，即棠梨。

羅氏花下奉招陳侍御

眼在枝上春〔一〕，落地成埃塵(1)。不是風流者，誰爲攀折人？寧辭波浪闊，莫道往來頻。

拾紫豈宜晚（2），掇芳須及晨。勞收賈生淚，强起屈平身（3）。花下本無俗，酒中別有神。遊蜂不飲故，戲蝶亦爭新。萬物盡如此，過時非所珍〔二〕。

【校記】

〔一〕「在」，《全唐詩》本下注云：「一作見」。　〔二〕「所」，蜀刻本作「此」。

【注釋】

（1）「眼在」二句：此言花在枝上則爲春；花落地上則爲塵。「枝上春」，謂花。　（2）「拾紫」：原義爲博取官位，這裡作采春解。　（3）「勞收」二句：「賈生」，漢賈誼。賈誼有《陳政事疏》，分析時政，痛哭流涕。「屈平」，屈原。名平。

遊石龍渦 四壁千仞散泉如雨

石龍不見形，石雨如散星。山下晴皎皎，山中陰泠泠（1）。水飛林木杪，珠綴莓苔屏（2）。蓄異物皆別，當晨景欲暝。泉芳春氣碧，松月寒色青。險力一作陰力此獨壯，猛獸亦不停。日暮且廻去，浮心恨一作尚未寧（3）！

【題解】

此詩當爲貞元十一、二年間東野寄寓汝州時紀遊之作。「石龍渦」，汝州名勝。

【注釋】

（1）「山下」二句：「皎皎」：見卷四《秋懷》注（24）。「泠泠」：見卷四《石淙》詩注（4）。（2）「水飛」二句：「水飛」句寫石壁之高。王維《送梓州李使君》：「山中一夜雨，樹杪百重泉。」「珠綴」句寫石屏流泉。意爲瀑水飛濺，水珠綴掛於長滿莓苔的石壁上。把石壁比擬爲屏風，奇喻也。（3）「浮心」：飄浮無定的心。鮑照《三日》詩：「美人竟何在，浮心空自摧。」

浮石亭

曾是風雨力，崔嵬漂來時（1）。落星夜皎潔，近榜朝逶迤（2）。翠激遞明滅〔一〕，清漴瀉欹危〔二〕（3）。況逢蓬島仙（4），會合良在兹。

【校記】

〔一〕「激」，蜀刻本作「激」。〔二〕「瀉」，蜀刻本作「寫」，義通。

【注釋】

(1)「崔嵬」：有石的土山。《詩・周南・卷耳》：「陟彼崔嵬。」《毛傳》：「土山之戴石者。」《爾雅・釋山》：「石戴土謂之崔嵬。」晉郭璞《注》：「石山上有土者。」 (2)「落星」二句：此寫浮石亭。前一句言星光照在亭上，一片皎潔。後一句言亭之周遭布局曲折多變。「榜（bàng 傍）」：船槳，借指船。朱駿聲《說文通訓定聲》：「榜，假借爲方，爲舫。」「逶迤」：也作「逶蛇」。曲折宛轉，延續不斷貌。《淮南子・泰族》：「河以逶迤故能遠。」 (3)「翠瀲」二句：「翠瀲」，綠波。《文選》潘岳《西征賦》：「青蕃蔚乎翠瀲。」李善《注》曰：「瀲，波際也。」「遞」，交替。更迭。「明滅」，謂時隱時現，忽明忽暗。「潨」，小水流入大水。「欹」，通「攲」，傾斜。此言小水從山石隙瀉入湖中。二句寫水波。 (4)「蓬島仙」：疑指修道之士或隱士。

看花五首

家家有一作如芍藥，不妨至温柔。温柔一同女，紅笑笑不休。月娥雙雙下，楚艷枝枝浮(1)。洞裏逢仙人一作幸逢仙人立，綽約青一作清宵遊(2)。

芍藥誰爲婿？人人不敢來。唯應待詩老(1)，日日殷勤開。玉立無氣力，春凝且徘徊(3)。將何謝青春(4)，痛飲一百盃。

芍藥吹欲盡，無奈曉風何。餘花欲誰待？唯待諫郎過(5)。諫郎不事俗，黃金買高歌(6)。

高歌夜更清，花意晚更多。飲之不見底，醉倒深紅波(7)。紅波蕩諫心，諫心終無它。獨遊終難醉，挈榼徒經過(8)。閑花不解語(9)，勸得酒無多〔二〕。

三年此村落，春色入心悲。料得一孀婦，經一作它時獨淚垂。

【校記】

〔一〕「待詩老」，北宋刻本原作「詩待老」，非是。據蜀刻本、明鈔本、弘治本、秦禾本、《全唐詩》本改。〔二〕蜀刻本、沈校宋本、明鈔本、弘治本、《全唐詩》本以「飲之不見底」至「勸得酒無多」另起作一首。《全唐詩》本「花意晚更多」句下注云：「一本連下四句作一首。」「勸得酒無多」句下注云：「獨遊四句，洪邁取爲絶句。」

【題解】

此詩當是元和六年東野居洛陽時作。攷東野元和三年前後喪子，作《杏殤九首》。元和四年服母喪，均居洛陽。故詩云：「三年此村落，春色入心悲。」以詩意推之，亦可爲此五詩可能作於元和六年的佐證。

【注釋】

(1)「月娥」二句：「月娥」，月中仙子。陳陶《贈別》詩：「蹄輪送客溝水東，月娥揮手崦嵫峰。」「楚豔」，楚地美女。此二句寫芍藥花態之嬌豔有如月娥楚豔。(2)「洞裏」二句：「綽約」：《莊子·逍遥游》：「藐姑射之山，有神人居焉。肌膚若冰雪，綽約若處子。」(3)「玉立」二句：將芍藥擬人化，寫其風姿神態。「玉立」：杜甫《白鷹》詩：「雪飛玉立盡清秋，不惜奇毛恣遠遊。」(4)「將」：拿持，攜帶。「謝」：酬謝。答謝。

「青春」：指盛開的芍藥。（5）「諫郎」：攷東野一生未曾做過諫官。此「諫郎」疑指東野族叔孟簡。《舊唐書・孟簡傳》稱他在元和四年超拜諫議大夫。東野在元和六年亦有《送諫議十六叔至孝義渡復奉寄詩》。「諫議十六叔」亦謂孟簡。（6）「黄金」句：崔駰《七依》：「廻顧百萬，一笑千金。」張籍《答朱慶餘》：「一曲菱歌抵萬金。」（7）「紅波」：謂芍藥。（8）「挈榼（kē 棵）」：「榼」，古代盛酒的器具。《説文》：「榼，酒器也。」劉伶《酒德頌》：「動則挈榼提壺。」（9）「閑花」句：《開元天寶遺事》：太液池千葉白蓮開，帝典貴妃宴賞，指妃謂左右曰：「何如此解語花也。」此反用之。

濟源春

太行横偃春〔一〕（1），百里芳崔嵬。濟濱花異顔，枋口雲如裁（2）。新畫彩色濕，上界光影來（3）。深紅縷草木，淺碧珩泝洄（4）。千家門前飲，一道傳禊杯（5）。玉鱗吞金鈎，仙璇琉璃開〔二〕（6）。朴童茂言語，善俗無驚猜。狂吹寢恒宴（7），曉清夢先廻。治生鮮憜夫〔三〕（8），積學多深材。再遊詎癲戆（9）？一洗驚塵埃。

【校記】

〔一〕「春」，沈校宋本、秦禾本、明鈔本、《全唐詩》本作「脊」。蜀刻本作「春」。〔二〕「璇」，蜀刻本作「旋」。〔三〕「鮮墮夫」，蜀刻本「鮮」作「先」。「憜」，明秦禾本作「隋」，《全唐詩》本作「惰」，諸字竝互通。

【題解】

此詩或當作於元和四年，東野服母喪家居以後，或元和七、八年間居洛陽時往遊濟源所作。「濟源」，縣名。屬河南省。《水經》：「濟水出王屋山。」《注》云：「山下有濟源廟。」宋歐陽忞《輿地廣記》：「濟源，兩漢爲軹縣地，晉爲沁水縣地。俗以濟水重源所發，因謂之濟源。隋開皇十六年置濟源縣，屬河内郡。唐武德四年屬懷州。顯慶二年屬洛州，後屬孟州。」

【注釋】

（1）「太行」：山名。見卷一《出門行》注（6）。（2）「枋口」：地名。在今河南濟源縣東北沁河出山處。秦漢時於此建木枋門，引沁河水灌溉農田。三國時期改建石門。（3）「新畫」二句：此寫山雲之景，譬之新畫甫就，元氣淋漓的境界。「上界」，天界。天上。（4）「珩」：佩玉上部的横玉。「泝（sù 素）洄」：逆流而上。見《爾雅・釋水》。「泝」，也作「溯」、「遡」。《詩・秦風・蒹葭》：「遡洄從之。」（5）「千家」二句：言家家在門前宴飲，彷彿三月三日修禊一般。「禊」，古代民俗。三月上旬巳日於水濱洗濯，祓除不祥，稱禊。後但用三月三日，不用上巳。並宴飲行樂，稱禊飲。（6）「仙璇」句：「琉璃」，見卷三《和皇甫判官遊瑯琊溪》詩注（1）。「璇」，美玉名。此句喻水。梁簡文帝《西齋行馬》詩：「水净琉璃波。」（7）「恒」：常。「宴」：安樂。閒適。又通「晏」：晚。（8）「治生」：謀生計。《史記・淮陰侯傳》：「又不能治生商賈，常從人寄食。」「鮮（xiǎn 顯）」：少。（9）「癲」：顛狂。

濟源寒食七首〔一〕

風巢嬝嬝春鴉鴉，無子老人仰面嗟(1)。柳弓葦箭一作蒿矢覷不見，高紅遠緑勞相遮(2)。

女嬋一作蟬童子黄短短(3)，耳中聞人惜春晚。逃蜂匿蝶踏地來〔二〕，抛卻齋糜一瓷椀〔三〕(4)。

一日踏春一百廻，朝朝没腳走芳埃(5)。饑童餓馬掃花餵，向晚飲溪三兩盃(6)。

莓苔井上空相憶，轆轤索斷無消息〔四〕(7)。酒人皆倚春髮緑，病叟獨藏秋髮白(8)。

長安落花飛上天，南風引至三殿前(9)。可憐春物亦朝謁(10)，唯我孤一作獨吟渭水邊〔五〕。

枋口花間掣手歸〔六〕，嵩陽一作山爲我留一作駐紅暉〔七〕(11)。可憐躑躅千萬尺，柱地柱天疑一作令欲飛〔八〕(12)。

蜜蜂爲主各磨牙，咬盡村中萬木花。君家甕甕今應滿，五色冬籠甚可誇(13)。

【校記】

〔一〕蜀刻本詩題下旁注「七言」二字。〔二〕「地」，蜀刻本作「花」。《全唐詩》本作「地」，下注云：「一作花。」〔三〕「抛卻齋糜」，蜀刻本「抛卻」作「卻抛」。「齋」作「齊」。《全唐詩》本「齋」下注云：「一作黄」。〔四〕「無」，蜀刻本作「沉」。〔五〕「渭」，蜀刻本作「濟」。《全唐詩》本作「渭」，下注云：「一作濟。」〔六〕「間」，《全唐詩》本下注云：「一作開。」〔七〕「爲」，

《全唐詩》本下注云：「一作與」。〔八〕「柱地柱天」句，書棚本「柱」俱作「拄」，互通。「一作令」，「令」，明鈔本、秦禾本作「今」。

【題解】

此組詩或當作於元和四年以後，或元和七、八年間東野居洛陽時。「寒食」，節令名。冬至後一百五日，或謂一百三日，或謂一百六日，爲禁火之節。據《左傳》，春秋時晉介之推輔佐晉文公重耳回國後隱於山中。晉文公焚林求介之推，之推抱木而死。文公爲悼念他，禁止在之推死日焚火煮食。後相沿成俗，稱爲寒食禁火。

【注釋】

（1）「風巢」二句：「風巢」，言鳥巢於風枝。「嫋嫋」，搖動不定貌。見卷四《秋懷十五首》注（19）。「鵶鵶」，同「鴉鴉」。鳥雀鳴聲。李賀《有所思》：「鴉鴉向曉鳴森木。」「無子老人」，東野自謂。（2）「柳弓」二句：「柳弓葦箭」與「桑弧蓬矢」同。《禮記·射義》：「男子生，桑弧六，蓬矢六，以射天地四方。」古時男兒出生，以桑木爲弓，蓬草爲矢，射天地四方，義取男兒長成亦必如蓬矢之雄飛四方。舊俗生子則以桑弓蓬矢懸門上。東野三子皆殤，故云不見門懸弓箭，空勞花木相遮。（3）「女嬋」：女童。《楚辭》屈原《離騷》：「女嬋娟兮爲余歎惜。」東野造語本此。「黃短短」：「黃」，言女童年齒幼稚。「短短」：言女童身材矮小。（4）「拋卻」句：言女童爲了追逐蜂蝶，雖齋粥亦不暇食。「齋糜」，齋粥。（5）「一日」二句：「踏春」，猶「踏青」。春日郊遊。「沒腳」，草深沒腳之謂。白居易《錢塘湖春行》：「亂花漸欲迷人眼，淺草才能沒馬蹄。」白從馬足著筆，孟自人腳設想，皆極能摹寫春色之筆。「芳埃」，芳塵。（6）「饑童」二句：極寫東野貧寒高潔的生活。（7）「轆轤」：井上汲水的起重裝置。吴均《行路難》：「玉闌金井牽轆轤。」（8）「酒人」二句：「酒人」，酒徒。好飲之人。《史記・荆軻傳》：「荆軻雖游於酒人乎，然其爲人沈深好書。」「春髮緑」，緑猶烏亮。唐人多稱酒爲春。司空圖《詩品・典雅》：「玉壺買春。」「病叟」，東野自謂。「秋髮」曰白，「春髮」曰緑。緑者，生之象徵；白者，衰老之跡象。（9）「三殿」：謂麟德殿。唐西京長安大明宮内殿名。因其一殿而有三面，也稱「三殿」。唐代皇帝接待遠人或召見臣僚，在此設宴。見宋程大昌《雍録》四《唐翰院位置》。（10）「春物」：落花。「朝謁」：朝見皇帝。《後漢書・東夷傳》：「四時朝謁。」（11）「枋口」二句：「枋口」，見《濟源春》注(2)。「掣手」，抽手。「掣」，抽取，牽引。「嵩陽」，嵩山南麓。「紅暉」，紅日。（12）「可憐」二句：「躑躅」，花名。山躑躅、羊躑躅的簡稱。即杜鵑花。參見李時珍《本草綱目》卷十七下《羊躑躅、山躑躅》條。「柱地柱天」，言其樹幹高大。張説《華嶽碑》：「巉巉太華，柱天直上。」（13）「君家」二句：「甕」，陶製容器。《説文》：「甕，汲瓶也。」「冬籠」，疑與「冬瓏」通。象聲詞。宋范成大《次韵陳仲思經屬西峰觀雪》詩：「寒繒搖冬瓏。」

遊枋口二首

一步復一步，出行（一作行踏）千里幽〔一〕。爲取山水意，故作寂寞遊。太行青巔高，枋口碧照浮。明明無底鏡，泛泛忘機鷗(1)。老逸不自限，病狂不可周(2)。悠閑饒淡薄，怠玩多淹留。芳物競晼晚，緑梢挂新柔(3)。和友鶯相遠，言語亦以稠〔二〕(4)。（一作和友易相遠，飛鷹亦以稠。）始知萬類然，靜躁難相求（5）。聳我殘病骨，健如一仙人。鏡中照千里，鏡浪洞百神。此神日月華，不作尋常春。三十夜皆明，四時晝恒新。鳥聲盡依依，獸心亦忻忻。澄幽出所恠，閃異坐微絪（6）。可來復可來，此地靈相親。

【校記】

〔一〕「一作行踏」，弘治本「踏」作「路」。〔二〕「和友易相遠」，北宋刻本「和」字原脱，後補。「易」，蜀刻本、明鈔本、弘治本、秦禾本、《全唐詩》本俱作「鶻」。

【題解】

此詩亦當作於元和四年以後，或元和七、八年間。與《濟源春》、《濟源寒食》諸詩同爲一時先後紀遊之作。

「枋口」，見《濟源春》注（2）。

【注釋】

（1）「泛泛」，浮貌。同「汎汎」。《廣雅·釋訓》：「汎汎，氾氾，浮也。」《楚辭》屈原《卜居》：「將泛泛若水中之鳧乎。」「忘機鷗」：《列子·黄帝》：「海上之人有好漚鳥者，每旦至海上從漚鳥遊。漚鳥之至者百住而不止。」「漚」「鷗」互通。北齊劉晝《劉子·黄帝》所載略同。「忘機」：忘卻巧詐的心計。陸游《烏夜啼》之四：「鏡湖西畔秋千頃，鷗鷺共忘機。」（2）「周」：終盡，周匝。（3）「芳物」二句：「芳物」，謂花木。「晼晚」，見卷三《病起言懷》注（1）。「緑梢」，謂柳。「新柔」，謂柳葉或嫩條。（4）「和友」二句：此言黄鶯百囀千鳴，如求友聲。《詩・小雅・伐木》：「嚶其鳴矣，求其友聲。」（5）「始知」二句：「萬類」，萬物。此言萬物静躁不同，難以求索。王羲之《蘭亭集序》：「雖趣舍萬殊，静躁不同。」（6）「澄幽」二句：意謂枋口之水幽静澄澈使所怪盡出。「澄」，使混濁變清，使隱暗變爲清明。「閃異」，忽隱忽現的怪異，或驟然一現的怪異。「絪」，褥墊。「絪」通「茵」。

與王二十一員外涯遊枋口柳溪

萬株古柳根，挐此磷磷溪〔一〕（1）。野榜多屈曲，仙潯無端倪（2）。春桃散紅煙，寒竹含晚凄。曉聽忽以異，芳樹安能齊？共疑落鏡中，坐泛紅景低〔二〕（3）。水意酒易醒，浪情事非迷。小儒峭章句，大賢嘉提携（4）。潛竇韻靈瑟，翠崖鳴玉珪（5）。主人稷卨翁（6），德茂芝木畦〔三〕。鑿山幽隱端〔四〕，氣象皆昇躋（7）。曾是清樂抱，逮兹幾省溪（8）。宴位席蘭草，濫觴驚鳬鷖（9）。靈味薦魴鱮，金花屑橙虀（10）。江調擺衰俗，洛風遠塵泥（11）。徒言奏狂狷，詎敢忘筌蹄（12）？

【注釋】

〔一〕「挐」，蜀刻本、《全唐詩》本作「拏」。二字互通。　〔二〕「紅景」，北宋刻本「景」上原脱一字，據蜀刻本、明钞本、弘治本、秦禾本、《全唐詩》本補。〔三〕「木」，蜀刻本作「棨」，《全唐詩》本作「朮」。〔四〕「山」，蜀刻本、明鈔本、弘治本、秦禾本、《全唐詩》本作「出」，是。

【題解】

王涯，《舊唐書》卷一百六十九有傳。「元和三年爲宰相李吉甫所怒，罷學士，守都官員外郎。再貶虢州司馬。五年，入爲吏部員外。七年，改兵部員外知制誥。」「柳溪」，當爲枋口名勝。據詩題推之，此詩或當作於元和五年以後至元和八年間。

【注釋】

（1）「磷磷」：水石明淨貌。劉楨《贈從弟》詩之一：「磷磷水中石。」（2）「野榜」二句：「榜」，見《浮石亭》注（2）。「潯」，水涯。《文選》枚乘《七發》：「彌節乎江潯。」李善注引《字林》曰：「潯，水涯也。」「端倪」，見卷四《石淙十首》注（29）。（3）「共疑」二句：「鏡中」，喻水。「紅景」，指水面因日光反射所形成之紅影。唐韋處厚《桃塢》詩：「噴日舒紅景，通蹊茂竹蔭。」（4）「小儒」二句：「小儒」，東野自喻。「大賢」，美稱王涯。《漢書·夏侯勝傳》：「勝從兄子建，從五經諸儒問與尚書相出入者，牽引以次章句。勝非之曰：建所謂章句小儒，破碎大道。」（5）「潛竇」二句：「潛竇」，暗洞。「韻靈瑟」、「鳴玉珪」，均寫水石激撞產生的音響。（6）「稷」：周的先祖，名棄。爲舜農官，號后稷。見《史記·周本紀》。「卨」（xiè 泄）：殷的始祖。也作「契」。《史記·三代世表》：「卨爲殷祖。」傳説爲舜臣。（7）「昇躋」：登升。（8）「曾是」二句：此謂王涯。「幾省溪」，據《舊唐書·王涯傳》知元和三年王涯自起居舍人、翰林學士貶爲都官員外郎。後復任吏部員外、兵部員外知制誥。按《舊唐書・職官志》：起居舍人隸門下省；翰林學士隸中書省；都官（隸刑部）、吏部、兵部隸尚書省。以王涯仕歷三省，故云。（9）「濫觴」：《荀子・子道》：「昔者江出於岷山，其始出也，其源可以觴。」原指江水發源處水極少，衹可浮起酒盃。後以指事物的起源和開始。「鳧鷖」：水鳥。「鳧」，野鴨。「鷖」，鷗鳥。（10）「靈味」二句：「魴」，魚名。一名鯿魚。陸璣《毛詩草木鳥獸蟲魚疏》：「『維魴及鱮』：『魴』，今伊洛濟潁魴魚也。……細鱗，魚之美者。」「薦」，獻，進。《大業拾遺記》：「南人魚鱠細縷，金橙拌之，號爲金虀玉鱠。」王昌齡《送程六》：「冬夜傷離在五溪，青魚雪落鱠橙虀。」（11）「江調」二句：「江調」，疑指作者遊歷江南期間的詩歌。「洛風」，疑指定居洛陽以後的詩歌。「擺衰俗」、「遠塵泥」，意謂己詩不混同於流俗。《出東門》有「一生自組織，千首大雅言」。《老恨》有「零落雪文字，分明鏡精神」。《送豆盧策歸別墅》有「一卷冰雪文，避俗常自携」。諸語可證東野於其詩向來自負不淺。（12）「徒言」二句：「狂狷」，激進與拘謹自守。泛指偏激。《論語・子路》：「子曰：不得中行而與之，必也狂狷乎？狂者進取，狷者有所不爲也。」朱熹《四書集註》：「狂者志極高而行不掩；狷者，知未極而守有餘。」「詎敢」，豈敢。「筌」，捕魚之具；「蹄」，捕兔之具。《莊子・外物》：「荃者所以在魚，得魚而忘荃；蹄者所以在兔，得兔而忘蹄。」「荃」本作「筌」。後以「筌蹄」比喻爲達到某種目的之手段或工具。東野反其意而用之。

與王二十一員外涯遊昭成寺

洛友寂寂約，省騎霏霏塵（1）。遊僧步晚磬（2），話茗含芳春一作茵（一）。瑤策冰入手，粉壁畫瑩神(3)。頽廊芙蓉霽(4)，碧殿琉璃津一作勻〔二〕。玄講島岳盡〔三〕，淵詠文字新(5)。屢笑寒竹譙，況接青雲賓(6)。顧慙餘眷下，衰瘵嬰殘身(7)。

【校記】

〔一〕「含」，《全唐詩》本下注云：「一作合」。〔二〕《全唐詩》本「津」作「勻」，下注云：「一作津」。〔三〕「島」，蜀刻本作「海」。明鈔本、弘治本、秦禾本、《全唐詩》本作「島」，下注云：「一作海」。

【題解】

按《舊唐書·王涯傳》，知他於元和七年自吏部員外郎改兵部員外郎知制誥。據詩中「洛友寂寂約，省騎霏霏塵」諸語推之，此詩或當作於元和七、八年間王涯爲兵部員外郎兼知制誥時。昭成寺，在洛陽道光坊，唐初以來即爲洛陽名勝。

【注釋】

(1)「洛友」二句：「洛友」，當指王涯。「寂寂」，冷落寂寞，靜無人聲。左思《咏史》：「寂寂揚子宅，門無卿相輿」。「省騎」，謂王涯爲兵部員外郎。「霏霏」，見卷一《清東曲》注(1)。(2)「遊僧」：遊方僧。僧人修行問道，周遊四方。「步」：趨隨。(3)「瑶策」二句：「瑶策」，玉飾的簡策。《宋史·樂志》：「瑶策玉寶，爛然瑞輝。」此處疑指佛書。「粉壁」句：唐張彦遠《歷代名畫記》：「昭成寺西廊障日西域記圖，楊廷光畫。三門下護法二神，張遵禮畫。香爐兩頭淨土變、藥師變，程遜畫。」「瑩神」，使心神明淨。(4)「頽」：本作赬(chēng撐)。紅色。 (5)「玄講」二句：「玄講」，深奧微妙的闡述。「島岳盡」，謂包舉島岳。「淵詠」，精深的吟詠。指詩歌。 (6)「青雲賓」：指王涯。 (7)「顧慙」二句：「餘眷」，多餘的眷念。「衰瘵(zhài債)」，衰病。「瘵」，病。白居易《村居卧病》詩：「荒村百物無，待此養衰瘵。」「嬰」，羈絆，觸犯。通「攖」。

嵩　少〔一〕

沙彌舞袈裟，走向躑躅飛(1)。閑步亦惺惺，芳援相依依(2)。噎塞春咽喉(3)，蜂蝶事光輝。羣嬉且已晚，孤引將何歸(4)？流艷去不息，朝英亦疎微(5)。

【題解】

詩中所述，多與嵩少無關。詩題疑有誤。「嵩少」，嵩山的别稱。屬伏牛山脉，其主體部分在河南登封縣西北。東爲太室，西爲少室，故稱嵩少。

【注釋】

(1)「沙彌」二句：「沙彌」，佛教謂男子出家初受十戒者爲沙彌。《通俗編・釋道・沙彌・善覺要覽》：「落髮後稱沙彌。華言爲息慈。謂得安息於慈悲之地。」「袈裟」，梵語，謂僧衣。《史記・大夏傳》《正義》：「靈鷲山佛，昔將阿難在此山上，四望，見福田疆畔，因製七條割截之法於此，今袈裟衣是也。」「躑躅」，見《濟源寒食》注(12)。 (2)「閑步」二句：「惺惺」，機警貌。明劉基《醒齋銘》：「昭昭生於惺惺，憒憒生於冥冥。」「芳援」，謂躑躅花不捨沙彌，似牽衣話別。（3）「春咽喉」：「春」，撞擊。也作「摏」。《左傳・文公十一年》：「魯敗狄於咸，獲長狄僑如。富父終甥摏其喉以戈，殺之。」（4）「孤引」：「引」，猶言引身、引去。（5）「流艷」二句：「流艷」，謂花開花落，一去不息，如流水之易逝。「艷」，花。「息」，繁殖。「朝英」，早晨開的花。「疎微」，稀少。

旅次洛城東水亭

水竹色相洗，碧花動軒楹（1）。自然逍遥風，蕩滌浮競情（2）。霜落葉聲燥，景寒人語清。我來招隱亭〔一〕，衣上塵暫輕。

【校記】

〔一〕「亭」，北宋刻本原作「寺」，據蜀刻本、明鈔本、弘治本、《全唐詩》本改。

【題解】

此詩作年難以確攷。「旅次」，旅宿。「洛城」，洛陽城。貞元十六年東野曾至洛陽應銓選。據詩語「蕩滌浮競情」推之，此詩或當爲是時旅次洛城所作。

【注釋】

（1）「軒楹」：廳堂長廊的前柱。杜甫《同元使君春陵行》：「呼兒具紙筆，隱几臨軒楹。」（2）「自然」二句：「逍遥」，寬縱自如貌。《禮記・檀弓上》：「孔子早作，負手曳杖，消揺於門。」《釋文》：「消揺，本又作逍遥。」《疏》：「消揺，寬縱。」「浮競」，爭名逐利。孔稚圭《奏王融罪文》：「融資性剛險，立身浮競。」

洛橋晚望〔一〕

天津橋下冰初結(1)，洛陽陌上人行絶。榆柳蕭疎樓閣閑，月明直見嵩山雪(2)。

【校記】

〔一〕蜀刻本詩題下旁注「七言」二字。

【注釋】

(1)「天津橋」：橋名。在河南洛陽市西南。唐李吉甫《元和郡縣志》：「天津橋在河南縣北。」隋煬帝大業元年建。　(2)「榆柳」二句：「蕭疎」，稀散。「嵩山」，見前《嵩少》詩題解。

居處

北郭貧居

進乏廣莫力，退爲蒙瀧一作籠居〔一〕(1)。三年失意歸，四向相識踈。地僻草木壯，荒條扶我廬。夜貧燈燭絶，明月照吾書。欲識貞靜操，秋蟬飲清虚(2)。

【校記】

〔一〕「瀧一作籠」，《全唐詩》本「瀧」作「籠」，下注：「一作瀧」。

【題解】

此詩據詩中「三年失意歸，四向相識疎」諸語推之，疑當作於貞元十年、十一年秋東野再下第後，三至長安應進士試前。（東野貞元八年初下第，貞元九年再下第）或作於永貞元年東野辭官溧陽返鄉後。

【注釋】

(1)「進乏」二句：「廣莫」，遼闊空曠。也作「廣漠」。《白虎通·八風》：「四十五日廣莫風至。廣莫者，大莫也。開陽氣也。」「蒙瀧」，與「蒙蘢」同。指茂密的草木。《漢書·揚雄傳》：「獲蒙蘢，轔輕飛。」《注》：「師古曰：『蒙蘢，草木所蒙蔽處也。』」　(2)「欲識」二句：此以秋蟬自喻。「秋蟬」，蟬的一種，一名鳴蜩。「清虚」，這裏喻太空之露水。《荀子·大略》：「飲而不食者蟬也。」虞世南《蟬》：「垂緌飲清露，流響入疏桐。」

題陸鴻漸上饒新開山舍

驚彼武陵狀〔一〕，移歸此巖邊〔二〕(1)。開亭擬貯雲，鑿石先得泉。嘯竹引清吹〔三〕，吟花成新篇〔四〕。乃知高潔情〔五〕，擺落區中緣(2)。

【校記】

〔一〕「狀」，蜀刻本作「牀」，誤。　〔二〕「巖」，蜀刻本作「嚴」，誤。　〔三〕「引」，《全唐詩》本下注云：「一作索」。　〔四〕「成」，弘治本、秦禾本、《全唐詩》本下注云：「一作討」。　〔五〕「潔」，蜀刻本作「絜」，互通。

【題解】

此詩當作於貞元元年。時東野方遊江西，至上饒，留題此詩。「陸鴻漸」，陸羽字。「上饒」，縣名。在今江西省。唐屬江南西道信州。陸鴻漸開舍上饒，在貞元元年前後。據權德輿《蕭侍御喜陸太祝自信州移居洪州玉芝觀》詩序攷知。證詳《孟郊年譜》。

【注釋】

（1）「驚彼」二句：「武陵狀」，指陶淵明《桃花源記》中所描述的世外桃源境界。「桃源」，縣名。屬湖南省。隋唐爲武陵縣地。縣名因桃花源而得名。二句意謂陸鴻漸上饒山舍景物佳勝有似桃花源。東野詩每喜這樣造語。如《遊城南韓氏莊》：「初凝瀟湘水，鎖在朱門中」；《雪》：「忽然太行雪，昨夜飛入來。」（2）「區中」：人世間。「緣」：因緣。謝靈運《登江中孤嶼》：「緬邈區中緣。」

題韋承總吴王故城下幽居 韋生相門子孫

才飽身自貴，巷荒門豈貧(1)？韋生堪繼相，孟子願依隣(2)。夜思琴一作酒語切，晝情茶味新(3)。霜枝留過鵲一作鶴，風竹掃蒙塵(4)。郢唱一聲發，吴花千片春(5)。對君何所得，歸去覺情真〔一〕。

【校記】

〔一〕「覺情真」，蜀刻本「覺」作「覽」。《全唐詩》本「真」下注云：「一作貞」。

【題解】

此詩當爲貞元六年前後作。時東野方僑寓蘇州，因題此詩。「韋承總」，新、舊《唐書》俱無傳。其生平不詳。「吳王故城」，在蘇州。「吳王」，謂春秋吳王闔廬、夫差。

【注釋】

（1）「才飽」二句：讚賞韋承總之學識門第。（2）「韋生」二句：點明韋承總身世，表明自己願與之結鄰。暗用孟母三遷，擇鄰而處的典故。「韋生」：韋承總。孟子：東野自謂。（3）「夜思」二句：寫韋承總以琴茗自娱。（4）「霜枝」二句：寫幽居氣象。「蒙塵」：覆盖的塵土。（5）「郢唱」二句：「郢唱」，「郢」，地名。春秋楚國都。《文選》宋玉《對楚王問》：「客有歌於郢中者，其始曰《下里》、《巴人》，國中屬而和者數千人。……其爲《陽春》、《白雪》，國中屬而和者不過數十人。」後因以「郢唱」指稱優美的詩歌。此言韋承總之詩穆如春風。

蘇州崑山惠聚寺僧房

昨日到上方（1），片雲掛石牀〔一〕。錫杖莓苔青，袈裟松柏香（2）。晴磬無短韻，古燈含永光（3）。有時乞鶴歸，還訪逍遥場〔二〕。

【校記】

〔一〕「掛」，蜀刻本作「封」。弘治本、秦禾本、《全唐詩》本作「掛」，下注云：「一作封」。〔二〕「還訪」，沈校宋本作「還放」。「放」下注云：「一作訪」。

【題解】

此詩當作於貞元六年前後。東野因貞元五、六年間來蘇州之便，訪遊此地。「惠聚寺」，在崑山縣西北三里馬鞍山。宋朱長文《吴郡圖經續記》卷十述其寺廟開創史甚詳。

【注釋】

（1）「上方」：謂山寺。此指惠聚寺。韋應物《上方僧》詩：「見月出東山，上方高處禪。」（2）「錫杖」二句：「錫杖」，僧人所持之杖，亦稱禪杖。《根本雜事》：「沙門乞食深入長者之家，遂招譏謗。佛云：可以聲警覺之，乃作錫杖。」「袈裟」，見《嵩少》詩注（1）。（3）「古燈」：佛燈。「永光」：長明。

題從叔述靈巖山壁

換卻世上心，獨起山中情。露衣涼且鮮，雲策高復輕（1）。喜見夏日來，變爲松景清。每將逍遥聽，不厭飂飂聲（2）。遠念塵末宗，未疎俗間名（3）。桂枝妄舉手一作意〔一〕，萍路空勞生（4）。

仰謝開浄絃，相招時一鳴。

【校記】

〔一〕「枝」，明鈔本、弘治本、《全唐詩》本下注云：「一作科」。

【題解】

此詩當作於貞元八年。時東野初下第，自徐州東歸途經蘇州小住，因題此詩。孟述，新舊《唐書》俱無傳，其生平行事不詳。「從叔」見卷一《貧女詞寄從叔先輩簡》詩題解。「靈巖山」，唐時爲蘇州名勝，傳爲吳王夫差之別苑。有「採香逕」、「館娃宮」等名勝見諸志乘。

【注釋】

（1）「策」：見卷一《長安羇旅行》注（5）。「雲」比喻高。（2）「飈飂」：見卷一《殺氣不在邊》注（7）。王昌齡《聽彈風入松闋贈楊補闕》詩：「飈飂青松樹。」二句寫聽松聲。（3）「遠念」二句：「塵末宗」，東野自謂。因與孟述同族，故謙稱「塵末宗」。「未踈」句，「踈」、「疎」同字。言未能疎遠浮名，指應進士試。（4）「桂枝」二句：「桂枝」句，《晉書·郄詵傳》：「詵對策上第。武帝曰：『卿自以爲何如？』詵對曰：『臣舉賢良對策第一，猶桂林之一枝，崑山之片玉。』」此用其事，自言應試失意。「萍路」句，比喻行踪無定，勞形傷神。《莊子·大宗師》：「夫大塊載我以形，勞我以生。」

題林校書花嚴寺書窗

隱詠不誇俗，問禪徒淨居(1)。翻將白雲字一作寺，寄向青蓮書(2)。擬古投松坐，就明開紙疏(3)。昭昭一作綿綿南山景(4)，獨與心相如。

【題解】

此詩當作於貞元七年或八年間東野應試長安時。與卷四《登華嚴寺樓望終南山贈林校書兄弟》詩當爲一時一地先後之作。「花」同「華」。「花嚴寺」，見卷四《登華嚴寺樓望終南山贈林校書兄弟》詩題解。

【注釋】

(1)「徒」：但。「淨居」：指佛寺。《法苑珠林》：「婆提颰咀，清響激於淨居。」 (2)「青蓮」：見卷四《登華嚴寺樓望終南山贈林校書兄弟》詩注(5)。 (3)「紙疏」：紙窗。《史記・禮書》：「疏、房、牀、第、几、席，所以養體也。」《索隱》：「疏，謂窗也。」 (4)「南山」：終南山。

藍溪元居士草堂

市井不容義，義歸山谷中(1)。夫君宅松桂，招我棲濛朧〔一〕(2)。人朴情慮肅，境閑視聽空〔二〕。清溪宛轉水，修竹徘徊風。木倦採樵子，土勞稼穡翁。讀書業雖異，敦本志亦同(3)。藍岸青漠漠，藍峯碧崇崇(4)。日昏各命酒〔三〕(5)，寒蛩鳴蕙叢一作寒鹿鳴荒叢〔四〕。

【校記】

〔一〕「濛朧」，蜀刻本作「濛矇」。明鈔本、弘治本、秦禾本、《全唐詩》本作「蒙籠」。沈校宋本「籠」作「龍」。〔二〕「閑」，書棚本作「開」，明鈔本同。〔三〕「酒」，弘治本、《全唐詩》本下注云：「一作返」。〔四〕「鹿」，蜀刻本作「蛩」。

【題解】

此詩疑爲貞元間東野應試長安時所作。「藍溪」，也稱「藍水」，灞水上源。出陝西藍田縣藍田谷，經藍橋鎮，又北流注於灞。「元居士」，不詳其爲何人。

【注釋】

(1)「市井」二句：此蓋傷時之言。「市井」，古時羣衆相聚汲水，因井爲市，進行交易，故稱市井。也作爲市街的通稱或商賈的代稱。江淹《從冠軍行建平王登廬山香爐峯》：「方學松柏隱，羞逐市井名。」(2)「夫君」二句：「夫君」，對朋友的稱謂。此指元居士。《楚辭・九歌・雲中君》：「思夫君兮太息。」孟浩然《遊精思觀迴王白雲在後》：「衡門猶未掩，佇立待夫君。」「宅松桂」，即宅於松桂叢中。「濛朧」，即「蒙籠」。見《北郭貧居》詩注(1)。(3)「敦本」：注重根本。《晉書・武帝紀》：「班五條詔書於郡國，其四曰敦本息末。」(4)「藍岸」二句：「漠漠」，瀰漫貌，廣佈貌。王維《積雨輞川莊作》：「漠漠水田飛白鷺，陰陰夏木囀黃鸖。」「藍峰」，指藍田山。「崇崇」，高峻貌。揚雄《甘泉賦》：「崇崇圜丘。」（5）「命酒」：使酒，呼酒。

新卜青羅幽居奉獻陸大夫

黔婁住何處？仁邑無餒一作飢寒（1）。豈誤舊羇旅〔一〕，變爲新閑安（2）。二頃有餘食，三農行可觀（3）。籠禽得高巢，轍鮒還層瀾〔二〕（4）。翳翳桑柘墟（5），紛紛田里歡。兵戈忽消散，耦耕非艱難（6）。嘉木偶良酌，芳陰庇清彈。力農唯一事〔三〕，趣世徒萬端（7）。靜覺本相厚，動爲末所殘。此外有餘暇，鋤荒出幽蘭。

【校記】

〔一〕「誤」，沈校宋本、《全唐詩》本作「悟」。〔二〕「層」，蜀刻本、沈校宋本、明鈔本、弘治本作「曾」，互通。〔三〕「唯」，弘治本作「雖」。

【題解】

此詩當作於貞元十三年。時東野寄寓汴州（今河南開封），依陸長源。「陸大夫」，即謂陸長源。貞元十二年長源以御史大夫佐董晉，爲宣武行軍司馬，治汴州。「青羅幽居」，東野在汴州卜居之所。

【注釋】

（1）「黔婁」二句：「黔婁」，古高士，春秋齊人。脩身清節，不求仕進。魯恭王欲以爲相，齊威王聘爲卿，均不就。貧甚，及卒，衾不蔽體。詳見晉皇甫謐《高士傳》。後以黔婁比喻貧士。「仁邑」，謂陸長源治下，即汴州。（2）「豈誤」二句：東野往年曾僑寓河南。今年再來汴州寄居。「舊羈旅」、「新閑安」當指此而言。（3）「二頃」二句：「二頃」，《史記·蘇秦傳》：「秦曰：『使吾有洛陽負郭田二頃，吾豈能佩六國相印乎？』」「三農」，古代居住在三類地區的農民。《周禮·天官·大宰》：「一曰三農，生九穀。」《注》：「鄭司農（衆）云：『三農：平地、山、澤也。』鄭（玄）謂三農：指原、隰及平地。』」又春夏秋三個農時，亦稱「三農」。（4）「籠禽」二句：此以籠禽、轍鮒自喻。「轍鮒」，《莊子·外物》：「車轍中有鮒魚焉，（莊）周問之曰：『鮒魚來，子何爲者耶？』對曰：『我東海之波臣也。君豈有斗升之水而活我哉？』」「鮒」，魚名。（5）「翳翳」：障蔽不明貌。形容桑陰。「柘」：木名。桑屬。葉可飼蠶。謝朓《郡內登望》詩：「桑柘起寒煙。」（6）「兵戈」二句：指貞元中唐王朝和藩鎮的矛盾暫時緩和。「耦耕」，兩人並耕。泛指耕種。《論語·微子》：「長沮、桀溺耦而耕。」（7）「力農」二句：言務農單純，趨世複雜。

附　陸長源酬孟十二新居見寄

大道本夷曠，高情亦冲虚。因隨白雲意，偶逐青羅居〔一〕。青羅分蒙密，四序無慘舒。餘清濯子衿，散彩還吾廬。去歲登美第，榮名在公車。將必繼管蕭〔二〕，豈唯躡應徐？首夏尚清和，殘芳遍丘墟。褰幃蔭窗柳，汲井滋園蔬。達者貴知心，古人不顯餘。愛君蔣生逕，且著茂陵書。

題韋少保靜恭宅藏書洞

高意合天製，自然狀無窮。仙華凝四時，玉蘚生數峯(1)。書秘漆文字(2)，匣藏金蛟龍。閑爲氣候肅〔一〕，開作雲雨濃〔二〕。洞隱諒非久，巖夢誠必通(3)。將綴文士集，貫就真珠叢。

【校記】

〔一〕「閑」，《全唐詩》本下注云：「一作閉」。　〔二〕「開」，蜀刻本作「闢」。

【題解】

此詩當作於元和元年。時東野在長安。韋少保，指韋夏卿。吕温《故太子少保韋夏卿碑》：「今上（謂憲宗）嗣統，就加檢校吏部尚書……不幸嬰疾，表求退歸。優詔除太子少保。」「靜恭」，亦作「靖恭」，坊名。在長安。

【注釋】

（1）「仙華」二句：「華」，同「花」。「玉蘚」，石上苔蘚。　（2）「書秘」句：《晉書·束皙傳》：「太康二年，汲郡人不準盜發魏襄王墓，或言安釐王冢，得竹書數十車。……漆書，皆科斗字。武帝以其書付秘書校綴次第，尋攷指歸，以今文寫之。」　（3）「洞隱」二句：「洞隱」，元《河南志》卷一《京城門坊街古蹟》載：「長夏門街之東第四街，……次北履信坊，唐太子少保韋夏卿宅，宅有大隱洞。」元稹《元氏長慶集》卷十七亦有「韋居守晚歲常言退休之志，因署其居曰大隱洞。命予賦詩，因贈絶句」詩。「巖夢」，傅説（yuè月）築於傅巖之野，殷武丁訪得，舉以爲相。殷以中興。《書·説命》上：「夢帝賚予良弼，其代予言，乃審厥象，俾以形旁求於天下，説築傅巖之下，惟肖。」二句言韋夏卿雖表請退休歸隱，而唐朝廷將有宰相之命。

生生亭

灘鬧不妨語，跨溪仍一作宜置亭。置亭嵽嵲頭〔一〕，開窗納遥青（1）。遥青新畫出，三十六扇屏（2）。褭褭立平地，稜稜浮高冥（3）。一日數開扇〔二〕，仙閃目不停。徒誇遠方岫，曷若中峰靈（4）。拔意千餘丈，浩言永堪銘（5）。浩言無愧同，愧同忍醜醒〔三〕（6）。致之未有力，力在君子聽。

【校記】

〔一〕「嵲」，北宋刻本原作「嵲」，誤。據蜀刻本、明鈔本、弘治本、秦禾本、《全唐詩》本改。　〔二〕「扇」，弘治本、秦禾本、《全唐詩》本作「扉」。　〔三〕「醜」，蜀刻本作「媿」。

【題解】

此詩當作於元和二、三年間東野居官洛陽時。據詩語「灘鬧不妨語，跨溪仍置亭」、「徒誇遠方岫，曷若中峰靈」及《立德新居十首》、《寒溪九首》中詩語推之，所謂「跨溪置亭」，即指建於洛水岸旁、孟氏莊前寒溪之上的生生亭。東野元和元年冬始來洛陽，此詩可能即爲亭成以後所作。盧仝有《孟夫子生生亭賦》，孫之騄注：「生生亭，公客汴時所建也。」考東野客汴州，在貞元十三年、十四年間。旋即離去。揆之事理，似不應有建亭久居之計。孫注恐非是。「生生」，精進不已之意。《易·繫辭》：「生生之謂易。」

【注釋】

（1）「置亭」二句：「嶒嵲」，見卷四《靖安寄居》注（1）。「遥青」，遠山。《文選》謝朓《郡内高齋閒坐答呂法曹》詩：「窗中列遠岫，庭際俯喬林。」似爲東野所本。（2）「遥青」二句：此言嵩山少室三十六峰如扇屏一般。《大清一統志·河南府》：「少室山，其峰三十有六。」（3）「裹裹」二句：「裹」，通「裊」。見卷四《秋懷十五首》注（19）。「稜稜」，見卷四《石淙十首》注（21）。「高冥」，天空。（4）「中峰」：指嵩山。又稱中嶽。在今河南登封縣北。（5）「浩言」：廣大深遠之言。（6）「醜」：厭惡，羞慚。

寒溪九首

霜一作路洗水色盡（一），寒溪見纖鱗（1）。幸臨虛空鏡，照此殘悴身（2）。潛滑不自隱，露底瑩更新。豁如君子懷，曾是危陷人（3）。始明淺俗心，夜結朝已津（4）。淨漱一掬碧，遠消千慮塵。始知泥步泉（5），莫與山源鄰。

洛陽岸邊道，孟氏莊前溪（6）。舟行素冰拆一作舟行芰荷折（二），聲作青瑶嘶（7）。緑水結緑玉，白波生白珪。明明寶鏡中，物物天照齊。仄步下危曲（8），攀枯聞孀啼。霜芬一作宿霜稍消一作蕭索歊〔三〕，凝景微茫齊(9)。癡坐直視聽，戇行失蹤蹊(10)。岸童斸棘勞〔四〕(11)，語言多悲悽！曉飲一盃酒，踏雪過清溪。波瀾凍爲刀，剸割鳧與鷖(12)。宿羽皆剪棄(13)，血聲沉沙泥。獨立欲何語，默念心酸嘶。凍血莫作春，作春生不齊；凍血莫作花，作花發孀啼。幽幽棘針村，凍死難耕犂。

篙工磓五星〔五〕，一路隨迸螢(14)。朔凍哀徹底，獠饞咏潛醒(15)。冰齒相磨囓，風音酸鐸鈴(16)。清悲不可逃，洗出纖悉聽。碧瀲卷已盡〔六〕，彩雙飛飄零〔七〕(17)。下躡滑不定，上棲折難停。哮嘐呷喢寃〔八〕(18)，仰訴何時寧〔九〕？

一曲一直水，白龍何鱗鱗(19)。凍飈雜碎號，齏音坑谷辛(20)。柧椾吃無力〔一〇〕，飛走更相仁(21)。猛弓一折絃，餘喘爭來賓(22)。大嚴此之立，小殺不復陳。皎皎何皎皎，氲氲復氲氲(23)。瑞晴刷日月〔一一〕，高碧開星辰(24)。獨立兩脚雪，孤吟千慮新。天讒徒昭昭〔一二〕，箕舌虚齗齗(25)。堯聖不聽汝，孔微亦有臣(26)。諫書竟成章〔一三〕，古義終難陳。

因凍死得食，殺風仍不休(27)。以兵爲仁義，仁義生刀頭。刀頭仁義腥，君子不可求(28)。波瀾抽劍冰，相劈如仇讎〔一四〕(29)。

尖雪入魚心，魚心明愀愀〔一五〕(30)。恍如罔兩説，似訴切割由(31)。誰使異方氣，入此中土流(32)？剪盡一月春，閉爲百谷幽。仰懷新霽光，下照疑憂愁(33)。

溪老哭甚寒，涕泗冰珊珊(34)。飛死走死形(35)，雪裂紛心肝。劍刃凍不割，弓絃彊難彈。常聞君子武，不食天殺殘(36)。斸玉掩骼胔，弔瓊哀闌干〔一六〕(37)。溪風擺餘凍，溪景銜明春。玉消花滴滴，虬解光鱗鱗。懸步下清曲(38)，消期濯芳津〔一七〕。千里冰裂處，一勺暖亦仁(39)。凝精互相洗(40)，漪漣競將新。忽如劍瘡盡，初起百戰身。

【校記】

〔一〕「霜，一作路」，蜀刻本、沈校宋本「路」作「露」。秦禾本「霜」作「露」，下注云：「一作路」。《全唐詩》本作「霜」，下注云：「一作露，一作路。」蜀刻本、沈校宋本、明鈔本「水」作「冰」。　〔二〕「舟行素冰拆」，蜀刻本、《全唐詩》本「拆」作「折」，注文：「舟行芰荷折」。蜀刻本作「舟衝猗芰折」。　〔三〕「霜」，明鈔本「霜」作「霧」。弘治本、秦禾本、《全唐詩》本「霜」作「雰」。　〔四〕「岸童斸棘勞」，北宋刻本「童」原作「重」，「斸」原作「劚」，非是。據蜀刻本、沈校宋本、弘治本、明秦禾本、《全唐詩》本改。《全唐詩》本「童」下注云：「一作重」。　〔五〕「五」，秦禾本作「玉」，下注云：「一作五」。明鈔本、明弘治本作「玉」。下無「一作」注文。蜀刻本作「五」。　〔六〕「激」，蜀刻本作「激」。　〔七〕「雙」，清席刻本、《全唐詩》本作「摟」。　〔八〕「呷」，蜀刻本作「呻」。《全唐詩》本「呷」下注云：「一作呻」。　〔九〕「仰」，蜀刻本作「宼」。　〔一〇〕「柧棱」，《全唐詩》本「柧」下注云：「音觚，觚棱，木也。」「棱」下注云：「古文棱字。」　〔一一〕「晴」，沈校宋本作「精」。　〔一二〕「攙」，《全唐詩》本作「欃」。　〔一三〕「諫」，蜀刻本作「凍」。　〔一四〕蜀刻本、弘治本、《全唐詩》本以「因凍死得食」一首與下首連爲一首。　〔一五〕「明」，蜀刻本作「嗚」。　〔一六〕明鈔本自「因凍死得食」至「弔瓊哀闌干」爲一首。　〔一七〕「消」，蜀刻本作「將」，是。

【題解】

寒溪謂洛中溪。時東野新卜居於洛陽立德坊，門前有溪水縈洄。據詩中「洛陽岸邊道，孟氏莊前溪。舟行素冰坼，聲作青瑶嘶」諸語推之，知寒溪在立德坊前。組詩當作於元和二、三年春初素冰解凍的時候。

【注釋】

（1）「纖鱗」：謂魚。《文選》左思《招隱詩》：「石泉漱瓊瑶，纖鱗或浮沉。」（2）「幸臨」二句：「虚空鏡」，謂清澄之溪水。「殘悴身」，東野自謂。（3）「潛滑」四句：寫寒溪冰凍時，人行其上容易滑倒，所謂「危陷人」也。冰融解後又澄澈透底，晶瑩如玉，有如君子懷抱那樣開朗光明。（4）「始明」句：承上而言，用以諷世。謂淺俗之心易變，有如寒溪黑夜冰封陷人，白晝又潤澤生津。「津」：潤澤。又液汁。北齊道慧《一切經音義》二十五：「津，液汁也。」此處作動詞用。有融化、消釋義。（5）「始知」二句：用「泥步泉」對比寒溪的清澈。「泥」，染黑。（6）「洛陽」二句：「洛陽」，洛河之北岸。《穀梁傳·僖公二十八年》：「水北爲陽，山南爲陽」。「孟氏莊」，謂立德坊。東野任河南水陸轉運從事後定居洛陽立德坊。坊在洛河之陽。此述寒溪方位。（7）「舟行」二句：拆，裂開。分裂。通「坼」。「青瑶」，青色美玉。（8）「仄」：旁邊。通「側」。「危曲」：彎曲的高處。（9）「凝景」：猶言寒水凝結之景。「微茫」：隱約模糊。（10）「蹾行」句：「蹾」，見卷四《石淙十首》注（7）。「蹤蹊」，見卷四《石淙十首》注（27）。（11）「劚」：砍斷，掘取。「棘」：酸棗樹。又泛指多刺的草木。（12）剸：見卷四《秋懷十五首》注（17）。「梟鷙」：見《與王二十一員外涯遊枋口柳溪》注（9）。（13）「宿羽」：舊羽毛。（14）「篙工」二句：此寫篙工破冰行船之狀。「五星」，一本作「玉星」，與「迸螢」皆喻冰碴。言冰碴迸散如星似螢。（15）「朔凍」二句：「朔」，見卷一《羽林行》注（1）。「獠饞」，猶饞獠。指貪食的人。「鯹」，魚臭。此言寒溪凍死在冰下的魚，腥臭難聞，雖獠饞者亦爲之哀詠。（16）「鐸鈴」：即鈴鐸。以金爲之，多懸於簷角。嵇康《聲無哀樂論》：「鈴鐸震耳，鐘鼓駭心。」（17）「碧澂」二句：「碧澂」，緑波。「澂」，水際。「雙」，鳥二隻爲雙。《説文》：「雙，隹二枚也。」（18）「哮」：獸怒聲。也指人之叫鬧。「嘐」：《説文》：「嘐，誇語也。」又象聲詞。「呷唔」：「呷」，吸飲。又象聲詞。「唔」，用口吸取。同「歃」。又《玉篇》：「唔，多言也。」（19）「一曲」二句：《爾雅·釋水》：「河千里，一曲一直。」「白龍」這裏喻溪水。此處借喻溪流之蜿蜒曲折。「鱗鱗」，謂溪水波紋形如魚鱗。何遜《下方山》詩：「鱗鱗逆去水。」（20）「凍飆」二句：「凍飆」，寒風。凍風。「虀（jī基）音」，「虀」，細切的醬菜或腌菜。《正字通》：「虀，葅菜肉之通稱。」二句言凍風怒號，悲音如虀，滿坑滿谷。（21）「柧榆」二句：柧（hú胡），與「觚」通。木簡。《急就篇一·急就奇觚與群異注》：「觚者，學書之牘，或以記事。削木爲之。蓋簡之屬。……其形或六面或八面，皆可書。觚者，棱也。以有棱角，故謂之觚。」陸機《文賦》：「或操觚以率爾。」「榆」，牋之古字。《玉篇》：「榆，古文牋字。」「吃」，《漢書·周昌傳》：「爲人口吃。」顔師古《注》：「吃，言之難也。」此句言己欲上書禁田獵，而口吃難言。（22）「餘喘」：謂將死之人僅餘喘息。此指幸存下來的魚鳥。杜甫《故秘書少監武功蘇公源明》詩：「長安米萬錢，雕喪盡餘喘。」「來賓」：比喻遠來歸附之人。《禮記·月令》：「季秋之月，鴻雁來賓。」（23）「皎皎」二句：「皎皎」，見卷四《秋懷》詩注（24）。「氤氳」：元氣彌漫貌。（24）「瑞晴」二句：「瑞晴」，天氣晴朗清明。「高碧」，指天空。「開星辰」，言天放晴後衆星畢現。（25）「天讒」二句：「天讒」，即「天欃」，星名。主巫醫。張衡《週天大象賦》：

「卷舌列天讒之表，附耳屬天高之隅。天高望氣，天讒備巫。」《隋書・天文志》：「卷舌六星，在天街北，主口語以知讒佞也。中一星曰天讒，主巫醫。」「箕」，星名。二十八宿之一。《詩・小雅・大東》：「唯南有箕，載翕其舌。」《注》：「箕，主口舌」。「齗齗」，爭辯貌。《史記・魯世家讚》：「洙泗之間，齗齗如也。」（26）「堯聖」二句：言堯帝聖明，不聽讒言。孔子生前雖然微賤，但弟子中也有爲臣者。《論語・子路》：「使門人爲臣。」（27）「因凍」二句：此斥田獵者貪得無厭。（28）「以兵」四句：此亦斥責以暴力殘賊生靈者。意猶老子「大盜廢，有仁義」、《莊子・胠篋》「竊鉤者誅，竊國者侯。諸侯之門而仁義存焉」。「兵」，武器。（29）「波瀾」二句：比喻尖鋭的冰棱割切魚類，有如仇讎以劍相劈。（30）「尖雪」二句：「尖雪」，言冰雪如劍如刀。「愀愀」，憂懼貌。《荀子・脩身》：「見不善，愀然必以句自省也。」（31）「怳如」二句：「怳」，通「恍」。恍惚，模糊不清。「罔兩」，見《汝州南潭陪陸中丞公讌》注（3）。二言詩人恍惚聽到水神代訴魚類凍死的因由。（32）「中土」：中原。漢代以來稱今河南一帶爲中原。（33）「仰懷」二句：此寫盼天晴之心情。《詩・邶風・日月》：「日居月諸，照臨下土。」此師其意。（34）「溪老」二句：「溪堯」，東野自謂。「涕泗」，眼淚與鼻涕。《詩・陳風・澤陂》：「寤寐無爲，涕泗滂沱。」《傳》：「自目曰涕，自鼻曰泗。」「冰珊珊」，言涕泗若冰。「珊珊」，象聲詞。（35）「飛死」：指飛禽之凍死者；「走死」：指走獸之凍死者。（36）「常聞」二句：「武」，勇猛。《詩・鄭風・羔裘》：「孔武有力。」「天殺」，指自然災害。此言君子不食凍死的魚鳥。（37）「斸玉」二句：「斸玉」，刨冰。「斸」，砍，掘取。同「劚」。「骼胔（zì字）」，《禮記・月令》：「掩骼埋胔。」《釋文》：「露骨曰骼，有肉曰胔。」又《注》謂：「骨枯曰骼，肉腐曰胔。」「弔瓊」句，此言詩人哀弔凍死的魚鳥，淚落縱橫。「闌干」，縱橫貌。（38）「懸步」：懸空步下，無所依傍。「清曲」：指寒溪。（39）「千里」二句：「一勺」，《禮記・中庸》：「今夫水，一勺之多。」二句言千里冰裂，雖一勺水之温暖，亦爲天地之仁。（40）「凝精」：「精」，光明。指日光。《漢書・李尋傳》：「日月光精。」

立德新居十首

立德何亭亭，西南聳高隅（1）。陽崖洩春意，井圃留冬蕪（2）。勝引即紆道（3），幽行豈通衢？碧峯遠相揖〔一〕，清思誰言孤（4）？寺秩雖未貴〔二〕，家醪良可哺〔三〕（5）。

聳城架霄漢〔四〕，潔宅涵絪緼〔五〕（6）。開門洛北岸，時鎖嵩陽雲。夜高星辰大，晝長天地分。厚韻屬疎語，薄名謝囂聞（7）。兹焉有殊隔，永矣難及羣！

賓秩已覺厚，私儲常恐多（8）。清貧聊自爾，素責將如何（9）？儉教先勉力，修襟無餘它（10）。良棲一枝木，靈巢片葉荷（11）。仰笑鵾鵬輩，委身拂天波（12）。

疎門不掩水，洛色寒更高（13）。曉碧流視聽，夕清濯衣袍。爲於仁義得〔六〕，未覺登陟勞（14）。遠岸雪難暮〔七〕，勁枝風易號〔八〕。霜禽各嘯侶，吾亦愛吾曹（15）。

崎嶇有懸步，委曲饒荒尋（16）。遠樹足良木，疎巢無爭禽。素魄銜夕岸，緑水生曉潯（17）。空曠伊洛視，髣髴瀟湘心。何必尚遠異，憂勞滿行襟〔九〕。

懸途多仄足，崎圃無脩畦。霜蘭與宿艾(18)，手擷心不迷。品子懶讀書，轅駒難服犁(19)。虛食日相役〔一〇〕，夸腸詎能低(20)。恥從新學遊，願將古農齊。

都城多聳秀，愛此高縣居(21)。伊洛遶街巷，鴛鴦飛閭閻(22)。翠景何的礫，霜飈飄空虛(23)。突出萬家表，獨活二畝蔬一作餘〔一一〕。一旬一手版〔一二〕(24)，十日九手鋤。

手鋤良自勗〔一三〕，激勸亦已饒(25)。畏彼梨栗兒，空資玩弄驕(26)。夜景卧難盡，晝光坐易消。治舊得新義(27)，耕荒生嘉苗。鋤治苟愜適，心形俱逍遥。

玉蹄裂鳴水，金綬忽照門(28)。拂拭貧士席，拜候丞相軒〔一四〕(29)。德疎未爲高，禮至方覺尊。豈惟耀兹日，可以榮遠孫。如何一陽朝，獨荷衆瑞繁(30)。

東南富水木，寂寥蔽光輝。此地足文字，及時隘驂騑(31)。仄雪踏爲平，澁行變如飛。令畦生氣色，嘉緑新霏微(32)。天意資厚養，賢人肯相違(33)？末二章，冬至日，鄭相至門，以屬意在焉。

【校記】

〔一〕「峯」，北宋刻本原作「逢」，誤。據蜀刻本、弘治本、秦禾本、《全唐詩》本改。〔二〕「寺秩雖未貴」，北宋刻本「秩」原作「株」，誤。據蜀刻本、弘治本、秦禾本、《全唐詩》本改。「未貴」，《全唐詩》本作「貴家」，下注：「一作未貴」。〔三〕「哺」，沈校宋本作「餔」，互通。〔四〕「霄」，《全唐詩》本下注云：「一作霽。」〔五〕「潔」，蜀刻本、弘治本作「絜」，互通。〔六〕「爲於仁義得」，《全唐詩》本「爲於」下注云：「一作但立」，「得」下注云：「一作德。」〔七〕「暮」，《全唐詩》本作「莫」，下注云：「一作盡。」

〔八〕「號」，《全唐詩》本下注云：「一作撓。」〔九〕「勞」，北宋刻本原作「芳」，疑因形近而誤。據蜀刻本、明鈔本、弘治本、秦禾本、《全唐詩》本改。〔一〇〕「役」，明鈔本、弘治本、《全唐詩》本作「投」。〔一一〕「獨活二畝蔬」，蜀刻本、弘治本、《全唐詩》本「活」作「治」，義較長。蜀刻本「二」作「三」。〔一二〕「旬」，北宋本作「甸」。誤。據諸本改。〔一三〕「良」，《全唐詩》本作「手」，下注云：「一作良。」按作「良」義較長。〔一四〕「軒」，《全唐詩》本作「轅」，下注云：「一作軒」。

【題解】

據詩末東野自注「末二章，冬至日鄭相至門，以屬意在焉」推之，本組詩當作於元和一、二年冬。時東野任河南水陸轉運從事，試協律郎，爲鄭餘慶賓佐。定居洛陽立德坊。

【注釋】

（1）「立德」二句：「亭亭」，高貌。《太公兵法》：「高山磐石，其上亭亭。」唐代洛陽有坊一百零三，分佈在洛水南北。洛水北岸二十九坊，立德處於西南隅，地勢較它處爲高，故曰「聳高隅」。（2）「陽崖」二句：「陽」，温暖。《詩·豳風·七月》：「春日載陽。」《箋》：「陽，温也。」「井圃」，園圃，形如井字般規整。（3）「勝引」：猶言勝友。《文選》殷仲文《南州桓公九井作》：「廣筵散泛愛，逸爵紆勝引。」李善《注》：「勝引，勝友也。」又指引人入勝的景色或境地。（4）「碧峯」二句：「碧峯」，指嵩山諸峰。此言遠山爲朋，清興不孤。（5）「寺秩」二句：「秩」，官吏的職位或品級。也指俸禄。其時東野任河南水陸轉運從事，試協律郎。「協律郎」，後魏置，隋唐因之。掌管校正樂律，調和律呂，監試樂人典課。屬太常寺。故云「寺秩」。「醪」，濁酒。「家醪」，猶家醞。杜甫《王侍御許携酒至草堂》詩：「繡衣屢許携家醞，皂蓋能忘折野梅。」「哺」，食。《楚辭》屈原《漁父》：「衆人皆醉，何不哺其糟而啜其醨？」（6）「聳城」二句：此寫立德坊地勢高峻。「架霄漢」，言其地勢之高，「涵絪緼」，言其居室之潔。「絪緼」，見卷四《秋懷》詩注(19)。(7)「厚韻」二句：「厚韻」，大韻。「韻」，和諧的聲音。《戰國策·秦策一》：「非能厚勝之也。」《注》：「厚，大也。」「疎語」，稀疏之語。《老子》：「大音希聲。」「謝囂聞」，「謝」，辭卻。「囂聞」，喧鬧的名聲。言名不願爲市井鬧聲所聞。(8)「賓秩」二句：「秩」，見注(5)。這裏指俸禄。東野時爲河南尹鄭餘慶賓佐，故稱「賓秩」。「私儲」，個人之積蓄。(9)「清貧」二句：「爾」，如此。「素」，平素，舊時。「責」，古與「債」通。指欠人的錢財。《管子·輕重乙》：「使無券契之責。」《注》：「責，讀曰債。」(10)「修襟」：美善的襟抱。(11)「良棲」二句：「一枝」，《莊子·逍遥遊》：「鷦鷯巢林，不過一枝。」「靈巢」，「靈」，指靈龜。《抱朴子》：「千歲龜巢於蓮葉。」《禮記·禮運》：「龍凰龜麟，謂之四靈。」(12)「仰笑」二句：《莊子·逍遥遊》：「北冥有魚，其名爲鯤。鯤之大，不知其幾千里也。化而爲鳥，其名爲鵬。鵬之背，不知其幾千里。怒而飛，其翼若垂天之雲。是鳥也，海運則將徙於南冥。」「蜩與學鳩笑之曰：『我決起而飛，槍榆枋，時則不至而控於地而已矣，奚以之九萬里而南爲？』」東野師其意以自諷。(13)「疎門」二句：此言門對洛水。「洛色」，洛水之色。(14)「爲於」二句：此暗用孔子「仁者樂山，智者樂水」之意，言已爲了陶冶情操，不憚登陟觀望之勞。(15)「曹」：古時分職辦事的官署或部門。《後漢書·百官志》：「成帝初署尚書四人，分爲四曹。」(16)「崎嶇」二句：「懸步」，見《寒溪九首》注(37)。「饒」，多。「尋」，尋求。「荒尋」，謂尋幽探勝。(17)「素魄」二句：「素魄」，月之別名。也指月光。南朝宋孝武帝劉駿《北伐》詩：「月羽皎素魄，皇旗赩赤光。」「曉潯」，早晨之水濱。(18)「宿艾」，隔年或隔夜的白蒿。《楚辭》屈原《離騷》：「户服艾以盈要兮，謂幽蘭其不可佩。」(19)「品子」二句：「品子」，品官的子弟。

「轅駒」，車轅下小馬。　(20)「虛食」二句：此言俗士日爲虛食所役，炫耀自誇。「夸」，同「誇」。「誇腸」，對「虛食」而言。　(21)「都城」二句：仍寫立德地勢，「都城」，指洛陽。「高縣」，與「高懸」同。謂立德坊。(22)「伊洛」二句：「伊洛」，指伊水和洛水。伊水，即伊河。出河南盧氏縣東南，東北流經嵩縣、伊川、洛陽，至偃師，入洛河。「闤闠」，見卷三《晚雪吟》注(5)。　(23)「翠景」二句：「的礫」，光亮鮮明貌。也作「的皪」。司馬相如《上林賦》：「的礫江靡。」《注》：「的礫，光也。」「霜颸」，霜風。「颸」，《説文新附》：「颸，凉風也。」「空虛」，指天空。　(24)「手版」，即笏。《唐會要・輿服・笏》：「笏，周制也。晉宋以來謂之手版。」手版爲官員上朝時所執。以玉或象牙或木爲之，有事則書其上。《晉書・温嶠傳》：「嶠因僞醉，以手版擊鳳幘。」　(25)「手鋤」二句：「自勗(xù旭)」，自勉。「激勸」，激發鼓勵。顔真卿《懷素上人草書歌序》：「屢蒙激勸，教以筆法。」　(26)「畏彼」二句：「黎栗兒」，陶淵明《責子》詩：「通子垂九齡，但覓黎與栗。」二句言己之手鋤自勗亦意在教育下代。　(27)「治舊」：研習古道。　(28)「玉蹄」二句：「玉蹄」，馬。「鳴水」，指洛陽。「金綬」，「綬」，絲帶。以繫印環。古代用顔色不同的綬帶標識官吏的身份和等級。二語以喻鄭餘慶。　(29)「拂拭」二句：「貧士席」，指東野居室。「丞相軒」，謂鄭餘慶親臨其門。「軒」，車的通稱。韓愈《貞曜先生墓誌銘》：「故相鄭公尹河南，奏爲水陸運從事，試協律郎。親拜其母於門内。」　(30)「如何」二句：比喻鄭餘慶如朝陽照臨，能使衆瑞繁昌。「荷(hè賀)」，擔任。「瑞」，祥瑞。　(31)「此地」二句：「此地」：指洛陽。言洛陽爲人文薈萃之鄉。「隘」，困窘。「驂騑」，四馬駕車時位於兩旁之馬。也泛指車馬。《墨子・七患》：「徹驂騑，塗不芸。」蔡邕《協和婚賦》：「車服照路，驂騑如舞。」　(32)「令畦」二句：「令」，善，佳。

《爾雅·釋詁》：「令，善也。」「令畦」與「嘉綠」互文，指詩人的兩畝蔬菜地。「霏微」，猶朦朧。（33）「天意」二句：「資養」，《文心雕龍·養氣》：「玄神宜寶，素氣資養。」「資」，供給，資助。「賢人」，謂鄭餘慶。

孟郊詩集校注卷六

行役

西上經靈寶觀 觀即尹真人舊宅

道士無白髮，語音一作言靈泉清。青松多壽色（1），白石常夜明〔一〕。放步霽霞起，振衣華風生（2）。真文秘中頂，寶氣浮四楹（3）。一片古關路（4），萬里今人行。上仙一可見〔二〕，驅策徒西征〔三〕（5）。

【校記】

〔一〕「常」，《文苑英華》卷二二七、明鈔本、弘治本、秦禾本、《全唐詩》本作「恒」。　〔二〕「一」，沈校宋本、《文苑英華》、《全唐詩》本作「不」。是。　〔三〕「驅」，沈校宋本、《文苑英華》作「孤」。《全唐詩》本「驅」下注云：「一作孤」。

【題解】

本詩疑當作於貞元間東野赴長安應試，西上經靈寶觀時。「靈寶觀」，在河南靈寶縣。

【注釋】

（1）「壽色」：蒼老之色。包佶《元日觀百僚朝會》：「壽色凝丹檻，歡聲徹九霄。」（2）「放步」二句：「放步」，放開脚步。「霽霞」，晴霞。（3）「真文」二句：「真文」，道教經典。此言真文秘藏於山觀而寶氣四溢於梁棟間。庾信《步虚辭》：「龍泥印玉策，大火鍊真文。」（4）「古關」：指函谷關。秦關在今河南靈寶縣西南。漢關在今河南新安縣東北。《西征記》：「關城在山谷中，深險如函，故名。……東自崤函，西至潼津，通名函谷。」王昌齡《出塞》：「秦時明月漢時關。」（5）「上仙」二句：「上仙」，指尹真人。「二可見」，一作「不可見」。此言尹真人已逝，東野衹有驅策西行。潘岳《西征賦》：「潘子憑軾西征，自京徂秦。」

泛黄河

誰開崑崙源，流出混沌河（1）。積雨一作羽飛作風，驚龍噴爲波。湘瑟颼飀絃，越賓一作客嗚咽歌〔一〕。有恨一作雙眼不可洗（2），虚此來經過。

【校記】

〔一〕「賓」，沈校宋本作「客」，下注云：「一作賓」。

【題解】

此詩據詩末四語推之，疑當作於貞元九、十年間東野再下第後泛黄河時。

【注釋】

（1）「誰開」二句：「崑崙源」，《史記・大宛傳》：「漢使窮河源，河源出于寘，其山多玉石，采來。天子按古圖書，名河所出山曰崑崙。」《爾雅・釋水》：「河出崑崙虛，色白，所渠並千七百，一川色黄。」「混沌」，天地未開闢前之元氣蒙昧狀態。《淮南子・要略》：「混沌萬物。」（2）「有恨」：疑是東野自指其應試落第。

往河陽宿峽陵寄李侍御

暮天寒風悲屑屑，啼烏遶樹泉水噎（1）。行路解鞍投石陵〔一〕（2），蒼蒼隔山見微月。鴞鳴犬吠霜煙昏，開囊拂巾對盤飧（3）。人生窮達感知己，明日投君申片言（4）。

【校記】

〔一〕「行路解鞍投石陵」，「路」，沈校云：「一刻作客」。「石」，《全唐詩》本作「古」，下注云：「一作石」。

【題解】

本詩當作於德宗建中元年。「河陽」，縣名。唐屬河北道孟州。故治在今河南孟縣南。「峽陵」，不詳。當爲距河陽不遠之地名。「李侍御」，當是李芃。李芃於德宗即位不久，曾任御史中丞、河陽三城鎮遏使。故東野以侍御稱之。據詩語及本集卷六《上河陽李大夫》詩推之，知本詩爲東野建中元年秋冬之交來河陽時作。

【注釋】

（1）「暮天」二句：「屑屑」，《後漢書·王良傳》：「往來屑屑不憚煩。」注曰：「往來貌。」又勞碌不安貌。《漢書·王莽傳》：「晨夜屑屑，寒暑勤勤。」「遠樹」，魏武帝《短歌行》：「月明星稀，烏鵲南飛。遶樹三匝，無枝可依。」「泉水噎」，言泉水鳴聲幽咽。（2）「石陵」：指峽陵。（3）「盤飧」：指飯菜。飧，同飧。《左傳·僖公二十三年》：「乃饋盤飧。」（4）「人生」二句：張九齡《酬王履震園林見貽》：「平生徇知己，窮達與君論。」《論語·顏淵》：「片言可與折獄者。」

鵶路溪行呈陸中丞

鵶路不可越，三十六渡溪。有物飲碧水，高林挂青蜺（1）。歷覽道更險，驅使跡頻暌〔一〕（2）。視聽易常主，心魂互相迷（3）。浪石忽摇動，沙堤信難躋。危峰紫霄外，古木浮雲齊。出阻望汝郡〔二〕，大賢多招攜（4）。疲馬戀舊秣，羇禽思故棲（5）。應憐泣楚玉，棄置如塵泥（6）。

【校記】

〔一〕「頻」，《全唐詩》本注云：「一作頓」。　〔二〕「阻」，《全唐詩》本下注云：「一作徂」。

【題解】

本詩當作於貞元十年。「鵶路溪」，溪名。疑即河南汝州魯山境内之三鵶路。《太平寰宇記·汝州·魯山縣》稱：「三鵶路，在縣西南七十里，接鄧州南陽縣界。」「陸中丞」，即陸長源。時方任汝州刺史兼御史中丞。東野貞元九年再下第，應陸長源之招來汝州。在未到郡城時先賦詩寄意。

【注釋】

（1）「有物」二句：「有物」，指青蜺。「青蜺」，雌虹。見卷四《和皇甫判官遊琅琊溪》注（2）。（2）「睽」：違背，乖離。《玉篇》：「睽，違也。」（3）「心魂」：神魂。江淹《雜體詩·左記室思》：「百年信荏苒，何用苦心魂。」（4）「出阻」二句：「出阻」，出離險阻。「汝郡」，汝州。「大賢」，謂陸長源。（5）「疲馬」二句：陶淵明《歸園田居》：「羈鳥戀舊林，池魚思故淵。」東野句意倣此。「舊秣」，舊時的飼料。東野德宗建中年間曾旅居河南，今再來汝州，故以「舊秣」、「故棲」爲喻。（6）「應憐」二句：「泣楚玉」，用卞和泣玉事。見卷二《古興》詩注（1）。二句意謂應試落第，希望陸長源有所提携。

獨宿峴首憶長安故人

月迥無隱物[一]（1），況復大江秋。江城與沙村，人語風颸颸。峴亭當此時，故人不同遊。故人在長安，亦可將夢求。

【校記】

[一]「迥」，弘治本、秦禾本「迥」作「迴」，明鈔本作「廻」，下注云：「一作迥」。按作「迥」義較長。

【題解】

此詩當爲貞元九年東野再試落第後，出遊湖楚途經襄陽懷舊之作。「峴首」，即峴首山，又名峴山。在湖北襄陽縣南。山因西晉羊祜登覽而聞名。

【注釋】

（1）「逈」：《說文》：「逈，遠也。」

自商行謁復州盧使君虔

一身遶千山，遠作行路人（1）。未遂東吳歸，暫出西京塵（2）。仲宣荆州客，今余一作爲竟陵賓（3）。往蹟雖不同，託意皆有因（4）。商嶺莓苔滑〔一〕，石坂上下頻。江漢沙泥潔，永日一作水白光景新。獨淚起殘夜，孤吟望初晨。驅馳竟何事？章句依深仁（5）。

【校記】

〔一〕「莓」，北宋刻本原作「每」，明鈔本、弘治本、《全唐詩》本作「莓」，是。今據改。

【題解】

此詩亦爲貞元九年東野再下第後出遊湖楚，訪盧虔於復州，行次商州所作。「商」，商州。見卷三《商州客舍》詩題解。「復州」，州名。北周置，治所在今湖北沔陽縣西。隋爲沔陽郡。唐初改郡爲復州，移治竟陵。

屬山南東道。「盧虔」，貞元間曾任侍御史，約在貞元七、八年間以侍御史出爲復州刺史。復州，今屬湖北鍾祥市。

【注釋】

（1）「一身」二句：「一身」，東野自謂。「千山」，謂陝西商洛亂山縱橫、高下重疊。（2）「未遂」二句：本年東野再下第，原擬東歸，後自長安出遊湖楚，取道商洛，前往復州。「西京」，長安。（3）「仲宣」二句：「仲宣」，三國魏王粲字。粲以西京擾亂，乃往荆州依劉表。在荆州曾留下著名的《登樓賦》。「竟陵」，屬復州。故城在今湖北天門縣西。（4）「往蹟」二句：言己之謁盧虔非爲避亂。雖與王粲之「往蹟」不同，而「託意」於長者之提携則一。（5）「驅馳」二句：言遠道來此，欲得盧使君之關照提携。「章句」，言章句小儒，東野自謂。見卷五《與王二十一員外涯遊枋口柳溪》詩注（4）。「深仁」，謂盧虔。

夢澤行〔一〕

楚山爭蔽虧，日月無全輝〔二〕（1）。楚路饒迴惑〔三〕，旅人有一作多迷歸。騏驥思北首，鷓鴣願南飛（2）。我懷京雒遊，未厭風塵衣（3）。

【校記】

〔一〕沈校宋本題作「夢澤中作」。《文苑英華》卷二九三題作「夢澤中行」。《全唐詩》本題作「夢澤中行」，下注云：「一本無中字。」〔二〕「日月」，《文苑英華》作「白日」。〔三〕「饒」，《文苑英華》作「多」。

【題解】

此詩當作於貞元九年。是年東野再落第，自長安出遊湖楚。此詩當是途經雲夢紀遊之作。「夢澤」，澤名。亦稱雲夢澤。在湖北安陸縣南。本二澤，合稱雲夢。亦可單稱。蔡沈《書集傳》：「雲夢方八九百里，跨江南北。華容、枝江、江夏、安陸，皆其地也。

【注釋】

（1）「楚山」二句：「蔽虧」，遮掩。梁昭明太子蕭統《和武帝遊鍾山大愛敬寺》詩：「層峰鬱蔽虧。」此言楚山隱蔽日月，故「日月無全輝」。（2）「騏驥」二句：「騏驥」，良馬。「鶗鴂」，鳥名。舊題晉崔豹《古今注·鳥獸》：「南山有鳥，名鶗鴂。自呼其名，常向日而飛。畏霜露，早晚希出。」二句比也，其意猶《古詩》「胡馬依北風，越鳥巢南枝」。（3）「我懷」二句：此承上而言。「思北首」，故懷京洛遊；「願南飛」，故未厭風塵，出遊湖楚。「京」，長安；「雒」，洛陽。陸機《爲顧彦先贈婦》詩：「京洛多風塵，素衣化爲緇。」

京山行

衆虻聚病馬（1），流血不得行。後路起夜色，前山聞虎聲。此時遊子心，百尺風中旌（2）。

【題解】

東野貞元九年往復州，途經此地，作詩紀行。「京山」，地名。唐時郢州有京山縣，爲郢州治所。縣即以京山得名。郢州，州名。唐屬山南東道。治所在今湖北鍾祥縣。

【注釋】

（1）「虻」：蟲名。《說文》作「䖟」，云：「齧人飛蟲。」《莊子·天運》：「蚊虻噆膚，則通昔（夕）不寐矣。」

（2）「此時」二句：「遊子」，見卷一《遊子吟》題解。「風中旌」，與「懸旌」通。比喻心神不定貌。《戰國策·楚策》：「寡人臥不安席，食不甘味，心搖搖然如懸旌而無所終薄。」

旅次湘沅有懷靈均

分拙多感激(1)，久遊遵長塗。經過湘水源，懷古方踟躕(2)。舊稱楚靈均，此處殞忠軀(3)。側聆故老言，遂得旌賢愚(4)。名參君子場，行爲小人儒(5)。騷文衒貞亮，體物情崎嶇(6)。三黜有慍色，即非賢哲模(7)；五十爵高秩，謬膺從大夫(8)。胸襟積憂愁，容鬢復一作先彫枯(9)。死爲不弔鬼，生作猜謗徒(10)。吟澤潔其身，忠節寧見輸(11)？懷沙滅其性，孝行焉能俱(12)？且聞善稱君，一何善自殊？且聞過稱己，一何過不渝(13)？悠哉風土人，角黍投川隅(14)。相傳歷千祀，哀悼延八區(15)。如今聖明朝，養育無羈孤(16)。君臣逸雍熙，德化盈紛敷(17)。巾車徇前侶，白日猶昆吾(18)。寄君臣子心，戒此真良圖(19)。

【題解】

東野貞元九年自楚來湘，途經汨羅，賦此紀行。「旅次」，見卷五《旅次洛城東水亭》詩題解。「湘、沅」，二水名。湘水出零陵陽海山，北入江。沅水一名沅江，即湘水中段之別稱。合稱沅湘。「靈均」，見卷三《下第東南行》詩注(2)。

【注釋】

(1)「分(fèn 奮)」，志也。《文選》曹植《贈白馬王彪》：「在遠分日親。」李善《注》：「分，猶志也。」又素質。

(2)「經過」二句：「湘水源」，《漢書·地理志》：「零陵縣陽海山，湘水所出，北入江。」《水經注》：「湘水出零陵始安縣陽海山。即陽朔山也。」「踟躕」，見卷一《湘絃怨》注(7)。　(3)「舊稱」二句：《史記·屈原列傳》：「屈原至於江濱，於是懷石，遂自投汨羅以死。」　(4)「旌」：識別，甄別。《書·畢命》：「旌別淑慝。」

(5)「名參」二句：《論語·雍也》：「女爲君子儒，無爲小人儒。」《四書集注》：「儒，學者之稱。程子曰：君子儒爲己，小人儒爲人。」此言屈原名列君子，行近小人。　(6)「騷文」二句：「騷文」，指《離騷》。王逸《楚辭章句》曰：「離騷之文，依詩取興，引類譬喻。故善鳥香草，以配忠貞。惡禽臭物，以比讒佞。靈修美人，以媲於君。宓妃佚女，以譬賢臣。虬龍鸞鳳，以託君子。飄風雲霓，以爲小人。」此即東野所謂「體物崎嶇，自衒貞亮」。「衒」，自我矜誇。　(7)「三黜」二句：此責屈原對於放逐江南，耿耿於懷。《論語·公冶長》：「令尹子文，三已之無愠色。」（8）「五十」二句：《儀禮》：「古者五十而後爵。」屈原與楚同姓，曾任三閭大夫。王逸《離騷・序》：「三閭之職，掌王族三姓：曰昭、屈、景。」「膺」，受。「從（zòng縱）」，次，副。古代官品有正、從。（9）「胸襟」二句：《史記・屈原列傳》：「故憂愁幽思而作《離騷》。」又曰：「顏色憔悴，形容枯槁。」（10）「死爲」二句：「不弔」，《禮記・檀弓》：「死而不弔者三：畏、厭、溺。」「猜謗徒」，王逸《離騷・序》：「同列大夫上官靳尚妒害其能，共譖毁之。」（11）「吟澤」二句：《史記・屈原列傳》：「屈原至於江濱，被髮行吟澤畔。」《論語・微子》：「欲潔其身而亂大倫。」「忠節」句言徒吟澤畔而不能爲君國獻其忠節。此責屈原之獨善其身。「輸」，獻納。（12）「懷沙」二句：此言屈原懷沙自沉是滅其性，屬不孝行爲。《孝經・喪親章》：「毁不滅性」，意謂不以死傷生也。《孝經・開宗明義章》：「身體髮膚，受之父母，不敢毁傷。」（13）「且聞」四句：「善稱君」、「過稱己」，《禮記・坊記》：「善則稱君，過則稱己。」「自殊」，自我標榜。「殊」，特出，超越。「不渝」，不改。「渝」，變更。（14）「悠哉」二句：「風土」，指土俗或地理環境。「角黍」，南朝梁吳均《續齊諧記》：「角黍，菰葉裹黏米爲之。楚俗：五月五日以角黍投汨羅江以祠屈原。」（15）「相傳」二句：「祀」，年。殷代稱年曰祀。「八區」，八方。左思《詠史》詩：「英名擅八區。」（16）「羇孤」：羇客孤子。《文選》謝莊《月賦》：「親懿無從，羇孤遞進。」（17）「君臣」二句：「雍熙」，和樂貌。言上下和樂。漢張衡《東京賦》：「上下共其雍熙。」「德化」，以德感人。「紛敷」，盛多貌。《楚辭》王逸《九思守志》：「桂樹列兮紛敷。」（18）「巾車」二句：「巾車」，有車衣遮蓋的車。《孔叢子・記問》：「巾車命駕，將適唐都。」「徇」，順從。「昆吾」，日正午所經之處。《淮南子・天文訓》：「日出於暘谷，至於昆吾，是爲正中。」（19）「寄君」二句：「臣子心」，即東野所首肯的臣道。「此」，指屈原之獨善其身、毀身滅性。

過彭澤

揚帆過彭澤，舟人訝歎息。不見種柳人，霜風空寂歷⑴。

【題解】

此詩作年難於確考。據東野再下第後遊蹤推之，疑爲貞元九、十年間作。「彭澤」，即彭澤縣。漢置。唐屬江南西道江州。故城在今江西湖口縣東三十里。晉陶潛曾爲彭澤令。《晉書·陶潛傳》：「爲鎮軍建威參軍，謂親朋曰：『聊欲弦歌以爲三徑之資，可乎？』執事者聞之，以爲彭澤令。」

【注釋】

⑴「不見」二句：《晉書·陶潛傳》：「嘗著《五柳先生傳》以自況，曰：『先生何許人，亦不詳其姓字。宅邊有五柳樹，因以爲號焉。』」「寂歷」：寂靜開曠。張説《滻湖山寺》詩「空山寂歷道心生」。

過分水嶺〔一〕

山壯馬力短，路行石齒中〔二〕。十步九舉轡，迴環失西東。溪水變爲雨，懸崖陰濛濛〔三〕。

客衣飄颻秋，葛花零落風。白日捨我没一作去，征途忽然窮。

【校記】

〔一〕沈校宋本、《文苑英華》卷二九三題作「過分水東嶺」。《全唐詩》本題下注云：「一作東嶺」。〔二〕「路」，《文苑英華》作「馬」。《全唐詩》本作「馬」，下注云：「一作路」。〔三〕「懸」，《文苑英華》作「緑」。

【題解】

據下首《分水嶺別夜示從弟寂》詩中「南中少平地」推之，此詩疑或爲東野貞元九年再下第後出遊楚湘過分水嶺時所作。分水嶺，地名。按《太平寰宇記》卷一百四十二《鄧州南陽縣》稱：「分水嶺，在縣北七十里，即三鵶之第二鵶也。從此而北五十里爲第三鵶。入汝州界。」

分水嶺別夜示從弟寂 一作示于孟叔

南中少平地，山水重疊生。別泉萬餘曲(1)，迷舟獨難行。四際亂峰合，一眺千慮并。潺湲冬夏冷(2)，光彩晝夜明。賞心難久勝，離腸忽自驚。古木摇霽色，高風動秋聲。一作古木解舊葉，迴風結秋聲。飲爾一樽酒，慰我百憂輕。嘉期何處定(3)？此晨堪寄情。

【題解】

分水嶺，見《過分水嶺》題解。孟寂，新、舊《唐書》俱無傳。貞元十五年登進士第。餘不詳。「從（zòng縱）弟」，同祖弟。

【注釋】

（1）「別泉」：「別」，分支。（2）「潺湲」：見卷四《石淙十首》注（8）。（3）「嘉期」：良好的會合。

連州吟三章

春風朝夕起，吹緑日日深。試爲連州吟，淚下不可禁。連山何連連，連天碧岑崟(1)。哀猿哭花死，子規裂客心(2)。蘭芷結新佩，瀟湘遺舊音(3)。怨聲能剪絃，坐撫零落琴。羽翼不自有，相追力難任。唯憑方寸靈，獨夜萬里尋(4)。方尋魂飄飖，南夢山嶇嶔(5)。髣髴驚魍魎，悉窣聞楓林(6)。正直被放者，鬼魅無所侵。賢人多安排，俗士多虛歆(一)(7)。孤懷吐明月，衆毀鑠黃金(8)。願君保玄曜(9)，壯志無自沉！

朝亦連州吟，暮亦連州吟。連州果有信，一紙萬里心。開緘白雲斷，明月墮衣襟。南風嘶舜琯，苦竹動猿音(10)。萬里愁一色，瀟湘雨淫淫(11)。兩劍忽相觸，雙蛟恣浮沉(12)。鬬水正廻斡(13)，倒流安可禁？空愁江海信，驚浪隔相尋。

【校記】

〔一〕「歆」,《全唐詩》本作「欽」,下注云:「一作歆。」

【題解】

本組詩當是貞元二十年春東野在溧陽爲韓愈貶官陽山有感而作。韓愈貞元十九年因上天旱人饑狀被貶連州陽山令。明年春,始到陽山。連州,州名。南朝梁置陽山郡。隋改置連州。治所在桂陽縣(今廣東連山縣)。

【注釋】

(1)「連山」二句:「連連」,陳琳《飲馬長城窟行》:「長城何連連,連連三千里。」「連天」,李白《夢遊天姥吟留别》:「天姥連天向天横。」「岑崟」,山峻險貌。也指峻險的山。（2）「哀猿」二句:「哀猿」,柳宗元《懲咎賦》:「暮屑窣以淫雨兮,聽嗷嗷之哀猿。」「哭」,啼。「花死」,花落。「子規」,《禽經》:「江左曰子規,蜀右曰杜宇。甌越曰怨鳥,一名杜鵑。」參見卷三《聞砧》詩注(1)。「客」,指韓愈。（3）「蘭芷」二句:「蘭芷」,皆香草名。《楚辭》屈原《離騷》:「扈江蘺與辟芷兮,紉秋蘭以爲佩。」「瀟湘」,見卷一《楚竹吟酬盧虔端公見和湘絃怨》注(5)。「新佩」、「舊音」,意謂韓愈忠而被貶陽山,與屈原當年境遇正復相同。（4）「羽翼」四句:此言韓愈被貶陽山,東野身無羽翼,力難追攀。唯憑寸心,萬里夢尋。「任」,承受。「方寸」,指心。《三國志·蜀書·諸葛亮傳》:「(徐)庶辭先主而指其心曰:『今已失老母,方寸亂矣。』」（5）「嶇嶔」:山石險峻貌。范曄《樂遊應詔》詩:「隨山上嶇嶔」。（6）「髣髴」二句:「魍魎」,見卷五《汝州南潭陪陸中丞公讌》注(3)。「悉窣」，象聲辭。同「窸窣」。杜甫《自京赴奉先縣詠懷五百字》：「河梁幸未坼，枝撐聲窸窣。」（7）「歆」：欣羡，悦服。（8）「孤懷」二句：前句贊韓愈之心昭若明月。後句斥讒佞小人毁謗忠貞，能令金石銷鑠。《國語・周語下》：「衆心成城，衆口鑠金。」（9）「玄曜」：與「玄耀」同。《淮南子・原道訓》：「化育玄燿。」《注》：「玄，天也；燿，明也。」（10）「南風」二句：此言得韓愈書信，其言和以哀，如以舜琯歌南風之曲。又若猿音之動苦竹。「南風」，見卷二《遣興》注（1）。「舜琯」，「琯」，見卷三《晚雪吟》注（12）。（11）「淫淫」：流貌。《楚辭・大招》：「霧雨淫淫，白皓膠只。」（12）「兩劍」二句：「雙蛟」，喻劍。《晉書・張華傳》：（雷焕）遣使送一劍與華，留一自佩。……華誅，失劍所在。焕卒，子華爲州從事，持劍行經延平津，劍忽於腰間躍出墜水，但見兩龍各長數丈，須臾，光彩照水，波浪驚沸，於是失劍。」東野喻與韓愈互相感應。（13）「廻斡（wò握）」：旋轉。謝惠連《七月七日夜詠牛女》詩：「傾河易廻斡。」

旅行

楚水結冰薄，楚雲爲雪微〔一〕。野梅參差發，旅榜逍遥歸（1）。

【校記】

〔一〕「雪」，北宋刻本原作「雲」。秦禾本作「雪」。《全唐詩》本作「雨」，下注云：「一作雪。」今據秦禾本改。

【題解】

本詩據詩語「楚水」、「楚雲」推之，似與《夢澤行》諸詩同爲貞元九、十年間出遊湖楚時所作。

【注釋】

（1）「旅榜」：旅行所乘之船。「榜」，見卷五《浮石亭》注（2）。

紀贈

上河陽李大夫

上將秉神略，至兵無猛威一作血威。又作兵無血戰威〔一〕（1）。三軍當嚴冬〔二〕，一撫勝重衣（2）。霜劍奪衆景〔三〕，夜星失光輝。蒼鷹獨立時，惡鳥不敢飛（3）。武牢鑠天關，河橋紐地機（4）。大軍奚以安〔四〕？守此稱者稀。貧士少顏色，貴門多輕肥（5）。試登山岳高，方見草木微。山岳恩既廣，草木心皆歸。

【校記】

〔一〕「至兵無猛威」，《文苑英華》卷二五九、明鈔本句下無「一作」、「又作」注文。《文苑英華》、《唐文粹》卷十六上「猛威」作

「血威」。〔二〕「當」，《唐文粹》作「向」。《全唐詩》本注云：「一作向」。〔三〕「霜」，《文苑英華》作「寒」，下注云：「集作霜。」《唐文粹》作寒。〔四〕「大軍」奚以安句，「大軍」，沈校宋本、弘治本作「大將」。《文苑英華》作「大君」。下注云：「集作軍」。《全唐詩》本作「大將」，下注云：「一作君，一作軍」。「以」，《唐文粹》作「與」。

【題解】

此詩當作於建中二年，其時東野方旅居河陽。河陽李大夫，指李艽。見本卷《往河陽宿峽陵寄李侍御》詩題解。

【注釋】

（1）「上將」二句：「上將」，指李艽。據《舊唐書·德宗紀》及《李艽傳》，知李艽在德宗建中二年曾被任爲河陽三城懷州節度使，並割河陽東畿汜水等五縣隸之。故有「上將」之稱。「神略」，玄妙神奇的謀略。《晉書·愍帝紀》：「神略獨斷。」「至兵」，大兵。指李艽部卒。《戰國策·秦一》：「商君治秦，法令至行。」《注》：「至，猶大也。」（2）「三軍」二句：「三軍」：泛指衆多的軍隊。《荀子·賦篇》：「城郭以固，三軍以强。」「重（chóng蟲）衣」：多層衣服。《左傳·疏》：「襲者，重衣之名。」（3）「蒼鷹」二句：此比也。「蒼鷹」，比李艽。「惡鳥」，比叛亂之藩鎮。（4）「武牢」二句：「武牢」，即虎牢。秦置。在今河南滎陽縣西北汜水鎮。唐屬汜水縣。形勢險要，爲歷代兵家必爭之地。案「武牢」本名「虎牢」。唐人爲避李淵祖父名諱，改名武牢。「天關」、「地機」，皆寫河陽地勢險要。（5）「輕肥」：指裘馬輕肥。《論語·雍也》：「乘肥馬，衣輕裘。」

投贈張端公〔一〕

君子量不極，胸吞百川流(1)。嫉邪霜氣直〔二〕，問俗春辭柔〔三〕(2)。日户晝輝靜，月盃宵景幽〔四〕。詠驚芙蓉發，笑激風飇秋〔五〕(3)。鸞步獨無侣，鶴音仍寡儔〔六〕(4)。幸沾分寸顧，散此千萬憂。

【校記】

〔一〕《文苑英華》卷二五九題作《贈裴樞端公》。《全唐詩》本題下注云：「一作贈裴樞端公」。〔二〕「氣」，《文苑英華》作「意」。沈校宋本注云：「一作意」。〔三〕「俗」，《文苑英華》作「客」，下注云：「集作俗」。沈校宋本作「客」，下注云：「一作俗」。〔四〕「宵」，《全唐詩》本作「夜」，下注云：「一作宵」。〔五〕「笑」，《文苑英華》作「嘯」。〔六〕「仍」，《文苑英華》作「清」，下注云：「集作仍」。

【題解】

此詩作年無考。「張端公」亦不詳爲何人。一作「裴樞端公」。裴樞，柳宗元《先君石表陰先友記》稱：「裴樞，同郡人。爲御史，……後爲尚書郎。」《乾膜子》稱：「河東裴樞，字環中。永泰二年登第。」《舊唐書·禮儀志》六亦有「貞元八年正月二十三日，司勳員外郎裴樞議建石室於園寢」的紀載，釋皎然《杼山集》亦有《奉陪陸使君長源裴端公樞春遊東西虎邱寺》諸詩。

【注釋】

（1）「君子」二句：「量不極」，猶量大無極。「百川流」，《道德指歸論》：「百川並流，而江海王之。」（2）「嫉邪」二句：「嫉邪」，憎恨邪惡。「問俗」，訪問風俗。《禮記·曲禮上》：「入竟而問禁，入國而問俗。」（3）「詠驚」二句：此美張端公詩才雅量。《南史·謝靈運傳》：顏延之問鮑照，己與謝靈運優劣。照曰：「謝詩如初發芙蓉，自然可愛。」（4）「鸞步」二句：此美張端公言語行止卓然不羣，有如鸞鶴，難與儔匹。

贈蘇州韋郎中使君〔一〕

謝客吟一聲，霜落羣聽清（1）。文含元氣柔，鼓動萬物輕（2）。嘉木依性植，曲枝亦不生（3）。塵埃徐庾詞，金玉曹劉名（4）。章句作雅正（5），江山益鮮明。蘋萍一浪草，菰蒲片池榮（6）。曾是康樂詠〔二〕，如今搴其英〔三〕（7）。顧惟菲薄質，亦願將此并〔四〕（8）。

【校記】

〔一〕《文苑英華》卷二五九題作《奉贈蘇州韋使君》。沈校宋本詩題作「奉贈」。〔二〕「是」，《文苑英華》作「終」。下注云：「集作是。」〔三〕「搴」，《文苑英華》作「攀」。下注云：「集作搴」。〔四〕「并」，《文苑英華》作「行」，下注云：「集作并」。《全唐詩》本「并」下注云：「一作行」。

【題解】

本詩當作於貞元六年前後東野僑寓蘇州時。韋郎中使君，即韋應物。據諸書考之，知韋應物於貞元四年以左司郎中出任蘇州刺史。至貞元六年仍任此職。

【注釋】

（1）「謝客」二句：「謝客」，謝靈運。見卷五《夜集汝州郡齋聽陸僧辯彈琴》詩注（1）。此喻韋應物。《詩品·序》：「王微風月，謝客山泉，皆五言之警策者也。」（2）「文含」二句：《白虎通》：「地者，元氣所生，萬物之祖。」此美韋應物詩造詣高深，工侔造化。（3）「嘉木」二句：「嘉木」，美木。此言韋詩以追求自然爲準則。（4）「塵埃」二句：「徐庾詞」，謂庾信、徐陵之作。《北史·庾信傳》：「父肩吾，爲梁太子中庶子。東海徐摛，爲右衛率。子陵及信，並爲學士，文並綺豔，故世號爲『徐庾體』。」「曹劉名」：謂曹植、劉楨。二人並爲建安文學之翹楚。（5）「章句」：此指詩。「雅正」：《後漢書·輿服志》：「參稽六經，近於雅正。」又唐張爲《詩人主客圖》奉韋應物爲「清奇雅正主」。此概括韋詩風格特徵。（6）「蘋萍」二句：此引謝靈運詩例。其《從斤竹嶺越嶺西行》詩云：「蘋萍泛深沉，菰蒲冒清淺。」（7）「曾是」二句：「康樂詠」，謂上引謝靈運詩例。「康樂」，見卷五《夜集汝州郡齋聽陸僧辯彈琴》注（1）。「搴其英」，言韋應物學謝而能得其神髓。（8）「顧惟」二句：「顧惟」，回顧與反思。「菲薄質」，東野自稱。二句意謂東野自己亦願師法謝靈運與韋應物。

上張徐州

爲水不入海，安得浮天波？爲木不在山，安得橫日柯（1）？再來君子傍（2），始覺精義一作藝多。大德唯一施(3)，衆情自偏頗。至樂無一作變宮徵，至聲遺謳謌(4)。願鼓空桑絃(5)，永使萬物和。顧己誠拙訥，干名已蹉跎(6)。獻詞唯在口，所欲無餘它。乍作支泉石，乍作翳松蘿。一不改方圓，破質爲琢磨(7)。賤子本如此，大賢心若何？豈是無異途，異途難經過。

【題解】

本詩當作於貞元八年東野初下第後東歸，訪張建封於徐州時。張徐州，謂張建封。《舊唐書·張建封傳》：「貞元四年以張建封爲徐州刺史，兼御史大夫、徐泗濠節度使。支度營田觀察使。」貞元十六年病逝於徐州任所。

【注釋】

(1)「爲水」四句：此以水須入海，木須在山，有所依靠爲喻，表述仰託張建封之意。(2)「再來」：此前東野曾來徐州，故云。(3)「大德」：《易·繫辭下》：「天地之大德曰生。」(4)「至樂」二句：「至樂」，達到極致的音樂。「宮徵(zhǐ紙)」，古樂五聲音階的五個階名爲宮、商、角、徵、羽。也稱五音。此以「宮徵」概指五聲音階。「至聲」，達到極致的聲詩。(5)「空桑絃」：瑟名。《楚辭·大招》：「魂兮歸來，定空桑只。」《注》：「空桑，瑟名也。周官云：古者絃空桑而爲瑟。……或曰：空桑，楚地名。」《漢書·禮樂志·郊祀歌·景星》：「空桑琴瑟結信成。」《注》：「空桑，地名也。出善木，可爲琴瑟也。」又張晏曰：「傳云：空桑爲瑟，一彈三歎。」(6)「顧己」二句：「拙訥」，才拙口訥，語言遲鈍。謝靈運《初去郡》：「伊余秉微尚，拙訥謝浮名。」「干名」，追求功名。「干名蹉跎」，此指應進士試落第。（7）「一不」二句：「方圓」，物之形體。《禮記·經解》：「規矩誠設，不可欺以方圓。」二句意謂遵循規矩，守死善道，不改其操，一如工匠之雕刻玉石。

上包祭酒

岳岳冠蓋彥，英英文字雄（1）。瓊音獨聽時（2），塵韻固不同。春雲生紙上，秋濤起胸中（3）。時吟五君詠，再舉七子風（4）。何幸松桂侶（5），見知勤苦功。願將黃鶴翅（6），一借飛雲空。

【題解】

本詩當作於貞元二年前後。包祭酒，謂包佶。他爲國子祭酒，當在貞元元年間。祭酒，官名。《後漢書·百官志》：「博士祭酒一人，六百石。」晉初改爲國子祭酒。隋唐以後稱國子監祭酒，爲國子監之主管官。

【注釋】

（1）「岳岳」二句：「岳岳」，高聳突出貌。《漢書·朱雲傳》：「五鹿嶽嶽，朱雲折其角。」顏師古《注》：「嶽嶽，長角貌。」「冠蓋」，官吏的服飾和車乘。借指官吏。漢班固《西都賦》：「冠蓋如雲，七相五公。」「英英」，俊美貌。（2）「瓊音」：美好之聲。梁簡文帝蕭綱《玄圃園講頌·序》：「鳥頡頏於瓊音，樹葳蕤於妙葉。」（3）「春雲」二句：比喻包佶詩文之美妙。南朝齊王儉《褚淵碑文》：「音徽與春雲等潤。」《晉書·阮籍傳讚》：「秋水揚波，春雲斂映。」皇甫湜《祭柳子厚文》：「子之文章，秋濤瑞錦。」（4）「時吟」二句：《宋書·顏延之傳》：「出爲永嘉太守，延之甚怨憤，乃作《五君詠》。以述竹林七賢，山濤、王戎以貴顯被黜。」「七子」，指建安七子。魏文帝《典論·論文》：「今之文人，魯國孔融文舉，廣陵陳琳孔璋，山陽王粲仲宣，北海徐幹偉長，陳留阮瑀元瑜，汝南應瑒德璉，東平劉楨公幹。斯七子者，於學無所遺，於辭無所假。」（5）「松桂侶」：指包佶。（6）「黃鶴」：此喻包佶。

贈崔純亮〔一〕

食薺腸亦苦，强歌聲無歡。出門即有礙，誰謂天地寬（1）？有礙非遐方，長安大道傍。小人智慮險，平地生太行（2）。鏡破不改光，蘭死不改香。始知君子心，交久道益彰〔二〕。君心與我懷，離別俱迴遑〔三〕（3）。譬如浸蘖泉（4），流苦已日長〔四〕。忍泣目易衰，忍憂形易傷〔五〕。項籍非不壯〔六〕，賈生非不良（5）。當其失意時，涕泗各沾裳〔七〕（6）。古人勸加飡一作食，此飡一作食難自强〔八〕（7）。一飯九祝噎〔九〕，一嗟十斷腸（8）。況是兒女怨〔一〇〕，怨氣凌彼蒼（9）。彼蒼昔有知〔一一〕，白日下清霜（10）。今朝始驚歎一作呼〔一二〕，碧落空茫茫〔一三〕（11）。

【校記】

〔一〕沈校宋本《文苑英華》卷二七六題作「贈崔純亮別」。《全唐詩》本題作「贈別崔純亮」，下注：「一作無別字。」〔二〕「始知」二句，《文苑英華》作「始知君子交」，下注：「集作心」；「久之道益彰」，「久之」下注：「集作交久」。《唐文粹》卷十八作「始知君子交，久久道益彰」。沈校宋本同。沈校「久久」下注云：「交一作心」；「久久一作交久」。〔三〕「廻遑」，《唐文粹》作「恛惶」。沈校宋本同。〔四〕「已日長」，《唐文粹》作「日已長」。沈校宋本同。《全唐詩》本「已」下注云：「一作來」。〔五〕「忍憂形易傷」，《文苑英華》「憂」作「悲」，「易」作「自」。〔六〕「非」，《全唐詩》本作「豈」，下注云：「一作非。」下同。《文苑英華》「非不」作「豈非」，下注云：「集作非不」。下同。《唐文粹》亦作「豈非」。〔七〕「沾」，沈校宋本、《文苑英華》、《唐文粹》作「滿」。〔八〕「古人」二句，《唐文粹》兩「餐」字俱作「食」。《全唐詩》本「餐」下注云：「一作非」。非是。〔九〕「一飯」，《文苑英華》作「一飲」，下注：「集作一飯。」〔一〇〕「況是兒女怨」，「是」，《唐文粹》作「非」。沈校宋本作「非」，下注云：「一作是。」「怨」，《文苑英華》作「寃」，下注云：「集作怨，下同。」《唐文粹》兩「怨」字亦俱作「寃」。〔一一〕「昔」，《文苑英華》、《唐文粹》作「若」。〔一二〕「歎」，沈校宋本作「呼」，下注云：「一作嘆」。《文苑英華》、《唐文粹》作「呼」，下無「一作」注文。〔一三〕「碧落」，《全唐詩》本注云：「一作白日。」

【題解】

本詩當作於貞元九年，其年東野再下第。離長安前因贈詩爲別。崔純亮，崔玄亮之弟。《舊唐書·崔玄亮傳》稱：「玄亮貞元十一年登進士第，弟純亮、寅亮相次昇進士科。」參見《新唐書·宰相世系表》十二下。

【注釋】

（1）「出門」二句：李白《行路難》：「大道如青天，我獨不得出。」東野語與李詩有異曲同工之妙。（2）「平地」：句比喻小人居心之陰險難測。（3）「廻遑」：惘然。猶「彷徨」。謝莊《月賦》：「滿堂變容，廻遑如失。」（4）「蘗」（bò 脖去聲）：木名。又名「蘗木」。味苦。李時珍《本草綱目》卷三十五《蘗木·集解》：「禹錫曰：『按蜀本圖經云：黄蘗樹高數丈，葉似吳茱萸，亦如紫椿，經冬不凋，皮與根可入藥。』」（5）「項籍」二句：「項籍」，《史記·項羽本紀》：「項籍者，下相人也。字羽。初起時，年二十四，長八尺餘，力能扛鼎，才氣過人。三年滅秦，自立爲西楚霸王。」賈生，謂賈誼。《史記·賈誼傳》：「賈生名誼，洛陽人也。年十八，通諸子百家之書。文帝召以爲博士。」（6）「當其」二句：項籍至垓下，兵圍之數重，乃悲歌慷慨，自爲詩，虞姬和之，項王泣數行下。賈生自傷爲太子傅失職，哭泣歲餘而死。「涕泗」，見卷五《寒溪九首》注（34）。（7）「古人」二句：《古詩十九首》：「努力加餐飯。」云餐亦難强加，見愁苦之深重。（8）「一飯」二句：自寫其再落第後食不下咽、失意嗟嘆之狀。《漢書·賈山傳》：「養三老於太學，親執醬而餽，執爵而酳。祝餶在前，祝鯁在後。」顔師古注曰：「餶，古饐字。謂食不下也。以老人好饐鯁，故爲備祝以祝之。」（9）「彼蒼」：天。《詩·秦風·黄鳥》：「彼蒼者天，殲我良人。」（10）「彼蒼」二句：《初學記》卷二引《淮南子》：「鄒衍事燕惠王，盡忠，左右譖之。王繫之獄。仰天而哭，夏五月，天爲之下霜。」（《淮南子》佚文）東野引古事以自鳴其落第之冤。（11）「碧落」：天。白居易《長恨歌》：「上窮碧落下黄泉。」

贈文應上人〔一〕

棲遲青山巔（1），高静身所便。不踐有命草〔二〕，但飲無聲泉（2）。齋性空轉寂，學情深更專（3）。經文開貝葉〔三〕，衣製垂秋蓮（4）。厭此俗人羣〔四〕，暫來還卻旋〔五〕。

【校記】

〔一〕《文苑英華》卷二二八題作《贈高僧》，下注：「集作文應上人」。　〔二〕「草」，《文苑英華》作「地」。下注「集作草」。〔三〕「貝」，《文苑英華》作「古」。　〔四〕「此」，《文苑英華》作「見」。　〔五〕「還卻旋」，《文苑英華》作「此安禪」，下注：「集作還卻旋」。《全唐詩》本注云：「一作此安禪」。

【注釋】

（1）「棲遲」：遊息。《詩・陳風・衡門》：「衡門之下，可以棲遲。」　（2）「不踐」二句：此言文應上人嚴格遵循佛教戒律行事。　（3）「齋性」二句：「齋性」，整潔心性。「空轉寂」：《全唐詩話》：「僧希運答裴休曰：『心體一空，萬緣俱寂。』」「學情」句：宋釋法雲《翻譯名義集》：「有生皆有情，菩薩乃有情中之覺者爾。」此言文應上人對佛學造詣之專深。　（4）「經文」二句：「貝葉」，《翻譯名義集》：「多羅舊名貝多，其葉長廣，其色光潤，諸國寫經，莫不采用。」按「貝多」：樹名。梵文的音譯。亦稱貝多羅、貝葉棕。李商隱《安國大師》詩：「意奉蓮花座，兼聞貝葉經。」「衣製」句，《楚辭》屈原《離騷》：「製芰荷以爲衣兮，集芙蓉以爲裳。」又佛門弟子所服也稱「蓮衣」。

嚴河南

赤令風骨峭(1)，語言清霜寒。不必用雄威，見者毛髮攢(2)。我有赤令心，未得赤令官。終朝衡門下，忍志將筑彈〔一〕(3)。君從西省郎，正有東洛觀(4)。洛民蕭條久，威恩憫撫難(5)。

苦竹聲嘯雪，夜齋聞千竿。詩人偶寄耳，聽苦心多端。多端落酒盃〔二〕，酒中方得歡。隱士多隱酒，此言信難刊。取次令坊沽，舉止務在寬(6)。何必紅燭嬌，始言清晏闌(7)。丈夫莫矜莊(8)，矜莊不中看。

【校記】

〔一〕「忍志」，北宋本「忍」下作墨釘。據諸本補「志」字。〔二〕「落酒盃」，明鈔本、弘治本、《全唐詩》本作「落盃酒」。秦禾本作「多酒盃」。

【題解】

此詩據詩意推之，嚴河南似謂韓愈。其作時當在元和五、六年間。

【注釋】

(1)「赤令」：按唐制，凡縣治設在京師内者稱赤縣。西京以長安、萬年爲赤縣。東京以河南、洛陽爲赤縣。此處當指韓愈元和五年爲河南縣令。韓愈《寄盧仝詩》：「嗟我身爲赤縣令，操權不用欲何俟？」(2)「不必」二句：李翱《韓吏部行狀》改爲河南令，日以職分辨於留守及尹，故軍士莫敢犯禁。」(3)「終朝」二句：「忍志」，隱忍其志向。「衡門」，横木爲門。喻淺陋。引申作隱者居所。「筑」，古絃樂器名。形如琴。《史記・荆軻傳》：「高漸離擊筑，荆軻和而歌。」(4)「君從」二句：「君」，指韓愈。「西省郎」，唐代中央權力機關爲尚書省、中書省、門下省。尚書省爲東省，門下省爲西省。都官員外郎屬門下省，故稱韓愈爲「西省郎」。按宋洪興祖《韓文公年譜》：「韓愈元和四年改都官員外郎，(元和)五年，爲河南縣令。」故有「西省」、「東洛」之語。（5）「洛民」二句：「蕭條」，寂寥，凋零。《正字通》：「蕭條，寂寥貌。」「威恩」，《後漢書・應奉傳》：應有威恩，爲蠻夷所服。」《論語・爲政》：「恩威竝重，寬猛相濟。」（6）「取次」二句：「取次」，任意，隨便，引申爲寬舒。從容。蘇軾《上神宗皇帝書》：「若陛下多方包容，則人才取次可用。」「坊」，街市里巷的通稱。又指店鋪。「沽」，商販賣酒。「沽」與「酤」通。此二句似有所指。意若勸韓愈放寬酒禁。（7）「何必」二句：「紅燭」，《開元天寶遺事》：「楊國忠子弟，每至上元夜，各有千炬紅燭，圍於左右。」「清晏」，同「清宴」。清雅之宴。《漢書・諸葛豐傳》：「臣竊不勝憤懣，願賜清宴，唯陛下裁幸。」「闌」，殘盡。（8）「矜莊」：端莊持重。《禮記・地官・保氏》：「二曰賓客之容。」《注》引漢鄭衆云：「賓客之容，嚴恪矜莊。」

贈李觀 觀初登第

誰言形影親，燈滅影去身（1）。誰言魚水歡，水竭魚枯一作損鱗。昔爲同恨客，今爲獨笑人（2）。捨予在泥轍，飄跡上雲津（3）。臥木易成蠹，棄花難再春（4）。何言對芳景，愁望極蕭晨（5）。埋劍誰識氣？匣絃日生塵（6）。願君語高風，爲余問蒼旻〔一〕（7）。

【校記】

〔一〕「問」，北宋刻本原作「開」，非是。據明鈔本、弘治本、秦禾本、《全唐詩》本改。

【題解】

此詩貞元八年作於長安。李觀，據韓愈《李元賓墓誌銘》稱：「李觀，字元賓。其先隴西人，始來自江之東。年二十四，舉進士，三年，登上第。」其登第年月，以諸書攷之，當在貞元八年。

【注釋】

（1）「誰言」二句：陶淵明《影答形》詩：「憩蔭若暫乖，止日終不別。此同既難常，黯爾俱時滅。」此用其意。（2）「昔爲」二句：貞元八年李觀應試登第，東野落第。故有「同恨」、「獨笑」之言。（3）「雲津」：即天漢。《晉書·褚陶傳》：「張華謂陸機曰：『君兄弟龍躍雲津。』」（4）「臥木」、「棄花」，東野自喻。（5）「蕭晨」：秋晨。《文選》晉殷仲文《南州桓公九井作》：「哲匠感蕭晨。」李善《注》：「蕭晨，言秋晨也。言秋晨蕭瑟。」（6）「埋劍」二句：此以劍埋地下、琴封匣中自喻。「埋劍」，《晉書·張華傳》：「斗牛之間，常有紫氣。華問雷煥……曰：『寶劍之精，上徹於天耳。』」（7）「蒼旻」：天。《爾雅·釋天》謂春爲蒼天，秋爲旻天。

吴安西館贈從弟楚客

蒙籠楊柳館（1），中有南風生。風生今爲誰？湘客多遠情（2）。孤枕楚水夢，獨帆楚江程（3）。覺來殘恨深一作心，尚與歸路并。玉匣五絃在，請君時一鳴（4）。

【題解】據詩語「湘客多遠情」、「孤枕楚水夢，獨帆楚江程」推之，或當作於貞元九年間東野遊楚湘時。

【注釋】（1）「蒙籠」：見卷五《北郭貧居》詩注（1）。　（2）「湘客」：東野自謂。　（3）「孤枕」二句：「孤枕」，李白《月下獨酌》：「醉後失天地，兀然就孤枕。」「獨帆」，猶孤帆。二語疑指孟楚客。　（4）「玉匣」二句：「五絃」，五絃琴。見卷二《遣興》注（1）。謝靈運《晚出西射堂》詩：「幽獨賴鳴琴。」東野此二句用其意。

贈章仇將軍

將軍不誇劍，才氣爲英雄(1)。五岳拽力內，百川傾意中。本立誰敢拔？飛文自難窮(2)。
前時天地翻，已有扶正功。

【注釋】

（1）「將軍」二句：「不誇劍」，猶《孫子兵法·謀攻》：「百戰百勝，非善之善者也；不戰而屈人之兵，善之善者也。」「才氣」，《史記·李廣傳》：「李廣才氣，天下無雙。」　（2）「本立」二句：「本立」，「本」，草木的根、幹。比喻事物根基或主體。《論語·學而》：「本立而道生。」「飛文」，指誣謗他人的匿名文書。《漢書·楚元王傳》附劉向上封事：「巧言醜詆，流言飛文。」

贈道月上人

僧貌淨無點，僧衣寧綴華(1)？尋常晝日行，不使身影斜。飯术煑松柏，坐山數一作邀雲霞(2)。欲知禪隱高，緝薜爲袈裟(3)。

【注釋】

(1)「僧貌」二句：「無點」，謂淨無點污。《説文》：「點，小黑也。」「寧」，豈，難道。(2)「飯术」二句：「术」，草名。根莖可入藥。「敷」，鋪陳，散佈。(3)「欲知」二句：「禪隱」，以禪自隱。「緝薜」，《楚辭》屈原《九歌·山鬼》：「若有人兮山之阿，披薜荔兮帶女蘿。」此用其意。「緝」，編綴。《説文》：「緝，績也。」「袈裟」，見卷五《嵩少》詩注(1)。

抒情因上郎中二十二叔監察十五叔兼呈李益端公柳縝評事(一)

方憑指下絃(1)，寫出心中言。寸草賤子命，高山主人恩(2)。遊邊風沙意，夢楚波濤魂(3)。一日引別袂，九迴霑淚痕(4)。自悲何以然？在禮闕晨昏(5)。名利時轉甚，是非宵亦喧。浮情少定主，百慮隨世翻。舉此胸臆恨，幸從賢哲論(6)。明明三飛鸞一作步兵與雙鸞，照物如朝暾(7)。

【校記】

〔一〕沈校宋本題内「柳縝」作「柳鎮」。

【題解】

郎中二十二叔、監察十五叔，均爲東野族人。其名字、生平不詳。李益，新、舊《唐書》皆有傳，但未言其何時爲御史。柳縝，柳鎮之弟，柳宗元之叔。柳宗元《故叔父殿中侍御史府君墓版文》稱：「朔方節度使張獻甫辟署參謀，受大理評事。」（《柳先生集》卷十二）此詩作年難於確攷。以詩中「遊邊風沙意，夢楚波濤魂」諸語推之，可能作於貞元九年東野結束朔方之遊不久。

【注釋】

「指下絃」：琴。東野精於樂理，善琴。集中多次提到琴。如《上張徐州》：「願皷空桑絃，永使萬物和」，《新卜青羅幽居奉獻陸大夫》：「嘉木偶良酌，芳陰庇清彈」，《連州吟》：「怨聲能翦絃，坐撫零落琴」等。（2）「寸草」二句：比也。「寸草」，東野自喻。「高山」，以喻四君。（3）「遊邊」二句：「遊邊」，指朔方之遊。「夢楚」，指將作楚湘之遊。（4）「一日」二句：寫別離之情。「別袂」，離別的衣袖。王勃《餞韋兵曹》：「征驂臨野次，別袂慘江垂。」「九迴」，司馬遷《報任少卿書》：「腸一日而九迴。」（5）「晨昏」：指對父母的侍奉。《禮記·曲禮》：「凡爲人子之禮，冬温而夏清，昏定而晨省。」是時東野有老母在湖州家中，故云。（6）「賢哲」：謂題中四君。（7）「明明」二句：「三飛鸞」，指題中三君。言三君明如朝日，可洞見東野之憂心。「朝暾」，早晨初昇的太陽。《楚辭》屈原《九歌·東君》：「暾將出兮東方，照吾檻兮扶桑。」《隋書·音樂志》《朝日歌》：「扶木上朝暾。」

贈城郭道士

望裏失卻山，聽中遺卻泉（1）。松枝休策雲，藥囊翻貯錢（2）。曾依青桂鄰，學得《白雪》絃〔一〕（3）。別別意未迴〔二〕，世上爲隱仙（4）。

【校記】

〔一〕「雪」，沈校宋本、明鈔本作「雲」。　〔二〕「別別」，《全唐詩》本作「別來」，下注云：「一作別別」。

【注釋】

（1）「望裏」二句：言道士居城郭，不得看山聽泉。「失卻」、「遺卻」，皆言城中無山水。　（2）「松枝」二句：此言城郭道士不用松枝策雲飛昇，亦不上山採藥，其藥囊翻成錢袋。宋張君房《雲笈七籤》：「策雲飛行，上昇帝宸。」「策」，以鞭擊馬。作動詞用。高適《賦得還山吟送沈四山人》：「賣藥囊中應有錢」。　（3）「曾依」二句：「青桂鄰」，自謂曾與城郭道士爲鄰。「青桂」，陳羽《遊洞靈觀》：「風吹青桂寒花落，香繞仙壇處處聞。」「白雪」，古曲名。《文選》陸機《文賦》：「綴《下里》於《白雪》。」《注》：「《淮南子》曰：『師曠奏《白雪》而神禽下降。』《白雪》，五十絃，瑟樂曲名。』」《樂府詩集》五十七《白雪歌·序》：「《琴集》曰：《白雪》，師曠所作，商調曲也。」此謂東野向城郭道士學得「大隱隱朝市」的訣竅。　（4）「別別」二句：言分手以來，操持未變。自己亦在世上當起隱仙來。《枕中書》：「浮遊五嶽，采靈芝，尋隱仙之友。」《枕中書》舊題晉葛洪撰。實爲後來術士僞託之作。

桐廬山中贈李明府

靜境無濁氛，清雨零碧雲。千山不隱響，一葉動亦聞(1)。即此佳志士，精微誰相羣(2)？欲識楚一作此章句，袖中蘭茝薰(3)。

【題解】

桐廬，縣名。《舊唐書·地理志》：睦州有桐廬縣，唐屬江南東道。今屬浙江杭州市。吳均《與宋元思書》：「自富陽至桐廬，一百許里，奇山異水，天下獨絶。」「明府」，唐人稱縣令爲明府。李明府，生平事蹟不詳。

【注釋】

(1)「靜境」四句：極言桐廬山之清靜。「零」：落。　(2)「即此」二句：贊李明府。「精微」，精細隱微。《孔子家語·問玉》：「潔靜精微，易教也。」　(3)「欲識」二句：「楚章句」，謂李明府詩。「蘭茝」，皆香草名。

獻漢南樊尚書

天下昔崩亂，大君識賢臣(1)。衆木盡搖落，始見竹色真(2)。兵勢走山岳，陽光潛埃塵(3)。心開玄女符，面縛青波人(4)。異俗既從化，澆風亦歸淳(5)。自公理斯郡，寒谷皆變春(6)。旗影卷赤電，劍鋒匣青鱗(7)。如何嵩高氣，作鎮楚水濱(8)。雲鏡忽開霽一作景，孤光射無垠。乃知尋常鑒，照影不照神(9)。

【題解】

樊尚書，當指樊澤。據新、舊《唐書》樊澤傳，知他在德宗建中四年曾充通和蕃使，從鳳翔節度使張鎰與吐蕃會盟於清水。又屢次與藩鎮李希烈接戰。前後擒降李希烈驍將張嘉瑜、杜文朝等。貞元三年任荆南節度觀察等使、江陵尹，兼御史大夫。又三年，加檢校禮部尚書。貞元八年三月復任襄州刺史、山南東道節度使。東野此詩疑即作於貞元九年出遊湖楚時。「漢南」，《爾雅·釋地》：「漢南曰荆州。」

【注釋】

(1)「天下」二句：指建中年間李希烈與魏博恒冀諸藩鎮合兵抗唐之變。「大君」，指天子。《易·師》：「大君有命，以正功也。」(2)「衆木」二句：此以竹之歲寒不凋喻世亂識忠臣之意。(3)「兵勢」二句：此言强敵壓境，唐軍潰敗如山倒，天子蒙塵。暗指建中四年十月，涇原兵變，擁立太尉朱泚爲帝，德宗出奔奉天。(4)「心開」二句：「玄女」，女神名。即九天玄女。傳説黄帝戰蚩尤，天遣玄女下授兵符。乃得勝。見《史記·五帝紀·黄帝正義》。王勃《乾元殿頌》：「元戎握節，黄公授犀闕之圖；帝座聞鼙，玄女薦龍廷之策。」「面縛」，縛手於背而面向前，以示投降。《左傳·僖公六年》：「許男面縛銜璧。」此謂樊澤在當年藩鎮之變中，曾擒降李希烈驍將張嘉瑜、杜文朝等。「清波人」，指張、杜等。(5)「異俗」二句：「異俗」、「澆風」，俱指吐蕃。暗指樊澤充通和蕃使與吐蕃會盟於清水事。　（6）「自公」二句：此謂樊澤治郡，萬物百姓皆蒙恩澤。劉向《別録》：「燕有寒谷，鄒衍吹律，温氣乃至。」　（7）「旗影」二句：此言兵氣消歇。駱賓王《姚州破賊露布》：「列旗影以雲舒，似長虹之東指。横劍鋒而電轉，疑大火之西流。」此反用其意。「赤電」，赤色閃光。楊炯《劉生》詩：「劍鋒生赤電。」「青鱗」，指龍。此處比喻劍鋒如青龍之在匣。　（8）「如何」二句：「嵩高」，《詩・大雅・嵩高》：「嵩高維嶽，峻極於天。維嶽降神，生甫及申。」此贊樊澤安邦定國之功巍如嵩嶽。「楚水濱」，指漢南。　（9）「雲鏡」四句：「雲鏡」，日。「無垠」，無邊際。賈誼《鵩鳥賦》：「大鈞播物兮，坱圠無垠。」「鑒」，同「鑑」，鏡。此以日喻樊澤，言可照察下土，與常鏡不同。

贈轉運陸中丞

掌運職既大，摧邪名更雄。鵬飛簸曲雲，鶚怒生直風(1)。投彼霜雪令，翦除荆棘叢(2)。楚倉傾向西，吴米發一作登自東。帆影咽河口，車聲聾關中(3)。堯知才策高，人喜道路通。皆驚内史力，繼得酇侯功(4)。萊子貧爲少〔一〕，相如未免窮(5)。衣花野菡萏，書葉山梧桐(6)。不是宗匠心，誰憐久栖蓬(7)。

【校記】

〔一〕「貧」，《全唐詩》本作「真」，下注云：「一作貧」。

【題解】

本詩當作於貞元一、二年間。轉運陸中丞，謂陸長源。據《舊唐書·陸長源傳》稱：「韓滉兼領江淮轉運，奏長源檢校郎中，兼御史中丞，充轉運副使。」此詩當即作於陸長源任轉運副使兼御史中丞時。

【注釋】

（1）「掌運」四句：「掌運」，指陸長源充轉運副使。「摧邪」，謂陸長源兼御史中丞。「鵬飛」、「鶚怒」，喻長源賦性剛直，秉公執法，糾彈邪惡。「簸」，顛動。（2）「投彼」二句：「霜雪令」，喻陸長源法令之威嚴，凜如霜雪。「荆棘叢」，喻邪惡勢力。（3）「楚倉」四句：此寫轉運活動。《舊唐書·食貨志》：「河口元置武牢倉，江南舡不入黄河，即於倉内便儲，……不滯遠船。」此即所謂「帆影咽河口」。「吴米」，即江淮運米。吴米東發，楚倉西運，以實關中。蓋即所謂「車聲聾關中」。「聾」，言車聲隆隆，使關中一帶震耳欲聾。（4）「堯知」四句：此謂陸長源轉運有方，上下稱便。「堯」，此指天子。「人」，百姓。「内史」，官名，見《周禮·春官》。據《舊唐書·職官志》、《新唐書·百官志》載：隋改中書省爲内史省，以中書令爲内史令。唐光宅元年亦改中書令爲内史。掌「佐天子而執大政」。實爲宰相之職。此處「内史」疑謂韓滉。貞元元年七月，以韓滉檢校尚書左僕射同平章事，江淮轉運使。「酇侯功」，《史記·蕭相國世家》：「高祖以蕭何功最盛，封爲酇侯。蕭何轉漕關中，給食不乏。」此以陸長源比蕭何。言因韓滉之薦，乃使長源得繼酇侯之功。（5）「萊子」二句：「萊子」，即老萊子。春秋時楚隱士。晉皇甫謐《高士傳》：「老萊子者，楚人也。當時世亂，逃世耕於蒙山之陽，莞葭爲牆，蓬蒿爲室，杖木爲牀，蓍艾爲席，飲水食粟，墾山播種。」「相如」，司馬相如。《漢書·司馬相如傳》：「文君夜亡奔相如，相如與馳歸成都，家徒四壁立。」此以老萊子、司馬相如喻己之窮困。（6）「衣花」二句：極寫窮困之趣，與《濟源寒食》之「饑僮餓馬掃花喂，向晚飲溪一兩盃」同妙。（7）「不是」二句：「宗匠」，謂陸長源。培育人才，爲衆望所歸，有如大匠之陶鑄器具，稱宗匠。晉袁宏《三國名臣序贊》：「揖讓之與干戈，文德之與武功，莫不宗匠陶鈞，而羣才緝熙。」「久栖蓬」，東野自喻。以上六句東野自寫其窮困與感遇。

贈萬年陸郎中〔一〕

天子憂劇縣，寄深華省郎（1）。紛紛風響珮，蟄蟄劍開霜（2）。舊事笑堆案，新聲唯雅章〔二〕（3）。誰言百里一作步才（4），終作横天梁。江鴻恥承眷，雲津未能翔〔三〕（5）。徘徊塵俗中，短毳無輝光（6）。

【校記】

〔一〕北宋刻本詩題脱「贈」字，據諸本補。　〔二〕「堆」，北宋刻本作「推」。沈校宋本、明鈔本、秦禾本、《全唐詩》本作「堆」，是。今據改。　〔三〕「未」，北宋刻本原作「求」，非是。據明鈔本、弘治本、秦禾本、《全唐詩》本改。

【題解】

陸郎中，疑謂陸長源。據《新唐書・陸長源傳》，知他曾佐韓滉爲江淮轉運副使。後罷爲都官郎中，改萬年縣令，出爲汝州刺史。其爲汝州刺史時約在貞元七年以前。此詩當即作於陸長源刺汝州前，任萬年縣令時。萬年，縣名。唐屬關内道京兆府，故治在今陝西西安市咸寧縣。

【注釋】

（1）「天子」二句：「劇縣」，謂事務繁重、難治之縣。《漢書·陳遵傳》：「遵能治三輔劇縣，補郁夷令。」「華省」，謂職務清貴的官署。潘岳《秋興賦》：「宵耿介而不寐兮，獨輾轉於華省。」「華省郎」，此指陸郎中。因陸以都官郎中出任萬年縣令，故云。（2）「紛紛」二句：此寫天子宣召陸郎中進殿時所見。「紛紛風響珮」，言朝臣之多。「蟄蟄」，盛多貌。《詩·周南·螽斯》：「宜爾子孫蟄蟄兮」。《集傳》：「蟄蟄，亦多意。」「劍開霜」，言劍戟如林，侍衛森嚴。（3）「舊事」二句：此言陸郎中不治官事。文書盈案而不廢吟咏。嵇康《與山巨源絶交書》：「而人間多事，堆案盈几。」（4）「百里才」：治理一邑的才能。喻縣令。《三國志·蜀書·龐統傳》：「守耒陽令，不治。免官。魯肅遺先主書曰：『龐士元非百里才也，使處治中別駕之任，始當展其驥足耳。』」此以陸郎中比龐統。（5）「江鴻」二句：「江鴻」，東野自喻。「雲津」，見《贈李觀詩》注（3）。（6）「毳（cuì粹）」：鳥獸的細毛。

擢第後東歸書懷獻坐主呂侍郎〔一〕

昔歲辭親淚，今爲戀恩泣〔二〕（1）。去住情難并，別離景易戢（2）。夭矯大空鱗，曾爲小泉蟄（3）。幽意獨沉時，震雷忽相及（4）。神行既不宰，直致非所執〔三〕（5）。至運本遺功（6），輕生各一作苦自立。大君思此化，良佐自然集（7）。寶鏡無私光（8），時文有新習〔四〕。慈親誠志就〔五〕，賤子歸情急(9)。擢第謝靈臺(10)，牽衣一作名出皇邑〔六〕。行襟海日曙，逸抱江風入(11)。蒹葭得波浪〔七〕(12)，芙蓉紅岸濕〔八〕。雲寺勢動摇，山鐘韻嘘吸。舊遊期再踐，懸水得重挹(13)。松蘿雖可居，青紫終當拾(14)。

【校記】

〔一〕「坐主」，北宋刻本詩題作「坐中」。非是。據諸本改。　〔二〕「恩」，《全唐詩》本作「主」，下注云：「一作恩。」〔三〕「致」，《文苑英華》卷二五九作「制」，下注云：「集作致」。《全唐詩》本注云：「一作制」。　〔四〕「時文」，北宋刻本「文」字原闕，據《文苑英華》、明鈔本、弘治本、秦禾本、《全唐詩》本補。　〔五〕「誠」，沈校宋本作「誠」，下注云：「一作誠」。《文苑英華》作「誠」，下注云：「集作誠」。明鈔本作「誠」。按作「誠」是。　〔六〕「一作名」，《文苑英華》無「一作名」注文。　〔七〕「得」，《文苑英華》作「緑」，是。《全唐詩》本注云：「一作緑」。　〔八〕「濕」，沈校宋本作「隰」。

【題解】

本篇當作於貞元十二年。坐主，「坐」，「座」的本字。唐代進士稱主考官爲座主。張籍《寄蘇州白二十三使君》：「登第早年同座主。」呂侍郎，當是呂渭。貞元十二年，呂渭以禮部侍郎知貢舉。東野於是年登第，出呂渭門下，故詩題以「坐主」稱之。

【注釋】

（1）「昔歲」二句：「辭親」，謂辭母。「戀恩」，謂戀呂渭。　（2）「景」：日光。「戢」(jí及)：收斂，藏匿。

《詩・小雅・鴛鴦》：「戢其左翼」。《傳》：「戢，斂也。」（3）「夭矯」二句：「夭矯」，屈伸自如。「大空鱗」，指龍。「大空」，即太空。「大」讀爲「太」。本句東野自謂。「蟄」，伏藏。《易・繫辭・下》：「龍蛇之蟄，以存身也。」（4）「震雷」：喻得呂渭提携登第。（5）「神行」二句：「宰」，主宰。支配。《莊子・列禦寇》：「受乎心，宰乎神。」「直致」，直率表述。唐殷璠《河嶽英靈集・序》：「至於曹劉，詩多直致，語不切對。」（6）「至」：大。「運」：命運。（7）「大君」二句：「大君」，指天子。這裏指德宗。「良佐」，指呂渭。沈佺期《和户部岑尚書參迹樞揆》「大君制六合，良佐參萬機」。（8）「寶鏡」：喻主攷官呂渭。（9）「慈親」二句：「慈親」，謂東野母。「賤子」，東野自謂。（10）「靈臺」：臺名。漢、唐皆有靈臺，爲觀測天象之所。《三輔黄圖・臺榭》：「漢靈臺，始曰清臺。本爲觀陰陽天文之變，更名靈臺。」在長安西北。「謝靈臺」，猶言謝天。（11）「行襟」二句：「海日」、「江風」，王灣《次北固山下》詩：「海日生殘夜，江風入舊年。」（12）「蒹葭」二句：「蒹」，荻；「葭」，蘆葦。俱水草名。（13）「懸水」句：懸水瀑布。《孔子家語・致思》：「有懸水三十仞。」「挹」：舀取。（14）「松蘿」二句：「松蘿」，植物名。常寄生松樹上，即女蘿。「松蘿居」，喻山居。「青紫」，指貴官之服。漢制：「丞相、太尉皆金印紫綬，御史大夫銀印青綬。」《漢書・夏侯勝傳》：「經術苟明，其取青紫，如俯拾地芥耳。」

古意贈梁肅補闕〔一〕

曲木忌日影，讒人畏賢明。自然照燭間〔二〕，不受邪佞輕。不有百煉火，孰知寸金精〔三〕?·金鉛正同一作在鑪，願分精與麤〔四〕。

【校記】

〔一〕《文苑英華》卷二五九詩題作《古意贈梁補闕》，《唐文粹》卷十四上詩題作《古意贈補闕》。〔二〕「然」，《文苑英華》作「來」，下注云：「集作然」。《全唐詩》本「然」下注云：「一作來」。〔三〕「精」，《文苑英華》作「情」。下注云：「集作精」。〔四〕「金鉛」二句，《文苑英華》作「銅鉛正同鑄，願分麤與精」。下注：「集作『金鈆正銅鑪，願分精與麤』。以避『精』字。」按「同」誤作「銅」。《唐文粹》作「金鉛正同爐，願分麤與精」。沈校宋本作「金鉛正同鑄，願分麤與精」。又校云：「宋本作『自然寸金精，同爐精與麤』。」諸本「同」下俱無「一作在」注文。《全唐詩》本「金」下注云：「一作銅」。

【題解】

此詩當作於貞元八年。是年梁肅方佐陸贄主持禮部貢舉事。韓愈、李觀俱在那年陸贄榜登第。同年東野也在長安應試。李觀有《上梁肅補闕薦孟郊崔宏禮書》。疑東野當是藉李觀之薦而以詩自薦。觀詩語「金鉛正同爐，願分精與麤」可知。補闕，唐諫官名。職掌侍從諷諫。有左右之分。左補闕屬門下省，右補闕屬中書省。梁肅大約是從貞元五年自監察御史轉右補闕起，一直守本官至貞元九年逝世前。

贈黔府王中丞楚

舊説天下山，半在黔中青；又聞天下泉，半落黔中鳴。山水千萬遶，中有君子行〔1〕。儒風一以扇，汙俗心皆平。我願中國春，化從異方生〔一〕(2)。昔爲陰草毒，今爲陽華英。嘉實綴緑蔓，凉湍瀉清聲。逍遥物景勝，視聽空曠并。困驥猶在轅(3)，沉珠尚隱精。路遐莫及盼〔二〕，泥汚日已盈。歲晏將何從，落葉甘自輕(4)。

【校記】

〔一〕「化」，北宋刻本原闕，據明鈔本、弘治本、秦禾本、《全唐詩》本補。　〔二〕「盼」，沈校宋本、《全唐詩》本作「眄」。

【題解】

本詩當作於貞元十一年。王楚，唐懷州刺史王崟之子。《新唐書·宰相世系表》烏丸王氏條下載：「王崟，懷州刺史。子楚，黔中觀察使。」「楚」字或寫作「礎」。王楚貞元八年時爲郎中，佐陸贄知貞元八年禮部貢舉事。其後累遷秘書少監。貞元十一年乃出爲黔中經略觀察使。東野此詩以「黔府」與「中丞」並稱，當是作於王楚觀察黔中，兼領御史中丞之後。又據詩語「困驥猶在轅，沉珠尚隱精」推之，知此詩或當作於貞元十一年東野三來長安應進士試，尚未登第前。故有「困驥」、「沉珠」之喻。黔中，地名。唐屬江南西道。治所黔州，在今四川彭水縣。

【注釋】

(1)「君子」：謂王楚。　(2)「我願」二句：「中國」，泛指中原地區。也指京師。「異方」，指黔中。

(3)「轅」：用以駕馬的直木。《説文》：「轅，輈也。從車袁聲。」 (4)「落葉」：東野自喻。

上達奚舍人〔一〕

北山少日月(1)，草木苦風霜。貧士在重坎，食梅有酸腸(2)。萬俗皆走圓，一身一作心猶學方(3)。常恐衆毀至，春葉成秋黄(4)。大賢秉高鑒(5)，公燭無私光。暗室曉未及〔二〕，幽吟涕空行〔三〕(6)。

【校記】

〔一〕「奚」，明鈔本、弘治本作「溪」。 〔二〕「及」，書棚本作「來」。 〔三〕「吟」，《全唐詩》本作「行」，下注云：「一作吟」。

【題解】

舍人，官名。爲中書省之屬官。職掌撰擬詔令、侍從、宣旨、接納上奏文表等事。

【注釋】

(1)「北山」：洛陽北邙山的別稱。《左傳·昭公二十二年》：「夏四月，王田北山。」《注》：「北山，洛北芒也。」 (2)「貧士」二句：「重(chóng 虫)坎」，「坎」，卦名。《易·坎·象》：「習坎，重險也。」坎卦爲二坎相重(䷜)。坎爲險，故稱「重險」。「習」，重疊。「坎」，坑穴。「食梅」句，鮑照《代東門行》：「食梅常苦酸」。
(3)「萬俗」二句：《楚辭》屈原《離騷》：「固時俗之工巧兮，偭規矩而改錯。背繩墨以追曲兮，競周容以爲度……不量鑿而正枘兮，固前脩以菹醢。」又《楚辭》屈原《九歌・懷沙》：「刓方以爲圜兮，常度未替。」東野句意本此。　（4）「常恐」二句：韓愈《薦士》詩：「酸寒溧陽尉，五十幾何耄。俗流知者誰，指注競嘲慠。」東野《懊惱》詩中亦云：「惡詩皆得官，好詩空抱山。抱山冷殑殑，終日悲顔顔。好詩更相嫉，劍戟生牙關。」可以互參。　（5）「大賢」二句：「大賢」，稱美達奚舍人。「鑒」，鏡子。　（6）「暗室」二句：「曉」，猶天明。此言日光未能照臨東野，故幽吟垂涕。詩意欲達奚舍人援引。

贈主人

斗水瀉大海，不如瀉枯池(1)。分明賢達交(2)，豈顧豪華兒？海有不足流，豪有不足資。枯鱗易爲水(3)，貧士易爲施。幸睹君子席，會將幽賤期(4)。側聞清風議，如飲黃金巵[一](5)。此道與日月，同光無盡時(6)。

【校記】

[一]「如飲」，《全唐詩》本作「飫如」，下注：「一作如飲」。

【注釋】

（1）「斗水」二句：言濟富不如濟貧。《莊子・外物》：「周顧視車轍，中有鮒魚焉。周問之曰：『鮒魚來，子何爲者耶？』對曰：『我，東海之波臣也。君豈有斗升之水而活我哉？』」　（2）「分明」句：「賢達」，賢明通達。《文選》劉峻《廣絶交論》：「斯賢達之素交，歷萬古而一遇。」（3）「枯鱗」：《莊子·外物》：「鮒魚忿然作色曰：吾得斗升之水然活耳。君乃言此，不如早索我於枯魚之肆。」（4）「會」：適逢。「幽賤」：東野自況。「期」：邀約。會合。《晉書·羊祜傳》：「側席求賢，不遺幽賤。」（5）「黄金巵」：喻美酒。「巵」，酒器。（6）「此道」二句：《史記·屈原列傳》：「推此志也，雖與日月爭光可也。」

贈建業契公

師住青山寺，清華常遶身（1）。雖然到城郭，衣上不棲塵（2）。

【題解】

建業，縣名。《三國志·吳書·孫權傳》：「十六年，徙治秣陵。明年，城石頭。改秣陵爲建業。」建業唐屬江南東道。故址在今江蘇省南京市。契公，不詳其爲何人。

【注釋】

（1）「師住」二句：「師」，謂契公。「清華」，形容優美的風景名勝。《南史·隱逸傳》：「巖壑閑遠，水石清華。」「常遶身」，常徜徉於山水之間。（2）「雖然」二句：謝脁《酬王晉安德元》詩：「誰能久京洛？緇塵染素衣。」東野此處反其意而用之。

獻襄陽于大夫

襄陽青山郭，漢江白銅堤(1)。謝公領兹郡(2)，山水無塵泥。鐵馬萬霜雪，絳旗千虹蜺(3)。風漪參差泛(4)，石板重壘躋。舊淚不復墮(5)，新歡居然齊。還耕竟原野，歸老相扶携。物色增曖曖，寒芳更萋萋(6)。淵清有遐略，高躅無近蹊一作衆賦無暴掠，輿歌有安綏(7)。即此富蒼翠，自然引翔棲(8)。曩游常抱憶〔一〕，夙好今尚睽(9)。願言從逸轡，暇日凌清溪(10)。

【校記】

〔一〕「抱憶」，明秦禾本「抱」下有「一作□」注文，諸本俱無。

【題解】

于大夫，或當謂于頔。《舊唐書·德宗紀》及《于頔傳》俱載：貞元十四年于頔自陝虢觀察使任襄州刺史，山南東道節度使。不知即其人否？襄陽，郡名。唐屬山南東道，爲山南東道節度使治所。故治在今湖北省襄樊市。

【注釋】

(1)「漢江」：水名。一稱漢水。流經襄陽城闕。李白《襄陽曲》：「峴山臨漢江，水緑沙如雪。」「白銅堤」：指漢江堤。堤當是因南朝齊梁歌曲《白銅鞮》得名。(2)「謝公」：當謂謝朓或謝玄。以喻于大夫。

（3）「鐵馬」二句：「鐵馬」，披甲的戰馬。陸倕《石闕銘》：「鐵馬千群，朱旗萬里。」「絳旗」，即朱旗。「虹蜺」，見卷四《和皇甫判官遊琅琊溪》注（2）。這裏狀旗。（4）「風漪」：微風吹起的漣漪。（5）「舊淚」：《晉書·羊祜傳》：「襄陽百姓於峴山祜平生遊憩之所，建碑立廟，歲時饗祭焉。望其碑者，莫不流涕。杜預因名墮淚碑。」（6）「物色」二句：「物色」，自然萬物之景象。《文心雕龍·物色》：「春秋代序，陰陽慘舒。物色之動，心亦搖焉。」「曖曖」，暗昧不明貌。《文選》崔瑗《座右銘》：「在涅貴不淄，曖曖內含光。」李善《注》：「《晏子春秋》仲尼曰：『星之昭昭，不如月之曖曖』」，呂向《注》：「曖曖，闇昧貌。」「寒芳」，寒草。「萋萋」，盛貌。《楚辭》劉安《招隱士》：「春草生兮萋萋。」（7）「淵清」：贊美人如淵之清澄。《三國志·魏書·管寧傳》：「冰潔淵清，玄虛淡泊，與道逍遥。」後漢崔駰《大理箴》：「如石之平，如淵之清。」「遐略」：遠略。「躅」（zhú 燭）：足跡。《漢書·叙傳》：「伏孔周之軌躅。」《注》：「鄭氏曰：躅，足跡也。」「蹊」，小路。（8）「翔棲」：以鳥之翔棲比喻人之歸附。（9）「曩遊」二句：「曩（nǎng 攮）」，往昔，從前。「夙好」，舊交。又素所喜好。「睽」，見《鵶路溪行呈陸中丞》注（2）。（10）「願言」二句：「言」，助辭。無義。「逸轡」，猶逸驥。「轡」，馬繮。《文選》潘尼《贈河陽詩》：「逸驥騰夷路。」吳筠《登虛辭》：「逸轡登紫清。」

贈鄭夫子魴〔一〕

天地入胸臆，吁嗟生風雷（1）！文章得其微（2），物象由我裁。宋玉逞大句，李白飛狂才（3）。苟非聖賢心，孰與造化該（4）？勉矣鄭夫子，驪珠今始胎（5）。

【校記】

〔一〕沈校宋本有批注云：「鄭，疑作鄧。白居易有《鄧魴張徹落第》詩，亦云：『懷哉二夫子。』又有《讀鄧魴詩》，詩言其似陶潛。」

【題解】

這是一首談詩詩。疑當作於鄭魴早年未登第前。鄭魴，《新唐書》卷七十五上《宰相世系表》第十五上鄭氏兆祖房有鄭魴，字嘉魚。常州參軍鄭卑之子。敬宗寶曆間爲會稽郡從事，作有《禹穴碑》（文見《唐文粹》卷五十四）。後任倉部郎中（見《唐郎官石柱題名考》卷十七）。

【注釋】

（1）「天地」二句：陸機《文賦》：「思風發於胸臆。」《文心雕龍·序》：「方聲氣於風雷。」（2）「微」：幽深，精妙。（3）「宋玉」二句：「宋玉」，《史記·屈原列傳》：「楚有宋玉、唐勒、景差之徒者，皆好辭而以賦見稱。」「大句」，韓愈、孟郊《城南聯句》：「大句斡玄造，高言軋霄崢。」「李白」，見卷四《招文士飲》詩注（3）。（4）「造化」：指自然之創造化育。《莊子·大宗師》：「今一以天地爲大鑪，以造化爲大冶。」「該」：合拍。《後漢書·張衡傳論》：「製作侔造化。」（5）「驪珠」：傳説爲驪龍頷下的寶珠。《莊子·列御寇》：「千金之珠，必在九重之淵，而驪龍頷下。」「胎」：孕生。此喻鄭魴文章。

大隱詠三首〔一〕

章仇將軍良棄功守貧〔二〕

飲君江海心〔三〕，詎一作誰能辨淺深〔四〕(1)？挹君山嶽德〔五〕，誰能齊嶔岑(2)？東海精爲月，西嶽氣凝金(3)。進則萬景晝一作盡〔六〕，退則羣物陰。我欲薦此言〔七〕，天門峻沉沉(4)。風飇亦感激，爲我颼飀吟(5)。

崔從事鄖以直隳職一作官〔八〕

古人留清風，千載遥贈君。破松見貞心，裂竹看直文〔九〕。殘月色不改，高賢德常新。家懷詩書富，宅抱草木貧。安得一蹄泉〔一〇〕，直化千尺鱗〔一一〕(6)？含意永不語，釣璜幽水濱(7)。

趙記室俶在職無事

卑靜身後老，高動物先摧(8)。方圓水任器，剛勁木成灰(9)。大道母羣物，達人腹衆才(10)。時吟堯舜篇，心向無爲開(11)。彼隱山萬曲，我隱酒一杯。公庭何所有，日日清風來。

【校記】

〔一〕「大隱詠」，明鈔本、弘治本「詠」作「訪」。秦禾本作「詠」。《全唐詩》本題作「大隱坊」，下注云：「一作大隱詠」。前兩首本文及詩題《文苑英華》卷二五九、明鈔本、秦禾本、弘治本、《全唐詩》本與北宋本互倒，是。今據改。明秦禾本第一首題下注云：「一本作後題」，第二首題下注云：「一本作前題。」〔二〕「章仇將軍良棄功守貧」，《文苑英華》題作《贈章仇兵馬使》，注云：「集作《大隱詠章仇將軍良棄功守貧》」。《全唐詩》本題下注云：「一作《贈章仇兵馬使》。」〔三〕「江」，《文苑英華》作「滄」，下注云：「集作江」。沈校宋本、《全唐詩》本「江」下注云：「一作滄」。〔四〕「詎」，沈校宋本作「誰」，下注：「一作詎」。《文苑英華》作「誰」，下無注文。〔五〕「揖君山嶽德」，《文苑英華》「山嶽德」作「高山嶽」。下注：「集作山嶽德」。沈校宋本「山嶽德」下注云：「一作高山嶽」。《全唐詩》本「揖」作「挹」。〔六〕「晝」，《文苑英華》作「盡」，下無注文。〔七〕「我」，《文苑英華》作「吾」，下注：「集作我」。〔八〕「崔從事鄖以直隳職」，《文苑英華》題作《大隱詠崔從事鄖以直隳官》，下注：「集作以直隳職。」《唐文粹》卷十六上題作《贈崔從事鄖》，僅載此一首，無《大隱詠三首》詩題。〔九〕「看直文」，《文苑英華》「看」作「見」，「文」作「紋」。下注：「集作看直文」。《全唐詩》本「看」作「見」，下注云：「一作看」。〔一〇〕「安得一蹄泉」，《文苑英華》作「安排一泉深」，下注：「集作安得一蹄泉。」《唐文粹》作「安排一蹄泉」。《全唐詩》本句下注云：「一作安排一泉深。」〔一一〕「直」，《文苑英華》作「未」。明鈔本、弘治本、秦禾本、《全唐詩》本作「來」。《全唐詩》本「來」下注云：「一作直」。

【題解】

此組詩疑以時賢爲題。崔鄖、章仇良、趙傚三人事蹟，因書闕有間，亦難稽攷。同卷另有《贈章仇將軍》一詩，與章仇良或當同爲一人。從事，官名。州郡之佐吏。記室，官名。掌章表書記文檄之事。

【注釋】

（1）「飲君」二句：《韓詩外傳》：「子貢曰：臣之事仲尼，譬猶渴操壺杓，就江海而飲，腹滿而去，又安知江海之深乎。」東野用其義。　（2）「齊」：相等，相同。「嶔岑」：見卷五《汝州南潭陪陸中丞公讌》注（4）。（3）「東海」二句：王充《論衡・説日》：「月者，水之精也。」「西嶽」，華山，在今陝西省華陰縣。「金」，五行之一。於位爲西，於時爲秋。《漢書・五行志上》：「金，西方。萬物既成，殺氣之始也。」　（4）「天門」：君門之尊稱。杜甫《宣政殿退朝晚出左掖》詩：「天門日射黄金榜，春殿晴熏赤羽旗。」「沉沉」（tán 談）：宫室深邃貌。《史記・陳涉世家》：「客曰：『夥頤！涉之爲王沉沉者。』」《集解》引應劭曰：「沉沉，宫室深邃之貌也。」（5）「風飇」二句：「風飇（biāo 鏢）」，回風。《漢書・揚雄傳》：「風發飇拂。」《注》：「飇，回風也。」「颼飀」，風聲。見卷一《殺氣不在邊》注（7）。此言天門難入，唯有風飇爲我吟鳴。　（6）「安得」二句：「一蹄」，比喻容量微小。「化」，化生，融解。　（7）「含意」二句：「釣璜」，《竹書紀年》注：「文王至於磻溪之水，呂尚釣於涯，曰：望釣得玉璜」。此以周太公望磻溪釣璜借喻崔鄖隳職，冀得見知明主。　（8）「卑靜」二句：《老子》第六十一章：「牝常以靜勝牡，以靜爲下。」王弼釋曰：「牝：雌也。雄躁動貪欲，雌常以靜，故能勝雄也。以其靜復能爲下，故物歸之。」又《老子》第二十六章「重爲輕根，靜爲躁君」二句意疑本此。　（9）「方圓」二句：《老子》第八章：「上善若水，水利萬物而不爭，處衆人之所惡。」王弼注：「人惡卑也。」又《劉子新論》：「人之從君，如草之從風，水之從器。」《莊子・山木》：「甘井先竭，直木先伐。」　（10）「大道」二句：《老子》第二十五章：「有物混成，先天地生。……周行而不殆。可以爲天下母。吾不知其名，字之曰道。强爲之名曰大。」又第四十二章：「道生一，一生二，二生三，三生萬物。」「母群物」，能使他物滋生者爲「母」。「腹」，懷抱。《詩・小雅・蓼莪》：「顧我復我，出入腹我。」（11）「時吟」二句：《論語・衛靈公》：「無爲而治者，其舜也與？夫何爲哉，恭己正南面而已矣。」又《論語》有《堯曰》篇，述堯舜以公道養天下的言行。「堯舜篇」疑指此。「無爲」，《老子》第一章：「聖人處無爲之事，行不言之教。……爲無爲，則無不治。」《淮南子・原道》：「所謂無爲者，不先物爲也；所謂無不爲者，因物之所爲。」

贈韓郎中愈二首〔一〕

何以定一作結交契？贈君高山石（1）。何以保貞堅〔二〕？贈君青松色（2）。貧居過此外〔三〕，無可相彩飾（3）。聞君首鼠詩〔四〕（4），吟之淚空滴〔五〕。

碩鼠既穿墉〔六〕，又嚙機上絲。穿墉有閑一作餘土，嚙絲無餘衣〔七〕（5）。朝吟枯桑柘（6），暮泣穿杼機〔八〕。豈是無巧妙，絲斷將何施？衆人上肥華，志士多饑羸（7）。願君保此節一作願保此貞節，天意當察微〔九〕（8）。右二詩本作一詩。

【校記】

〔一〕《文苑英華》卷二五九題作《贈韓愈》，注云：「集作《贈韓郎中愈二首》」。《唐文粹》卷十八題作《贈韓愈二首》。

〔二〕「貞堅」，《文苑英華》作「貞資」，下注云：「集作保貞堅，《文粹》作保貞妍，又作實貞賢。」秦禾本「堅」下注云：「一作研」。沈校宋本「研」作「姸」。《全唐詩》本「堅」下注云：「一作姿」。〔三〕「居」，《文苑英華》、《唐文粹》、沈校宋本作「交」。明秦禾本、《全唐詩》本「居」下注云：「一作交」。〔四〕「聞君首鼠詩」，《文苑英華》作「更有石鼠詩」，下注云：「集作聞君首」。按「石」疑爲「碩」字之誤。《唐文粹》作「更有其鼠詩」。秦禾本「聞君」下注云：「一作更有」。「首鼠」，沈校宋本、明鈔本、弘治本、《全唐詩》本作「碩鼠」。《全唐詩》本「碩」下注云：「一作首」，「詩」下注云：「一作更有其鼠詩」。〔五〕「淚空滴」，《文苑英華》作「淚堪滴」，注云：「集作淚空滴」。《唐文粹》作「堪淚滴」。秦禾本、《全唐詩》本注云：「一作堪淚滴」。〔六〕「碩鼠既穿墉」，《文苑英華》「碩」作「其」，下注云：「集作碩。」《唐文粹》作「其」。沈校宋本「穿」作「空」，下無秦禾本原注「一作定」三字。〔七〕「嚙絲無餘衣」，《文苑英華》、沈校宋本「絲」作「機」；「衣」作「絲」。《全唐詩》本「衣」下注云：「一作絲。」〔八〕「穿」，《文苑英華》、《唐文粹》、《全唐詩》本作「空」，《全唐詩》本下注：「一作穿。」〔九〕「當察微」，沈校宋本「當」作「多」。明秦禾本「察微」下注：「一自碩鼠下別作一篇，無後一篇。」「碩鼠」一首後，北宋刻本無「前日遠別離，今日生白髮。欲知萬里情，曉卧半牀月。常恐百蟲秋，使我芳草歇」一首。《唐文粹》明鈔本、弘治本、秦禾本、《全唐詩》本俱有。《全唐詩》本末句後注云：「一本連上第二篇作一首。」

【題解】

此詩當作於元和八、九年間。宋洪興祖《韓文公年譜》引《憲宗實録》稱：「元和八年三月己亥，國子博士韓愈比部郎中史館修撰。」據此可推定東野此詩作於元和八年三月後。

【注釋】

（1）「何以」二句：「交契」，交誼。「高山石」，《詩·小雅·鶴鳴》：「他山之石，可以攻玉。」（2）「青松色」：《論語·子罕》：「歲寒，然後知松柏之後彫也。」（3）「貧居」二句：元和四年東野服母喪閒居，至元和八年尚未得官。「過此外」，意謂過貧居除松石外無可彩飾。「彩飾」，妝點。張衡《西京賦》：「故其館室次舍，采飾華縟。」（4）「首鼠詩」：「首」，一作「碩」。《詩·魏風》有《碩鼠》篇。所以刺貪吏也。以喻韓愈的刺貪詩歌。（5）「碩鼠」四句：極寫碩鼠貪婪。《詩·召南·行露》：「誰謂鼠無牙？何以穿我墉。」（6）「朝吟」二句：「桑柘」，俱飼蠶之物。「杼」，織布梭。（7）「衆人」二句：「上」，同「尚」。「肥華」，肥美華腴。與「饑羸」義反。（8）「願君」二句：「此節」，指志士之節操。「察微」，《史記·五帝本紀》：「高辛生而神靈，聰以知遠，明以察微。」

戲贈無本二首

長安秋聲乾，木葉相號悲（1）。瘦僧卧冰凌，嘲（一作朔）詠含金痍（2）。金痍非戰痕，峭病方在茲（3）。詩骨聳東野，詩濤湧退之〔一〕。有時踉蹌行，人驚鶴阿師（4）。可惜李杜死，不見此狂癡（5）。

燕僧聳聽詞，袈裟喜翻新〔二〕（6）。北岳厭利殺，玄功生微言（7）。天高亦可飛，海廣亦可源。文章杳無底，斸掘誰能根（8）？夢靈髣髴到，對我方與論。拾月鯨口邊，何人免爲吞（9）？燕僧擺造化，萬有隨手奔（10）。補綴雜霞衣，笑傲諸貴門〔三〕（11）。將明文在身（12），亦爾道所存〔四〕。朔雪凝別句，朔風飄征魂（13）。再期嵩少遊，一訪蓬藿村（14）。春草步步緑，春山日日暄〔五〕。遥鷺相應吟，晚聽恐不繁(15)。相思塞心胸，高逸難攀援。

【校記】

〔一〕「湧」，《全唐詩》本注云：「一作勇」。〔二〕「翻新」，沈校宋本、明鈔本、秦禾本、《全唐詩》本作「新翻」，是。〔三〕「諸」，明鈔本作「朱」。〔四〕「爾」，明鈔本、秦禾本、《全唐詩》本下注云：「一作示」。〔五〕「喧」，《全唐詩》本注云：「一作喧」。

【題解】

本篇當作於元和六年。無本即賈島「字浪仙。范陽人。初爲浮屠，名無本。」（見《新唐書·賈島傳》）元和六年冬，賈島自長安歸范陽。韓愈曾作《送無本師歸范陽》詩相贈。東野此詩與韓詩當同爲一時先後之作。

【注釋】

（1）「長安」二句：「秋聲」，秋時西風疾烈，草木摇落，多肅殺之聲。「木葉」，樹葉。《楚辭·九歌·湘夫人》：「嫋嫋兮秋風，洞庭波兮木葉下。」（2）「瘦僧」二句：「瘦僧」，指賈島。「冰凌」，積冰。《初學記》卷七引《風俗通》：「積冰曰凌。」「金痍」，猶金瘡。《後漢書·班超傳》：「每有攻戰，輒爲先登，身被金痍，不避死亡。」（3）「金痍」二句：此以攻戰比喻賈島嘲詠。「峭病」，即指所被金痍。賈島詩瘦峭，故云。（4）「有時」二句：「踉蹌」，行走急遽貌。清胡鳴玉《訂譌雜録》二：「踉蹌：應曰狼竄。《野客叢書》以物性喻人云『言其亂走，則曰狼竄』。是也。疑因聲譌爲踉蹌。」「鶴阿師」，對賈島的戲稱。「鶴」，形容其骨格清瘦。「阿」，助詞。

用於稱謂、姓名等之前。如阿母、阿瞞。（5）「可惜」二句：「李杜」，李白、杜甫。「狂癡」，見卷三《亂離》詩注（6）。此謂賈島。（6）「燕僧」二句：賈島籍隸范陽，范陽在古燕國範圍，唐屬河北道。故曰燕僧。二語贊美賈島詩使人聳聽，有如新翻袈裟。（7）「北岳」二句：「北岳」，恒山。主峰在今河北曲陽縣西北。「厭」，憎惡。又鎮压、抑制。通「壓」。「利殺」，猶言鋒利之兵器。指殺伐。「玄功」，猶靜功。「玄」，靜。又指修道功夫「微言」，精微之言。《漢書·藝文志》：「仲尼没而微言絶。」（8）「劚掘」：挖掘。《齊民要術》：「栽桑柘，率五尺一根，其下常劚掘。」（9）「拾月」二句：韓愈《送無本歸范陽詩》：「無本於爲文，身大不及膽。蛟龍弄角牙，造次欲手攬。」與此處喻賈島詩奇崛險怪意近。（10）「燕僧」二句：「擺」，擺佈。擺弄。「造化」，見《贈鄭夫子魴》詩注（4）。「萬有」，猶萬物。（11）「補綴」二句：上句言賈島生計之清苦，下句贊賈島骨氣之狂傲。「霞衣」，僧衣之美稱。（12）「文在身」：《左傳·僖公二十四年》：「言，身之文也。」（13）「朔雪」二句：「朔雪」、「朔風」，俱言賈島歸范陽的時令氣候。「凝别句」，指東野贈詩。「飄征魂」，喻賈島歸范陽。（14）「再期」二句：此寫東野與賈島訂重遊之約。元和六年春，賈島曾至洛陽，故云「再期」。「嵩少」，嵩山。見卷五《嵩少》詩題解。「蓬蘿村」，比喻東野所居。（15）「遥鸎」二句：「鸎」，鳥名。亦作「鶯」，初春始鳴。《詩·小雅·伐木》：「伐木丁丁，鳥鳴嚶嚶」，「嚶其鳴矣，求其友聲」。昔時常以嚶鳴之鳥爲黃鶯。以嚶鳴比喻朋友間同聲相應，同氣相求。此二語即用其義。「繁」，多，盛。

孟郊詩集校注卷七

懷寄

寄張籍

夜鏡不照物，朝光何時昇(1)？黯然秋思來一作暗然愁氣來，走入志士膺。志士惜時逝，一宵三四興。清漢徒自朗，濁河終無澄(2)。舊愛忽已遠，新愁坐相凌。君其隱壯懷，我亦逃名稱(3)。古人貴從晦，君子忌黨朋(4)。傾敗生所競，保全歸瞢瞢一作苦懵(5)。浮雲何當來？潛虬會飛騰(6)。

【題解】

張籍，字文昌。蘇州人。性狷直。善詩，尤長於樂府。當代名公鉅卿如裴度、令狐楚、白居易、元稹皆與之遊，而尤爲韓愈所推重，薦爲國子司業。有《張司業集》傳世。此詩據詩意推之，疑作於貞元間張籍未登第前。

【注釋】

（1）「夜鏡」二句：「夜鏡」，月光。「朝光」，日光。鮑照《中興歌》：「碧樓含夜月，紫殿爭朝光。」（2）「清漢」二句：「清漢」，銀河。陸機《擬迢迢牽牛星》：「昭昭清漢輝，粲粲光天步。」「濁河」，指黄河。謝朓《始出尚書省》詩：「紛虹亂朝日，濁河穢清濟。」唐政腐敗，故東野有河清無望之歎。（3）「逃名稱」：《漢書·法真傳》：「逃名而名我隨。」（4）「古人」二句：此言古人所重在明哲保身，而最忌結黨營私。「從晦」，猶言隱居匿跡。《論語·述而》：「吾聞君子不黨。」（5）「傾敗」二句：「傾敗」，失敗。「瞢瞢」，目模糊不明貌。又蒙昧無知。與「矇矇」通。（6）「浮雲」二句：《易·乾》：「雲從龍，風從虎。」此喻君臣遇合，即可飛騰直上。「會」，能，應當。

憶周秀才素上人時聞各在一方〔一〕

東西分我情，魂夢安能定。野客雲作心，高僧月爲性（1）。浮雲自高閑，明月常空靜。衣敝得古風，居山無俗病（2）。吟聽碧雲語，手把青松柄。羡爾欲寄書，飛禽杳難倩（3）。

【校記】

〔一〕《全唐詩》本題下注云：「一本無聞字」。

【注釋】

（1）「野客」二句：「野客」，指周秀才。「高僧」，指素上人。秀才浪遊，故曰心若雲之無定所。僧人靜修，故曰性若月之有恆處。（2）「衣敝」二句：「衣敝」，謂周秀才。《論語·子罕》：「衣敝緼袍，與衣狐貉者立，而不恥者，其由也與。」「居山」，指素上人。（3）「飛禽」：指鴻雁。古時有以帛繫雁足傳書之說。見《漢書·蘇武傳》。「倩」，藉助。

舟中喜遇從叔簡別後寄上時從叔初擢第一作侍從歸江南郊不從行〔一〕

一意兩片雲（1），暫合還卻分。南雲乘慶歸，北雲與誰羣（2）？寄聲千里風，相喚聞不聞？

【校記】

〔一〕「一作侍從」，沈校宋本云：「宋本無一作」。明鈔本、弘治本亦無。

【題解】

此詩當爲貞元七年秋東野赴長安應試途中作。按孟簡登第大約在貞元七年，時東野自湖州取解，來長安應進士試。孟簡已登第歸江南，相遇舟中，因於別後寄詩。

【注釋】

（1）「一意」：指孟簡與東野同來應進士試。（2）「南雲」二句：「南雲」，喻孟簡。因簡時已登第東歸，故云「乘慶歸」。「北雲」，東野自況。

懷南岳隱士二首

見説祝融峰⑴，擎天勢似騰。藏千尋布水，出十八高僧⑵。古路無人跡，新霞吐石稜。終居將爾叟⑶，一一共余登。

千峰映碧湘，真叟此中藏。飯不煮石喫⑷，眉應似髮長。楓梩楮酒甕〔一〕，鶴虱落琴牀⑸。强效忘機者，斯人尚未忘⑹。

【校記】

〔一〕「楓梩楮酒甕」，沈校宋本「梩」作「椌」，「楮」作「揞」。《全唐詩》本「梩」下注云：「即梠，與耜同」。「楮」作「揞」，義通。

【題解】

此詩據詩意或爲貞元間東野出遊楚湘後作。南岳衡山。五岳之一。《史記·封禪書》：「南嶽，衡山也。」在湖南省中部。山勢雄偉，盤行數百里，有大小七十二峰。隱士見卷二《隱士》詩題解。

【注釋】

（1）「祝融峰」：衡山最高峰。　（2）「藏千」二句：「尋」，古代八尺爲尋。「布水」，瀑布。「出十八高僧」，衡山佛寺衆多，代出高僧。如南北朝之慧思，唐之希遷。　（3）「終居」：意謂長居南岳。「終」，久長。「將」：與，共。又扶持。「爾叟」：指南岳隱士。　（4）「煑石」：南朝梁陶弘景《真誥》：「煑石方，東府左卿白先生造也，皆真人所授。」南朝梁庾肩吾《東宮玉帳山銘》：「煑石初爛，燒丹欲成。」　（5）「楓梩」二句：「楓梩（sì俟）」，楓木做成的鍬臿一類的挖土器具。《説文》：「梠，臿也。……一曰徙土輂，齊人語也。臣鉉等曰：『今俗作耜。』梩，或從里。」「梩，梠的異體字。《方言》：「臿，東齊謂之梩。」《孟子·滕文公上》：「蓋歸反虆梩而掩之。」「楮」（zhī支），柱脚。引申爲支、拄之義。《爾雅·釋言》：「楮，柱也。」《義疏》：「楮通作支。」《正字通》：「楮與搘、枝、支通。」「鶴虱」，即「鶴蝨」。天名精之實。可入藥。宋沈括《夢溪筆談·藥議》：「地菘即天名精，蓋其葉似菘，又似名精。故有二名。鶴虱即其實也。」　（6）「强效」二句：「忘機」，指忘卻機心，自甘恬澹。李白《下終南山過斛斯山人宿置酒》詩：「陶然共忘機。」此二語東野自嘲之詞。

春夜憶蕭子真

半夜不成寐，燈盡又無月〔一〕。獨向堦前立，子規啼不歇(1)。況我有金蘭，忽爾爲胡越(2)。爭得明鏡中(3)，久長無白髮。

【校記】

〔一〕「又」，《全唐詩》本注云：「一作夕」。

【注釋】

（1）「子規」：見卷三《聞砧》詩注（1）。（2）「況我」二句：「金蘭」，友誼契合之謂。金喻堅，蘭喻香。《易·繫辭上》：「二人同心，其利斷金；同心之言，其臭如蘭。」「胡越」，胡指北方，越指南方。借喻相隔遥遠。

（3）「爭得」：「爭」，同「怎」。唐人口語。

寄院中諸公

奕奕秋水傍，駸駸緑雲蹄（1）。月仙有高曜，靈鳳無卑棲。翠色遶雲谷，碧華凝清溪〔一〕。竹林遞歷覽，雲寺行攀躋。冠豸猶屈蠖，匣龍期剸犀（2）。千山驚月曉，百里聞霜鼙（3）。戎府多秀異，謝公期相携（4）。因之仰羣彦，養拙固難齊（5）。

【校記】

〔一〕「清」，明鈔本、弘治本、秦禾本作「句」。《全唐詩》本作「月」，下注：「一作句」。

【題解】

院，唐宋以來官署名。唐御史臺有三院：臺院、殿院、察院。

【注釋】

（1）「奕奕」二句：「奕奕」，姣美貌。《詩・魯頌・閟宮》：「路寢孔碩，新廟奕奕。」《鄭箋》：「奕奕，姣美也。」「駸駸」（qīn 侵）：馬疾行貌。《詩・小雅・四牡》：「駕彼四駱，載驟駸駸。」《毛傳》：「駸駸，驟貌。」（2）「冠豸」二句：「冠」（guàn 貫），戴帽。「豸」，即獬豸，傳説中的獸名。《後漢書・輿服志下》：「獬豸，神羊。能別曲直。楚王嘗獲之，故以爲冠。」古時執法官吏皆戴豸冠。「屈蠖」，「蠖」，蟲名。蟲體細長，行時先屈後伸。《周易》：「尺蠖之屈，以求信（伸）也。」「匣龍」，謂劍。見卷一《殺氣不在邊》詩注（10）。「剸犀」，《淮南子・脩務》：「雖水斷龍舟，陸剸犀甲，莫之服帶。」「剸」，割。二語言諸公才期大用。（3）「霜鼙」二句：「鼙」，軍鼓。此二語言戰亂又起。（4）「戎府」二句：「戎府」，軍府。「謝公」，謂東晉謝安。此爲借喻。（5）「因之」二句：「群彦」，指院中諸公。蔡邕《答對元式》詩：「濟濟群彦，如雲如龍。」「養拙」，東野自謂。潘岳《閒居賦》：「終優遊以養拙」。

寄洛州李大夫

自從薊師反(1)，中國事紛紛。儒道一失所，賢人多在軍。烏巢憂迸射，鹿耳駭驚聞(2)。劍折唯恐匣〔一〕，弓貪不讓勳(3)。方知省事將，動必謝前羣(4)。鸛陣常先罷，魚符最晚分(5)。步閑洛水曲(6)，笑激太行雲。詩叟未相識，竹兒爭見君(7)。殷勤越談説〔二〕，記盡古風文〔三〕。

【校記】

〔一〕「恐匣」，明鈔本注云：「一作恐匠」。弘治本、秦禾本注云：「一作怨匠」。《全唐詩》本同。〔二〕「越」，《全唐詩》本注云：「一作起」。〔三〕「古風」，弘治本「古」作「士」。《全唐詩》本「風」下注云：「一作夙」。明鈔本、秦禾本「風」作「夙」。下注云：「一作風」。

【題解】

此詩疑作於元和七、八年間（證見孟郊年譜元和七年下）。洛州李大夫，疑謂李光顔。《舊唐書・李光顔傳》稱「自憲宗元和以來，屢授代、洛二州刺史，兼御史大夫」。洛州，唐屬河北道。故治在今河北永年縣東南。

【注釋】

（1）「自從」二句：「薊師反」，謂安史叛亂。玄宗天寶十四載，河北藩鎮安禄山、史思明舉兵叛唐。唐王朝從此便元氣大傷。直到唐亡，藩鎮之禍未嘗稍息。（2）「烏巢」二句：此兩句似謂藩鎮驚駭失措，懼唐軍征剿。（3）「劍折」二句：此二句稱譽平亂將帥的勇猛無敵。劍雖折斷，猶不甘装進匣中；弓雖射敵甚衆，仍思功上加功。造語奇警生新。從弓和劍上著筆，想象奇特。恰到好處地贊美了李大夫和他的部下。（4）「方知」二句：「省事將」，謂李大夫。「省事」，明瞭事理。也指精簡事務。《晉書・荀勗傳》：「省官不如省事。」「謝」，辭卻。「前群」，猶前鋒。此言李大夫深知用兵之道，故强調不戰而屈人之兵。（5）「鸛陣」二句：「鸛陣」，軍陣名。《左傳・昭公二十一年》：「與華氏戰於赭丘，鄭翩願爲鸛，其御願爲鵝。」杜預注：「鸛、鵝皆陳（陣）名。」「魚符」，一種魚形符信。《唐六典・符寶郎主節》：「銅魚符，所以起軍旅，易官長。」（6）「洛水」：水名。即洛河。也稱漳水。源出太行山東麓，經河北永年縣流入滏陽河。（7）「詩叟」二句：「詩叟」，東野自謂。「竹兒」，《後漢書・郭伋傳》：「伋前在并州，素結恩德，及後入界，老幼逢迎。行部到西河美稷，有童兒數百名騎竹馬道次迎拜。」

寄盧虔使君

霜露再相換，遊人猶未歸。歲新月改色，客久線斷衣。有鶴冰在翅，寒嚴力難飛〔一〕（1）。千家舊素沼，斜日生綠輝〔二〕（2）。春色若不一作可借〔三〕，爲君步芳菲（3）。

【校記】

〔一〕「寒嚴」，弘治本、秦禾本、《全唐詩》本作「竟久」。〔二〕「斜日」，明鈔本、弘治本、秦禾本、《全唐詩》本作「昨日」。《全唐詩》本「昨」下注云：「一作斜」。〔三〕「不」，《全唐詩》本作「可」，下注云：「一作不。」

【題解】

本詩當作於貞元十一年。按東野於貞元九年再下第後，曾作楚湘之遊。據詩語「霜露再相換，遊人猶未歸」推之，當至貞元十一年尚未歸返湖州。因寄此詩抒懷。盧虔，見卷六《自商行謁復州盧使君虔》題解。使君，地方郡守之别稱。這裡指刺史。時盧虔仍在復州任刺史，故詩題以「使君」稱之。

【注釋】

（1）「有鶴」二句：「鶴」，東野自喻。言兩試不第，如鶴雖欲奮飛，而翅沉難動。（2）「千家」二句：比喻歲新换春，千家池塘已生春草。「沼」，水池。「緑輝」，喻春草。（3）「君」：謂盧虔。「芳菲」：花草。也指花草的芳香。

寄崔純亮

百川有餘水，大海無滿波。器量各相懸，賢愚不同科。羣辯有姿語，衆歡無一作有行歌。唯餘洛陽子，鬱鬱恨常多（1）。時讀過秦篇，爲君涕滂沱（2）。

【題解】

「崔純亮」，見卷六《贈崔純亮》詩題解。

【注釋】

（1）「洛陽子」：指賈誼，他是洛陽人。（2）「時讀」二句：「過秦篇」，即漢賈誼《過秦論》。按《過秦論》分上中下三篇，綜論秦王朝失敗之由。又賈誼有《陳政事疏》。中有「臣竊觀事勢，可爲痛哭者一；可爲流涕者二；可爲長太息者六。若其它背理而傷道者，難徧以疏舉」。「涕滂沱」語疑本此。

汴州離亂後憶韓愈李翺

會合一時哭，别離三斷腸（1）。殘花不待風，春盡各飛揚。懽去收不得，悲來難自防。孤門清館夜，獨卧明月牀。忠直血白刃，道路聲蒼黃(2)。食恩三千士，一旦爲豺狼〔一〕(3)。海島士皆直，夷門士非良(4)。人心既不類，天道亦反常。自殺與彼殺〔二〕，未知何者臧(5)？

【校記】

〔一〕「旦」，北宋刻本原作「恩」，誤。據明鈔本、弘治本、秦禾本、《全唐詩》本改。〔二〕「彼殺」：明鈔本、《全唐詩》本「彼」下注云：「一作被」。

【題解】

貞元十五年，宣武軍節度使、汴州刺史董晉卒，陸長源知留後事。八日而軍亂，殺長源。「所謂汴州離亂」即指其事。此詩當亦作於貞元十五年。李翺，字習之。貞元十四年登進士第，授校書郎。爲韓愈姪壻。新、舊《唐書》俱有傳。

【注釋】

(1)「會合」二句：貞元十二年韓愈方知汴州推官，時李翺也自徐州來汴州，次年東野亦至汴州，與韓、李相會，故云「會合一時哭」。至貞元十五年春，東野於汴州軍亂前别去，故云「别離三斷腸」。(2)「忠直」二句：此指汴州軍亂，陸長源被殺害事。「蒼黃」，比喻變化反覆。孔稚圭《北山移文》：「蒼黃翻覆。」(3)「食恩」二句：此鞭撻誅殺陸長源的汴州亂軍。(4)「海島」二句：《史記·田儋傳》：「田横與其徒屬五百餘人入海，居島中。高帝使使召之。田横乘傳詣洛陽，自剄。其徒五百人聞田横死，亦皆自殺。」「夷門」，見卷二

《夷門雪贈主人》注(1)。　(5)「自殺」二句:「自殺」,指田横五百壯士。「彼殺」,指汴州亂軍殺陸長源。「臧」,善。《説文》:「臧」,善也。

寄張籍

未見天子面,不如雙盲人〔一〕(1)。賈生對文帝,終日猶悲辛(2)。夫子亦如盲,所以空泣麟(3)。有時獨齋心(4),髣髴夢稱臣。夢中稱臣言〔二〕,覺後真埃塵。東京有眼富,不如西京無眼貧〔三〕(5)。西京無眼猶有耳,隔牆時聞天子車轔轔〔四〕(6)。轔轔車聲碾冰玉,南郊壇上禮百神(7)。西明寺後窮瞎張太祝(8),縱爾有眼誰爾珍?天子咫尺不得見,不如閉眼且養真。

【校記】

〔一〕「盲」,北宋刻本誤作「育」。據諸本改。　〔二〕「夢中稱臣言」,五字北宋刻本原闕,據明鈔本、弘治本、秦禾本、《全唐詩》本補。　〔三〕「西京無眼貧」,五字北宋刻本原闕,據明鈔本、弘治本、秦禾本、《全唐詩》本補。　〔四〕「車轔轔」,秦禾本、《全唐詩》本「車」下注云:「一本有聲之二字。」

【題解】

此詩當作於元和八年間東野居洛陽時。張籍,見前《寄張籍》詩題解。

【注釋】

（1）「雙盲人」：張籍雙眼病盲，故云。　（2）「賈生」二句：「賈生」，即漢賈誼。參見卷六《贈崔純亮》詩注（5）。賈誼屢次上書陳政事，言時弊。周勃、灌嬰等忌而毀之，出爲長沙王太傅。　（3）「夫子」二句：「夫子」，指孔子。「泣麟」，見卷四《秋懷十五首》注（73）。此慨世衰道窮，時無聖主明王。　（4）「齋心」：即「心齋」。謂摒除雜念，清心寡欲。《莊子·人間世》：顔回曰：「敢問心齋。」仲尼曰：「唯道集虚，虚者心齋也。」（5）「東京」二句：「東京」，指洛陽。「西京」，指長安。　（6）「轔轔」：車聲。漢桓譚《新論》：「衛靈公與夫人夜坐，聞車聲轔轔，至闕而止。」　（7）「轔轔」二句：此寫唐朝皇帝每年正月所舉行的郊祭活動。古時帝王於郊外祭祀天地，稱郊祀或郊祭。《後漢書·禮儀志》：「正月上丁祠南郊。」　（8）「西明寺」句：「西明寺」，在長安延康坊的西南隅。見《唐會要》四十八及宋敏求《長安志》十。寺本爲隋尚書令越國公舊宅。「窮瞎」，張籍從元和六年患眼疾，至此尚未痊愈，故云。「太祝」，官名。屬太常寺。正九品上。掌祝辭祈禱之事。《舊唐書》本傳稱籍「貞元中登進士第，調補太常寺太祝」。

寄義興小女子

江南莊宅淺，所固唯疎籬。小女未解行，病叔老更癡〔一〕（1）。家中多吳語，教爾遥可知（2）。山怪夜動門，水妖時弄池。所憂癡酒腸，不解委曲辭。漁妾性崛强，耕童手皴齹（3）。想兹爲襁褓（4），如鳥拾柴枝。我詠元魯山，胸臆流甘滋。終當學自乳，起坐常相隨〔二〕（5）。

【校記】

〔一〕「病叔」，明鈔本、弘治本、秦禾本、《全唐詩》本作「酒弟」，下注云：「一作病叔」。〔二〕「常」，《全唐詩》本注云：「一作尚」。

【題解】

此詩當作於元和六七年間。義興，郡、縣名。唐屬江南東道常州。即今江蘇之宜興。東野曾家於此。小女子，指東野家婢。詩旨與《送淡公》中「江湖有故莊，小女啼喈喈」一首略同，皆以小女「乳養難諧」爲慮。

【注釋】

（1）「小女」二句：「小女」，指東野幼女。「病叔」，指東野兩弟孟酆、孟郢。（2）「家中」二句：「吳語」，吳中方言。「爾」，指小女子。（3）「漁妾」二句：「崛强」，同「倔犟」。「皴（cūn 村）釐」，粗厚、皺裂。（4）「襁褓」（qiǎng bǎo 搶保）」：背負小兒的背帶和布兜。（5）「我詠」四句：「元魯山」，即元德秀。《新唐書·元德秀傳》稱：「初，兄子襁褓喪親，無資得乳媼。德秀自乳之，數日湩流，能食乃止。」按東野曾作有《弔元魯山十首》，其十中稱：「遺嬰盡雛乳，何況肉骨枝。心腸結苦誠，胸臆垂甘滋。」所謂「我詠元魯山」二語即指此而言。東野亦有效法魯山自乳之意。

憶江南弟

白首眼垂血，望爾唯夢中。節力强起時，魂魄猶在東（1）。眼光寄明星，起來東望空。望空不見人，江海波無窮。衰老無氣力，呼叫不成風。孑然憶憶言，落地何由通？常師共被教(2)，竟作生離翁！生離不可訴，上天何曾聽(3)？忍未對松柏〔一〕，自鞭殘朽躬(4)。自鞭亦何益？知教非所崇〔二〕(5)。努力柱杖來〔三〕，餘活與爾同。不然死後恥，遺死亦有終(6)。

【校記】

〔一〕「忍未」，明鈔本、弘治本、秦禾本作「未忍」。是。〔二〕「知」，秦禾本作「矩」，下注：「一作知」。《全唐詩》本作「知」，下注云：「一作矩」。〔三〕「柱」，秦禾本、《全唐詩》本作「拄」。義通。

【題解】

比詩據詩語推之，或當作於元和七、八年間。與《寄義興小女子》一詩爲一時先後之作。江南弟，謂孟酆、孟郢，皆在江南。

【注釋】

(1)「東」：指江南。(2)「共被」：喻兄弟情誼。《後漢書·姜肱傳》：「肱性篤孝，兄弟同被而寢。」(3)「天聽」：猶言天聽。謂若天之有耳凡聽必聽。《尚書·皋陶謨》：「天聰明自我民聰明。」東野此處反用其意。(4)「自鞭」：「鞭」，策勵。韓愈《答孟郊》詩：「古心雖自鞭，世路終難拗。」(5)「知教」：「知」通曉。又同「智」。智巧，智謀。「教」，政教。(6)「遺死」：意謂料理身後各事。「遺」，交付，遺留。

宿空姪院寄澹公

夜坐冷竹聲，二三高人語。燈窗看律鈔，小師別爲侶(1)。雪簷晴滴滴，茗椀乳華舉〔一〕(2)。磬音多風飈，聲韻聞江楚。官街不相隔(3)，詩思空愁予。明日策杖歸，去住兩延佇(4)。

【校記】

〔一〕「乳華舉」，沈校宋本、明鈔本、弘治本、《全唐詩》本作「華舉舉」。《全唐詩》本注云：「一作乳華舉」。

【題解】

據詩中「官街不相隔」、「明日策杖歸」諸語推之，此詩或當作於元和間東野居洛陽時。空姪，當是東野族姪而入禪門者。澹公，疑即越中詩僧淡公。「澹」與「淡」同。

【注釋】

(1)「燈窗」二句：「律鈔」，泛指佛教典籍如經、律之類。亦指律宗。爲唐釋道宣所創立，以四分律爲宗。道宣自撰有《四分行事鈔》三卷。「小師」，當指姪釋空。　(2)「茗椀」：茶碗。「椀」同「碗」。「乳華」：烹茶所起之泡沫，凝聚碗面如乳。《文苑英華》三三七唐崔珏《美人嘗茶行》：「銀瓶貯泉水一掬，松雨聲來乳花熟。」(3)「官街」：指官修的街道。與「官路」義同。　(4)「延佇」：久立等待。屈原《離騷》：「延佇兮吾將反。」「佇」也作「竚」。

寄陝府鄧一作竇給事

陝城臨大道，舘宇屹幾鮮（1）。候謁隨芳一作方語，鏗詞芬蜀牋（2）。從來鏡目下，見盡道心前（3）。自謂古詩量，異將新學偏〔一〕。戇人年六十，每月請三千（4）。不敢等閒用，願爲長壽錢。非關亦潔爾，將以救羸然。孤省凝皎皎〔二〕（5），默吟寫綿綿。病書憑晝目〔三〕，驛信寄霄鞭〔四〕（6）。疾訴將何諭？肆鱗今倒懸（7）。塵鯉見枯浪，土鬣思乾泉（8）。感感無緒蕩，愁愁作□邊。貞元文祭酒即陽公，比謹學韋玄〔五〕（9）。滿坐無風雜〔六〕，當朝雅獨全。見知囑徐孺即徐端公〔七〕，賞句類陶淵（10）。一顧生鴻羽，再言將鶴翩。宣揚隘車馬，君子湊駢闐（11）。曾是此同睠（12），至今應腸憐。磨墨零落淚，楷字貢仁賢〔八〕（13）。

【校記】

〔一〕「異」，明鈔本、《全唐詩》本注云：「一作冀」。　〔二〕「凝」，明鈔本、弘治本、秦禾本、《全唐詩》本作「癡」。　〔三〕「目」，《全唐詩》本作「日」，下注：「一作目」。　〔四〕「霄」，明鈔本、《全唐詩》本作「宵」。互通。　〔五〕「謹」，底本作「言」，明鈔本、弘治本、秦禾本、《全唐詩》本作「謹」。是。今據改。　〔六〕「無風雜」，《全唐詩》本作「風無雜」。　〔七〕「徐孺」，北宋刻本「孺」字原脱，據明鈔本、弘治本、秦禾本、《全唐詩》本補。　〔八〕「楷」，沈校宋本作「揩」。

【題解】

此詩當作於元和五年。東野時年六十。陝府，即陝州。唐屬河南道。今河南陝縣。鄧給事，不詳爲何人。給事，官名。《舊唐書·職官志》二：「門下省給事中，正五品上階。掌陪侍左右，分剌省事。」

【注釋】

（1）「屹」：高聳貌。「幾」：多少。「鮮」：美好。（2）「蜀牋」：自唐以來，四川所産箋紙即著盛名。統稱「蜀牋」。（3）「從來」二句：「鏡目」，言目明如鏡。「道心」，發於義理之心，對人心而言。《荀子·解蔽》：「人心之危，道心之微。」《朱子全書·尚書》：「人心人欲也；道心，天理也。……道心，是本來稟受得仁義禮智之心。」「見盡」，洞悉。（4）「戇人」二句：「戇人」，東野自謂。元和五年，東野年六十。「三千」，指俸錢。（5）「孤」：獨自。「省」（xǐng醒）：反省。「皎皎」，見卷四《秋懷十五首》注（24）。（6）「寄霄鞭」：古代驛站傳遞文書用馬、車，故云。「霄」，通「宵」。夜。《呂氏春秋·明理》：「有霄見。」《注》：「霄，夜。」（7）「疾訴」二句：「疾訴」，指以上省、吟、書、信。「肆鱗」，即店中所賣枯魚。《莊子·外物》：「君乃言此，曾不如早索我於枯魚之肆。」「倒懸」，《孟子·公孫丑上》：「民之悦之，猶解倒懸。」二語言所以疾訴者，以其窮困至極。東野這裡是用的進一層寫法。魚失水已困苦不堪，今枯魚倒懸於市肆，痛苦更甚。東野善作危苦之音，於此等處可見。（8）「塵鯉」二句：「鬣」，魚頷旁小鰭，凡水族之鬚與鰭皆稱鬣。二語仍暗用《莊子·外物》：「（莊）周顧視車轍中有鮒魚焉。……對曰：『我東海之波臣也，君豈有升斗之水而活我哉。』」作喻。（9）「貞元」二句：「文祭酒」，即陽城。《舊唐書·隱逸傳·陽城傳》：「陽城，字亢宗。隱於中條山。

（李）泌爲宰相，薦爲著作郎，尋遷諫議大夫。（德宗）欲相延齡。城曰：『脱以延齡爲相，城當取白麻壞之。』竟坐延齡事，改國子司業。」「韋玄」，《梁書》十二：「五胡夏京兆人，字祖思。隱居養志，博涉經史，尤善文章。姚興、劉裕並備禮徵辟，不就。」二語皆謂鄧給事。（10）「見知」二句：「徐孺」，即徐孺子穉。東漢豫章南昌人。《後漢書・徐穉傳》：「家貧，……屢辟公府，不起。時陳蕃爲太守……蕃在郡不接賓客，惟穉來特設一榻，去則懸之。」「陶淵」，即陶潛淵明。淵明《飲酒詩》有「奇文共欣賞，疑義相與析」句，故云。（11）「湊」：會合。「駢闐」：聚集，連屬。（12）「睠」：反顧。同「眷」。（13）「楷字」：即楷書。也稱真書、正書。減省隸書之波磔而成。唐以前楷書亦指八分與隸書。「仁賢」：謂鄧給事。

送諫議十六叔至孝義渡後奉寄

曉渡明鏡中，霞衣相飄颻（1）。浪鳬驚亦雙，蓬客將誰僚（2）？別飲孤易醒，離憂壯難銷。文清雖無敵，儒貴不敢驕。江吏捧紫泥，海旗剪紅蕉（3）。分明太守禮，跨躡毗陵橋（4）。伊洛去未迴，遐矚空寂寥（5）。

【題解】

此詩當作於元和六年。「諫議十六叔」謂孟簡。孟簡因抗疏論宦官吐突承璀爲招討使事而自諫議大夫出爲常州刺史，時在元和六年。路經洛陽，東野送至孝義渡後，更寄此詩。孝義渡，據詩語當在洛陽境內。

【注釋】

（1）「曉渡」二句：「明鏡」，喻水。「霞衣」，比喻彩雲之衣，仙人所服。（2）「蓬客」：東野自謂。「僚」：同官或朋輩。（3）「江吏」二句：「江吏」，謂孟簡隨從。「紫泥」，漢衛宏《漢舊儀》上：「皇帝六璽，……皆以武都紫泥封。」後稱皇帝詔書爲紫泥詔，或簡稱紫泥。「海旗」句，謂紅旗似海。「紅蕉」，即美人蕉。花色紅艷。宋范成大《桂海虞衡志・志花》：「紅蕉花，葉瘦類蘆箬，心中抽條，條端發花。色正紅，其端各有一點鮮綠，尤可愛。」（4）「分明」二句：「太守」，《漢書・百官公卿表上》：「郡守，秦官。掌治其郡，秩二千石。（漢）景帝更名太守。」以後刺史即成爲太守的别稱。「毗陵」，本常州舊稱。唐玄宗天寶元年始改今名。見《新唐書・地理志・江南東道》。今屬江蘇省。（5）「伊洛」二句：「伊洛」，伊水和洛水。見卷五《立德新居》注（22）。「遐矚」，遠望。

至孝義渡寄鄭軍事唐二十五

咫尺不得見，心中空嗟嗟。官街泥水深（1），下脚道路斜。嵩少玉峻峻（2），伊雒碧華華。岸亭當四迴，詩老獨一家（3）。洧叟何所如（一）？鄭食唯有些（二）（4）。何當來說事，爲君開流霞（5）。

【校記】

〔一〕「洧」，明鈔本作「滑」。清席刻本作「洧」，下注云：「一作宥。」〔二〕「食」，《全唐詩》本作「石」。

【題解】

此詩亦當作於元和六年東野送孟簡至孝義渡後，與前詩同爲一時先後之作。鄭軍事、唐二十五，皆不詳爲何人。

【注釋】

（1）「官街」：見《宿空姪院寄澹公》詩注（3）。（2）「嵩少」：見卷五《嵩少》詩題解。（3）「岸亭」：參閱卷五《生生亭》題解。「詩老」，東野自喻。（4）「洧叟」二句：「洧（wěi 偉）叟」，謂唐二十五。「洧」，水名。即今雙洎河，發源於河南登封縣東陽城山。「鄭食」，謂鄭軍事。「些」，少許。言其貧困。（5）「流霞」：神話中的仙酒。也泛指美酒。

酬答

答友人〔一〕

白日照清水，淺深無隱姿。君子業高文，懷抱多正思。砥行碧山石（1），結交青松枝。碧山無轉易，青松難傾移〔二〕。落落出俗韻，琅琅大雅詞（2）。自非隨氏掌〔三〕，明月安能持（3）？千里不可倒〔四〕，一返無近期一作一别無迴期〔五〕。如何非意中，良覿忽在兹(4)。道語必疎淡〔六〕，儒風易凌遲(5)。願存堅貞節〔七〕，勿爲霜霰欺〔八〕。

【校記】

〔一〕《文苑英華》卷二四五題作《答友人相贈》。〔二〕「難」，《文苑英華》作「無」，下注：「集作難。」〔三〕「氏」，北宋刻本原作「民」，誤。據《文苑英華》、明鈔本、弘治本、秦禾本、《全唐詩》本改。〔四〕「千里不可倒」，《文苑英華》「千里」作「十載」。《全唐詩》本「千里」下注云：「一作十載。」「倒」，《文苑英華》、沈校宋本作「到」。《全唐詩》本「倒」下注云：「一作到。」〔五〕「返」，《文苑英華》、沈校宋本作「發」。《全唐詩》本「返」下注云：「一作發，一作别。」〔六〕「道語必疎淡」，《文苑英華》「語」作「話」，「淡」作「索」。《全唐詩》本「語」下注云：「一作話」。〔七〕「願存堅貞節」，《文苑英華》「存」作「從」，「堅貞」作「正直」。《全唐詩》本「堅貞」下注云：「一作正直。」〔八〕「霰」，《文苑英華》作「雪」。《全唐詩》本「霰」下注云：「一作雪。」

【注釋】

(1)「砥行」：謂砥礪德操。「砥」，磨石。引申爲磨煉、磨勵。《孔叢子·公儀》：「砥節礪行，樂道好古。」

(2)「落落」二句：「落落」，高超不凡貌。漢杜篤《首陽山賦》：「長松落落。」「琅琅」，指清朗、響亮的聲音。也形容俊美。《晉書·庾闡傳》：「琅琅其璞，巖巖其峰。」(3)「自非」二句：「隨氏」，即隨侯。「隨」，周代國名。姬姓。春秋後期爲楚之附庸。「明月」，比喻傳説中的寶珠。《淮南子·説山》：「故和氏之璧，隨侯之珠，出於山淵之精。」木華《海賦》：「豈徒積太顛之寶貝，與隨侯之明珠。」(4)「覿」：見卷四《遊韋七洞庭别業》注(2)。

(5)「凌遲」：緩延的斜坡。又衰落。《韓詩外傳》卷三：「百仞之山，童子登遊焉，陵遲故也。今其仁義之陵遲久矣。」《詩・王風・大車・序》：「禮義凌遲。」「凌」，同「陵」。

酬友人見寄新文

爲客棲未定，況當玄月中(1)。繁雲翳碧霄，落雪和清風。郊陌絶行人，原隰多飛蓬(2)。耕牛返村巷，野鳥依房櫳。我無飢凍憂，身託蓮花宫(3)。安閑賴禪伯，復得疏塵蒙(4)。覽君郢曲文，詞彩何冲融(5)。謳吟不能已，頓覺形神空。

【注釋】

（1）「玄月」：農曆九月的别稱。《爾雅・釋天》：「九月爲玄。」李巡疏曰：「九月萬物畢盡，陰氣侵寒，其色皆黑。」（2）「隰」：低濕之地。「飛蓬」：草名。枯後根斷，遇風飛旋，故云。《淮南子・説山訓》：「見飛蓬轉而知爲車。」（3）「蓮花宫」：佛家語。謂佛土或寺廟。（4）「安閑」二句：「禪伯」，僧侶的尊稱。李白《答族姪僧中孚贈玉泉仙人掌茶》詩：「宗英乃禪伯，投贈有佳篇。」「疏」，清除。梳理。「塵蒙」，指世俗事物的暗昧。（5）「覽君」二句：「郢曲」，泛指楚歌。參見卷五《題韋承總吳王故城下幽居》詩注（1）「郢唱」。「冲融」，冲澹，諧和。杜甫《往在》詩：「端拱納諫諍，和氣日冲融。」

答韓愈李觀别因獻張徐州〔一〕

富别愁在顔，貧别愁銷骨〔二〕(1)。懶磨舊銅鏡〔三〕，畏見新白髮〔四〕。古樹春無花，子規啼有血。離絃不堪聽，一聽四五絶〔五〕。世途非一險，俗慮有千結〔六〕。有客步大方(2)，驅車獨迷轍。故人韓與李，逸翰雙皎潔(3)。哀我摧折歸，贈詞縱横設(4)。徐方國東樞〔七〕，元戎天下傑(5)。禰生投刺遊，王粲吟詩謁(6)。高情無遺照，朗抱開曉月。有土不埋寃，有讎皆爲雪。願爲直草木〔八〕，永向君地列；願爲古琴瑟，永向君聽發〔九〕。欲識丈夫心，曾將孤劍説〔一〇〕。

【校記】

〔一〕《文苑英華》卷二八八題作《長安留别李觀韓愈因獻張徐州》。《唐文粹》卷十五上題作《送李觀韓愈别兼獻張徐州》。《全唐詩》本題下注云：「一作長安留别李觀韓愈因獻張徐州。」　〔二〕「愁」，《文苑英華》作「病」。　〔三〕「舊」，沈校宋本作「青」。　〔四〕「新白髮」，沈校宋本作「新髮白」。是。　〔五〕「四五絶」，《文苑英華》作「三四裂」。《唐文粹》作「三四絶」。《全唐詩》本注云：「一作三四裂。」　〔六〕「有」，秦禾本、《全唐詩》本注云：「一作各。」　〔七〕「東樞」，《唐文粹》作「號在」。秦禾本、《全唐詩》本注云：「一作號在。」　〔八〕「直」，《全唐詩》本注云：「一作奇。」　〔九〕「聽」，《唐文粹》作「地」。沈校宋本作「前」。《全唐詩》本注云：「一作前。」　〔一〇〕「孤」，《文苑英華》作「寶」，下注云：「集作孤」。《全唐詩》本注云：「一作寶。」

【題解】

此詩當作於貞元八年東野初試落第自長安赴徐州前。張徐州，謂張建封。詳見卷六《上張徐州》詩題解。

【注釋】

（1）「貧別」句：江淹《恨賦》：「黯然銷魂者，唯別而已矣。」今云「愁別銷骨」，是深一層寫法。（2）「大方」：大地。《淮南子・俶真》訓：「是故能戴大員者履大方。」（3）「故人」二句：「逸」通「軼」，飛奔，超絕。「翰」，白馬。《禮記・檀弓上》：「戎車乘翰。」《注》：「翰，白馬也。」貞元八年韓愈、李觀同登進士第。故東野以雙白馬喻之。（4）「哀我」二句：「摧折歸」，東野自謂初試落第。「贈詞」，大約即指韓愈《孟生詩》諸篇而言。李觀贈詞，今本李元賓集未見收録。（5）「徐方」二句：「東樞」，「樞」，指重要或中心的部分。徐州，在陝西長安之東，故云「東樞」。「元戎」，古代大型戰車，引申義爲主帥。此贊美張徐州。（6）「禰生」二句：用禰衡、王粲的典故，贊美天下名士儘來投奔張徐州。「禰生」，東漢禰衡。《後漢書・禰衡傳》：「建安初，來遊許下，始達潁川。乃陰懷一刺。既而無所之適，至於刺字漫滅。」「刺」，名片。《三國志・魏書・武帝紀》：「建安二十年三月，公西征張魯。魯及五子降。十二月，至自南鄭。」「是行也，侍中王粲作五言詩以美其事」。按即指王粲《從軍詩》五首。見《昭明文選》。

答晝上人止讒作

烈烈鸑鷟吟，鏗鏗琅玕音(1)。梟摧明月嘯(2)，鶴起清風心。渭水不可渾，涇流徒相侵(3)。

俗侶唱桃葉（4），隱仙一作士鳴桂琴〔一〕。子野真遺卻，浮淺藏淵深（5）。

【校記】

〔一〕「仙」，《全唐詩》本作「士」，下注：「一作仙」。

【題解】

晝上人，即皎然。湖州人。爲唐代詩僧。唐釋道宣《續高僧傳》二十九有《唐湖州杼山皎然傳》，稱他：「名晝，姓謝氏。」

【注釋】

（1）「烈烈」二句：「鸑鷟」（yuè zhúo 越濯），鳳的別稱。《國語·周語》上：「周之興也，鸑鷟鳴於岐山。」注曰：「鸑鷟，鳳之別稱。」「琅玕」，美石名。《書·禹貢》：「厥貢惟球、琳、琅、玕。」孔傳：「琅玕，石而似玉。」（2）「梟」：猛禽。注見卷一《湘絃怨》（5）。以上四句寫止讒作。（3）「渭水」二句：《詩·邶風·谷風》：「涇以渭濁。」此謂清濁不混同。（4）「桃葉」：《古今樂録》：「桃葉歌者，晉王子敬之所作也。桃葉，子敬妾名。緣於篤愛，所以歌之。」子敬，王獻之字。（5）「子野」二句：「子野」，師曠字。《左傳》昭公八年：「叔向曰：『子野之言，君子哉。』」注曰：「子野，師曠之字。」此言子野善聽，若遺卻俗音，則浮淺自藏，淵深可見，讒毀即止。「淵」，深。

答姚怤見寄

日月不同光，晝夜各有宜。賢哲不苟合，出處亦待時（1）。而我獨迷見，意求異士知。如將舞鶴管，誤向驚鳧吹（2）。大雅難具陳，正聲易漂淪（3）。君有丈夫淚，泣人不泣身（4）。行吟楚山玉一作下〔一〕，義淚沾衣巾。

【校記】

〔一〕「玉，一作下」，明鈔本、弘治本作「下，一作玉」。

【題解】

姚怤生平不詳。張籍有《贈姚怤》詩（《張司業集》卷七），稱：「君今職下位，志氣安得揚？白髮文思壯，才爲國賢良。……昔逢汴水濱，今會習池陽。」可以互參。

【注釋】

（1）「賢哲」二句：「苟合」，苟且附和。《史記・游俠列傳序》：「讀書懷獨行君子之德，義不苟合當世。」「待時」，《易・繫辭》下：「君子藏器於身，待時而動。」（2）「如將」二句：東野自喻求知異士，看錯對方。「舞鶴管」，庾信《答移市教》：「欲令吹簫舞鶴，還返舊鄽。」「驚鳧」，沈約《夕行聞夜鶴》詩：「愍海上之驚鳧，傷雲間之離鶴。」（3）「大雅」二句：「大雅」，指與邪音不同的雅正之聲。「雅」，正。「漂淪」，飄散，淪落。二句從李白古風詩化出。李白《古風》一：「大雅久不作，吾衰竟誰陳。正聲何微茫，哀怨起騷人。」（4）「君有」二句：「君」，指姚侻。「泣人不泣身」，用楚人卞和泣玉事。《古詩十九首》：「不惜歌者苦，但傷知音稀。」此用其意。

答郭郎中

松柏死不變，千年色青青。志士貧更堅，守道無異營（1）。每彈瀟湘瑟，獨抱風波聲。中有失意吟，知者淚滿纓。何以報知音？永存堅與貞。

【注釋】

（1）「志士」二句：《後漢書·馬援傳》：「丈夫爲志，窮當益堅。」王勃《滕王閣序》：「窮且益堅，不墜青雲之志。」

答盧虔故園見寄

訪舊無一人，獨歸清雒春。花聞哭聲死，水見別容新（1）。亂後故鄉宅，多爲行路塵。因悲楚左右，謗玉不知珉（2）。

【題解】

此詩作年難以確攷。據本集卷三《傷春》「兩河春草海水清，十年征戰城郭腥」及本篇傷亂諸語推之，疑或作於貞元八年至十一年間東野應試落第後重遊兩河戰場時。盧虔，見《自商行謁盧虔使君》詩題解。

【注釋】

（1）「花聞」二句構思奇特，將花木擬人化，通過寫其感覺來反映戰亂後的洛陽。其妙處可與杜甫《春望》「感時花濺淚，恨別鳥驚心」媲美。（2）「因悲」二句：此用卞和泣玉事。見卷二《古興》詩注（1）。此處用典有翻新之處。意謂楚王左右既不能辨認似玉之石，但卻肆意毀謗美玉。「珉」，似玉的美石。《荀子・法行》：「子貢問於孔子曰：『君子之所以貴玉而賤珉者何也？』」

汝墳蒙從弟楚材見贈時郊將入秦楚材適楚

朝爲主人心，暮爲一作夕作行客吟〔一〕。汝水忽凄咽，汝風流苦音。北闕秦門高，南路一作山楚石深一作北闕時將遠，南山路更深〔二〕（1）。分淚洒白日，離腸繞青岑（2）。何以寄遠書一作我懷〔三〕？黃鶴能相尋（3）。

【校記】

〔一〕「暮爲」，一作夕作」，明鈔本、秦禾本「暮爲」作「夕作」，下無「一作夕作」注文。《全唐詩》本作「暮爲」，下無「一作夕作」注文。〔二〕「時將遠」，《全唐詩》本注文「將」作「時」。明鈔本、弘治本、秦禾本無「一作」注文。〔三〕「遠書，一作我懷」，明鈔本、秦禾本、《全唐詩》本「書」作「懷」，注文「懷」作「書」。

【題解】

此詩據詩語推之，或當作於貞元十一年前後東野自汝州三赴長安應進士試時。楚材當爲東野族弟，其生平行事不詳。汝墳，古汝水的隄防。汝水，水名。唐屬河南道。在河南省中部。《詩·周南·汝墳》：「遵彼汝墳。」傳曰：「汝，水名也。墳，大防也。」

【注釋】

（1）「北闕」二句：前句寫己之入秦，後句寫楚材適楚。「北闕」，原指古代宮殿北面的門樓。後通稱帝王宮禁爲「北闕」。也作朝廷的別稱。（2）「分淚」二句：淚灑白日，腸繞青山。造境奇僻。（3）「何以」二句：言有黃鶴傳信，遠書易寄。湯惠休《楊花曲》二：「黃鶴西北去，銜我千里心。」東野意同。

同從叔簡酬盧殷少府

梅尉吟楚聲，竹風爲凄清（1）。深虛水在性〔一〕，高潔雲入情（2）。借水洗閑貌，寄蕉書逸名。羞將片石文，鬭此雙瓊英（3）。

【校記】

〔一〕「水」，明鈔本、弘治本、《全唐詩》本作「冰」。

【題解】

此詩當作於元和三、四年間盧殷爲登封縣尉時。按韓愈《登封縣尉盧殷墓誌銘》稱：「元和五年十月日，范陽盧殷以故登封縣尉卒登封。君能爲詩，……與諫議大夫孟簡，協律郎孟郊好。」此詩題以「少府」爲稱，知當作於盧殷爲登封縣尉期間。少府，縣尉的別稱。從叔簡，謂孟簡。

【注釋】

（1）「梅尉」二句：「梅尉」，借指盧殷爲登封縣尉。《漢書·梅福傳》：「福字子真，九江壽春人，爲郡文學，補南昌尉。」李端《送丹陽尉》詩：「遥知拜慶後，梅尉稱仙才。」此二句贊盧殷所贈詩。（2）「深虚」二句：贊盧殷性如止水，可以涵映萬象而不爲萬象所移。情高入雲，純潔無絲毫世俗氣味。（3）「羞將」二句：言酬詩之意。「雙瓊英」，謂孟簡、盧殷詩。

酬李侍御書記秋夕雨中病假見寄

秋風遶衰柳，遠客聞雨聲。重兹阻良夕，孤坐唯積誠（1）。果枉移疾詠，中含嘉慮明。洗滌煩濁盡，視聽昭曠生（2）。未覺衾枕倦，久爲章奏嬰〔一〕（3）。達人不寶一作保藥，所保在閑情。

【校記】

〔一〕「久」，明鈔本作「又」。

【注釋】

（1）「秋風」四句：東野自寫客況。（2）「果枉」四句：贊李侍御因病假寄詩。「果」，當真，竟然。「枉」，猶言屈寄。「移疾詠」，謂病假見寄詩。「嘉慮」，美意。陸機《功臣頌》：「嘉慮四迴」。「昭曠」，明亮開闊。謝靈運《富春渚》詩：「懷抱既昭曠。」（3）「嬰」：羈絆。

答盧仝

楚屈入水死，詩孟踏雪僵〔一〕（1）。直氣苟有存，死亦何所妨。日劈高查牙，清稜含冰漿（2）。前古後古冰，與山氣勢强。閃怪千石形〔二〕，異狀安可量？有時春鏡破，百道聲飛揚。潛仙不足言，朗客無隱腸（3）。爲君傾海宇，日夕多文章。天下豈無緣，此山雪昂藏（4）。煩君前致詞，哀我老更狂。狂歌不及狂，歌聲緣鳳凰。鳳兮何當來，消我孤直瘡（5）。君文真鳳聲，宣隘滿鏗鏘（6）。洛友零落盡，逮茲悲重陽〔三〕。獨自有異骨〔四〕，將騎白角翔〔五〕（7）。再三勸莫行，寒氣有刀槍。仰慙君子多，慎勿作芬芳。

【校記】

〔一〕「詩孟」，北宋刻本「孟」原作「死」，非是。據沈校宋本、席刻本、《全唐詩》本改。　〔二〕「怪」，明鈔本作「性」。　〔三〕「陽」，明鈔本、弘治本、秦禾本、《全唐詩》本作「傷」。是。　〔四〕「有」，弘治本、秦禾本、《全唐詩》本作「奮」。　〔五〕「白」，明鈔本、弘治本、秦禾本、《全唐詩》本「白」下注云：「一作玉」。

【題解】

此詩據詩語「哀我老更狂」、「洛友零落盡」推之，疑作於元和間東野、盧仝居洛陽時。盧仝，范陽人。家貧，唯圖書滿架。隱居少室山。僅破屋數間。終日苦吟，賴鄰僧施米。朝廷徵爲諫議大夫，不就。（見韓愈《寄盧仝》詩）甘露之變，爲宦官所殺。《新唐書·韓愈傳》附有本傳。中稱：「仝居東都，愈爲河南令，愛其詩，厚禮之。仝自號玉川子。」有《玉川子詩集》傳世。

【注釋】

（1）「楚屈」二句：「楚屈」，指楚屈原。「詩孟」，東野自謂。　（2）「日劈」二句：此寫冰高如山。「查牙」，形容山巖峭拔錯出貌。唐孫樵《出蜀賦》：「嵌嵒嵒而查牙兮，上攢羅布而戛天。」「清稜」，冰塊。冰，水爲之而寒於水，故曰「冰漿」。陸機《苦寒行》：「渴飲堅冰漿，饑待零落餐。」　（3）「潛仙」二句：「潛仙」，比喻城府深沉的人。「朗客」，比喻如冰心之朗潔，毫無隱藏。　（4）「昂藏」：傲岸貌。　（5）「狂歌」四句：《論語·微子》：「楚狂接輿歌而過孔子曰：『鳳兮，鳳兮，何德之衰？往者不可諫，來者猶可追。已而已而，今之從政者殆而。』」東野句意本此。　（6）「宣」：周遍。「隘」：狹窄。又險要之地。　（7）「白角」：疑指牛。《穆天子傳》：「爰有黑牛白角。」

奉報翰林張舍人見遺之詩

百蟲笑秋律〔一〕，清削月夜聞(1)。曉稜視聽微(2)，風剪葉已紛。君子覽大雅〔二〕，老人非俊羣(3)。收拾古所棄，俛仰補空文(4)。孤韻恥春俗，餘響逸零雰(5)。自然蹈終南，滌暑淩寒氛(6)。巖霰不知午，磵澌鎮含曛(7)。曾是醒古醉〔三〕，所以多隱淪(8)。江調樂之遠，溪謡生徒新。衆蘊有餘採，寒泉空哀呻。南謝竟莫至，北宋當時珍(9)。賾靈各自異〔四〕，酌酒誰能均〔五〕(10)？昔詠多寫諷，今詞詎無因？品松位何高〔六〕(11)，翠宮没荒榛〔七〕。苔趾識宏製，沙漴游崩津(12)。忽吟陶淵明，此即羲皇人(13)。心放出天地，形拘在風塵(14)。前賢素行階，夙嗜青山勤(15)。達士立明鏡，朗言爲近臣(16)。將期律萬有，傾倒甄無垠(17)。鸞鷟應蟋蟀，絲毫意皆申(18)。況於三千章，哀叩不爲神(19)。

【校記】

〔一〕「笑」，清席刻本作「哭」。　〔二〕「覽」，明鈔本、弘治本、秦禾本、《全唐詩》本作「鑒」。　〔三〕「古」，宋書棚本作「方。」明鈔本同。《全唐詩》本注云：「一作沽。」　〔四〕「賾」，《全唐詩》本注云：「一作頤」。　〔五〕「酒」，明鈔本、弘治本、秦禾本注云：「一作醒」。《全唐詩》本注云：「一作醒。一作醒。」　〔六〕「位何高」，《全唐詩》本作「何高翠」，下注：「一作位何高」。

〔七〕「翠宮」，《全唐詩》本「翠」作「宮」，下注：「一作翠」。「宮」作「殿」。

【注釋】

(1)「百蟲」二句：「秋律」，古代以十二音配十二月。「秋律」即秋天。「笑」，鳴。「清削」，清冷峭拔。二句寫蟲鳴聲。 (2)「曉稜」：謂霜棱。 (3)「君子」二句：「君子」，謂張舍人。「老人」：東野自謂。 (4)「空文」：司馬遷《報任安書》：「退而論書策以舒其憤，思垂空文以自見。」 (5)「孤韻」二句：此言詩格孤高者，決不混同流俗。 (6)「終南」，見卷三《勸酒》注(2)及卷四《遊終南山》題解。 (7)「巖霰」二句：寫高蹈終南之樂。「霰」：雪珠。《詩·小雅·頍弁》：「如彼雨雪，先集維霰。」鄭《箋》：「將大雨雪，始中微温，雪自上下遇温氣而搏，謂之霰。」「澌」：解凍時流動的冰。「鎮」：常。「曛」：日落的餘光。 (8)「曾是」二句：意謂由於古醉獨醒，所以隱淪之士特多。 (9)「南謝」二句：「南謝」、「北宋」，不詳所指。 (10)「賾靈」二句：「賾(zé幘)靈」，精微，深奥。此言詩人精微之靈心各異。因此在風格創造上有如酌酒難勻。 (11)「品松」二句：「品松」：東野有《品松》詩，中云：「此松天格高，聳異千萬重。」「榛」，叢木。《爾雅·釋木》：「木叢生曰榛。」 (12)「苔趾」二句：言殿址生苔，尚能辨識翠宮殿基的宏製。「潨」，小水入於大水。「津」，渡口。 (13)「忽吟」二句：《晉書·隱逸傳》：「陶潛嘗言夏月虛閒，高卧北窗之下，清風颯至，自謂羲皇上人。」「羲皇上人」，謂太古之人。「羲皇」，伏羲氏。 (14)「心放」二句：「放」，放縱。《書·畢命》：「雖收放心，閑之維艱。」二語意謂雖曠達如陶潛，仍要形拘風塵。 (15)「前賢」二句：言前賢之素行，多嗜青山。 (16)「近臣」：張任翰林舍人，故云。 (17)「將期」二句：「律」，原指定音或候氣之管，引申爲約束。「萬有」，猶萬物。「傾倒」，暢所欲言。「甄」，鑒別。彰明。「垠」，邊際。（18）「鶯鶯」二句：「鶯鶯」，見《答晝上人止讒作》注（1）。此言大小相應，無意不伸。（19）「況於」二句：「三千章」，《漢書·東方朔傳》：「東方朔初上書，凡用三千奏牘，讀之二月乃盡。」此贊張舍人兼政事、詩人於一身。

送別上

送從弟郢東歸

爾去東南夜，我無西北夢（1）。誰言貧別易，貧別愁更重〔一〕。曉色奪明月，征人逐羣動（2）。秋風楚濤高，旅榜將誰共（3）？

【校記】

〔一〕「貧別」，北宋刻本「貧」原作「別」，非是。據《文苑英華》卷二七六、明鈔本、弘治本、秦禾本、《全唐詩》本改。

【題解】

此詩據詩語推之，疑作於元和間。案韓愈《貞曜先生墓誌銘》：「父廷玢，娶裴氏女。生先生及二季酆、郢而卒。」是郢與東野同爲裴氏所生。不知詩題何以稱「從弟」。疑「從」字爲衍文。

【注釋】

(1)「爾去」二句：「東南」，指東野湖州故鄉或常州義興莊居。「西北」，對「東南」而言。 (2)「羣動」：承「征人」而言，釋爲「各種活動」。「羣動」：各種動物或諸種活動。陶淵明《飲酒》之七：「日入羣動息，歸鳥趨林鳴。」 (3)「榜」：船。見卷五《浮石亭》注(2)。

山中送從叔簡赴舉

石根百尺杉〔一〕，山眼一片泉。倚一作奇之道氣高〔二〕，飲之詩思鮮。於此逍遥場，忽奏別離絃。卻笑薜蘿子，不同鳴躍年(1)。

【校記】

〔一〕「杉」，弘治本、秦禾本注云：「一作松。」 〔二〕「倚，一作奇」，明鈔本、弘治本、秦禾本注文「奇」作「停」。《全唐詩》本無「一作奇」注文。

【題解】

此詩當作於貞元六年。按孟簡登進士第，約在貞元七年。此即送孟簡應進士試之作。

【注釋】

(1)「卻笑」二句：「薜蘿子」，東野自稱。「薜蘿」，薜荔、女蘿，皆植物名。《楚辭》屈原《九歌·山鬼》：「披薜荔兮帶女蘿。」後以薜蘿指隱士的服裝。「鳴躍年」，以鳥鳴魚躍比喻孟簡應試。

送別崔寅亮下第〔一〕

天地唯一氣，用之自偏頗。憂人成苦吟〔二〕，達士爲高歌。君子識不淺〔三〕，桂枝幽更多〔四〕(1)。歲晏期攀折，時歸且婆娑(2)。素質如削一作荆玉〔五〕，清詞若傾一作天河。虬龍未化時〔六〕，魚鱉同一波。去矣當自適，故山饒薜蘿〔七〕。

【校記】

〔一〕《文苑英華》卷二七六題作《送崔寅亮下第》。　〔二〕「人」，《文苑英華》作「心」。下注云：「集作人」。《全唐詩》本「人」下注云：「一作心。」　〔三〕「識」，明鈔本作「誠」。　〔四〕「桂枝」，《文苑英華》作「枝蔓」。　〔五〕「素質」，《文苑英華》注云：「集作質貌。」《全唐詩》本注云：「一作質貌。」　〔六〕「虬龍」，《文苑英華》作「潛虬」，下注：「集作虬龍」。《全唐詩》本注云：「一作潛虬。」　〔七〕「山」，沈校宋本、明鈔本作「鄉」。《全唐詩》本作「鄉」，下注：「一作山」。

【題解】

崔寅亮，崔玄亮、純亮之弟。《舊唐書·崔玄亮傳》稱：「玄亮貞元十一年登進士第。弟純亮、寅亮相次昇進士科。」據此知崔寅亮登第，當在貞元十二、三年間。時東野亦在長安，或者因崔下第，贈詩爲別。

【注釋】

(1)「桂枝」：唐人稱科舉爲桂科，因稱應試登第爲折桂。下句「攀折」意同。　(2)「婆娑」：見卷三《訪疾》注(2)。

大梁送柳淳先入關〔一〕

青山輾爲塵〔二〕，白日無閑人(1)。自古推高車，爭利西入秦(2)。王門與侯門，待富不待貧。空攜一束書〔三〕，去去誰相親〔四〕？

【校記】

〔一〕《文苑英華》卷二七六題作《大梁送柳淳入關》。《唐文粹》卷十五上題作《送柳淳入關》。〔二〕「輾」，《文苑英華》本作「轉」。《全唐詩》本注云：「一作轉」。〔三〕「空攜」，《文苑英華》本作「唯賫」，下注：「集作空攜。」《唐文粹》作「空齎」。《全唐詩》本「空攜」下注云：「一作唯賫。」〔四〕「去去誰相親」，《文苑英華》作「獨去將誰親」。《唐文粹》同。明鈔本、弘治本、秦禾本句下注云：「一云空賫一束書，獨去將誰親。」《全唐詩》本「去」下注云：「一作獨。」「誰相」下注云：「一作將誰。」

【題解】

此詩當作於貞元十四年間。大梁，地名。戰國魏都。即汴州的別稱。唐屬河南道。今河南開封。彼時東野方寄居汴州，因柳淳入關，贈詩送別。柳淳，進士。呂渭之壻。其生平行事不詳。

【注釋】

(1)「青山」二句：詩意諷世人趨名逐利，故青山可輾爲塵。(2)「自古」二句：《史記·貨殖列傳》：

「天下熙熙，皆爲利來；天下攘攘，皆爲利往。」又《史記・孟嘗君傳》：「馮驩曰：借臣車一乘，可以入秦者，必令君重於國。」

送無懷道士遊富春山水一作送別吳逸士歸山〔一〕

造化絶一作見高處〔二〕，富春獨多觀。山濃翠滴灑一作的礫〔三〕(1)，水折珠摧殘。溪鏡不隱髮，樹衣長遇一作禦寒〔四〕。風猿虚空飛，月狖叫嘯酸(2)。信此神仙路一作樂〔五〕，豈爲時俗安？煮金陰陽火一作芙蓉水〔六〕，囚怪星宿壇〔七〕(3)。花發我一作或未識〔八〕，玉生忽蒙攢(4)。蓬萊浮蕩漾，非道相從難。

【校記】

〔一〕《文苑英華》卷二二八詩題下無「一作」注文。〔二〕「絶」，《文苑英華》注云：「一作最。」《全唐詩》本注云：「一作最，一作見。」〔三〕「滴灑」，《文苑英華》作「的皪」。〔四〕「長」，《文苑英華》作「常」。「禦」，明鈔本「禦」作「樂」。〔五〕「信」，《文苑英華》、《全唐詩》本注云：「一作即。」〔六〕「陰陽火」，《文苑英華》無「一作芙蓉水」注文。〔七〕「囚」，《文苑英華》作「因」，非是。〔八〕「我」，《文苑英華》作「或」。

【題解】

無懷道士，不詳其姓字。富春，山名。在浙江省桐廬縣西。《後漢書・嚴光傳》：「耕於富春山。」又江名。

在浙江省富陽縣南，上起淳安，下至富陽，謝靈運《富春渚》詩：「旦及富春渚。」

【注釋】

（1）「滴灑」：同「滴瀝」。水下滴。此寫山翠欲滴。（2）「狖」：長尾猿。（3）「煮金」二句：此寫道士燒丹禮神的丹竈和星宿壇。「煮金」，庾信《道士步虛詞》之九：「鵲巢堪鍊石，蜂房得煮金。」「陰陽火」，比喻以陰陽爲炭。古代以萬物化生，皆由陰陽。《易・繫辭》上：「一陰一陽之謂道。」（4）「藂攢」：聚集。「藂」，草木叢生貌。「叢」的異體字。

送温初下第

日落濁水中，夜光誰能分（1）？高懷無近趣，清抱多遠聞。欲識丈夫志，心藏孤岳雲。長安風塵別，咫尺不見君。

【題解】

此詩據詩末二語推之，疑當作於貞元七年至十一年間東野在長安應試時。温初，不詳其人。

【注釋】

（1）「日落」二句：喻温初下第，言人不能認識温初。「夜光」，寶玉名。此承日落而言。

送盧虔端公守復州

師曠聽羣木，自然識孤桐（1）。正聲逢知音，願出大朴中（2）。知音不韻俗，獨立占一作上古風（3）。忽掛觸邪冠，逮逐南飛鴻（4）。肅肅太守章，明明華轂熊（5）。商山無平路，楚水有驚瀧（6）。日月千里外，光陰難載同（7）。新愁徒自積，良會何由通？

【題解】

盧虔，參見卷一《楚竹吟酬盧虔端公見和湘絃怨》及卷六《自商行謁復州盧使君虔》詩題解。時東野方在長安應試，因賦詩送行。「復州」：見卷六《自商行謁復州盧使君虔》詩題解。

【注釋】

（1）「師曠」二句：「師曠」，春秋晉樂師。生而目盲，善辨聲樂。《孟子·離婁上》：「師曠之聰。」趙岐注：「晉平公之樂太師也，其聽至聰。」「孤桐」，特生的梧桐。《書·禹貢》：「嶧陽孤桐。」唐孔穎達傳：「孤，特也。嶧山之陽，特生桐，中琴瑟。」

（2）「正聲」二句：「正聲」，純正的樂聲。也指合於音律。嵇康《琴賦》：「爾乃理正聲，奏妙曲。」「知音」，見卷一《傷哉行》注（4）。「大朴」，「朴」，通「樸」。《老子》第二十四章：「朴散則爲器。」

（3）「知音」二句：「知音」，指盧虔。因盧氏獨崇古風，不尚俗韻，故云。

（4）「忽掛」二句：「觸邪冠」，指獬豸冠。侍御戴之以執法。盧虔由侍御出守復州，故云「忽掛觸邪冠」。「南飛鴻」，喻盧虔自侍御出守復州。（5）「肅肅」二句：「肅肅」，嚴正貌。「章」，猶言章服。《書・皋陶謨》：「天命有德，五服五章哉。」「華轂熊」，謂盧虔所乘車上繪有熊的圖案。王維《河南嚴尹弟見宿弊廬歷訪別人賦十韻》：「冠上方簪豸，車邊已畫熊。」（6）「商山」二句：「商山」，見卷三《商州客舍》注（1）。「潨」（zhōng 忠），衆水相會處。《詩・大雅・鳧鷖》：「鳧鷖在潨。」（7）「載」：通「再」。

送任齊二秀才自洞庭遊宣城 任載齊古 並序〔一〕

文章者，賢人之心氣也。心氣樂則文章正，心氣非則文章不正。當正而不正者，心氣之僞也。賢與僞見於文章。一直之詞衰，代多禍。賢無曲詞。文章之曲直，不由於心氣；心氣之悲樂〔二〕，亦不由賢人。由於時故。今宣州多君子，閑暇而寬。文章之曲直，纖微悉而備舉。洞庭二客勉而客去之，皷其光波之詞，吾知夫樂莫是行也。遂為詩曰。

洞庭非人境，道路行虛空（1）。二客月中子〔三〕（2），一帆天外風〔四〕。魚龍波五色，金碧樹千叢。閃怪如可懼，在誠無不通〔五〕。扣奇驚浩淼〔六〕，採異訪穹崇〔七〕（3）。物表積高韻〔八〕，人間訪仙公（4）。宣城文雅地，謝守聲問融〔九〕（5）。證玉易爲力，辨珉誰不同〔一〇〕（6）？從茲阮籍淚，且免泣途窮（7）。

【校記】

〔一〕《文苑英華》卷二七六詩前無序文。詩題下無「任載齊古」注文。〔二〕「心氣」，北宋刻本不重「心氣」二字。據明鈔本、弘治本、秦禾本、《全唐詩》本補。〔三〕「子」，《文苑英華》、弘治本、秦禾本、《全唐詩》本作「下」。〔四〕「一」，《文苑英華》注云：「集作片。」秦禾本注云：「一作片。」〔五〕「在」，《文苑英華》作「至」。《全唐詩》本注云：「一作至。」〔六〕「驚」，《全唐詩》本作「知」，下注：「一作驚。」〔七〕「訪」，《文苑英華》作「動」。《全唐詩》本注云：「一作動。」〔八〕「積」，《全唐詩》本作「即」，下注：「一作積。」〔九〕「問」，秦禾本作「聞」。互通。〔一〇〕「誰」，秦禾本作「調」。《全唐詩》本注云：「一作調。」

【題解】

此詩當作於貞元九年東野再下第後自湘遊洞庭時。任載、齊古，俱不詳爲何人。宣城，縣名。唐屬江南道宣州。今安徽宣城縣治。

【注釋】

（1）「洞庭」二句：洞庭瀦爲七百里，路在水上，故曰「行虚空」。（2）「二客」：指任載、齊古。（3）「扣奇」二句：「浩淼（miǎo 渺）」，水勢浩大廣闊貌。「穹崇」，高聳貌。司馬相如《長門賦》：「正殿塊以造天兮，鬱並起而穹崇。」（4）「物表」二句：「物表」，猶物外。即超脱於世事之外。「仙公」，與仙人同。杜甫《奉漢中王手札》詩：「少年疑柱史，多術怪仙公。」（5）「謝守」：謂南朝齊謝朓。謝曾爲宣城太守。「聲問」：名譽。同「聲聞」。《孟子·離婁下》：「故聲聞過情，君子恥之。」（6）「證玉」二句：「證玉」、「辨珉」，用卞和泣玉事。見卷二《古興》詩注（1）。（7）「從兹」二句：《晉書·阮籍傳》：「時率意獨駕，不由徑路，車迹所窮，輒慟哭而返。」

送曉公歸庭山一作歸稽亭

庭山一作稽亭何崎嶇，寺路緣翠微（1）。秋霽山盡出，日落人獨歸。雲生高高步，泉灑田田衣（2）。枯巢無還羽，新木有爭飛（3）。茲焉不可繼，夢寢空清輝〔一〕。

【校記】

〔一〕「寢」，明鈔本、秦禾本、《全唐詩》本作「寐」。

【注釋】

（1）「翠微」：《爾雅·釋山》：「未及上，曰翠微。」邢昺疏謂：「未及頂上，在旁陂陀之處名翠微。」一說山氣青緑色。《文選》左思《蜀都賦》：「鬱葐蒀以翠微，崛巍巍以峨峨。」劉淵林注曰：「翠微，山氣之輕縹也。」

（2）「田田衣」：袈裟多田字格，故稱。又名「田相衣」。詳見宋釋道誠《釋氏要覽》上《法衣田相緣起》。白居易《從龍潭寺至少林寺題贈同遊者》詩：「山屐田衣六七賢，搴芳踏翠弄潺湲。」（3）「還羽」、「爭飛」：並指山鳥。

送豆盧策歸別墅

短松鶴不巢，高石雲不棲〔一〕。君今瀟湘去〔二〕，意與雲鶴齊〔三〕。力買奇險地，手開清淺溪。

身披薜荔衣一作薜蘿襟〔四〕，山陟莓苔梯（1）。一卷冰雪文，避俗常自携。

【校記】

〔一〕「不」，《唐文粹》卷十五上、明鈔本、弘治本、秦禾本、《全唐詩》本注云：「一作始。」按作「始」是。　〔二〕「君今瀟湘去」，《唐文粹》作「君爲蕭灑去」。明鈔本「今」下注云：「一作爲。」　〔三〕「意」，《唐文粹》作「性」。明鈔本、秦禾本、《全唐詩》本注云：「一作性。」　〔四〕「薜荔衣」，《唐文粹》作「薜蘿襟」。

【題解】

此詩作年無考。豆盧策，新、舊《唐書》俱無傳。韋應物有《送豆盧策秀才》詩，中云：「子有京師遊，始發吳閶門。……文如金石韻，豈乏知音言。」乃送豆盧策自蘇州赴京師贈別之作。又有《酬豆盧倉曹題庫壁見示》詩，疑此亦謂豆盧策。中云：「掾局勞才子，新詩動洛川。……宴罷常分騎，晨趨又比肩。莫嗟年鬢改，郎署定推先。」據此，知豆盧策曾任職倉部，工詩文。

【注釋】

（1）「身披」二句：「薜荔衣」，參見《山中送從叔簡赴舉》詩注（1）。「莓苔梯」，謂巖梯生莓苔者。

送清遠上人歸楚山舊寺一作國清上人遊蘇〔一〕

波中出吳境，霞際登楚岑。水寺一別來，雲一作風蘿三改陰〔二〕（1）。詩誇碧雲句，道證青蓮心〔三〕(2)。應笑泛萍者〔四〕，不知松隱深〔五〕。

【校記】

〔一〕《文苑英華》卷二二八題作《送溪上人》，下注：「集作送清遠上人歸楚山舊山寺，一作國清上人遊蘇。」《全唐詩》本題下注云：「一作國清上人遊蘇，一作送溪上人。」〔二〕「一作風」，明鈔本無此注文。〔三〕「證」，《文苑英華》作「澄」。〔四〕「應笑」句，《文苑英華》「笑」作「嘆」，下注：「集作笑」。明鈔本、明秦禾本、《全唐詩》本有「一作應憐萍泛者」注文。〔五〕「知」，《文苑英華》作「如」，下注：「集作知」。

【注釋】

(1)「三改陰」：喻時經三載。(2)「時誇」二句：「碧云句」，此贊清遠上人詩。江淹《雜體詩·擬休上人》：「日暮碧雲合，佳人殊未來。」「青蓮」，見前《登華嚴寺樓望終南山贈林校書兄弟》詩注(5)。

山中送從叔簡

莫以手中瓊(1)，言邀世上名；莫以山中迹〔一〕，久向人間行。松柏有霜操，風泉無俗聲。應憐枯朽質，驚此別離情。

【校記】

〔一〕「山」，秦禾本作「手」。

【注釋】

（1）「手中瓊」：指筆。

送蕭煉師入四明山

閑於獨鶴心，大於高松年〔一〕。迥出萬物表，高棲四明巔。千尋直裂峰〔二〕，百尺倒瀉泉。絳雪爲我飯〔三〕（1），白雲爲我田。静言不語俗〔四〕，靈蹤時步天〔五〕（2）。

【校記】

〔一〕「高」，《文苑英華》卷二二八、《全唐詩》本注云：「一作喬」。　〔二〕「直」，北宋刻本原作「真」，後改爲「真」。詩末有「真恐作直」四字注語。　〔三〕「雪」，秦禾本作「雲」。　〔四〕「語」，《文苑英華》作「話」。明鈔本、弘治本、秦禾本、《全唐詩》本注云：「一作話」。　〔五〕「蹤」，《文苑英華》作「跡」，下注：「一作蹤」。

【題解】

此篇作年無攷。鍊師，道士的敬稱。《唐六典》：「道士德高思精曰煉師。」四明山，在浙江餘姚縣。《舊唐書·地理志》：「越州餘姚縣有四明山。」

【注釋】

（1）「絳雪」：道家丹藥名。《漢武內傳》：「仙家上藥，有玄霜絳雪。」（2）「靈蹤」句：贊蕭鍊師修養功深，輕舉縹緲之美有如登仙。「蹤」，同「踪」，踪跡。

感別送從叔校書簡再登科東歸〔一〕

長安車馬道〔二〕，高槐一作柳結浮陰〔三〕。下有名利人，一人千萬心。黃鵠多遠勢〔四〕，滄溟無近潯。怡怡靜退姿〔五〕，泠泠思歸吟（1）。菱唱忽生聽，芸書迴望深（2）。清風散言笑，餘花綴衣襟。獨恨魚鳥別，一飛將一沉（3）。

【校記】

〔一〕《唐文粹》卷十五上題作《感別從叔簡再東歸》。〔二〕「長安」，《唐文粹》作「去年」。秦禾本、《全唐詩》本注云：「一作去年。」〔三〕「陰」，秦禾本作「雲」。〔四〕「黃鵠一作簡多遠勢」，《唐文粹》作「黃鶴共遠語」。《唐文粹》、明鈔本無「一作簡」注文。秦禾本「簡」作「鶴」。「多遠勢」下注云：「一作黃鶴共遠語。」《全唐詩》本同。〔五〕「怡怡」，《唐文粹》作「苦苦」。

【題解】

此詩作年難於確攷。《新唐書·孟簡傳》稱「簡舉進士宏詞連中」。按孟簡登進士第，以諸書攷之，約在貞元七年。據此推之，簡登宏詞科約在貞元八年。時東野亦在長安應進士試，作此送別。校書，官名。掌校讎典籍。「再登科」，即謂孟簡登宏詞科。

【注釋】

(1)「怡怡」二句：謂孟簡東歸。(2)「菱唱」二句：「菱唱」，江上採菱之歌。「芸書」，與「芸編」同。「芸」，香草。置書頁内可辟蠹，故謂書籍曰芸書或芸編。此寫孟簡爲校書。(3)「一飛」：喻鳥。謂孟簡。「一沈」：喻魚。東野自謂應試將落第。

送玄亮師〔一〕

蘭泉滌我襟，杉月棲我心〔二〕(1)。茗啜一作味緑淨花〔三〕(2)，經誦清柔音。何處笑爲别〔四〕？淡情愁不侵〔五〕。

【校記】

〔一〕《文苑英華》卷二二八題作《送道友》，下注：「集作送玄亮師。」《全唐詩》本題下注云：「一作送道友。」〔二〕「月棲」，《文苑英華》「月」作「風」，「棲」作「淒」。《全唐詩》本「月棲」下注云：「一作風淒。」〔三〕「一作味」，《文苑英華》、《全唐詩》本無此注文。〔四〕「處」，《文苑英華》作「事」，下注云：「集作處」。《全唐詩》本注云：「一作事。」〔五〕「淡情愁不侵」，《文苑英華》「情」作「然」。「侵」下注云：「一作禁。」《全唐詩》本「情」下注云：「一作然。」

【注釋】

（1）「蘭泉」二句：「蘭泉」，泉之美稱。王融《三月三日曲水詩序》：「鏡文虹於綺疏，浸蘭泉於玉砌。」「杉月」，杉間月光。皎然《和楊明府早秋遊法華寺》詩：「秋賞石潭潔，夜嘉杉月清。」（2）「茗啜」：飲茶。「緑淨花」：疑指烹茶浮起的緑白色泡沫。

送李尊師玄〔一〕

口誦碧簡文，身是青霞君（1）。頭冠兩片月，肩一作身披一條雲。松骨輕自飛，鶴心高不羣。

【校記】

〔一〕《全唐詩》本詩題内「尊」下注云：「一作宗。」

【注釋】

（1）「口誦」二句：「碧簡文」，道書。陶弘景《舊館壇碑》：「瑤宮碧簡，絢彩垂文。」「青霞君」，對道士登仙之美稱。

同晝上人送郭一作鄔秀才江南尋兄弟〔一〕

地一作池上春色生，眼前詩彩明。手擕片寶月，言是高僧名（1）。溪轉萬曲心一作石，水流千里聲。飛鳴向誰去？江鴻弟與兄。

【校記】

〔一〕《全唐詩》本詩題内「郭」下注云：「一作鄔，一作邵。」

【注釋】

（1）「手携」二句：「片寶月」，指晝上人送别詩作。「高僧」，指晝上人。本詩前四句寫晝上人之詩。後四句寫郭秀才江南尋兄弟。

孟郊詩集校注卷八

送別下

春日同韋郎中使君送鄒儒立少府扶侍赴雲陽

離思著百草，緜緜生無窮。側聞畿甸秀，三振詞策雄（1）。太守不韻俗（2），諸生皆變風。郡齋敞西清，楚瑟驚南鴻（3）。海畔帝一作高城望，雲陽天色中（4）。酒酣正芳景，詩綴新碧叢（5）。服綵老萊並，侍車江革同（6）。過隋柳顛頽，入洛花蒙籠（7）。高步詎留足？前程在層空。獨慙病鶴羽，飛送力難崇。

【題解】

本詩當作於貞元六、七年間。韋郎中使君，謂韋應物。時正以左司郎中出任蘇州刺史。少府，縣尉。其時鄒儒立方爲雲陽尉，因自蘇州迎侍其親於任所。扶侍，同服侍。雲陽，縣名。唐屬關内道京兆府。故址在今陝西省涇陽縣北。彼時東野方僑寓蘇州，因同韋應物賦詩送行。

【注釋】

（1）「側聞」二句：「畿甸」，古制王畿千里。京城外五百里以內爲甸服。後泛指京城地區。「三振」，鄒儒立一登進士，兩舉宏詞科，故云。（2）「太守」：當指韋應物。（3）「郡齋」二句：「郡齋」，謂韋應物官署。「西清」，西堂清靜之處。「南鴻」，東野自指。（4）「海畔」二句：前句寫蘇州，故曰「海畔」。「帝城」，指長安。（5）「酒酣」二句：寫宴餞賦詩送遠。「新碧叢」，春草叢。（6）「服綵」二句：「老萊」，即老萊子，春秋時楚隱士。《初學記》十七引《孝子傳》：「老萊子至孝，年七十，著五色斑斕衣，弄雛鳥於親側。」「江革」，《後漢書·江革傳》：「革字次翁，齊國臨淄人也，少失父，獨與母居，盜賊並起，革負母逃難，鄉里稱之曰『江巨孝』。」二句寫鄒儒立扶侍。（7）「過隋」二句：「隋柳」，即隋堤柳。隋煬帝大業元年開通濟渠，旁築御道，遍植楊柳。唐白居易《隋堤柳》詩：「大業年中煬天子，種柳成行夾流水。」唐時洛陽牡丹最盛，因稱牡丹爲洛陽花。「蒙籠」，見卷五《北郭貧居》注（1）。二句寫鄒儒立自蘇州赴雲陽途中情景。

送從叔校書簡南歸 一作東游

長安別離道，宛在東城隅（1）。寒草根未死，愁人心已枯。促促水上景，遥遥天際途（2）。生隨昏曉中，皆被日月驅（3）。北騎達山岳（二），南帆指江湖（4）。高蹤一超越（三），千里在須臾。

【校記】

〔一〕「騎達」，《唐文粹》卷十五上作「驥遠」。明鈔本、弘治本、秦禾本、《全唐詩》本注云：「一作驥遠」。〔二〕「越」，《唐文粹》作「忽」。

【注釋】

（1）「長安」二句：長安東門爲唐人餞别親友之地。（2）「促促」二句：「促促」，短促。「景」，日影。陸機《豫章行》：「促促薄暮景，亹亹鮮克禁。」「遥遥」，遼遠。陶淵明《歸去來辭》：「舟遥遥以輕颺。」謝朓《之宣城郡出新林浦向板橋詩》：「天際識歸舟。」二句寫舟行。（3）「生隨」二句：「昏曉」，晝夜。此言人生天地間，皆爲歲月所驅逼。（4）「北騎」二句：前句東野自指，後句指孟簡。

送韓愈從軍

志士感恩起，變衣非變性。親賓改舊觀，僮僕生新敬。坐作羣書吟，行爲孤劒詠。始知出處心，不失平生正。淒淒天地秋(1)，凜凜軍馬令。驛塵時一飛，物色極四静。王師既不戰，廟略在無競〔一〕(2)。王粲有所依，元瑜初應命(3)。一章喻檄明〔二〕，百萬心氣定(4)。今朝旌鼓前〔三〕，笑别丈夫盛〔四〕。

【校記】

〔一〕「廟略在無競」，《文苑英華》卷二七六「略」作「畫」，注云：「《文粹》作『廟略盡無競』。」《全唐詩》本「略」下注云：「一作畫」，「在」下注云：「一作盡。」〔二〕「喻」，《文苑英華》、《唐文粹》卷十五上作「諭」。〔三〕「旌」，《文苑英華》、《唐文粹》作「旗」。〔四〕「丈夫」，《唐文粹》作「大夫」。秦禾本、《全唐詩》本注云：「一作大夫。」

【題解】

此詩當作於貞元十二年。其年韓愈任宣武軍節度使觀察推官，佐董晉。時東野正在長安。作此贈行。

【注釋】

（1）「天地秋」：韓愈從軍，事在貞元十二年七月間，故云。（2）「王師」二句：按《舊唐書·董晉傳》稱：「汴州節度李萬榮疾甚，其子迺爲亂。以晉兼汴州刺史、宣武軍節度營田汴宋觀察使。晉既受命，唯將幕官傔從等十數人，都不召集兵馬。」直入汴州。「廟略」，謂朝廷對國家大事的謀略。（3）「王粲」二句：此言韓愈應命從軍，有所依託。「王粲」，見卷二《感懷八首》注（28）。粲先依劉表，表卒，後歸曹操。曾從曹操兩征張魯，作有《從軍詩》五首。「元瑜」，阮瑀字。《三國志·魏書》：「阮瑀，字元瑜，太祖（曹操）爲司空，召爲軍謀祭酒，又管記室。書檄多瑀所作。」（4）「一章」二句：司馬相如有《喻巴蜀檄》文。此用其意。因韓愈爲宣武推官，職掌書檄，故云。「百萬」，謂宣武軍將士。

同茅郎中使君送河南裴文學〔一〕

河南有歸客，江風繞行襟。送君無塵聽，舞鶴清瑟音（1）。菱蔓綴楚棹，日華正嵩岑（2）。

如何謝文學，還起會雲吟雲一作長(3)？

【校記】

〔一〕《全唐詩》本詩題内「茅」下注云：「一作第」。「第」字非是。

【題解】

本詩據詩語「菱蔓綴楚棹」推之，或當作於貞元九年東野遊湖楚期間。茅郎中、裴文學，俱不詳其人。文學，官名。三國魏置太子文學。北周及唐因之。唐代諸王府也設文學。見《新唐書·百官志》。

【注釋】

(1)「送君」二句：「塵聽」，俗音。「舞鶴」，《列子·湯問》：「瓠巴鼓琴，而鳥舞魚躍。」可與此互參。

(2)「菱蔓」二句：「菱蔓」，菱莖。王維《歸輞川》詩：「菱蔓弱難定，楊花輕易飛。」「楚棹」，楚船。「日華」，日光。「嵩岑」，嵩山。此言裴文學乘楚船歸河南。　(3)「如何」二句：「謝文學」，《南史·謝朓傳》：「朓爲齊隨王蕭子隆鎮西功曹，轉文學。」按劉繪、虞炎並有餞謝文學離夜詩。朓亦有和詩。此以謝朓喻裴文學。

送李翱習之

習之勢翩翩，東南去遥遥。贈一作寄君雙履足，一爲上皐橋(1)。皐橋路逶迤，碧水清風飄。新秋折藕花，應對吳語嬌。千巷分渌波，四門生早潮。湖榜輕裊裊(2)，酒旗高寥寥。小時屐齒痕，有處應未銷。舊憶如霧星，恍見於夢消。言之燒人心，事去不可招。獨孤宅前曲，箜篌醉中謡(3)。壯年俱悠悠，逮兹各焦焦。執手復執手，唯道無枯凋。

【題解】

東野貞元十三年寄寓汴州，時韓愈、李翺俱在汴。李翺於貞元十五年汴州軍亂前離去。此詩或當爲東野送李翺自汴州遊蘇州之作。時或在貞元十四、五年間。「李翺」，《舊唐書》本傳稱「字習之。貞元十四年登進士第，授校書郎。三遷至京兆府司録參軍。元和初轉國子博士，史館修撰」。

【注釋】

（1）「臯橋」：橋名。在江蘇吴縣閶門内。漢臯伯通居此，因得名。《太平寰宇記·江南東道三·蘇州》條稱：「臯橋，即漢臯伯通居此橋以得名，梁鴻賃舂之所。」（2）「榜」：見卷五《浮石亭》注（2）。（3）「箜篌」：樂器名。似瑟而小，七弦。用撥彈之，如琵琶。

送丹霞子阮芳顔上人歸山

松色不肯秋，玉色不可柔〔一〕(1)。登山須正路，飲水須直流。倩鶴附書信，索雲作衣裘。仙村莫道遠，挂一作陸策招交游〔二〕(2)。

【校記】

〔一〕「色」，明鈔本、弘治本、秦禾本、《全唐詩》本作「性」。　〔二〕「挂策」，沈校宋本、明鈔本、弘治本作「枉策」，無「一作陸」注文。秦禾本作「挂策」，下注：「一作枉策。」《全唐詩》本「挂」作「枉」，下注：「一作挂。」

【注釋】

（1）「松色」二句：秋風蕭瑟，萬木黄落，唯松色獨翠，故云「不肯秋」。玉質堅剛，故云「不可柔」。　（2）「挂策」：見卷四《石淙十首》注（7）。

送從舅端適楚地

歸情似泛空，飄蕩楚波中。羽扇掃輕汗，布帆篩細風。江花折菡萏（1），岸影泊梧桐。元舅唱離別，賤生愁不窮。

【注釋】

（1）「菡萏」：荷花的別稱。《詩·陳風·澤陂》：「彼澤之陂，有蒲菡萏。」

送盧汀侍御歸天德幕

仲宣領騎射，結束皆少年（1）。匹馬黄河岸，射鵰清霜天。旌旗防日北（2），道路上雲巔。

古雪無銷鑠(3),新冰有堆填。清溪徒聳誚,白璧自招賢(4)。豈比重思者(一),閉門方獨全。

【校記】

(一)「思」,秦禾本、《全唐詩》本作「恩」。《全唐詩》本「恩」下注云:「一作思。」

【題解】

盧汀,新、舊《唐書》俱無傳。唯韓愈集中有與盧汀酬贈唱和詩數篇。據宋廖瑩中《昌黎先生集注》稱:「汀字雲夫,貞元元年進士。歷虞部司門庫部郎曹,遷中書舍人,爲給事中。」盧汀何時爲侍御歸天德幕,不詳。天德,地名。唐天寶中於大同川西築城,名天安軍。乾元後改爲天德軍。見《元和郡縣志》四。地在今内蒙烏喇特旗西北。

【注釋】

(1)「仲宣」二句:「仲宣」,王粲字。《三國志·魏書·王粲傳》:「後遷軍謀祭酒。」此以盧汀比喻王粲。「結束」,約束,裝束。(2)「日北」:《周禮·地官·大司徒》:「日北則景長多寒。」「北」,通「背」。相背。(3)「銷鑠」:融解。枚乘《七發》:「雖有金石之堅,猶將銷鑠而挺解也。」(4)「清溪」二句:「聳誚」,孔稚圭《北山移文》:「列壑爭譏,攢峰竦誚。」「誚」,責備。「白璧」句,《韓詩外傳》:「楚襄王遣使持金十斤,白璧百雙,聘莊子以爲相,莊子固辭。」

送草書獻上人歸廬山

狂僧不爲酒,狂筆自通天。將書雲霞片,直至清明巔(1)。手中飛黑電,象外瀉玄泉(2)。

萬物隨指顧，三光爲廻旋(3)。驟書雲霮䨴〔一〕(4)，洗硯山晴鮮。忽怒畫虵虺，噴然生風煙(5)。江人願停筆，驚浪恐傾船。

【校記】

〔一〕「驟」，《全唐詩》本作「聚」，下注：「一作驟。」

【注釋】

(1)「狂僧」四句：言獻上人草書之高妙，可與造化爭奇。(2)「手中」二句：此狀獻上人草書之氣勢。「象外」，超逸物象之外。唐張懷瓘《書斷》：「王宰畫山水樹石，出於象外。」(3)「萬物」二句：「指顧」，手指目視。《漢書·律曆志》：「指顧取象，然後陰陽萬物靡不條鬯該成。」「三光」，日月星。(4)「霮䨴(zhàn duì戰對)」：《文選》王延壽《魯靈光殿賦》：「雲覆霮䨴，洞杳冥兮。」李善注曰：「皆幽邃之貌。」又吕延濟注曰：「霮䨴，繁雲貌。」(5)「忽怒」二句：「虵虺(huǐ悔)」，皆蛇類。「虵」，俗蛇字。「噴」，激射。

和薛先輩送獨孤秀才上都赴嘉會〔一〕

秦雲攀窈窕，楚桂搴芳馨(1)。五色豈徒爾？萬枝皆有靈。仙謡天上貴，林咏雪中青。持此一爲贈，送君翔杳冥(2)。

【校記】

〔一〕《全唐詩》本詩題下注云：「得青字。」

【題解】

薛先輩，不詳其人，獨孤秀才，疑謂獨孤郁。郁貞元十四年登進士第。唐時攷中進士的人互稱先輩。唐李肇《國史補》下：「得第謂之前進士。互相推敬，謂之先輩。」上都，指長安。赴嘉會，喻赴舉。據此推之，此詩或爲貞元十三年東野登第以後作。宋葉夢得《避暑録話》：「世以登科爲折桂。」此詩通篇圍繞「桂」字發論立意。

【注釋】

（1）「秦雲」二句：「秦雲」，借指陝西。這裡指長安。「楚桂搴芳」，用折桂典，喻赴舉。「搴」，拔取。二句寫獨孤秀才赴長安應試。（2）「持此」二句：祝願之辭。「杳冥」，高遠不能見的地方。宋玉《對楚王問》：「鳳凰上擊九千里，……翱翔乎杳冥之上。」這裏喻應試登第。

送崔爽之湖南

江與湖相通（1），二水洗高空。定知一日帆，使得一作竭千里風（2）。雪唱與誰和（3）？俗情多不通。何當逸翮縱一作逸鶴跡（4），飛起泥沙中？

【注釋】

（1）「江」：指長江。「湖」：指洞庭湖。（2）「千里風」：遠來廣闊之風。《三輔黃圖》：「長安靈臺有銅烏，千里風至，此烏乃動。」（3）「雪唱」：冰清雪潔之詩。（4）「逸翮」：「逸」，超絕。「翮」代指鳥翼。此喻崔爽。郭璞《遊仙詩》：「逸翮思拂霄。」

送超上人歸天台〔一〕

天台山最高，動躡赤一作仙城霞〔二〕（1）。何以靜雙目〔三〕？掃山除妄花；何以潔其性一作鑒形影〔四〕？濾泉去泥沙〔五〕。靈境物皆直〔六〕，萬松無一邪〔七〕。月中見心近〔八〕，雲外將世賒〔九〕（2）。山獸護方丈（3），山猿捧袈裟〔一〇〕。遺身獨得身，笑我牽名華。

【校記】

〔一〕《文苑英華》卷二二八題作《送天台道士》。下注：「集作送超上人歸天台。」〔二〕「赤」，《文苑英華》作「仙」，下無「一作仙」注文。〔三〕「雙」，《文苑英華》作「其」。〔四〕「性」，《文苑英華》作「生」。〔五〕「濾」，《文苑英華》作「掃」。〔六〕「直」，《文苑英華》作「真」。〔七〕「萬松無一邪」，《文苑英華》「松」作「物」，「邪」作「斜」。明鈔本、弘治本、秦禾本、《全唐詩》本「邪」作「斜」。互通。〔八〕「近」，弘治本、秦禾本作「逈」。《全唐詩》本作「過」，下注：「一作逈。」〔九〕「世」，《文苑英華》作「俗」。《全唐詩》本作「俗」，下注云：「一作世。」〔一〇〕《文苑英華》無「山獸」二句。《全唐詩》本注云：「一本無此二句。」

【題解】

天台，山名。在今浙江天台縣北，仙霞嶺山脈的東支。《十道山川攷》：「天台山，天台縣北十里，高萬八千丈，周旋八百里。其山八重，四面如一。」

【注釋】

（1）「赤城霞」：《文選》晉孫綽《遊天台山賦》：「赤城霞起而建標。」注曰：「赤城，山名，色皆赤，狀似雲霞，……天台山之南門也。」 （2）「將世賒」：猶言遠世情。「賒」，買物緩償其值爲賒。又遙遠。 （3）「方丈」：佛寺長老及住持說法之處。也用爲對寺院長老及住持的代稱。

同李益崔放送王錬師還樓觀兼為羣公先營山居

十一作千年白雲士，一卷紫芝書（1）。來結崆峒侶，還期縹緲居（2）。霞冠遺彩翠，月一作丹帔上空虛（3）。寄謝泉壽水〔一〕，清泠閑有餘。

【校記】

〔一〕「壽」，《全唐詩》本作「根」。

【題解】

李益，新、舊《唐書》俱無傳。參見本集卷六《抒情因上郎中二十二叔監察十五叔兼呈李益端公柳鎮評事》詩題解。崔放、王鍊師不詳何人。樓觀，指終南山之樓觀臺。

【注釋】

（1）「十年」二句：「白雲士」，學仙道之人。「紫芝書」，道書。張九齡《商洛山行懷古》詩：「長憶赤松意，復憶紫芝歌。」（2）「來結」二句：「崆峒侶」，「崆峒」，山名。在今河南省臨汝縣西南。《莊子·在宥》：「黃帝聞廣成子在於空同之上，故往見之。」空同即崆峒。因崆峒相傳爲黃帝問道之所，故後世稱道侶爲崆峒侶。「縹緲居」，指海上仙山。「縹緲」，高遠隱約貌。晉木華《海賦》：「羣仙縹緲。」（3）「帔」：披肩。「空虛」：指天。

張徐州席送岑秀才

振振芝蘭步〔一〕（1），昇自君子堂。泠泠松桂吟〔二〕，生自楚客腸〔三〕（2）。羇鳥無定棲〔四〕，驚蓬在它鄉（3）。去茲門館閑，即彼道路長。雨餘山川淨，麥熟草木涼。楚淚滴章句，京塵染衣裳〔五〕（4）。贈君無餘它，久要不可忘（5）。

【校記】

〔一〕「芝」，《文苑英華》卷二七六作「芳」，注云：「集作芝。」《全唐詩》本注云：「一作芳。」〔二〕「松」，《文苑英華》作「楓」，注云「集作松」。《全唐詩》本注云：「一作楓。」〔三〕「楚」，《全唐詩》本注云：「一作羈。」〔四〕「羇鳥」，《文苑英華》「羇」作「迷」，注云：「集作羇鳥。」秦禾本「羇鳥」下注云：「一作飢鳥。」〔五〕「京塵染」，《文苑英華》作「荆塵滿」，注云：「集作京塵染。」《全唐詩》本「京」下注云：「一作荆」，「染」下注云：「一作滿。」

【題解】

此詩當作於貞元八年。是年東野落第東歸，訪張建封於徐州。張徐州，參見本集卷六《上張徐州》詩題解。岑秀才，不詳其人。

【注釋】

（1）「振振」二句：此寫岑秀才之與宴。「振振」，信實仁厚貌。《詩·周南·麟之趾》：「振振君子。」注曰：「振振，仁厚也。」「君子」，謂張徐州。（2）「泠泠」二句：「泠泠」，《文選》晉陸機《文賦》：「音泠泠而盈耳。」呂向注曰：「『泠泠盈耳』，音韻清也。」指音律聲調。「楚客」，指岑秀才。（3）「羇鳥」二句：「羇鳥」，寄棲之鳥。陶淵明《歸田園居》：「羇鳥戀舊林，池魚思故淵。」「驚蓬」，亂蓬。以喻飄泊無依。「驚」，亂貌。「蓬」，草名。蓬蒿。秋枯根拔，風捲而飛。（4）「楚淚」二句：「楚淚」，疑謂岑秀才。「京塵」，東野自述赴長安應試落第。（5）「久要（yāo 腰）」句：《論語·憲問》：「見利思義，見危授命，久要不忘平生之言。」注曰：「久要，舊約也。」

送黃構擢第後歸江南

澮澮滄海氣，結成黃香才(1)。幼齡思奮飛，弱冠遊靈臺(2)。一鶚顧喬木，衆禽不敢猜；一驥騁長衢[一]，衆獸不敢陪(3)；遂得會風雨，感通如雲雷(4)。至矣小宗伯，確乎心不回(5)。能令幽靜人，聲實喧九垓(6)。卻憶江南道，祖筵花裏開(7)。春風不能別，別罷空徘徊。

【校記】

[一]「騁」，北宋刻本原作「聘」。非是。據諸本改。

【注釋】

(1)「澮澮」二句：此言天地靈氣鍾成黃構之才。《後漢書・黃香傳》：「香字文彊，九歲失母，思慕憔悴，殆不免喪。鄉人稱其至孝。家貧，博學。京師號曰：『天下無雙，江夏黃童也。』」此以借喻黃構。(2)「弱冠」：古時男子二十成人，初加冠。體猶未壯，故稱弱。《禮記・曲禮》：「二十日弱冠。」後沿稱少年爲「弱冠」。「靈臺」，臺名。見卷六《擢第後東歸書懷獻坐主呂侍郎》詩注(10)。此言黃構大器早成。(3)「一鶚」四句：贊美黃構才華出衆，超越儕輩。《漢書・鄒陽傳》：「鷙鳥累百，不如一鶚。」「鶚」，鳥名。雕類，性凶猛。這裡「驥」、「鶚」皆借喻黃構。(4)「遂得」二句：言黃構順利擢第。(5)「至矣」二句：此贊禮部主攷官慧眼拔真才。「小宗伯」，官名。周禮春官之屬。爲大宗伯的副職。又稱少宗伯。隋唐稱禮部尚書爲大宗伯，禮部侍郎爲小宗伯。掌天下禮儀、祭饗、貢舉之事。（6）「聲實」：名望與實在。猶言名實、聲譽。《晉書·王浚傳》：「浚還薊，聲實益盛。」「九垓」，古代天子所轄九州之地。中央合八極，故稱九。同「九畡」。（7）「祖筵」：送別之宴。

送道士

千年山上行，山上無遺蹤；一日人間遊，六合人皆逢（1）。自有意中侶，白寒徒相從（2）。

【注釋】

（1）「六合」：天地四方。《中庸》子程子曰：「放之則彌六合。」《莊子·齊物論》：「六合之外，聖人存而不論；六合之内，聖人論而不議。」（2）「白寒」：不詳所指。

送孟寂赴舉

烈士不憂身，爲君吟苦辛。男兒久失意，寶劍亦生塵。浮俗官是貴，君子道所珍（1）。況當盛明主（一），豈乏證玉臣（2）？濁水無白日，清流鑒蒼旻（3）。賢愚皎然別，結交當有因。

【校記】

〔一〕「況當盛明主」，弘治本作「況是聖明主」。《全唐詩》本「盛」作「聖」。

【題解】

本詩當作於貞元十四、五年間。孟寂，東野從弟。本集卷六有《分水嶺別夜示從弟寂》詩可證。新、舊《唐書》俱無傳。以諸書攷之，知孟寂與張籍同於貞元十五年登進士第。此詩即爲送孟寂赴舉而作。

【注釋】

（1）「浮俗」二句：《論語・衛靈公》：「君子憂道不憂貧。」此用其意。　（2）「證玉」：見卷二《古興》詩注（1）。　（3）「鑒」：同「鑑」。「蒼旻」：天。見卷六《贈李觀》注（7）。

同溧陽宰送孫秀才

廢瑟難爲絃，南風難爲歌(1)。幽幽拙疾中(2)，忽忽浮夢多。清韻始嘯侶，雅言相與和(3)。
訟閑每往招，祖送奈若何(4)！　牽苦强爲贈，邦邑光峩峩。

【題解】

本篇當作於貞元十六、七年間東野任溧陽縣尉時。溧陽，縣名。唐屬江南道昇州。即今江蘇溧陽縣。宰，縣令。孫秀才，不詳其人。

【注釋】

（1）「南風」：古詩名。相傳舜作五絃琴，歌《南風》。（2）「拙疾」：東野自言不善爲官。《文選》謝靈運《過始寧墅》：「拙疾相倚薄，還得靜者便。」李善注曰：「拙，謂拙宦也。」（3）「清韻」二句：「嘯侶」，呼侶。曹植《洛神賦》：「命儔嘯侶。」「雅言」，正言。《論語・述而》：「子所雅言，詩、書、執、禮。皆雅言也。」（4）「祖送」：餞行。送別。「祖」，祭名。出行之前，祭祀路神。引申爲餞別。《文選・雜歌・荊軻歌序》：「燕太子丹使荊軻刺秦王。丹祖送於易水上。」

溧陽唐興寺觀薔薇花同諸公餞陳明府

忽驚紅琉璃（1），千艷萬艷開。佛火不燒物，淨香空徘徊。花下印文字，林間詠觴盃。羣官餞宰官，此地車馬來。

【題解】

本篇亦當作於貞元十六、七年東野任溧陽縣尉時。唐興寺，即宋之勝因寺，爲溧陽名蹟。陳明府，生平行事不詳。明府，見卷六《桐廬山中贈李明府》詩題解。

【注釋】

（1）「紅琉璃」：喻薔薇花。

送柳淳

青山臨黃河，下有長安道。世上名利人〔一〕，相逢不知老。

【校記】

〔一〕「世上」，《文苑英華》卷二七六作「歲歲」，下注：「集作世上。」《全唐詩》本注云：「一作歲歲。」

【題解】

柳淳，見卷七《大梁送柳淳先入關》詩題解。

送殷秀才南遊

詩句臨離袂〔一〕，酒花薰別顔〔二〕。水程千里外，岸泊幾宵間。風葉亂辭木，雪猿清叫山。南中多古事〔三〕，詠遍始應還。

【校記】

〔一〕「臨」，沈校宋本、《文苑英華》卷二七六作「滿」。明鈔本、秦禾本、《全唐詩》本注云：「一作滿。」〔二〕「薰」，沈校宋本、《文苑英華》作「醺」。〔三〕「南中多古事」，《文苑英華》「多」作「高」，下注：「集作多。」《全唐詩》本作「多」，下無「一作高」注文。

送青陽上人遊越

秋風吹白髮，微宦自蕭索〔一〕(1)。江僧何用歎？溪縣饒寂寞(2)。楚思物皆清，越山勝非薄。時看鏡中月，獨向衣上落。多謝入冥鴻，笑予在籠鶴(3)。

【校記】

〔一〕「宦」，《全唐詩》本作「官」。

【題解】

本詩據詩意推之當爲東野任溧陽尉時所作。時在貞元十六年至十九年間。青陽上人，不詳其人。越州，唐屬江南道。今浙江紹興。

【注釋】

(1)「微宦」：小官。　(2)「江僧」二句：「江僧」，謂青陽上人。「溪縣」，指溧陽。　(3)「多謝」二句：此寫東野對青陽上人的欣羨。「入冥鴻」，喻青陽上人。揚雄《法言·問明》：「鴻飛冥冥，弋者何篡焉。」「冥」，遠空。「在籠鶴」，東野自喻。

奉同朝賢送新羅使

淼淼望遠國，一萍秋海中(1)。恩傳日月外，夢在波濤東(2)。浪興豁胸臆，泛程舟虛空。既茲吟伏信〔一〕(3)，亦以難私躬。實怪賞不足，異鮮悦多叢。安危所繫重，征役誰能窮？彼俗媚文史(4)，聖朝富才雄。送行數百首，各以鏗奇工。冗隸竊抽韻(5)，孤屬思將同。

【校記】

〔一〕「伏」，沈校宋本、明鈔本、《全唐詩》本作「仗」。是。

【題解】

此詩當作於貞元十六年。新羅使，謂韋丹。按《舊唐書·東夷新羅傳》、韓愈《韋丹墓誌銘》及杜牧《韋丹遺愛碑》俱載有韋丹貞元十六年出使新羅事。新羅，古國名。三韓之一，首都慶州。即今朝鮮。建國於西漢之季，唐時因受百濟和高句麗所侵，乞援於唐，唐助新羅，滅百濟、高句麗，以其地歸新羅，遂統一朝鮮半島大部，臣事於唐。

【注釋】

(1)「淼淼(miǎo 渺)」二句：「淼淼」，水遼闊貌。此言新羅如秋海一萍。 (2)「恩傳」二句：此言唐朝恩施遠及海外。 (3)「伏信」：「伏」字誤，應作「仗」。「仗信」，同「杖信」。憑依或執持信義。《左傳·襄公八年》：「杖莫如信，完守以老楚，杖信以待晉，不亦可乎？」 (4)「彼俗」：彼，指新羅。「俗」，風俗。（5）「冗隸」：東野自謂。

留弟郢不得送之江南

剛有下水舡〔一〕（1），白日留不得。老人獨自歸，苦淚滿眼黑。

【校記】

〔一〕「舡」，《全唐詩》本作「船」。

【注釋】

（1）「舡」（gāng 剛）：船。

送陸暢歸湖州因憑題一作弔故人皎然塔陸羽墳〔一〕

渺渺霅寺前，白蘋多清風（1）。昔游詩會滿，今游詩會空（2）。孤詠玉淒惻，遠思景蒙籠（3）。杼山塼塔禪，竟陵廣一作擴宵翁〔二〕（4）。遶彼草木聲〔三〕，髣髴聞餘聰。因君寄數句，遍爲書其藁。追吟當時說，來者實不窮。江調難再得，京塵徒滿躬（5）。送君溪鴛鴦，彩色雙飛東。東多高靜鄉，芳宅冬亦崇。手自擷甘旨（6），供養歡沖融。待我遂前心，收拾使有終（7）。不然洛岸亭，歸死爲大同(8)。

【校記】

〔一〕沈校宋本詩題内無「一作弔」注文。 〔二〕「一作擴」，明鈔本注云：「一作曠。」 〔三〕「遶」，沈校宋本、明鈔本、弘治本、《全唐詩》本作「饒」，是。

【題解】

本詩疑作於元和六年間。陸暢，字達夫。元和元年登進士第，任太子僚屬。董晉子董溪之壻。韓愈有《送陸暢歸江南》詩。東野此篇當亦爲一時先後之作。湖州，唐屬江南道。皎然，湖州人，唐代詩僧。嘗隱居於湖州杼山妙喜寺，與陸鴻漸爲莫逆之交。陸羽，字鴻漸。《新唐書》本傳稱：「竟陵人，詔拜太子文學，徙太常寺太祝，不就職，貞元末卒。」

【注釋】

（1）「渺渺」二句：「渺渺」，遠貌。「霅（zhà乍）起寺」、「白蘋」，湖州有霅溪，其東南又有白蘋洲。 （2）「昔游」：此言湖州詩會中如皎然、陸羽相繼逝世。 （3）「孤詠」二句：東野自寫暮年獨吟情景。 （4）「杼山」二句：《舊唐書·藝文志》：「皎然詩集十卷，字清晝，姓謝。湖州人。靈運十世孫。居杼山。」其祠墓也俱在杼山。陸羽，隱苕上，稱桑苧翁。又號竟陵子。杜門著書，或行吟曠野，或慟哭而歸。性嗜茶，有

《茶經》傳世。「廣宵」，長夜。《文選》陸機《挽歌》詩：「廣宵何寥廓，大暮安可晨？」李翰注曰：「宵暮皆夜，謂壙中也。」「霄」同「宵」。（5）「京塵」：「京」，指東都洛陽。（6）「甘旨」：美味。後多用作供養父母之辭。（7）「待我」二句：寫東野欲歸老湖州。「遂前心」，謂去官歸隱，遂其初願。漢劉歆徙五原太守，不得意，作《遂初賦》。見《古文苑》五。「有終」，《詩・大雅・蕩》：「靡不有初，鮮克有終。」（8）「不然」二句：「洛岸亭」，當指東野所建之生生亭。「大同」，《莊子・在宥》：「頌論形軀，合乎大同。」注曰：「論其形貌，合乎人羣，不自立異。」

送淡公十二首

燕本冰雪骨〔一〕，越淡蓮花風（1）。五言雙寶刀，聯響高飛鴻（2）。翰苑錢舍人，詩韻鏗雷公（3）。識本未識淡，仰詠嗟無窮。清恨生物表，朗玉傾夢中。常於泠竹坐，相語道意沖〔二〕（4）。嵩洛興不薄，稽江事難同（5）。明年若不來，我作黃蒿翁（6）。何以兀其心？爲君學虛空（7）。

坐愛青草上，意含滄海濱（8）。渺渺獨見水，悠悠不問人。鏡浪洗手緑，剡花入心春。雖然防外觸，無奈饒衣新〔三〕（9）。行當譯文字（10），慰此吟慇勤。

銅斗飲江酒（11），手拍銅斗歌。儂是拍一作怕浪兒，飲則拜浪婆（12）。脚踏小舡頭〔四〕，獨速無一作舞短莎〔五〕（13）。笑伊漁陽操〔六〕，空恃文章多（14）。閑倚青竹竿，白日奈我何（15）！

短莎不怕雨，白鷺相爭飛。短楫畫菰蒲(16)，鬭作豪横歸。笑伊水健兒，浪戰求光輝〔七〕(17)。不如竹枝弓，射鴨無是非。

射鴨復射鴨，鴨驚菰蒲頭(18)。鴛鴦亦零落，彩色難相求。儂是清浪兒，每踏清浪游。笑伊鄉貢郎(19)，踏土稱風流。如何丱角翁，至死不裹頭(20)？

師得天文章，所以相知懷(21)。數年伊雒同，一旦江湖乖。江湖有故莊，小女啼喈喈。我憂未相識，乳養難和諧(22)。幸以片佛衣，誘之令看齋(23)。齋中百福言，催促西歸來。

伊洛氣味薄，江湖文章多。坐緣江湖岸，意識一作織鮮明波。銅斗短簑行，新章其奈何〔八〕(24)！茲焉激切句，非是等閑歌(25)。製一作掣之附驛迴(26)，勿使餘風訛。都城第一寺，昭成屹嵯峨(27)。爲師書廣壁，仰詠時經過。徘徊相思心，老淚相滂沱〔九〕。

江南寺中邑一作寺邑古，平地生勝山。開元吳語僧，律韻高且閑。妙樂溪岸平〔一〇〕，桂榜復往還〔一一〕(28)。樹石相鬭生，紅緑各異顔。風味我遥憶，新奇師獨攀。

報恩兼報德，寺與山爭鮮一作先(29)。橙橘金蓋檻，竹蕉緑凝禪。經童音韻細〔一二〕，風磬清泠翩。離腸繞師足，舊憶隨路延。不知幾千尺，至死方綿綿(30)。

鄉在越鏡中(31)，分明見歸心。鏡芳步步緑，鏡水日日深。異刹碧天上，古香清桂岑。明約徒在昔〔一三〕，章句忽盈今。幸因西飛葉，書作東風吟。落我病枕上，慰此浮恨侵。

牽師袈裟別，師斷袈裟歸。問師何苦去？感吃言語稀(32)。意恐被詩餓，欲住將底依(33)？盧殷劉言史(34)，餓死君已噫。不忍見別君，哭君他是非！

詩人苦爲詩，不如脱空飛(35)。一生空鷕氣(36)，非諫復非譏。脱枯掛寒枝，棄如一唾微〔一四〕。一步一步乞〔一五〕，半片半片衣。倚詩爲活計，從古多無肥。詩飢老不怨，勞師淚霏霏。

【校記】

〔一〕「骨」，明鈔本、弘治本、秦禾本、《全唐詩》本注云：「一作操。」〔二〕「相」，秦禾本、《全唐詩》本注云：「一作寒。」〔三〕「饒」，沈校宋本、秦禾本作「繞」。〔四〕「舡」，《全唐詩》本作「船」。〔五〕「獨速無短莎」，《全唐詩》本「無」作「舞」，是。無一作舞」注文。「莎」，沈校宋本、明鈔本、弘治本、《全唐詩》本作「簑」。下同。秦禾本作「莎」下注云：「一作簑」。〔六〕「操」，沈校宋本作「摻」。〔七〕「光」，北宋刻本原作「先」，後改「光」。本首末有「先恐作光」四字注語。弘治本、秦禾本、《全唐詩》本俱作「光」。〔八〕「章」，北宋刻本原作「草」，非是。據明鈔本、明弘治本、秦禾本、《全唐詩》本改。〔九〕「相」，明鈔本、《全唐詩》本作「雙」。〔一〇〕「樂」，《全唐詩》本作「藥」。〔一一〕「復往還」，明鈔本、弘治本、秦禾本注云：「一作往復。」《全唐詩》本作「往復還」。下注：「一作復往還。」〔一二〕「童」，秦禾本、《全唐詩》本作「章」。〔一三〕「明」，明鈔本、秦禾本、《全唐詩》本作「朗」。〔一四〕「棄」，明鈔本作「葉」。〔一五〕「乞」，明鈔本作「示」。

【題解】

本組詩疑作於元和七年至九年之間送淡公自洛陽歸越中。淡公，越人，唐代詩僧。

【注釋】

（1）「燕本」二句：「燕本」，謂賈島。賈島，河北范陽人。出家時釋名無本。故稱。「冰雪骨」，言賈島之詩寒瘦如冰雪。「越淡」，淡公，越人。故稱。「蓮花風」：《華嚴經》：「蓮花世界是盧舍那佛成道之國。」此言淡公之詩如出水芙蓉，自然可愛。（2）「五言」二句：此贊無本和淡公五言詩工力悉敵。如飛鴻聯響，可稱雙寶。（3）「翰苑」二句：「錢舍人」，疑謂錢徽。徽，錢起子。吳興人。《舊唐書》本傳稱「貞元初進士擢第。元和初，三遷祠部員外郎。召充翰林學士。六年，轉祠部郎中，知制誥。九年，拜中書舍人」。《新唐書》本傳也稱：「以祠部員外郎爲翰林學士。三遷中書舍人，加承旨。」「鏗雷公」，言錢詩聲韻響亮如雷音之鏗鏗。（4）「清恨」四句：寫東野和淡公相知之深。（5）「嵩洛」二句：前句言淡公與東野同居洛陽，兩情極歡。「稽江」，指越中稽山曹娥江。後句言淡公歸越中，東野滯洛陽，不能同行同詠。（6）「黄蒿翁」：猶言死人。古時稱死人葬地爲蒿里。「蒿」，野草名。（7）「何以」二句：此言唯有學佛才能使心虚靜，渾然無知。「兀」，渾沌無知的樣子。（8）「坐愛」二句：言東野身雖在嵩雒，心實常念越中。（9）「鏡浪」四句：會稽有鏡湖、剡山，故曰「鏡浪」、「剡花」。東野暮年學佛，故曰雖防外物誘惑，無奈越中風物迷人。（10）「譯文字」指譯佛經。（11）「銅斗」：與「銅料」同。銅製之斗。《史記·趙世家》：「代王使厨人操銅枓，以食代王及從者。」（12）「儂是」二句：「儂」，我。古代吳越人自稱爲「儂」。「浪婆」，波浪之神。元陳鎰《午溪集》六《再次韻答王子愚》詩：「云間后土來天女，風外清淮舞浪婆。」（13）「獨速」：與「僴倲」同，形容簑衣摇動貌。（14）「笑伊」二句：《後漢書·禰衡傳》：「禰衡方爲漁陽叄撾，聲節悲壯，聽者莫不慷慨。」詩意笑禰衡空恃文章之多而不免爲黃祖所殺。（15）「青竹竿」：撐船的篙。此首笑文人。蘇軾《讀孟郊詩》：「尚愛銅斗歌，鄙俚頗近古。」即指此首。（16）「短楫」句：「楫」，船槳。「菰蒲」，「菰」，植物名。同苽。俗稱茭白。生於河邊、陂澤。「蒲」，草名。菖蒲的簡稱。槳畫菰蒲，以形如蒲劍，可以水戰。（17）「笑伊」二句：「浪戰」，即水戰。水健兒以水戰求取功名，故笑之。此首笑武士。蘇軾《讀孟郊詩》其二：「桃弓射鴨罷，獨速短蓑舞。」即指此首。（18）「菰蒲頭」：「頭」，指物體的頂端或兩端。又助詞。（19）「鄉貢郎」：唐代取士之法，出自州縣者稱「鄉貢」。杜佑《通典》：「大唐貢士之法，多循隋制。其常貢之科有秀才、明經、進士。每歲仲冬，郡縣館監課試，其不在學館而舉者，謂之鄉貢。」（20）「如何」二句：「丱（guàn 慣）角」，兒童束髮成兩角的樣子。《詩·齊風·甫田》：「總角丱兮。」「裹頭」，古時可服户役的成丁男子則裹頭巾，猶加冠。蘇軾《讀孟郊詩》其二：「不憂踏船翻，踏浪不踏土」，即指此首。（21）「師得」二句：「師」，指淡公。此贊淡公文章得天地之靈氣。「知懷」，與「知心」同。（22）「江湖」四句：「故莊」，指義興莊居。「小女」，東野幼女。「喈喈」，見卷一《南浦篇》注（2）。「我憂」二句參看卷七《寄義興小女子》詩題解。（23）「看齋」：看修齋醮，向神佛祈福。蘇軾《讀孟郊詩》其二「歌君江海曲，感我長羈旅」，是對本詩的傾倒之辭。（24）「銅斗」二句：即謂前述三首新章。（25）「玆焉」二句：此言新章實有所諷喻。《漢書·賈山傳》：「其言多激切，善指時事。」（26）「驛」：指傳遞文書的驛站、驛馬。（27）「都城」二句：「都城」，指東都洛陽。「昭成」，即昭成寺。見卷五《與王二十一員外涯遊昭成寺》詩題解。「嵯峨」，山高峻貌。（28）「桂榜」：即桂棹。以桂木製成的船槳。也作船的代稱。（29）「報恩」二句：承上首「江南寺中邑，平地生勝山」來。「報恩」、「報德」，二寺名。（30）「離腸」四句：奇喻。寫離腸縈廻，舊憶綿延，不能自已。（31）「越鏡」：指會稽的鏡湖。（32）「吃（jí 及）」：口吃。《史記・韓非傳》：「爲人口吃，不能道説。」（33）「底」：何。（34）「盧殷」、「劉言史」：俱東野詩友。「盧殷」，見卷七《同從叔簡酬盧殷少府》題解。「劉言史」，皮日休《皮子文藪》卷四：《劉棗强碑文》稱「與李賀同時，有劉棗强焉。先生姓劉氏，名言史。所有歌詩千首，其美麗恢贍，自賀外，世莫能比。」（35）「詩人」二句：言苦爲詩不如不爲詩。「脱空飛」，猶《淮南子》所謂「鳥排虚而飛」。（36）「空鷕（yǎo 咬）氣」：《詩・邶風》：「有鷕雉鳴。」傳曰：「鷕，雌雉聲。」「鷕氣」，此猶言吐憤氣。

送魏端公入朝

東洛尚淹翫，西京足芳妍〔一〕(1)。大賓威儀肅〔二〕，上客冠劍鮮(2)。豈惟空戀闕(3)？亦以將朝天。局促塵末吏，幽老病中絃。徒懷青雲價(4)，忽至白髮年。何當補風教，爲薦三百篇(5)。

【校記】

〔一〕「京」，明鈔本作「景」。　〔二〕「賓」，《全唐詩》本注云：「一作賢。」

【題解】

此詩據詩語推之當是作於元和間東野居洛陽，任協律郎時。魏端公，不詳爲何人。端公，唐侍御史的俗稱。唐李肇《國史補》：「宰相相呼曰堂老，兩省曰閣老，尚書曰院長，御史曰端公。」

【注釋】

（1）「東洛」二句：「東洛」，指洛陽。「西京」，指長安。「淹翫」，淹留賞翫。「翫」同「玩」。二句點出魏端公自洛入朝。（2）「大賓」二句：「大賓」，周代對諸侯一級來賓的稱謂。《周禮・秋官・大行人》：「掌大賓之禮，及大客之儀，以親諸侯。」後世也泛指貴賓。《論語・顏淵》：「出門如見大賓。」疏曰：「大賓，公侯之賓也。」「上客」，與「大賓」互文，義同。（3）「闕」：古代宮廷外的闕門。也稱「象魏」。後作爲朝廷的代稱。或指皇帝居所。（4）「青雲價」：比喻出仕顯要，得以施展抱負。（5）「何當」二句：「何當」，猶言「何時」。作疑問副詞。孟浩然《九月九日峴山寄張容》詩：「何當載酒來，共醉重陽節。」「風教」，風俗教化。《詩大序》：「風以動之，教以化之。」「三百篇」，《詩經》的代稱。《論語・爲政》：「詩三百，一言以蔽之，曰：思無邪。」時東野方任試協律郎，掌管校正音樂、調和律呂之事，故以此爲喻。

送盧郎中汀

洛水春渡闊，别離心悠悠。一生空吟詩，不覺成白頭。向事每計較，與山實綢繆(1)。太華天上開，其下車轍流(2)。縣街無塵土，過客多淹留。坐飲孤驛酒，行思獨山遊。逸關風氣明，照渭空漪浮。玉珂擺新歡(3)，聲與鸞鳳儔。朝謁大家事(4)，唯余去無由。

【題解】

此詩據詩意推之，疑爲元和間東野居洛陽時送盧汀自洛赴長安朝謁而作。盧汀，參見卷八《送盧汀侍御歸天德幕》詩題解。

【注釋】

（1）「向事」二句：「計較」，計算，較量。《顏氏家訓·治家》：「計較錙銖，責多還少。」「綢繆」，緊繞密纏。《詩·唐風·綢繆》：「綢繆束薪，三星在天。」傳曰：「綢繆，猶纏綿也。」此自言一生計較，獨於山則情意纏綿。（2）「太華」二句：「太華」，山名。即西嶽華山。在陝西渭南縣東南。《山海經·西山經》：「太華之山，削成而四方。其高五千仞，其廣十里。」故云「天上開」。（3）「玉珂」：馬籠頭上的装飾物。以貝飾之，色白如玉，振動有聲。晉張華《輕薄篇》：「乘馬鳴玉珂。」（4）「朝謁」：指進京入朝。「大家」對天子的稱呼。《舊唐書·吐蕃傳》：「臣自顧微瑣，區區褊心，唯願大家萬歲。」也指豪富之家。《後漢書·梁鴻傳》：「鴻至吳，依大家皋伯通。」

送鄭僕射出節山南一作酬鄭興元僕射招

國老出爲將（1），紅旗入青山。再招門下生，結束餘病孱（2）。自笑騎馬醜，强從驅馳間。顧顧一作碩碩磨天路（一），褭褭鏡下顏（3）。文魄既飛越，宦情唯等閒（4）。羨他白面少，多是清朝班（5）。惜命非所報，慎行誠獨艱（6）。悠悠去住心，兩說何能删（7）！

【校記】

〔一〕「一作碩碩」，《全唐詩》本「碩碩」作「傾傾」。

【題解】

本詩當作於元和九年。鄭僕射，謂鄭餘慶。《舊唐書·鄭餘慶傳》：「字居業。大歷中舉進士。（元和）九年，拜檢校右僕射兼興元尹，充山南西道節度觀察使。」同書《憲宗本紀》略同。當時鄭餘慶奏東野爲興元軍參謀，試大理評事，故詩題一作《酬鄭興元僕射招》。興元，府名。唐德宗興元元年升梁州爲興元府，爲山南西道治所。在今陝西南鄭、漢中一帶。

【注釋】

（1）「國老」：國之元老。班固《辟雍》詩：「皤皤國老。」此指鄭僕射。「僕射」：《文獻通攷·職官攷》：「武太后改二僕射爲左右相。進階爲從三品，尋復本階。神龍初，復爲左右僕射。開元元年改爲左右丞相，從二品，統理衆務，舉持綱目，總判省事。」「僕射」本爲相，故云「出爲將」。（2）「再招」二句：元和元年鄭餘慶任河南尹時，奏東野爲僚屬。今年東野再應鄭餘慶招，故云「再招」。「門下生」，指門生、門客。東野自謂。「結束」，收場。也指整理行裝。意謂應招赴任。（3）「顧顧」二句：「顧顧」，猶「去去」。《書·顧命》鄭注：「顧，將去之意也。」又廻視貌。《説文解字》：「顧，還視也。从頁雇聲。」此言環視所經道路高與天摩。「裹裹」，與「裊裊」通。搖曳貌。這裏形容騎馬搖晃顫動之狀。又以組帶馬爲「裹」，見《説文》。「鏡」，借指日光。（4）「文魄」二句：「文魄」，古時謂依附形體而獨立存在的精神爲魄。「等閑」，見卷二《春日有感》詩注(1)。(5)「羨他」二句：「白面少」，指青年或少年文士。《南史·沈慶之傳》：「而與白面書生輩謀之，事何由濟！」「清朝班」，清貴的官班。多指文學侍從一類的大臣。白居易《重贈李大夫》詩：「早接清班登玉陛。」(6)「慎行」：謂謹於行。《孝經·感應章》：「脩身慎行。」(7)「悠悠」二句：「悠悠」，深思，憂思。《詩·邶風·終風》：「悠悠我思。」「刪」，消除。

別妻家

芙蓉濕曉露，秋別南浦中(1)。鴛鴦卷一作有新贈〔一〕，遥戀東牀空(2)。碧水不息浪，清溪易生風。參差坐一作路成阻，飄颻去一作恨無窮。孤雲目雖斷，明月心相通(3)。私情詎銷鑠？積芳在春蘤(4)。

【校記】

〔一〕「一作有」，《全唐詩》本「卷」下注云：「一作眷，一作有。」

【注釋】

(1)「南浦」：送別之地的泛稱。江淹《別賦》：「送君南浦，傷如之何！」(2)「鴛鴦」二句：「鴛鴦」，匹鳥，比喻夫婦。並以指代鴛鴦綺、鴛鴦衾之類的織物。「卷」，收藏。「東牀」，《晉書·王羲之傳》：「郗鑒使門生求壻於(王)導。導令遍觀子弟。歸謂鑒曰：「王氏諸少並佳，然聞信至，咸自矜持。

惟一人在東牀坦腹食，獨若不聞。」鑒曰：「正此佳壻邪？」訪之，乃羲之也。遂以女妻之。」後以「東牀」指女壻。（3）「孤雲」二句：謝莊《月賦》：「隔千里兮共明月。」與此意同。（4）「藂（cōng聰）」：見卷四《秋懷十五首》注（44）。

贈姚怤別

美人廢琴瑟，不是無巧彈。聞君郢中唱，始覺知音難（1）。驚蓬無還根，馳水多分瀾（2）。倦客厭出門，疲馬思解鞍。何以寫此心，贈君握中丹（3）。

【題解】

姚怤，見卷七《答姚怤見寄》題解。

【注釋】

（1）「美人」四句：言知音難逢，感姚怤知己。「郢中唱」，見卷五《題韋承總吳王故城下幽居》詩注（1）。

（2）「驚蓬」二句：「驚蓬」，見《張徐州席送岑秀才》詩注（3）。此以「驚蓬」、「馳水」爲喻，極言離易合難。

（3）「握中丹」：比喻所贈詩篇。「丹」，丹砂。古時用以點校文字。「握」，拳。執持。鮑照《贈故人馬子喬》詩：「赫似握中丹。」

贈竟陵盧使君虔别

赤日千里火，火中行子心。孰不苦焦灼？所行爲貧侵。山木豈無凉？猛獸蹲清陰。歸人憶一作懷平坦，别路多嶇嶔。賴得竟陵守，時聞建安吟(1)。贈别折楚芳，楚芳一作芳色摇衣襟。

【題解】

本詩當作於貞元十年。東野再下第後，自長安出遊湖楚，訪盧虔於復州。此詩即爲臨辭贈别而作。

【注釋】

(1)「賴得」二句：「竟陵守」，時盧虔爲復州刺史。「竟陵」，唐時爲復州治所。「建安吟」，漢末建安間，曹操父子及建安七子善詩文，後人稱之爲「建安體」。此以贊美盧虔詩文。

與韓愈李翺張籍話别

朱絃奏離别，華燈少光輝。物色豈知異〔一〕？人心顧將違〔二〕。客程殊未已，歲華忽然一作已微。秋桐故葉下，寒露新雁飛。遠遊起重恨，送人念先歸。夜集類飢烏〔三〕，晨光失相依。馬跡遶川水，雁書還一作妻泣守閨闈(1)。常恐親朋阻，獨行知慮非。

【校記】

〔一〕「物色豈知異」，《全唐詩》本「色」下注云：「一作思。」秦禾本「知」下注云：「一作有。」《全唐詩》本「知」作「有」，下注云：「一作知。」　〔二〕「顧」，弘治本作「故」。　〔三〕「飢」，秦禾本下注云：「一作羇。」

【題解】

本詩疑爲貞元十四年東野在汴州與韓、李、張話別之作。

【注釋】

（1）「雁書」：以帛繫雁足所傳之書。見《漢書·蘇武傳》。後因稱書札爲雁書。「閨闈」：内室。《文選》應璩《與侍郎曹長思書》：「悲風起於閨闈，紅塵蔽於几榻。」

監察十五叔東齋招李益端公會別

欲知惜別離，瀉水還清池(1)。此地有君子，芳蘭步葳蕤(2)。手掇一作綴雜英一作彩珮，意搖春夜一作夢思。莫作遠山雲，循環無定期。

【題解】

本詩作年難以確考。監察十五叔、李益端公，見卷六《抒情因上郎中二十二叔監察十五叔兼呈李益端公柳鎮評事》詩題解。

【注釋】

（1）「欲知」二句：猶言水無還理。故欲知惜別，而瀉水還池。此深一層寫惜別。（2）「此地」二句：「君子」，指李益。「葳蕤」，花鮮好貌。《文選》左思《蜀都賦》：「敷蘂葳蕤，落英飄颻。」張銑注曰：「葳蕤，花鮮好貌。」又紛披貌。張九齡《感遇》詩：「蘭葉春葳蕤。」此以喻李益。

汴州別韓愈〔一〕

不飲濁水瀾，空滯此汴河（1）。坐見遶岸冰一作水〔二〕，盡爲還海波。四時不在家，弊服斷線多。遠客獨顦顇，春英落婆娑〔三〕（2）。汴水饒曲流〔四〕，野桑無直柯（3）。但爲君子心，歎息一作飲之終匪他〔五〕。

【校記】

〔一〕《文苑英華》卷二八八沈校宋本、詩題内作「留別」。《全唐詩》本同，下注：「一本無留字」。〔二〕「冰」，《全唐詩》本作「水」，下注：「一作冰」。〔三〕「落」，《文苑英華》作「各」。明鈔本、弘治本、秦禾本、《全唐詩》本注云：「一作各」。〔四〕「汴水」，《文苑英華》作「荒陂」，下注：「集作汴水」。《全唐詩》本作「汴水」，下注：「一作荒陂」。〔五〕「終匪他」，《文苑英華》作「將匪他」。秦禾本、《全唐詩》本作「終靡他」。

【題解】此詩當作於貞元十五年。東野貞元十三年寄寓汴州，依陸長源。至貞元十五年春汴州軍亂前離汴。時韓愈方爲汴州推官。此詩即東野離汴前夕留别韓愈之作。

【注釋】（1）「不飲」二句：《尸子》：「（孔子）過於盗泉，渴矣而不飲。惡其名也。」此用其意。（2）「婆娑」：見卷三《訪疾》詩注（2）。（3）「汴水」二句：以汴水無直流、野桑多曲柯，規誡韓愈勿隨流俗而長保其君子之心。「饒」，多。

贈别殷山人説易後歸幽墅

夫子説天地，若與靈龜言（1）。幽幽人不知，一一予所敦（2）。秋月吐白夜，凉風韻清源。旁通忽已遠，神感寂不喧。一悟袪萬結，夕懷傾朝暾〔一〕（3）。旅輈無停波，别馬嘶去轅。殷勤芳外士〔二〕，曾有知己論〔三〕。

【校記】〔一〕「暾」，弘治本、秦禾本、《全唐詩》本作「燉」。〔二〕「芳外士」，沈校宋本、明鈔本、弘治本、《全唐詩》本作「荒草士」。秦禾本作「方外士」。〔三〕「曾」，明鈔本、弘治本、秦禾本、《全唐詩》本作「會」。

【注釋】

（1）「夫子」二句：「夫子」，指殷山人。「天地」，即陰陽。《周易·繫辭》曰：「一陰一陽之謂道。」「靈龜」，神靈明鑒之龜。《易·頤》：「初九，舍爾靈龜，觀我朵頤。」疏曰：「靈龜，神靈明鑒之龜。」古代以靈龜占卜吉凶。二句贊美殷山人精於説《周易》。（2）「敦」：勤勉。（3）「旁通」四句：喻聽殷山人説《周易》後，大徹大悟的境界。「朝暾」，早晨初升的太陽。

壽安西渡奉别鄭相公二首

洛河向西道，石波横磷磷。清風送君子，車遠無還塵。春别亦蕭索，況兹冰霜晨。零落景易入(1)，鬱抑抱難申。百宵華燈宴，一旦星散人。歲去紘吐箭，憂來蠶抽綸。綿綿無窮事，各各馳遠身。徘徊黄縹緲〔一〕，倏忽春霜賓(2)。相爲物表物，永謝區中姻(3)。日嗟來教士，仰望無由親(4)。

東都清風減，君子西歸朝。獨抱歲晏恨，泗吟不成謡(5)。貴游意多味，賤别情易消。廻雁憶前叫，浪鳧念後漂〔二〕。悠悠孤飛景，聳聳銜霜條。昧趣多滯澁一作䟴，懶朋宣新僚。病深理方晤(6)，悔至心自燒。寂靜道何在？憂勤學空饒。乃知減聞見，始遂情逍遥(7)。文字徒營織，聲華諒疑驕〔三〕(8)。顧慙耕稼士，材略氣韻調〔四〕。善才有餘食〔五〕，佳畦冬生苗。養人在養身，此旨清如韶(9)。願貢高古言，敢望錫類招〔六〕(10)。

【校記】

〔一〕「黄」，《全唐詩》本注云：「一作送。」〔二〕「漂」，秦禾本作「飄」。《全唐詩》本注云：「一作飄。」〔三〕「驕」，秦禾本作「嬌」。〔四〕「材略」，弘治本、秦禾本、《全唐詩》本作「朴略」。〔五〕「才」，《全唐詩》本作「士」，下注：「一作才」。〔六〕「招」，北宋刻本原作「韶」，據明鈔本、弘治本、秦禾本、《全唐詩》本改。

【題解】

本詩當作於元和六年。鄭相公，謂鄭餘慶。按《舊唐書·憲宗本紀》及《鄭餘慶傳》知鄭餘慶元和六年四月正拜兵部尚書，依前東都留守。此詩即送其自洛陽歸長安之作。壽安，縣名。唐屬河南道河南府。

【注釋】

(1)「景」：日光。(2)「徘徊」二句：「縹緲」，見《同李益崔放送王鍊師還樓觀兼爲羣公先營山居》詩注(2)。二句謂時序推移，倏忽之間，秋已成春。(3)「相爲」二句：「物表」，見卷七《送任齊二秀才自洞庭遊宣城》詩注(4)。「區中姻」，猶「區中緣」。見卷五《題陸鴻漸上饒新開山舍》注(2)。(4)「日嗟」二句：「來教士」，《詩·小雅·車舝》：「令德來教。」《傳》曰：「與相訓告，改修德教。」(5)「獨抱」二句：「歲晏」，歲晚。也比喻年老。「泗」，鼻涕。(6)「晤」：明白。通「悟」。(7)「寂靜」四句：「減聞見」，顔延之《五君詠》：「劉伶善閉關，懷情減聞見。」「消搖」，同「逍遥」。《莊子》有《逍遥游》篇。此謂寂靜之道祇有通過減少聞見求得心境的寧靜。（8）「文字」二句：「營織」，經營，組織。「聲華」，美好的名聲。（9）「韶」：指《韶》樂。見卷三《晚雪吟》注（8）。「旨」：意義。（10）「錫類」：《詩・大雅・既醉》：「永錫爾類。」傳曰：「類，善也。」謂以善施及衆人。「錫」，賜與。

孟郊詩集校注卷九

詠物

宇文秀才齋中海柳詠(1)

玉縷青葳蕤(2)，結爲芳樹姿。忽驚明月鉤，鉤出珊瑚枝(3)。灼灼不死花，蒙蒙長生絲(4)。飲栢况仙味[一](5)，詠蘭擬一作疑古詞[二]。霜風清飀飀，與君長相思。

【校記】

[一]「况」，明鈔本、弘治本、秦禾本注云：「一作泛」。《全唐詩》本作「泛」，下無注文。　[二]「擬」，《全唐詩》本無「一作疑」注文。

【注釋】

(1)「海柳」：據詩意看當是形狀類似珊瑚之物。　(2)「玉縷」句：「玉縷」，比喻碧綠的柳絲。「葳蕤」，見卷八《監察十五叔東齋招李益端公會別》注(2)。　(3)「珊瑚」：熱帶海中的腔腸動物。骨骼相連，形如樹枝。　(4)「灼灼」二句：「灼灼」，鮮明光盛貌。《詩·周南·桃夭》：「桃之夭夭，灼灼其華。」「蒙蒙」，繁盛貌。

(5)「飲栢」句：相傳赤松子好食柏實，「齒落更生」。見舊題劉向撰《列仙傳》。「況」，比譬。《莊子・知北遊》：「每下愈況。」注曰：「況，譬也。」

搖柳 一作採柳

弱弱本易驚，看看勢難定。因風似醉舞，盡日不能正(1)。時邀詠花女，笑輟春粧鏡(2)。

【注釋】

(1)「弱弱」四句：寫搖柳，緊扣「搖」字着筆。「因風」，用東晉謝道韞語：「未若柳絮因風起。」見《晉書》六十九、《列女傳》及《世說新語・言語》。(2)「時邀」二句：「邀」字有兩層涵義，既可指人，也可指搖柳招邀。「春粧」，婦女的妝飾。

曉鶴

曉鶴彈古舌，婆羅門叫音(1)。應吹天上律，不使塵中尋。虛空夢皆斷，歆唏安能禁(2)！如開孤月口，似說明星心。既非人間韻，枉作人間禽。不如相將去，碧落窠巢深(3)。

【注釋】

（1）「哓鶴」二句：「彈舌」，謂哓鶴發舌吐音鳴叫。《全唐詩》七二三李洞《送三藏歸西天國》詩：「十萬里程多少磧，沙中彈舌授降龍。」自注：「奘公彈舌念梵語《心經》，以授流沙之龍。」原指誦經念咒，東野不取其義。「婆羅門」，梵語。意譯「淨行」、「淨裔」。爲古印度四個種姓中的最高級。唐玄奘《大唐西域記》二：「印度種姓，族類羣分，而婆羅門最爲清貴。」因之，古印度又稱婆羅門國。（2）「歆唏」：「歆」，口吸。原指古代祭祀時鬼神鼻嗅口吸，先享祭物的氣味。「唏」，哀嘆。與「欷」通。（3）「不如」二句：「相將」，相共，相隨。「碧落」，天空。

和薔薇花歌

仙機札札一作軋軋織鳳凰（1），花開七十有二行（2），天霞落地攢紅光。風枝嫋嫋時一颺，飛散葩馥遶空王（3）。忽驚錦浪洗新色，又似宮娃逞粧飾（4）。終當一使移花根〔一〕，還比蒲桃天上植（5）。

【校記】

〔一〕「花」，明鈔本、弘治本、秦禾本、《全唐詩》本注云：「一作老。」

【注釋】

（1）「札札」：機織聲。《古詩十九首》之十：「札札弄機杼。」「織鳳凰」：言花似仙機織成的鳳凰。庾信《春賦》：「新綾織鳳皇。」（2）「花開」句：比喻薔薇花開如織。《宋書・樂志》三《古辭・鷄鳴高樹巔》：「鴛鴦七十二，羅列自成行。」（3）「風枝」二句：「嫋嫋」，參見卷四《秋懷十五首》注（19）。「颺」，飛揚。與「揚」通。「空王」，佛的尊稱。佛說大千世界一切皆空，故稱空王。《諸經集要》一《三寶》引《觀佛三寶經》：「昔過去久遠，有佛出世，號曰空王。」（4）「宮娃」：宮人。（5）「終當」二句：《漢書》卷九十六《西域傳》上：張騫使西域，「采蒲桃、目宿種歸。天子以天馬多，又外國使來衆，益種蒲桃、目宿離宮館旁，極望焉」。「蒲桃」，即葡萄，又作蒲萄。

邀人賞薔薇

蜀色庶可比（1），楚叢亦應無（2）。醉紅不自力，狂豔如索扶（3）。麗藥惜未掃，宛枝長更紆（4）。何人是花侯？詩老强相呼（5）。

【注釋】

（1）「蜀色」句：意謂薔薇花色鮮豔，有如蜀錦。舊傳蜀人織錦，濯錦江中，則錦色鮮明。見晉常璩《華陽國志・蜀志》。（2）「楚叢」句：「楚叢」，指叢蘭。《楚辭》屈原《離騷》：「余既滋蘭之九畹兮。」李商隱《潭州》

詩：「楚歌重疊怨蘭叢。」可爲注脚。古人詩中常以薔薇與秋蘭相聯繫而言，如陶潛《問來使》：「薔薇葉已抽，秋蘭氣當馥。」可與此互參。（3）「醉紅」二句：描摹薔薇弱不禁風之態，曲盡其妙。（4）「麗蘂」二句：「蘂」，花心，花。也作蕊。《楚辭》屈原《離騷》：「貫薜荔之落蘂。」「宛」，屈曲，細小。「紆」，屈曲迴旋。（5）「何人」二句：「花侯」，對愛花、賞花者的尊稱。「詩老」，東野自稱。結語點明邀人賞薔薇之意。

和宣州錢判官使院廳前石楠樹

大朴既一剖〔一〕，衆材爭萬殊(1)。懿兹南海華，來與北壤俱(2)。生長如自惜，雪霜無凋渝(3)。籠籠抱靈秀，簇簇抽芳膚(4)。寒日吐再豔，赬子流細珠(5)。鴛鴦花數重，翡翠葉四鋪。雨洗新粧色，一枝如一姝〔二〕(6)。聳異敷庭際，傾妍來坐隅(7)。散采飾机案，餘輝盈盤盂(8)。高意一作立因造化〔三〕，常情逐榮枯(9)。主公方寸中，陶植在須臾(10)。養此奉君子，賞覿日爲娱(11)。始覺石楠詠，價傾賦西都〔四〕(12)。棠頌庶可比，桂詞難以踰(13)。因謝丘墟木，空採一作操落泥塗。時來開佳姿，道去卧枯株(14)。爭芳無由緣，受氣如鬱紆(15)。抽肝在郢匠，嘆息何踟蹰(16)！

【校記】

〔一〕「剖」，秦禾本作「割」。　〔二〕「姝」，秦禾本作「株」。　〔三〕「因」，明鈔本、弘治本、秦禾本、《全唐詩》本注云：「一作自。」〔四〕「西」，《全唐詩》本作「兩」，下注云：「一作西」。

【題解】

本篇據詩末諸語多抑鬱不平之鳴，疑或作於貞元十七、八年間東野尉溧陽失意時。宣州，唐屬江南西道，今安徽宣城縣。溧陽，唐時屬宣州。錢判官，生平不詳。判官，官名。唐時節度、觀察等諸使均設判官，佐理地方政事。使院，對地方官署的敬稱。石楠樹，據唐段成式《酉陽雜俎》稱：「衡山石楠花有紫碧白三色，花大如牡丹，亦有無花者。」

【注釋】

（1）「大朴」二句：「大朴」，比喻萬物之母。《老子》：「朴散則爲器。」此即其義。「萬殊」，萬類不同。（2）「懿兹」二句：「懿」，美。「兹」，此。又語氣詞，相當於「哉」。「南海華」，指石楠。「南海」，意謂衡山，也泛指南方。「北壤」，北方。宣州在衡山之北，故云「北壤」。（3）「凋渝」：衰敗，變形。（4）「籠籠」二句：「籠籠」，包舉貌。「簇簇」，叢聚貌。「芳膚」，指石楠樹皮。（5）「赬子」：指石楠紅色的樹子。「赬」，淺紅色。（6）「姝」：美女，美色。《詩·邶風·靜女》：「靜女其姝。」宋玉《登徒子好色賦》：「此郊之姝。」（7）「聳異」二句：「聳異」，高出而奇特。「敷」，佈滿，擴展。「隅」，角落。（8）「散采」二句：「机桉」，同「几案」。「盤盂」，盛食物之器。（9）「高意」二句：「因」，依靠，根據。「造化」，見卷六《贈鄭夫子魴》詩注（4）。「榮枯」，指草木的盛衰。也指仕途的得失。（10）「主公」二句：「主公」，謂錢判官。「方寸」，見卷六《連州吟三章》注（4）。「陶植」，「陶」，燒製陶器。「植」，栽種。這裡借喻爲造就、培育之意。（11）「養此」二句：「君子」，謂錢判官。「賞覿」，觀賞。（12）「傾」，超越。「賦西都」，指漢班固《兩都賦》中的《西都賦》。「西都」，謂長安。（13）「棠頌」二句：「棠頌」，指《詩・召南・甘棠》歌頌召公奭政績之詞。舊説周武王時，召伯奭巡行南國，曾憩於甘棠樹下。後人思其德，不忍伐其樹。「桂詞」當是稱頌錢判官詠石楠詩。漢淮南王劉安《招隱士》：「桂樹叢生兮山之幽。」（14）「因謝」四句：均述東野和詩之意。表面上句句詠物，實際上，都是借以抒寫東野遭際迍邅，鬱鬱不得志之感。「丘墟木」，既詠物，亦擬人。「泥塗」，泥濘的道路。比喻卑下的地位。《左傳・襄公三十年》：「使君子辱在泥塗久矣。」（15）「爭芳」二句：「無由緣」，猶言無從憑藉。「受氣」，指接受陰陽精靈之氣。《易・繫辭》上：「精氣爲物。」「鬱紆」，形容憂思曲折縈回。曹植《贈白馬王彪》：「我思鬱以紆。」（16）「抽肝」二句：「抽」，原意爲拔出。此處「抽肝」猶言輸肝，輸誠。「郢匠」，比喻知己。也指對考官的敬稱。《莊子・徐無鬼》：「郢人堊慢其鼻端若蠅翼，使匠石斲之。匠石運斤成風，……盡堊而鼻不傷，郢人立不失容。」「郢」，春秋楚都。

酬鄭毗躑躅詠

不似人手致，豈關地勢偏。孤光裛餘翠(1)，獨影舞多妍。迸火燒閑地，紅星墮青天(2)。
忽驚物表物，嘉客爲留連(3)。

【題解】

鄭毗，生平不詳。《新唐書》七十五上《宰相世系表》十五上《滎陽鄭氏》有鄭毗，字輔臣。然與東野時代不相應，疑非其人。躑躅，花名。見卷五《濟源寒食七首》注(12)。

【注釋】

(1)「孤光」：獨特的光。「褭」：通裊、嫋。見卷四《秋懷十五首》注(19)。 (2)「迸火」二句：描摹躑躅色紅似火。用一「燒」字，一「墮」字，造語奇崛。構思極妙。陸游《東園小飲》：「密葉深深躑躅紅。」亦寫躑躅色紅，但造語似覺遜色。 (3)「忽驚」二句：「物表物」，即物外物。見卷七《送任齊二秀才自洞庭遊宣城》詩注(4)。此指躑躅。「嘉客」，謂鄭毗。也泛指一般高士。

品松

追悲謝靈運，不得殊常封(1)。縱然孔與顏，亦莫及此松(2)。此松天格高，聳異千萬重。抓拏拒古手〔一〕，擘裂少室峰(3)。擘裂風雨獰，抓拏指爪牖〔二〕(4)。道人難抱心，學生易墮蹤(5)。時時數點仙，嫋嫋一線龍(6)。霏微嵐浪際，游戲顥興濃(7)。品松徒高高，雌鳴一作語詎噰噰〔三〕(8)。賞異尚可貴，賞潛誰能容(9)。名華非典賞〔四〕，剪棄徒纖茸(10)。刻削大雅文，所以不敢慵(11)。

【校記】

〔一〕「拒古」，秦禾本、《全唐詩》本作「巨靈」，是。 〔二〕「牖」，《全唐詩》本注云：「同傭。均也，直也。」 〔三〕「鳴」，《全唐詩》本注云：「一作鴻，一作語。」 〔四〕「賞」，明鈔本、弘治本、秦禾本、《全唐詩》本作「賈」，是。

【注釋】

（1）「追悲」二句：「謝靈運」，見卷五《夜集汝州郡齋聽陸僧辯彈琴》詩注（1）。「殊」，異，不同。「常」，普通。「封」指古代帝王分給諸侯的土地，也指帝王將土地或爵位賜與臣子。此二句慨歎謝靈運受封不如秦松。《史記·秦始皇本紀》二十八年：「（始皇）乃遂上泰山，立石，封，祠祀，下。風雨暴至，休於樹下，因封其樹爲五大夫。」《藝文類聚》八十八引漢應劭《漢官儀》：謂始皇所封之樹爲松樹，後因以五大夫爲松的別稱。五大夫，官名。（2）「縱然」二句：謂孔子、顔回均無殊封，不及此松。以上四句以古人古事作爲襯託，興起下文，極言此松品格之高。（3）「抓拏」二句：「拒古」，明秦禾本作「巨靈」是。「巨靈」，古代神話中劈開華山的河神。《文選》漢張衡《西京賦》：「綴以二華，巨靈贔屓（bì xì，壁細）。高掌遠蹠，以流河曲。」三國吳薛綜注曰：「巨靈，河神也。古語云：此本一山，當河水過之而曲行。河之神以手擘開其上，足蹋離其下，中分爲二，以通河流。」「擘」，分開。「少室」，山名。即中岳嵩山。在河南登封縣北。《爾雅·釋山》：「嵩高爲中岳。」郭璞注：「少室山也。」（4）「擘裂」二句：分别從上兩句演化而出，極寫松樹抓拏擘裂的偉觀。「獰」，凶猛。「臃」，同「傭」，匀直。明胡震亨《唐音癸籤》卷二十三《詁箋》八謂「孟詩用字之奇者，如《品松》：『抓拏指爪臃。』臃，均也。」（5）「道入」二句：「抱心」，與「墮蹤」對言。「抱」，持守。「心」，思想、意念、感情的通稱。「學生」，學習養生之道。《莊子·達生》：「吾聞祝腎學生。」「墮」，落下。「蹤」，同「踪」，踪迹。（6）「時時」二句：形容松樹超脱塵俗，輕盈夭矯的姿勢有如游龍。「嫋嫋」，見卷四《秋懷十五首》注（19）。（7）「霏微」二句：「霏微」，猶朦朧。「嵐」，霧氣。「顥」，博大。（8）「雌」：《說文》：「鳥母也。」引申爲柔弱義，也喻退藏。「詎」：副詞。豈。「噰噰」（yōng 雍）：鳥聲和鳴。《文選》宋玉《九辯》：「雁噰噰而來遊兮。」（9）「賞潛」：意謂賞玩品評隱藏於中的奧旨。（10）「名華」二句：「名華」，猶言光輝顯赫的聲名。也可解作聲名浮華不實，與「典實」對言。「纖茸」，草花初生柔細之貌。（11）「刻削」二句：「刻削」，雕琢。「大雅」，雅正。「慵」，懶惰，懶散。以上八句言品松之旨，中多牢騷感憤之言。

答李員外小榼味

一拳芙蓉水，傾玉何泠泠（1）。仙清夙已高，詩味今更馨。試啜月入骨，再銜愁盡醒（2）。

荷君道古誠，使我善飛一作振翎（3）。

【題解】

李員外，疑謂李益。他爲員外時或當在元和元年前。據柳宗元作於元和二年的《先君石表陰先友記》（《柳先生集》卷十二）稱：「李益……年老，常望仕，非其志，復爲尚書郎。」知其時李益已爲尚書郎。他爲員外時，當更在前。或李益即自員外轉爲郎中。惜以文獻闕略，遂難詳考。《竇氏聯珠集》竇牟有《李舍人少尹惠家醞一小榼，立書絶句》詩。後附李益《答竇二曹長留酒還榼一絶》，可與東野此詩互參。「榼」（kē 柯），見卷五《看花五首》注（8）。

【注釋】

（1）「一拳」二句：「一拳」，比喻小，少。「芙蓉」，荷花的别稱。唐時長安、洛陽俱有芙蓉園，園内有芙蓉池。疑東野或取義於此。「傾玉」，言水清泠如傾玉。（2）「試啜」二句，「啜」，嚐，飲。「銜」，指銜盃。（3）「使我」句：言飲此可以振翅凌雲。二語以答謝作結。

井上枸杞架

深鎖銀泉甃（1），高葉架雲空。不與凡木並，自將仙蓋同（2）。影疎千點月，聲細萬條風。迸子鄰溝外，飄香客位中（3）。花盃承此飲，椿歲小無窮（4）。

【題解】

此詩據詩語推之，疑爲東野旅居他鄉所作。枸杞，木名。果實和根皮可入藥，嫩莖和葉可食。參見宋曹孝忠等《政和重修經史證類本草》卷十二《枸杞》、明李時珍《本草綱目》卷三十六《木》之三。

【注釋】

（1）「銀泉」：指井水。「甃」：井壁，如欄，以磚砌成。（2）「仙蓋」：古人稱傘爲蓋。又指車蓋。唐蘇鶚《杜陽雜編》載：「南海貢奇女盧眉娘，善作飛仙蓋，中有十洲三島、天人玉女、臺殿麟鳳之象。」（3）「迸子」二句：「迸」，噴涌，奔散。「子」，指枸杞子。「客位」，猶客次，指客居的處所。（4）「花盃」二句：古時枸杞可以飲用。陸游《玉笈齋書事》之二：「晨齋枸杞一盃羹。」「椿歲」，《莊子・逍遥游》：「上古有大椿者，以八千歲爲春，八千歲爲秋。」後因以椿歲爲長壽之詞。此二句謂飲枸杞可以延年益壽，雖椿歲猶爲夭，用《莊子》語而反其意。

蜘蛛諷〔一〕

萬類皆有性，各各稟天和(1)。蠶身與汝身〔二〕，汝身何太訛！蠶身不爲己，汝身不爲它〔三〕。蠶絲爲衣裳，汝絲爲網羅(2)。濟物幾無功〔四〕，害物日已多〔五〕。百蟲雖切恨〔六〕，其將奈爾何！

【校記】

〔一〕《文苑英華》卷三三〇題作《蜘蛛》，無「諷」字。《全唐詩》本「諷」下注云：「一作詠。」〔二〕「與汝身」，《文苑英華》作「爲爾身」，下注：「集作與汝身。」下「汝」字亦作「爾」。〔三〕「汝身」，《文苑英華》作「爾心」。《全唐詩》本「身」下注云：「一作心。」〔四〕「幾」，《文苑英華》作「既」。《全唐詩》本注云：「一作既。」〔五〕「日」，《全唐詩》本注云：「一作自。」〔六〕「切恨」，《文苑英華》作「有恨」，下注：「集作切恨。」

【題解】

詩題雖諷蜘蛛，但中多憤世之言，蓋託物言志，緣物寄慨，實有感而發。

【注釋】

（1）「天和」：見卷三《訪疾》注（1）。（2）「網羅」：捕魚鼈鳥獸的用具。這裡指蛛網。《文選》晉張協《雜詩》：「蜘蛛網四屋。」南朝梁沈約《學省愁卧一首》：「網蟲垂户織。」

蚊

五月中夜息，饑蚊尚營營（1）。但將膏血求，豈覺性命輕。顧己寧自愧，飲人以偷生。願爲天下幮，一使夜景清。

【題解】

此詩亦爲託物言志、感時憤世之作。

【注釋】

（1）「營營」：往來盤旋貌。《詩・小雅・青蠅》：「營營青蠅。」

燭　蛾

燈前雙舞蛾，厭生何太切。想爾飛來心，惡明不惡滅（1）。天若百尺高，應去掩明月。

【題解】

此詩據詩意似譏刺當世小人者。

【注釋】

（1）「惡明」句：兩「惡（wù務）」，憎恨，討厭。

和錢侍郎甘露

玄天何以言⑴？瑞露青松繁。忽見垂書迹，還驚涌澧源⑵。春枝晨嫋嫋，香味曉翻翻。于禮忽來獻〔一〕，臣心固易敦⑶。清風惜不動，薄暮肯蒙昏〔二〕。嘉晝色更晶，仁慈久乃存⑷。一方難獨占⑸，天下恐爭論。側聽飛中使，重榮華德門〔三〕⑹。從公樂萬壽，餘慶及兒孫⑺。

【校記】

〔一〕「于禮」，明鈔本、弘治本、秦禾本、《全唐詩》本「于」作「子」，義較長。北宋刻本「禮」字原脱，據明鈔本、弘治本、秦禾本、《全唐詩》本補。　〔二〕「暮」，明鈔本、弘治本、秦禾本、《全唐詩》本作「霧」。　〔三〕「華」，明鈔本、弘治本、秦禾本、《全唐詩》本注云：「一作萃。」

【注釋】

（1）「玄天」：泛指天。「玄」，天青色。《易·坤》：「天玄而地黄。」（2）「忽見」二句：「垂書迹」，指錢侍郎《甘露》詩。「垂」，落下。留傳。「澧源」：猶醴泉。甘美的泉水。《禮記・禮運》：「故天降膏露，地出澧泉。」漢王充《論衡・是應》：「醴泉，乃謂甘露也。今儒者説之，謂泉從地中出，其味甘若醴，故曰醴泉。」（3）「于禮」二句：「于」，一作「子」。「子禮」，謂錢侍郎執臣子之禮，因天降甘露，賦詩獻祝。「敦」，篤厚，淳朴。（4）「仁慈」句：歌頌天降甘露，有如帝王澤被萬民，仁慈永存。（5）「占」：謂占候，即視天象變化以測吉凶。又通「佔」，佔有。（6）「側聽」二句：「側聽」，旁聽，傾耳而聽。「飛」，形容迅速。「中使」，指帝王宫廷中派出的使者，多由宦官充任。白居易《繚綾》詩：「去年中使傳口敕。」「重（chóng 虫）」，厚重，增益。又解作重疊。「華」，光耀。此作動詞。「德門」，封建時代謂循守禮法之家。此指錢侍郎。以上兩句謂錢侍郎承受帝王恩寵，惟史實已難稽考。（7）「從公」二句：「公」，謂錢侍郎。「萬壽」，舊稱皇帝生日。唐玄宗開元以前尚可兼用於上下。《詩・小雅・南山有臺》：「樂只君子，萬壽無疆。」「餘慶」，猶餘福，謂澤及後人。《易・坤》：「積善之家，必有餘慶。」

雜　題

和令狐侍郎郭郎中題項羽廟

碧草凌古廟，清塵鎖秋窗（1）。當時獨宰割，猛志誰能降！鼓氣雷作敵，劍光電爲雙（2）。

新悲徒自起，舊恨一作懷舊空浮江（3）。

【題解】

令狐侍郎，疑謂令狐峘。《新唐書》卷一百零二《令狐德棻傳》附峘傳稱：「峘，德棻五世孫。天寶末及進士第，……建中初爲禮部侍郎。」《舊唐書》卷十二《德宗紀》載大歷十四年九月丙戌「中書舍人令狐峘爲禮部侍郎」。建中元年二月甲寅，「貶史館修撰、禮部侍郎令狐峘郴州司馬」。兩唐書本傳俱作「衡州別駕」。韋應物《韋蘇州集》卷五有《答令狐侍郎》詩，後附令狐峘詩，可資旁證。郭郎中，生平未詳。項羽廟，《南史·蕭惠明傳》：「惠明初爲吳興太守，郡界卞山有項羽廟。相傳羽多居郡聽事。」江總《卞山楚廟》詩：「盛祀流百世，英威定幾何。」疑即詠項羽廟。卞山，在浙江吳興西北十八里。

【注釋】

（1）「碧草」二句：描寫項羽廟荒涼衰敗之狀。　（2）「鼓氣」二句：意謂項羽鼓氣如雷，劍光似電。　（3）「舊恨」句：「浮江」，「江」，當指烏江。也可泛指長江。

讀張碧集

天寶太白殁，六義互消歇(1)。大哉國風本，喪而王澤竭(2)。先生今復生，斯文信難缺(3)。下筆證興亡，陳詞備風骨(4)。高秋數奏琴，澄潭一輪月(5)。誰作採詩官，忍之不揮發〔一〕(6)！

【校記】

〔一〕「之」，明鈔本、弘治本、秦禾本、《全唐詩》本注云：「一作教。」

【題解】

張碧，字太碧。元辛文房《唐才子傳》卷五張碧條稱：「貞元間舉進士。……初慕李翰林（李白）之高躅，故其名字皆亦逼似。……天才卓絶，氣韻不凡，委興山水，投閑吟酌，言多野意，俱狀難摹之景焉。有《歌行集》二卷傳世。」《全唐詩》録存張碧詩僅十六首。據本詩題意推之，知當時已有張碧集行世。其詩散佚者當甚多。東野對張碧詩備加推許，稱其下筆陳詞，可以「證興亡，備風骨」，以延《國風》雅正之遺緒。這不僅是對張碧詩的高度評價，更重要的是从理論上表述了東野對唐代自陳子昂、李白、杜甫以來所倡導的詩歌革新運動的擁護和支持。是代表東野審美主張的一篇詩論。可與本集卷六《贈蘇州韋郎中使君》、《贈鄭夫子魴》諸詩互參。

【注釋】

（1）「天寶」二句：「天寶」，唐玄宗李隆基年號。「太白」，李白字。他推崇「風」、「雅」正聲，贊美建安風骨，希望把初唐趨向柔靡綺麗的詩風逐步扭轉，引向雅正的道路。「六義」，《詩大序》：「故詩有六義焉：風、賦、興、比、雅、頌。」「消歇」，消散，休止。（2）「大哉」二句：「國風」，《詩經》中一部分，採自各地民間歌謠，借以觀民風，察國事。唐張九齡《奉和聖製途次陝州作》：「陳詩問國風。」「王澤」，春秋時周天子稱王。王澤，謂天子之德澤。《文選》班固《兩都賦序》：「王澤竭而詩不作。」李翰注曰：「言成王康王既没，德澤不流，詩頌都寢。」（3）「先生」二句：「先生」，謂張碧。「斯文」，「文」，指禮樂、制度、文事。「信」，誠，的確。（4）「下筆」二句：「證興亡」，謂驗證國家興亡大事。「風骨」，指詩文獨特的藝術風格和堅實的內容，較强的感染力。也指作品的風神骨力。梁劉勰《文心雕龍》有《風骨》篇，可互參。（5）「高秋」二句：比喻張碧詩如高秋奏琴，碧潭映月，清遠明澈。《周易參同契》：「撈出碧潭一輪月。」（6）「誰作」二句：「採詩」，《漢書·藝文志》：「故古有采詩之官，王者所以視風俗，知得失，自考正也。」「採」，搜集。「揮發」，猶發揮。

聽琴

颯颯微雨收，飜飜橡一作桐葉鳴（1）。月沉亂峰西〔一〕，寥落三四星。前溪忽調琴，隔林寒琤琤（2）。聞彈正弄聲，不敢枕上聽。迴燭整頭簪，漱泉立中庭（3）。定步履齒深〔二〕，貌禪目冥冥〔三〕（4）。微風吹衣襟，亦認宮徵聲〔四〕（5）。學道三十年（6），未免憂死生。聞彈一夜中，會盡天地情（7）。

【校記】

〔一〕「峯」，《文苑英華》卷二一二作「岑」。〔二〕「履」，《文苑英華》作「屐」。明鈔本、弘治本、秦禾本注云：「一作屐。」《全唐詩》本作「屐」，下注：「一作履。」〔三〕「貌禪目」，《文苑英華》作「久彈目」，下注「集作貌禪目」。〔四〕「宮徵聲」，北宋刻本原作「徵宮聲」，非是。據《文苑英華》、明鈔本、弘治本、秦禾本、《全唐詩》本改。

【題解】

此詩據詩語「前溪忽調琴」、「學道三十年」推之，疑當作於貞元年間東野居湖州時。

【注釋】

（1）「颯颯」二句：「颯颯」，雨聲。杜甫《乾元中寓居同谷作歌》之五：「寒雨颯颯枯樹濕。」「飜」，同「翻」。飛。「橡」，木名，一本作桐。是。桐，梧桐，可製琴。《詩・鄘風・定之方中》：「椅桐梓漆，爰伐琴瑟。」（2）「前溪」二句：「前溪」，溪名。在湖州武康。今浙江德清縣境。六朝時江南舞樂多出於此。見《大唐傳載》。又泛指。「琤琤」，象聲詞。這裡形容琴聲。（3）「迴燭」二句：「迴」，同「回」。「頭簪」，古代插定髮髻或冠上的長針。「漱泉」，含泉水漱口。「中庭」，廳堂當中，即院内。（4）「定步」二句：「定步」，止步久久不移。「貌禪」，貌似坐禪入定。「目冥冥」，意謂閉目凝思。「冥冥」，深遠。（5）「宮徵聲」：見卷六《上張徐州》注（4）。嵇康《琴賦》：「及其初調，則角羽俱起，宮徵相證。」《魏書・樂志》：「若善琴術，則知五調調音之體。」（6）「學道」：《論語・陽貨》：「君子學道則愛人。」此當謂儒家之道。（7）「會」：領悟，理解。

聞夜啼贈劉正元〔一〕

寄泣須寄黃河泉，此中怨聲流徹一作方到天〔二〕（1）。愁人獨有夜燈見，一紙鄉書淚滴穿。

【校記】

〔一〕北宋刻本詩題下有「七言」二字旁注。　〔二〕「怨聲」，《全唐詩》本注云：「一作淚怨。」

【注釋】

（1）「徹」：通。

喜　雨〔一〕

朝見一片雲，暮成千里雨。淒清濕高枝，散漫沾荒土（1）。

【校記】

〔一〕《文苑英華》卷一五三題作《雨》，注云：「集作喜雨。」

【注釋】

（1）「淒清」二句：「淒」，雲雨起貌。《説文》：「淒，雲雨起也。」《詩·鄭風·風雨》：「風雨淒淒。」「清」，水澄澈。指雨水。「散漫」，彌漫四散。南朝齊謝朓《觀朝雨》詩：「空濛如薄霧，散漫似輕埃。」「沾」，同「霑」。潤澤。

終南山下作

見此原野秀，始知造化偏（1）。山村不假陰，流水自（一作日）雨田（2）。家家梯碧峰（3），門門鑠青煙。因思蜕骨人(4)，化作飛桂仙。

【題解】

終南，見卷四《遊終南山》題解。東野貞元七、八年秋，兩度赴長安應進士試，作有《遊終南龍池寺》、《遊終南山》（見本集卷四）諸詩。此篇疑亦同爲東野貞元七、八年間應試長安一時遊賞之作。

【注釋】

（1）「見此」二句：「造化」，見卷六《贈鄭夫子魴》注（4）。「偏」，不公正，偏袒。二語反襯終南原野秀美，冠絶羣山。與杜甫《望嶽》詩「造化鍾神秀」寓意略同。（2）「山村」二句：「不假陰」，比喻緑樹成陰，不需外借。「假」，借。「雨（yù 育）」，讀此作動詞。比喻潤澤，有如降雨。《詩・小雅・大田》：「雨我公田。」（3）「家家」句：意謂家家築室於山上，以碧峰爲階梯。「梯」，此作動詞。（4）「蜕骨人」：指死人。道家謂人死亡，脱去凡骨，如蟬之脱殼。

觀種樹

種樹皆待春，春至難久留。君看朝夕花(1)，誰免别離愁。心意已零落(2)，種之仍未休。
胡爲好奇者，無事自買憂(3)。

【題解】

此詩亦爲感時憤世，託觀種樹以寄感慨。本集卷二《審交》詩也同以種樹爲喻，可與此詩互參。

【注釋】

（1）「朝夕花」：此非泛指，疑指木槿花。木槿花朝開暮斂，因以形容人心易變。東野《審交》詩：「小人槿花心，朝在夕不存。」可與此互參。（2）「零落」：見卷二《感懷八首》注（2）。也可作衰敗解。（3）「胡爲」二句：「胡」，何故。「好奇者」，指種樹人。「自買憂」，「買」，以錢易物。也可解作招惹，引起。《戰國策·韓策》一：「此所謂市怨而買禍者也。」

春後雨

昨夜一霎雨，天意蘇羣物（1）。何物最先知？虚庭草争出（2）。

【注釋】

（1）「昨夜」二句：「一霎雨」，一陣雨。「蘇」，蘇息，蘇醒。（2）「何物」二句：「何物」，哪一個。《晉書·王衍傳》：「何物老嫗，生此寧馨兒！」「虚庭」，空庭。此二句將空庭草擬人化。蘇軾《惠崇春江曉景》：「春江水暖鴨先知。」寫法與此有異曲同工之妙。此詩實爲「與造化該」之佳作，和《登科後》、《遊子吟》同妙。

答友人贈炭〔一〕

青山白屋有仁人，贈炭價重雙烏銀(1)。驅卻坐上千重寒，燒出爐中一片春。吹霞弄日光不定(2)，暖得曲身成直身。

【校記】

〔一〕北宋刻本詩題下有「七言」二字旁注。

【題解】

宋歐陽修《六一詩話》云：「孟郊、賈島皆以詩窮至死，而平生尤自喜爲窮苦之句。孟有……《謝人惠炭》詩云：『暖得曲身成直身』，人謂非其身備嘗之不能道此句也。」

【注釋】

(1)「青山」二句：「白屋」，古代平民住房不施彩飾，故稱白屋。《漢書》卷六十四上《吾丘壽王傳》注：「白屋，以白茅覆屋也。」「烏銀」，喻炭，言其貴重如銀。　(2)「吹霞」句：形容爐火紅旺熾熱之狀。

爛柯石

仙界一日内，人間千歲窮。雙碁未徧局(1)，萬物皆爲空。樵客返歸路(2)，斧柯爛從風。

唯餘石橋在，猶自淩丹虹〔一〕(3)。

【校記】

〔一〕「猶自淩丹虹」，明鈔本、秦禾本、《全唐詩》本句下注云：「一作猶有靈丹紅。」

【題解】

按《名山記注》：「爛柯石，在衢州信安縣。」明應陽《廣輿記》又載：「爛柯山，在衢州南，一名石室山。」山與石均因爛柯得名。柯，斧柄。衢州，唐屬江南東道，今浙江衢州。舊傳王質入山伐木，見童子數人奕棋而歌，因置斧觀之。童子與一物如棗核，含之不饑。不久，童子催歸，質起視斧柯已爛盡。既歸，去家已數十載，親故殆盡。見舊題南朝梁任昉《述異記》。《水經注》卷四十《浙江水》及《廣輿記》諸書所記略同。攷東野貞元十五年曾自汴州往遊蘇州各地，後又歷遊越中山水。此詩或爲遊越中一時觀賞之作，因據舊說本事敷衍成篇。

【注釋】

(1)「雙碁」：二人對奕，各執黑白棋子。「碁」，「棋」別體。「未徧局」：謂未滿一局。「徧」同「遍」。「局」，奕棋一次爲一局。《後漢書》五十九《張衡傳》：「奕秋以棊局取譽。」　(2)「樵客」：謂晉王質。　(3)「淩丹虹」：古人詩賦中以拱橋如虹，因喻橋爲虹，或直稱虹橋。唐上官儀《安德山池宴集》詩：「雨霽虹橋晚。」唐陸龜蒙《和皐橋》詩：「横絶春流架斷虹。」竝是其證。東野此句也以石橋比擬丹虹。「淩」：跨越。

尋言上人

萬里莓苔地，不見驅馳蹤(1)。唯開文字窗，時寫日月容。竹韻漫蕭屑，草花徒纖一作蒙茸(2)。披霜入衆木，獨自識青松(3)。

【注釋】

(1)「驅馳」：指車馬的驅逐奔馳。(2)「竹韻」二句：「韻」，和諧的聲音。漢蔡邕《彈琴賦》：「繁絃既抑，雅韻乃揚。」「蕭屑」，寂寥。「纖茸」，見《品松》注(10)。(3)「披霜」二句：暗用《論語・子罕》：「歲寒然後知松柏之後凋也」語意。「披」，劈開，分散。「青松」，此喻言上人。

噴玉布

去塵咫尺步，山笑康樂巖(1)。天開紫石屏，泉縷一作鏤明月簾(2)。仙凝刻削跡，靈綻雲霞纖(3)。悦聞若有待，瞥見終無厭(4)。俗玩詎能近？道嬉方可淹(5)。踏着不死機，欲歸多浮嫌(6)。古醉今忽醒，今求古仍潛(7)。古今相共失，語默兩難恬(8)。贈君噴玉布，一濯高漸漸(9)。

【題解】

嘖玉布，指瀑布。據詩語「山笑康樂巖」推之，疑瀑布即在康樂巖。明應陽《廣輿記》：「（浙江）永嘉有謝客巖。謝靈運書《白雲曲》、《春草吟》於崖上。今已蕪没，惟謝客巖三篆字尚存。」康樂巖，當即指此巖。據此，疑此詩或亦同爲貞元十五年東野歷遊越中山水時所作。

【注釋】

（1）「去塵」二句：「咫尺」，比喻距離極近。古代以八寸爲咫。「康樂」，謂謝靈運。見卷五《汝州郡齋聽陸僧辯彈琴》注（1）。曾爲永嘉太守。好山水，肆意遊遨，題詠甚多。（2）「天開」二句：此言瀑布從石屏流瀉而下，狀如泉水縷成水簾。（3）「仙凝」二句：「凝」，凝聚。形成。「刻削」，見《品松》注（11）。「綻」，開裂。「纖」，細紋絲帛。《楚辭》宋玉《招魂》：「被文服纖，麗而不奇些。」王逸注：「纖，謂羅縠也。」此二句承上二句而言。（4）「悦聞」二句：「悦聞」，猶言好聽。此指瀑布聲。「瞥見」，暫見。「瞥」，眼光掠過。「無厭」，不滿足。「厭」，通「饜」。此指欣賞瀑布。（5）「俗玩」二句：「玩」，玩賞。品味。「道嬉」，謂樂於道。《文選》漢張衡《歸田賦》：「諒天道之微昧，追漁父以同嬉。」「淹」，久留。停留。（6）「踏着」二句：「機」，原指弓上發箭的弩機或織具。借喻爲事物的樞要、關鍵。「歸」，指死亡。古代死稱歸，也稱大歸。《爾雅·釋訓》：「鬼之爲言歸也。」「浮嫌」，謂虚浮，疑惑難明。此二句論死生之道。（7）「求」：尋找。探索。「潛」：隱藏。（8）「語默」：説與不説。《易·繫辭上》：「君子之道，或出或處，或默或語。」「恬」：安然，澹然。（9）「嶃」：同「嶄」。高出。

姑蔑城

勁越既成土，强吳亦爲墟(1)。皇風一已被，兹邑信平居(2)。撫俗觀舊跡，行春布新書(3)。興亡意何在？綿歎空躊躕(4)。

【題解】

姑蔑，春秋時越地，故城在今浙江衢州境。《國語·越語》上：「勾踐之地，……西至於姑蔑。」明應陽《廣輿記》：「姑蔑城，衢州龍游縠溪之南。《左傳》：『越伐吳，吳王孫彌庸自泓上見姑蔑之旗，泣曰：吾父旗也。』先是彌庸父爲越所獲，故姑蔑得其旗。相傳即此地。」按姑蔑城與爛柯石兩地俱在浙江衢州之南，相距不遠，疑當同爲貞元十五年東野歷遊越中山水一時先後之作。全詩撫今思昔，感慨興亡，寄託深遠。

【注釋】

(1)「勁越」二句：謂勁越强吳儘成墟土。《文選》張載《七哀詩》：「昔爲萬乘君，今爲丘山土。」　(2)「皇風」二句：「皇風」，指唐朝的禮樂教化。「一」，一經。「被」，覆蓋。如被服之裹體。「兹邑」，指姑蔑城。「信」，誠然。「平居」，安居。　(3)「撫俗」二句：「撫俗」，按察民俗。「觀舊跡」，指察觀吳越舊跡。「行春」，按漢制，太守常於春季巡行所轄州縣，勸人農桑爲行春。《後漢書》卷三十三《鄭弘傳》：「太守第五倫行春。」「布新書」，謂頒布春令。　(4)「綿」：也作「緜」。連續，延續。「躊躕」：同「踟躕」。徘徊不前，猶豫。

崢嶸嶺

疏鑿順高下，結構横煙霞(1)。坐嘯郡齋肅(2)，玩奇石路斜。古樹浮緑氣，高門結朱華(3)。
始見崢嶸狀，仰止逾可嘉(4)。

【題解】

崢嶸嶺，山名。在浙江衢州城西北隅。疑本篇亦當與《爛柯石》、《姑蔑城》諸篇同爲貞元十五年東野歷遊越中山水一時先後之作。

【注釋】

(1)「疏鑿」二句：「疏鑿」，開鑿阻塞，使之通暢。「結構」，指崢嶸嶺地脈交結構架的形勢。《文選》晉左思《招隱詩》：「巖穴無結構。」「横」，當中截斷。又交錯。「煙霞」，雲氣。也指山水勝景。(2)「坐嘯」：閒坐吟嘯。張璠《漢記》：「南陽太守弘農成瑨任功曹岑晊，時人爲之語曰：「南陽太守岑公孝，弘農成瑨但坐嘯。」」意謂爲官而不親理政事。此句反其意而用之。「公孝」，岑晊字。「郡齋」：郡守的官舍。(3)「朱華」：紅花。(4)「始見」二句：「崢嶸」，見卷二《感興》詩注(3)。「仰止」，仰望，嚮往。《詩·小雅·車舝》：「高山仰止，景行行止。」「逾」，越，更加。與「愈」通。

尋裴處士

涉水更登陸，所向皆清真(1)。寒草不藏徑，靈峰知有人。悠哉鍊金客，獨與煙霞親(2)。曾是欲輕舉，誰言空隱淪(3)。遠心寄白月一作日，華法迴青春[一](4)。對此欽勝事(5)，胡爲勞我身？

【校記】

[一]「法」，明鈔本、秦禾本、《全唐詩》本作「髮」。

【注釋】

(1)「清真」：澄潔樸實。此處指水陸勝景。　(2)「悠哉」二句：「鍊金客」，指裴處士。「鍊金」，指道家鍊製金丹。「煙霞」，見《崢嶸嶺》注(1)。《北史·徐則傳》：「飡松餌朮，棲息煙霞。」　(3)「曾是」二句：「輕舉」，輕身高舉。《楚辭》屈原《遠遊》：「悲時俗之迫阨兮，願輕舉而遠遊。」王逸注：「高翔避世，求道真也。」「隱淪」，指隱居或隱居之人。　(4)「法」：謂佛教所泛指宇宙的本原、道理、法術。「華法」：一本作「華髮」，老人花白的頭髮。「迴青春」，言青春常駐。「迴」，同「回」。　(5)「勝事」：美好的事。王維《終南別業》詩：「興來每獨往，勝事空自知。」

子慶詩

王家事已奇，孟氏慶無涯(1)。獻子還生子(2)，羲之又有之(3)。鳳兮且莫歎(4)，鯉也會聞詩(5)。小小豫章甲(6)，纖纖玉樹姿(7)。人來唯仰乳，母抱未知慈。我欲揀其養，放麛者是誰(8)？

【題解】

按東野生有數子，皆早殤。但據本集卷十《悼幼子》詩稱「負我十年恩，欠爾千行淚」推之，東野當時可能另有一子已稍稍長成，所以他在元和一、二年冬所作《立德新居》詩中也説：「品子懶讀書，轅駒難服犂」；「畏彼梨栗兒，空資玩弄驕。」可證彼時他的幼子尚在，但亦可能未久即死，故東野爲詩悼之。疑《子慶詩》與《悼幼子》詩有前後的因果關係。本詩或即爲慶其成長十年的幼子初生時所作。惟作時年月難以確考，大約不出貞元十幾年間。全詩用典工切，巧於屬對，一片愉悦歡慶的舐犢深情，躍然紙上。

【注釋】

（1）「王家」二句：「王家」，謂王羲之家。羲之，字逸少。瑯琊臨沂人。官至右軍將軍、會稽内史。世稱王右軍。《晉書》有傳。「孟氏」，謂春秋魯卿孟獻子。《孟子·梁惠王》下：「孟獻子，百乘之家也。」（2）「獻子」句：謂孟獻子生孟莊子，莊子生僖子，僖子生懿子……故云。（3）「羲之」句：《晉書·王羲之傳》：「（羲之）有七子，知名者五人：玄之、凝之、徽之、操之、獻之。」故云。（4）「鳳兮」句：《論語·微子》：「楚狂接輿歌而過孔子，曰：『鳳兮鳳兮，何德之衰。』」此處反其意而用之。（5）「鯉也」句：「鯉」，孔子之子。字伯魚。《論語·季氏》：「（孔子）嘗獨立，鯉趨而過庭。曰：『學詩乎？』對曰：『未也。』曰：『不學詩，無以言。』鯉退而學詩。」「會」，恰巧。（6）「小小」句：「豫章」，木名樟類。「甲」，草木種子的外殼。漢劉熙《釋名》：「甲，莩也。萬物解莩甲而生也。」解，分裂。《南史·王儉傳》：「幼篤學。丹陽尹袁粲……見之，曰：宰相之門也。栝栢（按即檜樹）、豫章雖小，已有棟梁氣矣。」東野用其義，暗喻其子如豫章初生。（7）「纖纖」句：「纖纖」，細小柔美貌。「玉樹」，傳説中的仙樹。或以諸寶裝飾的樹。《晉書·謝玄傳》：「與從兄朗爲叔父（按：指謝安）所器。曰：『子弟亦何預人事，而欲使其佳？』玄曰：『如芝蘭玉樹，欲使生於階庭爾。』」又比喻姿貌秀美之人。《世説新語·容止》：「魏明帝使后弟毛曾與夏侯玄共坐，時人謂蒹葭倚玉樹。」（8）「我欲」二句：「揀」，選擇。「養」，撫養，生育。此處作名詞解。「麛」，同「麑」。幼鹿。《韓非子·説林》上：「孟孫獵得麛，使秦西巴載之持歸。其母隨之而啼，秦西巴弗忍而與之。……孟孫大怒，逐之。居三月，復召以爲其子傅。……孟孫曰：『夫不忍麛，又將忍吾子乎？』」又見《淮南子·人間》、劉向《説苑·貴德》。

憩淮上觀公法堂

動覺日月短，靜知時歲長。自悲道路人，暫宿空閑堂。孤燭讓清晝，紗巾斂輝光。高僧積素行，事外無剛强（1）。我有巖下桂（2），願爲爐中香。不惜青翠姿，爲君一作師揚芬芳。淮水色不污，汴流徒渾黃。且將琉璃意，淨綴芙蓉章(3)。明日還獨行，羇愁來舊腸(4)。

【題解】

此詩疑爲東野貞元間途經淮上時所作。淮，古四瀆之一。《爾雅·釋水》：「江河淮濟爲四瀆。」今稱淮河。源出河南桐柏山，流經安徽、江蘇入洪澤湖。觀公，疑即唐清涼國師澄觀。韓愈有《送僧澄觀》詩（《昌黎先生集》卷七），可互參。

【注釋】

(1)「高僧」二句：「高僧」，謂觀公。「素行」，淳樸高潔的德行或行爲。二語謂觀公抱素守雌，寄身事外，不預人事。 (2)「巖下桂」：謂桂花。桂花別稱巖桂。又稱木犀。唐高宗李治《九月九日》詩：「巖桂發全香。」 (3)「且將」二句：「琉璃」，見卷二《堯歌二首》注(10)。也作「流離」。「芙蓉」，見卷一《古怨》注(1)。

(4)「羇愁」：客居異地的愁苦。東野長年飄泊，故云：「羇愁來舊腸。」

江邑春霖奉贈陳侍御

江上花木凍，雨中零落春。應由放忠直，在此成漂淪(1)。嘉艷皆損污，好音難殷勤(2)。天涯多遠限(一)，雪涕盈芳辰(3)。坐哭青草上，卧吟幽水濱。興言念風俗，得意唯波鱗(4)。枕席病流濕，簷楹若飛津(5)。始知吳楚水，不及京洛塵(6)。風浦蕩歸棹(二)，泥陂陷征輪(7)。兩途日無遂，相贈唯沾巾(8)。

【校記】

〔一〕「限」，秦禾本作「恨」。是。〔二〕「浦」，秦禾本作「蒲」。

【題解】

「江邑」：所指廣泛，難以考定確指何地。「陳侍御」，亦不詳爲何人，據詩意當是失意謫居此邑。詩云：「始知吳楚水，不及京洛塵。風浦蕩歸棹，泥陂陷征輪。」據此推之，疑此詩或作於貞元十五、六年間東野南歸阻雨時。本集卷五又有《羅氏花下奉招陳侍御》詩，中云：「勞收賈生淚，强起屈平身。」亦寫其謫居失意，疑兩「陳侍御」或當同是一人。按唐人寫春雨詩，多抒歡樂之情，東野此篇借題發揮，獨作愁苦之音，寫法別具一格。蓋借江邑春霖針砭現實，抒寫憤懣，以及對陳侍御失意漂淪的同情。

【注釋】

（1）「應由」二句：寫陳侍御忠直被放。「漂淪」，飄流，淪落。（2）「嘉豔」二句：「嘉豔」，謂花。「好音」，謂鳥。《詩·邶風·凱風》：「睍睆黄鳥，載好其音。」二句比喻陳侍御忠直被放，難進讜言。（3）「雪涕」：拭淚。「芳辰」：指春天。（4）「波鱗」：謂魚。（5）「枕席」二句：「流濕」，往濕處流動。此謂爲雨水浸濕。《易·乾·文言》：「水流濕，火就燥。」疏曰：「此二者以形象相感。水流於地，先就濕處；火焚其薪，先就燥處。」「楹」，柱。「飛津」，高架的渡口。《説文》：「津，水渡也。」（6）「始知」二句：此爲東野親身經歷，感懷今昔之言。（7）「風浦」二句：「風浦」，水濱。「蕩」，廢壞，毀壞。「陂」，澤畔障水之岸。「征輪」，遠行者所乘車。二句言舟車阻雨。（8）「兩途」二句：「兩途」，指水陸舟車。「遂」，成功。《禮・月令》：「百事乃遂。」注曰：「猶成也。」又順遂如意。《國語・周語》下：「以遂八風。」注曰：「遂，猶順也。」「沾」，淚沾濕。通「霑」。

溧陽秋霽

晚雨曉猶在，蕭寥激前階（1）。星星滿衰鬢，耿耿入秋懷（2）。舊識半零落，前心驟相乖〔一〕（3）。飽泉亦恐醉，惕宦肅如齋〔二〕（4）。上客處華地，下寮宅枯崖（5）。叩高占生物，齟齬回難諧（6）！

【校記】

〔一〕「驟」，北宋刻本原作「聚」，非是。據諸本改。　〔二〕「宦」，秦禾本作「官」。

【題解】

東野貞元十六、七年至洛陽應銓選，選爲溧陽縣尉。以不治官事，縣令另委他人代行縣尉事，分東野半俸以給之。見《舊唐書・孟郊傳》、唐陸龜蒙《書李賀小傳後》。此詩多忿恚不平之言，疑即作於貞元十八、九年間東野任溧陽縣尉罰俸前後。

【注釋】

（1）「蕭寥」：冷落，寂寞。（2）「星星」二句：「星星」，形容鬢髮花白。晉左思《白髮賦》：「星星白髮，生於鬢垂。」又可解作「點點」。「耿耿」，煩躁不安貌。《詩·邶風·柏舟》：「耿耿不寐，如有隱憂。」（3）「前心」：平素的志向、抱負。「驟」：迅速，屢次。「乖」：見卷四《夜集》注（2）。（4）「飽泉」二句：「飽」，吃足。「惕」，警惕，戒懼。《左傳》襄公二十二年：「無日不惕，豈敢忘職。」「肅」，崇敬。「齋」，見卷四《石淙十首》注（36）。此二句蓋諷諭之詞。（5）「上客」二句：「上客」，謂顯宦。「下寮」，謂屬官。《左傳》文公七年：「同官爲寮。」「寮」與「僚」通。「宅」居住。《文選》左思《詠史八首》之二：「世胄躡高位，英俊沉下寮。」東野二語略同其義。（6）「叩高」二句：「叩高」，疑謂問天。或叩帝閽。屈原《離騷》：「吾令帝閽開關兮。」「占」，視，占候。比喻占兆以辨吉凶。屈原《離騷》：「命靈氛爲余占之。」「齟齬」（jǔ yǔ 咀雨），原意齒參差不齊。比喻抵觸，不合。「回」，環繞，違背。

列仙文四首

方諸青童君〔一〕（1）

大霞霏晨暉（2），元氣無常形（3）。玄轡飛霄外，八景乘高清（4）。手把玉皇袂（5），攜我晨中生。玄挺自嘉會〔二〕（6），金書拆一作析華名〔三〕（7）。賢女密相妍（8），相期洛水軿（9）。

清虚真人

欻駕空清虚〔四〕(10)，徘徊西華館(11)。瓊輪暨晨抄，虎騎逐煙散(12)。惠風振丹旌(13)，明燭朗八煥(14)。解襟墉房内(15)，神鈴鳴璀璨(16)。栖景若林柯(17)，九絃空中彈(18)。遺我積世憂(19)，釋此千載款(20)。怡眄無極已(21)，終夜復待旦。

金母飛空歌(22)

駕我八景輿(23)，欻然入玉清(24)。龍羣拂霄上，虎旗攝朱兵(25)。逍遥三絃際〔五〕(26)，萬流無暫停。哀此去留會(27)，劫盡天地傾(28)。當尋無中景(29)，不死亦不生(30)。體彼自然道〔六〕(31)，寂觀合大冥(32)。南嶽挺直幹(33)，玉英曜穎精(34)。有任靡期事(35)，無心自虛靈。嘉會絳河内(36)，相與樂朱英(37)。

安度明〔七〕(38)

丹霞焕上清，八風鼓太和(39)。迴我神霄輦(40)，遂造嶺玉阿(41)。咄嗟天地外(42)，九圍皆我家(43)。上採白日精(44)，下飲黄月華(45)。靈觀空無中，鵬路無間邪(46)。顧見魏賢安(47)，濁氣傷汝和(48)。勤研玄中思(49),道成更相過(50)。

【校記】

〔一〕「諸」,北宋刻本原作「請」,非是。據孟集總目及分卷目録仍作「諸」。〔二〕「挺」,清席刻本、《全唐詩》本作「庭」。〔三〕「拆一作析」,明鈔本、《全唐詩》本無「一作析」注文。〔四〕「欻」,北宋刻本原作「並」,據明鈔本、明弘治本、明秦禾本、《全唐詩》本改。〔五〕「三絃」,道藏本《雲笈七籤》作「玄津」,義較長。〔六〕「體」,北宋刻本原作「豔」,據明鈔本、弘治本、秦禾本、《全唐詩》本改。〔七〕「安度明」,疑當爲「丹霞焕上清」一首題目。宋明諸刻本俱列在《金母飛空歌》下,恐誤,今改移於本篇後。

【題解】

此篇凡四首,皆詠列仙者。作年無考。清人馮班(字定遠)評云:「此非東野詩,宋人羼入也。」其説可資參考。按宋張君房《雲笈七籤》卷一一四《傳·墉城集仙録》載有西王母所作歌辭,與東野《金母飛空歌》詩語大體相同。近人陳延傑認爲此乃孟郊遊仙體詩,東野殆有所寄託。説詳《孟東野詩註》。今人任二北亦認爲《列仙文》乃東野所作,但他主張這是一本神仙戲文的唱辭,敷演魏夫人得道昇天故事。説詳《孟郊列仙文究竟是什么》。

【注釋】

(1)「方諸」:原爲古代於月下承露取水之器。這裏指天仙上真之宫,或仙都。南朝梁陶弘景《真誥》卷九《協昌期》第一：「方諸正四方，故謂之方諸。四面含五千二百里，……中盡天仙上真宮室也。」「青童君」：神仙名。《雲笈七籤》卷八《三洞經教部・經釋・釋三十九章經》：「東華方諸宮……青童君乘雕玉之軿，御圓珠之氣。」《真誥》卷三《運象篇》亦有《右方諸青童君歌》，文字與東野所作不同。（2）「霏」：飛散。《詩・邶風・北風》：「雨雪其霏。」（3）「元氣」：指天地未分前混一之氣。（4）「八景」句：《雲笈七籤》卷一百一《紀・上清高聖太上玉晨大道君記》：「太上大道君次乘八景之輿，……西北行。」《真誥》卷三《運象篇》載《南極紫元夫人歌》中云：「控飈扇太虛，八景飛高清。」「高清」，指雲天。（5）「手把」句：「玉皇」，道教稱天帝爲玉皇大帝，簡稱玉皇、玉帝。《雲笈七籤》卷二十四《日月星辰部・北斗九星》所引玉皇名目有九，非指一帝。「袂」，衣袖袖口。（6）「玄挺」句：「挺」，特出，挺直。一本作「庭」。「玄庭」：猶言天庭，傳説仙人所居。道家以玄爲衆妙之本。（7）「金書」句：「金書」，道教傳説中的天書。猶人間紀録功勳的金册。「拆」，裂開，與「坼」通。（8）「賢女」句：猶言賢女與所愛親密無間。（9）「相期」句：「期」，邀約，會合。「軿」，四周有帷蓋的車，古時婦女所乘。言駕軿車相約會於洛水。又軿爲列仙所乘。（10）「欻駕」句：「欻（xū嘘）駕」，「欻」，迅速。「空」，廣大。《文選》左思《咏史八首》之四：「寥寥空宇中，所講在玄虛。」李善《注》：「空，廓也。」（11）「西華館」：道教仙宮名，爲女仙所居，以西王母領之。《真誥》卷三《運象篇》載《九華安妃歌》，中云：「駕飆發西華。」（12）「瓊輪」二句：「暨」，至，到。《國語・周語》中：「上求不暨。」《注》：「暨，至也。」「抄」，斜行而出其前。「虎騎」，舊題晉葛洪《枕中書・真記》云：「葛玄受金闕命爲太極左仙公……常駕乘虎騎。」（13）「惠風」句：「惠風」，和風。「丹旌」，道家泛稱赤色的旗。（14）「八煥」：指四方及四隅。

(15)「解襟」句：「墉房」，疑指墉宮之房。「墉宮」，即墉城。神仙所居之地。《水經注》一《河水》：「承淵山又有墉城，金臺玉樓，相似如一。……西王母之所治，真官仙靈之所宗。」《雲笈七籤》卷一一四《傳·墉城集仙録·序》亦云：「女仙以金母爲尊，金母以墉城爲治。」「解襟」，解衣。 (16)「神鈴」句：「神鈴」，道家謂神異的鈴。「璀璨」，這裡形容神鈴鳴聲衆盛貌。《文選》漢王延壽《魯靈光殿賦》：「汨磑磑以璀璨。」李善《注》：「璀璨，衆材飾貌。」 (17)「栖景」句：「栖」，同「棲」。「景」，「影」本字。「栖景」，意即栖身，息影。「林柯」，草木的枝莖爲柯。此言栖影深藏之意。 (18)「九絃」句：琴有七絃。晉崔豹《古今注》：「蔡邕益琴爲九絃。」 (19)「積世」：累代。 (20)「釋此」句：「釋」，《説文》：「釋，解也。」「款」，真誠，懇摯。 (21)「怡眄」句：「怡眄」，悦目。「極」，窮盡，終了。《詩·唐風·鴇羽》：「悠悠蒼天，曷其有極。」「已」，休止。也可作語氣詞解。 (22)「金母」：即西王母，神話中的女神。《真誥》卷五《甄命授》第一《道授》：「所謂金母者，西王母也。」又見《雲笈七籤》卷一一四《墉城集仙録》，文略同。《雲笈七籤》卷一一四《西王母傳》又云：「西王母者，九靈太妙金母也。……亦號曰金母。」 (23)「八景輿」：見注(4)。 (24)「歘然」句：「玉清」，道家龜山認爲，人天兩界之外，别有三清。《雲笈七籤》卷三《道教三洞宗元》云：「其三清境者：玉清、上清、太清是也。」皆爲神仙所居。 (25)「龍羣」二句：「霄上」，謂天空極遠處。「虎旗」，古代旗幟上畫龍虎圖像，畫虎者稱虎旗。《爾雅·釋兵》：「九旗之名，……熊虎爲旗。軍將所建，象其猛如虎。」也泛指旗幟。「攝」，集聚。「朱兵」，著紅色軍裝的兵士。 (26)「逍遥」句：「三絃」，《雲笈七籤》作「玄津」，義較長。「玄津」，神妙的津渡，意指天河。「三絃」：陳延傑注引《隋書·律曆志》以「三絃」爲一種「傳推月氣，悉無差舛」的候氣儀器。「絃」也作

「弦」。（27）「會」：聚合，匯合點。（28）「劫盡」：佛經謂天地自形成至毀滅爲一劫。南朝梁釋慧皎《高僧傳》卷一《竺法蘭》二：「昔漢武穿昆明池底，得黑灰。……（竺法）蘭云：『世界終盡，劫火洞燒，此灰是也。』」《新譯仁王經》亦云：「劫火洞然，大千俱壞。」（29）「當尋」句：道家謂道生於無，以虛無爲本，故尋「無中景」。（30）「不死」句：謂超脱生死的境界。《莊子·大宗師》：「無古今而後能入於不死不生。」（31）「體彼」句：《老子》：「人法地，地法天，天法道，道法自然。」（32）「寂觀」句：「寂觀」，靜觀。指心境。「大冥」，指冥心靜觀的極致。（33）「南嶽」：注見卷七《懷南岳隱士》題解。（34）「玉英」：玉之精華。《楚辭》屈原《九章·涉江》：「登崑崙兮食玉英。」宋洪興祖《楚辭補注》引《援神契》曰：「玉英，玉有英華之色。」「穎精」：形容玉英的精華秀出。（35）「有任」句：「任」，職責。負擔。「期」，希望。「事」，事功。意謂有任則無望事功之成，主張達生任性。（36）「絳河」：銀河，即天河。舊題漢班固《漢武帝内傳》：「上元夫人又遣侍女答問云：『上問起居，遠隔絳河，擾以官事。』」又傳説中之南海地名。唐徐堅《初學記》卷六引王子年《拾遺記》：「絳河去日南十萬里，波如絳色。」（37）「朱英」，朱草。《文選》南朝齊王融《三月三日曲水詩序》：「紫脱花，朱英秀。」李善《注》引《瑞應圖》曰：「朱草亦曰朱英。」方士附會爲瑞草。（38）「安度明」：爲列仙之號。《雲笈七籤》卷四《道教經法傳授部·上清經述》載：「須臾有虎輦、玉輿、隱輪之車……來降（魏）夫人之靜室。凡四真人，……其一人自稱曰：『我太極真人安度明也。』其一人曰：『我東華大神方諸青童君也。』其一人曰：『我清虛真人小有仙子王子登也。』」（39）「丹霞」二句：「上清」，見注（23）。「八風」，《左傳》隱公五年：「夫舞所以節八音而行八風。」《注》：「八方之風也。」按八方之風，古籍所載名目不一。「太和」，古代指陰陽會合，有利萬物生成的冲和的元氣。《易·乾》：「保合大和，乃利貞。」「大」同「太」。（40）「迴我」句：「神霄，道家謂天之最高層。」《宋史》卷四六二《林靈素傳》：「（林見徽宗）曰：『天有九霄，而神霄爲最高。』」（41）「造」：到，去。「嶺玉」：猶言玉嶺。「阿」：山邊，水邊。（42）「咄嗟」：猶言呼吸之間。《文選》晉左思《詠史八首》之八：「俛仰生榮華，咄嗟復彫枯。」（43）「九圍」：九州。《詩·商頌·長發》：「帝命式於九圍。」孔穎達《疏》：「謂九州爲九圍者，蓋以九分天下，各爲九處，規圍然，故謂之九圍也。」（44）「上採」句：「白日精」，太陽的精華。道家稱爲「日華」。《雲笈七籤》卷十一《上清黄庭内景經·口爲章》第三《注》：「服食日精，金華充盈。」唐宋之問《王子喬》詩：「乘騎雲氣喻日精。」（45）「下飲」句：「黄月華」，道家謂月光中有黄氣，常吞食，可成仙。《唐文粹》卷十七下吳筠《遊仙詩》之三：「凌晨吸丹景，入夜飲黄月。」也作「月黄」。「丹景」，謂日精。陳延傑注引《真仙通鑑》：「魏夫人齋於別寢，忽有四真人來降。各命玉女詠歌曰：『上采日中精，下飲黄月華。』」（46）「鵬路」句：「鵬路」，《莊子·逍遥遊》：「鵬之徙於南冥也，水擊三千里，摶扶摇而上者九萬里。」「間邪」：「間」通「閑」，隔礙不通。「邪」，通「斜」，不正。（47）「顧見」句：「魏賢安」，《雲笈七籤》卷四《道教經法傳授部·上清經述》載：「晉孝武皇帝時，任城魏華存，字賢安，乃魏陽元之女也。……其父乃嫁賢安於南陽劉乂。……及至兒女成立，告誡子曰：『我願終尋真之志』，於是離羣獨處，不交人事。……季冬月，忽聞空中有鐘鼓之響，笳簫之聲，……須臾，……（有四真人）來降夫人之靜室。」以下文見本篇注（50），從略。（48）「和」：猶太和。見前注（39）。（49）「玄中思」：道家以玄爲道之本源。《老子》：「玄之又玄，衆妙之門。」（50）「道成」句：「相過（guō 郭）」，相過從，交往。以上四句，真人囑魏賢安語。

夏日謁智遠禪師

吾師當幾祖？説法云無空(1)。禪心三界外(2)，宴坐天地中(3)。院靜鬼神去，身與草木同。因知護王國，滿鉢盛毒龍(4)。斗藪塵埃衣，謁師見真宗(5)。何必千萬劫，瞬息去樊籠(6)。盛夏火爲日，一堂十月風。不得爲弟子，名姓掛儒宮。

【注釋】

(1)「吾師」二句：「當幾祖」，相傳佛教宗派祖師有三十三祖，故云。「説法」，講道。佛教謂道爲法，故以講道爲説法。「無空」，佛教謂現實世界一切皆空，皆爲虛無，故云無空。 (2)「禪心」：寂定的心。「禪」，梵語「禪那」的省稱，靜思息慮之意。「三界」：佛教用語。佛教將人世間分爲三界，即欲界、色界、無色界。
(3)「宴坐」：佛教禪宗稱坐禪爲宴坐。《維摩經弟子品》：「心不住内，亦不在外，是謂宴坐。」「宴」，安逸。
(4)「因知」二句：「鉢」，梵語「鉢多羅」的省稱。僧人盛食之器。「毒龍」，《後漢書》卷八八《西域傳論》引釋法顯《遊天竺記》：「葱嶺冬夏有雪，有毒龍，若犯之，則風雨晦冥，飛沙揚礫。遇此難者，萬無一全也。」此二句意謂智遠禪師護持王國，制服毒龍。王維《過香積寺》詩：「薄暮空潭曲，安禪制毒龍。」 (5)「斗藪」二句：「斗藪」，即抖擻。振動。「真宗」，意謂智遠禪師弘揚佛道，得佛法的真傳。 (6)「何必」二句：「劫」，見《列仙文》注(27)。「瞬息」，一轉眼、一呼吸。「樊籠」，關禁鳥獸的籠子。晉陶潛《歸園田居》之二：「久在樊籠里，復得返自然。」東野自謂謁見禪師，瞬息之間得返自然。

訪嵩陽道士不遇

先生五兵遊〔一〕（1），文焰藏金鼎（2）。日下鶴過時，人間空落影（3）。常言一粒藥，不墮生死境（4）。何當列禦寇？去問仙人請（5）。

【校記】

〔一〕「五兵」，本篇一作聶夷中詩，聶詩「兵」作「岳」。《全唐詩》本「兵」下注云：「一作岳。」

【題解】

「嵩陽」，縣名，即登封縣。唐屬河南道，在今河南省。又寺觀名，在河南登封縣嵩山太室山下。嵩山的南面也稱嵩陽。古時山南爲陽。按新、舊《唐書·孟郊傳》俱稱孟郊「少隱嵩山」。但此詩構思精妙，格調高古，不似東野年少時所作。攷東野元和元年任河南水陸運從事，定居洛陽立德坊，直至元和九年逝世。嵩陽距洛陽極近，疑此詩或爲元和間東野居洛陽時作。「嵩陽道士」，未詳所指，當是學道而能文者。此詩一作聶夷中詩，收《全唐詩》卷六三六。

【注釋】

（1）「先生」：謂嵩陽道士。「五兵」：五種兵器。古籍中説法不一，《周禮·夏官·司兵》：「掌五兵五角。」鄭衆注曰：「五兵者，戈、殳、戟、酋矛、夷矛也。」《穀梁傳》莊公二年：「陳五兵五鼓。」注曰：「五兵：矛、戟、鉞、楯、弓矢。」《漢書・吾丘壽王傳》：「作五兵。」注曰：「謂矛、戟、弓、劍、戈。」後用以稱人博識多能，如《晉書・裴頠傳》：「（裴頠）弘雅有遠識，博學稽古，……周弼見而嘆曰：頠若武庫，五兵縱横，一時之傑也。」「武庫」，儲藏兵器之庫。　（2）「文焰」：文章的光焰。「金鼎」：道家煉丹煉金的鼎。以上二語稱贊嵩陽道士博學多識，學道能文。　（3）「日下」二句：比喻嵩陽道士超逸不羣。着一「空」字，暗寓不遇之意。二語冥想天外，造語奇崛。　（4）「常言」二句：謂道家服食長生不死之藥，可以超脱生死。　（5）「何當」二句：「何當」，誰爲？誰是？「列禦寇」，戰國時鄭人。漢劉向《七録》謂列禦寇與鄭穆公同時。據《莊子》中有許多關於列禦寇的傳説，他當早於莊子。所著《列子》一書久佚。《漢書・藝文志》著録八篇，列入道家。《莊子・逍遥遊》：「夫列子御風而行，泠然善也。」以上兩句用以隱喻嵩陽道士。

聽藍溪僧為元居士説維摩經

古樹少枝葉，真僧亦相依（1）。山木自曲直（2），道人無是非（3）。手持維摩偈，心向居士歸（4）。空景忽開霽，雪花猶在衣（5）。洗然水溪晝，寒物生光輝（6）。

【題解】

「藍溪」，注見卷五《藍溪元居士草堂》題解。「元居士」，不詳爲何人。「《維摩經》」，記維摩詰與佛弟子舍利弗、彌勒及文殊師利等問答之辭，解説佛門大乘教義。按東野貞元七年至十一年三至長安應進士試，貞元十二年始登第。疑此詩爲貞元間東野至長安應試時所作。本集卷五又有《藍溪元居士草堂》一詩，中云：「夫君宅松桂，招我棲濛朧。」據詩語當是東野彼時曾小住藍溪元居士草堂。聽藍溪僧説《維摩經》，疑當亦在其時。兩詩或當同爲一時先後之作。

【注釋】

（1）「真僧」：謂藍溪僧。（2）「山木」句：《書·洪範》：「木曰曲直。」（3）「道人」句：「道人」，後秦鳩摩羅什譯龍樹菩薩《大智度論》：「得道者名曰道人。」「無是非」，謂得道之人泯滅是非，超然自得。以上四句以「古樹」、「山木」隱喻襯託藍溪真僧。（4）「手持」二句：「維摩」，即維摩詰，菩薩名。其義爲淨名。與釋迦牟尼同時。「偈」，佛經中的頌詞。梵語「偈陀」的簡稱。多用三言、四言、五言、六言、七言以至多言爲句，四句合爲一偈。「居士」，梵語「迦羅越」的意譯。參見卷四《登華嚴寺樓望終南山贈林校書兄弟》注（6）。這裡指居家修道奉佛之人，即元居士。二句寫藍溪僧爲元居士説經。（5）「空景」二句：寫聽經時冬雪初霽的情景，點明時間。佛教謂超脱色相現實的境界爲空。「空景」，即暗寓此意。（6）「洗然」二句：「洗然」，清晰貌。《新唐書》卷一二七《張嘉貞傳》：「嘉貞條析理分，莫不洗然。」此二句寫聽經後的物象與詩人内心感受。並歸結到藍溪。

借車

借車載家具，家具少於車（1）。借者莫彈指（2），貧窮何足嗟。百年徒校一作役走（3），萬事盡隨花（4）。

【題解】

宋歐陽修《六一詩話》云：「孟郊、賈島皆以詩窮至死，而平生尤自喜爲窮苦之句。孟有《移居》詩云：『借車載傢俱，傢俱少於車。』乃是都無一物耳。」引詩題作《移居》，不作《借車》。

【注釋】

（1）「借車」二句：「家具」，家用的器具。宋葛立方《韻語陽秋》：「人言居富貴之中者，則能道富貴語，亦猶居貧賤者工於説饑寒也。若孟郊『借車載家具，家具少於車。』巧於説窮者也。」（2）「彈指」：彈擊手指作聲。佛教常以彈指表示許諾、憤怒、贊嘆或告誡等意。《世説新語·政事》：「公（王導）……因過胡人前，彈指云：『蘭闍蘭闍。』羣胡同笑，四座竝懽。」（3）「百年」句：「校（jiào 叫）」，計數。意謂勞勞此生，百年空度。（4）「萬事」句：意謂世事無常，隨花代謝。

喜符郎詩有天縱

念符不由級，屹得文章階（1）。白玉抽一毫，緑珉已難排（2）。偷筆作文章，乞墨潛磨揩。海鯨始生尾，試擺蓬壺渦（3）。幸當禁止之，勿使恣狂懷。自悲無子嗟，喜妬雙喈喈（4）。

【題解】

「符郎」，韓愈子韓昶的小名。「天縱」，天所放任，意謂天賦。《論語・子罕》：「固天縱之將聖，又多能也。」宋朱熹《集注》：「縱，猶肆也。言不爲限量也。」韓昶，新、舊《唐書》俱無傳。明萬曆間河南孟縣出土的韓昶《自爲墓誌銘》（文見《全唐文》卷七四一及《金石文鈔》諸書）中自述有學詩學文的梗概。（引見《孟郊年譜》元和五年下）東野此詩末云：「自悲無子嗟，喜妬雙喈喈。」據此推之，疑本詩當作於元和四五年間東野喪子之後。也正是韓昶《自爲墓誌銘》中自稱「年十一二，樊宗師大奇之」的時候。按韓昶爲貞元十五年韓愈避徐州軍亂，居符離時所生。至元和四、五年正十一、二歲，方隨父居河南。時東野也在洛陽，驚昶幼慧，賦詩寄意。

【注釋】

（1）「念符」二句：「屹」，高聳貌。意謂符郎有天縱之才，不由級漸進，而超然屹立，直登文章之階。

（2）「白玉」二句：「抽」，提取，拔出。「毫」，細毛。又長度單位，重量單位。「一毫」，比喻細微之物。「珉」，見卷七《答盧虔故園見寄》注（2）。「緑珉」，比喻世俗平庸之作。「排」，編次，排列。

（3）「海鯨」二句：「鯨」，大魚名。晉木華《海賦》：「魚則横海之鯨，突杌孤遊。」「蓬壺」，山名，即蓬萊。古代方士傳説爲仙人所居。《山海經・海内北經》：「蓬壺山在海中。」「渦」，回旋的水流。二語比喻符郎年少如幼鯨擺尾，遨游海中。

（4）「自悲」二句：東野晚年喪子，故坦露自己且喜且妬的真切心情。「喈喈」，象聲詞。見卷一《南浦篇》注（2）。

憑周況先輩於朝賢乞茶

道意勿乏味，心緒病無悰(1)。蒙茗玉花盡(2)，越甌荷葉空(3)。錦水有鮮色(4)，蜀山饒芳叢(5)。雲根纔剪綠，印縫已霏紅(6)。曾向貴人得，最將詩叟同(7)。幸爲乞寄來，救此病劣躬〔一〕。

【校記】

〔一〕「病」，明鈔本、弘治本、秦禾本、《全唐詩》本注云：「一作窮。」

【題解】

「周況」，新、舊《唐書》俱無傳。據《五百家注昌黎文集》卷三十五《四門博士周況妻韓氏墓誌銘》，知周況「進士，家世儒者」，「立名行，人士譽之」，爲韓愈姪壻。宋樊汝霖注此誌云：「元和元年況中進士第。是歲公以好好適況。」《昌黎文集》卷二十三《祭周氏侄女文》宋孫汝聽注則云：「元和三年周況登第，公以好妻之。」周況登第年月，兩家所述不同。後乃仕爲四門博士。東野此詩題稱「先輩」，當是作於周況已登進士之後。唐李肇《國史補》下：「得第謂之前進士。互相推敬稱先輩。」五代王定保《唐摭言》卷一《述進士》略同。東野登第在周況前，當是對周的謙稱。時東野方居官洛陽，因寄此詩到長安，憑周況於朝賢乞茶。

【注釋】

(1)「道意」二句：「道意」，猶言思想、見解。「心緒」，猶心情。「悰」，見卷五《汝州陸中丞席喜張從事至同賦十韻》注(5)。(2)「蒙茗」：指四川名山縣蒙山所産茶。相傳蒙山有五嶺，中嶺曰上青峰，所産茶稱「蒙頂」。唐鄭谷《鄭守愚文集》卷二《蜀中》詩：「蒙頂茶畦千點露，浣花牋紙一溪春。」「玉花」：形容茶葉。(3)「越」：指越州。隋會稽郡。後改爲越州。唐屬江南東道，今浙江紹興。「越甌」：猶言越盌。「甌」，盆盂類瓦器。古越州窑所産茶具稱越盌。(4)「錦水」：即錦江。在四川成都南。(5)「蜀山」：泛指四川。「芳叢」：指香茗叢生之地。(6)「雲根」二句：「雲根」，指深山高遠雲起之處。張協《雜詩》之十：「雲根臨八極。」「八極」，八方極遠的地方。「印縫」，古代寄信物封緘用泥，泥上蓋印，稱爲印泥。印泥一般均用朱砂拌和，紅色。「霏」，飛散。二語謂緑茶初翦，即加蓋朱印，封緘待寄。(7)「曾向」二句：「貴人」，指朝賢。「最」，都，凡，總。「詩叟」，東野自謂。

上昭成閣不得於從姪僧悟空院嘆嗟

欲上千級一作尺閣，問天三四言。未盡數十登，心目風浪翻。手手把驚魄，脚脚踏墜魂。卻流至舊手，傍掣猶欲奔(1)。老病但自悲，古蠹木萬痕(2)。老力安可誇，秋海萍一根。孤叟何所歸(3)，晝眼如黄昏。常恐失好步，入彼市井門(4)。結僧爲親情，策竹爲子孫(5)。此誠徒切切，此意空存存(6)。一寸地上語，高天何由聞。

【題解】

按東野元和八年間曾有《與王二十一員外涯遊昭成寺》詩。東野《送淡公十二首》之七亦云：「都城第一寺，昭成屹嵯峨。」疑「昭成閣」即昭成寺之閣。據此推之，此詩當亦不出元和七、八年間所作。從姪僧悟空，生平行事不詳。

【注釋】

（1）「卻流」二句：「卻」，倒退。「流」，水移動，流轉。「傍」，通「旁」。此寫登閣時艱難攀登，用手兩旁牽拉，不聽指揮的情狀。以上八句寫上昭成閣不得。 （2）「老病」二句：「蠹」，見卷一《湘絃怨》注（3）。二語東野自悲老病，如古木生蠹，蛀迹萬痕。 （3）「孤叟」：東野自稱。 （4）「常恐」二句：「好步」，美善的步伐。「步伐」，比喻道路。「市井」，見卷五《藍溪元居士草堂》注（1）。 （5）「結僧」二句：「僧」，謂從姪悟空。「策」，杖。這裡用作動詞。「策竹」，猶言扶竹杖。東野無子，故以竹爲子孫。 （6）「此誠」二句：「切切」，憂思深切貌。又責勉。「存存」，猶言存在。《爾雅·釋訓》：「存存、萌萌，在也。」以上十四句均寫上昭成閣不得而生發出來的老病孤獨的情懷和堅持操守的品格。結末二語更與首兩句遥相呼應，渾然一體。

魏博田興尚書聽嫂之命不立非夫人詩〔一〕

君子躭古禮，如饞魚吞鈎（1）。昨聞敬嫂言，掣心東北流（2）。北流田尚書〔二〕，與禮相綢繆（3）。善詞聞天下，一日一再周。

【校記】

〔一〕「娌之命」，《全唐詩》本作「嫂命」。「嫂」下注云：「一本有之字。」〔二〕「北流」，《全唐詩》本作「魏博」。

【題解】

按「田興」爲田弘正的本名。《舊唐書》一百四十一《田弘正傳》：「弘正本名興。」元和七年，以歸魏博六州功，授檢校工部尚書，充魏博節度使（據新、舊《唐書》田弘正傳及諸書攷定）。元和八年始改名弘正。本詩題以尚書，稱田興，不稱弘正，疑即作於田興初授工部尚書後，尚未改名弘正前。時當不出元和七、八年間。至田興聽娌命不立非夫人一事，於史無徵，已難詳攷。唐時魏博節度使「治魏州，管魏、貝、博、相、澶、衛六州」，屬河北道。見《舊唐書·地理志》一。「尚書」，官名。《新唐書·百官志》：「尚書，宰相職也。」「娌」，同「嫂」。

【注釋】

（1）「君子」二句：「君子」，謂田興。「耽」，沈溺，特别愛好。「饞魚吞鈎」，比喻田興好禮之篇。

（2）「掣心」句：表示東野傾心仰慕之忱。「掣」，牽拉。「東北流」，謂流向魏博。魏博在洛陽東北，故云。

（3）「綢繆」：見卷八《送盧郎中汀》注（1）。

讀　經

垂老抱佛脚，教妻讀黃經（1）。經黃名小品（2），一紙千明星。曾讀大般若（3），細感肸蠁聽（4）。當時把齋中，方寸抱萬靈（5）。忽復入長安（6），蹴踏日月寧（7）。老方卻歸來，收拾可丁丁(8)。拂拭塵機桉，開函就孤亭(9)。儒書難借索，僧籤饒芳馨(10)。驛驛不開手，鏗鏗聞異鈴(11)。得善如焚香，去惡如脱腥(12)。安得顏子耳，曾未如此聽(13)。聽之何有言，德教貴有形(14)。何言中國外，有國如海萍(15)。海萍國教異(16)，天聲各泠泠(17)。安排未定時，心火競熒熒(18)。將知庶幾者[一](19)，聲盡形元冥(20)。

【校記】

[一]「知」，弘治本、《全唐詩》本作「如」，是。

【題解】

此詩據詩語「忽復入長安」、「老方卻歸來」諸語推之，疑作於元和年間。

【注釋】

(1)「垂老」二句：「抱佛脚」，謂年老方信佛，有臨渴掘井之意。也表示急切的心情。「黄經」，指佛經。古代以五色配五行五方，以黄爲中央土之正色。陳延傑注「黄經」爲《黄庭經》，疑非是。《黄庭經》乃道經，講養生修煉之術。據本詩下句「經黄名小品」推之，知「黄經」非指《黄庭經》。(2)「小品」：佛經的節本。《世説新語·文學》：「殷中軍(浩)讀小品。」南朝梁劉孝標注云：「釋氏辨空，經有詳者焉，有略者焉；詳者爲大品，略者爲小品。」(3)「大般若(bō rě 波惹)」：即《摩訶般若婆羅密經》。東晉鳩摩羅什譯。二十七卷本稱《大品般若經》，十卷本稱《小品般若經》。「般若」，梵語「智慧」之音譯。(4)「肸蠁(xī xiǎng 西響)」：指聲響或氣體的散佈、彌漫。「肸」，聲響振起。「蠁」，疾速。《文選》漢司馬相如《上林賦》：「肸蠁布寫。」李善注引《説文》曰：「肸蠁，布也。」後常用以比喻神靈感應或靈感通微。杜甫《朝獻太清宫賦》：「若肸蠁而有憑。」此句形容讀經時聲響感應通微的體驗。（5）「當時」二句：「把齋」，即「持齋」。指佛教徒持守戒律而素食。《梁書・劉杳傳》：「自居母憂，便……持齋蔬食。」「方寸」，指心。見卷六《連州吟三章》注（4）。「抱萬靈」，指把齋中一種精神狀態。（6）「忽復」句：自謂貞元七年至十一年間三赴長安應進士試。（7）「蹴踏」：踐踏。（8）「收拾」：收聚，整理。「丁丁」：象聲詞。（9）「拂拭」二句：「機桉」，見《和宣州錢判官使院廳前石楠樹》注（8）。「開函」，謂開經函。「函」，書套。「孤亭」，疑指洛岸亭。（10）「籤」：同「簽」。古時作記號於竹片上，以爲標誌稱籤。「僧籤」，即代指佛書。（11）「驛驛」二句：「驛驛」，連續不斷。「開」，分離。分開。晉阮籍《大人先生傳》：「天地解兮六合開。」「不開手」，謂不離手。「鏗鏗」，象聲詞。《後漢書》卷七十九上《楊政傳》：「説經鏗鏗楊子行。」子行，楊政字。「鈴」，鈴鐸。多懸於寺殿的簷角。二句寫連翻誦讀佛經，如聞異鈴的情狀。與上「細感肸蠁聽」遥相呼應。（12）「脱腥」：解去腥味。《禮・内則》：「肉曰脱之，魚曰作之。」（13）「安得」二句：「顔子」，謂顔回。二句承上「聞異鈴」而言。（14）「德教」句：言儒家德教以有形爲貴。（15）「有國」：此謂印度國。古稱身毒、天竺，均爲譯名。本集卷八《奉同朝賢送新羅使》詩有「淼淼望遠國，一萍秋海中」之句。（16）「海萍」句：謂印度以佛教爲國教。與中國異。（17）「天聲」：巨響。比喻國家的聲威。「泠泠」：形容聲音清脆。（18）「安排」二句：「安排」，安置。「心火」，指内心的激動或煩惱。南朝陳江總《攝山棲霞寺碑頌》：「漫漫心火。」「熒熒」，微光閃爍貌。（19）「庶幾」（jī機）：相近。「庶幾者」，指顔回。

《易・繫辭》下：「顏氏之子，其殆庶幾乎？」謂與聖人相近。後也以「庶幾」指一般好學可以成材之士。（20）「元冥」：暗昧。同「玄冥」。宋人避宋朝追認的始祖趙玄朗之諱，以「元」代「玄」。《莊子・秋水》：「始於玄冥，反於大通。」唐成玄英疏：「始於玄極，而其道杳冥。」

謝李輈再到

等閑拜日晚，夫妻猶相瘡（1）。況是賢人寃，何必哭飛揚（2）！昨夜夢得劍，爲君藏中腸（3）。會將當風烹（4），血染布衣裳。勞君又扣門，詞句失尋常（5）。我不忍出廳，血字濕土牆。血字耿不滅（6），我心懼惶惶。會有鏗鏘夫（7），見之目生光。生光非等閑，君其且安詳（8）。

【注釋】

（1）「等閑」二句：「等閑」，見卷二《春日有感》注（1）。「拜」，拜訪。拜謝。「夫妻」，謂李輈夫婦。「瘡」，創傷，也比喻疾苦。（2）「況是」二句：「賢人」，當謂李輈。疑彼時李輈銜寃未伸，故東野加以勸慰。（3）「中腸」：内心。《文選》魏曹丕《雜詩》之一：「向風長歎息，斷絶我中腸。」又魚腸，古寶劍名。漢趙曄《吳越春秋》三《王僚使公子光傳》：「使專諸置魚腸劍炙魚中進之。」此處或亦借用其義。（4）「會」：遇機。「烹」：煮。引申爲誅除之意。（5）「尋常」：古代以八尺爲尋，倍尋爲常。後引申爲普通之意。「失尋常」，言與平素有異。（6）「耿」：光，明。（7）「鏗鏘」：形容音樂聲。也比喻言詞明朗。「鏗鏘夫」：未詳所指。（8）「君」：謂李翺。「安詳」：安定審慎。

忽不貧喜盧仝書船歸洛

貧孟忽不貧，請問孟何如(1)？盧仝歸洛船，崔嵬但載書(2)。江潮清翻翻，淮潮碧徐徐(3)。夜信爲朝信，朝信良卷舒(4)。江淮君子水，相送仁有餘(5)。我去官色衫，肩經入君廬(6)。喃喃肩經郎，言語傾琪琚(7)。琪琚鏗好詞，鳥鵲躍庭除(8)。書船平安歸，喜報鄉里閭(9)。我願拾遺柴，巢經於空虛(10)。下免塵土侵，上爲一作與雲霞居。日月更相鑠，道義分明儲(11)。不願空岧嶤，但願實工夫(12)。實空二理微，分別相起予〔一〕(13)。經書荒蕪多，爲君勉勉鋤。勉勉不敢專，傳之方在諸(14)。

【校記】

〔一〕「别」，明鈔本作「明」。

【題解】

「盧仝」，見卷七《答盧仝》詩題解。按盧仝書船歸洛事，以盧仝《玉川子集》攷之，知當在元和五年間（證詳《孟郊年譜》元和五年下）。《玉川子集》卷四《冬行二首》之一曾自述在洛中賒買田宅，及在揚州賣宅後，載書船歸洛的經過，也即東野此詩所詠之事。此詩亦當作於元和五年。彼時東野與盧仝俱在洛陽，常相過從。

【注釋】

（1）「貧孟」二句：「貧孟」，東野自謂。「何如」，如何，怎麼樣。意謂貧孟怎麼不貧了。（2）「盧仝」二句：此承上句作答。「崔嵬」，見卷四《陪侍御叔遊城南山墅》注（1）。此處形容載書之多，如山之高聳。宋王禹偁《暴富送孫何入史館》詩：「孟郊嘗貧苦，忽吟不貧句。爲喜玉川子，書船歸洛浦。」深得東野詩意，可移作注脚。（3）「江潮」二句：「江」，指長江。「淮」，見《憇淮上觀公法堂》題解。「翻翻」，翻騰貌。「徐徐」，緩緩。（4）「夜信」二句：此言潮水有信。潮水漲落有定時，故稱潮信。「良」，甚，確實。「卷舒」，《淮南子·原道》：「與剛柔卷舒兮。」高誘注曰：「卷舒，猶屈申也。」（5）「江淮」二句：以江淮兩水送盧仝書船自揚州歸洛，故稱爲「君子水」、「仁有餘」。（6）「我去」二句：「去」，除，棄。「官色衫」，指官服。時東野方居官洛陽，故云。「肩」，背負。「君盧」，指盧仝洛陽住宅。（7）「喃喃」二句：「喃喃」，低語聲。「肩經郎」，東野自謂。「傾」，倒出。「琪」，美玉名。「琚」，佩玉。（8）「琪琚」二句：「庭除」，庭前階下。「除」，階。二句意謂美妙的言詞如佩玉之鏗鏘，使鳥鵲躍於庭除。（9）「閭」：見卷五《晚雪吟》注（5）。又古代以二十五家爲閭。（10）「空虛」：見卷五《立德新居》注（23）。（11）「日月」二句：「鑠」，鎖鏈。這裡作動詞解。言日月相連，讀經以儲道義。（12）「不願」二句：「岧嶤」，山勢高峻貌。「工夫」，也作「功夫」。這裡解作素養、造詣。

（13）「起予」：見卷四《靖安寄居》注（3）。原指發明己意，此處指得到啓發。　（14）「勉勉」二句：「専」，専擅。獨自。「諸」，指代人或事、物。

孟郊詩集校注卷十

哀傷

弔國殤〔一〕

徒言人最靈(1)，白骨亂縱橫〔二〕。如何當春死〔三〕，不及羣草生？堯舜宰乾坤(2)，器農不器兵(3)。秦漢盜山嶽(4)，鑄殺不鑄耕(5)。天地莫生金，生金人競爭〔四〕。

【校記】

〔一〕《唐文粹》卷十五下題作《國殤》。　〔二〕「骨」，《唐文粹》、沈校宋本作「刃」。秦禾本「骨」，下注云：「一作刃。」　〔三〕「如何」，《唐文粹》作「誰言」。　〔四〕「競」，《唐文粹》作「起」。秦禾本注云：「一作起。」

【題解】

「國殤」，謂死於國事者。《楚辭》屈原《九歌》有《國殤》篇。南朝宋鮑照《代出自薊北門行》：「投軀報明主，身死爲國殤。」是其義。

【注釋】

（1）「徒言」句：《尚書・泰誓》：「惟人萬物之靈。」（2）「宰」，主宰。總管。「乾坤」：謂天地。《易・説卦》：「乾，天也，故稱乎父；坤，地也，故稱乎母。」（3）「器」：重視。作動詞用，與下「鑄殺不鑄耕」對言。（4）「秦漢」句：意謂秦漢多爭奪人國，故云「盜山嶽」。（5）「鑄殺」句：謂鑄作殺伐的兵器，不鑄耕作的用具。

弔比干墓〔一〕

殷辛帝天下，厭爲天下尊(1)。乾綱既一斷，賢愚無二門(2)。佞是福身本(3)，忠是喪己源(4)。餓虎不食子，人無骨肉恩(5)。日影不入地，下埋冤死魂(6)。有骨不爲土，應作直木根(7)。今來過此鄉，下馬弔此墳。靜念君臣間，有道誰敢論(8)？

【校記】

〔一〕《全唐詩》卷六百三十六另收入聶夷中詩内。文字互有異同。

【題解】

「比干」，殷紂王叔伯父，（一説紂庶兄）。《論語・微子》：「比干諫而死。」《尚書・武成》：「封比干墓。」明應陽《廣輿記》：「比干墓在衛輝府城北。」衛輝，殷牧野地。唐爲衛州。屬河北道。在今河南汲縣。東野當是途經此地，作詩弔之。

【注釋】

（1）「殷辛」二句：「殷辛」，商末代君主。帝乙少子，名受，號帝辛。史稱紂。紂暴斂重刑，日益淫亂，百姓怨望。周武王遂伐紂，戰於牧野，紂大敗，自焚於鹿臺。見《史記·殷本紀》。「帝天下」，爲天下帝。

（2）「乾綱」二句：「乾綱」，喻君權。晉范寧《春秋穀梁傳·序》：「昔周道衰陵，乾綱絶紐。」「乾綱絶紐」即「乾綱一斷」之義。「賢愚無二門」：謂賢愚不分。「門」，類別。（3）「佞是」句：《論語·先進》：「是故惡夫佞者。」此反其義以寄諷。（4）「忠是」句：謂比干以忠諫亡身。《史記·殷本紀》：「比干曰：爲人臣者，不得不以死爭。乃强諫紂，紂怒曰：吾聞聖人心有七竅，剖比干觀其心。」參見《尚書·泰誓》、《武成》及《史記·宋世家》。（5）「餓虎」二句：指斥紂誅殺比干，是人不如獸。（6）「日影」二句：謂比干冤魂埋地，日影不能照臨其冤。（7）「有骨」二句：謂比干忠骨不與土同腐，而化爲直木之根。（8）「静念」二句：意謂君臣之道，誰敢論説？撫今思昔，慨乎言之。

弔元魯山十首

搏鷙有餘飽〔一〕，魯山長飢空（1）。豪人飫鮮肥，魯山飯蒿蓬（2）。食名皆霸官，食力乃堯農（3）。君子恥新態，魯山與古終（4）。天璞本平一，人巧生異同（5）。魯山不自剖，全璞竟没躬〔二〕（6）。

自剖多是非，流濫將何歸(7)。奔競一作損駈立詭節〔三〕，凌侮爭怪輝(8)。五帝坐銷鑠〔四〕，萬類隨衰微(9)。以茲見魯山，道蹇無所依(10)。

君子不自蹇，魯山蹇有因(11)。苟含天地秀，皆是天地身(12)。天地蹇既甚(13)，魯山道莫伸。天地氣不足，魯山食更貧(14)。始知補元化，竟須得賢人(15)。

賢人多自霾，道理與俗乖(16)。細功不敢言，遠韻方始諧(17)。萬物飽爲飽，萬人懷爲懷(18)。一聲苟失所，衆憾來相排(19)。所以元魯山，饑衰難與偕(20)。

遠階無近級，造次不可昇(21)。賢人潔腸胃〔五〕，寒日空澄凝(22)。血誓竟訛謬，膏明易煎蒸(23)。以之驅魯山，疎迹去莫乘(24)。

言從魯山宦，盡化堯時心(25)。豺虎恥狂噬，齒牙閉霜金一作針(26)。競來闢田土，相與耕嶔岑(27)。常宵無關鑠〔六〕，竟歲饒歌吟(28)。善教復一作履天術，美詞非俗箴(29)。精微自然事，視聽不可尋(30)。因書魯山績〔七〕，庶合簫韶音(31)。

簫韶太平樂，魯山不虛作(32)。千古若有知，百年幸如昨。誰能嗣教化，以此洗浮薄(33)。君臣貴深遇，天地有靈橐(34)。力運既艱難〔八〕，德符方合莫(35)。名位苟虛曠，聲明自銷鑠(36)。禮法雖相救，貞濃易糟粕(37)。哀哀元魯山，畢竟誰能度(38)！

當今富教化，一作聖朝禮嘉士。元后得賢相(39)。冰心鏡衰古，霜議清遐障(40)。幽埋盡光洗〔九〕，滯旅免流浪(41)。唯餘魯山名，未獲一作遂旌廉讓〔一〇〕(42)。二三貞苦士，刷視聳危望(43)。髮秋青山夜，目斷丹闕亮(44)。誘類幸從茲，嘉招固非妄(45)。小生奏狂狷，感惕增萬狀(46)。

黃犢不知孝(47)，魯山自駕車(48)。非賢不可妻，魯山竟無家(49)。供養恥它力，言詞豈纖瑕(50)。將謡魯山德，海瀆誰能涯〔一一〕(51)？

遺嬰盡鷚乳，何況肉骨枝(52)！心腸結苦誠，胸臆垂甘滋(53)。事已出古表，誰言獨今奇(54)？賢人母萬物，愷悌流前詩(55)。

【校記】

〔一〕「搏」，北宋刻本原作「慱」，誤。據諸本改。　〔二〕「躬」，《全唐詩》本注云：「一作窮」。　〔三〕「一作損駈」，《全唐詩》本「損駈」作「損軀」，是。　〔四〕「帝」，沈校宋本、明鈔本、《全唐詩》本作「常」，是。　〔五〕「潔」，明鈔本、弘治本、秦禾本作「絜」。「絜」同「潔」。　〔六〕「常」，明鈔本、弘治本、秦禾本作「當」，是。《全唐詩》本作「當」，下注云：「一作常。」　〔七〕「續」，北宋刻本原脱，據明鈔本、弘治本、秦禾本、《全唐詩》本補。　〔八〕「難」，北宋刻本原脱，據明鈔本、弘治本、秦禾本、《全唐詩》本補。　〔九〕「光」，《全唐詩》本作「洸」，下注：「一作光。」　〔一〇〕「一作遂」，明鈔本、秦禾本、《全唐詩》本無此注文。　〔一一〕「海瀆」，明鈔本、《全唐詩》本作「瀆海」，是。《全唐詩》本「瀆海」下注云：「一作海瀆。」

【題解】

元魯山，名德秀。《舊唐書》卷一九〇下《元德秀傳》稱：「河南人。開元二十一年登進士第。……家貧，……求爲魯山令。……天寶十三年卒。時年五十九。士大夫高其行，不名，謂之元魯山。」《新唐書》卷一九四本傳、元結《元魯山墓表》及宋錢易《南部新書》所紀卒年並同。按天寶十三載，東野年方四歲，當不能寫出這樣的詩篇。以東野集中其他詩作攷之，疑此詩當爲元和五、六年間追弔之作。（證詳《孟郊年譜》元和六年下）

【注釋】

（1）「搏鷙」二句：「搏鷙」，猛禽。《説文》：「鷙，擊殺鳥也。」「饑空」，《全唐文》四三五盧載《元德秀誄》：「誰死元公？餒死空腹。」白居易《白香山詩集》卷七《題座隅》詩原注：「元魯山山居阻水，食絶而終。」（2）「豪人」二句：「飫」，飽。「鮮肥」，指鳥獸魚鼈。泛指美味。「飯」，喫。「蒿蓬」，俱野草名。（3）「食名」二句：「食名」，以名爲食，不勞而得。「霸官」，指憑藉權勢，高踞人上的官吏。「食力」，指自食其力的人。《禮記·禮器》：「食力無數。」注曰：「食力，謂工商農也。」疏曰：「庶人之屬也。……陳力就業乃得食，故呼食力也。」（4）「君子」二句：謂元魯山不趨時騖新，獨與古終。《舊唐書·元德秀傳》稱他「性純樸，無緣飾，動師古道」。（5）「天璞」二句：「天璞」，自然生成，未經雕琢加工的玉。「巧」，指高明的技藝。二句比喻璞玉經過雕琢，從而產生異同，失去天然的形態。即所謂「大璞不完」之意。（6）「全璞」：保持本真。猶言歸真返璞。「没躬」：死。即没世之意。（7）「自剖」二句：此承上首「魯山不自剖」而言。「流濫」，形容水之泛濫流動無定。《晉書·孫惠傳》：「恐流濫之禍，不在一人。」（8）「奔競」二句：「奔競」，指追求名利的奔走競爭。「詭」，欺詐。「節」，操守。「凌侮」，欺壓侵侮。「凌」，也作「陵」。（9）「五帝」二句：「五帝」，一作「五常」，謂仁、義、禮、智、信。見《漢書·禮樂志·劉向議》、漢班固《白虎通·情性》。

「五常」，又同「五教」，即父義、母慈、兄友、弟恭、子孝。《書・舜典》：「敬敷五教在寬。」「坐」，因，遂。「銷鑠」，見卷八《送盧汀侍御歸天德幕》注（3）。「萬類」，萬物。（10）「蹇」：跛，行動遲緩艱難。引申爲困窘，不順遂之意。《新唐書・元德秀傳》：「德秀善文詞，作《蹇士賦》以自況。」（11）「君子」二句：此二句及以下數句俱承「道蹇無所依」而來，進一步加以申説。（12）「苟含」二句：言人皆爲天之所生，地之所長。《孔子家語》：「人者，天地之德，五行之秀。」（13）「天地」句：此處「天地」引申義爲世界、國運、時運。（14）「天地」二句：「氣」，古代常指爲構成萬物的物質。《易・繫辭》上：「精氣爲物。」疏曰：「謂陰陽精靈之氣，氤氳積聚而爲萬物也。」又「氣」爲「餼」的本字。「餼」，穀物。《説文》：「氣，饋客芻米也。」《國語・周語》中：「廪人獻餼。」注曰：「生曰餼，禾米也。」「食貧」，見卷一《長安羈旅行》注（2）。《舊唐書・元德秀傳》稱他：「歲屬飢歉，庖厨不爨，而彈琴讀書，怡然自得。」（15）「始知」二句：「元化」造化。指大自然的發展變化。又指帝王的德化。「賢人」，隱喻元魯山。下竝同。又泛指德才兼備之人。（16）「賢人」二句：「霾」，見卷四《石淙十首》注（4）。這裏作埋藏解。「乖」，見卷四《夜集》注（2）。（17）「細功」二句：「細」，微小。「細功」，微功。「遠韻」，深遠的氣韵風度。《晉書・庾敳傳》：「雅有遠韻。」（18）「萬物」二句：此言賢人關心民間疾苦。「懷」，想念，懷抱。《新唐書・元德秀傳》稱他：「爲魯山令，有惠政。所得俸禄悉衣食人之孤遺者。」李華《元魯山墓碣銘》所紀略同。（19）「一聲」二句：「失所」，猶言失當。《左傳》哀公十六年：「失志爲昏，失所爲愆。」「憾」，怨恨，不滿。「排」，排擠，排斥。（20）「所以」二句：總結元魯山所以饑衰的因由。（21）「遠階」二句：《易・昇》：「貞吉昇階，大得志也。」「造次」，倉卒，急遽。《論語・里仁》：「君子無終食之間違仁，造次必於是。」此以不可昇遠階，比喻賢人不得行其志。」（22）「賢人」二句：「潔腸胃」，即《史記・扁鵲傳》「湔洗腸胃」之意。「空澄凝」，形容腸胃中液體寒凝之狀。設想奇警，感慨萬端。（23）「血誓」二句：「血誓」，用血爲誓。也解作出自内心的誓言。「膏明」，指燈光明亮。「膏」，油脂。《莊子・人間世》：「山木自寇也，膏火自煎也。」（24）「踈迹」句：「踈」，稀疏疏遠。「迹」，足跡。「乘」，登上、履處。《舊唐書・元德秀傳》稱他：「秩滿，南遊陸渾，見佳山水，杳然有長往之志。乃結廬山阿……陶陶然遺身物外。」可與之互參。（25）「言從」二句：《舊唐書・元德秀傳》稱：「德秀爲魯山令，部人爲盜，吏捕之繫獄。會縣界有猛虎爲暴，盜自陳曰：願格殺猛獸以自贖，德秀許之。……即破械出之，翌日，格猛獸而還。誠信化人，大率此類。」《新唐書》本傳所紀略同。「言」，語助詞，無義。（26）「豺虎」二句：承上比喻盜受感化，不再作惡。「霜金」，比喻豺虎齒牙堅固鋒利。（27）「嶔岑」：同「嶔崟」。見卷五《汝州南潭陪陸中丞公讌》注（4）。（28）「常宵」二句：「常宵」，經常夜晚。「關」，閉門的横木，即門栓。「鏁」，同「鎖」，門鍵。「竟歲」，終年。（29）「善教」二句：《孟子・盡心上》：「善教得民心。」「復」，恢復。一作「履」。「履」，施行，執行。《禮記・表記》：「處其位而不履其事。」注曰：「履，猶行也。」「天術」，猶言天道。《漢書・隗囂傳》：「詭亂天術。」「箴」，告誡。又文體名，以規諫告誡爲主題。「善教」、「美詞」，謂元魯山政績與文辭。（30）「精微」二句：「精微」，精細隱微。「自然」，天然，非人爲的。（31）「庶合」句：「庶」，副詞，表示希望。又，將近。「簫韶」，相傳爲舜樂名。《書・益稷》：「簫韶九成。」傳曰：「韶，舜樂名。」疏曰：「簫乃樂器，非樂名。」《漢書・禮樂志》《安世房中歌》：「簫勺群慝。」晉灼注曰：「簫，舜樂也。」此句意謂被之管絃。（32）「簫韶」二句：史稱元魯山精於樂律。《新唐書・元德秀傳》：「玄宗在東都，酺五鳳樓下，命三百里縣令、刺史各以聲樂集。……德秀惟樂工數十人，聯袂歌《于蔿于》。《于蔿于》者，德秀所爲歌也。帝聞，異之，歎曰：『賢人之言哉！』」鄭處誨《明皇雜録》所紀略同。《舊唐書》本傳亦稱：「所著《季子聽樂論》、《蹇士賦》，爲高人所稱。」（33）「誰能」二句：「嗣」，繼承，接續。「教化」，政教風化。「浮薄」，輕浮。指時俗。唐高適《淇上酬薛三據兼寄郭少府》詩：「時俗何浮薄。」（34）「君臣」二句：「深遇」，深切相待。「遇」，相待。「橐」，古代冶煉時鼓風吹火的裝置，猶今之風箱。《老子》：「天地之間，其猶橐籥乎。虚而不屈，動而愈出。」「橐籥」，也引申爲動力、源泉意。（35）「力運」二句：「力」，威力。「運」，時運。國運。「符」，符合。《莊子》有《德充符》篇。「合莫」，指古代祭祀，祭者與所祭鬼神精神上互相感通，合而爲一。《禮記·禮運》：「君與夫人交獻，以嘉魂魄，是謂合莫。」鄭玄注曰：「莫，虚無也。」孔穎達疏曰：「莫，謂虚無寂寞。言死者精神虚無寂寞，得生者嘉善而神來歆饗，是生者合和于寂寞。」此二語言時運艱難，比喻在上者當施恩德於民，方能在精神上互相感通，合而爲一。（36）「名位」二句：「名位」，名號地位。指官職。《左傳》莊公十八年：「名位不同，禮亦異數。」「虚曠」，空曠。「聲明」：聲音和光彩。《左傳》桓公二年：「文物以紀之，聲明以發之。」又指聲教文明。（37）「貞濃」句：「貞」，正。《易·師·象》曰：「貞，正也。」漢賈誼《新書·道術》：「言行抱一謂之貞。」「濃」，《説文》：「露多也。」引申爲厚、密。這裡「貞濃」比喻禮法。「易」，改變，交換。「糟粕」，酒滓。比喻廢物。《晉書·潘尼傳》：「名位爲糟粕。」（38）「畢竟」句：「度」（duó奪），揣測，計量。《詩·小雅·巧言》：「他人有心，予忖度之。」（39）「當今」二句：「當今」，指唐朝廷。「元后」，皇帝。當謂唐憲宗李純。「賢相」，疑謂鄭餘慶。《舊唐書·鄭餘慶傳》：「父慈，與元德秀友善。」鄭餘慶自元和元年至六年，任檢校兵部尚書兼東都留守，居洛陽。（40）「冰心」二句：「鏡」，照，照耀。「霜議」，嚴正的論議。「清」，清除。「遐障」，遠來的障礙。《墨子·親士》：「善議障塞，則國危矣。」（41）「幽埋」二句：「幽」，昏暗，隱蔽。「滯旅」，滯留異地的行人。以上四句疑俱謂鄭餘慶，惟其事迹於史無徵，已難詳考。（42）「旌」：表彰。「讓」：謙讓。《書·堯典》：「允恭克讓。」注曰：「推賢尚善曰讓。」（43）「刷」：洗刷。「危」：憂懼不安。「望」：遠望。盼望。「聳」：高起。形容「危望」。（44）「髮秋」二句：「髮秋」，形容鬢髮衰白。「丹闕」，赤色的宮門。指宮禁内廷。也指代朝廷。（45）「誘類」二句：「誘」，引導。「類」，同類。《易·繫辭》上：「方以類聚，物以群分。」「招」，招致，引進。（46）「小生」二句：「小生」，東野自稱。「奏」，進言。「狂狷」，見卷五《與王二十一員外涯遊枋口柳溪》詩注（1）。也泛指偏激。「萬狀」，極言其多。「狀」，情狀。（47）「黄犢」：黄毛小牛。此句興中有比，以引起下句。（48）「魯山」句：《舊唐書·元德秀傳》：「德秀少孤貧。事母以孝聞。開元中，從鄉賦，歲遊京師，不忍離親，每行，則自負板輿，與母詣長安。」（49）「非賢」二句：《舊唐書·元德秀傳》：「魯山早失恃怙，……不及親在而娶。既孤之後，遂不娶婚。」「家」，結婚成家。夫或妻皆可稱家。（50）「供養」二句：「供養」，奉養父母。此言元魯山以自力奉養其母。「纖」，細微。「瑕」，玉的斑點。引申爲疵病、過失。（51）「將謡」二句：「謡」，指無音樂伴奏的徒歌。《詩·衛風·園有桃》：「心之憂矣，我歌且謡。」傳曰：「曲合樂曰歌，徒歌曰謡。」「賾」，深奥。精微。「涯」，邊際。此言元魯山之德如大海之深廣無涯。（52）「遺嬰」二句：此言元魯山自乳兄子事。《新唐書·元德秀傳》：「初，兄子襁褓喪親，無資得乳媪。德秀自乳之。數日湩流，能食乃止。」唐李肇《國史補》卷上所紀略同。「鶵」，同雛。幼鷄。《説文》：「雛：鷄子也。」也泛指幼鳥。　（53）「甘滋」：此指乳汁。　（54）「事已」二句：「表」，原意爲外加上衣。引申爲外。此言元魯山自乳兄子事，已出古表，豈獨今奇？　（55）「賢人」二句：「母」，滋生他物稱母。《説文》：「母，牧也。」「愷悌」，和樂平易。《左傳》僖公十二年：「愷悌君子。」注曰：「愷，樂也。悌，易也。」「流」，傳布。

哭李觀

志士不得老（1），多爲真氣傷。阮公終日哭，壽命固難長（2）。顔子既殂謝，孔門無輝光（3）。文星落奇曜，寶劍摧脩鋩（4）。常作金應石，忽爲宮別商〔一〕（5）。爲爾弔琴瑟，斷絃難再張（6）。偏轂不可轉，隻翼不可翔〔二〕（7）。清塵無吹噓〔三〕，委地難飛揚（8）。此義古所重，此風今已亡。自聞喪元賓，一日八九狂！沉痛此丈夫，驚呼彼穹蒼〔四〕！我有出俗韻，勞君疾惡腸（9）。知音既已矣，微言一作善誰能彰（10）？旅葬無高墳（11），栽一作孤松不成行。哀歌動寒日，贈淚沾晨霜〔五〕。神理本窅窅一作冥冥（12），今來更茫茫。何以蕩悲懷？萬事付一觴。

【校記】

〔一〕「宮」，《全唐詩》本注云：「一作參。」　〔二〕「隻」，北宋刻本原作「雙」，非是。據《文苑英華》卷三〇三、明鈔本、弘治本、秦禾本、《全唐詩》本改。　〔三〕「清」，秦禾本作「靖」。　〔四〕「驚」，《文苑英華》作「鳴」。　〔五〕「晨霜」，《文苑英華》、沈校宋本注云：「一作衣裳。」

【題解】

李觀，《新唐書》卷二百零三有傳。貞元十年以太子校書即宦死於長安。其生平歷官，詳見韓愈《李元賓墓銘》（《昌黎先生集》卷二十四）諸書，考證見《孟郊年譜》貞元八年、十年下。此詩疑爲東野貞元十一年三月來長安應進士試時追弔之作。時李觀已先逝世，所以詩中有「旅葬無高墳，栽松不成行」的話。又云：「哀歌動寒日，贈淚沾晨霜。神理本窅窅，今來更茫茫。」其作時年月，以詩語推之，當即在貞元十一年「寒日晨霜」之秋。通篇寫得真摯動人，富有層次。

【注釋】

（1）「志士」：謂李觀。李觀早死，故云「不得老」。　（2）「阮公」二句：「阮公」，謂阮籍。字嗣宗。三國魏陳留尉氏人，曾爲步兵校尉。「哭窮途」見卷七《送任齊二秀才自洞庭遊宣城》注（7）。　（3）「顔子」二句：「顔子」，顔回。《論語·微子》：「哀公問：『弟子孰爲好學？』孔子對曰：『有顔回者好學，不遷怒，不貳過，不幸短命死矣！今也則亡。未聞好學者也。』」「殂謝」，死亡。　（4）「文星」二句：「文星」，即文昌星。舊傳爲主持文運的星宿。「脩」，通「修」，長。「鋩」，刃端。　（5）「常作」二句：「金」，銅鐘。「石」，石磬。古代八音中兩種樂器。《禮記·樂記》：「金石絲竹，樂之器也。」「宮」、「商」：五音中之二。見卷六《上張徐州》注

（4）。（6）「斷絃」：比喻李觀逝世。（7）「偏轂」二句：「偏」，半。「轂」，車輪中間的圓木，安裝在車輪軸上。東野自喻失去李觀，形單影隻。（8）「清塵」二句：「清塵」，東野自喻。「吹噓」，合口出氣，急爲吹，緩爲噓。比喻代人宣揚。「委地」，抛棄在地上。「委」，棄置。《孟子・公孫丑》下：「委而去之。」（9）「我有」二句：「出俗」，超群拔俗。「疾惡」，憎恨邪惡。「疾」，通「嫉」，憎恨。晉嵇康《與山巨源絶交書》：「剛腸疾惡。」（10）「知音」二句：「知音」，謂李觀。「已矣」，猶言去世。「彰」，宣揚，表揚。李觀《李元賓文編》卷五《上梁（肅）補闕薦孟郊崔宏禮書》稱：「孟之詩五言高處，在古無上；其有平處，下顧兩謝。……其孟子之文奇，其行貞。」（11）「旅葬」：李觀祖籍隴西，客死長安，故云。（12）「神理」：玄妙的事理。「窅窅」：猶冥冥。深藏隱晦貌。

李少府廳弔李元賓遺字元賓題少府廳云：宿從叔宅有感，有其義而無其辭。

零落三四字〔一〕，忽成千萬年〔二〕（1）。那知冥寞客〔三〕，不有補亡篇〔四〕（2）。斜月弔空壁〔五〕，旅人難獨眠（3）。一生能幾時，百慮來相煎〔六〕。戚戚故交淚，幽幽長夜泉（4）。已矣難重言，一言一潸然（5）！

【校記】

〔一〕「三四字」，《文苑英華》卷三〇三作「四五字」，下注「集作三四字」。沈校宋本注云：「一作四五字」。〔二〕「成」，《文苑英華》作「然」。沈校宋本、《全唐詩》本注云：「一作然。」〔三〕「冥寞」，《文苑英華》作「真寂」。《全唐詩》本「寞」下注云：「一作寂。」〔四〕「亡」，《文苑英華》作「遺」，下注：「集作亡。」〔五〕「弔」，《文苑英華》作「吐」，下注：「集作弔」。《全唐詩》本注云：「一作吐。」〔六〕「百」，《文苑英華》作「萬」，下注：「集作百。」沈校宋本注云：「一作萬。」

【題解】

本詩題下原注：「元賓題少府廳云：『宿從叔宅有感。』有其義而無其辭。」意謂有題無詩。「少府」，縣尉的尊稱。「李少府廳」，不詳在何處。據詩題下原注推之，當即李觀從叔舊宅。李觀從叔有李華。《新唐書》卷二〇三《李華傳》稱「宗子翰，從子觀皆有名」。但未載李華爲縣尉，且大歷初即卒。恐此元賓從叔或當另是一人，非李華。此詩作時年月雖難確攷，據詩語推之，疑亦作於貞元十一年李觀逝世後不久。

【注釋】

〔一〕「零落」二句：謂李觀題李少府廳遺字。時李觀已逝世，故云「千萬年」。（2）「那知」二句：「冥寞」，與「冥寂」意同，靜默。《文選》晉郭璞《遊仙詩》之三：「中有冥寂士。」李善注曰：「冥，玄默也。」「補亡篇」，《詩·小雅》中《南陔》、《白華》、《華黍》、《由庚》、《崇丘》、《由儀》六篇，有義無辭。晉束晳補著其辭，作《補亡詩》六首。見《文選》。這裡「補亡篇」意謂補寫李觀「有義無辭」之詩。（3）「斜月」二句：「弔」，哀傷，悲憫。又懸掛。「弔」字用字險苦。「旅人」，東野自稱。（4）「戚戚」二句：「戚戚」，形容心動的樣子。《孟子·梁惠王》上：「夫子之言，於我心有戚戚焉。」「幽幽」，見卷四《秋懷十五首》注（13）。「長夜泉」，即九泉。《初學記》卷十四引三國魏阮瑀《七哀》詩：「冥冥九泉室，漫漫長夜臺。」（5）「已矣」二句：「已矣」，即算了罷。又語氣詞，表示感嘆。「潸然」，涕淚下流貌。

悼吳興湯衡評事〔一〕

君生一作在霅水清〔二〕（1），君殁霅水渾〔三〕。空令骨肉情〔四〕，哭得白日昏〔五〕！大夜不復曉（2），古松長閉門。琴絃緑水絶，詩句青山存〔六〕（3）。昔爲芳春顔，今爲荒草根〔七〕。獨問冥冥理〔八〕，先儒未曾言〔九〕（4）。

【校記】

〔一〕「湯」，《文苑英華》卷三〇三、沈校宋本作「楊」。明秦禾本注云：「一作張。」《全唐詩》本注云：「一作楊，一作張。」　〔二〕「生」，《文苑英華》作「在」，下無注文。　〔三〕「殁」，《文苑英華》作「去」。　〔四〕「空令」句，《文苑英華》「令」作「有」。「情」作「親」，下注：「集作情」。《全唐詩》本「令」下注云：「一作有」，「情」下注云：「一作親。」　〔五〕「哭得」句，北宋刻本「得」原作「令」，據《文苑英華》、明鈔本、弘治本、秦禾本、《全唐詩》本改。「白日」，《文苑英華》、秦禾本作「日月」。　〔六〕「青」，秦禾本作「清」。　〔七〕「荒草根」，《文苑英華》作「芳春根」。　〔八〕「冥冥」，《文苑英華》作「冥寞」，下注：「一作冥冥。」　〔九〕「曾」，《文苑英華》作「嘗」，下注云：「一作曾。」

【題解】

湯衡生平經歷不詳。釋皎然《杼山集》有《五言伏日就湯評事衡湖上避暑》、《五言湯評事衡水亭會覺禪師》、《五言與潘述集湯衡宅懷司直縱聯句》諸詩，知湯衡能詩，籍隸湖州，曾任評事，與皎然以詩會友，常相過從，當即其人。吳興，古郡名，即湖州。唐屬江南東道，今浙江湖州市。評事，官名，唐屬大理寺。

【注釋】

（1）「霅（zhà詐）水」：見卷三。《湖州取解述情》詩注（1）。（2）「大夜」：比喻人死如長眠不醒，故稱大夜。《文苑英華》八四南朝梁王僧孺《從子謙誄》：「昭途長已，大夜斯安。」（3）「琴絃」句：暗用伯牙絕絃事，比喻痛失知音。《呂氏春秋·本味》：「鍾子期死，伯牙破琴絕絃，終身不復鼓琴。」宋劉須溪評「琴絃」二句云：「語不盡白，又高調之不可解者。」（4）「獨問」二句：「冥冥理」，幽深莫測的事理。此二句承上而言，表示感憤不平之意。

哀孟雲卿嵩陽荒居

戚戚抱幽獨，晏晏沉荒居（1）！不聞新歡笑，但覩舊詩書。藝蘗意彌苦（2），耕山食無餘。定交昔何在？至戚今或疏！薄俗易銷歇，淳風難久舒。秋蕪上空堂，寒槿落枯渠（3）。薙草恐傷蕙，攝衣自理鋤（4）。殘芳亦可餌，遺秀誰忍除（5）？徘徊未能去，爲爾涕漣洳（6）！

【題解】

「孟雲卿」，平昌人。一説河南人。登進士第。一説天寶間屢試不第。仕終校書郎。新、舊《唐書》俱無傳。元辛文房《唐才子傳》卷二稱：「雲卿，……天寶間不第，氣頗難平，……嘗流寓荆州，杜工部多有與雲卿贈答之作，甚愛重之。工詩。其體祖述沈千運，漁獵陳拾遺（按：謂陳子昂），詞氣傷怨。……當時古調無出其右，一時之英也。……仕終校書郎，集今傳。」元結《篋中集》選沈千運、王季友、孟雲卿七人詩二十四首。《序》云：「自沈公及二三子皆以正直而無禄位，皆以忠信而久貧賤。」杜甫《解悶十二首》其五也稱許孟雲卿：「李陵蘇武是吾師，孟子論文更不疑。一飯未曾留俗客，數篇今見古人詩。」自注：「校書郎雲卿。」此詩疑爲元和間東野居洛陽時憑弔孟雲卿嵩陽荒居而作。與本集卷九《訪嵩陽道士不遇》詩或同爲東野赴嵩陽一時先後之作。通觀全詩無一「哀」字，但句句寫哀，哀人；哀時；哀芳草；哀荒居。格調高古，對仗於工整中見錯落之致。

【注釋】

（1）「戚戚」二句：「戚戚」，見《李少府廳弔李元賓遺字》注（4）。「幽獨」，孤獨沉寂。《楚辭》屈原《九章·涉江》：「哀吾生之無樂兮，幽獨處乎山中。」王逸注曰：「遠離親戚而斥逐也。」「晏晏」，安謐。「沉」，潛伏，沉没。（2）「蓺」：種植。「蘖」：見卷六《贈崔純亮》詩注（4）。（3）「槿」：木名。即木槿。見卷二《審交》注（3）。（4）「薙草」二句：「薙（tì剃）」，除草。「蕙」，香草名。蘭的一種。「攝衣」，提起衣裳。（5）「殘芳」二句：「殘芳」，此指蕙。古代蘭蕙皆可食。晉陸機《鼈賦》：「咀蘭蕙之芳荄。」「餌」，喫。

「遺秀」，掉落的蘭蕙花。漢武帝《秋風辭》：「蘭有秀兮菊有芳。」（6）「爾」：謂荒居。「漣洳」：垂淚貌。

哭盧貞國

一别難與期，存亡易寒燠（1）。下馬入君門，聲悲不成哭！自能富才藝，當冀深榮禄（2）。皇天負我賢，遺恨至兩目〔一〕（3）。平生嘆無子〔二〕，家事親相囑〔三〕。

【校記】

〔一〕「兩」，《文苑英華》卷三〇三、沈校宋本作「滿」。〔二〕「嘆」，沈校宋本作「嗟」。〔三〕「家事」，《全唐詩》本作「家家」，下注：「一作事。」

【注釋】

（1）「一别」二句：「存亡」，謂盧貞國由存而亡。「易」，改變。「寒燠」，冷熱。指代年辰。（2）「自能」二句：謂盧貞國。「榮禄」，官職與俸禄。（3）「皇天」二句：「我賢」，謂盧貞國。「遺恨」，謂身後遺憾。此二句疑謂盧貞國雙目失明。

傷舊遊

去春會處今春歸，花數不減人數稀。朝笑片時暮成泣，東風一向還西輝〔一〕（1）。

【校記】

〔一〕「向」，《全唐詩》本注云：「一作見。」

【題解】

全詩以相互對照的「去春」、「今春」；「花數」、「人數」；「朝笑」、「暮泣」；「東風」、「西輝」等詞意組成，曲折有致地抒寫了詩人感懷故舊、對景傷情的悲懷。構思奇妙，在唐詩中別具一格。

【注釋】

（1）「一向」：霎時。與上句「片時」對應。「還」：復。回到。「西輝」：夕陽。

弔房十五次卿少府

日高方得起，獨賞些些春（1）。可惜宛轉鶯（2），好音與它人。昔年此氣味，還走曲江濱（3）。逢著韓退之，結交方殷勤（4）。蜀客骨目高，聰辯劍戟新（5）。如何昨日歡，今日見無因。英奇一謝世（6），視聽一爲塵！誰言老淚短？淚短沾衣巾一作足沾巾。

【題解】

房次卿，新、舊《唐書》俱無傳。今以諸書考之，知房次卿貞元七年登進士第。曾仕爲將仕郎守秘書省校書郎。（證詳《孟郊年譜》元和八年下）韓愈元和六年所作《興元少尹房武墓誌》稱：「生子六人，其長曰次卿。

次卿有大才，不能俯仰順時，年四十餘，尚守京兆興平尉。」（見《韓昌黎集》卷二十五）知房次卿於元和六年尚健在。那時他當以父喪去官家居，與東野常相過從，後即病逝於河南故里。本詩題以「少府」爲稱，知房次卿生平歷官大約止於興平縣尉。攷東野元和九年逝世，元和六年房次卿仍健在，那末，房氏逝世年月雖難確攷，但大約不出元和七年至九年間。全詩由眼前情景回顧過去，再回到眼前，寫法别致，不落窠臼。

【注釋】

（1）「些些」：少許。（2）「鸎」：鳥名。也作鶯。又名倉庚、黄鳥、黄鸝。《詩·邶風·凱風》：「睍睆黄鳥，載好其音。」（3）「昔年」二句：「氣味」，滋味。也比喻意趣，情調。白居易《寒食江畔》詩：「還似往年春氣味。」「曲江」，即曲江池，在陝西西安市東南。唐康駢《劇談録》：「曲江池，本秦時隑州。唐開元中，疏鑿爲勝境。花卉環列，煙水明媚。都人遊翫，盛於中元、上巳之節。」（4）「逢著」二句：此謂房次卿與韓愈結交。韓愈《昌黎先生集》卷五有《將歸贈孟東野房蜀客》詩，中云：「君門不可入，勢利互相推。借問讀書客，胡爲在京師？」蜀客，房次卿字。「殷勤」，情意懇切。（5）「聰辯」句：謂房次卿聰敏善辯論，犀利無前，如劍戟之新。（6）「英奇」：謂房次卿。

逢江南故晝上人會中鄭方回上人往年手札五十篇相贈云：以爲他日之念。

相逢失意中，萬感因語至（1）！追思東林日，掩抑北邙淚（2）！筐篋有遺文，江山舊清氣（3）。塵生逍遥注一作篇，墨故飛動字（4）。荒毁碧澗居，虛無青松位（5）。珠沉百泉暗，月死羣象閟（6）。永謝平生言，知音豈容易（7）。

【題解】

鄭方回，生平不詳。晝上人，即皎然。見卷七《答晝上人止讒作》題解。皎然逝世時，以諸書考之，知當在貞元八年以後。東野集卷八另有《送陸暢歸湖州因憑題故人皎然塔陸羽墳》詩，中云：「渺渺霅寺前，白蘋多清風。昔遊詩會滿，今遊詩會空。」知昔年皎然居湖州時，曾與東野、鄭方回諸人以詩會友，互相唱酬。於今皎然已逝，東野重逢會中舊友，萬感交集，因作此詩，抒寫對晝上人的深切懷念。此詩作時年月雖難確言，但據詩語「相逢失意中」推之，疑或作於貞元間東野屢應進士試落第後，正當失意時。

【注釋】

（1）「相逢」二句：寫逢鄭方回，引出以下諸感。（2）「追思」二句：「東林」，寺名。故址在江西廬山。南朝梁釋慧皎《高僧傳》：「沙門慧永居西林，與慧遠同門舊好。刺史桓伊乃爲遠復於山東更立房殿，即東林是也。」「掩抑」，按捺。「北邙」，山名。見卷六《上達奚舍人》注（1）。此言晝上人已逝世。（3）「筐篋」二句：言晝上人遺文爲江山清氣所鍾。（4）「塵生」二句：「逍遥注」，《世説新語・文學》：「《莊子・逍遥篇》舊是難處，諸名賢所可鑽味而不能拔理於郭、向（按指郭象、向秀）之外。支道林在白馬寺中將馮太常（馮懷）共語，因及《逍遥》。支卓然標新理於二家之表，立異議於衆賢之外。……後遂用支理。」也可解作泛指向秀、郭象二家《莊子注》。此以喻晝上人遺文。「飛動」，形容書法飄逸流動。宋黃伯思《東觀餘論》：「昔人運筆則出没飛動，神會意得。」「故」，舊時。仍舊。（5）「荒毁」二句：「碧澗居」，謂皎然舊居。「虚無」，空無。「青松位」，謂墳墓前青松的位次。（6）「珠沉」二句：「珠沉」、「月死」，都是比喻晝上人之死。明珠産於海中，故曰珠沉則百泉暗。「群象」，萬物的形狀。「闔」，關閉，停息。庾信《庾子山集》卷十二《思舊銘》：「月死珠傷。」（7）「永謝」二句：「平生言」，指晝上人手札及其它贈語。「容易」，這裡以容易連讀爲詞，猶言知音難得。

哭祕書包大監

哲人卧病日，賤子泣玉年（1）。常恐寶鏡破，明月難再圓（2）。文字未改素，聲容忽歸玄（3）。始知知音稀，千載一絶絃（4）。舊館有遺琴，清風那復傳（5）！

【題解】

包大監，即包佶。《新唐書》卷一四九《劉晏傳》附包佶傳載：「擢進士第，累官諫議大夫，……遷刑部侍郎，改秘書監，封丹陽郡公。」所以東野以「大監」稱之。元辛文房《唐才子傳》卷三「包佶」條叙包佶前後歷官次第，多有舛誤，不可依信。貞元八年卒。權德輿《權載之集》卷四十八《祭秘書包大監文》：「維貞元八年，歲次壬申，五月朔日，太常博士權德輿等敬祭於故秘書包大夫之靈。」是其明證。東野此詩當亦作於貞元八年應進士試初落第時。

【注釋】

（1）「哲人」二句：「哲人」，謂包佶。「賤子」，東野自稱。「泣玉」，見卷二《古興》注（1）。這裡比喻落第。（2）「常恐」二句：「寶鏡」、「明月」，均喻包佶。意謂恐包佶一病不起。（3）「文字」二句：「素」，白色絹。引伸爲樸素，純潔。又解作平素，舊時。「歸玄」，郎逝世。「玄」，指天。（4）「千載」句：言知音千載始能一遇。絶絃，見卷一《傷哉行》注（4）。（5）「舊館」二句：「遺琴」，暗用《世説新語·傷逝》人琴俱亡典：「王子猷、子敬俱病篤，而子敬先亡。子猷……來奔喪，……便徑入坐靈牀上，取子敬琴彈。絃既不調，擲地云：『子敬子敬，人琴俱亡！』」這裡謂琴在人亡，作爲對包佶的悼念。

悼幼子

一閉黄蒿門（1），不聞白日事。生氣散成風，枯骸化爲地。負我十年恩，欠爾千行淚！灑之北原上，不待秋風至（2）。

【題解】

東野悼子詩，除本篇外，尚有《杏殤九首》。但兩詩並非一時一事之作。按本詩有云：「負我十年恩，欠爾千行淚。」知彼時東野幼子已漸長成，可能在十歲前後夭折。而《杏殤》九首其四云：「兒生月不明，兒死月始光。兒月兩相奪，兒命果不長。」是東野此子生數日即死，所悼絶非本詩的幼子甚明。按《杏殤九首》作時年月，據諸書攷之，當在元和二、三年春初（證詳《杏殤九首》題解）。其二有云：「哀哀孤老人，戚戚無子家」、「病叟無子孫，獨立猶束柴」，知其時東野已成「戚戚無子」的「孤老人」，本篇所悼幼子當是已先夭亡。那末，本篇之作，自應在《杏殤九首》之前。惟作時年月尚難確定。

【注釋】

（1）「黄蒿門」：猶言墳墓。「蒿」，野草名。（2）「灑之」二句：「灑之」，指灑淚。「北原」，泛指北邊的原野。也可借指北邙。北周庾信《周柱國楚國公岐州刺史慕容寧神道碑》：「風秋北原，日没川逝。」

悼　亡〔一〕

山頭明月夜增輝，不照重泉下（1）！泉下雙龍無再期（2），金蠶玉鷰空銷化（3）！朝雲暮雨成古墟（4），蕭蕭野竹風吹亞（5）。

【校記】

〔一〕北宋刻本詩題下有「雜言」二字旁注。

【題解】

東野妻某氏，繼配鄭氏。據韓愈《貞曜先生墓誌》稱：元和九年，山南西道節度使鄭餘慶「以節領興元軍，奏爲其軍參謀，挈其妻行之興元，次於閿鄉，暴疾卒」。《舊唐書·孟郊傳》也稱東野死後，「餘慶給錢數萬葬送，贈給其妻子者累年」。《新唐書》本傳略同。知東野繼配於東野死後仍健在。本篇當是悼其原配某氏而作。其作時年月已難確考。全詩不從悼亡正面著筆，而從死者葬地周圍環境景物立意，造境淒苦，在唐代悼亡詩中可稱別調。

【注釋】

（1）「重（chóng蟲）泉」：謂地下，死者所居，猶九泉。（2）「泉下」句：「雙龍」，見卷六《連州吟三章》注（12）。《太平御覽》卷三四三引《雷煥別傳》所記略同。此句即暗用其事，比喻夫妻分離，永無見期。（3）「金蠶」句：「金蠶」，金屬鑄的蠶，古代用爲殉葬之物。晉陸翽《鄴中記》：「永嘉末，發齊桓公墓，得水銀池金蠶數十箔。」「玉鷰」，釵名。舊題漢郭憲《洞冥記》卷二：「神女留玉釵以贈（漢武）帝，帝以賜趙婕好。……至昭帝元鳳中，……既發匣，有白燕飛升天，後宫人學作此釵，因名玉燕釵。」《全唐詩》卷五二八許渾《懿安皇太后挽歌辭》：「未信金蠶老，先驚玉燕空。」（4）「朝雲」句：「朝雲」，見卷一《巫山曲》注（2）。此句言人死後葬身之地，朝暮之間便成古墟。（5）「蕭蕭」：摇動貌。《楚辭》屈原《九歌・山鬼》：「風颯颯兮木蕭蕭。」又風聲。「風吹亞」，形容野竹被風吹得低垂的樣子。「亞」與「壓」通。

弔李元賓墳〔一〕

曉上荒涼原，弔彼冥寞魂〔二〕（1）。眼咽此時淚，耳悽在日言〔三〕！寂寂千萬年〔四〕，墳鎖孤松根〔五〕。

【校記】

〔一〕《文苑英華》卷三三〇題作《弔友人李元賓墓》。〔二〕「冥寞」，《文苑英華》作「寂寥」，下注：「集作冥寞。」〔三〕「悽」，秦禾本作「棲」。〔四〕「寂寂」，《文苑英華》作「冥冥」，下注：「集作寂寂」。〔五〕「孤」，《文苑英華》作「古」，下注：「集作孤」。

【題解】

此詩當與東野《哭李觀》、《李少府廳弔李元賓遺字》兩詩同爲貞元十一年間一時先後之作，詳詩意可知。東野與李觀友誼之篤，對李觀逝世愴痛之深，於此可見一斑。

【注釋】

（1）「曉上」二句：「荒涼原」，謂李觀葬地。韓愈《李元賓墓志》：「葬之國東門之外七里，鄉曰慶義，原曰嵩原。」「冥寞」，見《李少府廳弔李元賓遺字》詩注（2）。

覽崔爽遺文因抒幽懷 崔君歿於南方

墮淚數首文，悲結千里墳（1）！蒼旻且留我（2），白日空遺君。仙鶴未巢月，衰鳳先墜雲〔一〕（3）。清風獨起時，舊語如再聞（4）。瑤草罷葳蕤，桂花休氛氳（5）。萬物與我心，相感吳江濆〔二〕（6）。

【校記】

〔一〕「墜雲」，北宋刻本「墜」下原脱一字，明鈔本、弘治本、秦禾本、《全唐詩》本作「雲」字。今據補。〔二〕「吳江濆」，《全唐詩》本「吳」下注云：「一作哭。」沈校宋本「濆」作「墳」。

【題解】

本詩題下原注：「崔君殁於南方」。「崔爽」，生平經歷不詳。據詩題原注及詩語「悲結千里墳」推之，此篇或當作於元和年間東野居洛陽時。東野集卷八另有《送崔爽之湖南》詩。

【注釋】

（1）「千里墳」：崔爽殁於南方，而東野身居北地，相隔千里，故云。（2）「蒼旻」：天。見卷六《贈李觀》注（7）。（3）「仙鶴」二句：以「仙鶴」、「衰鳳」比喻崔爽，傷其賫志以殁。「墜雲」，比喻死。（4）「清風」二句：言覽崔爽遺文，如聞舊語。（5）「瑶草」二句：以「瑶草」、「桂花」比喻崔爽遺文。「瑶草」，珍異之草。「葳蕤」，見卷八《監察十五叔東齋招李益端公會别》注（2）。「氛氲」，香氣盛貌。「罷」、「休」，俱停止意。（6）「吳江濆」：「吳江」，縣名，唐屬江南東道，今江蘇省蘇州市。崔爽或即殁於蘇州，故云。「濆」，水邊，沿河的高地。

峽哀十首

昔多相與笑，今誰相與哀（1）？峽哀一作山哭幽魂一作夢〔一〕，噭噭風吹來（2）。墮魄抱空月，出没難自裁(3)。蠪粉一閃間，春濤百丈一作尺雷(4)。峽水聲不平，碧沲牽清洄(5)。沙稜箭箭一作湔湔急(6)，波齒齗齗開(7)。呀彼無底吭，待此不測災(8)。谷號相噴激，石怒爭旋廻(9)。古罪有復鄉〔二〕(10)，今縲多爲能(11)。字孤徒髣髴(12)，銜雪猶驚猜(13)。薄俗少直腸，交結須横財。黄金買相弔，幽泣無餘灌(14)。我有古心意，爲君空摧頽(15)。

上天下天水，出地入地舟(16)。石劒相劈斫，石波怒蛟虬(17)。草木疊宿春，風飈凝古秋(18)。幽怪窟穴語，飛聞肸響流〔三〕(19)。沉哀日已深，銜訴將何求(20)！

三峽一線天(21)，三峽萬繩泉。上仄碎日月，下掣狂漪漣(22)。破魄一兩點，凝幽數百年〔四〕(23)。峽暉不停午(24)，峽險多饑涎(25)。樹根鏁枯棺，直骨裹裹懸〔五〕(26)。樹枝哭霜棲，哀韻杳杳鮮(27)。逐客零落腸，到此湯火煎(28)。性命如紡績，道路隨索緣(29)。奠淚弔波靈〔六〕，波靈將閃然(30)。

峽亂鳴清磬一作峽虬鳴清聲〔七〕(31)，産石爲鮮鱗。噴爲腥雨涎，吹作黑井身(32)。怪光閃衆異，餓劒唯待人。老腸未曾飽(33)，古齒嶄嵓嗔(34)。嚼齒三峽泉(35)，三峽聲齗齗(36)。蛺螭老解語〔八〕(37)，百丈潭底聞。毒波爲計校，飲血養子孫(38)。既非臯陶吏(39)，空食沉獄一作玉魂〔九〕(40)。潛怪何幽幽，魄説徒云云(41)。峽德哀哭泉，峽弔鰥寡猿(42)。峽聲非人聲，劒水相劈翻(43)。斯誰士諸謝(44)？奏此沉苦言。

讒人峽虬心，渴罪呀然潯(45)。所食無直腸，所語饒魄音〔一〇〕(46)。石齒嚼百泉，石風號千琴。幽哀莫能遠，分雪何由尋(47)！月魄高卓卓〔一一〕，峽窟一作寃清沉沉(48)。銜訴何時明？抱痛已不禁！犀飛空波濤，裂石千嶔岑(49)。

峽稜剸日月，日月多摧輝。物皆斜仄生，鳥翼斜仄飛〔一二〕。潛石齒相鑠，沉魂招莫歸(50)。恍惚清泉甲，斑爛碧石衣(51)。餓嚥潺湲號，涎似泓泓肥〔一三〕(52)。峽春不可遊〔一四〕，腥草生微微。

峽景滑易墮〔一五〕(53)，峽花怪非春。紅光根潛涎，碧雨飛沃津(54)。巴谷蛟螭心，巴鄉魍魎親(55)。飲生不問賢〔一六〕(56)，至死獨養身。腥語信者誰？拗歌歡非真(57)。仄田無異稼(58)，毒水多獰鱗。異類不可友(59)，峽哀哀難伸！峽水劍戟獰，峽舟霹靂翔。因依虺蜴手(60)，起坐風雨忙(61)。峽旅多竄官，峽氓多非良(62)。滑心不可求(63)，滑習積已長。漠漠涎霧起，齗齗涎水光(64)。渴賢如之何(65)？忽在水中央〔一七〕(66)！

梟鴟作人語(67)，蛟虬吸山波〔一八〕。能於白日間，諂欲晴風和。駭智蹶衆命(68)，蘊腥布深蘿(69)。齒泉無底貧(70)，鋸涎在處多(71)。仄樹鳥不巢，踔猱猿相過〔一九〕(72)。峽哀不可聽，峽怨其奈何！

【校記】

〔一〕「一作山」，明鈔本、秦禾本、《全唐詩》本無此注文。　〔二〕「罪」，《全唐詩》本作「醉」，下注：「一作罪。」「有」，秦禾本、《全唐詩》本注云：「一作少。」　〔三〕「肸蠁」，秦禾本、《全唐詩》本作「肸蠻」。　〔四〕「數」，沈校宋本作「千」。　〔五〕「直」，明鈔本、弘治本、秦禾本、《全唐詩》本作「孤」。　〔六〕「奠淚」，明鈔本、弘治本、《全唐詩》本「淚」下注云：「一作酹。」　〔七〕「聲」，明鈔本作「磬」。　〔八〕「螭」，明鈔本、弘治本、秦禾本、《全唐詩》本注云：「一作蛟。」　〔九〕「獄」，沈校宋本、秦禾本作「嶽」。　〔一〇〕「魄」，《全唐詩》本作「梟」。　〔一一〕「月魄」，明鈔本、弘治本、秦禾本「魄」下注云：「一作魂。」　〔一二〕「翼」，明鈔本、弘治本、秦禾本、《全唐詩》本作「亦」。《全唐詩》本下注云：「一作翼。」　〔一三〕「泓泓」，《全唐詩》本作「泓浤」。　〔一四〕「春」，《全唐詩》本作「青」，下注云：「一作春。」　〔一五〕「景」，秦禾本作「泉」。　〔一六〕「飲」，明鈔本、弘治本、秦禾本、《全唐詩》本作「噉」。　〔一七〕「水」，明鈔本、弘治本、秦禾本、《全唐詩》本「水」下注云：「一作此。」　〔一八〕「山」，秦禾本作「水」。　〔一九〕「過」，北宋刻本原作「遇」。非是。據諸本改。

【題解】

本篇據詩意或當作於貞元九年東野再落第後南遊楚湘期間。通篇摹寫峽中谷風水石相激之狀，劌目鉥心。蓋借峽哀以喻世俗之澆薄，人心之險峻，宣洩詩人屢試不第的內心悲憤。宋范成大有《初入峽山效孟東野，自此登陸至秭歸》詩末云：「悲吟不成章，聊賡《峽哀》詩。」（《石湖居士詩集》卷九）又有《送李仲鎮宰溧陽》詩，末亦云：「喚起酸寒孟東野，倒流三峽洗餘悲。」（《石湖集》卷十五）孟詩流風遺韻影響宋人，於此略窺一斑。

【注釋】

（1）「昔多」二句：既指峽哀，又以自喻。　（2）「噭噭（jiào 轎）」：悲哭聲。　（3）「墮魄」二句：「墮魄」，月初出或將没時的微光稱魄。《書・康誥》：「惟三月哉(初)生魄。」「墮魄」，形容「空月」。又形容極度驚慌。「出没」，忽隱忽現。形容舟行峽中，出没無常之狀。「裁」，控制。（4）「齏粉」二句：「齏」(jī肌)，見卷五《寒溪九首》注(19)。「齏粉」，喻粉身碎骨。《梁書・武帝紀》上《移檄京邑》：「而一朝齏粉，孩稚無遺。」「一閃」，謂波閃。「閃」，忽隱忽現或驟然一現。（5）「峽水」二句：「沲」，同「沱」，江水支流的通名。《書・禹貢》荆州、梁州下皆有「沱潛既道(導)」語。這裡指梁州之沱，即巴峽、巫峽之水。「洄」，水逆流或旋流。《爾雅・釋水》：「逆流而上曰洄。」郭璞《注》：「旋流也。」（6）「沙稜」句：「沙稜」，有稜角的沙。「箭箭」，二字疊用，極言如箭之急。（7）「齗齗」：露齒貌。「齗」，齒根肉。（8）「呀彼」二句：「呀」，張口貌。「吮」，吮吸。言峽波張口吞吸，若無底之吮，待人身陷泥沙，遭不測之災。（9）「號」(háo毫)：大聲喊叫。（10）「復」：《禮記・檀弓》下：「復，盡愛之道也。」《注》：「復，謂招魂。」（11）「縲」：拘束罪人的繩索。引申爲囚犯。「能」：傳説動物名。《國語・晉語》八：「昔者鯀違帝命，殛之於羽山，化爲黄能以入於羽淵。」《左傳》昭公七年：「黄能」作「黄熊」。唐陸德明《釋文》：「能，三足鼈也。」《説文》：「能，熊屬，足似鹿。」「能」，此處叶韵讀奴來切。（12）「字孤」：撫育孤兒。「字」，哺育。《左傳》成公十一年：「婦人怒曰：『又不能字人之孤而殺之。』」「髣髴」：同「彷彿」。此句意謂撫孤無人。（13）「銜雪」：含寃雪恨。猶言銜訴。「驚猜」：疑懼。（14）「黄金」二句：「幽泣」，隱泣。「灌」，涕淚齊下。此譏薄俗黄金買弔，故泣無餘灌。（15）「摧頹」：失意。（16）「下天水」：言水高自天下。（17）「蛟虬」：傳説中龍類動物。「虬」也作「虯」。見卷四《秋懷十五首》注(47)。（18）「草木」二句：「宿春」，早先的春，昨年的春。「風飆」，暴風。也泛指風。（19）「幽怪」二句：「肸蠁」，見卷九《讀經》注（4）。二語言幽怪窟穴中語，因風波流動，聲響迅速傳播入耳。（20）「銜訴」句：「銜」，怨恨，含恨。「訴」，控訴，訴説。「求」，乞求，尋找。（21）「三峽」：峽名。見卷二《感興》詩注（3）。「一線天」：言其險峻。《全唐詩》卷五十張祜《送曾黯遊夔州》詩：「下來千里峽，入去一條天。」亦同此意。（22）「上仄」二句：「仄」，見卷三《冬日》注（3）。「掣」，牽拉。「漪漣」，微波。二語形容懸泉勢急，自天而降。（23）「破魄」二句：「破」，碎裂，剖分。「魄」，見注（3）。二語寫峽中幽境。（24）「峽暉」句：「停午」，正午。酈道元《水經注》三十四《江水》：「自三峽七百里中，兩岸連山，略無闕處，重巖疊嶂，隱天蔽日。自非停午夜分，不見曦月。」《太平御覽》五十三引作盛弘之《荆州記》。（25）「峽險」句：言峽中多險灘，舟行多遭吞没，如飽饑涎。「涎」，口液。（26）「褭褭」，見卷八《送鄭僕射出節山南》注（3）。（27）「杳杳」：深遠幽暗貌。（28）「逐客」二句：「逐客」，指被朝廷貶謫之人。「零落腸」，猶言斷腸。（29）「性命」二句：「紡績」，將絲麻織維製成紗或線。以喻性命如紡績絲麻之被摇轉搓接。「隨索緣」，索，粗繩。「緣」，攀援。（30）「奠淚」二句：「奠」，獻。「波靈」，波神。「閃」，見注（4）。（31）「亂」：横渡。《詩·大雅·公劉》：「涉渭爲亂。」《疏》：「水以流爲順，横渡則絶其流，故爲亂。」《爾雅·釋水》：「正絶流曰亂。」《疏》：「正，直也。謂横絶其流而直渡名曰亂。」（32）「噴爲」二句：「噴」，激射。上句言峽噴涎爲腥雨，下句言峽吹氣爲深窟。（33）「老腸」句：此承上「餓劍唯待人」而來，即前「峽險多饑涎」意。（34）「嶄嵒」：高削險峻貌。「嶄」通「巉」；「嵒」同「巖」、「岩」。「嗔」：怒。（35）「嚼齒」：咬牙切齒。《舊唐書》卷一八七下《張巡傳》：「尹子奇謂巡曰：『聞君每戰眥裂，嚼齒皆碎。』」「三峽泉」：據唐岑參《聽羅上人彈三峽流泉》詩：「衫袖拂玉徽，爲彈三峽泉。」推之，當爲曲調名。

這裡泛指。此句疑仍寫峽中水石相激，狀如嚼齒。（36）「齗齗」：見注（7）。這裡引申爲爭辯，忿嫉之意，譬喻嚼齒。參見卷五《寒溪九首》注（24）。（37）「蛺螭」：同前「蛟虬」。「螭」，傳説中無角的龍。又通「魑」，傳説山林中的害人怪物。（38）「毒波」二句：「計校」，算計，謀畫。「校」，與「較」通。二語既指蛺螭害人，也寄寓詩人對澆俗的憤慨。（39）「臯陶」（yáo 摇）：傳説舜臣，掌刑獄之事。也稱咎繇（gāo yáo 高摇）。《書·舜典》：「帝曰：『臯陶，……汝作士，五刑有服。』」《傳》：「士，理官也。」（40）「沈獄魂」：謂獄底寃魂。（41）「潛怪」二句：「潛怪」，指蛺螭。「魄説」，「魄」，陰神。意謂陰惡之説。「云云」，見卷四《秋懷十五首》注（78）。（42）「鰥寡」：老而無妻曰鰥，老而無夫曰寡。引申爲凡孤弱者之稱。（43）「劍水」句：謂水劈如劍。（44）「斯誰」二句：「斯」，此。「士」，刑官。見注（39）。又爲官吏的通稱。這裡作動詞解。「諸謝」，謂南朝宋謝靈運、謝朓諸人。「奏」，進。二語謂誰以諸謝爲刑官，進此沈苦之言？諸謝多擅寫山水詩。

（45）「渴罪」：急於作惡犯法，如渴思飲。「呀然潯」：「呀然」，張口貌。「潯」，水邊地。言讒人如峽虬張口噬人於江潯。（46）「魄音」：猶前「魄説」。（47）「分雪」：疑謂分説辯白。（48）「月魄」二句：「卓卓」，高遠貌。「沈沈」，深沈貌。（49）「犀飛」二句：「犀飛」，南朝宋劉敬叔《異苑》載：「晉温嶠至牛渚磯，水底有音樂之聲。人云下多怪物，嶠乃燃犀角而照之，須臾，見水族覆滅，奇形異狀。」參見《晉書·温嶠傳》。「嶔岑」，見卷五《汝州南潭陪陸中丞公讌》注（4）。二語謂犀已飛去，不能照見峽虬，空見波濤裂石。「千嶔岑」：形容裂石。（50）「潛石」二句：上句言潛石如齒之相鎖；下句言沈没水中者難以招魂。宋玉《招魂》：「魂兮歸來。」

（51）「恍惚」二句：「恍惚」，隱約不清。「清泉甲」，疑指水藻。「甲」見卷九《子慶詩》注（6）。「斑爛」，色彩錯雜貌。「石衣」：石上莓苔。（52）「餓嘯」二句：「嘯」，吞。通「咽」。「潺湲」，見卷四《石淙十首》注（8）。「泓泓」，水深貌。一本作「泓泓」，水勢廻旋貌。「肥」，厚。（53）「滑」：謂不凝滯，故云「易墮」。（54）「紅光」二句：「根」，根生。「潛涎」，指峽水。與前「峽險多餓涎」、「噴爲腥雨涎」之「涎」意同。「沃津」，指雨水。「沃」，豐美，澆灌。（55）「巴谷」二句：「巴谷」、「巴鄉」，俱泛指古巴郡地。也暗指四川巴峽、巫峽一帶。（56）「飲生」句：「飲」，一作「噉」。「噉」，食。同「啖」。「飲生」、「噉生」，俱謂飲血或食人以爲生。「不問賢」，不問善惡賢愚。（57）「腥語」二句：「腥語」，與前「幽怪窟穴語」、「所語饒魄音」意同。「拗（ào傲）歌」，不順口的歌。（58）「仄田」：側陋的田。「仄」，見卷三《冬日》注（3）。（59）「異類」：指與人不同類的鳥獸鬼神。（60）「因依」句：「因依」，依靠，倚恃。「虺蜴（huǐ yì悔易）」，「虺」，毒蛇。「蜴」，蜥蜴。俱爲毒螫之蟲。《詩·小雅·正月》：「哀今之人，胡爲虺蜴。」（61）「起坐」句：此承上而言，因峽水肆毒害人，故「起坐風雨忙」。（62）「峽旅」二句：「竄官」，流放之官。猶言逐臣。「氓」，民。（63）「滑」：狡黠。通「猾」。（64）「漠漠」二句：「漠漠」，見卷五《藍溪元居士草堂》注（4）。「涎霧」，與上「饑涎」、「潛涎」意同。借指毒霧、毒波。「斷斷」，見注（7）。（65）「渴賢」：言思賢若渴。（66）「忽在」句：《詩·小雅·蒹葭》：「宛在水中央。」按《蒹葭》詩意指在水邊懷念故人，東野或取義於此。（67）「梟鴟」句：「梟」，通「鴞」。見卷一《湘絃怨》注（5）。以喻奸邪之人。（68）「駭智」句：「駭」，驚擾，詫異。「駭智」，猶言使人智慮驚擾。「蹶」，顛仆。（69）「蘊」：積聚。「蘿」：蘿藤。（70）「齒泉」句：謂泉深而空。「齒泉」，猶前「波齒」意。（71）「鋸涎」句：「鋸」，以鋸斷物。「鋸涎」，猶言毒波。「在處多」，所在多有。（72）「踔猎（chuō tà戳榻)」：形容猿踏地騰躍之狀。「踔」，踢，騰躍。「㹺」，疑與「踏」通，踢，蹋。

杏殤九首 並序

杏殤，花乳也。霜剪而落。因悲昔嬰，故作是詩。

凍手莫弄珠，弄珠珠易飛。驚霜莫剪春，剪春無光輝。零落小花乳(1)，斕斑昔嬰衣。拾之不盈把(2)，日暮空悲歸！

地上空拾星(3)，枝上不見花。哀哀孤老人，戚戚無子家！豈若没水鳧(4)，不如捨巢鴉〔一〕。浪轂破便驚〔二〕(5)，飛雛裊相誇〔三〕。芳嬰不復生，向物空悲嗟！

應是一線淚，入此春木心。枝枝不成花，片片剪落金(6)。春壽何可長，霜哀亦已深。常時洗芳泉，此日洗淚襟(7)！

兒生月不明，兒死月始光(8)。兒月兩相奪，兒命果不長(9)！如何此英英，亦爲弔蒼蒼(10)。甘爲墮地塵，不爲末世一作世木芳(11)。

踏地恐土痛，損彼芳樹根。此誠天不知，剪棄我子孫。垂枝有千落，芳命無一存(12)。誰謂生人家，春色不入門(13)！

洌洌霜殺春，枝枝疑纖刀。木心既零落，山竅空呼號(14)。班班落地英，點點如明膏(15)。

始知天地間，萬物皆不牢！

哭此不成春，淚痕三四班(16)！失芳蝶既狂，失子老亦孱。且一作豈無生生力(17)，自一作甘有死死顏。靈鳳不銜訴，誰爲扣天關(18)？

此兒自見災，花發多不諧(19)。窮老收碎心，永夜抱破懷(20)！聲死更何言？意死不必喈(21)。病叟無子孫，獨立猶束柴(22)。

霜似敗紅芳，剪啄十數雙(23)。參差呻細風，噞喁沸一作戲淺江(24)。泣凝一作疑不可消一作誚，恨壯難自降(25)。空遺舊日影，怨彼一作此小書牕。

【校記】

〔一〕「捨」，明鈔本、弘治本、秦禾本、《全唐詩》本作「拾」。　〔二〕「驚」，明鈔本、弘治本、秦禾本、《全唐詩》本作「飛」。

〔三〕「飛」，明鈔本、弘治本、秦禾本、《全唐詩》本作「風」。

【題解】

本篇爲東野悼其幼嬰而作。據詩語知東野之子生未數日即死。韓愈《孟東野失子》詩序亦稱「東野連産三子，不數日輒失之。幾老，念無後以悲。」(《韓昌黎集》卷四)與本詩所詠情事完全吻合。可以推知韓、孟兩詩當同爲一時先後之作。全詩首首俱以寒霜殺春，花乳零落立意，隱喻象徵幼嬰之死。託物寄情，直抒胸臆，淒苦動人。既反映了舊時代知識份子的舐犢情深，也在一定意義上展示了封建社會一個老而無子的詩人孤苦無告的困境。在唐人悼子詩中獨樹一幟，別開生面。

【注釋】

（1）「花乳」：含苞未開的花朵。（2）「盈把」：滿握。（3）「拾星」：猶拾落花。言花落如星。（4）「没水」：潛水。「梟」：野鴨。（5）「浪鷇」句：「鷇」（kòu 叩），待母哺食的幼鳥。《爾雅·釋鳥》：「生哺，鷇。」《國語·魯語》上：「鳥翼鷇卵。」注曰：「生哺曰鷇，未乳（一本作『孚』）曰卵。」「破」，謂破卵飛去。「梟」，見卷四《秋懷十五首》注（19）。二語承上梟鴉而言，自喻失子，不如梟鴉。（6）「翦金」：斷金。比喻花瓣。（7）「常時」二句：以「常時」和「此日」對言，以「芳泉」與「淚襟」作比，寫出今昔之感，並以「淚襟」與起句呼應。（8）「兒生」二句：點出東野幼嬰夭折時間。韓愈《孟東野失子》詩：「此獨何罪辜？生死旬日間！」（9）「兒月」二句：「兩相奪」，謂「兒生月不明」，是兒奪月；「兒死月始光」，是月奪兒。（10）「如何」二句：「英」，花片。借花喻兒之俊美。《晉書·荀顗傳》：「洛中英英荀道明。」「蒼蒼」，指天。《莊子·逍遥遊》：「天之蒼蒼，其正色耶？」（11）「甘爲」二句：「末世」，衰世。二語仍是指花喻兒，抒寫了東野對衰世的感憤與不平。（12）「垂枝」二句：借花喻人。謂垂枝之花落地無存。「千落」，形容花落之多。「芳命」，指花，也是喻人。（13）「誰謂」二句：「生人」，活人。二語應作反語解，謂春色不入生人的家門。（14）「竅」：孔，洞穴。（15）「班班」二句：「班班」，形容繁多。「班」又通「斑」，點點。形容細小，零散。「膏」，油脂。（16）「哭此」二句：「哭此」，既哭花乳，亦悲昔嬰。「三四班」，即三四行。「班」，次列。（17）「生生」：孳育不絶。與「死死」對言。（18）「靈鳳」二句：「銜訴」，見《峽哀十首》注（20）。「扣」，敲。「天關」，天門。「扣天關」，猶言上訴於天。韓愈《孟東野失子》詩：「乃呼大靈龜，騎雲款天門。問天主下人，薄厚胡不均？」（19）「此兒」二句：「見災」，猶言夭亡。「不諧」，不協調。（20）「窮老」二句：東野老而失子，故自稱「窮老」。「永夜」，長夜。（21）「聲死」二句：意謂悲哀之極，已到了「聲死」、「意死」的地步。「喈」，和洽。（22）「病叟」二句：「病叟」，東野自稱。「束柴」，一捆柴。元好問《清明日改葬阿辛》詩云：「孟郊老作枯柴立，可待吟詩哭杏殤。」（《遺山集》卷十）即本此義。（23）「霜似」二句：「敗」，毀壞，衰落。「紅芳」，指花樹。「剪啄」，「剪」，見卷四《秋懷十五首》注（57）。「啄」，咬傷。（24）「參差」二句：「噞喁」，魚在水面張口呼吸貌。「沸」，形容水波噴湧貌。二語比喻花樹爲霜所敗壞的情景。（25）「降（xiáng 祥）」：降伏。降服。

弔江南老家人春梅

念爾筋力盡，違我衣食恩(1)。奈何羸獷兒(2)，生鞭見死痕(3)！舊使常以禮，新怨一作寃將誰吞(4)？胡爲乎泥中一作天上〔一〕(5)？消歇教義源(6)！

【校記】

〔一〕「天上」，明鈔本、弘治本、秦禾本、《全唐詩》本作「上天」。

【題解】

東野原籍湖州武康，在義興也置有莊居。據詩語，家人春梅似是死於凶暴，其詳已不可考。

【注釋】

（1）「念爾」二句：謂家人春梅老死。（2）「麤獷」：粗暴猛悍。「麤」與「粗」通。（3）「生鞭」句：疑謂家人春梅因故爲人鞭笞致死。（4）「舊使」二句：「舊使」，春梅爲東野家使女，故云。「新怨」，指鞭死事。「呑」，咽下。猶言呑恨。（5）「胡爲」句：《世説新語・文學》：「鄭玄家奴婢皆讀書，嘗使一婢不稱旨，將撻之。方自陳説，玄怒，使人曳著泥中。須臾，復有一婢來，問曰：『胡爲乎泥中？』答曰：『薄言往愬，逢彼之怒。』」「胡爲乎泥中」，語見《詩・衛風・式微》。這裡用作哀悼春梅之辭。（6）「消歇」句：此承上句而言。「消歇」，見卷九《讀張碧集》注（1）。「教義源」，教化恩義之本。

哭李丹員外並寄杜中丞〔一〕

生死方知交態存（1），忍將齚齗報幽魂（2）。十年同在平原客（3），更遣何人哭寢門（4）！

【校記】

〔一〕北宋刻本詩題下有「七言」二字旁注。《文苑英華》卷三三〇題内「李丹」作「李舟」。

【題解】

「李丹」，生平不詳。《新唐書・宰相世系表、宗室表》有數位李丹，以時代或仕履不相應，俱非此人。《文苑英華》題作「李舟」。李舟，仕終虔州刺史。見梁肅《虔州刺史李公墓誌銘》及柳宗元《先君石表陰先友記》，歷官非止於員外，與東野詩題稱謂不相當，亦非此人。「杜中丞」，亦不詳確指何人。「中丞」，官名。指御史中丞。《舊唐書・職官志》三：「漢御史臺有二丞，掌殿内秘書，謂之中丞。」東漢以來，以御史大夫轉爲大司空，以中丞爲御史臺長官；唐代復爲御史大夫之貳。

【注釋】

（1）「生死」句：見卷二《傷時》注（3）。（2）「齚齖」（zé yá 澤涯）：猶言咬着舌齒，形容吞聲。「齚」，咬。同「齰」。「齖」，齒不平。見《玉篇》。「幽魂」：謂李丹。（3）「十年」句：「平原」，謂戰國趙武靈王子平原君趙勝。《史記》卷七十六《平原君傳》：「平原君趙勝者，趙之諸公子也。……喜賓客，賓客蓋至者數千人。」（4）「更遺」句：「寢門」，古代内室的門。《禮記・檀弓》上：「孔子曰：『朋友，吾哭諸寢門之外。』」

哭劉言史

詩人業孤峭，餓死良已多(1)。相悲與相笑，累累其奈何(2)！精異劉言史，詩腸傾珠河(3)。取次抱置之一作取次爲抛擲，飛過東溟波(4)。可惜大國謠，飄爲四夷歌(5)。常於衆中會，顏色兩切磋(6)。今日果成死，葬襄之洛河〔一〕(7)。洛岸遠相弔，灑淚雙滂沱。

【校記】

〔一〕「襄」，北宋刻本「襄」下有「一作□」注文。明鈔本、弘治本、秦禾本、《全唐詩》本注云：「一作喪。」

【題解】

「劉言史」，邯鄲人。見卷八《送淡公十二首》注（36）。據諸書攷之，疑劉言史當以元和六、七年逝世（證詳孟郊年譜元和七年《哭劉言史》詩）。時東野方居洛陽，故云：「洛岸遠相弔。」

【注釋】

（1）「詩人」二句：「孤峭」，原指山勢挺拔。此借喻人之特立獨行，不隨流俗。「餓死」，東野集卷八《送淡公十二首》其十一云：「盧殷劉言史，餓死君已噫。」可與此互參。「良」，確實。（2）「相悲」二句：此承上兩句而言。謂有悲孤峭爲業者，亦有笑其迂腐者。「累累」，連續不斷，又連貫成串。指「相悲與相笑」而言。（3）「傾珠河」：謂如傾珠於河；或謂如珠河之傾瀉。（4）「取次」二句：「取次」，見卷六《嚴河南》注（6）。「抱置之」，謂劉言史。「東溟」，東海。（5）「可惜」二句：「大國」，指中國，即唐朝的代稱。「四夷」，古代以東夷、西戎、南蠻、北狄統稱四夷。《孟子·梁惠王》上：「蒞中國而撫四夷也。」疑上四句意有所指，惟其事已難詳考。（6）「顏色」句：「顏色」，面容。「切磋」，古代稱骨器加工爲切，象牙加工爲磋。《爾雅·釋器》：「骨謂之切，象謂之磋。」後用以比喻相互間的研討。此句疑謂劉言史當時顏色憔悴，所以下句說：「今日果成死。」（7）「葬襄」句：按皮日休《劉棗强碑》稱：劉言史死葬於襄陽之西，「墳去襄陽郭五里，曰柳子關」。其言當可依信。「洛河」，水名。源出陝西洛南縣，東入河南，流經盧氏、洛寧、宜陽、洛陽縣境，距湖北襄陽遠隔千里。此洛河顯然非指河南之洛河甚明。疑此洛河或泛指源出河南西南部，流經襄樊，注入漢水的河流，如唐白河等。「襄」，當指襄州，即襄陽。唐屬山南東道。一本「襄」作「喪」，意謂葬於洛河。

弔盧殷十首

詩人多清峭，餓死抱空山(1)。白雲既無主，飛出意等閑(2)。久病牀席尸(3)，護喪童僕孱(4)。故書窮鼠囓，狼籍一室間(5)。君歸新鬼鄉，我面古玉顏〔一〕(6)。羞見入地時，無人叫追攀。百泉空相弔，日久哀潺潺〔二〕。

唧唧復唧唧，千古一月色。新新復新新，千古一花春(7)。邙風噫孟郊，嵩秋葬盧殷(8)。北邙前後客，相弔爲埃塵(9)。北邙棘針草(10)，淚根生苦辛。煙火不自煖，筋力早已貧。幽薦一盃泣(11)，瀉之清洛濱。添爲斷腸聲，愁殺長別人(12)。

棘針風相號，破碎諸苦哀。苦哀不可聞，掩耳亦入來。哭絃多煎聲，恨涕有餘摧(13)。噫貧氣已焚，噫死心更灰(14)。夢世浮閃閃，淚波深洄洄(15)。薤歌一以去，蒿閉不復開(16)。

登封草木深，登封道路微(17)。日月不與光，莓苔空生衣。可憐無子翁，蚍蜉緣病肌(18)。攣卧歲時長，漣漣但幽噫(19)。幽噫虎豹聞，此外相訪稀。至親唯有詩，抱心死有歸(20)。河南韓先生，後君作因依(21)。磨一片嵌巖，書千古光輝(22)。

賢人無計校，生苦死徒誇。它名潤子孫，君名潤泥沙(23)。可惜千首文(24)，閃如一朝花(25)。零落難苦言一作久留，起坐空驚嗟。

耳聞陋巷生，眼見魯山君(26)。餓死始有名，餓名高氛氳。戇叟老壯氣，感之爲憂雲(27)！所憂唯一泣，古今相紛紛(28)。平生與君説，逮此俱云云(29)。

初識漆鬢髮〔三〕(30)，爭爲新文章。夜踏明月橋，店飲吾曹牀〔四〕(31)。醉啜二盃釀，名郁一縣香。寺中摘梅花，園裏剪浮芳。高嗜緑蔬一作雲羹，意輕肥膩羊(32)。吟哦無滓韻(33)，言語多古腸。白首忽然至，盛年如偷將(34)。清濁俱莫追，何須駡滄浪(35)？

前賢多哭酒，哭酒免哭心(36)。後賢試銜之(37)，哀至無不深。少年哭酒時，白髮亦以侵(38)。老年哭酒時，聲韻隨生沉(39)。寄言哭酒賓，勿作登封音(40)。登封徒放聲，天地竟難尋(41)！

同人少相哭，異類多相號(42)。始知禽獸癡，卻至天然高。非子病無淚，非父念莫勞(43)。如何裁親疏？用禮如用刀(44)。孤喪鮮匍匐，閉哀抱鬱陶(45)。煩他手中葬(46)，誠信焉能褒？嗟嗟無子翁，死棄如脱毛。

聖人哭賢人(47)，骨化氣爲星。文章飛上天，列宿增晶熒(48)。前古文可數(49)，今人文亦靈。高名稱謫仙，昇降曾莫停(50)。有文死更香，無文生亦腥。爲君鏗好辭，永傳作謚寧(51)。

【校記】

〔一〕「玉」，明鈔本、弘治本、秦禾本、《全唐詩》本注云：「一作土。」　〔二〕「久」，明鈔本、弘治本、秦禾本《全唐詩》本注云：「一作夕」。〔三〕「漆」，沈校宋本、明鈔本作「添」。〔四〕「店飲」，《全唐詩》本注云：「一作虛歛」。

【題解】

「盧殷」，生平略見於韓愈《昌黎先生集》卷二十五《登封縣尉盧殷墓志》，中云：「元和五年十月日，范陽盧殷以故登封縣尉卒登封。年六十五。……十一月某日葬嵩下鄭夫人墓中。……君生男輒死，卒無子。」按韓愈《盧殷墓誌》作於元和五年冬。東野此詩也當作於盧殷既葬之後，較韓愈誌稍晚一些時候。時東野方居洛陽，故詩云：「邙風噫孟郊，嵩秋葬盧殷」，「幽薦一盃泣，瀉之清洛濱」。

【注釋】

（1）「詩人」二句：此與《哭劉言史》首二句詩意略同。（2）「白雲」二句：此以白雲無主比喻盧殷孤獨無依。「等閑」，見卷二《春日有感》注（1）。（3）「久病」句：「尸」，謂盧殷久病牀席，僅存氣息。又可解作陳列之意。《說文》：「尸，陳也」。猶言盧殷久病之身陳於牀席之上。（4）「護喪」句：盧殷老而無子，故以僮僕護喪。「孱」，衰弱。（5）「故書」二句：「故書」，舊書。「窮」，盡。「狼籍」，散亂不齊貌。「籍」，也作「藉」。（6）「面」：面對。「古玉顏」：指盧殷遺容。（7）「唧唧」四句：言月色花春，千古如一，而人命短促，實堪永歎。「唧唧」，嘆息聲。《木蘭詩》：「唧唧復唧唧，木蘭當户織。」（8）「邙風」二句：「邙」，山名。即北邙山。見卷六《上達奚舍人》注（1）。「噫」，噎。氣不舒暢。《莊子·齊物論》：「夫大塊噫氣，其名爲風。」「嵩」，嵩山。此指盧殷葬地。（9）「北邙」二句：言古今前後，北邙弔客，亦俱化爲埃塵。（10）「棘針」：見卷三《寒地百姓吟》注（1）。（11）「幽薦」：獻祭死者。「薦」，獻。（12）「添爲」二句：「斷腸聲」，謂洛水聲音嗚咽。「長别人」，東野自謂。以上四句較之《古詩十九首》中「白楊多悲風，蕭蕭愁殺人」更覺新意秀出。(13)「哭絃」二句：「哭絃」，猶哀絃。「煎聲」，憂煩急迫的聲音。「餘摧」，未盡的傷痛。(14)「噫貧」二句：「氣已焚」，猶言喪氣。「心更灰」，猶言心如死灰。《莊子・齊物論》：「而心固可使如死灰乎？」(15)「夢世」二句：「夢世」，猶言浮生若夢。「浮」，虛浮無定。《莊子・刻意》：「其生若浮。」「閃閃」，忽隱忽現，忽有忽無。「洄洄」，旋流貌。指淚水在眼眶中轉動。(16)「薤歌」二句：「薤」(xiè泄)，草本植物。「薤歌」，指古挽歌《薤露》。舊題晉崔豹《古今注》中《音樂》云：「《薤露》、《蒿里》，並喪歌也。出田横門人。……言人命如薤上之露，易晞滅也。……使挽柩者歌之，世呼爲挽歌。」「蒿」，見《悼幼子》注(1)。這裡指代墓門，古時以蒿里爲死人的葬地。原爲山名，在泰山之南。曹操有《蒿里行》(又名《泰山行吟》)，見郭茂倩《樂府詩集》卷二十七。(17)「登封」二句：「登封」，縣名。唐屬河南道河南府。今河南登封縣。盧殷以登封縣尉病逝任上。(18)「可憐」二句：「無子翁」，謂盧殷。「蚍蜉」，大螞蟻。「緣」，圍繞。(19)「攣卧」二句：「攣」，蜷曲不伸。「漣漣」，垂淚貌。《詩・衛風・氓》：「泣涕漣漣。」(20)「至親」二句：謂盧殷一生唯以詩養生送死賫志以殁。(21)「河南」二句：「韓先生」，謂韓愈。時韓愈方任河南令。「君」，謂盧殷。「因依」，謂依據盧殷生平始末。(22)「磨一片」二句：謂韓愈作盧殷墓誌。「嵌(qiàn欠)巖」，深陷的山崖，即山洞。(23)「君名」句：盧殷無子，故云「潤泥沙」。猶言無所沾潤。「潤」，潤澤。(24)「可惜」句：韓愈《盧殷墓志》稱：「君能爲詩，自少至老詩可録傳者在紙凡千餘篇。」(25)「閃如」句：疑謂盧殷之詩當時已亡佚甚多，流傳不廣，所以惜之。「閃」，見《峽哀十首》注(4)。(26)「耳聞」二句：「陋巷生」，謂顏回。《論語・雍也》：「賢哉回也。一簞食，一瓢飲，在陋巷，人不堪其憂，回也不改其樂。」又見《史記》卷六十七《仲尼弟子列傳》。「魯山君」，謂元魯山。見前《弔元魯山十首》。（27）「戇叟」二句：「戇叟」，東野自謂。「戇」，耿直而愚。「老壯氣」，謂年老而氣壯。「憂雲」，愁雲。（28）「所憂」二句：「所憂」，指上「餓死」、「餓名」而言。「紛紛」，盛多貌。又可作爭執、糾紛解。《老子》：「挫其鋭，解其紛。」（29）「平生」二句：「君」，謂盧殷。「逮」，連及。「云云」，見卷四《秋懷十五首》注（78）。意謂言及此事，東野、盧殷俱如此説。（30）「漆鬢髮」：猶言黑髮年少。（31）「吾曹」：我輩。（32）「高嗜」二句：意謂輕肉食，以嗜緑蔬羹爲高。（33）「滓韻」：「滓」，沉澱的雜質。又污濁。「韻」，指詩文的聲韻。（34）「盛年」：壯年。「偷將」：苟且活下來。「偷」，苟且。「將」，行。《詩・周頌・敬之》：「日就月將。」又助詞，無義。（35）「清濁」二句：「清濁」，比喻時世的清明或昏暗。「追」，追逐，跟隨。「滄浪」，水名，即漢水。《孟子・離婁》上：「滄浪之水清兮，可以濯我纓；滄浪之水濁兮，可以濯我足。」此不言歌滄浪而言罵者，寄託了詩人對世態人生更深的感憤。（36）「哭酒」：對酒哀哭。猶言寄憂傷於飲酒。（37）「銜」：口含物，謂飲酒。猶言銜盃。又領受。（38）「白髮」句：言白髮日生，有如進犯。「侵」，漸進，侵犯。（39）「生」：生命。「沈」：沉没，埋没。（40）「勿作」句：謂不要像盧殷那樣。盧殷爲登封縣尉，故以登封指代盧殷。（41）「登封」二句：「放聲」，謂放聲歌哭。「天地難尋」，猶言盧殷已死。二語承上而言，以喻盧殷。（42）「同人」二句：「同人」，《易》卦名。《易・同人・象》曰：「天與火同人，君子以類族辨物。」後因稱志同道合的友人爲同人。「異類」，此指鳥獸。「相號」，謂悲鳴。（43）「非父」句：《詩・小雅・蓼莪》：「哀哀父母，生我劬勞。」盧殷無子，故云：「念莫勞」。（44）「如何」二句：言用禮裁定親疏，如用刀然。「裁」，裁斷，量度。（45）「孤喪」二句：「鮮」（xiǎn 顯），少。「匍匐」，伏地而行。又盡力。《詩・衛風・谷風》：「凡民有喪，匍匐救之。」「閉」，閉藏。「鬱陶」，憂思憤結積聚貌。《書・五子之歌》：「鬱陶乎予心。」《傳》：「鬱陶，哀思也。」《孟子・萬章》上：「鬱陶思君爾。」（46）「煩他」句：「他」，謂韓愈諸人。韓愈《盧殷墓志》謂盧殷：「將死，自爲書告留守與河南尹，乞葬己。又爲詩與常所來往河南令韓愈，曰：『爲我具棺。』留守、尹爲具凡葬事，韓愈與買棺。」「留守」，謂鄭餘慶。「尹」，謂房式。（47）「聖人」句：如孔子之哭顔回。《論語・先進》：「顔淵死，子哭之慟。從者曰：『子慟矣。』曰：『有慟乎？非夫人之爲慟而誰慟！』」又見《史記》六十七《仲尼弟子列傳》。（48）「文章」二句：比喻文章有光芒，能使星宿增輝。「列宿」（xiù 秀），衆星宿。「晶熒」，明亮。（49）「前古」：古時。「數」（shǔ 署）：計算，查點。（50）「高名」二句：「謫仙」，古時稱譽才行高邁的人，言如天上謫居世間的仙人。《新唐書》卷一九〇《李白傳》：「天寶初，至長安。往見賀知章。知章見其文，嘆曰：『子，謫仙人也。』」「昇降」，指官階的升降。（51）「爲君」二句：「君」，謂盧殷。「鏗」，象聲詞。「好辭」，妙辭，佳句。「謐寧」，安寧。猶言使盧虔得安息。

聯句

有所思聯句

相思繞我心，日夕千萬重。年光坐晼晚，春淚銷顔容（1）。郊
臺鏡晦舊暉，庭草滋新茸（2）。

望夫山上石，别劍水一作池中龍（3）。愈

【題解】

《有所思》、《遺興》、《贈劍客李園》三聯句作時年月有兩種可能：一是元和元年間同韓愈作於長安，與《會合》諸聯句爲一時先後之作。據宋洪興祖《韓子年譜》：「元和元年六月，韓愈自江陵法曹參軍入爲國子博士。」彼時張籍、孟郊諸人俱在長安，因共作諸聯句。另一可能是，同作於元和二、三年或四、五年間韓愈、孟郊居官洛陽時。清方世舉《昌黎詩集編年箋注》稱：「《有所思》本樂府舊題，古辭長短句，自六朝以來大抵五言八句，此用其體。」

【注釋】

（1）「年光」二句：「晼晚」，見卷三《病起言懷》注（1）。這裏比喻遲暮。「坐」，副詞。即將，正。「春淚」，傷春之淚。「銷」，減損，消耗。（2）「臺鏡」二句：「臺」，謂鏡臺。「晦」，昏暗不明。「茸」，草初生茸茸貌。清方世舉《昌黎詩集編年箋注》云：「按劉鑠《擬古》詩：『堂上流塵生，庭中緑草滋。淚容不可飾，幽境難復治。』又按江淹《擬張司空離情》詩云：『蘭逕少行迹，玉臺生網絲。庭樹發紅彩，閨草含碧滋。』此以一聯隱括其四句之義。」（3）「望夫山」二句：「望夫山」，山名。各地多有，俱出於傳説。方世舉《昌黎詩集編年箋注》引《水經注》云：「漳水歷望夫山，山之南有石人竚於山上，狀有懷於雲表，因以名焉。」「别劍」，見卷六《連州吟三章》注（12）。

遣興聯句

我心隨月光，寫君庭中央(1)。郊　月光有時晦，我心安所忘？愈　常恐金石契(2)，斷爲相思腸。郊　平生無百歲，岐路有四方(3)。愈　四方各異俗，適異非所將〔一〕(4)。郊　駑蹄顧挫秣〔二〕，逸翮遺稻粱〔三〕(5)。愈　時危抱獨沉，道泰懷同翔(6)。郊　獨居久寂默，相顧聊慨慷。慨慷丈夫志，可以耀鋒鋩。郊　蘧甯知卷舒(7)，孔顏識行藏(8)。愈　朗鑒諒不遠(9)，佩蘭永芬芳。郊　苟無夫子聽(10)，誰使知音揚？愈

【校記】

〔一〕「異」，弘治本作「意」。　〔二〕「挫」，沈校宋本作「莝」。　〔三〕「遺」，北宋刻本原作「遣」，據明鈔本、弘治本、秦禾本改。

【題解】

韓、孟三聯句中，此篇披肝瀝膽，共話心曲，寫得最爲真摯動人，於以見韓、孟投契之深。明蔣之翹《韓昌黎集輯注》評此詩云：「全詩有古致。」

【注釋】

（1）「寫」：移置，去此注彼。《禮·曲禮》上：「器之溉者不寫，其餘皆寫。」《注》云：「寫者，傳己器中乃食之也。」又通「瀉」，傾瀉。　（2）「金石契」：言交誼堅如金石。「契」，交誼，投合。　（3）「岐路」句：《列子·

說符》「歧路之中，又有歧路焉，吾不知所之。」「歧路」，岔道。（4）「將」：見《弔盧殷十首》注（46）。（5）「駑蹄」二句：「駑蹄」，劣馬。「挫」，一本作「莝」。《詩·小雅·鴛鴦》：「乘馬在厩，摧之秣之。」鄭玄箋曰：「摧，今莝字也。」「莝」，切碎的草。《說文》：「莝：斬芻。」「秣」，飼料。「逸翮」，超羣的禽鳥。「遺」，拋棄。（6）「時危」二句：「沉」，潛伏。「泰」，本《易經》卦名。引申爲通暢，安泰。「翔」，鳥迴旋而飛。又游，行。（7）「蘧甯」句：「蘧」，蘧瑗。春秋衛國人。字伯玉。《論語·衛靈公》：「君子哉蘧伯玉！邦有道則仕，邦無道則可卷而懷之。」清劉寶楠《論語正義》：「卷，收也。懷與褱同，藏也。卷而藏之，蓋以物喻。」事跡參見《左傳》襄公十四年、二十六年及《淮南子·原道》諸書。「甯」，甯俞。《左傳》作「甯武子」。「武」，爲其謚號。《論語·公冶長》：「子曰：甯武子，邦有道則知（智），邦無道則愚。其知可及也，其愚不可及也。」參見《左傳》僖公二十八年。「卷舒」，見卷九《忽不貧喜盧仝書船歸洛》注（4）。（8）「孔顏」句：「孔」，孔丘。「顏」，顏淵。《論語·述而》：「子謂顏淵曰：用之則行，舍之則藏，惟我與爾有是夫。」《文選》潘岳《西征賦》：「孔隨時以行藏，蘧與國而卷舒。」「行藏」，指出處或行止。（9）「朗鑒」：明鑒。指上二句詩意。（10）「夫子」：謂東野。

贈劍客李園聯句

天地有靈術（1），得之者爲君。郊 築爐地區外，積火燒氛氳（2）。愈 照海鑠幽怪（3），滿空歊異氛（4）。郊 山磨電奕奕，水淬龍蝹蝹（5）。愈 太一裝以寶，列仙篆其文（6）。郊 可用懾百神，豈惟壯三軍（7）？愈有時幽匣吟，忽似深潭聞（8）。郊風胡久已死，此劍將誰分（9）？愈行當獻天子，然後致殊勳。郊豈如豐城下（10），空有斗間雲？愈

【注釋】

（1）「靈術」：神術。這裏指治煉刀劍之術。　（2）「築爐」二句：寫築爐鑄劍。「氛氳」，盛貌。方世舉《昌黎詩集編年箋注》引晉葛洪《抱朴子》：「五月丙午日，下銅於神爐中，以桂薪燒之。劍成，帶之入水，則蛟龍不敢近人。」又引李嶠《寶劍篇》：「五彩焰起光氛氳。」　（3）「照海」句：「鑠」，銷鎔。蔣抱玄《評注韓昌黎詩集》引舊題晉王嘉《拾遺記》：「越王勾踐鑄八劍，五曰驚鯢，以之沉海，鯨鯢深入。」　（4）「滿空」句：「歊（xiāo霄）」：氣上升貌。《說文》：「歊，氣出貌。」此句謂劍氣。　（5）「山磨」二句：「奕奕」，光彩煥發貌。《文選》張協《七命》：「光如散電。」「淬」，《文選》漢王褒《聖主得賢臣頌》：「清水淬其鋒。」唐劉良注云：「淬，謂燒刃令熱，漬於水中也。」「蝹蝹」，龍蛇行貌。漢張衡《西京賦》：「海鱗變而成龍，狀蜿蜿以蝹蝹。」　（6）「太一」二句：「太一」，神名。天神之最尊貴者。《史記》卷二十八《封禪書》：「天神貴者太一。」「裝以寶」，謂飾以珠玉。「篆其文」，謂篆題文字。　（7）「可用」二句：「懾」，威脅。使懾服。漢趙曄《吳越春秋》卷二《闔閭内傳》：「干將作劍，百神臨觀。」「三軍」，周制，天子六軍，諸侯大國三軍。如晉稱中軍、上軍、下軍；楚稱中軍、左軍、右軍。又泛指軍隊。　（8）「有時」二句：謂劍鳴若龍吟於深潭。方世舉《昌黎詩集編年箋注》引舊題王嘉《拾遺記》：「帝顓頊有曳影之劍，未用之時，常於匣裏如龍虎之吟。」　（9）「風胡」二句：「風胡」，春秋時楚人。即

風胡子。也作「風湖」。善識劍。漢趙曄《吳越春秋》卷二《闔閭内傳》：「楚昭王得吳王湛盧之劍於牀。不知其故。乃召風湖子而問曰：『是何劍也？』風湖子曰：『此謂湛盧之劍。』」參見《越絶書》卷十一《外傳·記寶劍》諸書。「分」，識别。（10）「豈如」二句：《晉書》卷三十六《張華傳》：「初，吳之未滅也，斗牛之間常有紫氣。……及吳平之後，紫氣愈明。華聞豫章人雷焕妙達緯象，……即補焕爲豐城令。焕到縣，掘獄屋基，……得一石函，光氣非常，中有雙劍，並刻題，一曰龍泉，一曰太阿。其夕，斗牛間氣不復見焉。」《豫章記》所紀略同。韓愈《赴江陵途中寄贈王二十補闕（涯）李十一拾遺（建）李二十六員外（程）翰林三學士》詩：「雷焕得寶劍，寃氛銷斗牛。」也同詠其事。「豐城」，縣名。唐屬江南西道洪州。在今江西省。「斗」，二十八宿星名，即北斗星。

讚

讚維摩詰

貌是古印，言是空音（1）。在酒不飲，在色不淫（2）。非獨僧禮，亦使儒欽。感此補亡，書謝懸金（3）。

【題解】

此讚疑爲東野晚年所作。「維摩詰」，見卷九《聽藍溪僧爲元居士說維摩經》注（4）。

【注釋】

（1）「貌是」二句：「印」，痕跡。「空音」，佛說，世界一切皆空，故云。（2）「在酒」二句：佛教有八戒，其中有不邪淫，不飲酒。參見《法苑珠林》一〇五《八戒會品》。（3）「感此」二句：「補亡」，見《李少府廳弔李元賓遺字》詩注（2）。「書謝懸金」，用秦呂不韋事。《史記》八十五《呂不韋傳》：「呂不韋乃使其客人人著所聞，……號曰《呂氏春秋》。布咸陽市門，懸千金其上，延諸侯遊士賓客有能增損一字者予千金。」「謝懸金」，謙稱。

書

上常州盧使君書

道德仁義，天地之常也。將有人主張之乎？將無人主張之乎？曰：賢人君子有其位言之，可以周天下而行也（1）；無其位，則周身言之可也。周身言之可，周天下言之不可也。仲尼當時無其位，言之，亦不可周天下而行也。及至著書載其言，則周萬古而行也，豈惟周天下而已哉！仲尼非獨載其言，周萬古而行也。前古聖賢得仲尼之道，則其言皆載之周萬古而行。閣下道德仁義之言已聞，周天下誦之久矣；其後著書君子亦當載矣，周萬古而行也。幸甚幸甚！道德仁義之言，天地至公之道也；君子著書期不朽，亦天地至公之道。夫何讓哉！是故不以道德仁義事其君者，以盜賊事其君也；不以道德仁義之衣食養其親者，是盜賊養其親也。閣下既以道德仁義事其君，聞之天下久矣。小子顒求閣下道德仁義之衣食以爲養也，謂之中庸之道。謂之中庸(2)，則敢求也；謂之特達(3)，則不敢求也。小子常衣食宣武軍司馬陸大夫(4)〔一〕，道德仁義之矣。陸公既没(5)，又嘗衣食此郡前守吏部侍郎韋公(6)，道德仁義之矣。韋公既去，衣食亦去。道德仁義顯其主張，是在閣下〔二〕。謹載是書及舊文，又有子遇之書同乎緘獻(7)。輕重可否傾一言(8)，陳謝誠冀於異日。不宣(9)。郊再拜。

【校記】

〔一〕「常」，明鈔本、弘治本、秦禾本作「嘗」，是。　〔二〕「是在閣下」，北宋刻本無此四字，據宋史能之《咸淳毗陵志》引文補。

【題解】

「常州盧使君」，未詳確指何人。《新唐書》七十三上《宰相世系表》第十三上有「盧建，常州刺史」，又有「盧班，常州刺史」。盧建、盧班，新、舊《唐書》俱無傳，不知此常州盧使君，即其中之一人否？「常州」，地名。隋毗陵郡。唐屬江南東道，今江蘇省常州市。據此書所稱及東野行蹤推之，疑此書或作於貞元十六、七年間東野赴洛陽應銓選，選爲溧陽縣尉之前。此書通篇以「道德仁義」結構全文，層層推論，古今對比，於嚴整中見跌宕起伏之致。

【注釋】

（1）「周」：圍繞，遍及。（2）「中庸」：不偏爲中，不變爲庸。「庸」，常。引申爲中常，中等。賈誼《過秦論》：「材能不及中庸。」（3）「特達」：獨出於衆，卓異。《文選》漢王褒《四子講德論》：「咨，夫特達而相知者。」唐劉良注曰：「特，獨也。」（4）「陸大夫」：謂陸長源。貞元十二年以御史大夫佐董晉，爲宣武行軍司馬，治汴州。貞元十三年，東野曾寄寓汴州，依陸長源。（5）「陸公既没」：謂貞元十五年汴州軍亂，陸長源被害。證見卷五《新卜青羅幽居奉獻陸大夫》題解。（6）「韋公」，謂韋夏卿。《舊唐書》卷一六五《韋夏卿傳》：「拜給事中，出爲常州刺史。……改蘇州刺史。貞元末，徐州張建封卒。初授夏卿徐州行軍司馬，尋授徐泗濠節度使。夏卿未至，建封子愔爲軍人立爲留後。……徵夏卿爲吏部侍郎。」按張建封卒後，徐州軍亂事在貞元十六年五月。韋夏卿始任常州刺史，以《舊唐書·德宗紀》攷之，知在貞元八年四月。後改蘇州刺史。至貞元十六年五月，韋夏卿郎自蘇州刺史爲徐泗濠行軍司馬，旋徵爲吏部侍郎。疑東野衣食韋夏卿，或當在其任蘇州刺史時，故有「韋公既去，衣食亦去」的話。而《上盧使君書》則應作於韋夏卿爲吏部侍郎後。（7）「同乎緘獻」：謂一併封緘獻於盧使君。（8）「輕重」句：謂盧使君可否評論其高下。（9）「不宣」：不一一細說。古時書札結尾常用此語。

又上養生書

天之與人，一其道也（1）。天地不棄於人，人自棄於天。天可棄於人乎？曰：不可。人自棄也已。曰：人皆棄之乎？曰：賢人君子不棄也，凡人棄之可。天有殺物之心，而無棄物之心。天有棄物之心，則萬物莫能生矣。是故君子之於萬物，皆不棄也，而況於身乎！棄其身，是棄其後也(2)；棄其後，是棄其先也(3)。故曰：君子之道豈易哉！敢不法天而行身乎(4)？所以君子養其身，養其公也；小人養其身，養其私也。身以及家，家以及國，國以及天下。以公道養天下，則天下肥也；以私道養天下，則天下削也。養身之道豈容易哉？養其公者，天道養也；養其私者，人情養也。以天道養其人，則合天矣；以人情養其人，則不合天矣。以人情養其人，自棄矣。天道質也(5)，人情文也；天道靜也，人情動也。質者生之侈也(6)，靜者生之得也，動者生之棄也。文不以質勝之，則文爲棄矣；動不以靜制之，則動爲棄矣。天者水之謂也，人者魚之謂也。魚棄水，則螻蟻得之矣；人棄天，則疾病得之矣。魚可安於水而不可翫於水(7)，其失也在乎恣波浪而不廻也；人可安於天而不可翫於天，其失也在乎恣嗜慾而不廻也。所謂安於天者：法天之味而食之，食不違四時也；法天之聽而聽之，聽不違於五節也(8)；法天之明而視之，視不違於五色也(9)。食與視聽苟違於天，則疾病得之矣。故曰：君子法天而行身也；小人翫天而棄身也。書之座右(10)，嵇康由有所棄〔一〕(11)，秦之醫和(12)，晉之杜蒯(13)，其亦不書於右，則何以爲君子之座哉？良藥苦口也(14)，苦口獲罪於人，苟或有矣；仁義之獲罪於天，未之有也。恩養下將遠辭違，書寫至誠之言，不勝惶悚之甚。不宣。郊再拜。

【校記】

〔一〕「由」，明鈔本、秦禾本作「猶」，義通。

【題解】

此書仍與常州盧使君，論養生之道。書末云：「恩養下將遠辭違，書寫至誠之言，不勝惶悚之甚。」考東野貞元十六、十七年至洛陽應銓選，據此推之，疑此書或作於貞元十六、十七年間東野離常州，赴洛陽應銓選前，距上常州盧使君第一書不久。臨行，因贈書爲別。書中以君子養生之道，「法天而行身」立論，正反設喻，剴切詳明，於此見古人朋友深情。

【注釋】

（1）「一其道也」：猶言其道一也。　（2）「後」：謂後代。　（3）「先」：謂先世。　（4）「法天而行身」：謂君子立身行事，以天爲法。「法」，效法，遵守。　（5）「質」：指本體。又質樸，與文采相對。　（6）「侈」：寬，廣。《國語·吳語》：「伯父秉德已侈大哉！」　（7）「翫」：輕忽，戲狎。同「玩」。　（8）「五節」：五音之節。參見卷六《上張徐州》注（4）。　（9）「五色」：指青、黃、赤、白、黑。也泛指諸種色彩。　（10）「書之座右」：古人往往作銘文置於座右，用以自警，稱「座右銘」。　（11）「嵇康」：三國魏譙郡人。見卷三《亂離》注（3）。著有《養生論》、《聲無哀樂論》等。「由」：尚且，還。又通「猶」。「棄」：捐棄。《説文》：「棄，捐也。」引申爲違背。　（12）「秦之醫和」：春秋時秦國良醫。晉平公因病求醫於秦，秦伯使醫和視之。醫和謂疾不可治。趙孟稱爲良醫，厚其禮而歸之。事見《左傳》昭公元年。　（13）「晉之杜蒯」：春秋晉平公時膳宰。《左傳》作屠蒯。《禮記·檀弓》下作杜蕢。《左傳》昭公九年：晉荀盈卒，未葬，平公飲酒樂。膳宰屠蒯趨入以諫，公説（悦），徹（撤）酒。《禮記·檀弓》所紀與《左傳》略異。（14）「良藥苦口」：《史記》卷五十五《留侯世家》：「且忠言逆耳利於行，毒藥苦口利於病。」

後序

東野詩，世傳汴吳鏤本甲卷一百二十四篇〔一〕。周安惠本十卷三百三十一篇，别本五卷三百四十篇。蜀人蹇濬用退之贈郊句纂《咸池集》二卷一百八十篇。自餘不爲編秩，雜録之，家家自異。今總括遺逸，擿去重複，若體製不類者，得五百一十一篇。釐别樂府、感興、詠懷、游適、居處、行役、紀贈、懷寄、酬答、送别、詠物、雜題、哀傷、聯句十四種。又以讃、書二系於後，合十卷。嗣有所得，當次第益諸。十聯句見昌黎集，章章於時，此不著云。集賢校理常山宋敏求題。

【校記】

〔一〕「甲」，明鈔本、弘治本、秦禾本作「五」，是。

附録

孟郊年譜

華忱之編次

孟郊，字東野。

湖州武康人。

關於東野的籍貫，有三種不同的説法。一作山東平昌；一作河南洛陽；一作湖州武康。所持不同，而各有所本。稱平昌的，是舉其郡望。按唐林寶《元和姓纂》四十三映《平昌安邱孟氏》有「孟簡，常州刺史」。簡，東野族叔。知平昌本東野郡望。當時東野友朋中已有人舉以爲稱，如韓愈《答楊子書》稱：「友朋之中所敬信者，平昌孟東野。」（《昌黎先生集》十五）李翺《薦所知於徐州張僕射書》稱：「茲有平昌孟郊，貞士也。」《李文公集》卷八《故處士侯高墓誌》也稱：「與平昌孟郊東野相往來。」（《李文公集》十四）但這些都不過是如唐代李氏之稱隴西，王氏之稱太原，顯然並非東野本生的籍貫。稱洛陽的，係本於劉昫《舊唐書·孟郊傳》。但據《東野集》卷三《初於洛中選》詩自稱：「終然戀皇邑，誓以結吾廬。……尋常異方客，過此亦踟躕。」是洛陽本非東野故鄉，已灼然可知。大約劉昫因東野少時嘗隱居嵩山，晚年復結廬洛中，死後又埋骨於洛陽先人墓左，乃以東野一時遊宦流寓之地爲他的故鄉。至《新唐書·孟郊傳》方考定東野爲湖州武康人。證以《東野集》中《湖州取解述情》諸詩，和宋談鑰《嘉泰吴興志》

以及明清以來地方志中所紀載的東野在湖州的盧井遺跡(俱詳見附録《孟郊遺事》),都斑斑可考。那末,東野的本貫應根據《新唐書》定爲湖州武康,當是毫無疑義的了。武康,唐屬江南東道湖州。今浙江德清縣。

父庭玢,任崑山尉。母裴氏。

都先東野逝世。

妻某氏,繼配鄭氏。

據《東野集》卷十有《悼亡》詩是其證。

弟二人:孟酆、孟郢。(據韓愈《貞曜先生墓誌銘》)

有子皆殤。

據《東野集》卷十有《悼幼子》、《杏殤九首》及韓愈《孟東野失子》諸詩是其證。

其世系已不能詳考。

按唐林寶《元和姓纂》四十三映平昌安邱孟氏有孟簡。《東野集》中有寄贈、送别孟簡詩多篇。卷三又有《西齋養病夜懷多感因呈上從叔子雲》,卷四有《陪侍御叔遊城南山墅》,卷五有《題從叔述靈巖山壁》,卷六有《抒情因上郎中二十二叔監察十五叔兼呈李益端公柳縝評事》諸詩。雖然這些人的生平經歷已難一一詳考,但據此可以推見東野族人大約很多。其同族叔父輩也多屬達官顯宦。至於東野的本生世系,則姓名不見於《元和姓纂》,大約由於他的父親在唐代不過是簿尉下僚,非爲顯達的緣故。所以韓愈《孟生》詩也稱他:「諒非軒冕族。」

唐玄宗（李隆基）天寶十載（七五一）。辛卯。東野生於崑山。年一歲。

韓愈《貞曜先生墓誌銘》：「先生諱郊，字東野。父庭玢，娶裴氏女而選爲崑山尉，生先生及二季酆、郢而卒。」（《昌黎先生集》卷二十九）宋范成大《吳郡志》卷十一《官吏》内也稱：「唐孟庭玢，郊之父。庭玢爲崑山尉，生郊，以詩名世。或云：玢亦能詩。」（宋凌萬頃《淳祐玉峯志》卷中《名宦》，及元楊譓《崑山郡志》卷一《名宦》文俱略同，不備引）又據韓愈《貞曜先生墓誌銘》：「唐元和九年歲在甲午，八月己亥，貞曜先生孟氏卒。……年六十四。」逆推之，知東野當生在本年。

天寶十一載（七五二）。壬辰。東野二歲。

天寶十二載（七五三）。癸巳。東野三歲。

梁肅生。（《文苑英華》卷一三〇梁肅《過舊園賦·序》、卷九四四唐崔元翰《右補闕翰林學士梁君墓誌》）

天寶十三載（七五四）。甲午。東野四歲。

九月，元德秀卒於陸渾草堂。（元結《元魯山墓表》、錢易《南部新書》。李華《元魯山墓碣銘》作「十二載」。疑「二」字誤植。）

天寶十四載（七五五）。乙未。東野五歲。

十一月，范陽節度使安禄山叛唐，先後陷陳留郡、滎陽及洛陽。唐廷以哥舒翰爲太子先鋒兵馬元帥，領河隴兵拒守潼關。

天寶十五載（七五六）**肅宗（李亨）至德元載**。丙申。東野六歲。

按東野童年的生活，現已無從詳考。韓愈《貞曜先生墓誌銘》僅稱他：「生六七年，端序則見，長而愈騫。」

正月，安禄山稱帝於洛陽。六月，潼關不守。玄宗出奔，至馬嵬驛。誅楊國忠，賜楊貴妃自盡。安禄山陷長安。七月，以皇太子李亨充天下兵馬元帥。皇太子即位於靈武，改元至德。尊玄宗馬上皇。八月，玄宗至蜀郡（成都）。

至德二載（七五七）。丁酉。東野七歲。

正月，安禄山子慶緒殺禄山自立。

九月，郭子儀等收復長安。

十月，廣平王俶收復洛陽。

十二月，上皇（玄宗）還長安。史思明以所部十三郡及兵八萬降。

至德三載　乾元元年（七五八）。戊戌。東野八歲。

二月，改元。復以載爲年。

十月，郭子儀破安慶緒於衛州，遂圍鄴。安慶緒讓位於史思明求救。史思明復反，攻陷魏州。

乾元二年（七五九）。己亥。東野九歲。

正月，史思明自稱大聖燕王於魏州。三月，史思明殺安慶緒。四月，史思明稱帝，國號燕。改范陽爲燕京。九月，史思明陷洛陽。

乾元三年　上元元年（七六〇）。庚子。東野十歲。

閏四月，改元。

上元二年(七六一)。辛丑。東野十一歲。

三月,戊戌,史思明爲其子朝義所殺。史朝義自稱帝。

代宗(李豫)寶應元年(七六二)。壬寅。東野十二歲。

四月(建巳月)甲寅,玄宗卒。丁卯,肅宗卒。代宗李豫即位。

十月,命雍王李适統河東朔方及諸道行營迴紇等兵討史朝義。史朝義自縊死。李懷仙斬獻史朝義首來降。

本年或次年户部侍郎兼御史大夫、京兆尹,充度支轉運鹽鐵諸道鑄錢等使劉晏奏辟張建封試大理評事。(《舊唐書·代宗紀及張建封傳》)

十一月,李白卒。

寶應二年　廣德元年(七六三)。癸卯。東野十三歲。

七月,改元。

十月,吐蕃犯奉天、武功。丙子,代宗東走陝州。戊寅,吐蕃入長安,立廣武王承宏爲帝。郭子儀自商州將大軍至長安,蕃兵遁去。

十二月,代宗還長安。

本年韋應物任洛陽丞。(《韋蘇州集》卷六《廣德中洛陽作》詩)大歷九年遷京兆府功曹。又攝高陵宰。

廣德二年(七六四)。甲辰。東野十四歲。

江西觀察使李勉署奏李芃爲祕書郎,兼監察御史,爲判官。(據《舊唐書·代宗紀、李芃傳》推定)

田弘正約於本年生。

廣德三年　永泰元年（七六五）。乙巳。東野十五歲。

春正月，改元。

九月，僕固懷恩引吐蕃等軍數十萬人分三道入犯。僕固懷恩中途遇暴疾，死於靈州鳴沙縣。

本年或次年孟雲卿初任校書郎。（元結《送孟校書往南海序》）

李芃轉兼殿中侍御史。（《舊唐書·李芃傳》）

永泰二年　大曆元年（七六六）。丙午。東野十六歲。

十一月，改元。

李觀生。（據韓愈《李元賓墓銘》推定）

大曆二年（七六七）。丁未。東野十七歲。

江西觀察團練等使魏少遊復署奏李芃檢校虞部員外郎，爲團練副使。旋攝江州刺史。（《舊唐書·李芃傳》）

韋夏卿茂才異行科及第。（《舊唐書·韋夏卿傳》、《全唐文》卷六三〇呂温《韋府君神道碑》）張籍約於本年或前年生。

大曆三年（七六八）。戊申。東野十八歲。

韓愈生。（據洪興祖《韓子年譜》。下竝同）

大曆四年（七六九）。己酉。東野十九歲。

李益進士登第。（宋計有功《唐詩紀事》卷三、元辛文房《唐才子傳》卷四）

大曆五年（七七〇）。庚戌。東野二十歲。

杜甫卒。

大曆六年（七七一）。辛亥。東野二十一歲。

李益諷諫主文科及第。（《唐會要》七十六《貢舉》中《制科舉》、《册府元龜》六四五《貢舉部》七《科目》、宋高似孫《唐科名記》）爲華州鄭縣尉。後遷主簿。（卞孝萱《李益年譜稿》）

大曆七年（七七二）。壬子。東野二十二歲。

李翺生。

石洪生。（據韓愈《集賢院校理石君墓誌銘》推定）

王礎進士登第。（《昌黎先生集》十七《與祠部陸員外書》五百家注引宋孫汝聽注、徐松《登科記考》卷十）

呂渭任湖州刺史評事。（據顔真卿《顔魯公集》卷四《烏程縣杼山妙喜寺碑》推定）

大曆八年（七七三）。癸丑。東野二十三歲。

永平軍節度使李勉復署奏李芃檢校工部郎中，兼侍御史，爲判官。尋攝陳州刺史。（《舊唐書·代宗紀、李芃傳》）

柳宗元生。（據韓愈《柳子厚墓誌銘》）

大曆九年（七七四）。甲寅。東野二十四歲。

大曆十年（七七五）。乙卯。東野二十五歲。

二月，魏博節度使田承嗣盡據相、衛所管四州之地，自署長吏。四月，命河東等八道兵討田承嗣。

十月，成德軍節度使李寶臣與盧龍軍留後朱滔共攻滄州。

河陽三城鎮遏使馬燧辟張建封爲判官，奏授監察御史，賜緋魚袋。（據《舊唐書·張建封傳》推定）

獨孤郁生。（據韓愈《獨孤府君墓志銘》推定）

大曆十一年（七七六）。丙辰。東野二十六歲。

八月，李靈耀據汴州叛。命李忠臣、李勉、馬燧討李靈耀，擒之。

李勉署李芃兼亳州防禦使。（《舊唐書·李芃傳》）

大曆十二年（七七七）。丁巳。東野二十七歲。

鄭餘慶進士登第。（柳宗元《柳先生集》卷十二《先君石表陰先友記》五百家注引宋韓醇注、徐松《登科記考》卷十一）

諫議大夫知制誥包佶坐元載事貶官。

大曆十三年（七七八）。戊午。東野二十八歲。

本年韋應物已爲鄠縣令。（據《韋蘇州集》卷四《謝櫟陽令歸西郊贈別諸友生》詩自注推定）

大曆十四年（七七九）。己未。東野二十九歲。

二月，魏博節度使田承嗣卒。其姪田悦爲留後。

三月，淮西將李希烈等逐汴宋節度使李忠臣，希烈爲留後，旋爲節度使。

五月，辛酉，代宗卒。癸亥，德宗李适即位。

以陳州刺史李芃檢校太常少卿，兼御史中丞，爲河陽三城鎮遏使。

六月，韋應物自鄠縣令除櫟陽令。七月，以疾辭官，居善福精舍。（《韋蘇州集》卷四《謝櫟陽令歸西郊贈別諸友生》詩自注、元辛文房《唐才子傳》卷四）

河東節度使馬燧復奏張建封爲判官，特拜侍御史（據《舊唐書·張建封傳、馬燧傳》推定）

賈島生。（《全唐文》卷七六三蘇絳《賈司倉墓志銘》）

德宗（李适）建中元年（七八〇）。庚申。東野三十歲。

正月，改元。

梁肅文辭清麗科及第，授太子校書郎。（《新唐書》本傳、《唐會要》卷七十六《貢舉》中《制科舉》、《册府元龜》六四五《貢舉部》七《科目》、《文苑英華》卷九四四崔元翰《右補闕梁君墓誌》、宋高似孫《唐科名記》）

樊澤賢良方正能直言極諫科及第。（《舊唐書》本傳、《唐會要》卷七十六《貢舉》中《制科舉》、《册府元龜》六四五《貢舉部》七《科目》）

江州刺史包佶權領諸道財賦鹽鐵使。（《唐會要》卷八十七《轉運鹽鐵總叙》）

李益入朔方節度使崔寧幕。（卞孝萱《李益年譜稿》）

張建封爲岳州刺史。（據《舊唐書·張建封傳》推定）

東野往河陽。

按新、舊《唐書・孟郊傳》俱稱他：「少隱嵩山。」由於文獻不足，他隱居河南嵩山的經過和時間，以及他在這段時期中究竟寫出了哪些詩篇，已難確考。就現存他的一些詩作來看，能考定他的行蹤及詩歌寫作年月的是從本年開始。

有《往河陽宿峽陵寄李侍御》詩（卷六）。「李侍御」，當謂李芃。按《舊唐書》一三二《李芃傳》稱：「字茂初。趙郡人。」代宗廣德、永泰間，曾以本官屢兼侍御史，故東野以「侍御」稱之。以詩中「暮天寒風悲屑屑」諸語及同卷《上河陽李大夫》詩考之，疑東野或當於本年或次年秋冬之交來遊河陽。（但他是否由隱居的嵩山來此，未敢臆斷）這首詩當是未到河陽縣城前，宿峽陵時所作。「河陽」，縣名。唐屬河南道。故地在今河南孟縣。

建中二年（七八一）。辛酉。東野三十一歲。

正月，成德軍節度使李寶臣卒。（子）惟岳求繼襲，田悦爲之請，皆不許。二人乃與李正已連兵拒命。五月，田悦自將兵數萬圍攻邢州、臨洺。

正月，李芃爲鄭汝陝河陽三城節度使路嗣恭之副。（據《舊唐書・李芃傳》考定）

六月，以懷鄭河陽節度副使李芃爲河陽三城懷州節度使，仍割東畿五縣隸之。

七月，馬燧等大破田悦於臨洺。悦軍於洹水。馬燧奏求河陽兵自助，命河陽節度使李芃將兵會之。

八月，淄青節度使李正已卒。子納求承襲，不許。納攻徐州。

本年韋應物任尚書比部員外郎。（《韋蘇州集》卷四《始除尚書郎別善福精舍》詩自注、元辛文房《唐才子傳》卷四）

十一月，以權鹽鐵使户部郎中包佶充江淮水陸運使。十二月，包佶除左庶子，充汴東水陸運使。（《唐會要》

卷八十七《轉運使》）

東野旅居河陽。

有《上河陽李大夫》詩（卷六）。「李大夫」，當即李艽。按《舊唐書·德宗紀》及《李艽傳》，知德宗嗣位不久（大曆十四年），李艽曾任河陽三城鎮遏使，兼御史中丞。建中二年六月，李艽又任爲河陽三城懷州節度使，並割河陽東畿汜水等五縣隸之。時李艽當已自御史中丞遷爲御史大夫，故東野舉以爲稱。這一時期，魏博節度使田悦正與成德李維岳、淄青李正已諸藩鎮互相聯結，舉兵抗唐。李艽與馬燧等並引重兵，以勤唐室。建中三年五月，李艽乃以破田悦功檢校兵部尚書。所以本詩稱贊李艽説：「上將秉神略，至兵無猛威。……霜劍奪衆景，夜星失長輝。蒼鷹獨立時，惡鳥不敢飛。」〔一〕又云：「武牢鎖天關，河橋紐地機。大軍奚以安？守此稱者稀。」「武牢」，即虎牢。唐人避李淵祖父李虎諱改爲武牢。本屬河南汜水縣。據唐李吉甫《元和郡縣志》卷五《河内道》一《河南府·汜水縣》云：「古東虢國。……漢之成皋縣，一名虎牢。」又云：「汜水出縣東南三十二里，經武牢城東。」俱是其證。但汜水五縣已於建中二年李艽節度河陽時割入河陽〔二〕，即《德宗紀》所謂「仍割河陽東畿汜水等五縣隸焉」者是也。因之，東野此詩以「河陽」爲題，而舉「武牢河橋」爲言，知詩必作於汜水五縣割隸河陽，李艽方爲河陽三城節度之後。否則，武牢自屬汜水，無須牽入河陽。又題以「河陽大夫」爲稱，知李艽此時必尚未擢兵部。更以詩語推之，其作時年月當即在本年六月後。時東野方旅居河陽，因贈詩致意。韓愈亦有《贈河陽李大夫》詩（見《昌黎先生集·外集》卷一）宋洪興祖《韓子年譜》貞元四年下引宋樊汝霖云：「河陽李大夫，疑李艽也。孟東野亦有《贈河陽李大夫》詩，所謂『上將秉神略』是也。」

有《歎命》詩（卷三）。中云：「三十年來命，唯藏一卦中。……本望文字達，今因文字窮。……歸去不自息，耕

耘成楚農。」詩當作於建中一、二年間東野旅居河陽時。（此首排在《上河陽李大夫》詩後）

建中三年（七八二）。壬戌。東野三十二歲。

正月，馬燧、李抱真、李芃破田悅軍於洹水，田悅奔魏州。

閏正月，成德軍兵馬使王武俊殺李維岳，傳首京師。

四月，朱滔、王武俊與田悅合從叛唐。

五月，河陽李芃檢校兵部尚書、神策營招討使。賞破田悅功也。七月，封開封郡王。

六月，朱滔、王武俊兵救田悅，至魏州北。李懷光兵亦至。朱滔等遽出兵，懷光接戰不利，各還營壘。朱滔等乃壅河決水，絶彼糧道。

八月，以江淮鹽鐵使、太常少卿包佶爲汴東水陸運兩稅鹽鐵使。（《舊唐書・德宗紀》、《唐會要》卷八十七《轉運鹽鐵總叙》及《轉運使》）十月，都官員外郎樊澤使吐蕃，充通和蕃使。廻與蕃相尚結贊約來年正月望日會盟清水。

十一月，朱滔、田悅、王武俊於魏縣軍壘稱王號。朱滔稱冀王、王武俊稱趙王、田悅稱魏王。又勸李納稱齊王。各置百官。李希烈與朱滔、李納等交通，自稱天下都元帥、太尉、建興王。

山南西道節度使嚴震辟鄭餘慶爲從事。（據《舊唐書・德宗紀、鄭餘慶傳、嚴震傳》推定）

張建封爲壽州刺史。（據《舊唐書・張建封傳》推定）

東野仍旅居河南。

有《感懷》詩（卷三）。詩云：「孟冬陰氣交，兩河正屯兵。煙塵相馳突，烽火日夜驚。……猶聞漢北兒，怙亂謀縱横。擅摇干戈柄，呼叫豺狼聲。」「兩河屯兵」，乃指魏博、盧龍、恒冀諸藩鎮田悦、朱滔、王武儁等互相交結，與唐廷相抗衡。「漢北兒」，則謂李希烈。按《舊唐書·德宗紀》：「建中二年六月，以淮寧軍節度使李希烈充漢南漢北諸道都知兵馬招撫處置等使。」《舊唐書·李希烈傳》及《資治通鑑》卷二二七《唐紀》四十三）故東野以「漢北兒」稱之。後李希烈乃據其地與朱滔、李納等合謀稱兵抗唐〔三〕。建中三年十一月，並與田悦、朱滔、王武儁、李納等同稱王號。因此，《新唐書·德宗紀》特大書其事：「建中三年十月，李希烈反。」所載正與東野本詩中「孟冬烽火」之言相吻合。彼時東野方滯居河南，目見諸藩鎮與唐王朝互爭雄長，唐朝統治已有日趨動摇之勢。東野痛心國難，憤慨呼號，借以抒寫詩人悲時憂國的懷抱。其作時年月，以詩語推之，當即在本年冬。

有《殺氣不在邊》詩（卷一）。也是紀述當時藩鎮之變的詩作。詩中所謂「殺氣不在邊，凛然中國秋。河中（宋蜀刻殘本作『淮河』）又起兵，清濁俱鎖流。」就是指李希烈諸藩鎮興兵抗唐而言的〔四〕。當時李希烈陰謀奪取汴州（河南開封），據《資治通鑑》卷二二七《唐紀》四十三稱：「建中三年十一月，李希烈率所部兵三萬徙鎮許州。遣所親詣李納，與謀共襲汴州。」「李納數遣遊兵度汴以迎希烈」，引李希烈斷絶汴州的糧道，甚至使「東南轉輸者皆不敢由汴渠，自蔡水而上。」《新唐書》二二五《李希烈傳》亦稱：「（李）納遣遊兵導希烈絶汴餉路。勉治蔡渠，列東南饋。」這些情事，在東野本詩中也有着一些真實的反映。像他描述的「豈惟私客艱，擁滯官行舟。況余隔晨昏，去家成阻修。」即可約略窺知當時軍亂前後，汴路梗阻的概況。彼時東野當是被阻河南，思歸甚切。他在詩中對藩鎮們表示了極大的憤慨。

建中四年（七八三）。癸亥。東野三十三歲。

正月，庚寅，李希烈陷汝州。東都震駭。

正月，丁亥，樊澤從鳳翔節度使張鎰與吐蕃會盟於清水。尋遷金部郎中（《唐尚書省郎官石柱題名·金部郎中》内有樊澤名），御史中丞，山南節度行軍司馬。

八月，丁未，李希烈攻哥舒曜於襄城。十月，癸丑，陷之。

十月，發涇原軍諸道兵救襄城。涇原軍行至滻水，譁變。還攻京城，擁立太尉朱泚爲帝。朱泚自稱秦帝，建元應天。德宗自長安出奔奉天。朱泚遣兵攻奉天。

十二月，庚午，李希烈陷汴州。

李益登拔萃科。（《舊唐書·路隨傳》附路泌傳及徐松《登科記考》卷十一）

韋應物自尚書比部員外郎出爲滁州刺史。（據《韋蘇州集》卷三《寄諸弟》詩自注及卷四《自尚書郎出爲滁州刺史留别朋友兼示諸弟》詩推定）

九月，庚子，以舒王（《舊唐書·樊澤傳》作「普王」）謨爲荆襄等道行營都元帥。以諫議大夫樊澤爲右司馬（《資治通鑑》二二八《唐紀》四十四）。樊澤尋改右庶子，兼右丞。復爲山南東道行軍司馬。（《舊唐書·樊澤傳》加張建封兼御史中丞，本州團練使。（據《舊唐書·張建封傳》推定）

東野仍滯居河南。

有《百憂》詩（卷二）。據詩中「壯士心是劍，爲君射斗牛。朝思除國讎，暮思除國讎。計盡山河畫，意窮草木籌。」諸語推之，疑亦作於建中三、四年間，有感於藩鎮之變而作。

有《感懷》八首（卷二）詩中如《長安佳麗地》、《河梁暮相遇》諸篇，多傷亂懷舊之辭。疑或作於建中四年至興元元年同涇原兵變，朱泚稱帝之後。時東野方旅居河南。今權繫之於本年下。

興元元年（七八四）。甲子。東野三十四歲。

正月，改元。

朱泚改國號爲漢，改元天皇。李希烈稱楚帝，改元武成。

二月，李懷光潛與朱泚通謀，德宗自奉天出至梁州。

三月，魏博行軍司馬田緒殺田悦。

五月，李晟收復長安，朱泚率衆遁去。

六月，韓旻斬朱泚。

以山南東道行軍司馬樊澤爲襄州刺史、山南東道節度使。

十二月，以壽州刺史張建封兼御史大夫，充濠壽廬三州都團練使。

貞元元年（七八五）。乙丑。東野三十五歲。

正月，改元。

三月，以汴東水陸運等使左庶子包佶爲刑部侍郎。

六月，朱滔卒。

八月，甲戌，牛名俊斬李懷光。

八月，戊子，前河陽節度使檢校尚書左僕射開封郡王李芃卒。

盧汀進士登第。（《韓昌黎集》卷四《和虞部盧四汀酬翰林錢七徽赤籐杖歌》詩題注、《登科記考》卷十二）

江淮轉運韓滉奏陸長源檢校郎中兼（御史）中丞充江淮轉運副使。

韋應物任江州刺史。（據《韋蘇州集》卷三《登郡樓寄京師諸季淮南子弟》等詩推定）

東野在上饒。

有《題陸鴻漸上饒新開山舍》詩（卷五）。按「鴻漸」，名羽。《新唐書》卷一二一《隱逸傳》有傳，稱：「陸羽，字鴻漸。……復州竟陵人。……上元初，更隱苕溪，自稱桑苧翁。……久之，詔拜羽太子文學，徙太常寺太祝，不就職。貞元末卒。」「上饒」，縣名。唐屬江南東道信州。鴻漸寓居於此，在唐史自無年月可考。今以唐人文集證之，知開山舍事當在貞元初年。唐權德輿《蕭侍御喜陸太祝自信州移居洪州玉芝觀詩序》云：「太祝陸君鴻漸，嘗考一畝之宮於上饒。時江西上介殿中蕭侍御公瑜權領是邦（按謂信州），相得歡甚。會連帥大司憲李公入覲於王，蕭君領察廉（按察使）留府（府，謂洪州，爲江南西道治所），太祝亦不遠而至。」（《權載之文集》三十五）「嘗考一畝之宮於上饒」，即東野本詩所謂「上饒新開山舍」，語雖異而義實同。「連帥李公」，當謂李兼。《舊唐書·德宗紀》：「貞元元年，四月，癸酉，鄂岳李兼爲江西觀察使。」蕭瑜當也在那時爲李兼的賓佐，權領信州刺史。而陸鴻漸開舍上饒，知也當同在這一年前後。後陸鴻漸乃自信州移居洪州。至於本詩所謂「新開山舍」，乃指陸鴻漸寓居信州的茶山。按宋王象之《輿地紀勝》卷二十一江南東路《信州人物·唐陸鴻漸》下引《輿地舊經》：「『唐太子文學陸鴻漸居於茶山，刺史姚欽多自枉駕。』又按《唐孟東野集》亦有《題陸鴻漸上饒新開山舍》詩。《圖經》云：『今城北三里廣教寺有茶數畝，相傳鴻漸所種也。』」（清陶堯臣《上饒縣志》二十三《寓賢》引《豫章書郡志》文略同）《明一統志》五十一《廣信府·茶山》下也稱：「在府城北（按明廣信府治上饒），唐陸鴻漸嘗居此。……鑿沼爲溟渤之狀，積石爲嵩華之形。後隱士沈洪喬葺而居之。」（陶堯臣《上饒縣志》十七《古蹟》文略同）與東野本詩所描繪的「開亭擬貯雲，鑿石先得泉」的情狀大略相合。疑東野彼時方遊江西，留題於此。其作時年月當亦不出貞元一二年間。

有《贈轉運陸中丞》詩（卷六），「陸中丞」，謂陸長源。《舊唐書》一四五《陸長源傳》稱：「歷建信二州刺史。浙西節度韓滉兼領江淮轉運，奏長源檢校郎中，兼（御史）中丞，充轉運副使。」（《新唐書》一五一《董晉傳》附《陸長源傳》所紀略同）按韓滉兼領江淮轉運，以《舊唐書·德宗紀》、《新唐書》一二六《韓滉傳》、《唐會要》八十七《轉運使》諸書考之，知時在貞元元年七月。〔五〕東野本詩通篇全以「掌運」、「摧邪」二義互爲經緯，對陸長源的業績備加推許，甚至比爲蕭何。可以推知本詩當即作於貞元一、二年間。陸長源方拜轉運副使兼御史中丞時。詩末二語「不是宗匠心，誰憐久栖蓬。」疑陸長源或自信州刺史遷拜轉運副使。東野其時方滯居信州，故云。

貞元二年（七八六）。丙寅。東野三十六歲。

正月，丁未，以國子祭酒包佶知禮部貢舉。（《舊唐書·德宗紀、包佶傳》、徐松《登科記考》卷十二）

四月，丙寅，李希烈牙將陳仙奇毒殺李希烈來降。

李益、柳縝俱佐鄜州刺史、鄜坊節度使論惟明幕。（據《舊唐書·德宗紀》及柳宗元《故叔父殿中侍御史府君墓版文》諸文推定）

有《上包祭酒》詩（卷六）。「包祭酒」，謂包佶。《舊唐書》無傳。他爲國子祭酒，《新唐書》一四九《劉晏傳》附《包佶傳》亦略而未載。按《舊唐書·德宗紀》：「貞元二年，正月丁未，以國子祭酒包佶知禮部貢舉。」《太平廣記》三四一《李俊》條引《續玄怪録》也稱：「岳州刺史李俊舉進士，連不中第。貞元二年，有故人國子祭酒包佶者通於主司援成之。」知包佶爲祭酒時當在貞元元年。據《舊唐書·德宗紀》：「貞元元年三月，以汴東水陸運等使、左庶子包佶爲刑部侍郎。」考之，包佶當是自刑部侍郎遷爲祭酒的。因之，權德輿《祭祕書包監文》也稱他：「登賢求舊，入佐司寇。乃總師氏，三德興行。」（《權載之集》四十八）「入佐司寇」，即謂包佶爲刑部侍郎。「乃總師氏，三德興行」，則據

《周禮》爲言〔六〕，即謂包佶爲國子祭酒。《包祕監詩集·酬兵部李侍郎晚過東廳之作》詩亦自云：「酒禮慙先祭，刑書已曠官。」詩題下自注：「時任刑部侍郎，拜祭酒。」竝是其證。東野此篇當即作在這時，應亦不出貞元一、二年間。

貞元三年（七八七）。丁卯。東野三十七歲。

閏五月，以山南東道節度使樊澤爲江陵尹，荆南節度使。

韋應物自江州刺史入爲左司郎中。（《韋蘇州集》卷五《答河南李士巽題香山寺》詩、傅璇琮《韋應物繫年考證》）

貞元四年（七八八）。戊辰。東野三十八歲。

鄒儒立進士登第。四月，又舉賢良方正能直言極諫科。（《唐會要》卷七十六《貢舉》中《制科舉》、《册府元龜》六四五《貢舉部》七《科目》）

張建封爲徐州刺史，兼御史大夫、徐泗濠節度度支營田觀察使。

韋丹爲邠寧節度使張獻甫判官，殿中侍御史。（據《舊唐書·德宗紀、張獻甫傳》、《新唐書·韋丹傳》、韓愈《唐江西觀察使韋公墓誌》、杜牧《唐故江西觀察使武陽公韋丹遺愛碑》、明都穆《金薤琳琅》卷十七《唐姜嫄公劉新廟碑》推定）

李益、柳縝同佐邠寧節度使張獻甫幕。（《全唐文》五三四李觀《邠寧慶三州節度饗軍記》、柳宗元《故叔父殿中侍御史府君墓版文》）

貞元五年（七八九）。己巳。東野三十九歲。

韋應物自左司郎中出爲蘇州刺史。（傅璇琮《韋應物繫年考證》）

于頔自駕部郎中出爲湖州刺史，後改蘇州。（據《新唐書·于頔傳》、權德輿《于頔先廟碑銘序》、左文質《吳興統記》推定）談鑰《嘉泰吳興志·郡守題名》作「八年」。

梁肅爲淮南節度使掌書記，殿中侍御史内供奉。（據《新唐書·梁肅傳》、崔元翰《右補闕翰林學士梁君墓誌》、梁肅《祭李處州》文、《舊唐書·德宗紀》推定）

梁肅以監察御史徵還長安。（崔元翰《梁君墓誌》）尋轉右補闕。（梁肅《述初賦序》、《舊唐書·李泌傳》）

六月，容州刺史戴叔倫卒。（據權德輿《唐容州刺史戴公墓誌銘》）

貞元六年（七九〇）。庚午。東野四十歲。

本年或前年東野方僑寓蘇州。

有《贈蘇州韋郎中使君》詩（卷六）。「韋郎中使君」，謂韋應物。他的生平事跡不詳於唐史，僅《新唐書》七十四上《宰相世系表》載：「鑾子應物，蘇州刺史。」（《元和姓纂》二十八微《韋氏》文略同）《唐郎官石柱題名·左司郎中》内有韋應物名。至韋應物何時任蘇州刺史，南宋沈作喆《補韋刺史傳》考定爲貞元二年。中稱：「貞元二年，由左司郎中補外得蘇州刺史。」近人傅璇琮《韋應物繫年考證》（收《文史》一九七八年第五輯）則謂沈氏所紀失實，重加考定爲貞元四年七月以後。今兩説併存，仍依傅説作貞元四年。當時韋應物即以左司郎中出守蘇州。據《韋蘇州集》卷五《答河南李士巽題香山寺》詩：「前歲守九江，恩召赴咸京。……今兹守吳郡，綿思方未平。」是其證。「赴咸京」，謂入朝爲左司郎中；「守吳郡」，即謂爲蘇州刺史。因之，竝世唐人與韋應物唱酬諸詩，也無不以「郎中」「使君」竝稱，如秦系有《即事奉呈郎中韋使君》詩；顧況有《奉同郎中使君郡齋雨中宴集之什》詩；令狐峘有《硤州旅舍奉懷蘇州韋郎中》詩；（以上三詩均見《全唐詩》）釋皎然有《五言答蘇州韋應物郎中》詩（《杼山集》卷一）。東野本詩所稱，義亦同此。大約韋應物生平歷官，即止於蘇州刺史，罷官後未久即逝世。當時獨以能詩鳴。東野贈詩也備極推許。其作時年月當即在東野僑寓蘇州時。

有《春日同韋郎中使君送鄒儒立少府〔七〕扶侍赴雲陽》詩（卷八）。「韋郎中使君」，仍謂韋應物。《韋蘇州集》卷四也有《送雲陽鄒儒立少府侍奉還京師》詩。知鄒那時方任爲雲陽尉（雲陽，唐屬關内道京兆府）。按鄒儒立《新、舊唐書》俱無傳。唐林寶《元和姓纂》十八尤《南陽新野鄒氏》下僅載：「開元中有象先，……象先生儒立，衡州刺史。」〔八〕也未詳他於何時任雲陽尉。今按韋應物詩云：「鄒生乃後來，英俊亦罕倫。……甲科推令名，延閣播芳塵。」東野本詩云：「側聞畿甸秀，三振詞策雄。」知鄒儒立在當時嘗一登進士，兩舉制科。至他登第年月，據《册府元龜》六四五《貢舉部》七、《唐會要》七十六《貢舉》中《制科舉》及徐松《登科記考》卷十二諸書考之，知鄒儒立貞元四年進士登第，四月，又舉賢良方正能直言極諫科。疑鄒始尉雲陽，當在他再登制科的前後。以他貞元四年登制科的年月推算，大約不出貞元五六年間。再據韋應物送鄒儒立詩自稱：「省署慙再入，江海綿十春。今日閶門路，握手子歸秦。」諸語，也可證成前面的推斷。考韋應物建中二年（七八一）四月，自櫟陽縣令任尚書比部員外郎。（《韋蘇州集》四《始除尚書郎别善福精舍》詩自注：「建中二年四月十九日，自前櫟陽令除尚書比部員外郎。」貞元三年（七八七），又自江州刺史入爲左司郎中。前後凡兩歷省臺，故云：「省署慙再入」。又自建中二年（七八一）爲比部員外郎，下數至貞元六年（七九〇）任蘇州刺史餞鄒儒立時止，恰歷十年，故稱「江海綿十春」。據此，可知韋應物贈鄒儒立詩當爲本年所作，而鄒儒立也應在本年左右尉雲陽，乃自蘇州迎養其親於任所。彼時東野方僑寓蘇州，因同韋應物賦詩贈行。其作時年月當與韋詩同在本年春。

有《蘇州崑山慧聚寺僧房》詩（卷五）。宋龔昱《崑山雜詠》引此詩題作《慧聚寺上方》，宋鄭虎臣《吴都文粹》題作《慧聚寺聖跡》。宋范成大《吴郡志》四十八《考證》：「崑山古上方有孟郊留題詩。或云：『郊隨父任崑山尉，因有篇什。』按韓文公郊墓志云：『父庭玢，娶裴氏女，選而爲崑山尉。生郊及二季酆、郢而卒。』考此語是郊時方幼稚，本傳亦不言其幼稚能詩。上方留題，或者疑乃其父庭玢所作，不可知。或又云：『郊後長大，問其母身所生之地。母云：「父任崑山尉時。」郊遂遊吴，至崑山乃留題。』事無考證不敢信。」按此詩自然不似東野幼時所作，且於當日事實亦不符合。范志所稱「郊後長大，遊吴留題」之説，雖「事無考證」，反而比較接近事實。疑東野即以貞元五六年間來蘇州之便，訪遊此寺，題詩留念。「慧聚寺」正在崑山。宋朱長文《吴郡圖經續記》卷中《寺觀》載稱：「慧聚寺在崑山縣西北三里馬鞍山。孤峯特秀，極目湖海，百里無所蔽。……詩人孟郊有詩。」（宋蓋嶼《慧聚寺山圖記》、范成大《吴郡志》、凌萬頃《淳祐玉峯志》卷下《寺觀》文略同，不俱引）蓋其地自唐以來爲名蹟，唐宋詩人題詠，多奉東野此詩爲圭臬。如宋龔昱《崑山雜詠》所載有唐張祜、宋王介甫、蘇倅、傅宏、范公武、李乘、蔣瑎等《和孟郊韵》諸詩，俱是其證。范成大《吴郡志》、龔明之《中吴紀聞》至以東野此篇與張（祜）王（介甫）和韻，同推爲崑山之絶唱。（詳見《吴郡志》三十五《郭外寺·崑山縣慧聚寺》條、《中吴紀聞》卷二《上方詩》條）

有《題韋承總吴王故城下幽居》詩（卷五）。題下自注：「韋生，相門子孫。」「韋承總」，生平不詳。新、舊《唐書》俱無傳。《元和姓纂》及《新唐書》七十四《宰相世系表》十四上韋氏也未載録他的名字。「吴王故城」，相傳爲春秋時吴王闔閭所建，見東漢趙曄《吴越春秋·闔閭内傳》。故址在今江蘇蘇州。據詩語：「韋生堪繼相，孟子願依隣。……郢唱一聲發，吴花千片春。」推之，本詩當亦爲東野僑寓蘇州時留題之作。

有《山中送從叔簡赴舉》詩（卷七）。「簡」，孟簡，字幾道。新、舊《唐書》俱有傳。韓愈《貞曜先生墓誌銘》稱：「初，先生所與俱學同姓簡，於世次爲叔父。」《舊唐書》一六三《孟簡傳》稱：「擢進士第，登宏辭科。」《新唐書》一六〇《孟簡傳》也稱：「舉進士宏辭連中。」但俱未載孟簡擢第年月。徐松《登科記考》卷二十七但載孟簡名於《附考》，亦未詳其登第年月。今據東野集中贈孟簡諸詩及與韓愈同作《孟刑部幾道聯句》（《昌黎先生集》卷八）考之，知約當在貞元七年左右（證詳貞元七年下）。本詩或即作於孟簡登第之前一年，即送孟簡應試長安的。據詩語：「於此逍遥場，忽奏別離絃。卻笑薜蘿子，不同鳴躍年。」推之，詩當作於東野隱居鄉里時。今權繫於本年下。本集卷七又有《山中送從叔簡》一詩，中云：「莫以手中瓊，言邀世上名。莫以山中跡，久向人間行。」疑亦爲同一時期先後之作。

有《贈萬年陸郎中》詩（卷六）。「陸郎中」，當謂陸長源。「萬年」，縣名。唐屬關内道京兆府。據《舊唐書》一四五《陸長源傳》，知他曾歷建、信二州刺史，貞元元年佐韓滉爲江淮轉運副使。「罷爲都官郎中，改萬年縣令，出爲汝州刺史。」正與東野此詩「天子憂劇縣，寄深華省郎。」所言相合。至陸長源何時任爲萬年縣令，雖史無明文，不能臆斷。但他始爲汝州刺史時，以唐李吉甫《元和郡縣志》諸書證之（證詳貞元九年《鴟路溪行呈陸中丞》詩内），知當在貞元七年或以前。本詩云：「江鴻恥承眷，雲津未能翔。徘徊塵俗中，短毳無輝光。」「江鴻承眷」，疑謂陸長源前領湖州或爲信州刺史時，東野曾至上饒，得其庇蔭。此詩之作，當更在貞元七年左右陸長源爲汝州刺史之前。今權繫於本年下。

貞元七年（七九一）。辛未。東野四十一歲。

房次卿進士登第。（《昌黎先生集》五《將歸贈孟東野房蜀客》詩宋樊汝霖注引《唐諱行録》，徐松《登科記考》卷十二）徐州刺史張建封進位檢校禮部尚書。

右補闕梁肅加翰林學士，領東宮侍讀，兼史館修撰。（梁肅《述初賦序》、唐韋執誼《翰林院故事》、丁用晦《重修

承旨學士壁記》

韋應物約於本年或次年卒。

秋，東野於湖州舉鄉貢進士，旋往長安應進士試。

有《湖州取解述情》詩（卷三）。「取解」，即謂「拔解」。唐李肇《國史補》卷下：「進士爲時所尚久矣。……京兆考而升者，謂之等第，外府不試而貢者，謂之拔解。」（宋王讜《唐語林》二《文學》引同。李翱《與弟正辭書》云：「知汝京兆府取解不得如其所懷念。」）五代王定保《唐摭言》卷一《述進士下篇》也稱：「外府不試而貢者，謂之拔解。然拔解亦須預託人爲詞賦，非謂白薦。」實際上，這就是唐代所謂鄉貢進士。每年拔取的時間，一般均在七月後。所以宋錢易《南部新書》有「長安舉子七月後投獻新課，並於諸府州拔解。人爲語曰：『槐花黃，舉子忙。』」的紀載。明胡震亨《唐音癸籤》卷十八《詁箋》三《進士科故實》也稱：「舉場每歲開於二月，每秋七月，士子從府州覓解紛紛。」東野初次應進士試約在貞元八年，這首詩當爲本年秋在湖州拔解赴長安前所作。

有《舟中喜遇從叔簡别後寄上時從叔初擢第郊不從行》詩（卷七）。按孟簡登第年月，據韓愈與東野同作的《寄孟刑部幾道聯句》：「未來聲已赫，始鼓敵前敗。鬥場再鳴先，遐路一飛屆。東野繼奇躅，修綸懸衆犗。」〔九〕及東野此詩：「一意兩片雲，暫合還卻分。南雲乘慶歸，北雲與誰羣。」諸語推之，大約當在貞元七年。那時東野方自湖州來長安應試，孟簡已登第歸江南，相遇舟中，因於别後寄詩。

有《遊終南龍池寺》詩（卷四）。詩云：「飛鳥不到處，僧房終南巔。……地寒松桂短，石險道路偏。」這幾句話可謂能狀難摹之景。按「龍池寺」唐時爲終南勝蹟。宋張禮《遊城南記》稱：「下瞰終南之勝，霧峯玉案……粲在目前。上玉峯軒，南望龍池廢寺。」自注：「龍池寺直玉案山之北。」知龍池地在終南，至宋已爲廢墟。本集同卷又有《遊終南山》詩。詩末稱：「長風驅松柏，聲拂萬壑清。到此悔讀書，朝朝近浮名。」「近浮名」，大約指他求登進士。本集卷九又有《終南山下作》一詩。疑三詩俱爲東野貞元七、八年應試長安一時先後遊賞之作。

有《登華嚴寺樓望終南山贈林校書兄弟》詩（卷四）。「華嚴寺」在長安樊川（陝西長安縣南）。宋宋敏求《長安志》卷中稱：「樊川今有華嚴寺，人但謂之華嚴川云」。宋張禮《遊城南記》：「東上朱坡，憩華嚴寺，下瞰終南之勝。」自注：「華嚴寺，貞觀中建。寺之北原下瞰終南，可盡其勝。岑參詩所謂「寺南幾千峯，峯翠青可掬」是也。」據此，則寺基高亢爽朗，在唐時爲登眺的勝地。與東野本詩：「地脊亞爲崖，聳出冥冥中。樓根插迥雲，殿翼翔危空。」所描繪的情狀正合。卷五又有《題林校書華嚴寺書窗》詩。「林校書」，不詳爲何人。詩云：「隱詠不誇俗，問禪徒淨居。……昭昭南山景，獨與心相如。」據詩意，林校書其時當寓居於華嚴寺，因爲留題。疑兩詩俱作於貞元間東野應試長安或元和初僑寓長安時。今權繫於本年下。

有《藍溪元居士草堂》詩（卷五）。「藍溪」，也稱藍水，即灞水。「元居士」，不詳爲何人。詩云：「夫君宅松桂，招我棲濛朧。……藍岸青漠漠，藍峯碧崇崇。日昏各命酒，寒蛩鳴蕙叢。」據詩意當是東野曾小住元居士草堂。按東野貞元七年至十一年三至長安應進士試，此詩疑爲貞元七年或十一年東野應試長安時所作。今權繫於本年下。本集卷九又有《聽藍溪僧爲元居士説維摩經》詩。詩云：「空景忽開霽，雪花猶在衣。洗然水溪晝，寒物生光輝。」與前詩當同爲一時先後之作。

貞元八年（七九二）。壬申。東野四十二歲。

二月，丙子，以荆南節度使樊澤爲襄州刺史，山南東道節度使。

四月，給事中韋夏卿左遷常州刺史，坐交諸竇也。（據《舊唐書·德宗紀》、《全唐文》四三八韋夏卿《東山記》、

范成大《吴郡志》三十一《龍興寺》條引唐房琯《龍興寺碑序》推定）

四月，鄭餘慶自庫部郎中充翰林學士。（丁用晦《重修承旨學士壁記》）

五月，平盧淄青節度使李納卒。其子師古知留後。

五月，祕書監包佶卒。（權德輿《祭祕書包監文》）

韓愈、李觀同榜進士登第。（王定保《唐摭言》卷一、《新唐書·歐陽詹傳》、洪興祖《韓子年譜》）同年李觀再登博學弘辭科。（宋計有功《唐詩紀事》、徐松《登科記攷》卷十三）

王涯進士及第。又登博學弘辭科。（徐松《登科記考》十三）

東野應進士試，初下第。

本年前後，孟郊與韓愈訂交。韓愈有《長安交遊者一首贈孟郊》詩。（《昌黎先生集》卷一。又見《孟郊遺事》。）

李觀有《上梁（肅）補闕薦孟郊崔宏禮書》（《李元賓文編》卷三。文見《孟郊遺事》）

有《古意贈梁肅補闕》詩（卷六）。「梁肅」，《新唐書》有傳。（附二〇二《蘇源明傳》）紀述梁肅的生平歷官，大致可信。惟未詳梁肅爲右補闕在何年。今按唐崔元翰《右補闕翰林學士梁君墓誌》（《文苑英華》九四四）稱：「貞元五年，以監察御史徵還臺，非其所好，於是備諫諍而佐於大君，傳經術而授於儲后。」「備諫諍」，即謂梁肅爲補闕。又按梁肅《述初賦序》（《文苑英華》九十八）自稱：「會明詔以監察御史徵，俄轉右補闕。……間一歲，加翰林學士，領東宫侍讀之事。」《舊唐書》一三〇《李泌傳》亦稱：「至貞元五年，……監察御史梁肅，右補闕。」知梁肅乃於貞元五年自監察御史轉爲右補闕。貞元七年仍以本官右補闕充翰林學士，領東宫侍讀〔一〇〕，與梁肅《述初賦序》中「間歲」之言正合。他大約自貞元五年轉右補闕起，一直守本官至貞元九年逝世前。所以李翱《感知己賦序》稱：「貞元九年九月，執文章一通謁右補闕梁君。……十一月，梁君遘疾而歿。」（《李文公集》卷一）唐權德輿《唐故尚書兵部郎中楊君文集序》也稱：「亡友安定梁肅寬中……博陵崔元翰……二君者雖嘗司密命，裁贊書，而終不越於諫曹計部。」（《權載之文集》三十三）權文所謂「諫曹」，也指梁肅官止於補闕而言。因之，他祭梁肅文，也和李翺同樣，以補闕稱之。（見《權載之文集》四十八）知梁肅生平歷官終於補闕，當無疑義。東野此詩疑即作於貞元八年。彼時梁肅方佐陸贄主持貢舉事，韓愈、李觀等俱在那年登第。〔一一〕同年東野也在長安應試，疑因李觀的推薦，乃贈梁肅此詩，乞爲推擇。所以詩稱：「不有百鍊火，孰知寸金精？金鉛正同鑪，願分精與粗。」「金鉛同鑪」，正比喻「俱在舉場」，「精粗」之論，則實東野自薦之言。

有《灞上輕薄行》詩（卷一）。詩中揭露了當時「長安無緩步」「親戚不相顧」的世態，疑爲貞元七、八年間東野初至長安應試時作。

有《長安道》（卷一）、《長安旅情》（卷三）諸詩。詩中針對當時封建社會一些不合理的事象，表示了深切的憤慨。如説：「高歌何人家，笙簧正喧吸。」「下有千朱門，何門薦孤士？」這些都流露出詩人牢騷無告的失意心情。當同爲貞元七、八年間東野應試長安時所作。

有《長安早春》詩（卷二）。詩中對當時一班貴族子弟「不爲桑麻，祇望花柳」式的探春，致以深刻的嘲諷。當同爲貞元八、九年間東野應試長安時作。

有《長安羈旅行》詩（卷一）。詩云：「萬物皆及時，獨余不覺春。失名誰肯訪，得意爭相親。」《感興》詩（卷一）。詩云：「獨有失意人，恍然無力行。」《夜感自遣》詩（卷三○一作《失志夜坐思歸楚江》）。詩云：「死辱片時痛，生辱長年羞。清桂無直枝，碧江思舊遊。」《下第東歸留別長安知己》詩（卷三）。詩云：「共照日月影，獨爲愁思人。……

棄置復何道，楚情吟白蘋。」這些篇詩都充滿着抑鬱不平之鳴，以詩意推之，當同爲本年東野初下第時作。卷三又有《夜憂》詩。詩稱：「豈獨科斗死，所嗟文字捐。……未遂擺鱗志，空思吹浪旋。何當再霖雨，洗濯生華鮮。」「擺鱗」兩句，自喻文場失意，最末二語，仍以再接再厲自相期許，據詩意當亦同爲東野本年初下第時作。又有《長安羈旅》詩（卷三）。《渭上思歸》詩（卷三）。兩詩俱寫羈愁離緒，疑亦同爲貞元八、九年間東野應試長安時所作。

有《貧女詞寄從叔先輩簡》詩（卷一）。詩中取譬蠶女，借喻東野應試不第的悲憤心情。題稱「先輩」，（按唐世呼舉人已第者爲先輩。見宋程大昌《演繁露》。）疑此詩或即作於本年孟簡已登第，東野舉鄉貢進士之後。故詩云：「仰企碧霞仙，高控滄海雲。永別勞苦場，飃颻遊無垠。」即對孟簡擢第，自身不第，寄託其仰企之情。

有《感別送從叔校書簡再登科東歸》詩（卷七）。按《新唐書·孟簡傳》稱：「簡舉進士宏辭連中。」孟簡登進士第約當在貞元七年，據此推之，他再登制科，疑即在貞元七年或八年。題稱「校書」，官名，尚手校讎典籍。當是孟簡再登制科後所授。兩《唐書·孟簡傳》略而未載，據此可補唐史之闕。時東野方在長安應試，孟簡已再登科東歸，故詩云：「萋唱忽生聽，芸書廻望深。獨恨魚鳥別，一飛將一沈。」因賦詩贈別以志感。

有《贈李觀》詩（卷六）。〔一二〕題下自注：「觀初登第。」按《新唐書》卷二百三《李觀傳》稱他：「字元賓。貞元中舉進士宏辭連中，授太子校書郎。卒年二十九。」其登第年月未詳。以諸書考之，知當在貞元八年。按《唐摭言》卷一《廣文》：「始，其春官氏擢廣文生者，名第無高下。貞元八年歐陽詹第三人，李觀第五人。」（《唐語林》卷二《文學》略同）《新唐書》卷二百三《歐陽詹傳》稱：「詹舉進士，與韓愈、李觀、……王涯聯第。皆天下選，時稱龍虎榜。」宋洪興祖《韓子年譜》貞元八年下引《唐科名記》也載稱：「貞元八年陸贄主司，……其人歐陽詹、李觀、韓愈。」這些都是李觀登第年月明載於諸書的，其證一；又按《李元賓文編》卷三有《上陸相公書》，自稱：「觀於相國，門人也；相國於觀，師道也。」卷六又有《帖經日上侍郎書》云：「昨者奉試《明水賦》、《新柳》詩。……侍郎果不以嫿奪妍……獲邀福於一時，小子不虛也。」兩書皆與陸贄。從這些話裏，可以確知李觀和陸贄的座主門生的關係。同時陸贄又確在貞元七年和八年以兵部侍郎知貢舉。按宋吳曾《能改齋漫録》卷四《林藻歐陽詹相繼登第》條稱他家有唐趙傪《唐登科記》，記内正有：「貞元八年兵部侍郎陸贄知貢舉。賦題《明水》，詩題《御溝新柳》。」的紀載。洪興祖《韓子年譜》引《唐科名記》也稱：「貞元八年，陸贄主司。試《明水賦》《御溝新柳》詩。」今《李元賓文編》卷五還存有《御溝新柳》詩，與李觀上陸贄書所言正合。此李觀登第年月可旁取證於本集的，其證二。據此，李觀於貞元八年登第，已灼然無疑。那時東野也同來應試，結果東野下第，元賓登科。故贈詩稱：「昔爲同恨客，今爲獨笑人。捨予在泥轍，跡跡上雲津。卧木易成蠹，棄花難再春。」「同恨、獨笑」之言，「卧木、棄花」之歎，東野當時憤慨失意的情懷可見。其寫作年月，正當在本年東野初下第後。

有《失意歸吳因寄東臺〔一三〕劉復侍御》詩（卷三）。「劉復」，新、舊《唐書》俱無傳。《元和姓纂》五十八尤《諸郡劉氏》但載：「復，水部員外郎。」其爲侍御在何時，諸書俱無考。以東野本詩推之，知劉復在貞元八年方以侍御分司東臺，居洛陽。時東野初下第，計劃東歸，因寄此詩，以舒憤懣。故詩云：「自念西上身，忽隨東歸風。長安日下影，又落江湖中。至寶非眼別，至音非耳通。」其作時年月疑當在本年東野應試落第後。

有《湘絃怨》詩（卷一）。又有《楚竹吟酬盧虔端公見和湘絃怨》詩（卷一）。按「端公」，唐侍御史之俗稱。〔一四〕「盧虔」，盧從史之父。《新唐書》卷一三一《盧從史傳》稱：「父虔，少孤好學。舉進士。歷御史府三院，刑部郎中，江、汝二州刺史，祕書監。」元王思誠《河津縣總圖記》又稱他：「永泰初，舉進士高第。仕至銀青光禄大夫、工部尚書。幼讀書於龍門。」（據《山西通志》卷九十二《山右金石記》四引）雖紀述盧虔生平歷官較詳，但俱不載盧虔爲侍御史在何年。按《唐御史臺精舍題名》《監察御史》及《知雜侍御史》内俱有盧虔名。唐張讀《宣室志》也稱：「故右散騎常侍范陽盧虔貞元中爲御史，分察東臺。」知盧虔在貞元間曾任侍御史。更以此兩詩及東野《送盧虔端公守復州》詩參互相證，疑《湘絃怨》所謂「昧者理芳草，蒿蘭同一鋤。狂飇怒秋林，曲直同一枯。」《楚竹吟》所謂「欲知怨有形，願向明月分。一掬靈均淚，千年湘水文。」諸語，均借湘絃楚竹，以自喻其舉場失意，「蒿蘭同鋤」。兩詩或俱作於本年東野在長安應試落第後。

有《送盧虔端公守復州》詩（卷七）。「復州」，唐屬山南東道，在今湖北鍾祥市。詩云：「正聲逢知音，願出大朴中。知音不韻俗，獨立占古風。忽挂觸邪冠，逮逐南飛鴻。肅肅太守章，明明華轂熊。商山無平路，楚水有驚潨。新愁徒自積，良會何由通。」據詩語推之，盧虔大約在貞元八、九年間以侍御自長安出守復州，故詩題以「端公」稱之。宋王象之《輿地紀勝》七十六《復州官吏》内有「盧虔」，下云：「孟東野有《送盧虔端公守復州》詩。」明童承叙《沔陽州志》卷十三《秩官列傳》亦云：「盧虔，復州刺史。」下即引東野本詩。而唐史略而未載，據此可補其闕。彼時東野方在長安應試，因盧虔出守，賦詩贈行。其作時年月，以前《湘絃怨》及《楚竹吟酬盧虔端公見和湘絃怨》兩詩推之，疑當作於貞元八、九年間。有《哭祕書包大監》詩（卷十）。「包大監」，謂包佶。貞元八年卒。生平歷官即止祕書監，據權德輿《祭祕書包監文》：「維貞元八年，歲次壬申，五月朔日，太常博士權德輿等敬祭於故祕書包七丈之靈。」（《權載之集》四十八）是其明證。本詩即爲東野本年哭弔包佶之作。時東野方落第，詩中所謂「哲人卧病日，賤子泣玉年。」正用楚人卞和獻玉的故事，以自喻其應試失意。

東野下第後東歸，訪張建封於徐州。

韓愈有《孟生》詩。（《昌黎先生集》卷五。文見附録《孟郊遺事》）

李翺有《薦所知於徐州張僕射書》(《李文公集》卷八。又見附録《孟郊遺事》)

按韓愈《孟生》詩：「奈何從進士，此路轉嶇嶔。……採蘭起幽念，眇然望東南。秦吴修且阻，兩地無數金。我論徐方牧，好古天下欽。……既獲則思返，無爲久滯淫。卞和試三獻，期子在秋砧。」知東野當於本年下第後往徐州，後乃自徐州東歸。

按五代王定保《唐摭言》卷十載《韋莊奏請追贈不及第人近代者》條：「孟郊……工古風，詩名播天下……佐徐州張建封幕卒。」所稱東野佐徐州張建封幕事，不知韋莊何所本？宋計有功《唐詩紀事》三十五《孟郊》條也誤從其説。今以韓愈《貞曜先生墓誌銘》及新、舊《唐書·孟郊傳》考之，知東野未嘗佐張建封幕。他雖曾於本年下第後至徐州，但不久即離去，其後也未再往。至登進士第後，即歸江南，直至貞元十六七年始應銓選爲溧陽縣尉。所以他在《初於洛中選》詩中自嘆道：「青雲不我與，白首方選書。宦途事非遠，拙者取自疎。」知東野以前蓋未嘗供職事，不知張建封又何從而用之？至韋莊謂東野「佐徐州張建封幕卒。」其説尤紕謬不可信。

有《答韓愈李觀别因獻張徐州》詩(卷七)。《文苑英華》題作《長安留别李觀韓愈因獻張徐州》。「張徐州」，謂張建封。《舊唐書》一四〇《張建封傳》稱他：「貞元四年，爲徐州刺史，兼御史大夫，徐泗濠節度支度營田觀察使。」(《新唐書》本傳略同)貞元十六年病逝於徐州任所。此詩當爲東野本年下第後赴徐州前作。因答韓、李之别，兼獻張建封以爲先容。所以詩中説：「徐方國東樞，元戎天下傑。禰生投刺遊，王粲吟詩謁。」又説：「有客步大方，驅車獨迷轍。故人韓與李，逸翰雙皎潔。哀我摧折歸，贈詞縱橫設。」「哀我摧折歸」，乃自謂失意東歸；「贈詞縱橫設」，大約即指韓愈所作《孟生》詩諸篇而言。至李觀贈詩，今本《李元賓文編》未見收録，當已遺佚。〔一五〕

有《上張徐州》詩(卷六)。詩云：「再來君子傍，始覺精義多。……顧己誠拙訥，干名已蹉跎。」以「干名蹉跎」諸語推之，知本詩當爲東野本年下第後抵徐州時作。卷八又有《張徐州席送岑秀才》詩。「岑秀才」，未詳爲何人。據詩題及詩語：「羇鳥無定棲，驚蓬在他鄉。……楚淚滴章句，京塵染衣裳。」知此篇亦當作於東野本年自長安抵徐州之後。有《南陽公請東櫻桃亭子春讌》詩（卷四）。「南陽公」，亦謂張建封。《新唐書》一五八《張建封傳》：「張建封，字本立。鄧州南陽人。客隱兗州。」權德輿《唐故徐泗濠節度觀察處置等使，兼徐州刺史，南陽郡開國公，贈司徒張公集序》亦云：「司徒張建封，南陽人。……授鉞貞師，涖於徐方。」（《權載之文集》三十四）故東野以「南陽公」稱之。詩云：「此地獨何力，我公佈深仁。……芳菲爭勝引，歌詠竟良辰。方知戲馬會，永謝登龍賓。」按「戲馬」，臺名，在徐州（參見《太平寰宇記》卷十五《徐州彭城縣》）這首詩當爲東野本年來徐州後答讌之作。以詩題及詩語推之可知。

又有《清東六曲》（卷一）。當和前一篇俱爲在徐州一時遊宴之作。按前篇《東櫻桃亭子春讌》云：「初英濯紫霞，飛雨流清津。……碧玉粧粉比，飛瓊穠艷均，鴛鴦七十二，花態併相新。」本篇則稱：「櫻桃花參差，香雨紅霏霏。笑笑競攀折，美人濕羅衣。采采清東曲，明眸艷珪玉。南陽公首辭，編入新樂録。」與前詩所詠時地景物，似二實一，似異實同。疑此詩同爲櫻桃亭子一時賞異之作。詩中「南陽公」，也指張建封。

有《傷春詩》（卷三）。中云：「兩河春草海水清，十年征戰城郭腥。亂兵殺兒將女去，二月三月花冥冥。」據詩語推之，疑或爲東野本年下第後往徐州，途經建中年間兩河戰場時追弔之作。今權繫於本年下。

有《答盧虔故園見寄》詩（卷七）。詩云：「訪舊無一人，獨歸清雒春。……亂後故鄉宅，多爲行路塵。因悲楚左右，謗玉不知珉。」據詩語疑亦爲東野本年下第東歸時，途經洛陽，感時傷亂之作。因答盧虔贈詩以寄慨。

有《泛黃河》詩（卷七）。詩云：「湘瑟颼飀絃，越賓嗚咽歌。有恨不可洗，虛此來經過。」「越賓」，東野自喻；「有恨」，則自謂應試落第。疑本詩或爲東野初下第或再下第後，泛黄河時所作。今權繫於本年下。有《憩淮上觀公法堂》詩（卷九）。詳詩意疑亦爲東野貞元八年赴徐州，途經淮上所作。「觀公」，疑即唐清涼國師澄觀。韓愈有《送僧澄觀》詩（《昌黎先生集》卷七），可互參。

自徐州東歸，途經蘇州小住。

有《題從叔述靈巖山壁》詩（卷五）。「孟述」，新、舊《唐書》俱無傳。生平行事不詳。《元和姓纂》四十三映《平昌安邱孟氏》下載：「珩，十一代孫温子皡，右丞京兆尹。生通、述。」當即此人。於世次爲東野族叔。「靈巖山」，唐時爲蘇州名勝。唐孫承祐《靈巖山寺磚塔記》稱：「靈巖山，即古吴王夫差之别苑也。太湖渺白涵其側，虎邱點翠映其後。……」（據宋鄭虎臣《吴都文粹》卷八引）宋范成大《吴郡志》卷十五《山》也稱：「靈巖山，即古石鼓山，又名硯石山。……在吴縣西三十里。」（參見宋王象之《輿地紀勝·兩浙西路平江府·吴縣景物》）孟述當即寓居此地。時東野方失意東歸，疑自徐州應邀來此。故詩云：「遠念塵末宗，未疎俗間名。桂枝妄舉手，萍路空勞生。仰謝開淨絃，相招時一鳴。」「桂枝妄舉」，即自喻文場失意；「萍路勞生」，則自悲風塵僕僕。據詩意或當爲東野本年下第後來蘇州時所作。

本年或次年東野再往長安應進士試。

貞元九年（七九三）。癸酉。東野四十三歲。

冬，十一月，右補闕、翰林學士梁肅卒。贈禮部郎中。（崔元翰《右補闕翰林學士梁君墓誌》、權德輿《祭故梁補闕文》、李翺《感知己賦·序》）

李觀博學弘辭科登科。（洪興祖《韓子年譜》引《科第録》。《唐詩紀事》卷三十三作貞元八年。）

東野遊於長安，題名雁塔。

宋張禮《遊城南記》稱：「東南至慈恩寺，登塔，觀唐人留題。」自注：「塔既經焚，塗坊皆剥，而磚始露焉。唐人墨跡於是畢見，今孟郊之類尚存。」柳瑊摹雁塔題名殘拓本正有東野題名：「貞元九年正月五日進士孟郊題」十三字。（據徐松《登科記考引》）知本年東野方應試長安。此名乃未中第時所題，故不稱「前進士」。〔一六〕又《昌黎先生集・遺文》內亦載有《長安慈恩寺塔題名》：「韓愈退之、李翺習之、孟郊東野、柳宗元子厚、石洪濬川同登。」俱是其證。

本年東野應試再落第，乃自長安出作楚湘之遊。據本集《下第東南行》諸詩是其證。

有《送從叔校書簡南歸》詩（卷八）。詩云：「長安別離道，宛在城東隅。寒草根未死，愁人心已枯。……北騎達山岳，南帆指江湖。」「北騎」，東野自喻；「南帆」，謂孟簡。據詩語疑即作於貞元九年至十一年間東野來長安應試時。今權繫於本年下。

有《遠愁曲》（卷一）。詩云：「飃飖何所從，遺塚行未逢。此地有時盡，此哀無處容。聲飜太白雲，淚洗藍田峯。」悲憤之情，溢於言表。據詩語疑爲貞元八、九年東野應試長安時作。又有《古興》（卷二）。詩云：「楚血未乾衣，荆虹尚埋輝。痛玉不痛身，抱璞求所歸。」通篇全以楚人卞和泣玉事立意，借以抒寫「痛玉」、「抱璞」的情懷。據詩語疑亦作於貞元八、九年東野應試落第時。今竝權繫於本年下。

有《再下第》詩（卷三）。詩云：「兩度長安陌，空將淚見花。」又有《落第》詩（卷三）。詩云：「鵰鶚失勢病，鷦鷯假翼翔。棄置復棄置，情如刀刃傷。」重言「棄置」，當亦爲本年再下第後作。

有《贈崔純亮》詩（卷六）。「純亮」爲崔玄亮之弟。（見《新唐書》七十二下《宰相世系表》）生平行事不詳。《舊唐書》一六五《崔玄亮傳》僅稱：與「弟純亮、寅亮相次昇進士科。」按東野本詩曾被稱引於李翺《薦所知於徐州張僕射書》，略云：「茲有平昌孟郊，貞士也。……李觀薦郊於梁肅補闕書曰（全文載《孟郊遺事》）……韓愈送郊詩曰（所引即韓愈《孟生》詩。載《孟郊遺事》）……郊窮餓不得安養其親，周天下無所遇。作詩曰：『食薺腸亦苦，强歌聲無歡。出門即有礙，誰謂天地寬。』其窮也甚矣。」（《李文公集》卷八）按李觀《上梁補闕書》及韓愈《孟生》詩俱作於貞元八年。李翺叙東野本詩次兩文後。又按宋彭乘《墨客揮犀》引本詩云：「東野《下第》詩曰：『出門即有礙，誰云天地寬。』晚登第乃作詩曰：『春風得意馬蹄疾，一日看盡長安花。』」直捷了當地把這首詩題作《下第》詩，其言或有所本。再據詩中所稱：「有礙非遐方，長安大道旁。……項籍非不壯，賈生非不良。當其失意時，涕泗各沾裳。」一些話來看，疑本篇或即作於本年東野再下第後。時崔純亮亦正在長安，據柳瑊摹雁塔題名殘拓本有「進士崔元亮、進士崔寅亮、進士崔純亮貞元九年正月五日」題字是其證。東野集卷七又有《寄崔純亮》詩。中云：「唯餘洛陽子，鬱鬱恨常多。」疑或爲元和間東野居洛陽時所作。

有《下第東南行》詩（卷三）。又有與韓愈、李翺同作的《遠遊聯句》（《昌黎先生集》卷八）。按《昌黎先生集》卷八所載與東野諸聯句，大多爲憲宗元和初年所作，但獨《遠遊聯句》非是。《昌黎先生集》卷八《遠游聯句》題下注稱：「元和三年作《遠遊》，送東野之江南也。公嘗有《送東野序》云：『東野之役於江南』，此所謂遠遊者，亦其時歟。」誤以此詩爲元和三年之作。清陳景雲《韓集點勘》卷二駁之云：「按注謂遠遊即東野役於江南。其説似是而非。蓋役於江南，乃赴溧陽尉。……而此詩中歷叙吳楚諸地者，蓋東野時將爲湖嶺之遊，故云耳。」按陳説頗是。《昌黎先生集·題注》之失，在以東野遠遊和役於江南兩事，混爲一談，不知其間相去數載。考東野元和三年方在河南任水陸轉運從事，並沒有役於江南的事。他之役於江南，乃在貞元十六、七年。都和此詩所歌詠的無關。仍以陳景雲所假定的「遠遊湖嶺」之説較近事實。至《遠遊聯句》作時年月，韓集題注考定爲元和三年固非，但陳景雲對此亦復置而未論。今按東野集《下第東南行》詩云：「越風東南清，楚日瀟湘明。試逐伯鸞去，還作靈均行。……失意容貌改，畏塗性命輕。」據詩意當是東野於本年再下第後，曾出遊兩湖南北。同時在《遠遊聯句》中亦有類似的記叙。如云：「憤濤氣尚盛，恨竹淚空幽。……懷糈餽賢屈，乘桴追聖丘。……楚些待誰弔，賈辭緘恨投。」疑兩詩乃是同詠一事。以彼證此，當俱作在本年春。據《遠遊聯句》：「離思春冰泮，瀾漫不可收。……即路涉獻歲，歸期眇涼秋。」諸語可知。時韓愈方應博學宏辭試，李翺方來應進士試，俱在長安。因同作聯句誌別。東野集卷三又有《遠遊》詩。詳詩意疑或亦爲東野遠遊楚湘途中所作。

先自長安至朔方，邀人看花。遊於石淙。與族叔孟二十二、孟十五及李益、柳縝相會。

有《邀花伴》詩（卷四）。題下自注：「時在朔方。」按「朔方」，郡、縣名。唐屬關内道夏州（今陝西横山縣境）。距長安遠隔千里。疑此「朔方」，乃泛指邠、寧等州之地（今陝西彬縣等地）。詩云：「邊地春不足，十里見一花。及時須邀遊，日暮饒風沙。」東野約於本年春再下第後來遊邠寧，邀人看花。

有《石淙十首》（卷四）。疑亦爲東野本年遊朔方時歌詠景物之作。據詩語：「朔風入空曲，涇流無大波。」「朔水刀劍利，秋石瓊瑶鮮。」「昔浮南渡颷，今攀朔山景。」與《邀花伴》詩題下自注：「時在朔方。」參互相證，知本詩所謂「朔風」、「涇流」、「朔水」、「朔山」，也都當指朔方而言。大約東野於本年再下第後，懷着無可告訴的牢騷抑鬱的心情來遊於此。故詩云：「羇騎苦銜勒，籠禽恨摧頽。顧惟非時用，靜言還自咍。」又云：「地遠有餘美，我遊採棄懷。乘時幸勤鑒，前恨多幽霾。」這些話疑俱自訴其應試落第，抱恨遠遊的情懷。

有《新平歌送許問》詩（卷一）。「許問」，生平不詳。「新平」，郡、縣名。唐屬關内道邠州，故城在今陝西彬縣（原邠縣）境。詩云：「邊柳三四尺，暮春離別歌。早迴儒士駕，莫飲土番河。」東野本年春來遊邠、寧（亦可泛稱朔方），作此贈行。卷一又有《邊城吟》，據詩語疑亦爲東野本年遊朔方時所作。

有《抒情因上郎中二十二叔、監察十五叔，兼呈李益端公、柳縝評事》詩（卷六）。「孟二十二」、「孟十五」，俱爲東野族叔，生平行事不詳。「柳縝」，柳鎮之弟，柳宗元之叔。貞元四年，柳縝、李益同佐邠寧節度使張獻甫幕。據李觀貞元七年所作《邠寧慶三州節度饗軍記》稱：「宗盟兄侍御史益，有文行忠信，而從朗寧之軍。（《李元賓文編》卷五）「朗寧」，謂張獻甫。張獻甫，貞元四年秋七月爲邠寧節度使，（據《舊唐書·德宗紀》下）後封朗寧郡王。知貞元七年李益方以侍御史佐張獻甫幕。直至貞元十二年五月張獻甫卒。故東野詩題以「端公」稱之。至柳縝之爲評事，亦在他佐張獻甫幕時。柳宗元《故叔父殿中侍御史府君墓版文》稱：「朔方節度使張獻甫辟署參謀，受大理評事，賜緋魚袋，改度支判官。」（《柳先生集》卷十二）貞元二年正月柳縝卒。柳宗元時自邠州持喪歸上都。知柳縝當即卒於邠州任所。東野此詩疑爲本年春離朔方前贈別之作，故詩云：「遊邊風沙意，夢楚波濤魂。一日引別袂，九迴霑淚痕。」「遊邊」，謂遊邠寧；「夢楚」，謂將作湖楚之遊。本集卷八又有《監察十五叔東齋招李益端公會別》詩，疑同爲本年東野離邠寧時話別之作。

自朔方遠遊湖楚。據《石淙十首》詩末：「物誘信多端，荒尋諒難遍。去矣朔之隅，翛然楚之甸。」諸語是其證。

有《自商行謁復州盧使君虔》詩（卷六）。「復州」，唐屬山南東道，在今湖北沔陽縣。東野於去年盧虔出守復州時曾有詩贈行（見貞元八年下）。今年東野再下第，乃自長安訪盧虔於復州。行次商州（唐屬關内道，今陝西商縣），因賦詩寄意。據詩中「一身遶千山，遠作行路人。未遂東吳歸，暫出西京塵。」諸語，可以相當清晰地攷見東野的行蹤。有《商州客舍》詩（卷三）。據詩云：「商山風雪壯，遊子衣裳單。四望失道路，百憂攢肺肝。……淚流瀟湘絃，調苦屈宋彈。識聲今所易，識意古所難。」疑此篇或爲東野再落第後，出遊楚湘，途次商州所作。「淚流」、「調苦」之言，「識聲」、「識意」之喻，凡此「百憂」，無不表露東野應試落第的悲憤情懷。今權繫於本年下。

本年東野遠遊湖楚途中，曾至巴山巫峽。

有《峽哀十首》（卷十）。詩云：「沉哀日已深，銜訴將何求！」「逐客零落腸，到此湯火煎。」「毒波爲計較，飲血養子孫。」「銜訴何時明？抱痛已不禁。」「因依虺蜴手，起坐風雨忙。峽旅多竄官，峽氓多非良。」詳詩意當是揭露抨擊世態險惡，哀弔死於三峽的逐客竄官，沈魂寃鬼。借峽哀以自宣洩落第不遇，抱痛銜訴的內心悲憤。本集卷一又有《巫山曲》、《巫山高》兩詩，疑俱爲東野遊巫峽時寄興之作。

東野至襄陽。旋經京山、雲夢，訪盧虔於復州。

有《獻漢南樊尚書》詩（卷六）。「樊尚書」，當謂樊澤。爲樊宗師之父。據《舊唐書·德宗紀、樊澤傳》，知他在建中三、四年曾充通和蕃使，從鳳翔節度使張鎰與吐蕃會盟清水。又屢與李希烈接戰，先後擒降李希烈大將張嘉瑜、杜文朝等。東野本詩所謂「天下昔崩亂，大君識賢臣。……心開玄女符，面縛清波人。」即指樊澤與李希烈交戰，擒其大將等事。所謂「異俗既從化，澆風亦歸淳。」即指樊澤與吐蕃會盟清水等事。至貞元三年乃自山南東道節度使爲荆南節度觀察等使、江陵尹，兼御史大夫。又三年，加檢校禮部尚書。貞元八年二月，山南東道節度使曹王（李）皐病逝，復任爲襄州刺史，山南東道節度使。治襄陽。以東野詩中「自公理斯郡，寒谷皆變春。……如何嵩高氣，作鎮楚水濱。」諸語推之，疑本詩即作於本年東野遊湖楚時。樊澤曾以禮部尚書作鎮漢南，故詩題仍以「漢南樊尚書」稱之。

有《獨宿峴首憶長安故人》詩（卷六）。「峴首」，即峴首山，又名峴山。在湖北襄陽縣南。詩云：「月迥無隱物，況復大江秋。江城與沙村，人語風飀飀。」疑此詩或即作於本年秋東野在襄陽時。

有《京山行》（卷六）。按唐時郢州有京山縣，屬山南東道。縣即以京山得名。宋樂史《太平寰宇記》一四四《郢州京山縣》稱：「隋改爲京山縣，因界内京山爲名。」是其證。同卷又有《夢澤行》。「夢澤」，即雲夢澤。在湖北安陸縣南。詩云：「騏驥思北首，鷓鴣願南飛。我懷京雒遊，未厭風塵衣。」於時東野往復州，途經兩地，賦詩紀行。

有《望夫石》詩（卷二）。按唐徐堅等《初學記》五引南朝宋劉義慶《幽明録》稱：「武昌北山有望夫石，狀若人立。古傳云：昔有貞婦，其夫從役，遠赴國難。携弱子餞送此山，立望夫而化爲石，因以爲名。」疑此篇亦爲東野本年遊湖楚時所作。

有《同茅郎中使君送河南裴文學》詩（卷八）。「茅郎中」、「裴文學」，俱不詳爲何人。據詩語：「河南有歸客，江風繞行襟。……菱蔓綴楚棹，日華正嵩岑」推之，疑爲本年東野遊湖楚時所作，即送裴文學自楚地歸河南。

有《旅行》詩（卷六）。詩云：「楚水結冰薄，楚雲爲雨（一作雪）微。野梅參差發，旅榜逍遥歸。」據詩語疑亦爲東野本年遊湖楚時紀遊之作。

貞元十年（七九四）。甲戌。東野四十四歲。

太子校書郎李觀卒。（韓愈《李元賓墓誌銘》）

有《贈竟陵盧使君虔别》詩（卷八）。「竟陵」，即復州。唐時爲復州治所。疑東野於貞元九年來復州，至本年夏始辭去。因贈詩爲别。所以詩稱：「赤日千里火，火中行子心。……歸人憶平坦，别路多嶇嶔。贈别折楚芳，楚芳摇衣襟。」

東野自楚遊湘。至岳陽，憑弔湘妃祠；至汨羅，憑弔屈原。

有《湘妃怨》（一作《湘靈祠》）詩（卷一）。按湘妃祠在巴陵，唐屬江南西道岳州，故址在今湖南岳陽縣境。後魏酈道元《水經注》三十八《湘水》稱：「湘水，……右合黄陵水口，其水上承太湖，湖水西流經二妃廟南。」《注》云：「世謂之黄陵廟也。言大舜之陟方也，二妃從征，溺於湘江……神遊洞庭之淵，出入瀟湘之浦。」是「黄陵廟」即東野本詩所詠之「湘靈祠」。據詩語：「搴芳徒有薦，靈意殊脉脉。玉佩不可親，徘徊烟波夕。」知東野時方自楚來湘，遂遊於此。

有《旅次湘沅有懷靈均》詩（卷六）。「靈均」，屈原字。詩云：「分拙多感激，久遊遵長塗。經過湘水源，懷古方踟蹰。舊稱楚靈均，此處殞忠軀。……悠哉風土人，角黍投川隅。」按屈原殞軀之處，地在汨羅《元和郡縣志》二十七《江南道》三《岳州湘陰縣》稱：「汨水，……又西經羅國故城爲屈潭，即屈原懷沙自沈之所，又西流入於湘水。」（《水經注》三十八《湘水》所紀略同）據此，知汨羅在唐屬岳州之湘陰縣，與湘靈祠同屬一郡之地。亦即《下第東南行》詩中所謂「楚日瀟湘明」「還作靈均行」之意。惟詩中對屈原多所曲解，在思想意蘊上流於陳腐的説教。

有《楚怨》詩（卷一）詩云：「秋入楚江水，獨照汨羅魂。……九門不可入，一犬吠千門。」詳詩意疑亦作於貞元九、十年間東野再下第後遠遊楚湘途中。即籍憑弔屈原以自抒其悲憤。與《湘妃怨》、《旅次湘沅有懷靈均》諸詩約爲一時先後之作。

有《吴安西館贈從弟楚客》詩（卷六）。孟楚客生平不詳。吴安，地名。詩云：「風生今爲誰？湘客多遠情。孤枕楚水夢，獨帆楚江程。」「湘客」，東野自謂。「孤枕」二句。指孟楚客。據詩語疑爲東野本年作於湘中，即送楚客歸楚江。

有《答郭郎中》詩（卷七）。據詩語疑或作於東野應試再落第後。今權繫於本年下。

有《贈南岳隱士二首》（卷七）。據詩語「見説祝融峯，擎天勢似騰。……終居將爾叟，一一共余登」推之，疑亦爲東野本年遊衡山後所作。

東野自湘溯洞庭。

有《遊韋七洞庭别業》詩（卷四）。「韋七」，不詳所指。以詩意推之，當亦爲東野本年自瀟湘遊洞庭時所作。故詩稱：「洞庭如瀟湘，叠翠蕩浮碧。松桂無赤日，風物饒清激。」詩末又稱：「物表易淹留，人間重離析。難隨洞庭酌，且醉横塘席。」按横塘，在湖州（一七）。知彼時東野方欲自洞庭返湖州，故作此言，後又因故改往汝州。

有《送任齊二秀才自洞庭遊宣城》詩（卷七）。題下自注：「任載、齊古。」按「任載」、「齊古」，俱不詳爲何人。以詩題推之，知當亦作於東野本年遊洞庭時。詩云：「洞庭非人境，道路行虚空。二客月中下，一帆天外風。宣城文雅地，謝守聲問融。證玉易爲力，辨珉誰不同？」時任、齊二秀才尚未登進士，故詩中以「證玉、辨珉」之説説之。

東野自洞庭往汝州（唐屬河南道，今河南南汝，依陸長源）。

據本集卷五《汝州南潭陪陸中丞公讌》詩：「遠客洞庭至，因兹滌煩襟。」是其證。

有《過分水嶺》詩（卷六）。「分水嶺」，疑即在楚豫接壤的鄧州南陽縣境。水自嶺而下，南北分流，俗呼爲分水嶺，亦曰魯陽關。按《太平寰宇記》一四二《山南東道》一《鄧州南陽縣·分水嶺》稱：「分水嶺，在縣北七十里，即三鴉之第二鴉也。從此而北五十里爲第三鴉，入汝州界。」同卷又有《分水嶺别夜示從弟寂》詩。「孟寂」，貞元十五年進士及第。生平不詳。疑此兩詩俱爲本年東野自洞庭抵汝州前，途經分水嶺時作。

有《鵶路溪行呈陸中丞》詩（卷六）。「陸中丞」，謂陸長源。彼時方爲汝州刺史兼御史中丞。《舊唐書》一四五《陸長源傳》但載陸爲汝州刺史，未詳他授官年月。今以諸書考之，如《元和郡縣志》六《汝州臨汝縣》下有：「貞元七年，刺史陸長源奏請割梁縣西界二鄉以益臨汝」的紀載。《太平寰宇記》八《河南道》八《汝州龍興縣》又有：「貞元八年刺史陸長源以舊（臨汝）縣荒殘，因移於東北李城驛側」的紀載。知陸長源貞元七年當已以御史中丞守汝州，至貞元十一年夏尚未去官。〔一八〕貞元十二年八月，始自汝州刺史爲宣武行軍司馬。「鵶路溪」，地名。疑即汝州魯山境内之三鵶路。按《元和郡縣志》六《汝州》：「魯山縣魯陽關水，俗謂之三鵶水。」《太平寰宇記》八《汝州魯山縣》稱：「三鵶路，在縣西南七十里，接鄧州南陽縣界。」當即其地。詩云：「出阻望汝郡，大賢多招携。……應憐泣楚玉，棄置如塵泥。」這些話可以證明東野彼時確於失意之餘，飄然湖海。因陸長源招邀，來到汝州。在未抵郡城時，先賦詩以寄意。

有《汝州南潭陪陸中丞公讌》詩（卷五）。《汝州陸中丞席喜張從事至同賦十韻》詩（卷五）。及《夜集汝州郡齋聽陸僧辯彈琴》詩（卷五）。這些詩當俱爲東野抵汝州後一時前後之作。有《遊石龍渦》詩（卷五）。題下自注：「四壁千仞，散泉如雨。」「石龍渦」也爲汝州名勝。明《一統志》三十一《汝州·山川》稱：「石龍渦在州城，四壁千仞，散泉如雨。唐孟郊有詩。」其言當有所本。據此，這首詩應亦爲東野僑寓汝州時紀遊之作。

貞元十一年（七九五）。乙亥。東野四十五歲。

正月，乙未，以祕書少監王礎爲黔中經略觀察使。（《舊唐書·德宗紀》）

韓愈三應博學宏詞科，仍不中。

本年東野三至長安應進士試。

有《寄盧虔使君》詩（卷七）。詩云：「霜露再相換，遊人猶未歸。……有鶴冰在翅，寒嚴力難飛。」考東野於貞元九年再下第後，曾作楚湘之遊。疑至本年尚未返鄉，故詩語云云。

有《汝墳蒙從弟楚材見贈時郊將入秦楚材適楚》詩（卷七）。「孟楚材」生平行事不詳。據詩稱：「汝水忽淒咽，汝風流苦音。北闕秦門高，南路楚石深。」此詩或即爲東野本年自汝州往長安應試前臨別酬贈之作。

有《哭李觀》詩（卷十）。「李觀」《新唐書》二百三有傳（引見貞元八年下）。《昌黎先生集》二十四《李元賓墓銘》云：「李觀，字元賓。年二十四，舉進士。三年登上第。又舉博學宏詞，得太子校書。又一年，年二十九，客死於京師。既斂之三日，友人博陵崔宏禮葬之於國東門之外七里，鄉曰慶義，原曰嵩原。」據此誌推之，知李觀當逝於貞元十年。他及第則在貞元八年，同年再登博學弘辭科。據《李元賓文編》卷三《上陸相公（贄）書》自稱：「時之來也，而獲遇相公之權衡文場，而觀特爲推擇，起離曖昧，居置昭晰。及其罷也，即思歸還，……俯仰淹留，復以逾時。乃應選科，不自計量，幸去衣褐爲吏。」可知他是在登第後，又應同年制科考試的。今李集卷五正有《貞元八年宏詞試中和節詔賜公卿尺》詩，是其明證。〔一九〕貞元十年乃以太子校書郎宦死於長安，李翺《與陸傪書》也稱：「李觀之文章如此，官止於太子校書郎，年止於二十九。」（《李文公集》卷七）與韓昌黎所言相合，俱可依信。東野此詩疑是他本年來長安應試時追弔之作。時李觀已先卒，故詩中有「旅葬無高墳，栽松不成行。神理本窅窅，今來更茫茫。」的話。同卷又有《弔李元賓墳》詩。常亦同爲本年或次年東野在長安應試時作。又有《李少府廳弔李元賓題字》詩（卷十）。題下自注：「元賓題少府廳云：『宿從叔宅有感。』有其義而無其辭。」據詩意疑亦作於李觀逝世後不久。

有《送別崔寅亮下第》詩（卷七）。詩云：「君子識不淺，桂枝幽更多。歲晏期攀折，時歸且婆娑。」按寅亮爲崔玄亮、純亮之弟。《舊唐書》一六五《崔玄亮傳》稱：「玄亮貞元十一年登進士第。始玄亮登第，弟純亮、寅亮相次昇進士科。」據此推算，崔寅亮登第或當在貞元十三年。他來長安應試，參之柳瑊摹雁塔題名殘拓本，疑或在貞元九年至十一、十二年間。彼時東野方在長安，因崔下第，贈詩爲别。今權繫於本年下。

有《送温初下第》詩（卷七）。「温初」生平不詳。據詩語：「日照濁水中，夜光誰能分？……長安風塵别，咫尺不見君。」推之，或當作於貞元八年至十一年間東野應試長安，或元和初僑寓長安時。今權繫於本年下。

有《贈黔府王中丞楚》詩（卷六）。「王楚」爲王崟之子，王播之父。新、舊《唐書》俱無傳。《新唐書·宰相世系表》第十二中《烏丸王氏》載：「王崟，懷州刺史。子楚，黔中觀察使。」即此人。「楚」字或寫作「礎」。（據《舊唐書》一六九《王播傳》：「父礎。」是其證）他在大歷七年登進士第。貞元八年時爲郎中，佐陸贄知貞元八年禮部貢舉事。（據《昌黎先生集》卷十七《與祠部陸員外書》及《唐摭言》卷八《通榜》條）後累遷祕書少監。貞元十一年乃出爲黔中觀察使。又按權德輿《唐故長安主簿李君（少安）墓志銘》中曾稱：「王黔中礎之持節廉問（即觀察）也，表爲推官。」（《權載之集》二十六）他在《送李十兄判官赴黔中序》又稱：「予内兄……受署於中執法（按：即御史中丞）王君，……王君之馨香望實，且處清近久矣。惟天愛人，授兹一方。」（《權載之集》三十七）權文所稱之「李十兄」和「李少安」，疑爲一人；權序中所稱「王君」，疑也指王礎而言。如果這一推測不錯，大約當時王礎即以御史中丞爲黔中觀察等使。故東野據以爲稱。至貞元十五年，王礎即卒於任所。（《舊唐書·德宗紀》正作「黔中觀察使、御史中丞王礎卒」。是其明證。）生平歷官所能考見的，大略止此。「黔府」，黔州都督府。唐屬江南西道。據詩語：「困驥猶在轅，沈珠尚隱精。……歲晏將何從，落葉甘自輕。」推之，其作時年月疑即在貞元十一年歲暮。彼時東野方三來長安應試，尚未登第，故有「困驥」「沈珠」的譬喻。

貞元十二年（七九六）。丙子。東野四十六歲。

正月，柳鎮卒（柳宗元《故叔父殿中侍御史府君墓版文》）

七月，宣武軍節度使李萬榮病，子廼謀領軍務。鄧惟恭、俱文珍執送京師。七月，乙未，以東都留守、兵部尚書董晉檢校左僕射同中書門下平章事，汴州刺史，宣武軍節度使。丙申，李萬榮卒。董晉輕行入汴。

韓愈從董晉辟，爲汴州觀察推官。

八月，丙子，以汝州刺史陸長源爲宣武行軍司馬。

東野進士登第。禮部侍郎呂渭知貢舉。試《日五色賦》、《春臺晴望》詩。同榜進士三十人。

按韓愈《貞曜先生墓誌銘》：「年幾五十，始以尊夫人之命來集京師，從進士試。既得即去。」韓愈《孟生》詩宋樊汝霖注引《唐登科記》也稱：「東野及第在貞元十二年。」宋吳子良《荊溪林下偶談》又云：「東野墓志：『年幾五十，始以尊夫人來集京師，從進士試，既得即去。』史云：『年五十得進士第。』樊汝霖云：『時郊年五十四。』三說不同。按《唐登科記》：郊第在貞元十二年李程榜。又按墓志：郊死於元和九年，年六十四。自元和九年逆數而上，至貞元十二年，凡十九年矣。郊登第當是年四十六。退之《薦士》詩：『酸寒溧陽尉，五十幾何耄。』蓋郊登第四年，方調溧陽尉也。誌謂『年幾五十』是矣。史與樊說失之。」他的論斷大致可信。

有《登科後》詩（卷三）。《同年春燕》詩（卷五）。按唐李肇《國史補》卷下《叙進士科舉》：「進士……俱捷謂之同年。」（《唐摭言》、《唐語林》引竝同）「春燕」，即唐代所謂「曲江大燕」。《唐摭言》卷一《述進士》下對曲江會有較爲具体的紀載。如稱：「曲江大會在關試後，亦謂之『關宴』。其後同年各有所之，亦謂之爲『離會』。」所以東野《同年春燕》詩也説：「少年三十士，嘉會良在茲。高歌摇春風，醉舞摧花枝。……欝折忽已盡，親朋樂無涯。……浮跡自聚散，壯心誰別離。」

有《擢第後東歸書懷獻座主呂侍郎》詩（卷六）。「呂侍郎」，當謂呂渭。《舊唐書》一三七《呂渭傳》稱他：「授太子右庶子、禮部侍郎。」〔二〇〕唐柳宗元《送蕭鍊登第後南歸序》：「逾時而名擢太常」句下宋韓醇注云：「貞元十二年，禮部侍郎呂渭知貢舉。試《日五色賦》、《春臺晴望》詩。」（《柳先生集》二十二）《唐語林》卷八《補遺》又稱：「神龍（武則天年號）元年已來累爲主司者，……呂渭三：貞元十一年，十二年，十三年。」知呂渭自貞元十一年以禮部侍郎連主貢舉。東野於貞元十二年登第，正出呂渭門下，所以詩題以「座主」稱之。（李肇《國史補》卷下《叙進士科舉》稱：「進士爲時所尚久矣，……有司謂之座主。」）彼時東野已登第，將自長安東歸，因賦詩爲別。據詩語：「慈親誠志就，賤子歸情急。擢第謝靈臺，牽衣出皇邑。」可知。

有《投所知》詩（卷三）。「所知」，未詳所指。據詩語：「自慚所業微，功用如鳩拙。……君存古人轍。……朝向公卿説，暮向公卿説。」似「所知」在東野應進士試時，代向公卿關説延譽，使東野得登上第。將歸，因贈詩爲報。其作時年月，疑當即在本年。

有《送韓愈從軍》詩（卷八）。當是送他赴官宣武之作。貞元十二年汴州節度使李萬榮病將死。其子李廼謀與唐廷相對抗。汴州軍亂。德宗乃命董晉爲汴州刺史、宣武軍節度使，平服汴州。董晉任韓愈爲觀察推官。不召兵馬，僅帥幕僚僕從十餘人直入汴州。〔二一〕此乃貞元十二年七月間事。東野此詩應即這時所作。疑時東野方在長安，在韓愈啟行時親往餞送。故詩稱：「凄凄天地秋，凜凜軍馬令。……今朝旌鼓前，笑別丈夫盛。」又云：「驛塵時一飛，物色極四靜。王師既不戰，廟略在無競。」正反映出當時董晉「不以兵衛」，「柔克」汴州的真實歷史情況。宋人或有以此篇題作東野《贈退之爲彰義軍行軍司馬》詩，非是。韓愈爲彰義軍行軍司馬，乃佐裴度。事在憲宗元和十二年秋。時東野已逝世，不得再有贈詩。且淮西一役，唐朝廷用兵累年，海内擾攘。也與此詩所稱：「王師不戰，廟略無競」的話，有所牴牾。宋馬永卿《嬾真子》卷二對此辨之已詳，可資參證。

東野自長安東歸，道經和州（今安徽和縣）小住。與張籍同遊於桃花塢上。臨行，張籍賦詩贈別。

按張籍《贈孟郊》詩云：「才名振京國，歸省東南行。停車楚城下，顧我不念程。」（《張司業集》卷七）「楚城」，即謂和州。〔二三〕唐屬淮南道。宋賀鑄《歷陽十詠》其九《桃花塢》詩也稱：「種樹臨谿流，開亭望城郭。當年孟張輩，載酒來行樂。」題下自注：「縣西二里麻溪上，按縣譜張司業之別墅也。籍與孟郊載酒屢遊焉。今茂林深竹，猶占近郭之勝。」（《慶湖遺老集》卷三）

貞元十三年（七九七）。丁丑。東野四十七歲。

四月，己卯，以大理卿于頔爲陝州長史、陝虢觀察使，兼陝州水陸運使。（《舊唐書・德宗紀》、新、舊《唐書・于頔傳》、《唐會要》八十七「陝州水陸運使」）

五月，壬子，以庫部郎中、翰林學士鄭餘慶爲工部侍郎，知吏部選事。（《舊唐書・德宗紀、鄭餘慶傳》及唐丁用晦《重修承旨學士壁記》）

九月，以禮部侍郎呂渭爲潭州刺史、湖南觀察使。

李益入幽州節度使劉濟幕，爲從事，後進營田副使。（據卞孝萱《李益年譜稿》）

東野寄寓汴州（今河南開封），依陸長源。

按本集卷五《新卜青羅幽居奉獻陸大夫》詩稱：「黔婁住何處？仁邑無餒寒。豈誤舊羈旅，變爲新閑安。」「陸大夫」，謂陸長源。詩後附陸長源《酬孟十二新居見寄》一詩，中稱：「因隨白雲意，偶逐青羅居。餘清濯子衿，散彩還吾廬。」「濯子衿」，「還吾廬」，知東野與陸長源此時應同居汴州無疑。陸答詩又稱東野説：「去歲登美第，榮名在公車。」按東野登第在貞元十二年，據此，他來汴州在貞元十三年，又已昭然甚明。因之，東野《上常州盧使君書》也自稱：「嘗衣食宣武軍司馬陸大夫，道德仁義之矣。」按之其人其時其地，無不一一吻合。

有《新卜青羅幽居奉獻陸大夫》詩（卷五）。「陸大夫」，謂陸長源。按陸長源貞元十二年以御史大夫佐董晉，爲宣武行軍司馬，治汴州。（《新唐書》六十五《方鎮表》：「興元元年，宣武軍節度使徙治汴州。」）《韓昌黎集》三十《董晉行狀》稱：「貞元十二年八月，上命汝州刺史陸長源爲御史大夫，行軍司馬。」同書卷二十一《送權秀才序》又稱：「相國隴西公（謂董晉）既平汴州，天子命御史大夫吴縣男爲軍司馬。」可爲明證。東野此詩當是本年來汴州後所作，據陸長源答詩可知（引見前）。本集卷二又有《樂府戲贈陸大夫十二丈》三首，後附陸長源答作。據詩題當亦同屬東野貞元十三、十四年間僑寓汴州時所作。

有《和薛先輩送獨孤秀才上都赴嘉會》詩（卷八）。「薛先輩」，不詳其人。「獨孤秀才」，疑謂獨孤郁。《舊唐書》一六八《獨孤郁傳》稱：「河南人。父及，天寶末與李華、蕭穎士等齊名。……郁貞元十四年登進士第。文學有父風。貞元末爲監察御史。」韓愈《唐故祕書少監贈絳州刺史獨孤府君墓誌銘》也稱他：「年二十四登進士第。」（《昌黎先生集》二十九）據此詩題稱「薛先輩」推之，疑或作於貞元十三年東野登第之後，即同薛先輩贈詩送獨孤郁赴長安應進士試。故詩云：「秦雲攀窈窕，楚桂搴芳馨。……持此一爲贈，送君翔杳冥。」獨孤郁有《與孟郊論仕進書》，收《唐文粹》卷八十三。

貞元十四年（七九八）。戊寅。東野四十八歲。

李翺進士登第。同年復中博學弘辭科。授校書郎。（《舊唐書》一六〇《李翺傳》、宋王楙《野客叢書》十九《李習之爲鄭州》條引《僧録》、徐松《登科記考》卷十四）獨孤郁進士登第。（《舊唐書・獨孤郁傳》、韓愈《獨孤府君墓志銘》）

七月，壬申，以工部侍郎鄭餘慶爲中書侍郎同平章事。（《舊唐書・德宗紀、鄭餘慶傳》、《新唐書・宰相世系表》二）

九月，己酉，山南東道節度使，檢校尚書右僕射，襄州刺史樊澤卒。（《舊唐書・德宗紀、樊澤傳》）

九月，丙辰，以陝虢觀察使于頔爲襄州刺史，山南東道節度使。（《舊唐書・德宗紀、于頔傳》）

本年東野仍寄居汴州。

有《大梁送柳淳先入關》詩（卷七）。「柳淳」，進士。呂渭之壻。唐呂温《東平呂府君（呂渭）夫人河東郡君柳氏墓志銘序》稱：「夫人貞元十六年六月庚寅，……棄養於潭州官舍。次女適前進士柳淳。」（《呂衡州集》七）按唐李肇《國史補》下云：「進士……得第謂之前進士。」知柳淳登第當在貞元十六年前。東野此詩疑即作於貞元十四、五年間柳淳尚未登第時。「大梁」，地名，即汴州的别稱。（見《元和郡縣志》七《河内道》三《汴州浚儀縣》下）彼時東野方寄居於此，因柳淳之行，賦詩贈别。

有《送孟寂赴舉》詩（卷八）。「孟寂」，東野從弟（本集卷八有《分水嶺别夜示從弟寂》詩可證）。新、舊《唐書》俱無傳。他登進士第當在貞元十五年。按張籍《哭孟寂》詩稱：「曲江院裏題名處，十九人中最少年。」（《張司業集》卷六）知孟寂當與張籍同年登進士第。考宋趙令畤《侯鯖録》五《辨傳奇、鶯鶯事》條引《唐登科記》載：「張籍貞元十五年高郢下登科。」宋洪興祖《韓子年譜》貞元十五年下引《唐諱行録》也稱：「張籍，貞元十五年擢進士第。」〔一三〕以籍詩推之，知孟寂當亦同年登第。東野此詩題爲「送寂赴舉」，約當作於本年孟寂已經「拔解」之後。

有《夷門雪贈主人》詩（卷二）。「主人」，謂陸長源。詩後附有長源答作可證。《全唐詩》卷二七五更把陸長源答詩直捷題爲《答東野夷門雪》，題下並注云：「郊客於汴，將歸，賦夷門雪贈別，長源答此。」其言至爲明白。「夷門」，汴州城門名。〔二四〕東野於去年來汴州依陸長源，本年冬末，思歸甚切，因賦詩見意。所以詩中稱：「酒聲歡閑入雪銷，雪聲激切悲枯朽。悲歡不同歸去來，萬里春風動江柳。」陸長源答詩也稱：「東隣少年樂未央，南客思歸腸欲絶。千里長河冰復冰，雲鴻冥冥楚山雪。」兩詩的寫作年月，當俱在本年冬。

本年東野方計劃南歸，邀張籍來汴州話別。

按張籍本年方在汴州應州貢進士試。（據《昌黎先生集》卷二《此日足可惜一首贈張籍》詩）韓愈也爲宣武軍從事，居汴州。在張籍舉州貢進士離汴州後不久，韓愈有《重答張籍書》，書中言及「孟君將有所適，思與吾子别，庶幾一來。」（《昌黎先生集》十四）「孟君」，即謂東野。知彼時東野已作計南歸，所以邀張籍會别。

有《與韓愈李翺張籍話别》詩（卷八）。考東野一生與韓愈、李翺、張籍同時會合有兩次，一在貞元間汴州；一在元和初長安。據此篇詩語推之，疑此詩或爲本年東野自汴州作計南歸時與韓、李、張話别之作。今權繫於本年下。

有《送李翺習之》詩（卷八）。詩云：「習之勢翩翩，東南去遥遥。贈君雙履足，一爲上皐橋。」疑此詩或爲貞元十四、五年間東野離汴州前，先送李翺自汴遊蘇之作。蘇州在汴州東南，故詩語云然。又云：「小時屐齒痕，有處應未銷。舊憶如霧星，怳見於夢消。」蓋東野生於蘇州之崑山，故多憶舊之言。

貞元十五年（七九九）。乙卯。東野四十九歲。

二月，丁丑，宣武軍節度使董晉卒。乙酉，以行軍司馬陸長源檢校禮部尚書、汴州刺史、御史大夫、宣武軍節度度支營田汴宋亳潁觀察使等。

汴州軍亂，殺陸長源，軍人臠而食之。

六月，己卯，黔中觀察使御史中丞王礎卒。

七月，丁未，以王礎卒廢朝一日。（據《舊唐書·德宗紀》、《唐會要》卷二十五《輟朝》）

八月，吳少誠謀逆漸甚，陷臨潁，進圍許州。唐廷令諸道各出師徒，犄角齊進，討吳少誠。

韓愈爲徐泗節度使張建封推官。

張籍進士登第。（《侯鯖録》引《唐登科記》、唐張泊《張司業集序》）

孟寂進士登第。（據張籍《哭孟寂》詩考定）

韓昶生。

本年春，東野離汴州。疑自汴州途經蘇州，歷遊越中山水。

按李翺《故處士侯君（高）墓誌》稱：「汴州亂，兵士殺留後陸長源。……乃作弔汴州文。……貞元十五年，翺遇玄覽於蘇州，出其辭以示翺，翺謂孟東野曰：『誠之至者，必上通上帝聞之。』」（《李文公集》十四）知汴州亂後不久，東野曾與李翺相遇於蘇州。後東野當自蘇州往遊越中。據韓愈《此日足可惜一首贈張籍》詩稱：「行行二月暮，乃及徐南疆。……閉門讀書史，窗户忽已涼。……我友二三子，宦遊在西京。東野窺禹穴，李翺觀濤江。」（《昌黎先生集》二）「窺禹穴」，即謂東野遊會稽。按韓愈此詩自述，知詩當作於貞元十五年秋。那末，東野應在其前至會稽無疑。時當在遊蘇州後。李翺《復性書》中也自稱：「南觀濤江入於越。」（《李文公集》二）在《拜禹歌·序》中又稱：「貞元十五年六月二十九日，隴西李翺敬再拜於禹之堂下。」（《李文公集》五）知李翺確也於本年遊越中，與韓昌黎詩所言正合，可爲明證。

有《汴州别韓愈》詩（卷八）。詩稱：「不飲濁水瀾，空滯此汴河。坐見遠岸冰，盡爲還海波。遠客獨顦顇，春英各婆娑。」據詩語推之，知當爲本年春東野離汴州前留别之作。韓愈有《答孟郊》詩（《昌黎先生集》卷五。文見《孟郊遺事》。）疑即作於本年前後。

有《亂離》詩（卷三）。爲哀悼陸長源於汴州軍亂時被害而作。明胡震亨《唐音統籤》三百六十二載有此詩。題下胡注：「陸長源爲汴州司馬，軍亂被害。郊嘗客汴，與陸厚，此詩蓋爲陸作。」其言頗可依信。按《舊唐書·德宗紀》、新、舊《唐書·陸長源傳》及《太平廣記》一七七《器量》三《董晉》條引《談賓録》所載，知長源被禍，在貞元十五年二月。東野悼詩約即那時所作。詩中對這一位剛直守法的「留後」，致以深切的哀悼。同時也對當時的國事，表示了無限的感憤。當時唐人同詠此事的，還有韓愈《汴州亂》二首（《昌黎先生集》卷二）和白居易《哀二良文》（《白氏長慶集》二十三）等篇。根据韓愈《汴州亂》詩中所描述的，如「健兒争誇殺留後，連屋累棟皆成灰。」不難推想當時汴州軍亂的情況，是相當嚴重的。

有《汴州離亂後憶韓愈李翺》詩（卷七）。詩云：「會合一時哭，别離三斷腸。殘花不待風，春盡各飛揚。」按貞元十二年，韓愈方爲汴州觀察推官，那時李翺也自徐州來汴。〔二五〕次年，東野也至汴州，乃得與韓、李相會。至貞元十五年春，東野别去。時韓愈仍在汴，李翺已先去。不久，汴州軍亂，陸長源被禍。韓愈以先從董晉喪離汴州，幸免於難。東野遠聞凶耗，百感交集。詩中所謂「忠直血白刃，道路聲蒼黄。」諸語，就是反映陸長源被害這一歷史事件的。其作時年月，約當在本年二月汴州軍亂後。

有《春集越州皇甫秀才山亭》詩（卷四）。「越州」，即會稽郡。唐屬江南東道，今浙江紹興。按宋施宿《嘉泰會稽志》十八《拾遺》載有皇甫秀才山亭，下引「東野詩云：『嘉賓在何處，置亭春山顛。』說者云：『秀才，皇甫冉也』。」考新、舊《唐書・皇甫冉傳》，知冉年輩早於東野。他舉秀才時（唐李肇《國史補》下：「進士通稱謂之秀才。」），東野年方幼稚。疑此皇甫秀才，當另是一人。同卷又有《越中山水》詩。宋孔延之《會稽掇英總集》載有此詩，題作《遊越中山水留雲門》。以詩中「日覺耳目勝，我來山水州。」諸語推之，當同爲本年遊越時所作。

有《爛柯石》、《姑蔑城》、《崢嶸嶺》詩（同卷九）。按三地俱在衢州（唐屬江南東道，今浙江衢縣）境。疑同爲東野本年歷遊越中山水一時先後遊賞之作。同卷又有《噴玉布》詩。據詩語：「山笑康樂巖」推之，疑噴玉布即在永嘉。謝靈運曾爲永嘉太守。唐屬江南東道，今浙江永嘉。疑亦同爲東野本年遊越中時紀遊之作。

有《江邑春霖奉贈陳侍御》詩（卷九）。詩云：「始知吳楚水，不及京洛塵。風浦蕩歸棹，泥陂陷征輪。」據詩意疑作於貞元十五、六年間東野南歸阻雨時。

有《獻襄陽于大夫》詩（卷六）。「于大夫」，疑謂于頔。按《舊唐書・德宗紀》，知于頔於貞元十四年九月，自陝虢觀察使任襄州刺史、山南東道節度使。《舊唐書・于頔傳》也稱：「地與蔡州鄰，吳少誠之叛，頔率兵赴唐州，收吳房、朗山縣。又破賊於濯神溝。」據東野詩題及詩語：「淵清有遐略，高躅無近蹊」推之，疑詩或作於于頔破吳少誠兵後，時當不出貞元十五、六年間。

貞元十六年（八〇〇）。庚辰。東野五十歲。

四月，以金俊邕襲祖金敬信開府儀同三司、檢校太尉、新羅國王。（參《舊唐書・德宗紀》）命司封郎中兼御史中丞韋丹持節册命。（參韓愈《韋丹墓志銘》、杜牧《韋丹遺愛碑》、《舊唐書・東夷新羅傳》）

五月，徐泗濠節度使、徐州刺史張建封卒。以蘇州刺史韋夏卿爲徐泗濠行軍司馬。壬子，徐州軍亂，不納行軍司馬韋夏卿，擁立張建封子愔爲留後。

徵徐泗濠行軍司馬韋夏卿爲吏部侍郎。（參《舊唐書·韋夏卿傳》、呂温《呂衡州集》六《韋夏卿神道碑》）

六月，新羅國王金俊邕卒。國人立其子重興。韋丹不果行，還拜容州刺史、容管經略招討使。（《舊唐書·東夷新羅傳》、韓愈《韋丹墓志銘》、杜牧《韋丹遺愛碑》）

七月，湖南觀察使呂渭卒。

九月，庚戌，貶中書侍郎同中書門下平章事鄭餘慶爲郴州司馬。

十月，吴少誠引兵歸蔡州，上表待罪。詔復其官爵。

韓愈有《與孟東野書》（《昌黎先生集》十五。文見附録《孟郊遺事》）。

本年東野方在常州。

有《上常州盧使君書》（卷十）。「盧使君」，未詳確指何人。按《舊唐書·德宗紀》：「貞元十五年二月乙酉，以常州刺史李錡爲潤州刺史，浙西觀察使。」不知此盧使君即接李錡任常州刺史者否？據貞元十六年五月，徐州軍亂，韋夏卿自泗濠行軍司馬，徵入爲吏部侍郎事推之，疑此書或當作於貞元十六年五月韋夏卿徵爲吏部侍郎後。同卷有《又上養生書》，乃上常州盧使君第二書。書末稱：「恩養下將遠辭違。」疑東野貞元十五、六年間方在常州，旋自常州赴洛陽應銓選。在離常州前再上此書寄意。

本年或次年東野在洛陽應銓選，選爲溧陽縣尉。（溧陽，唐屬江南西道宣州。今江蘇溧陽縣。）迎養其母於溧上。

按韓愈《貞曜先生墓誌銘》稱：「年幾五十，始以尊夫人之命來集京師，從進士試，既得即去。間四年，又命來選爲溧陽尉。迎侍溧上。」《新唐書・孟郊傳》稱他：「年五十得進士第，調溧陽尉。」其説較爲含混，因東野登進士第時年尚未及五十。他登進士第至任溧陽尉，其間還相距四年。考東野及第，在貞元十二年，下推四年，正當以本年或次年尉溧陽。韓愈《薦士》詩也稱他：「酸寒溧陽尉，五十幾何耄。」（《昌黎先生集》卷二）

有《初於洛中選》詩（卷三）。詩云：「青雲不我與，白首方選書。宦途事非遠，拙者取自疎。」以詩語及《貞曜墓誌》参互相證，知詩當爲貞元十六、十七年間所作。

有《旅次洛城東水亭》詩（卷五）。疑亦爲東野在洛陽應銓選時作。詩云：「自然逍遥風，蕩滌浮競情。」「浮競情」，疑即謂應銓選。

有《遊子吟》（卷一）。本詩乃東野集中最爲人傳誦的一篇。明胡震亨《唐音統籤・丁籤》載此詩，題下多「自注：迎母溧上作」七字。宋明以來東野集諸刻本俱無。胡氏當有所本。清陳鴻壽《溧陽縣志》卷九《職官志》孟郊傳注引《溧陽舊志》載此詩也題作《迎母瀨上》。「瀨上」，即溧上。據宋周應合《景定建康志》可證。〔二六〕今以《貞曜墓誌》「迎侍溧上」語推之，知東野當於本年或次年迎養其親於任所。本詩或即那時所作。

有《奉同朝賢送新羅使》詩（卷八）。「新羅使」，當謂韋丹。《新唐書》一九七《韋丹傳》稱：「新羅國君死，詔拜司封郎中往弔。未行，而新羅立君死，還爲容州刺史。」《舊唐書》一九九上《東夷新羅傳》也稱：「（貞元）十四年，新羅國王敬信卒。國人立敬信嫡孫俊邕爲王。十六年，授俊邕開府儀同三司檢校太尉新羅王。令司封郎中兼御史中丞韋丹持節册命，丹至鄆州，聞俊邕卒。其子重興立。詔丹還。」（《唐會要》九十五《新羅》文同）韓愈《唐故江西觀察使韋丹墓誌銘》（《昌黎先生集》七）、杜牧《唐故江西觀察使武陽公韋丹遺愛碑》（《樊川文集》七）也都有類似的紀載。是韋丹於貞元十六年出使新羅，諸書所載，俱無異詞。《舊唐書・德宗紀》還載有：「（貞元）十六年夏四月，以權知新羅國事金俊邕襲祖開府檢校太尉雞林州都督新羅國王」的詔命。知韋丹奉使之時，必在那年四月唐廷詔下以後。當他自長安啓行時，公卿大夫競贈篇什。當時權德輿《奉送韋中丞使新羅序》中也稱韋丹：「以儒冠智囊弔祠臨存，……三台儁彥歌詩讌餞。」（《權載之集》三十六）今權集卷四還存有《送韋中丞奉使新羅》詩一首。再以東野本詩：「送行數百首，各以鏗奇工。冗隸竊抽韻，孤屬思將同。」諸語互相印證，當時唱酬的盛況，已可略見一斑。時東野方選尉溧陽，故自稱「冗隸」。因以「奉同朝賢」爲題，寄詩贈行。

貞元十七年（八〇一）。辛巳。東野五十一歲。

十月，庚戌，以吏部侍郎韋夏卿爲京兆尹。鄒儒立時方爲殿中侍御史，武功縣令。（據端方《陶齋藏石記》：鄒儒立撰《唐故京兆府三原縣尉鄭淮墓志銘》結銜推定）

本年東野尉溧陽。

有《溧陽唐興寺觀薔薇花同諸公餞陳明府》詩（卷七）。詩當爲東野初任溧陽尉時所作。按「唐興寺」即宋之勝因寺。元張鉉《至正金陵新志》卷十一下《祠祀志》二《寺院》載：「勝因寺在溧陽州西四十五里。唐名唐興，政和五年改今額」。孟郊有《溧陽唐興寺觀薔薇花同諸公餞陳明府》詩。崇熙中，李亘刻石，命寺僧創薔薇軒於西廡。」東野的流風遺韻，傳歷久遠，於此可見一斑。「陳明府」，不詳爲何人。據東野詩稱：「羣官餞宰官，此地車馬來。」他儼然是當時溧陽縣令。惟據唐陸龜蒙《書李賀小傳後》所稱，知那時的溧陽縣令乃季操，非陳氏。（陳鴻壽《溧陽縣志》卷九《職官志》引《景定建康志・縣令題名》內也稱：「溧陽縣令季操，貞元間任。」）或陳氏任漂陽令時在季操前，當東野初到官，適陳氏因故罷去，東野乃隨同僚們爲陳氏賦詩贈行。由於文獻闕略，其詳已不可考了。同卷又有

《同溧陽宰送孫秀才》詩。據詩意當同爲東野尉溧陽一時先後之作。

貞元十八年（八〇二）。壬午。東野五十二歲。

韓愈調授國子四門博士。

王涯登諸科。（《文苑英華》卷七、《登科記考》卷十五）

東野以不治官事，縣令另委他人代行縣尉事，分東野半俸以給之。

按《新唐書》一七六《孟郊傳》稱：「縣有投金瀨、平陵城，林薄蒙翳，下有積水。郊間往坐水旁，徘徊賦詩，而曹務多廢。令白府請以假尉代之，分其半俸。」唐陸龜蒙《書李賀小傳後》對此有更詳細的描述（文見附録《孟郊遺事》）。疑其時即在貞元十七、八年間。

有《送青陽上人遊越》詩（卷八）。「青陽上人」，生平不詳。據詩語：「秋風吹白髮，微宦自蕭索。江僧何用嘆，溪縣饒寂寞。」推之，當爲貞元十七、八年秋東野尉溧陽失意時作。

有《和宣州錢判官使院廳前石楠樹》詩（卷九）。詩末諸語多抑鬱不平之鳴，疑亦作於貞元十七、八年間東野尉溧陽失意時。宣州，唐屬江南西道。溧陽，即屬宣州。

有《溧陽秋霽》詩（卷九）。詩中多忿恚不平之言，如說：「飽泉亦恐醉，惕宦肅如齋。上客處華池，下寮宅枯崖。叩高占生物，齟齬回難譜。」對當時封建官僚的等級制度，表示了一定程度的不滿。疑即爲貞元十七八、年間任溧陽尉時罰俸前後所作。

貞元十九年（八〇三）。癸未。東野五十三歲。

韓愈拜監察御史。冬，貶連州陽山縣令。

十月，乙未，以太子賓客韋夏卿爲東都留守，東都畿汝都防禦使。

韓愈有《送孟東野序》。（據《昌黎先生集》卷十七《與陳給事書》、此序題注推定）末云：「東野之役於江南也，有若不釋然者，故吾道其命於天者以解之。」

貞元二十年（八〇四）。甲申。東野五十四歲。

十一月，丁酉，以藍田縣尉王涯爲翰林學士。

本年陸羽卒。

本年東野辭溧陽縣尉。

按韓愈《貞曜先生墓誌銘》：「去尉二年，而故相鄭公尹河南。」「鄭公」，謂鄭餘慶。他任河南尹在憲宗（李純）元和元年。以時推之，東野辭溧陽尉當在本年。

有《連州吟三章》（卷六）。其二稱：「正直被放者，鬼魅無所侵。孤懷吐明月，衆毁鑠黄金。願君保玄曜，壯志無自沈。」詳辭意當爲韓愈貶官陽山有感而作。按《舊唐書》一六〇《韓愈傳》、唐皇甫湜《韓文公神道碑》（《皇甫持正集》六）及李翺《贈禮部尚書韓愈行狀》（《李文公集》十一）所載，知韓愈以遭讒毁於貞元十九年自監察御史謫爲連州陽山縣令。〔二七〕「連州」，州名。唐屬江南西道。又據韓愈《縣齋有懷》詩自稱：「捐軀辰在丁，鎩羽時方臘。投荒誠職分，領邑幸寬赦。」（《昌黎先生集》卷二）諸語推之，知韓貶官時在貞元十九年臘月。東野此詩或當郎爲次年春所作。故詩稱：「春風朝夕起，吹緑日日深。試爲連州吟，淚下不可禁。」又稱：「朝亦連州吟，暮亦連州吟。連州果有信，一紙萬里心。開緘白雲斷，明月墮衣襟。」其作時年月，應即在韓愈抵連州報書之後。至本詩所以題作

《連州吟》，可能是東野以韓愈陽山之貶，事涉唐廷隱祕，不願顯有揭露，所以託爲此題。聊以表示詩人感憤不平的懷抱。宋以來編次東野詩集，未加深考，誤將此詩列入《行役》一門，以爲也係東野連州紀遊的詩作，這樣就大失作者的本意了。

有《招文士飲》詩（卷四）。詩云：「文士莫辭酒，詩人命屬花。退之如放逐，李白自矜夸。南士愁多病，北人悲去家。梅芳已流管，柳色未藏鴉。」知本詩也當爲韓愈貶官陽山而作。故有「退之放逐」的話。「南士」，東野自稱；「北人」則謂韓愈。按韓愈以去年冬貶陽山縣令，本詩當是今年春作，據詩中「梅芳、柳色」二語可知。時東野仍任溧陽縣尉。

德宗二十一年　順宗（李誦）永貞元年（八〇五）。乙酉。東野五十五歲。

正月，癸巳，德宗卒。順宗（李誦）即位。

五月，丁丑，以邕管經略使韋丹爲河南少尹。（韓愈《韋丹墓誌銘》、《舊唐書·順宗紀、韋丹傳》）行未至，拜鄭滑行軍司馬。（韓愈《韋丹墓誌銘》）

五月，癸亥，以郴州司馬鄭餘慶爲尚書左丞。

八月，庚子，順宗傳位於憲宗，自稱太上皇。改元永貞。

八月，癸亥，以朝議大夫、守尚書左丞、輕車都尉鄭餘慶同中書門下平章事。（《舊唐書·憲宗紀、鄭餘慶傳》、《唐大詔令集》四十六制文、宋洪興祖《韓子年譜》元和五年内引《唐書·宰相表》）

本年或次年孟簡自倉部員外郎徙刑部員外郎。（据陸增祥《八瓊室金石補正》卷六十五孟簡題名、宋孫逢吉《職官分紀》卷九《員外郎門·中立正色，挺然不附》條注文推定）

韓愈自陽山令移江陵法曹參軍。

李翱三遷至京兆府司録參軍。（《舊唐書·李翱傳》）

十二月，庚子，以東都留守韋夏卿爲太子少保。

十二月，壬子，以右諫議大夫韋丹爲梓州刺史，充劍南東川節度使。

東野辭官後，仍留溧陽待繼任縣尉。先遣其弟奉母歸義興莊居。

按孟簡《送孟東野奉母歸里序》稱：「秋深木脱，遠水涵空，……而東野此時復奉母歸鄉。……東野學道守素，既以母命而尉，宜以母命而歸，應不效夫哭窮途，歌式微者矣。」（據清凌錫祺《德平縣志》卷十一引）

有《乙酉歲舍弟扶侍歸興義莊居後獨止舍待替人》詩（卷三）。按「興義」，疑爲「義興」之誤。「義興」，縣名。唐屬江南東道常州（今江蘇武進）。東野前曾寓居常州，乃在義興買宅置田，居其家人。本年辭官後，先令其弟奉母歸義興，獨留溧陽待繼任縣尉。詩中所稱：「誰言舊居止，主人忽成客。僮僕强與言，相懼終脉脉。……飲食迷精粗，衣裳失寬窄。」諸語，正赤裸裸地描寫出他辭官獨止舍後彷徨苦悶的心情。

有《北郭貧居》詩（卷五）。詩云：「進乏廣莫力，退爲蒙瀧（一作籠）居。三年失意歸，四向相識疎。」「三年失意」，疑自謂爲溧陽尉。據此推之，詩或爲本年東野辭官家居後所作。

有《退居》詩（卷二）。詩云：「退身何所食？敗力不能閑。種稻耕白水，負薪斫青山。」據詩語疑此詩亦或爲東野辭溧陽縣尉家居時所作。

有《懊惱》詩（卷四）。詩云：「惡詩皆得官，好詩空抱山。抱山冷殑殑，終日悲顔顔。……以我殘杪身，清峭養高閑。求閑未得閑，衆誚嗔虤虤。」憤激之情，躍然紙上。以韓愈《薦士》詩：「酸寒溧陽尉，五十幾何耄。……俗流知者誰。指注競嘲慠。」諸語參互相證，疑此詩或爲東野辭溧陽縣尉後抒憤之作。今權繫於本年下。

憲宗（李純）元和元年（八〇六）。丙戌。東野五十六歲。

正月，甲申，順宗卒。改元。

劉闢圍梓州。唐廷命嚴礪、高崇文討之。

三月，己亥，以前劍南東川節度使韋丹爲晉絳觀察使。（韓銘、杜碑俱作「拜晉慈隰三州觀察使。」）

三月，太子少保韋夏卿卒。（據吕温《京兆韋府君神道碑》。《舊唐書·憲宗紀》作「正月」，今不從。）

四月，獨孤郁材識兼茂明於體用科及第。旋拜爲右拾遺。（韓愈《獨孤府君墓誌銘》、《唐會要》七十六《貢舉》中《制科舉》、《册府元龜》六四五《貢舉部》七《科目》）

五月，庚辰，以尚書左丞同平章事鄭餘慶爲太子賓客，罷知政事。（《舊唐書·憲宗紀、鄭餘慶傳》。《唐大詔令集》五十五《宰相罷免》上作「元和元年十一月。」）

六月，韓愈自江陵法曹召入，拜爲國子博士（《昌黎先生集》十三《釋言》及洪興祖《韓子年譜》）

九月，丙午，以太子賓客鄭餘慶爲國子祭酒。

九月，辛亥，高崇文奏收成都，擒劉闢以獻。

十一月，庚戌，以國子祭酒鄭餘慶爲河南尹，水陸轉運使。（《舊唐書·憲宗紀》、洪興祖《韓子年譜》元和五年内引《唐書·宰相表》）

陸暢進士登第。（《登科記考》卷十六引《永樂大典》引《蘇州府志》）

皇甫湜進上登第。（《昌黎先生集》卷四《和皇甫湜陸渾山火用其韻》五百家注引宋孫汝聽注、《唐才子傳》六

《李紳》條、《登科記考》十六)

周況進士登第(韓愈《四門博士周況妻韓氏墓誌銘》宋樊汝霖注)

本年前後李益爲尚書都官郎中。(卞孝萱《李益年譜稿》)

李翺爲國子博士兼史館修撰。(《舊唐書·李翺傳》)

張籍調補太常寺太祝。(卞孝萱《張籍簡譜》)

韓愈有《薦士》詩(《昌黎先生集》二)。薦東野於鄭餘慶。詩云:「廟堂有賢相,愛遇均覆燾。」「賢相」,謂鄭餘慶。

本年東野方僑寓長安。

與韓愈、張籍、張徹等同作有《會合聯句》。與韓愈同作有《納涼》、《同宿》、《雨中寄孟刑部幾道》〔二八〕、《秋雨》、《城南》、《鬥鷄》、《征蜀》諸聯句。(俱見《昌黎先生集》八)按本年六月韓愈方自江陵法曹參軍入爲國子博士,彼時張籍等亦在長安,與東野會合,因共作諸聯句。故《納涼聯句》韓愈稱:「今來沐新恩,庶見返鴻朴。……車馬獲同驅,酒醪欣共歀。」

東野與韓愈、張籍等會飲於張署寓所。

按韓愈有《醉贈張祕書》詩。(《昌黎先生集》二。題注:「此詩元和初作。」)「張祕書」,謂張署。詩云:「今日到君家,呼酒持勸君。爲此座上客,及余各能文。……東野動驚俗,天葩吐奇芬。張籍學古淡,軒鶴避鷄羣。」這些詩都可作爲本年東野與韓愈、張籍諸人同在長安的明證。

有《題韋少保靜恭宅藏書洞》詩(卷五)。「韋少保」,當謂韋夏卿。東野和他有舊。〔二九〕《舊唐書》一六五《韋夏卿傳》稱他：「杜陵人。……爲東都留守，遷太子少保卒。」《新唐書》七十四上《宰相世系表》十四上《韋氏龍門公房》有：「韋夏卿，字雲客。太子少保。」當即此人。至他授官太子少保的年月，《舊唐書·憲宗紀》上載稱：在永貞元年十二月庚子。但同時又稱：「元和元年，正月，丁丑，太子少保韋夏卿卒。」據此，則是韋夏卿自太子少保至逝世時，纔不過數日，以東野此詩所詠推之，於理殊有未合。考唐呂温《故太子少保京兆韋府君神道碑》稱：「今上（按謂憲宗）嗣統，就加檢校吏部尚書。……不幸嬰疾，表求退歸。優詔除太子少保。冀其休復，將有後命。……以元和元年三月十二日薨於東都履信里之私第。」（《呂衡州集》六）明説韋夏卿卒於元和元年三月間，所紀當較《舊唐書》可信。「靖恭」，坊名。在長安。清徐松《唐兩京城坊考》卷三載稱：「次南靖恭坊。有祕書監致仕韋建宅，太常卿韋渠牟宅。」考《新唐書》七十四上《宰相世系表·龍門公房韋氏》的世次，知韋建爲夏卿的伯父，渠牟則爲夏卿的從弟。（參見《大唐傳載》及錢易《南部新書》）他們原是一家。所以東野此詩遂以靖恭宅屬之於夏卿。屬之於夏卿，也就無異於屬之韋建和渠牟。至徐松《唐兩京城坊考》中乃謂：「東野有《題韋少保靜恭宅藏書洞》詩，未知誰宅。」大約是由於他未能考明韋夏卿和韋建、韋渠牟之間的關係，致有此疑。實際上，韋夏卿在爲東都留守時，曾卜居洛陽履信坊，宅有大隱洞。〔三〇〕但在故鄉長安，當時也有私第，即所謂靖恭宅是。再以東野詩中「閑爲氣候肅，開作雲雨濃。洞隱諒非久，巖夢誠必通。」諸語加以推考，知彼時韋夏卿方因病表請退休，而唐廷未許，將有宰相之命。東野詩中「洞隱、巖夢」的話，約即指此而言。其作時年月，疑當在去年十二月後至今年三月以前，正當韋夏卿授官太子少保後，東野方來長安時。

　　有《遊城南韓氏莊》詩（卷四）。明胡震亨《唐音統籤》載有此詩。題下胡注云：「退之莊也。其地在長安城南。」宋宋敏求《長安志》卷中稱：「韓莊，在韋曲之東。退之與孟郊賦詩，又並其子讀書之所也。」（宋張禮《遊城南記》也有關於韓莊的記載）按宋志所紀『退之與孟郊賦詩』一事，疑即指東野此詩及與韓愈同作的《城南聯句》諸篇而言。

有《陪侍御叔遊城南山墅》詩（卷四）。「侍御叔」，當爲東野族叔。生平行事不詳。東野有《抒情因上郎中二十二叔監察十五叔兼呈李益端公柳縝評事》及《監察十五叔東齋招李益端公會别》兩詩，不知此侍御叔與監察十五叔同是一人否？「城南山墅」，在長安城南。疑本詩或爲東野今年僑寓長安一時紀遊之作。

本年或次年東野任河南水陸運從事，試協律郎。定居於洛陽立德坊。

按韓愈《貞曜先生墓誌銘》：「去尉二年，而故相鄭公尹河南，奏爲水陸運從事，試協律郎。」「故相鄭公」，謂鄭餘慶。考鄭餘慶爲河南尹在元和元年十一月，距東野貞元二十年辭溧陽尉時恰得兩年。《舊唐書·孟郊傳》乃稱：「李翱分司洛中，與之遊。薦於留守鄭餘慶，辟爲賓佐。」〔三二〕《新唐書·孟郊傳》也稱他在鄭餘慶爲東都留守時署爲水陸轉運判官。兩《唐書》紀載東野授官年月，與《貞曜墓誌》稍有出入。因鄭餘慶任東都留守時，據《舊唐書·憲宗紀》及《鄭餘慶傳》，知在元和三年六月間。距鄭爲河南尹時約晚兩年。今依《貞曜墓誌》及東野集中諸詩考定東野任河南水陸運從事時在元和一、二年間。

元和二年（八〇七）。丁亥。東野五十七歲。

二月，韋丹拜洪州刺史，江南西道觀察使。（韓愈《韋丹墓誌銘》、《舊唐書·憲宗紀》）

三月，河南尹鄭餘慶加兼知東都園子監事。（洪興祖《韓子年譜》引《河南志》）

韓愈以國子博士分教東都生。

八月，封于頔爲燕國公。

獨孤郁兼史館修撰。（韓愈《獨孤郁墓誌銘》）

東野官於洛陽。

有《寒地百姓吟》詩(卷三)。題下自注:「爲鄭相其年居河南,畿内百姓大蒙矜恤。」「鄭相」,謂鄭餘慶。「居河南」,即謂鄭爲河南尹。宋洪興祖《韓子年譜》元和五年下引《唐書・宰相表》稱:「(憲宗)永貞元年八月,尚書左丞鄭餘慶同平章事。元和元年十一月,罷爲河南尹。」(《舊唐書・順宗紀、憲宗紀、鄭餘慶傳》及《唐大詔令集》四十六制文所載略同)知鄭餘慶尹河南前,曾參知政事,因之東野以「鄭相」稱之。本詩題爲「寒地」,注稱「其年」,當即作於鄭餘慶到官河南之後不久,時應在元和二、三年冬。

有《立德新居十首》(卷五)。「立德」,坊名,在洛陽。元《河南志》卷一《京城門坊街隅古蹟》引《洛陽志》稱:「洛水之北,東城之東,第一南北街,……凡六坊。……次北立德坊,在宣仁門外街東。」又按元《河南志》卷四《唐城闕古蹟》内載:「漕渠……自斗門下枝分洛水。東北流至立德坊之南,西溢爲新潭。」又稱:「立德坊北街有洩城坊。至宣仁門南屈而東流,經此坊之北,至東北隅,遶此坊屈而南流入漕渠。」「又坊西街寫口渠,循城南流,至此坊之西南隅,遶出此坊屈而東流,入漕渠。」是其地四面帶水,一面對山,東野當即寓居其地。鋤治田畝,心形俱極安適。故詩稱:「聳城架霄漢,絜宅涵絪縕。開門洛北岸,時鎖嵩陽雲。」又稱:「疎門不掩水,洛色寒更高。曉碧流視聽,夕清濯衣袍。」又稱:「伊雒遶街巷,鴛鴦飛閻閭。一旬一手版,十日九手鋤。」按之輿志所紀,無不一一吻合。然後知東野「洛北、嵩陽」「疎門、曉碧」之言,俱非虚構。詩末附有東野自注:「末二章冬至日鄭相至門,以屬意在焉。」「鄭相」,當謂鄭餘慶。按韓愈《貞曜先生墓誌銘》中稱:「故相鄭公尹河南,親拜其母於門内。」可能即在此時。東野此詩又稱:「寺秩雖未貴,家醪良可哺。」「賓秩已覺厚,私儲常恐多。」「寺秩」,即自謂爲協律郎(按唐協律郎隸屬太常寺,故云。詳見《舊唐書・職官志》諸書)。「賓秩」,乃自謂爲鄭餘慶賓佐。據此,可以推定本詩作時年月,約在元和二、三年冬東野任河南水陸運從事時。

有《憑周況先輩於朝賢乞茶》詩（卷九）。「周況」，新、舊《唐書》俱無傳。韓愈《四門博士周況妻韓氏墓誌銘》稱：「四門博士周況妻韓氏，諱好好。……開封尉諱俞之女。……開封從父弟愈於時爲博士，乞分教東都生。……而歸其長女於周氏況。況，進士，家世儒者。……立名行，人士譽之。」（《昌黎先生集》三十五）知周況乃韓愈姪壻。按韓愈以國子博士分教東都生，時在元和二年。大約彼時周況已登進士第。因之，宋樊汝霖注此誌云：「元和元年況中進士第。」（《昌黎先生集》二十三《祭周氏姪女文》五百家注引宋孫汝聽注謂周況登第在元和三年。）後乃仕爲四門博士。東野此詩題稱「先輩」，當是作於周況已登進士之後。大約不出元和二、三年間。按唐世進士互相推敬稱「先輩」。（見《國史補》卷下及《唐摭言》卷一《述進士》下）東野登第在周況前，這當是對周的謙稱。時東野方官於洛陽，因寄此詩到長安，憑況乞茶。

元和三年（八〇八）。**戊子。東野五十八歲。**

四月，皇甫湜登賢良方正能直言極諫科。都官郎中李益等爲考策官。（《唐會要》七十六《貢舉》中《制科舉》、徐松《登科記考》十七）

四月，樊宗師登軍謀宏遠堪任將帥科。（《昌黎先生集》三十四《南陽樊紹述墓誌銘》注、《唐會要》七十六《貢舉》中《制科舉》）授著作佐郎。（《新唐書》一五九《樊澤傳》附宗師傳）

四月，乙丑，貶起居舍人、翰林學士王涯爲都官員外郎。再貶虢州司馬。

六月，甲戌，以河南尹鄭餘慶檢校兵部尚書，兼東都留守。

九月，庚寅，以山南東道節度使，檢校尚書左僕射于頔守司空，同平章事。（《舊唐書·憲宗紀》、《新唐書·宰

相表》二）

十月，嶺南節度使楊於陵辟李翺爲節度使掌書記。（《舊唐書・楊於陵傳》、李翺《楊於陵墓誌》、《祭楊僕射文》、《來南録》）

東野仍官於洛陽。

有《杏殤九首》并序（卷十）。乃爲悼其幼嬰而作。據詩序知東野有感於花乳的零落，「因悲昔嬰，故作是詩」的。其第四首有云：「兒生月不明，兒死月初光。兒月兩相奪，兒命果不長。」是東野之子生未數日即死。所以韓愈《孟東野失子》詩序也稱：「東野連産三子，不數日輒失之。幾老，念無後以悲。」（《昌黎先生集》四）和東野本詩所説的情事完全吻合。可以推知韓、孟詩篇當同爲一時先後之作。按韓愈《孟東野失子》詩題下宋唐庚注云：「東野爲鄭餘慶留守賓佐，在元和二、三年，此詩當是時作。」如果唐庚的推定大致可信，可能東野喪子即在元和二、三年間。據唐王建《哭孟東野》詩所稱：「但是洛陽城裏客，家傳一首杏殤詩。」的情況看來，這些詩在當時已流傳人口，不脛而走了。另外，本集卷十還載有《悼幼子》詩一首，據詩稱：「負我十年恩，欠爾千行淚。」疑東野彼時另有一子已稍稍長成，但也幼年早死，故東野另以詩悼之。恐與《杏殤九首》非一時一事之作。

有《生生亭》詩（卷五）。亭即爲東野所置。故詩稱：「灘鬧不妨語，跨溪仍置亭。置亭嵽嵲頭，開窗納遥青。徒誇遠方岫，曷若中峯靈。」以前作《立德新居》詩：「開門洛北岸，時鎖嵩陽雲。」及《寒溪九首》：「洛陽岸邊道，孟氏莊前溪。」諸語推之，疑本詩所稱：「跨溪置亭」，即在洛北孟氏莊前清溪之上。所以東野《送陸暢歸湖州》詩（本集卷八）也自稱：「不然洛岸亭，歸死爲大同。」「洛岸亭」，也當指「生生亭」而言的。同時盧仝《孟夫子生生亭賦》（《玉川子詩集》二）中亦云：「沿寒冬之寒流兮，輟棹上登生生亭。」按盧仝久居洛中，作賦的那年大約是自洛中南走。賦中所稱「寒流」，應即指洛水而言。「輟棹上登」，則亭當位於洛水岸旁無疑。東野於元和一、二年間始來洛陽，置亭寒溪必當在他卜居立德坊之後。本詩可能即爲亭成以後所作，時當在元和二三年間或稍晚。

有《同從叔簡酬盧殷少府》詩（卷七）。「盧殷」，《新、舊唐書》俱無傳。其生平略見於韓愈《登封縣尉盧殷墓誌》。中稱：「君能爲詩。……與諫議大夫孟簡、協律郎孟郊、監察御史馮宿好。期相推挽，意以病不能。……爲官在登封，盡寫所爲詩抵故宰相東都留守鄭餘慶。」（《昌黎先生集》二十五）按鄭餘慶留守東都，據《舊唐書·憲宗紀》，時在元和三年至六年間。盧殷爲尉登封，知當即在這一時期。東野此詩題以「少府」爲稱，疑當作於元和三年前後盧殷方爲登封縣尉時。

有《送魏端公入朝》詩（卷八）。據詩語「京洛尚淹翫，西京足芳妍。……局促塵末吏，幽老病中絃。……何當補風教？爲薦三百篇」推之，或當作於元和二、三年間東野任協律郎，居洛陽時。即送魏端公自洛歸朝。

有《洛橋晚望》詩（卷五）。據詩語疑或爲元和二、三年冬東野居洛陽時作。

有《晚雪吟》（卷三）。疑此詩爲元和二、三年冬東野官協律郎，居洛陽時所作。據詩語：「選音不易言，裁正逢今朝。今朝前古文，律異同一調。願於堯琯中，奏盡鬱抑謠。」是其證。

有《雪》詩（卷四）。詩云：「忽然太行雪，昨夜飛入來。……官給未入門，家人盡以灰。……將暖此殘疾，典賣爭致盃。」描述東野官居清苦，「典賣致盃」的窘狀可想。詩稱「官給」，疑此詩或當作於元和初年東野官洛陽時。今權繫於本年下。

元和四年（八〇九）。己丑。東野五十九歲。

正月，以司封郎中孟簡爲山南東道荆南湖南宣撫使。（《唐會要》七十七《諸使》上《巡察按察巡撫等使》）

孟簡超拜諫議大夫。後因抗論宦官吐突承璀不宜爲河北招討使事，出爲常州刺史。

正月，李翺赴嶺南。六月，至韶州。（《李文公集》十八《來南録》）

右拾遺獨孤郁轉右補闕。（《舊唐書·獨孤郁傳》、韓愈《獨孤郁墓誌銘》）

六月，韓愈改都官員外郎，分司東都。（《昌黎先生集》遺文内《迓杜兼題名》及洪興祖《韓子年譜》）

祕書監贈兵部尚書盧虔卒。（《白氏長慶集》三十九《祭盧虔文》）

十一月，李翺拜爲循州刺史。（據《李文公集》卷四《解惑》及《輿地紀勝》九十一《廣南東路循州官吏》李翺注文考定）

本年或稍前李益爲中書舍人。（卞孝萱《李益年譜稿》）

張徹進士登第（韓愈《故幽州節度判官贈給事中清河張君墓誌銘》注）

鮑溶進士登第。（宋晁公武《郡齋讀書志》卷四中、宋計有功《唐詩紀事》）

東野母裴氏卒。東野服喪家居。

韓愈《貞曜先生墓誌銘》稱：「母卒五年，而鄭公以節領興元軍。」按鄭餘慶爲興元尹在元和九年，以時推之，東野母正應於本年逝世。李翺《來南録》亦載翺：「元和四年正月乙未，去東都。明日及故洛東，弔孟東野，遂以東野行。黄昏到景雲山居，詰朝登上方，南望嵩山，題姓名記别。既食，韓、孟别予西歸。」（《李文公集》十八）這些紀載，既證實了東野失母的年月，還可從而知道一些當年東野與韓、李相會的遊蹤。

元和五年（八一〇）。庚寅。東野年六十歲。

王涯自虢州司馬召入爲吏部員外郎。（《舊唐書·王涯傳》及《唐尚書省郎官石柱題名考》卷四《吏部員外郎》）

四月，獨孤郁自右補闕、史館修撰遷起居郎，充翰林學士。（《舊唐書·獨孤郁傳》、韓愈《獨孤郁墓誌銘》、唐丁用晦《重修承旨學士壁記》）

韓愈授河南縣令。

八月，江西觀察使韋丹卒。（韓愈《韋丹墓誌銘》、杜牧《韋丹遺愛碑》）

李翺爲浙東觀察使李遜判官（據韓愈《代張籍與浙東觀察李中丞遜書》推定）

九月，丁卯，獨孤郁以妻父權德輿在中書，避嫌，請守本官起居郎。旋改尚書考功員外郎。復充史館修撰。（韓愈《獨孤郁墓誌銘》）

本年或稍前，李益爲河南府少尹。（卞孝萱《李益年譜稿》）

東野仍居洛陽。

白居易《與元九書》：「況詩人多蹇，……近日孟郊六十，終試協律。」（《白氏長慶集》二十八）有寄陝府鄧（一作竇）給事》詩（卷七）。「鄧給事」，不詳爲何人。「陝府」，陝州大都督府。唐屬河南道。詩稱：「戇人年六十，每月請三千。不敢等閑用，願爲長壽錢。」知詩當爲本年前後所作。

有《教坊歌兒》詩（卷三）。詩云：「十歲小小兒，能歌得聞天。六十孤老人，能詩獨臨川。」

有《忽不貧喜盧仝書船歸洛》詩（卷九）。「盧仝」，《新唐書》一〇一有傳，（引見本集卷七《答盧仝》題解）按盧仝書船歸洛事，以仝集考之，知當在元和五年間。《玉川子集》卷四《冬行二首》其二稱：「長年愛伊洛，決計卜長久。賒買里仁宅，水竹且小有。」這是自述在洛中賒買田宅的。下稱：「買宅將還資，舊業苦不厚。臘風刀刻肌，遂向東南走。賢哉韓員外，勸吾莫强取。」這是自述在嚴冬時自洛中東南走揚州的。其下更稱：「賃載得估舟，估雜非吾偶。……揚州屋舍賤，還債堪了不？此宅貯書籍，地濕憂蠹朽。……何當還帝鄉，白雲永相友。」這即自述賣揚州宅載書歸洛的經過。也即東野此詩所詠之事。「帝鄉」，指洛京。「韓員外」，當謂韓愈。按韓愈元和四年六月始任爲都官員外郎，分司東都。元和五年即授河南縣令。盧仝自洛陽東南走揚州，必當在元和四年深冬。次年當即以船載揚州書籍經江淮歸洛陽。疑東野此詩所稱：「盧仝歸洛船，崔嵬但載書。江潮清翻翻，淮潮碧徐徐。……江淮君子水，相送仁有餘。」即指此事而言。詩也當爲同年所作。彼時東野與盧仝俱在洛陽，常相過從。

有《嚴河南》詩（卷六）。「嚴河南」，疑是東野戲稱韓愈。詩云：「赤令風骨峭，語言清霜寒。不必用雄威，見者毛髮攢。」「赤令」，當與韓愈《寄盧仝》詩：「嗟我身爲赤縣令，操權不用欲何俟。」（《昌黎先生集》五）二語同義。同樣是指韓愈爲河南縣令而言的。唐制：縣有赤、畿、望、緊、上、中、下七等。《新唐書》三十八《地理志》河南道：「河南府河南縣赤。」故有此稱。按洪興祖《韓子年譜》：「韓愈，元和四年改都官員外郎，守東都省。（元和）五年，爲河南縣令。」與東野此詩所談韓愈的歷官：「君從西省郎，正有東洛觀。洛民蕭條久，威恩憫撫難。」的實際情況正相吻合。時盧仝和東野俱在洛陽，本詩當即元和五、六年間作。

有《喜符郎詩有天縱》詩（卷九）。「符郎」，韓愈子韓昶小名。昶《新、舊唐書》俱無傳。據明萬歷間河南孟縣出土的《唐故朝議郎檢校尚書户部郎中兼襄州别駕上柱國韓昶自爲墓誌銘》自述學詩學文的梗概稱：「昌黎韓昶，……生徐之符離，小名曰符。幼而就學，性好文字。出言成文，不同他人所爲。張籍奇之，爲授詩，……日通一卷。……受詩未通兩三卷，便自爲詩。及年十一二，樊宗師大奇之。年至二十五及第。」（文見《全唐文》七四一及《金石文鈔》諸書）韓愈《贈張籍》詩也稱：「薄暮歸見君，迎我笑而莞。指渠（按謂韓昶）相賀言，比是萬金產。……試將詩義授，如以肉貫串。開祛露毫末，自得高蹇嵼。」（《昌黎先生集》五）都可證明韓昶的幼慧，當時確實傾動了韓愈的一班知友。所以宋張淏《雲谷雜記》卷二也載有：「韓昶兒時郎以詩動孟東野」的話，並稱：「今東野集有《喜符郎詩有天縱》之篇。符，蓋昶小字。」可以推想東野此詩當即作於元和四、五年間東野已喪子後，正韓昶墓誌銘自稱：「年十一二，樊宗師大奇之」之時。按韓昶爲貞元十五年韓愈避徐州亂居符離時所生，至本年正十一二，方隨父居河南。時東野也在洛中，韓昶「以詩動東野」，當在其時。

有《弔盧殷十首》（卷十）。「盧殷」元和五年卒。他的生平略見於韓愈《登封縣尉盧殷墓誌》。（引見本集卷十《弔盧殷十首》題解）他「生男輒死，卒無子。」「竟飢寒死登封」。一生遭遇和志趣，都和東野極其相似。因之東野詩中除追憶他們年青時在酒會詩場中「店飲吾曹床」「吟哦無滓韻」的豪舉外，其它像詩中的「可憐無子翁，蚍蜉緣病肌」、「至親唯有詩，抱心死有歸」之類的話，不僅是用來哀悼盧殷，簡直也就是東野的自我寫照。其作時年月當在盧殷葬後，時東野方居洛中。故詩稱：「邙風噫孟郊，嵩秋葬盧殷。幽薦一杯泣，瀉之清洛濱。」又稱：「河南韓先生，後君作因依。磨一片嵌巖，書千古光輝。」乃指韓愈爲盧殷樹碑勒銘的事。按韓愈《盧殷墓誌》成於元和五年冬，東野此詩當作在較韓誌稍晚的一些時候。

有《秋懷》十五首（卷四）。詩云：「老人朝夕異，生死每日中。……浪浪謝初始，皎皎幸歸終。」「南逸浩淼際，北貧磽确中。曩懷沈遥江，衰思結秋嵩。」「詈言不見血，殺人何紛紛。聲如窮家犬，吠竇何誾誾。」據詩語疑或作於元和五年至八年間在洛陽家居時。老病侵尋，一貧徹骨。痛詈言之殺人，憶曩悲於往昔。感憤之情，溢於言表。惟當日情事，已難詳考。今權以此什繫於本年下。

有《老恨》詩（卷三）。詩云：「無子抄文字，老吟多飄零。有時吐向床，枕席不解聽。」疑或作於元和三年至五年間東野喪子之後。今權繫於本年下。

元和六年（八一一）。辛卯。東野六十一歲。

正月，勅諫議大夫孟簡、工部侍郎歸登等於豐泉寺翻譯大乘本生心地觀音經。

四月，己卯，以東都留守鄭餘慶爲兵部尚書，依前留守。

李光顔除洛州刺史，充本州團練使。（《舊唐書·李光顔傳》附《光顔傳》）

韓愈遷尚書職方員外郎。

十月，以東都留守鄭餘慶爲吏部尚書。

東野仍居洛陽。

有《送盧郎中汀》詩（卷八）。「盧汀」，新、舊《唐書》俱無傳。以《韓昌黎集》卷四《和虞部盧四汀酬翰林錢七徽赤籐杖歌》，卷五《酬司門盧四兄雲夫院長望秋作》、《盧郎中雲夫寄示送盤谷子詩兩章歌以和之》，卷七《和庫部盧四兄元日朝迴》諸詩集注考之，知盧汀，字雲夫。「貞元元年進士。歷虞部、司門、庫部郎曹，遷中書舍人，爲給事中，其後莫知所終矣。」《唐郎官石柱題名考》卷二十五《主客郎中》内亦有盧汀名。但俱未詳盧汀爲郎中在何年。按清王元啟《讀韓記疑》考訂韓愈《和盧郎中雲夫寄示送盤谷子詩》稱：「前和《望秋》詩，（元和）六年秋作，此詩即是年冬作。」據此，疑盧汀元和五、六年間方爲司門郎中。東野此詩題稱「郎中」，或亦當與韓昌黎詩爲一時先後之作。今權繫於本年下。詩云：「洛水春渡濶，别離心悠悠。一生空吟詩，不覺成白頭。……玉柯擺新歡，聲與鸞鳳儔。朝謁大家事，唯余去無由。」疑本詩即爲東野送盧汀自洛陽歸長安之作。同卷又有《送盧汀侍御歸天德幕》詩。知盧汀還曾以侍御佐幕天德軍。雖其任官年月已難詳考，但據此可補盧汀生平歷官之闕。

有《看花五首》（卷五）。中云：「芍藥吹欲盡，無奈曉風何。餘花欲誰待？唯待諫郎過。」「諫郎」，疑謂孟簡。按孟簡元和四年超拜諫議大夫，至元和六年正月，仍以諫議大夫受命於豐泉寺譯經。疑此組詩或即作於元和五、六年間。

有《送諫議十六叔至孝義渡後奉寄》詩（卷七）。「諫議十六叔」，當謂孟簡。《舊唐書》一六三《孟簡傳》僅稱他在元和四年超拜諫議大夫，因抗論宦官吐突承璀不宜爲河北招討使事，出爲常州刺史。未載他出守常州的年月。今按盧仝《玉川子詩集》卷二《常州孟諫議（按謂孟簡）座上聞韓員外職方貶國子博士有感五首》其一稱：「山夫與刺史，相對兩巑岏。」考韓愈自職方員外郎貶官國子博士時，據洪興祖《韓子年譜》引《憲宗實録》，知在元和七年二月。以盧仝詩對孟簡稱謂推之，知那時孟簡已出刺常州。再據《舊唐書·憲宗紀》所載，知元和六年正月，還有命諫議大夫孟簡等於豐泉寺翻譯大乘本生心地觀音經事，可以推知孟簡最初自諫議大夫出刺常州時，必在元和六年豐泉譯經之後，七年二月韓愈貶官之前無疑。〔三二〕東野此詩當也爲那時所作。故詩中也稱：「分明太守禮，跨躡毗陵橋。……伊洛去未迴，遐矚空寂寥。」大約那年孟簡方自長安出守常郡，東野與他相會於洛，送行至孝義渡後更寄此詩。「毗陵」，本常州舊稱。唐玄宗天寶元年始改今名。（參見《元和郡縣志》二十五《江南道·常州》、《新唐書·地理志·江南東道》）「孝義渡」，當亦在洛陽境内，據詩中「伊洛未迴」諸語可證。同卷又有《至孝義渡寄鄭軍事唐二十五》詩。「鄭、唐」俱不詳爲何人。詩中也稱：「官街泥水深，下脚道路斜。嵩少玉峻峻，伊雒碧華華。」與前詩聯繫起來看，知「孝義」確在洛中。此詩也當爲東野送孟簡至孝義渡後同時所作。

有《弔元魯山十首》（卷十）。元魯山，名德秀。天寶十三年卒。（據《舊唐書》卷一九〇下、《新唐書》卷一九四《元德秀傳》、元結《元魯山墓表》）彼時東野年方四歲，當然不能寫出這樣的詩作。以東野集中其他詩考之，疑此什當爲元和五、六年間追弔之作。按本什第八首稱：「當今富教化，元后得賢相。幽埋盡洸洸，滯旅無流浪。唯餘魯山名，未獲旌廉讓。」「賢相」，當謂鄭餘慶。鄭氏自元和三年至六年任檢校兵部尚書，東都留守，居河南。第十首稱：「遺嬰盡雛乳，何況肉骨枝。心腸結苦誠，胸臆垂甘滋。」此乃歌詠元魯山自乳兄子事。〔三三〕以此與本集卷七《寄義興小女子》詩中「想茲爲襁褓，如鳥拾柴枝。我詠元魯山，胸臆流甘滋。終當學自乳，起坐常相隨。」諸語互相比勘，這兩篇不僅所詠之事，所用之韻完全一致，而且「胸臆甘滋」一句，竟也同然無異。這當非偶合，而是有着相互的關聯。疑此什或即作於《寄義興小女子》一篇之前。

有《寄義興小女子》詩（卷七）。「義興」，地名。東野曾家於此。（據本集卷三《乙酉歲舍弟扶侍歸義興莊居獨止舍待替人》詩可證）「小女子」，即其家婢。詩云：「江南莊宅淺，所固唯疎籬。小女未解行，酒弟老更癡。家中多吳語，教爾遥可知。」大約這時東野家人仍然寓居此地。以東野集卷八《送淡公》詩和此篇聯繫起來考察，疑兩篇或俱爲元和六、七年間所作。按本集卷八《送淡公十二首》其六稱：「江湖有故莊，小女啼喈喈。我憂未相識，乳養難和諧。幸以片佛衣，誘之令看齋。齋中百福言，催促西歸來。」「故莊」，當謂義興，「小女」，仍指本篇「小女未解行」之「小女」而言。兩詩俱以他的小女「乳養難諧」爲慮。又本篇詩末談到他的小女時稱：「終當自乳，起坐相隨。」而在《送淡公》詩中也談到「誘令看齋，催促西來。」以彼推此，知兩詩所談及的顯爲一事，可能俱屬一時先後之作。

有《送陸暢歸湖州因憑題故人皎然塔陸羽墳》詩（卷八）。「陸暢」，新、舊《唐書》俱无傳。以諸書考之，知陸暢元和元年登進士第。〔三四〕任太子僚屬。董晉子董溪以女嫁之。韓愈《送陸暢歸江南》詩也稱他：「舉舉江南子，名以能詩聞。一來取高第，官佐東宮軍。迎婦丞相府，誇映秀士羣。」（《昌黎先生集》五）後乃以祕書丞爲江南西道觀察使王仲舒判官。（據《文苑英華》六三九唐張次宗《薦觀察判官陸暢請章服狀》及唐范攄《雲溪友議》卷中《吳門秀》條考定）時當已至穆宗（李恒）長慶初年。陸暢生平可以考見的大略如此。「皎然」，湖州人。唐代詩僧。曾與東野「爲洛下之遊」，屢有唱和的詩作。宋釋贊寧等《大宋高僧傳》卷二十九有《唐湖州杼山皎然傳》，稱他：「名晝，姓謝氏。……貞元初，……自誨之曰：『吾將入杼峯，與松雲爲偶。』以陸鴻漸爲莫逆之交。以貞元年終山寺。有集十卷。貞元八年，敕寫其文集入於祕閣。」又據唐于頔《吳興晝上人集序》，知皎然貞元八年尚健在，〔三五〕他逝世時自當在貞元八年以後。嘗隱居湖州杼山妙喜寺（據唐《顔魯公集》卷四《湖州烏程縣杼山妙喜寺碑》考定）。再據談鑰《嘉泰吳興志》諸書，知皎然的祠墓也俱在杼山〔三六〕。疑東野此詩所稱「磚塔」，當即在杼山妙喜寺内。「陸羽」，字鴻漸。與皎然「爲緇素忘年之交。」（《全唐文》四三三《陸羽自傳》）《新唐書》卷一百本傳稱他：「竟陵人。詔拜太子文學。徙太常寺太祝，不就職。貞元末卒。」（《國史補》卷中所載略同）他死後墳墓也在湖州。據宋王象之《輿地紀勝》卷四《兩浙西路安吉州古跡》内即有「陸羽壙」。下載：「孟東野送陸暢歸，有憑題陸羽墓詩。」即指此篇。疑東野此詩當作於元和六年間。時皎然、陸羽已先後逝世，東野方居洛陽，值陸暢夫婦歸湖州，乃贈詩爲別，兼以憑弔故友。故詩稱：「杼山磚塔禪，竟陵廣宵翁。……因君寄數句，遍爲書其藂。」按韓愈元和六年作有《贈陸暢歸江南》詩，張籍亦同作有《送陸暢》詩（《張司業集》卷六），疑東野此篇與韓、張兩詩俱爲一時一事先後之作。

有《戲贈無本》詩（卷六）。「無本」，即賈島。《新唐書》一七六《賈島傳》稱他：「范陽人。初爲浮屠，名無本。來東都……韓愈因教其爲文，遂去浮屠，舉進士。」元和六年春，自長安訪韓愈於洛陽。同年秋，韓愈自河南令遷尚書職方員外郎，賈島或隨韓愈赴長安。十一月他自長安歸范陽，韓愈曾有詩相送。（見《昌黎先生集》五《送無本師歸范陽》）詩題下宋樊汝霖注稱：「此詩元和六年冬作。而是年秋，東野亦有詩與無本云：『長安秋聲乾，木葉相號悲。』」即指東野此詩。詩稱：「長安秋聲乾，木葉相號悲。瘦僧卧冰凌，嘲詠含金痍。」又稱：「朔雪凝別句，朔風飄征魂。」從這些話中都可看出這首詩大約也是送賈島自長安歸范陽的。因而所歌詠的時節和情況都與韓愈《送無本師歸范陽》一詩相吻合。不過一作於長安，一作於洛陽而已。清鄭珍《跋韓愈送無本師歸范陽詩》乃據賈島《投孟郊》詩，誤認：「島和東野似平生未一覿面。」（見《巢經巢文集》五）不知賈島《寄孟協律》詩中已有「別後冬節至，離心北風吹」。的話，可爲郊、島兩人生時曾經覿面的確證。鄭説非是。

有《壽安西渡奉別鄭相公二首》（卷八）。「鄭相公」，謂鄭餘慶。按《舊唐書·憲宗紀》，知鄭餘慶於元和六年四月，以東都留守爲兵部尚書，依前東都留守。此詩則係送他自洛陽歸朝長安之作。至他歸朝的年月，據《舊唐書》一五八《鄭餘慶傳》載有當時京兆尹元義方、户部侍郎判度支盧坦各請戟立於其第的事「會餘慶自東都來，發論大以爲不可，自是奪元、盧之門戟。」此爲鄭餘慶來朝與收奪元、盧門戟發生關係的一些史實。若再從而推溯收奪元、盧門戟的年月，在《舊唐書·憲宗紀》内即明載：「元和六年，十二月，甲申，京兆尹元義方、户部侍郎判度支盧坦以違令立戟，……收奪所請門戟。」而收奪元、盧門戟一事，又實由鄭餘慶歸朝長安時所主成，是鄭餘慶之來長安，必在是年十二月收奪元、盧門戟之前不久，極爲顯然。故東野此詩也稱：「清風送君子，車遠無還塵。春別亦蕭索，況茲冰霜辰。」又稱：「東都清風減，君子西歸朝。獨抱歲晏恨，泗吟不成謡。」所謂「霜辰、歲晏」，正説明鄭餘慶是以本年冬自洛陽歸朝的。與唐史所載互相印證，正相符合。「壽安」，縣名。唐屬河南道河南府。（見《元和郡縣志》及《新唐書·地理志》）

元和七年（八一二）。壬辰。東野六十二歲。

二月，乙未，韓愈自職方員外郎貶爲國子博士。

六月，王涯自吏部員外郎改兵部員外郎，知制誥。（《舊唐書·憲宗紀》及本傳、白居易《除孔戣等官制文》）

八月，戊戌，魏博節度使田季安卒。九月，軍亂。

十月，乙未，魏博三軍舉其牙將田興知軍州事。

十月，甲辰，以魏博都知兵馬使，兼御史中丞田興爲銀青光禄大夫，檢校工部尚書，兼魏州大都督府長史，充魏博節度使。

十二月，丙戌，以吏部尚書鄭餘慶爲太子少傅。（《舊唐書·憲宗紀》及本傳、白居易《授鄭餘慶太子少傅制文》）

本年或稍前李益爲祕書少監，集賢殿學士。（《新唐書》七十二上《宰相世系表》、卞孝萱《李益年譜稿》）

李翺以浙東觀察判官攝監察御史。（《李文公集》十六《祭劉巡官文》）

獨孤郁以考功員外郎知制誥。（韓愈《獨孤郁墓誌銘》）

東野仍居洛陽。

有《哭劉言史》詩（卷十）。「劉言史」，新、舊《唐書》俱無傳。唐皮日休有《劉棗强碑》，叙其生平經歷較詳。中稱：「先生姓劉氏，名言史，不詳其鄉里。……王武俊之節制鎮冀也，先生造之。武俊……奏請官先生，詔授棗强縣令。先生辭疾不就。世重之曰劉棗强。……」又稱：「故相國隴西公夷簡之節度漢南也，……命列將以襄之髹器千餘事賂武俊，以請先生，武俊許之。先生由是爲漢南相府賓冠。……（夷簡）問先生所欲爲，先生曰：司功（《全唐詩》「功」作「空」）掾甚閑，或可承闕。相國由是掾之。……相國表奏（升秩），詔下之日，不恙而卒。……墳去襄陽郭五里，曰柳子關。」（《皮子文藪》卷四。元辛文房《唐才子傳》卷四《劉言史》條略同。）考李夷簡元和六年四月，始任檢校禮部尚書、襄州大都督府長史、山南東道節度使，治襄陽。元和八年正月，改任檢校户部尚書、成都尹，充劍南西川節度使。（俱見《舊唐書·憲宗紀》）今據《唐才子傳》稱：劉言史爲李夷簡賓佐，「歲餘奏升秩，詔下之日，不恙而卒。」則劉言史逝世，即當不出元和七、八年間。東野本詩亦當作於其時。

有《送淡公十二首》（卷八）。「淡公」，越中詩僧。後棄僧爲儒。據宋趙令時《侯鯖録》卷七引《大唐傳載》稱：「僧淡然者……與孟郊退之爲洛下之遊。退之作《嘲淡然鼾睡》詩是也。」宋史能之《咸淳毗陵志》卷十六《雜類志・紀聞》也據東野此詩詩語推定「淡公曾與東野同在伊洛，至是游溧，而東歸吳越，（東野）作詩送之。」他們的推斷都大致可信。（史志以此詩爲東野送淡公「遊溧東歸」之作，則非是。）又宋魏仲舉《新刊五百家注音辨韓昌黎先生文集》卷七《送諸葛覺往隨州讀書》詩引宋韓醇注：「諸葛覺或云即澹師，後去僧爲儒。公逸詩有《澹師鼾睡》二首，爲此人作。」《全唐詩》八三〇貫休《懷諸葛珏（一作覺）二首》其一云：「諸葛子作者，詩曾我細看。出山因覓孟，踏雲去尋韓。」注：「遇孟郊、韓愈於洛下。」此什當即爲東野送淡公自洛歸鄉之作，故詩稱：「嵩洛興不薄，稽江事難同。」「數年伊雒同，一旦江湖乖。」又稱：「鄉在越境中，分明見歸心。」其作時年月，以詩中「盧殷、劉言史，餓死君已噫。」諸語推之，知詩當作於盧、劉已死之後，當不出元和七年至九年間。今權系於本年下。時東野與淡然方同居洛陽，因其行，贈詩爲別。

有《憶江南弟》詩（卷七）。「江南弟」，當謂孟酆、孟郢。詩云：「白首眼垂血，望爾唯夢中。筋力强起時，魂魄猶在東。」又云「努力柱枝來，餘活與爾同。不然死後恥，遺死亦有終。」知詩或當作於《寄義興小女子》一詩之後，東野晚年居洛陽時。即邀其弟自江南來洛陽，兄弟『共被』，同度餘年。今權以此篇繫於本年下。本集卷八又有《留弟郢不得送之江南》詩。詩云：「剛有下水舡，白日留不得。老人獨自歸，苦淚滿眼黑。」據詩語疑其弟孟郢曾應邀來洛陽小住，留之不得，此詩即送其歸江南。與前詩或同爲先後之作。

有《田興尚書聽娌（嫂）命不立非夫人》詩（卷九）。按「田興」爲田弘正的本名。（《舊唐書》一四一《田弘正傳》：「弘正本名興。」）元和七年，魏博節度田季安卒後，代季安子田懷諫爲軍州留後。十月，以歸魏博六州功，授檢校工部尚書，充魏博節度使。（據新、舊《唐書·田弘正傳》、《文苑英華》八六九元稹《魏博節度使田弘正碑》、韓愈《魏博節度觀察使沂國公田公先廟碑銘》及《李相國（絳）論事集》卷五《論魏博事》考定）元和八年始改名爲弘正。據《舊唐書·憲宗紀》及元稹《沂國公墓誌銘》中關於「錫嘉名」的紀載，俱其明證。本詩題爲「尚書」，稱「田興」，不稱「弘正」，疑即作於田興初授工部尚書後，尚未改名弘正之前。時當不出元和七、八年間。至田興「聽娾命不立非夫人」一事，於史無徵，已不能詳其始末了。

有《寄洛州李大夫》詩（卷七）。「洛州李大夫」，疑謂李光顔。《舊唐書》一一一《李光進傳》附弟《光顔傳》稱：「李光進，本河曲部落稽阿跌之族也。（元和）六年……詔以光進夙有誠節，克著茂勳，賜姓李氏。其弟光顔除洛州刺史，充本州團練使。」《舊唐書·憲宗紀》也稱：「元和六年五月壬子，以振武節度阿跌光進夙彰誠義，久立茂勳，宜賜姓李氏。弟洛州刺史光顔已從別勑處分。」《光顔傳》又稱：「討李懷光、楊惠琳皆有功。後隨高崇文平蜀，搴旗斬將，出入如神。……自憲宗元和已來，歷授代、洛二州刺史，兼御史大夫。」《舊唐書·憲宗紀》又稱：「元和九年九月，甲戌，朔，以洛州刺史李光顔爲陳州刺史，忠武軍都知兵馬使。」知李光顔兄弟勇健善戰，屢立功勳。元和六年賜姓李氏時，李光顔即除洛州刺史。至元和九年九月，唐廷將討淮蔡，李光顔乃自洛州刺史遷爲陳州刺史，獨當一面討吳元濟。據東野此詩詩題及詩語推之，知詩必當作於元和六年李光顔任洛州刺史後，元和九年未遷陳州刺史前，時應不出元和七、八年間。「洛州」，唐屬河北道，故治在今河北永年縣東南。

元和八年（八一三）。癸巳。東野六十三歲。

二月，辛卯，田興改名弘正。

二月，辛相于頔男太常丞敏專殺梁正言奴事發，貶頔恩王傅，絶朝謁。（《舊唐書·憲宗紀》、新、舊《唐書·于頔傳》及《唐大詔令集》五十七《大臣貶降》上《于頔恩王傅，絶朝謁制文》）

三月，乙亥，國子博士韓愈守尚書比部郎中，史館修撰。

獨孤郁遷駕部郎中，知制誥。十二月，復充翰林學士。（《舊唐書·獨孤郁傳》、韓愈《獨孤郁墓誌銘》、丁用晦《重修承旨學士壁記》）

九月，壬申，以恩王傅于頔爲太子賓客。（《舊唐書·憲宗紀》、權德輿《除于頔太子賓客表》。《舊唐書·于頔傳》作「十月」。）

常州刺史孟簡加金紫光禄大夫。未幾，徵拜爲給事中。

本年前後，李益降居散秩，俄復任爲祕書少監（《舊唐書·李益傳》、卞孝萱《李益年譜稿》）

本年前後，王建爲昭應縣丞（據《全唐詩》三〇一王建《别楊校書》詩及卞孝萱《李益年譜稿》推定）

東野仍居洛陽。

有《與王二十一員外涯遊昭成寺》詩（卷五）。按《舊唐書》一六九《王涯傳》，知他曾三度爲員外郎，最後一次乃自吏部員外郎改兵部員外郎，知制誥，時在元和七年六月。（《舊唐書·憲宗紀、王涯傳》、白居易《除孔戣等官制文》）據本詩：「洛友寂寂約，省騎霏霏塵。遊僧步晚磬，話茗含芳春。……玄講島岳盡，淵詠文字新。」諸語推之，約當作於王涯爲兵部員外郎，知制誥時。「昭成寺」，在洛陽道光坊，〔三七〕自初唐以來爲洛陽名蹟。（見《唐會要》四十八《寺》、《元河南志》一《京城門坊街隅古蹟》）故東野《送淡公十二首》其七亦云：「都城第一寺，昭成屹嵯峨。」「都城」，也指洛陽。疑王涯以去年任兵部員外郎，本年春在洛陽與東野同遊於此，東野因賦詩紀遊。

有《上昭成閣不得於從姪僧悟空院嘆嗟》詩（卷九）。「僧悟空」，生平行事不詳。「昭成閣」，疑即爲洛陽昭成寺之閣。詩云：「老病但自悲，古蠹木萬痕。老力安可誇，秋海萍一根。」「結僧爲親情，策竹爲子孫。」據詩語推之，疑亦爲東野元和七、八年間遊賞之作。卷七又有《宿空姪院寄澹公》詩。「空姪」，疑即「從姪僧悟空」，「澹公」，即淡公。詩云：「官街不相隔，詩思空愁予。明日策杖歸，去住兩延佇。」據詩語疑亦作於元和間東野居洛陽時。

有《與王二十一員外涯遊枋口柳溪》詩（卷五）。「枋口」，地名。在今河南濟源縣境，唐屬河南道河南府。「柳溪」，當爲枋口名勝。清陸耀遹《金石續編》卷九載唐人所撰《元和六年沁河枋口廣濟瀆天城山等記》稱：「屆茲枋口，實曰巨河。水像枋形出山，俗謂之枋口。……此枋口内，灣環緑水，狀若盤龍。周廻翠屏，削成百仞。」（文又見陸心源《唐文拾遺》。《明一統志》二十八《河南懷慶府山川枋口水》内也有關於枋口的記載。）知其地自唐以來爲名蹟。故東野此詩也有「萬株古柳根，挐此磷磷溪。野榜多屈曲，仙潯無端倪。……江調擺衰俗，洛風速塵泥」的歌詠。以詩意推之，疑亦爲本年春與王涯同遊的詩作。

有《濟源春》、《濟源寒食七首》、《遊枋口》諸詩（俱見卷五）。「濟源」，縣名。唐屬河南道河南府孟州。《濟源春》云：「太行横偃春，百里芳崔嵬。濟濱花異顔，枋口雲如裁。」《濟源寒食七首》其六云：「枋口花間掣手歸，嵩陽爲我留紅暉。」《遊枋口二首》其一云：「太行青巔高，枋口碧照浮。明明無底鏡，泛泛忘機鷗。」據詩語，疑同爲本年春遊枋口時踏春遊賞的詩作。

有《弔房十五次卿少府》詩（卷十）。「房次卿」，新、舊《唐書》俱無傳。《新唐書》七十一下《宰相世系表·河南房氏》僅載：「房武，興元少尹。子次卿，字蜀客。」也未詳其生平經歷。今據《昌黎先生集》五《將歸贈孟東野房蜀客》詩宋樊汝霖注引《諱行録》稱：「房次卿，字蜀客。《登科記》：蜀客貞元七年登第。」再據房次卿所作《唐故特進行虔王傅扶風縣開國伯上柱國兼英武軍右廂兵馬使蘇日榮墓誌銘・序》云：「貞元十四年六月二十九日……蘇公薨於位。」題銜自署：「將仕郎守祕書省校書郎房次卿撰。」〔三八〕知房次卿於貞元十四年方歷官祕書省。後當累遷爲京兆興平縣尉。據韓愈元和六年所作《興元少尹房君（武）墓誌銘》，知次卿於元和六年尚健在，方署爲京兆興平尉。彼時當以父喪去官家居，後即卒於河南故里。故東野弔詩有云：「蜀客骨目高，聰辯劍戟新。如何昨日歡，今日見無因。」蓋彼時東野亦居洛陽，常相過從，因有「昨歡今日」之嘆。至詩題仍以「少府」爲稱，知次卿生平歷官即止於興平縣尉。考東野於元和九年逝世，而元和六年次卿仍健在，次卿逝世年月雖難確言，但大約不出元和七、八年間。《昌黎先生外集》卷五也有《祭房君文》內稱：「謹遣舊吏皇甫悅展祭於五官蜀客之柩前。」由於那時韓愈方居官長安以次卿逝於河南故里，故只遣舊吏往祭，不克親往。

有《寄張籍》詩（卷七）。詩云：「東京有眼富，不如西京無眼貧。西京無眼猶有耳，隔牆。時聞天子車轔轔。轔轔車聲輾冰玉，南郊壇上禮百神。西明寺後窮瞎張太祝，縱爾有眼誰爾珍？」按《舊唐書》一六。《張籍傳》：「貞元中登進士第。……調補太常寺太祝，轉國子助教，祕書郎。以詩名。」《新唐書》一〇一本傳也稱：「第進士，爲太常寺太祝。久次，遷祕書郎。」俱未詳張籍爲太祝時始於何年。今據白居易元和九年所作《張十八》詩語：「獨有詠詩張太祝，十年不改舊官銜。」推之，張籍約在貞元末年或元和初任爲太祝，久未遷調的。至張籍患眼疾時，據韓愈元和八年所作《代張籍與浙東觀察李中丞遜書》（文祿堂本《昌黎先生集》十六）：「退自悲不幸兩目不見物，無用於天下。」又云：「近者閣下從事李協律翺到京師。籍於李君友也，不見六七年。」考《舊唐書・李翺傳》：翺，元和初，任國子博士，兼史館修撰。時張籍亦調補太常寺太祝，俱在長安。李翺元和五年爲浙東觀察判官。元和六年及八年曾自越州兩度赴長安（參《李文公集・解江靈》）。以韓愈《代張籍書》中語推之，疑張籍病眼約當在元和八年左右。

韓愈元和八年冬所作《雪後寄崔二十六丞公》詩（《昌黎先生集》七）亦云：「腦脂遮眼臥壯士。」「壯士」，即謂張籍。再以張籍自作《患眼》詩（《張司業集》六）：「三年患眼今年校，免與風光便隔生。昨日韓家後園裏，看花猶似未分明。」相證，疑張籍病眼或當始於元和八年，至元和十一年始痊可。遂遊韓家後園，故詩中有「三年患眼」之語。韓愈《贈張十八助教》詩（《昌黎先生集》卷九）亦云：「喜君眸子重清朗，携手城南歷舊遊。忽見孟生題竹處，相看淚落不能收。」「孟生」，謂東野。時東野已逝世，故有「相看淚落」的話。據此，疑東野本詩即當作於元和八年冬唐天子南郊禮神畢事之後。彼時張籍方以太常寺太祝病眼居長安西明寺後，故東野詩語云然。「西明寺」，在長安延康坊西南隅。〔三九〕白居易《寄張十八》詩云：「同病者張生，貧僻住延康。迢迢青槐街，相去八九坊。」（《白氏長慶集》六）《酬張太祝晚秋臥病見寄》詩云：「高才淹禮寺，短羽翔禁林。西街居處遠，北闕官曹深。」（《白氏長慶集》九）白詩所謂之「延康」、「西街」，竝即東野本詩所謂之「西明寺後」。情事境地，兩兩相合，可資旁證。東野集卷七另有《寄張籍》一詩，詩云：「清漢徒自朗，濁河終無澄。舊愛忽已遠，新愁坐相淩。君其隱壯懷，我亦逃名稱。」據詩語疑或作於貞元間張籍未登第前。

有《贈韓郎中愈二首》（卷六）。按韓愈平生一爲比部郎中，一爲考功郎中。此處當指他爲比部郎中而言。據宋洪興祖《韓子年譜》引《憲宗實録》稱：「元和八年三月乙亥，國子博士韓愈比部郎中、史館修撰。」知韓愈始爲比部郎中時在元和八年三月。至韓愈轉考功郎中，據《韓子年譜》引《憲宗實録》云：「元和九年十月甲子，韓愈功郎中，依前史館修撰。」及《舊唐書》一六〇《韓愈傳》所稱：「踰歲轉考功郎中、知制誥。」考之，已在元和九年十月間。彼時東野已逝世，不應再有贈詩。故此詩當作於元和八、九年間韓愈爲比部郎中時。

元和九年（八一四）。甲午。東野六十四歲。

本年李翺方爲浙東觀察判官、將仕郎、試大理評事、攝監察御史。（李翺《叔氏墓誌》）

三月，辛酉，以太子少傅鄭餘慶檢校右僕射、興元尹、山南西道節度觀察使。代趙宗儒爲御史大夫。

八月，王涯拜爲中書舍人。

閏八月，壬戌，以中書舍人王涯爲皇太子諸王侍讀。

閏八月，己巳，加田弘正檢校右僕射。

九月，甲戌，朔，以洛州刺史李光顔爲陳州刺史、忠武軍都知兵馬使。

九月，乙丑，淮西節度使吳少陽卒。其子元濟匿喪，自總兵柄，焚劫舞陽等四縣。

九月，戊戌，以給事中孟簡爲越州刺史、浙東觀察使。（《舊唐書·憲宗紀》、宋孔延之《會稽掇英總集》卷十八孟簡：《建南鎮碣記》及《唐太守題名記》）

十月，甲子，韓愈爲考功郎中，知制誥。（洪興祖《韓子年譜》、宋張淏《雲谷雜記》卷二）

十月，獨孤郁遷祕書少監。（韓愈《獨孤郁墓誌銘》）

十月，壬戌，以忠武軍節度副使兼陳州刺史李光顔爲許州刺史、忠武軍節度使。

十一月，梁肅卒。詔贈禮部郎中。（崔元翰《右補闕翰林學士梁君墓誌》）

本年樊宗師方任太子舍人。（韓愈《與鄭相公書》）

山南西道節度使鄭餘慶奏東野爲興元軍參謀，試大理評事。東野聞命自洛陽往興元，以暴疾卒於河南閿鄉縣。時元和九年八月己亥日。十月，庚申，葬於洛陽東先人墓左。友人張籍等私謚爲貞曜先生。宋宋敏求編次東野詩集爲十卷行世。

按韓愈《貞曜先生墓誌銘》稱：「母卒五年，而鄭公以節領興元軍，奏爲其軍參謀，試大理評事。挈其妻行之興元，次於閿鄉，暴疾卒。年六十四。……買棺以歛，以二人輿歸。」《舊唐書·孟郊傳》也稱：「鄭餘慶領興元，又奏爲從事，辟書下而卒。餘慶給錢數萬葬送，贍給其妻子者累年。」（《新唐書·孟郊傳》略同）又據韓愈《與鄭相公（餘慶）書》稱：「再奉示問，皆緣孟家事。……舊與孟往還數人，昨已共致百千已來，尋已至東都。計供葬事外，尚有餘貲。今裴押衙所送二百七十千，足以益業，爲遺孀永久之賴。孟氏兄弟在江南，未至。先與相識，亦甚循善，所慮材幹不足任事。鄭氏兄弟（按謂東野之妻兄弟）唯最小者在東都，固如所示，不可依仗。孟之深友太子舍人樊宗師，比持服在東都，今已外除。經營孟家事，不啻如己。前後人所與，及裴押衙所送錢物，並委樊舍人主之。營致生業，必能不失利宜。候孟氏兄弟到，分付成事，庶可靜守，無大闕敗。」（《昌黎先生集》十九）紀述韓、樊諸人料理東野身後各事頗詳，特附録於此。

有《送鄭僕射出節山南》詩。（卷八，一作《酬鄭興元僕射招》。）「鄭僕射」，謂鄭餘慶。《舊唐書·憲宗紀》稱：「元和九年三月辛酉，以太子少傅鄭餘慶檢校右僕射、興元尹、山南西道節度使。」（《舊唐書》一五八《鄭餘慶傳》略同）東野此詩即酬鄭餘慶再招參謀之作。故詩稱：「國老出爲將，紅旗入青山。再招門下生，結束餘病孱。」鄭餘慶前爲河南尹時，東野曾爲他的賓佐，今年再招爲參謀，故詩語云云。

【注釋】

〔一〕「蒼鷹」二語用郅都事。《史記》一二二《酷吏列傳·郅都傳》：「郅都遷爲中尉，……行法不避貴戚。列侯宗室見都側目而視，號曰蒼鷹。」〔二〕唐李吉甫《元和郡縣志》河南府河陽縣：「自河陽以下至温、汜水、濟源、河清等五縣，今權隸三城節度。」《新唐書地理志》、宋歐陽忞《輿地廣記》卷九京西北路孟州下也有類似記載，俱是其證。〔三〕清阮元《全唐文拾遺》載宋并《魏博將校勒功銘》稱：「賊臣李希烈據江漢之陽，跨淮汴之右，竊口神器，陰包禍謀。」漢陽，也指漢北。據《穀梁傳》：「水北曰陽。」是其證。〔四〕唐陸贄《翰苑集·制誥》五《招諭淮西將吏詔》云：「賊臣李希烈……憑陵汝海，侵軼浚郊。」又同卷《安撫淮西歸順將士百姓勅》云：「李希烈首亂淮濆，又侵棨汴。」〔五〕《舊唐書·德宗紀》：「貞元元年七月丙午，以韓滉檢校尚書左僕射同平章事、江淮轉運使。」《唐會要》八十七《轉運使》門及《新唐書》一二六《韓滉傳》略同。〔六〕按《唐六典》卷二十一《國子祭酒》條注云：「周禮師氏以三德三行教國子：一曰至德，二曰敏德，三曰孝德。一曰孝行，二曰友行，三曰順行。凡國之貴遊子弟學焉。」〔七〕宋洪邁《容齋隨筆》卷一《贊公少公》條稱：「唐人呼縣令曰明府，尉爲少府。」〔八〕按清端方《陶齋藏石記》有鄒儒立所撰《唐故京兆府三原縣尉鄭淮墓誌銘》，中稱：「府君……以貞元十七年五月祔萬安舊封。」題銜署「殿中侍御史武功縣令。」知鄒彼時方以殿中侍御爲武功縣令。又據宋陳思《寶刻叢編》卷十四載鄒所撰《秀州寶華寺碑》，中云：「以永貞二年正月造寺始成，立此碑。」題銜仍署「殿中侍御史」。文云：「永貞二年」，則碑當作於憲宗元和元年未改元以前。知彼時鄒儒立仍爲殿中侍御，其後當始出爲衡州刺史。〔九〕按「始鼓敵前敗，鬥場再鳴先」二語，係指孟簡先舉進士，再登宏辭科而言。

〔一〇〕據唐丁用晦《重修承旨學士壁記》稱：「梁肅，貞元七年自右補闕充。兼皇太子侍讀。守本官，兼史館修撰。」唐韋執誼《翰林院故事》也稱：「貞元已後，梁肅補闕兼太子侍讀充。」俱是其證。〔一一〕據《昌黎先生集》卷十七《與祠部陸員外薦士書》稱：「往者陸相公司貢士，考文章甚詳，愈時亦幸在得中。……原其所以，亦由梁補闕肅……佐之。梁舉八人無有失者。」五代王定保《摭言》也稱：「陸忠州榜時，梁補闕肅、王郎中礎佐之，故忠州之得人皆烜赫。」〔一二〕按新、舊《唐書》內別有一李觀，仕至少府監。《新唐書·宰相世系表》內又有兩李觀，一爲監察御史；一係揚州司馬李并之子，仕爲前左監門衛率府兵曹參軍事，俱非本詩之李觀。〔一三〕唐趙璘《因話録》卷五《徵事》：「武后朝御史臺有左右御史之號。……惟俗間呼在京爲西臺，東都爲東臺。」〔一四〕唐時呼侍御史爲端公。唐趙璘《因話録》卷五《徵事》：「御史臺三院：一曰臺院。其僚曰侍御史，衆呼爲端公。」宋洪邁《容齋四筆》略同。〔一五〕按《昌黎先生集》卷十六《答李秀才書》稱：「故友李觀元賓，十年之前示愈《别吳中故人》詩六章。」《李元賓文編》有《上吏部奚員外書》自稱：「有《放歌行》一篇。」今本李集俱未收，知李詩散佚已多。〔一六〕唐李肇《國史補》卷下：「進士爲時所尚久矣。……得第謂之前進士。」宋程大昌《演繁露》也稱：「唐世呼舉人已第者爲先輩。其自目則曰前進士。」〔一七〕（南朝）宋山謙之《吳興記》：「横塘，即荻塘。……晉太守殷康所開，後改名吳興塘。」又江蘇吳縣西南亦有横塘。〔一八〕據陸長源《嵩山會善寺戒壇記》文前「汝州刺史兼御史中丞」題銜及文末「時貞元十一祀龍集乙亥大火西流之月」諸語可證。文見《全唐文》卷五一〇及清王昶《金石萃編》一百三。〔一九〕按宋洪興祖《韓子年譜》引《科第録》載李觀貞元九年弘辭登第。今依《唐詩紀事》三十三《李觀》條、徐松《登科記考》卷十三作「八年」。〔二〇〕《新唐書》一六〇《呂渭傳》也稱他：「貞元中，累遷禮部侍郎。」〔二一〕詳見《新唐書·韓愈傳》、新、舊《唐書·董晉傳》、李翺《李文公集》十一《韓愈行狀》、《昌黎先生集》三十七《董晉行狀》及韓愈詩文。〔二二〕按《太平寰宇記》一二四《和州沿革》云：「和州，春秋時楚地。……戰國時猶爲楚地。」故張籍詩云云。〔二三〕唐張洎《張司業詩集序》稱他：「貞元十五年丞相渤海公（謂高郢）下及第。」《昌黎先生集》二《此日足可惜贈張籍》詩亦云：「聞子高第日，正從相公喪。」「相公」，謂董晉。晉以貞元十五年二月卒。〔二四〕唐胡曾《詠史詩》卷上有《夷門》詩。宋陳蓋注：「在梁城之東門。」並引《後語》：「夷門，乃魏國之郭門也。今汴州東門是也。」《太平寰宇記》卷一河南道一開封府開封縣《夷門》下云：「《史記》大梁城有十二門，東曰夷門。」《元和郡縣志》卷七汴州浚儀縣及《輿地廣記》卷五開封祥符縣内文竝略同。〔二五〕據李翺《李文公集》十六《祭吏部韓侍郎（愈）文》稱：「貞元十二，兄在汴州。我遊自徐，始得兄交。」是其證。〔二六〕清錢大昕藏舊鈔本《景定建康志》十九山水志三：「溧水一名瀨水，在溧陽西北四十里。」〔二七〕《昌黎先生集》一《别知賦》、二十一《祭柳州李使君文》及《祭河南張員外文》所記略同，可爲旁證。〔二八〕按幾道，孟簡字。新、舊《唐書·孟簡傳》俱不載其爲刑部員外郎，今以諸書考之，當是於順宗永貞元年左右自倉部員外郎遷此官。清陸增祥《八瓊室金石補正》卷六十五即載有「刑部員外郎孟簡元和元年二月三日」題名。宋孫逢吉《職官分紀》卷九《員外郎中立正色挺然不附》條也有「孟簡自倉部員外郎换刑部員外郎」的紀載。俱可補唐史的闕佚。〔二九〕東野集十

《上常州盧使君書》稱：「又嘗衣食此郡前守吏部侍郎韋公。」「韋公」，即謂韋夏卿。〔三〇〕《元河南志》卷一《京城門坊街隅古蹟》載：「長夏門街之東第四街，凡八坊。……次北履信坊。唐太子少保韋夏卿宅。宅有大隱洞。」元稹《元氏長慶集》十七也有《韋居守晚歲常言退休之志因署其居曰大隱洞命予賦詩因贈絶句》詩。「韋居守，亦謂韋夏卿。〔三一〕《舊唐書·孟郊傳》所稱：「李翺分司洛中，薦於留守鄭餘慶。」與當日事實不其符合，恐不可信。或「李翺」爲「韓愈」之誤。但以無確證，未敢臆斷。

〔三二〕盧仝《玉川子詩集》卷一《觀放魚歌》有云：「常州賢刺史，從諫議大夫除。」也謂孟簡。〔三三〕李肇《國史補》卷上：「元魯山自乳兄子，數日兩乳湩流。兄子能食，其乳方止。」《新唐書·元德秀傳》所載略同。〔三四〕《元和姓纂》卷十：「元和初，進士陸暢生懷。」《昌黎先中集》五《送陸暢歸江南》詩五百家注引宋韓醇注：「暢元和元年登進士第。」明《永樂大典》引《蘇州府志》同。〔三五〕唐于頔《吳興晝上人集序》自述他於貞元八年受德宗命採編皎然文集的經過。並有「上人因託余以集序」的話。文見皎然《杼山集》前及《全唐文》五四四。《唐語林》卷二《文學》以徵文爲皎然死後事，恐不可信。〔三六〕宋談鑰《嘉泰吳興志》烏程縣寺院實積禪院下云：「舊號妙喜寺……寺名古跡……有僧如晝祠。後改今名。」〔三七〕《元河南志》一《京城門坊街隅古蹟》：「……次北道光坊，唐有昭成寺，舊洛陽縣廨。」〔三八〕誌藏北京圖書館。又見近人張鈁《千唐誌齋藏誌》。〔三九〕按西明寺在長安延康坊西南隅。唐韋述《兩京新記》：「南曰延康坊，西南隅西明寺，本隋……楊素宅。」《唐會要》四十八及宋敏求《長安志》十文略同。

孟郊遺事

華忱之編次

傳　誌

《舊唐書》卷一百六十《孟郊傳》：「孟郊者，少隱於嵩山，稱處士。李翺分司洛中，與之遊。薦於留守鄭餘慶，辟爲賓佐。性孤僻寡合，韓愈一見以爲忘形之契。常稱其字曰東野，與之唱和於文酒之間。鄭餘慶鎮興元，又奏爲從事。辟書下而卒。餘慶給錢數萬葬送，贍給其妻子者累年。」

《新唐書》卷一百七十六《孟郊傳》：「孟郊者，字東野。湖州武康人。少隱嵩山。性介，少諧合，（韓）愈一見爲忘形交。年五十得進士第，調溧陽尉。縣有投金瀨平陵城，林薄蒙翳，下有積水。郊間往坐水旁，裴回賦詩，而曹務多廢。令白府以假尉代之，分其半俸。鄭餘慶爲東都留守，署水陸轉運判官。餘慶鎮興元，奏爲參謀卒。年六十四。張籍謚曰貞曜先生。郊爲詩有理致，最爲愈所稱，然思苦奇澀。李觀亦論其詩曰：『高處在古無上，平處下顧二謝』云。」

唐韓愈《貞曜先生墓誌銘》：「唐元和九年，歲在甲午，八月己亥，貞曜先生孟氏卒。無子，其配鄭氏以告。愈走位哭，且召張籍會哭。明日使以錢如東都供葬事。諸嘗與往來者咸來哭弔。韓氏遂以書告興元尹故相餘慶。閏月，樊宗師使來弔，告葬期，徵銘。愈哭曰，嗚呼！吾尚忍銘吾友也夫！興元尹以幣如孟氏賻，且來商家事。樊子使來速銘曰：『不則無以掩諸幽』，乃序而銘之。先生諱郊，字東野。父庭玢，娶裴氏女而選爲昆山尉，生先生及二季酆、郢而卒。先生生六七年，端序則見，長而愈騫。涵而揉之，內外完好。色夷氣清，可畏而親。及其爲詩，劌目鉥心，刃迎縷解。鉤章棘句，掐擢胃腎。神施鬼設，間見層出。唯其大翫於詞，而與世抹摋，人皆劼劼，我獨有餘。有以後時開先生者，曰：『吾既擠而與之矣，其猶足存邪？』年幾五十，始以尊夫人之命來集京師，從進士試，既得即去。間四年，又命來選爲溧陽尉，迎侍溧上。去尉二年，而故相鄭公尹河南，奏爲水陸運從事，試協律郎。親拜其母於門内。母卒五年，而鄭公以節領興元軍，奏爲其軍參謀，試大理評事。挈其妻行之興元，次於閿鄉，暴疾卒。年六十四。買棺以斂，以二人輿歸。鄷、郢皆在江南。十月庚申，樊子合凡贈賻而葬之洛陽東其先人墓左，以餘財附其家而供祀。將葬，張籍曰：先生揭德振華，於古有光。賢者故事有易名，況士哉。如曰貞曜先生，則姓名字行有載，不待講説而明。皆曰然，遂用之。初，先生所與俱學同姓簡，於世次爲叔父，由給事中觀察浙東。曰：『生吾不能舉，死吾知恤其家。』銘曰：『於戲貞曜！維執不猗，維出不訾。維卒不施，以昌其詩。』」《昌黎先生集》卷二十九。

元辛文房《唐才子傳》卷五：「郊字東野，洛陽人。初隱嵩山，稱處士。性介，少諧合，韓愈一見爲忘形交，與唱和於詩酒間。貞元十二年李程榜進士，時年五十矣。調溧陽尉。縣有投金瀨平陵城，林薄蓊翳，下有積水。郊間往坐水傍，命酒揮琴，徘徊賦詩終日，而曹務多廢。縣令白府以假尉代之，分其半俸。辭官家居。李翺分司洛中，日與談讌。薦於興元節度使鄭餘慶，遂奏爲參謀，試大理評事，卒。餘慶給錢數萬營葬，仍贍其妻子者累年。張籍謚爲貞曜先生，門人遠赴心喪。郊拙於生事，一貧徹骨。裘褐懸結，未嘗俛眉爲可憐之色，然好義者更遺之。工詩，大有理致，韓吏部極稱之。多傷不遇，年邁家空。思苦奇澁，讀之每令人不懽。如：『借車載家具，家具少於車。』如：《謝炭》云：『吹霞弄日光不定，煖得曲身成直身。』如：『愁人獨有夜燭見，一紙鄉書淚滴穿。』如：《下第》云：『棄置復棄置，情如刀劍傷。』之類，皆哀怨清切，窮入冥搜。其《初登第》吟曰：『昔日齷齪不足嗟，今朝曠蕩恩無涯。春風得意馬蹄疾，一日看盡長安花。』當時議者亦見其氣度窘促，卒漂淪薄宦，詩讖信有之矣。天實爲之，謂之何哉！李觀論其詩曰：『高處在古無上，平處下顧二謝』云。時陸長源工詩，相與來往篇什稍多，亦佳作也。有《咸池集》十卷行於世。」

題　贈

唐韓愈《江漢答孟郊》：「江漢雖云廣，乘舟渡無艱。流沙信難行，馬足常往還。凄風結衝波，狐裘能禦寒。終宵處幽室，華燭光爛爛。苟能行忠信，可以居夷蠻。嗟余與夫子，此義每所敦。何爲復見贈，繾綣在不諼。」《昌黎先生集》卷一。

韓愈《長安交遊者贈孟郊》：「長安交遊者，貧富各有徒。親朋相過時，亦各有以娛。陋室有文史，高門有笙竽。何能辨榮悴？且欲分賢愚。」《昌黎先生集》卷一。

韓愈《薦士》：「周詩三百篇，雅麗理訓誥。曾經聖人手，議論安敢到？五言出漢時，蘇李首更號。東都漸瀰漫，派别百川導。建安能者七，卓犖變風操。逶迤抵晉宋，氣象日凋耗。中間數鮑謝，比近最清奥。齊梁及陳隋，衆作等蟬噪。搜春摘花卉，沿襲傷剽盗。國朝盛文章，子昂始高蹈。勃興得李杜，萬類困陵暴。後來相繼生，亦各臻閫奥。有窮者孟郊，受材實雄驚。冥觀洞古今，象外逐幽好。横空盤硬語，妥帖力排奡。敷柔肆紆餘，奮猛卷海潦。榮華肖天秀，捷疾逾響報。行身踐規矩，甘辱耻媚竈。孟軻分邪正，眸子看瞭眊。

杳然粹而清，可以鎮浮躁。酸寒溧陽尉，五十幾何耄。孜孜營甘旨，辛苦久所冒。俗流知者誰？指注競嘲慠。聖皇索遺逸，髦士日登造。廟堂有賢相，愛遇均覆燾。况承歸與張，二公迭嗟悼！青冥送吹噓，强箭射魯縞。胡爲久無成？使以歸期告。霜風破佳菊，嘉節迫吹帽。念將決焉去，感物增戀嫪。彼微水中荇，尚煩左右芼。魯侯國至小，廟鼎猶納郜。幸當擇珉玉，寧有棄珪瑁。悠悠我之思，擾擾風中纛。上言愧無路，日夜惟心禱。鶴翎不天生，變化在啄菢。通波非難圖，尺地易可漕。善善不汲汲，後時徒悔懊。救死具八珍，不如一簞犒。微詩公勿誚，愷悌神所勞。」《昌黎先生集》卷二。

韓愈《孟東野失子》并序：「東野連産三子，不數日輒失之。幾老，念無後以悲。其友人昌黎韓愈懼其傷也，推天假其命以喻之。

失子將何尤？吾將上尤天。女實主下人，與奪一何偏。彼於女何有？乃令蕃且延。此獨何罪辜？生死旬日間。上呼無時聞，滴地淚到泉。地祇爲之悲，瑟縮久不安。乃呼大靈龜，騎雲款天門。問天主下人，薄厚胡不均？天曰：天地人，由來不相關。吾懸日與月，吾繫星與辰。日月相噬齧，星辰踣而顛。吾不女之罪，知非女由因。且物各有分，熟能使之然？有子與無子，禍福未可原。魚子滿母腹，一一欲誰憐？細腰不自乳，舉族長孤鰥。鴟梟啄母腦，母死子始翻。蝮蛇生子時，坼裂腸與肝。好子雖云好，未還恩與勤；惡子不可說，鴟梟蝮蛇然。有子且勿喜，無子因勿歎。上聖不待教，賢聞語而遷。下愚聞語惑，雖教無由悛。大靈頓頭受，即日以命還。地祇謂大靈，女往告其人。東野夜得夢，有夫玄衣巾，闖然入其户，三稱天之言。再拜謝玄夫，收悲以歡忻！」《昌黎先生集》卷四。

韓愈《醉留東野》：「昔年因讀李白杜甫詩，長恨二人不相從。吾與東野生並世，如何復躡二子蹤。東野不得官，白首誇龍鍾。韓子稍姦黠，自慚青蒿倚長松。低頭拜東野，願得終始如駏蛩。東野不廻頭，有如寸筳撞巨鐘。吾願身爲雲，東野變爲龍。四方上下逐東野，雖有離別無由逢。」《昌黎先生集》卷五。

韓愈《孟生》：「孟生江海士，古貌又古心。嘗讀古人書，謂言古猶今。作詩三百首，窅默《咸池》音。騎驢到京國，欲和薰風琴。豈識天子居，九重鬱沈沈。一門百夫守，無藉不可尋。晶光蕩相射，旗戟翩以森。遷延乍卻走，驚怪靡自任。舉頭看白日，泣涕下霑襟。朅來遊公卿，莫肯低華簪。諒非軒冕族，應對多差參。萍蓬風波急，桑榆日月侵。奈何從進士，此路轉嶇嶔。異質忌處羣，孤芳難寄林。誰憐松桂性？競愛桃李陰。朝悲辭樹葉，夕感歸巢禽。顧我多慷慨，窮簷時見臨。清宵靜相對，髮白聆苦吟。採蘭起幽念，眇然望東南。秦吳修且阻，兩地無數金。我論徐方牧，好古天下欽。竹實鳳所食，德馨神所歆。求觀衆丘小，必上泰山岑；求觀衆流細，必泛滄溟深。子其聽我言，可以當所箴。既獲則思返，無爲久滯淫。卞和試三獻，期子在秋砧。」《昌黎先生集》卷五。

韓愈《將歸贈孟東野房蜀客》：「君門不可入，勢利互相推。借問讀書客，胡爲在京師？舉頭未能對，閉眼聊自思。倏忽十六年，終朝苦寒飢。宦途竟寥落，鬢髮坐差池。潁水清且寂，箕山坦而夷。如今便當去，咄咄無自疑。」《昌黎先生集》卷五。

韓愈《答孟郊》：「規模背時利，文字覰天巧。人皆餘酒肉，子獨不得飽。纔春思已亂，始秋悲又攪。朝餐動及午，夜諷恒至卯。名聲暫羶腥，腸肚鎮煎㷆。古心雖自鞭，世路終難拗。弱拒喜張臂，猛挐閑縮爪。見倒誰肯扶？從嗔我須齩。」《昌黎先生集》卷五。

韓愈《與東野書》：「與足下别久矣，以吾心之思足下，知足下懸懸於吾也。各以事牽，不可合併。其於人人，非足下之爲見，而日與之處，足下知吾心樂否也？吾言之而聽者誰歟？吾唱之而和者誰歟？言無聽也，唱無和也，獨行而無徒也，是非無所與同也，足下知吾心樂否也？足下才高氣清，行古道，處今世，無田而衣食，事親左右無違。足下之用心勤矣，足下之處身勞且苦矣。混混與世相濁，獨其心追古人而從之，足下之道，其使吾悲也！去年春，脱汴州之亂，幸不死，無所於歸，遂來於此。主人與吾有故，哀其窮，居吾於符離睢上。及秋將辭去，因被留以職事。默默在此，行一年矣。到今年秋，聊復辭去。江湖余樂也，與足下終幸矣。李習之娶吾亡兄之女，期在後月，朝夕當來此。張籍在和州居喪，家甚貧。恐足下不知，故具此白，冀足下一來相視也。自彼至此雖遠，要皆舟行可至，速圖之，吾之望也。春且盡，時氣向熱，惟侍奉吉慶。愈眼疾比劇，甚無聊，不復一一。愈再拜。」《昌黎先生集》卷五。

韓愈《送孟東野序》：「大凡物不得其平則鳴。草木之無聲，風撓之鳴；水之無聲，風蕩之鳴。其躍也或激之，其趨也或梗之，其沸也或炙之。金石之無聲，或擊之鳴。人之於言也亦然，有不得已者而後言。其謌也有思，其哭也有懷，凡出乎口而無聲者，其皆有弗平者乎？樂也者，鬱於中而泄於外者也，擇其善鳴者而假之鳴。金石絲竹匏土革木八者，物之善鳴者也。維天之於時也亦然，擇其善鳴者而假之鳴。是故以鳥鳴春，以雷鳴夏，以蟲鳴秋，以風鳴冬，四時之相推敚，其必有不得其平者乎？其於人也亦然，人聲之精者爲言，文辭之於言，又其精也，尤擇其善鳴者而假之鳴。其在唐虞，咎陶、禹，其善鳴者也，而假以鳴。夔弗能以文辭鳴，又自假於韶以鳴。夏之時，五子以其歌鳴。伊尹鳴殷。周公鳴周。凡載於詩書六藝，皆鳴之善者也。周之衰，孔子之徒鳴之，其聲大而遠。傳曰：『天將以夫子爲木鐸。』其弗信矣乎？其末也，莊周以其荒唐之辭鳴。楚大國也，其亡也，以屈原鳴。臧孫辰、孟軻、荀卿，以道鳴者也。楊朱、墨翟、管夷吾、晏嬰、老聃、申不害、韓非、昚到，田駢、鄒衍、尸佼、孫武、張儀、蘇秦之屬，皆以其術鳴。秦之興，李斯鳴之。漢之時，司馬遷、相如、楊雄，最其善鳴者也。其下魏晉氏鳴者不及於古，然亦未嘗絶也。就其善者，其聲清以浮，其節數以急，其辭淫以哀，其志弛以肆。其爲言也，亂雜而無章。將天醜其德莫之顧邪？何爲乎不鳴其善鳴者也？唐之有天下，陳子昂、蘇源明、元結、李白、杜甫、李觀，皆以其所能鳴。其存而在下者，孟郊東野始以其詩鳴。其高出魏晉，不懈而及於古，其他浸淫乎漢氏矣。從吾游者，李翺、張籍其尤也。三子者之鳴信善矣。抑不知天將和其聲，而使鳴國家之盛耶？抑將窮餓其身，思愁其心腸，而使自鳴其不幸耶？三子者之命則懸乎天矣。其在上也奚以喜，其在下也奚以悲。東野之役於江南也，有若不釋然者，故吾道其命於天者以解之。」《昌黎先生集》卷十九。

唐孟簡《送東野奉母歸里序》：「秋深木脱，遠水涵空，升高一望而客思集矣。而東野於此時復奉母歸鄉，臨崖岐袂，贈别之詩於是焉作也。夫道茂者隨物而安，學至者緣情而適。東野學道守素，既以母命而尉，宜以母命而歸，應不效夫哭窮途歌式微者矣。若夫悲秋送遠之際，瞻顧黯然，此江淹之所以銷魂也，況吾儕乎？」據清凌錫麒《德平縣志》卷十一《藝文》引。

唐張籍《贈孟郊》：「歷歷天上星，沈沈水中萍，幸當清秋夜，流影及微形。君生浮俗間，立身如禮經。純誠發新文，獨有金石聲。才名振京國，歸省東南行。停車楚城下，顧我不念程。寶鏡曾墮水，不磨豈自明？苦節居貧賤，所知賴友生。歡會方別離，戚戚憂慮并。安得在一方，終老無送迎。」《張司業集》卷七。

唐劉言史《初下東周贈孟郊》：「鶴老身更卬，龜死殼亦靈。正信非外沿，終始全本情。童子不戲塵，積書就巖扃。身著木葉衣，養鹿兼犉耕。偶隨下山雲，荏苒失故程。漸入機顯中，危思難泰行。十髮九縷絲，悠然東周城。言詞野麋態，出口多累形。因依漢元寮，以羈細輕泠。竈助新熱靜，砧與寒聲清。斷蓬在門欄，豈當桃李榮。寄食若蠹出，侵捐利微生。固非拙爲强，懦劣外瘵并。素堅冰蘗心，潔持保堅貞。修文返正風，刊字齊古經。慙將衰末分，高樓喧世名。」《全唐詩》卷四六八。

劉言史《與孟郊洛北野泉上煎茶》：「粉細越笋芽，野煎寒溪濱。恐乖靈草性，觸事皆手親。敲石取鮮火，撇泉避腥鱗。熒熒爨風鐺，拾得墜巢薪。潔色既爽別，浮氳亦殷懃。以兹委曲靜，求得正味真。宛如摘山時，自歠指下春。湘瓷泛輕花，滌盡昏渴神。此遊愜醒趣，可以話高人。」《全唐詩》卷四六八。

唐戴叔倫《寄孟東野》：「亂餘城郭怕經過，到處閒門長薜蘿。用世空悲聞道淺，入山偏喜識僧多。醉歸花徑雲生履，樵罷松巖雪滿簑。石上幽期春又暮，何時載酒聽高歌？」《戴叔倫集》。

唐鮑溶《將歸舊山留别孟郊》：「擇木無利刃，羡魚無巧綸。如何不量力，自取中路貧。前者不厭耕，一日不離親。今日千里外，我心不在身。悠悠慈母心，唯願才如人。蠶桑能幾許？衣服常著新。一飯吐尺絲，誰見此殷勤？别君歸耕去，持火燒車輪。」《鮑溶詩集》。

唐劉叉《答孟東野》：「酸寒孟夫子，苦愛老叉詩。生澁有百篇，謂是瓊瑤辭。百篇非所長，憂來豁窮悲。

唯有剛腸鐵，百鍊不柔虧。退之何可駡？東野何可欺？文王已云殁，誰顧好爵縻。生死守一丘，寧計飽與飢？萬事付杯酒，從人笑狂癡。」《劉叉集》。

劉叉《與孟東野》：「寒衣草木皮，飢食草木根。不爲孟夫子，豈識市井門。」《劉叉集》。

唐盧仝《孟夫子生生亭賦》：「玉川子沿寒冬之寒流兮，輟棹上登生生亭。夫子何之兮？面逐雲没兮南行。百川注海而心不寫兮，落日千里凝寒精。予日衰期人生之世斯已矣，爰爲今日猶猶岐路之心生。悲夫！南國風濤，魚龍畜伏，予小子戇朴必不能濟，夫子欲嗟自慙承。夫子而不失予兮，傳古道甚分明。予且廣孤目遐賚（一作賞）於天壤兮，庶得外盡萬物變化之幽情。然後慙愧而來歸兮，大息吾躬於夫子之亭。」《玉川子集》卷二。

唐賈島《寄孟協律》：「我有弔古泣，不泣向路岐。揮淚灑暮天，滴著桂樹枝。别後冬節至，離心北風吹。坐孤雪扉夕，泉落石橋時。不驚猛虎嘯，難辱君子詞。欲酬空覺老，無以堪遠持。岩薨倚角窗，王屋懸清恩。」《長江集》卷二。

賈島《投孟郊》：「月中有孤芳，天下聆薰風。江南有高唱，海北初來通。客飄清冷餘，自藴襟袍中。止息乃流溢，推尋卻冥蒙。我知雪山子，謁彼偈句空。必竟獲所實，爾焉遂深衷。録之孤燈前，猶恨百首終。一吟動狂機，萬疾辭頑躬。生年面未交，永夕夢輒同。叙詰誰君師，鉅言無吾宗？余求一作「未」履其跡，君曰可但攻。啜波腸易飽，揖險神難從。前歲曾入洛，差池阻從龍。萍家復從趙，雲思長縈縈。嵩海每可詣，長途追再窮。願傾肺腸事，盡入焦梧桐。」《長江集》卷二。

賈島《哭孟郊》：「身死聲名在，多應萬古傳。寡妻無子息，破宅帶林泉。塚近登山道，詩隨過海船。故人相弔後，斜日下寒天。」《長江集》卷二。

賈島《弔孟協律》：「才行古人齊，生前品位低。葬時貧賣馬，遠日哭惟妻。孤塚北邙外，空齋中嶽西。集詩應萬首，物象徧曾題。」《長江集》卷三。

唐王建《哭孟東野》：「吟損秋天月不明，蘭無香氣鶴無聲。自從東野先生死，側近雲天得散行。」「老松臨死不生枝，東野先生早哭兒。但是洛陽城裏客，家傳一首（「一首」汲古閣刻本作「一本」）杏殤詩。」據明胡震亨《唐音統籤》卷三百五十二引。賈島《長江集》以第一首作島詩。疑非是。

唐朱晝《喜陳懿老示新製》（一作《喜陳懿老自宛陵至示余新製三十餘篇》）：「一別一千日，一日十二憶。苦心無閒時，今夕見玉色。玉色復何異，弘一作紅明含羣德。有文如星宿，飛入我胸臆。憂愁方破壞，歡喜重補塞。使我心貌全，且非黃金力。將攀下風手，願假仙鸞翼。自注：「予欲見詩人孟郊，故寄誠於此。」《全唐詩》卷四九一。

唐邵謁《覽孟東野集》：「蚌死留夜光，劍折留鋒鋩。哲人歸大夜，千古傳珪璋。珪璋徧四海，人倫多變改。題花花已無，翫月月猶在。不知天地間，白日幾時昧？」《全唐詩》卷六〇五。

宋蘇軾《讀孟郊詩二首》其一：「夜讀孟郊詩，細字如牛毛。寒燈照昏花，佳處時一遭。孤芳擢荒穢，苦語餘詩騷。水清石鑿鑿，湍激不受篙。初如食小魚，所得不償勞。又似煮彭蜞，竟日嚼空螯。要當鬭僧清，未足當韓豪。人生如朝露，日夜火銷膏。何苦將兩耳，聽此寒蟲號。不如且置之，飲我玉卮醪。」

其二：「我憎孟郊詩，復作孟郊語。飢腸自鳴喚，空壁轉饑鼠。詩從肺腑出，出輒愁肺腑。有如黃河魚，出膏以自煑。尚愛銅斗歌，鄙俚頗近古。桃弓射鴨罷，獨速短簑舞。不憂踏船翻，踏浪不踏土。吴姬霜雪白，赤脚浣白紵。嫁與踏浪兒，不識離别苦。歌君江湖曲，感我長覊旅！」《集注分類東坡先生詩》卷二十五。

宋蘇軾《祭柳子玉文》：「元輕白俗，郊寒島瘦。」《集注分類東坡先生詩》卷三十五。

宋王令《還東野詩》：「吾於古人少所同，惟識韓家十八翁。其辭浩大無崖岸，有似碧海吞浸秋晴空。此老頗自負，把人常常看。於時未嘗有誇詫，只説東野口不乾。我生最遲暮，不識東野身。能得韓老低頭拜，料得亦是無量文章人。前日杜子長，借我孟子詩。三日三夜讀不倦，坐得脊折臂生胝。旁人笑我苦若是，何爲竟此故字紙？童子請我願去燒，此詩苦澁讀不喜。吾聞旁人笑，嘆之殊不已。又畏童子言，藏之不敢示。奈何天下俱若然，吾與東野安得不泯焉！」四庫全書本《廣陵集》卷十一。

宋李綱《讀孟郊詩》：「我讀東野詩，因知東野心。窮愁不出門，戚戚較古今。腸饑復號寒，凍折西床琴。寒蛩吟亦苦，天光爲沈陰。退之乃詩豪，法度嚴已森。雄健日千里，光鋩長萬尋。乃獨喜東野，譬猶冠待簪。韓豪如春風，百卉開芳林。郊窮如秋露，候蟲寒自吟。韓如鏘金石，中作韶濩音。郊如擊土鼓，淡薄意亦深。學韓如可樂，學郊愁日侵。因歌遂成謡，聊以爲詩箴。」四庫全書本《梁谿集》卷九。

宋葉茵《孟東野》：「出仕因詩忤長官，布衣時節更孤寒。長安得意春風裏，百歲都來一日歡。」《順適堂吟稿》丁集。

宋樓鑰《題孟東野聽琴圖因次其韵》：「誰歟往前谿？夜深以琴鳴。天高顥氣肅，月斜映疏星。橡林助蕭瑟，泉聲激琮琤。彈者人定佳，能使東野聽。束帶不立朝，遥夜坐空庭。龍眠發妙思，神交窮杳冥。不見彈琴人，畫出琴外聲。郊寒凜如對，作詩太瘦生。恨不從之游，撫卷空含情！」《攻媿集》卷一。

宋陸游《跋二賢像》：「右孟貞曜、歐陽率更二像，皆唐人筆墨。北湖者，吴則禮子傅也。無悔者，劉燾無言也。最後，某先君會稽公、茶山先生曾文清公書。萬里羈旅。不自意全，撫卷流涕。乾道九年九月既望，刻石置漢嘉月榭上，山陰陸某識。」《渭南文集》卷二十六。

宋程珌《跋孟東野集》：「孟郊，字東野。其父廷玢，選爲崑山尉。郊生於崑山。郊有詩詠終南，言『家家梯空碧。』詠欄柯，言跨虹之勝。年五十始應舉，則平生履跡，蓋徧西北東南矣。僅一尉溧陽，而鄭餘慶再辟從事興元，行次闅鄉而卒。纔六十四。張籍請謚貞曜先生，韓愈爲墓銘。無子，二季酆、郢又在江南，其窮獨固若是邪？蒼頡製字鬼夜哭，龍潛藏，豈非東野平生穿天心，出月脅，固宰物者之所不恕耶？士之徼幸逢辰，取數已盈，而猶嘆於不遇者，亦可以自警矣。少陵之□□有怒霓抉石，復有鸞輅紓徐；有廊廟雍容，復有佩劍磊磈；郊有是乎？一於寒且迫而已，孟子謂『居移氣，養移體』，發爲詞章，見之氣貌。曾子謂『出辭氣，斯遠鄙暴。』士其可不知所養哉。」《洺水集》卷九。

宋舒岳祥《國成德宰武康録孟東野詩立其祠余家舊藏東野像書來借臨其尚友與俗異矣予因讀昌黎贈先生篇追和其韵併臨其像奉送之武康詩》：「暸然徹眸子，可以覷人心。僊儒固當懼，清揚照於今。既見東野像，又見東野音。其音何琅琅，笙磬簫瑟琴。欲招世人聽，大音忽已沉。問我何所聞？冥默中細尋。初嘗訝苦硬，久味極雄森。昌黎維宗伯，誰能取諸任？尊之繼李杜，先生亦披襟。寸筵撞洪鐘，下拜肯低簪。《城南》《鬥雞》作，珠琳列差參。劍戟相攖拂，壘塹互登侵。劃鑱龍門呀，兀撐太華嵚。麤細無可揀，如入夸父林。巨壑百川會，大雲四野陰。今人何所見？啾嘖沸蜩禽。捃摭螻蚓間，短策欲深臨。坡翁素雅謔，偶作嘲生吟。獨愛銅斗歌，儂音帶江南。斯言戲之耳，定價如良金。杜老嘲淵明，夫豈誠弗欽？謂能潤飾韓，魯直豈向歆？本師非翁敵，坻嶼視高岑。雖然曰郊島，郊島有淺深。吾友武康宰，作事爲世箴。立祠警溷濁，刊詩正哇淫。樂石覆大屋，闞防作練砧。」按此詩未收入舒氏《閬風集》，此據明董斯張《吳興藝文志補》卷五十二引。

金元好問《放言》：「韓非死孤憤，虞卿著窮愁。長沙一湘纍，郊島兩詩囚。」《遺山先生文集》卷二。

金元好問《論詩三十首》十八：「東野窮愁死不休，高天厚地一詩囚。江山萬古潮陽筆，合在元龍百尺樓。」《遺山先生文集》卷十一。

元趙孟頫《題東野平陵圖》：「騎驢渺渺入荒城，積水空林坐自清。政使不容投劾去，也勝塵土負平生。」《趙松雪全集》卷五。

遺　迹

明勞鉞《湖州府志》卷七《園第》：「唐孟郊故宅，在武康縣西二里。宅傍有井，舊有孟井亭。」

明張鐸《湖州府志》卷七《山川志·古蹟》：「孟郊故宅，在武康縣西懷安門外二里，地名孟宅保。有井存焉。」明薛應旂《浙江通志》卷四《武康縣》，明栗祁修《湖州府志》卷四《古蹟》，清程量《湖州府志前編》卷四《古蹟名勝》文並略同，不俱引。

清劉守成《武康縣志》卷二《景物》：「東野古井（即孟井，井亦郊所穿也）。舊有亭圮久，莫可踪跡。其井亦習。」

同志卷八《藝文》劉守成《由孟井步至周公書院記》：「懷安門外有孟宅，訪之不可跡矣。後嘗建祠，亦成烏有。有井焉，清泉一泓，其上無甃，其下將湮，久之則亦孟宅孟祠類也。丙寅冬，爲浚井使深，加以石欄，作亭於其上。高可二丈餘，嶓岐而鋭出，從遠道望之，如浮屠然。旁有松竹，鳥雀相呼。政暇尋詩山水間，至亭小憩甚佳。井左道之百步爲證道寺，志稱孟井左有寺名静林，證道其似耶？孟公故居無一存者，而證道與静林後先繼美，君子感焉。寺南臨溪所謂『前溪妙歌舞』者也。右折而東，沿溪水漲，南顧新塘，恐有未固，惄然憂之！視孟井小憩時胸境又迥别矣。又東爲周公書院，聞父老私相語曰：『右館驛灘有書院既圮，議建孟祠。今不祠孟，祠周忠臣。兩人皆我邑人耶？抑先後父母我者耶？』其言甚謬，足發一噱。門啓而入，與學者考課語甚莊。既畢，將回署，又流覽院前，坐挹清流，浮桴片片，隔岸石城當户，頑石青松，沿溪如畫，徘徊其間者若有詩意。稍頃，則證道寺鳴晚鐘，窈然以清，疑東野之詩歌聲出井前後際也。」（以上廬井）

宋談鑰《嘉泰吴興志》卷十二《古蹟》：「孟郊祠，在武康縣西一里，即唐孟郊舊居。」宋王象之《輿地紀勝》卷四《兩浙西路安吉州·古跡》文同。

同志卷十三《祠廟》武康縣：「貞曜先生祠堂，在縣西懷安門外一里，地名孟宅保，即唐詩人孟郊也。地蓋其舊居。郊卒，門人張籍謚曰貞曜先生。」〔二〕《明一統志》卷四十《湖州府·祠廟》明薛應旂《浙江通志》卷十九《祠祀志·武康縣》文並略同。

《景定建康志》卷三十一《儒學志》：「先賢堂一所，在府學之東，明道書院之西，青溪之上。馬公光祖建立。自周漢而下與祀者四十一人，各有讚。

唐山南西道節度參謀孟東野郊溧陽尉

讚曰：『擾擾今人中，貞曜心獨古。披搜三百篇，頓挫五七語。其中春草心，浩蕩報慈母。原道接聖傳，當時一韓愈。驅蛩互前後，雲龍相上下。永懷絜其長，疇若視所與。一尉何荒涼，千年仰清苦。』

按同志卷四十七《古今人表》載『郊，溧陽尉，祠於此。』」

明勞鉞《湖州府志》卷十一《祠祀》：「貞曜先生祠□在武康縣西，地名孟宅保。先生，即唐孟郊也。舊居於此。元至正十六年，祠燬於兵，遺址尚存。」清胡承謀《湖州府志》卷十一《祠祀》引同。

清程量《湖州府志前編》卷七《學校》：「武康縣鄉賢祠，名宦祠西，知縣俞桀改建。祠孟郊凡五十一人。」

清劉守成《武康縣志》卷八《藝文》引唐靖《貞曜先生祠》云：「靜林寺側，相傳爲唐貞曜先生故宅。考之唐史，東野少隱嵩山。後及第，調溧陽尉，迎母之任。鄭餘慶爲東都留守，奏爲轉運判官。年六十四，葬閿鄉。是則東野雖産武康，未嘗家也。然集中有《送弟郢歸江南》及《湖州取解》，往來故里，與二弟聚首，桑梓廬井無恙可知。雖退之、習之、文昌輩皆四海知己，豈能恝然忘此土哉！志曰：『懷安門外二里，有貞曜先生祠，地名孟宅保，即先生故宅也。』居有井，井有亭，其西即古靜林寺。今寺已淪入溪，而先生故宅悉迷其處。地不以人傳矣，孟保無稱也；人不以祠傳矣，荒祠莫舉也；祠不以宅傳矣，故宅難明也。苟無宅何有井？而好古者誤以邑南十里温泉，指爲古井，揭碑道左，亦不考之過也。後代詞人詠歌，皆仍其訛矣。宋景定間，邑宰天台國公得先生遺像，創祠奉祀，並梓遺集。當時立祠不知即先生舊宅否也？今去景定又四百餘年，堂構莫瞻，遺容失仰。一二抗志服古，追企高風，惟有託遥情於山水，寄歌誦於斯文而已。嗚呼！夫賢者之風至

□，高山流水間吾嘗過之矣，即不祠貞曜，其不在人心乎？夫佛老之宇，喜負檀施，里巷之社，不廢臠肉。士君子讀書誦説，問先賢而不省，復嗤以爲迂。是誠何心，亦弗思甚矣。」

同志卷四《祀典志》：「貞曜先生祠，在懷安門外二里孟宅保，唐孟郊先生舊居於此。宋景定間邑宰天台國材得先生遺像，重建祠堂奉祀。元至正十六年祠燬於兵，遺址尚存，其西即古靜林寺，後寺址已淪入溪，而先生故宅悉迷其處。（按李堂《湖州府志》卷十一《祠祀》文略同。）今惟學東有名賢書院，同周忠毅公奉設神碑。乾隆十一年，知縣劉守成建祠於烏回寺前。乾隆二十七年，知縣陳九霄遷神主於前溪書院周公祠内，其祠改爲寺山門。今既從祀於鄉賢祠。」

同志卷八《藝文》劉守成《東野新祠記》：「武邑自古多著名之士，問其尤者，則曰沈、孟，沈，言隱侯也。前溪歌舞，大半爲沈氏豪華，今其遺迹蓋蕩然矣。先生遭遇視隱侯不逮遠甚，然入鄉而問，保曰孟保，宅曰孟宅，廢井將眢，猶曰孟井。噫！何孟名之多也！考東野故址，在西郭懷安門里許，道旁清泓，深不加尺，不浚而泉，其先生之源遠然歟？余懼其湮也，甃井使深，加以石欄，且建亭其上，立碑以識之。其先懷安舊里有東野祠，既圮，而邑人謀卜築於舘驛灘前。今過而問之，兩俱草蔓煙寒，樵歌牧笛而已。先生冰壺之質，圭璧其躬，介而不激，易而不阿，韓公所稱『内外完好，色夷氣清。』百世而下，如親見之。雖其宦遊所至，如溧水河南，苟有心者，猶當俎豆馨香，用誌宗仰，況武邑乎？烏回山特立平田，下有烏回寺，去縣治不逾三里許。道徑而折，境淺而幽。遶路松篁，疎籬碧澗，花深竹茂，窈然以清，與先生舊里蓋相望也。祠三楹，顔其額曰：嵩山隱秀。製不甚敞，敞則先生不樂居也。撥田五畝俾僧佃，而以其租辨祀，示涓潔也。今寺僧早晚必鳴鐘，思先生詩，以耳受也。上陌里有井亦名孟，彼此榮孟名不相下，余無能左右袒，而第祠於是山之麓，蓋孟名又數增而互見矣。或曰：織簾先生祠在邑之東沈村，武源吳羌山亦祠沈焉。彼此榮之，略如孟井。世傳沈、孟，蓋稱沈織簾云。」

清陳鴻壽《溧陽縣志》卷四《輿地志》《祠》：「李白孟郊祠，（據建康志）在勝因寺。據舊縣志，宋周文璞《瀨上懷古詩》原注，有《孟貞曜祠堂詩》云：『古寺閟岑鬱，空梁懸齋魚。神座既攲仄，德容亦飢虛。先生貧有命，山僧樂無餘。長安滿市花，匹馬吟九衢。寥寥北邙山，而誰憶荒墟？盲風振苕華，重露落芙蕖。何當醉尉歸，方坐釣水隅。』」

又同志《補遺》：陳周《勝因寺二賢像（太白東野）》云：「當時疏放客，豈不愛廷評？一日文章在，千秋廟貌生。」

清楊家騄《溧陽縣續志》卷二《輿地志》《祠墓》：「李白孟郊祠，在舊縣。燬於兵，現擬建復。」

《明一統志》卷二十九《河南府·陵墓》：「孟郊墓，在府城東北」。

明喬縉《河南郡志》卷九《陵墓》：「孟郊墓，在洛陽東鳳凰保。郊仕唐爲溧陽尉，道卒閿鄉，歸葬於此。韓昌黎誌其墓。」清徐化成《河南通志》卷十九《墳墓》，清張聖業《河南府志》卷二十一《陵墓》，龔崧林《洛陽縣志》卷三《陵墓》文並略同，不俱引。（以上祠墓）

宋賀鑄《歷陽十詠》其九《桃花塢》詩云：「種樹臨谿流，開亭望城郭。當年孟張輩，載酒來行樂。」題注：『縣西二里麻溪上，按縣譜，張司業之別墅也。籍與孟郊載酒屢游焉。今茂林深竹，猶占近郭之勝。』」《慶湖遺老集》卷三。

清陳廷桂《歷陽典録》卷七《古蹟》：「桃花塢，州大西門外，唐張司業別墅。司業嘗與孟東野載酒遊此，今蕩爲寒煙矣。」（下略）

清蕭穆《敬孚類稿》卷十五《桃花塢記》：「和州城大西門外，土山緜亙，清池曲折……乃……乘輿訪詩人張司業別墅，所稱桃花塢者也。出大西門……沿溪西行二里有大橋……曰桃花塢……逾橋十數武，有地數畝，草樹叢生，岡阜翼然，枕於溪橋之上，即桃花塢之遺址也。……廻憶張司業與孟東野輩載酒往還，談笑風流，其風邈不可追。」（下略）

元張鉉《至正金陵新志》卷十一下《祠祀志》二《寺院》：「勝因寺在溧陽州西四十五里。唐名唐興，政和五年改今額。孟郊有《溧陽唐興寺觀薔薇花同諸公餞陳明府》詩。崇熙中，李亘刻石，命寺僧創薔薇軒於西廡。」

清陳鴻壽《溧陽縣志》卷四《輿地志》《寺》：「勝因寺，在縣西北四十五里舊縣城側。晉義熙元年置。唐名唐興，宋政和五年改今額。參據《金陵志》及舊縣志。吳穎《勝因寺記》云：『丙子冬，予歸自金陵。過舊縣，望勝因寺。駐馬至其所，約去孔道五十步。寺之址逶迤，阜上開門臨平疇，古澹不囂。……考縣志：唐時故嘗建治此地。貞元中，孟郊以家貧爲尉，餞客唐興寺，有觀薔薇詩，則今之勝因也。』」（下略）

同志卷三《園林》：「滄嶼園，在城北，相傳爲謝公洗墨池。舊縣志云：宋進士湯德俊建研池堂於其上。前有研瀆橋。……明史光禄後始構園曰滄嶼，中築紅香亭，以奉東野詩石。狄冲《紅香亭記》云：『溧陽舊治瀨江中橋之北。唐天復中，徙今治，則井邑俱改。……惟唐興寺在其東，尚巋然獨存。寺有薔薇亭，亭有唐孟公東野詩石，載諸邑志舊矣。正德辛未秋，……因訪之，則寺已頹圮甚。見方石如礎，倚外楹間，乃此碑也。爲宋邑令李亘所樹，其子誨民所書。……遂載歸。將偏謀於好事而有力者，擇郭中勝處，構亭栽花而置之。適知山先生治館於北城，一日與予同□。指其中隙地曰：『予將除此而植薔薇，碑可亭於是。』……予欣然應之。迄今亭成，遂奉而歸焉。東野詩昌黎且爲之低頭，今固不可議也。而此篇實沖澹有遠趣，……集孟詩者獨乃不及，〔二〕而志復得收之，豈亦此石之力耶？……亭名紅香，爲擇詩中之二言耳。』」

清楊家騄《溧陽縣續志》卷二《輿地志》《古蹟》：「射鴨堂，在故平陵城。唐貞元末，縣尉孟郊建。今廢。」潘際雲：「一尉寒難忍，況乎長苦吟。此堂曾射鴨，有令愧鳴琴。賈島分詩席，昌黎證道心。薔薇碑已斷，千載想棠陰。」宋鑽：「晉家封土已荒萊，唐代詩人作尉來。此日竹弓無射處，湖田秋水稻花開。」史炳：《東野射鴨堂》：「公不能身騎惡馬彎强弓，南山射虎稱人雄。復不能射雉如皋相媚嫵，閨房老作閒男女。五十頭顱進士科，淒涼官迹溷漁簑。興來射鴨渾兒戲，尉既負公公奈何！平陵舊郭投金瀨野，鶩群飛遠天外。菰葉爭翻晝檝忙，竹枝奚取雕弓大？自言此事無是非，守令聞之怒且嘻。他無可坐正坐此，假尉來兮宜蚤歸。當時畢竟名流重，如此荒唐纔減俸。半俸分來長苦飢，雙鳧拾得成何用。縣尉雖卑非散官，昌黎何乃歎酸寒？恨公未得巧宦法，不弋高官但射鴨。後死江湖有散人，數言憑弔最傷神。玉溪官不掛朝籍，長吉無年東野貧。君不見陸渾之尉亦窮措，自不三公又誰怒？惆悵千年江水旁，落霞依舊飛孤鶩。」又《射鴨詞》：「菰蒲雨，晚淒淒，竹枝之弓短簑衣。一發再發青頭雞，問君何苦乃爾爲？丈人請安坐，賤子進一辭。欲射鵰，非健兒；欲射雉，無艷妻；射蛟射虎藏禍機，不如射鴨無是非。無是非，亦可惜，如此身手浪作劇。水深日暮蛟鼉浮，魂兮歸來，江湖之阻不可以久留！」（以上遺跡）

雜　紀

唐李觀《上梁補闕薦孟郊崔宏禮書》：「（前略）今有孟郊者，有崔宏禮者，俱在舉場，靜而無徒，各以累舉，可嗟甚焉！孟之詩五言高處，在古無上；其有平處，下顧兩謝。崔之文雄健宏深，度中文質。言之他時，必得老成；言之今日，粲然出倫。執事導之輩流，於覩日深矣，故得言。今輒以二子元文布之下風，執事豈以爲黨乎？蓋良匠之明，有所無由而見者；二子之美，有所無從而求者；蓋以慕『舉爾所知遺其友』之言，慕之多以至不量力也。其孟子之文奇，其行貞；其崔子爲文如適所陳，爲行則磊落不常，俱非苟取是之人也。特惟哲匠執而匠之，引而塗之，未若觀之愚也。」（下略）《李元賓文編》卷三。

李翺《薦所知於徐州張僕射書》：「翺再拜。（中略）茲有平昌孟郊，貞士也。伏聞執事舊知之。郊爲五言詩，自前漢李都尉、蘇屬國，及建安諸子、南朝二謝，郊能兼其體而有之。李觀薦郊於梁肅補闕書曰：『郊之五言，其有高處，在古無上；其有平處，下顧二謝。』韓愈送郊詩曰：『作詩三百首，杳默咸池音。』彼二子皆知言者，豈欺天下之人哉。郊窮餓不得安養其親，周天下無所遇，作詩曰：『食薺腸亦苦，强歌聲無歡，出門即有閡，誰謂天地寬。』其窮也甚矣。（中略）嗚呼！人之降年，不可與期。郊將爲他人之所得，而大有立於世，與其短命而死，皆不可知也。二者卒然有一於郊之身，他日爲執事惜之，不可既矣！執事終不得而用之矣，雖恨之亦無可奈何矣！」（下略）《李文公集》卷八。

獨孤郁答孟郊論仕進書：「某還白。天下病不言久矣，吾子猥貺嘉言，以篤鄙人之志，是勗天下之心也。

幸何獨乎鄙人也，利何獨乎是文耶？夫言豈一端而已矣，知惡而不言，是使天下之爲惡者不思其懼也；知善而不言，是使天下之爲善者不勸其慕也；此二者天下之達道也。僕嘗論之，安敢不爭斯語？直以阨蒙摧頽，吾子之所聞見，雖欲激昂以是非，天下其誰一從僕之所云耶？吾子知僕將宦遊，訪僕曰：『是役也，爲身之役歟？爲人之役歟？』意甚善。古人曰：『仕非爲貧也。』又曰：『君子之仕，行其義也。』僕雖不肖，寧獨以衣服飲食犬馬聲色屋室使僕之屑屑歟？僕將沈棄蹇連乎？則撫循吾之軀，何爲也？其將奮飛騰凌乎？則君之建官行封，豈私吾饑而寒也？又曰：『親戚處乎大位，力主人也。』足下之所謂親戚者，曷若僕之有身耶？足下所待僕者，寧以曲私從義乎？天下之君子固當有以自力也。粤其果有茂異，僕幸側聞其風，曷敢不踴躍話道於彼不識，況親戚之無間乎？苟不能藉此，第僕能富貴之，且獲莫許，而況又要於他人耶？又曰：『不待位而言之，大道之言也。』信哉！古人有庶人謗於道，商旅議於市，芻蕘者得進其狂妄焉。足下念僕孱性，而欲輔僕愚心，共至公於天下，是直諒多聞之益也。某則何幸！其將責僕以必聞，以至公之道，爲市價於天下也。某何人哉！昔張安世爲大司馬車騎將軍録尚書事，常有所薦。其人來謝，安世大恨。以舉賢進能，豈有私耶？謝絶之。有郎功高不調而自言，安世應曰：『君之功高，明主所知。人臣執事何短長而自言乎？』絶不許。已而郎遷幕府長史，郎辭去之官，安世問以過失。長史曰：『將爲明主股肱，而士無所進，論者以爲譏。』安世曰：『明主在上，賢不肖較然，臣下自修而已。何知士而薦之？』其匿名迹遠權勢如此。彼推揚賢哲，乃公卿大夫四岳十二牧之職也。而富平陰用，陽不敢當。如僕瑣瑣方困，奈何以上官他人之任反以許乎人哉！東野用心冀有以相照，幸無以僭越之道深望於鄙人也。某頓首。」《唐文粹》卷八十三。

陸龜蒙《書李賀小傳後》：「玉溪生傳：『李賀，字長吉。常時旦日出遊，從小奚奴，騎駏驢，背一古破錦囊。遇有所得，即書投囊中，暮歸足成其文。』予爲兒童時，在溧陽聞白頭書佐言：孟東野，貞元中以前秀才家貧受溧陽尉。溧陽昔爲平陵，縣南五里有投金瀨。瀨南八里許道東有故平陵城，周千餘步。基址坡陁，裁高三四尺，而草木勢甚盛。率多大櫟，合數夫抱。叢篠蒙翳，如嗚如洞。地窪下，積水阻洳，深處可活魚鼈輩。大抵幽邃岑寂，氣候古澹可嘉，除里民樵罩外無入者。東野得之忘歸，或比日，或間日，乘驢領小吏徑蓦投金渚一往。至則蔭大櫟，隱叢篠，坐於積水之旁，苦吟到日西而還。爾後衮衮去，曹務多弛廢。令季操卞急，不佳東野之爲，立白上府，請以假尉代東野，分其俸以給之。東野竟以窮去。吾聞淫畋漁者，謂之暴天物。天物既不可暴，又可抉擿刻削，露其情狀乎？使自萌卵至於槁死，不得隱伏，天能不致罰耶？長吉夭，東野窮，玉溪生官不挂朝籍而死，正坐是哉！正坐是哉！」《甫里先生集》卷十八。

《新唐書》一九六《陸龜蒙傳》：「光化中，韋莊表陸龜蒙及孟郊等十人，皆贈右補闕。」

五代王定保《唐摭言》卷十《韋莊奏請追贈不及第人近代者》條：「孟郊，字東野。工古風，詩名播天下。與李觀、韓退之爲友。貞元十二年及第，佐徐州張建封幕卒。使下廷評，韓文公作誌東野，謚曰貞曜先生。賈島詩曰：『身殁聲名在，多應萬古傳。寡妻無子息，破宅帶林泉。冢近登山道，詩隨過海船。故人相弔處，斜日下寒天。』莊云，不及第，誤也。（中略）

前件人俱無顯遇，皆有奇才。麗句清辭，偏在時人之口；銜冤抱恨，竟為冥路之塵！但恐憤氣未銷，上衝穹昊，伏乞宣賜中書門下，追贈進士及第，各贈補闕、拾遺。見存明代唯羅隱一人，亦乞特賜科名，録升三級，便以特敕顯示優恩。俾使已升冤人，皆霑聖澤；後來學者，更厲文風。」

唐趙璘《因話録》《孟詩韓筆》條：「韓愈能古文，孟郊長於五言，時號孟詩韓筆。」《唐語林》卷二《文學》略同。

唐李肇《國史補》卷下：「元和已後，爲文筆，則學奇詭於韓愈，學苦澀於樊宗師。歌行則學流蕩於張籍，詩章則學矯激於孟郊。……俱名元和體。」《唐語林》卷二《文學》引同。

宋馬永卿《嬾真子》卷四：「韓退之列傳云：『從愈游者若孟郊、張籍，亦皆有名於時。』以僕觀之，郊、籍非輩行也。東野乃退之朋友，張籍乃退之爲汴宋觀察推官日所解進士也。而李翺、皇甫湜，則從退之學問者也。故詩云：『東野窺禹穴，李翺觀濤江。』又云：『東野動驚俗，天葩吐奇芬。張籍學古淡，軒昂避雞群。』故於東野則稱字，而於羣弟子則稱名，若孔子稱蘧伯玉、子產，回也、由也之類。而唐史乃使東野與羣弟子同附於退之傳之後，而世人不知，遂皆稱爲韓門弟子，誤矣。」

宋王楙《野客叢書》卷十六《漢唐俸禄》條：「孟郊詩曰：『贛人年六十，每月請三千。』……僕謂唐人俸禄，守佐以上有不待言，簿尉下僚，未免爲薄。觀孟郊所謂每月請三千之説，可以類推矣。然考唐九品月得五十七石，使果得此，亦足用度。而郊以吟詩廢務，上官差官以攝其職，分其半俸。酸寒之狀，可想而知。觀此語亦可以發一笑也。（按王楙以東野此詩爲尉溧陽時作，非是。）

元辛文房《唐才子傳》卷五朱晝條：「晝，廣陵人。貞元間，慕孟郊之名。爲詩格範相似，曾不遠千里而訪之，不厭勤苦，體尚奇澁。（下略）」

〔一〕按談志稱張籍爲東野門人。實誤。

〔二〕按東野《溧陽唐興寺觀薔薇花同諸公餞陳明府》詩見本集卷八。狄沖所稱「集孟詩者獨乃不及」，非是。

年譜引用書目（含《孟郊遺事》）

穀梁傳　戰國穀梁赤
史記　漢司馬遷
吳越春秋　東漢趙曄
舊唐書　後晉劉昫等
新唐書　宋歐陽修宋祁等
資治通鑑　宋司馬光等
唐六典　舊題御撰　唐李林甫等注
通典　唐杜佑
唐大詔令集　宋宋敏求編
册府元龜　宋王欽若
唐會要　宋王溥輯
元和姓纂　唐林寶
李相國論事集　唐李絳
翰林院故事　唐韋執誼

重修承旨學士壁記　唐丁用晦
唐御史臺精舍題名考　清趙鉞、勞格
唐尚書省郎官石柱題名考　清勞格、趙鉞
登科記考　清徐松
職官分紀　宋孫逢吉
大宋高僧傳　宋釋贊寧等
唐才子傳　元辛文房
韓子年譜　宋洪興祖
李益年譜稿　卞孝萱編　《中華文史論叢》第八輯
韋應物繫年考證　傅璇琮編　《文史》一九七八年第五輯
張籍簡譜　卞孝萱編　《安徽史學通訊》一九五九年第四、五期合刊
吳興記　南朝宋山謙之
水經注　後魏酈道元
元和郡縣志　唐李林甫
太平寰宇記　宋樂史
輿地紀勝　宋王象之

輿地廣記　宋歐陽忞
長安志　宋宋敏求
中吳紀聞　宋龔明之
吳郡圖經續記　宋朱長文
吳郡志　宋范成大
嘉泰吳興志　宋談鑰
嘉泰會稽志　宋施宿
淳祐玉峯志　宋凌萬頃　邊實
景定建康志　宋周應合　清錢大昕藏舊鈔本
咸淳毘陵志　宋史能之
崑山雜詠　宋龔昱
至正崑山郡志　元楊譓
至正金陵新志　元張鉉
元河南志　佚名
明一統志　明李賢等
河南郡志　明喬縉

沔陽州志　明童承敍
浙江通志　明薛應旂纂
湖州府志　明張鐸
湖州府志　明勞鉞
湖州府志　明栗祁修
湖州府志前編　清程量
湖州府志　清胡承謀
湖州府志　清李堂
溧陽縣志　清陳鴻壽修
溧陽縣續志　清楊家騦修
武康縣志　清劉守成
河南通志　清徐化成
河南府志　清張聖業修
洛陽縣志　清龔崧林修
德平縣志　清凌錫祺
上饒縣志　清陶堯臣修

兩京新記　唐韋驗
遊城南記　宋張禮
歷陽典録　清陳廷桂
唐兩京城坊考　清徐松
郡齋讀書志　宋晁公武
寶刻叢編　宋陳思
金薤琳瑯　明都穆
金石萃編　清王昶
金石續編　清陸耀遹
八瓊室金石補正　清陸增祥
山右金石記　清張煦山西通志　單行本
陶齋藏石記　清端方
千唐誌齋藏誌　張鈁
初學記　唐徐堅等編
太平廣記　宋李昉等編
國史補　唐李肇

因話録　唐趙璘
大唐傳載　佚名
雲溪友議　唐范攄
宣室志　唐張讀
唐摭言　五代王定保
南部新書　宋錢易
侯鯖録　宋趙令畤
唐語林　宋王讜
墨客揮犀　宋彭乘
能改齋漫録　宋吳曾
雲谷雜記　宋張淏
西溪叢語　宋姚寬
演繁露　宋程大昌
容齋隨筆、四筆　宋洪邁
野客叢書　宋王楙
荆溪林下偶談　宋吳子良

嬾真子　宋馬永卿
顔魯公集　唐顔真卿
李遐叔文集　唐李華
元次山集　唐元結
翰苑集　唐陸贄
包秘監詩集　唐包佶
韋蘇州集　唐韋應物
杼山集　唐釋皎然
呂衡州集　唐呂温
權載之文集　唐權德輿
五百家注音辨昌黎先生集　唐韓愈
五百家注音辨柳先生集　唐柳宗元
李元賓文編　唐李觀
張司業集　唐張籍
皇甫持正集　唐皇甫湜
李文公集　唐李翺

玉川子集　唐盧仝
長江集　唐賈島
戴叔倫集　唐戴叔倫
鮑溶詩集　唐鮑溶
劉叉集　唐劉叉
白氏長慶集　唐白居易
白香山詩集　唐白居易
元氏長慶集　唐元稹
樊川文集　唐杜牧
甫里先生集　唐陸龜蒙
皮子文藪　唐皮日休
詠史詩　唐胡曾
集註分類東坡先生詩　宋蘇軾
廣陵集　宋王令
梁溪集　宋李綱
慶湖遺老集　宋賀鑄

順適堂吟稿　宋葉茵
攻媿集　宋樓鑰
渭南文集　宋陸游
洺水集　宋程珌
遺山先生文集　金元好問
趙松雪全集　元趙孟頫
敬孚類稿　清蕭穆
巢經巢文集　清鄭珍
文苑英華　宋李昉等編
唐文粹　宋姚鉉編
會稽掇英總集　宋孔延之
吳都文粹　宋鄭虎臣
吳興藝文志補　明董斯張　舊鈔本日本靜嘉堂文庫藏
唐音統籤　明胡震亨　舊鈔本　北京故宮博物院圖書館藏
唐音癸籤　明胡震亨　單行本
全唐文　清董誥等編

全唐詩　清彭定求等編

全唐文拾遺　清阮元

唐文拾遺　清陸心源

韓集點勘　清陳景雲

讀韓記疑　清王元啓

歷代孟郊詩評

喻學才編次

唐

近代作雜體唯劉賓客集中有迴文離合雙聲叠韻。如聯句詩，則莫若孟東野與韓文公之多，他集罕見，足知爲之之難也。

——皮日休《雜體詩・序》（見阮元《全唐文補遺》，北京圖書館藏抄本）

孟郊：清奇僻苦主。

「青山碾爲塵，白日無閑人。」「食薺腸亦苦，强歌聲無歡。」「欲知萬里情，曉卧半牀月。」

上入室二人：陳陶。「蟬聲將月短，草色與秋長。」「比屋歌黄竹，何人撼白榆。」

周樸。「古陵寒雨絶，高鳥夕陽明。」「高情千里外，長嘯一聲初。」

及門二人：劉得仁。「吟苦曉燈暗，露染秋草疎。舊山多夢到，流水送愁余。」（《雲門寺》）

李溟。「喬木挂斗色，水驛壞門開。向月片帆去，背雲行雁來。晚年名利跡，寧免路岐哀。前計不能息，若爲元髩回。」（《無題》）

——張爲《詩人主客圖》（《歷代詩話續編》本）

國初，主上好文雅，風流特盛。沈宋始興之後，傑出於江寧，宏肆於李杜，極矣！右丞、蘇州趣味澄敻，若清風之出岫。大歷十數公，抑又其次。元白力勍而氣孱，乃都市豪估耳。楊公巨源，亦各有勝會。閬仙、東野、劉得仁輩，時得佳致，亦足滌煩。厥後所聞，逾褊淺矣。

——司空圖《與王駕評詩書》

在昔樂官采詩而陳於國者，以察風俗之邪正，以審王化之興廢。得蒭蕘而上達，萌治亂而先覺，詩之義也大矣遠矣。……國朝以來，人多反古，德澤廣被，詩之作者繼出，則有杜、李挺生於時，群才莫得而問；其亞，則昌齡、伯玉、云卿、千運、應物、益、適、建、況、鵠、當、光羲、郊、島、愈、籍，合十數子，挺然頹波間，得蘇、李、劉、謝之風骨，多爲清德之所諷覽，乃能抑退浮僞流豔之辭，宜矣。

——顧陶《唐詩類選·序》（見《文苑英華》卷七百一十四）

五代

孟郊，字東野，工古風，詩名播天下，與李觀、韓退之爲友。

——王定保《唐摭言》卷十

宋

先生可是絶俗人，神清骨冷無由俗。……詩如東野不言寒，書似西臺差少肉。

——《蘇軾詩集·書林逋詩後》

冷淡篇章遇賞難，杜陵清瘦孟郊寒。黄金作紙珠排字，未必時人不喜看。

——戴復古《石屏集·戲題詩稿》

唤起酸寒孟東野，倒流三峽洗余悲。

——楊萬里《誠齋集·江湖詩集·送李仲鎮宰溧陽》

孟東野詩如埋泉斷劍，卧壑寒松。

——魏慶之《詩人玉屑》引《敖器之詩評》

孟東野詩，李習之所稱：「食薺腸亦苦，强歌聲不歡。出門如有礙，誰謂天地寬。」可謂知音。今世傳郊集五卷，詩百篇。又有集號《咸池》者，僅三百篇。其間語句尤多寒澀，疑向五卷是名士所删取者。

劉貢父云：「東野與退之聯句宏壯辨博，似若不出一手。」王深父云：「退之容有潤色也。」

——劉攽《中山詩話》

韓退之云：「横空盤硬語，妥帖力排奡。」蓋能殺縛事實與意義合，最難能之。知其難則可以論詩矣。此所以稱孟東野也。

——許顗《彦周詩話》

孟東野詩苦思深遠，可愛不可學。僕尤嗜愛者「長安無緩步」一詩。

東坡《祭柳子玉文》：「郊寒島瘦，元輕白俗。」此語具眼。客見詰曰：「子盛稱白樂天孟東野詩，又愛元微之詩，而取此語，何也？」僕曰：「論道當嚴，取人當恕。」此八字東坡論道之語也。

——許顗《彦周詩話》

樂天及第後歸覲，留别同年云：「擢第未爲貴，拜親方始榮。」此毛義得檄而喜之意也。論者以「春風得意馬蹄疾」決非孟郊語。其氣格亦不類。而白公亦有「得意減别恨，半酣輕遠程。翩翩馬蹄疾，春日歸鄉情。」

此又不可曉也。

——黃徹《䂬溪詩話》

國成德宰武康，鋟孟東野詩，立其祠。余家舊藏東野像，書來借臨，其尚友與俗異矣。予因讀昌黎贈先生詩，追和其韻，並臨其像奉送之武康。

瞭然徹眸子，可以觀人心。仙儒固當懼，清揚照古今。既見東野像，又聞東野音。其音何琅琅，笙磬簫瑟琴。欲招世人聽，大音忽已沉。問我何所聞，冥默中細尋。初嘗訝苦硬，久味極雄森。昌黎維宗伯，誰能齒諸任。尊之繼李杜，先生亦披襟。寸莛撞洪鐘，下拜肯低簪。城南門雞作，珠琳列差參。劍戟相攖拂，壘塹互登侵。劃鑱龍門呀，兀撐大華嶔。粗細無可揀，如入夸父林。巨壑百川會，大雲四野陰。今人何所見，啾嘖沸蜩禽。掊摭螻蚓間，短策欲深臨。坡公素雅謔，偶作嘲僧吟。獨愛銅斗歌，儂音帶江南。斯言戲之耳，定價如良金。杜老嘲淵明，夫豈誠弗欽？謂能潤飾韓，魯直豈向歆！本師非翁敵，坻塿視高岑。雖然曰郊島，郊島有淺深。吾友武康宰，作事爲世箴。立祠警溷濁，刊詩正哇淫。樂石覆大屋，闌防作練砧。

景定壬戌九月望日閬風舒岳祥書。

——國材本《孟東野詩集》扉頁舒岳祥題辭

退之以師道自任，自李翺、張籍、皇甫湜輩皆名之，惟推孟郊，待以畏友。世謂謬敬，非也。其《自歎》

云：「愁與髮相形，一愁白數莖。有愁能幾多，禁愁日日生。古若不置兵，天下無戰爭；古若不置名，道路無欹傾。太行聳巍峨，是天産不平。黄河奔濁浪，是天生不清。四蹄日日多，雙輪日日成。二物不在天，安能免營營。」《弔國殤》云：「徒言人最靈，白骨亂縱横。如何當春死，不及群草生。堯舜宰乾坤，器農不器兵。秦漢盜山岳，鑄殺不鑄耕。天地莫生金，生金人競爭。」《灞上輕薄行》云：「自歎方拙身，忽隨輕薄倫。常恐失所避，化爲車轍塵。」《遊子吟》云：「慈母手中線，遊子身上衣。臨行密密縫，意恐遲遲歸。誰言寸草心，報得三春暉。」《去婦》云：「君心匣中鏡，一破不復全。妾心藕中絲，雖斷猶牽連。安知御輪士，今日翻迴轅。一女事一夫，安可再移天。君聽去鶴言，哀哀七絲弦。」《教坊歌兒》云：「十歲小小兒，能歌得聞天。六十孤老人，能詩獨臨川。能詩不如歌，悵望三百篇。」《長安旅情》云：「盡説青雲路，有足皆可至。我馬亦四蹄，出門似無地。玉京十二樓，峨峨倚青翠。下有千朱門，何門「薦孤士」。」《秋懷》詩云：「詈人不見血，殺人何紛紛。聲如窮家犬，吠竇何誾誾。古詈舌不死，至今書云云！秦火不爇舌，秦火空爇文。」《贈無本》詩云：「詩骨聳東野，詩濤涌退之。有時踉蹌行，人驚鶴阿師。可惜李杜死，不見此狂癡。」又云：「拾月鯨口邊，何人免爲吞。」《遊俠行》云：「平生無恩仇，劍閑一百月。」《弔元魯山》云：「黄犢不知孝，魯山自駕車。非賢不可妻，魯山竟無家。將謠魯山德，頤海誰能涯。」當舉世競趨浮艷之時，雖豪傑不能自拔，孟生獨爲一種苦澹不經人道之語，固退之所深喜，何謬敬之有？

文字意脉，人生通塞繫焉。東野詩云：「萬物皆及時，獨余不覺春」。又云：「妾恨比斑竹，下盤煩寃根。有笋未出土，中已含淚痕。」又云：「無子抄文字，老吟多飄零。有時吐向牀，枕席不解聽。」又云：「山壯馬力短，路行石齒中。」又云：「後路起夜色，前山聞虎聲。」其《峽哀》、《杏殤》、哭劉言史、盧殷諸篇，極其詭怪幽憤。所謂峽哀者，似爲逐客而作，如云：「沙稜箭箭急，波齒斷斷開。」「呀彼無底吮，待此不測災。」谷號相噴激，石怒爭旋迴。古罪有復鄉，今纍多爲能。」其詞可以痛哭，不知哀何人也。屈宋《大招》、《招魂》等作，雖窮極天地之外，龍蛇鬼魅，千變萬態，然又稱述宗國宮室、鐘鼓歌舞之樂以返之。孟生純是苦語，略無一點温厚之言，安得不窮。此退之所以欲和其聲歟？

孟詩亦有平澹閑雅者，但不多耳。如「腰斧斫旅松，手瓢汲家泉。」如「不是城頭樹，那棲來去鴉。」如「路喜到江盡，江上又通舟。」「願爲馭者手，與郎回馬頭。」如「處處得相隨，人那不如月。」皆與唐人同一機杼。《咏蚊》云：「願爲天下幮，一使夜景清。」《燭蛾》云：「天若百尺高，應去掩明月。」又唐人所不能道。

孟郊五言云：「試妾與君淚，兩處滴池水。自取芙蓉花，今年爲誰死？」《長安早春》云：「乃知田家春，不入五侯宅。」又云：「萱草女兒花，不解壯士憂。」又云：「野客雲作心，高僧月爲性。」又云：「風葉亂舞木，雪猿清叫山。」又云：「借車載傢俱，傢俱少於車。」又云：「盧仝歸洛船，崔嵬但載書。」又云：「閑於獨鶴心，大於高松年。」又云：「拾月鯨口邊。」又云：「天津橋下冰初結，洛陽陌上行人絶。榆柳蕭疎樓閣閑，月明直見嵩山雪。」

——劉克莊《後村詩話》

五言詩，三百五篇中間有之。逮漢魏蘇李曹劉之作，號爲選體。及沈休文出，以浮聲切響作古，自謂靈均以來，未覩斯闕。一唱百和，漸有唐風。唐初如陳子昂《感寓》，平挹騷選，非開元天寶以後作者所及。李大家數姑置毋論。五言如孟浩然、劉長卿、韋蘇州、柳子厚，皆高簡要妙。雖郊島才思拘狹，或安一字而斷數髭，或先得上句，經歲始足下句，其用心之苦如此，未可以唐風少之。

——劉克莊《後村先生大全集》卷九十八《林子㬎序》

退之性喜玩侮，……其於詩人中惟東野、文人中惟子厚稍加敬焉。

——同前書卷一百三十《後村題跋》

韓文公與孟東野友善。韓公文至高，孟長於五言，時號「孟詩韓筆」。

——王讜《唐語林》卷二

吾讀東野詩，因知東野心。窮愁不出門，戚戚較古今。腸饑復號寒，凍折西牀琴。寒蛩吟亦苦，天光爲沉陰。退之乃詩豪，法度嚴已森。雄健日千里，光芒長萬尋。乃獨喜東野，譬猶冠待簪。韓豪如春風，百草開芳林。郊窮如秋露，候蟲寒自吟。韓如鏘金石，中作韶濩音。郊如擊土鼓，淡薄意亦深。學韓如可樂，學郊愁同侵。因歌遂成謠，聊以爲詩箴。

——李綱《梁溪先生文集》卷九《讀孟郊詩》

東坡讀孟東野詩乃云：「孤芳擢荒穢，苦語餘詩騷。水清石鑿鑿，湍急不受篙。初如食小魚，所得不償勞，又如煮蟛蜞，竟日嚼空螯。要當鬥僧清，未足當韓豪。人生如朝露，日夜火消膏。何苦將兩耳，聽此寒蟲號。」退之進之如此，而東坡貶之若是，豈所見有不同耶？然東坡前四句可謂巧於形似。

東野《長安道》詩：「胡風激秦樹，賤子風中泣。家家朱門開，得見不可入。」氣促而詞苦，亦可憐也。退之有贈孟之詩云：「長安交游者，貧富各有徒。親朋相過時，亦各有以娱。陋室有文史，高門有笙竽。何能辨榮粹，且欲分賢愚。」亦廣其意而使之安其貧也。

東野詩云：「靜木有恬翼，潛波無躁鱗。乃知喧競場，莫處君子身。」蓋言君子之立身不容不擇其所。《寓言》云：「誰謂碧山曲，不廢青松直。誰謂濁水泥，不污明月色。」是又欲和光而同塵也。下句亦本太白「獨漉水中泥，水濁不見月」，第反其意耳。

——范晞文《對牀夜語》（見《知不足齋叢書》三集）

孟郊賈島皆以詩窮至死，而平生尤自喜爲窮苦之句。孟有《移居》詩云：「借車載傢俱，傢俱少於車。」乃是都無一物耳。又《謝人贈炭》云：「暖得曲身成直身。」人謂非其身備嘗之不能道也。

——歐陽修《六一詩話》

唐之詩人類多窮士，孟郊賈島之徒，尤能刻琢窮苦之言以自喜。或謂：「郊島孰貧？」曰：「島爲甚也。」曰：「何以知之？」「以其詩知之。」郊曰：「種稻耕白水，負薪斫青山」。島曰：「市中有樵山，客舍寒無煙；井底有甘泉，釜中嘗苦乾」。孟氏薪米自足，而島家俱無，以是知之耳。然其至也，清絶高遠，殆非常人可到。唐之野詩，稱此兩人爲最。至於奇警之句，往往有之。

——歐陽修《試筆》

「天色寒青蒼，北風叫枯桑。厚冰無裂紋，短日有冷光。敲石不得火，壯陰正奪陽。調苦竟何言，凍吟成此章。」此郊《苦寒吟》也。或曰郊島善言貧。此詩與島詩云：「卧聞西席琴，凍折兩三絃。鬢邊雖有絲，不堪織寒衣。」正相侔矣。

——魏慶之《詩人玉屑·孟東野賈閬仙》

張爲取郊「青山碾爲塵，白日無閑人」、「食薺腸亦苦，强歌聲無歡。」、「欲知萬里情，曉卧半牀月」等句以爲清奇僻苦主。

——計有功《唐詩紀事》

夜讀孟郊詩，細字如牛毛。寒燈照昏花，佳處時一遭。孤芳擢芳穢，苦語餘詩騷。水清石鑿鑿，湍激不變篙。初如食小魚，所得不償勞，又似煮蟚蜞，竟日嚼空螯。要當鬥僧清，未足當韓豪。人生如朝露，日夜火銷膏。何苦將兩耳，聽此寒蟲號。不如且置之，飲我玉色醪。

我憎孟郊詩，復作孟郊語。饑腸自鳴唤，空壁轉饑鼠。詩從肺腑出，出輒愁肺腑。有如黄河魚，出膏以自煮。尚愛銅斗歌，鄙俚頗近古。桃弓射鴨罷，獨速短簑舞。不憂踏船翻，踏歌不踏土。吴姬霜雪白，赤脚浵白紵。嫁與踏浪兒，不識别離苦。歌君江海曲，感我長羈旅。

——蘇軾《讀孟郊詩二首》

郊寒島瘦，元輕白俗。

——蘇軾《祭柳子玉文》

騷人雅士，同知祖尚少陵，……公之詩支爲六家：孟郊得其氣焰，張籍得其簡麗，姚合得其清雅，賈島得其奇僻，杜牧薛能得其豪健，陸龜蒙得其贍博。皆出公之奇偏爾，尚軒然自號一家，赫赫烜俗，後人師擬不暇，矧合之乎！

——孫僅《冷齋魯訔序》（一稱《杜工部集序》，轉引自《詩人玉屑》卷十四）

樂天賦性曠達，其詩曰：「無事日月長，不羈天地闊。」此曠達者之詞也。孟郊賦性褊隘，其詩曰：「出門即有礙，誰謂天地寬。」此褊隘者之詞也。然則天地又何嘗礙郊，孟郊自礙耳。

——葉夢得《避暑録話》（見《稗海》），又見尤袤《全唐詩話》

古文衰於漢末，先秦古書存者爲學士大夫剽竊之資。五言之妙，與《三百篇》、《離騷》爭烈可也。自李、杜之出，後莫能及。韓、柳、孟郊、張籍諸人，自出機杼，别成一家。元和之末，無足論者，衰至唐末極矣。

——趙彦衛《雲麓漫鈔》

元豐四年與馬夢得飲酒黄州東禪，醉後誦孟東野詩云：「我亦不笑原憲貧」，不覺失笑。東野何緣笑得原憲？遂書此以贈夢得。祗夢得亦未必笑得東野也。

孟東野作《聞角》詩云：「似開孤月口，得説落星心。」今夜聞崔誠老彈曉角，始覺此詩之妙。

——蘇軾《東坡詩話》

孟東野「出門即有礙，誰謂天地寬？」吴處厚以渠器量褊窄，言乃爾。予以東野取法杜子美「每愁悔吝生，如覺天地窄」之句。

孟東野《連州吟》云：「春風朝夕起，吹緑日日深。」乃悟荆公「春風日日吹香草，山北山南路欲無」所自。

——吴开《優古堂詩話》

孟郊集有《四嬋娟》篇，謂花竹人月也，誤。見《顧況集》。

——吴聿《觀林詩話》

孟東野集古樂府，有《嬋娟》篇云：「漢宫承寵不多時，飛燕婕妤相妒嫉。」今顧況集中亦有，疑非孟，似顧況諸體。

——曾季貍《艇齋詩話》

韓詩平易。孟郊喫了飽飯，思量到人不到處。聯句中被他牽得亦著如此做。

韓文公《鬥雞聯句》云：「一噴一醒然，再接再厲乃」。謂雖困了，一以水噴之便醒。一噴一醒即所謂懼也，此是孟郊語也，説得好。又曰：「爭觀雲填山，敢叫波翻海。」此退之之豪；「一噴一醒然，再接再厲乃」此是東野之工。

——朱熹《晦庵詩説》

退之與孟郊聯句，前輩謂皆退之粉飾，恐皆出退之，不特粉飾也。以答孟郊詩觀之，如「弱拒喜張臂，猛拏閑縮爪。見倒誰肯扶，從嗔我須咬」，則聯句皆退之作無疑。

——朱翌《猗覺寮雜記》

孟郊云：「難將寸草心，報得三春暉。」此語關綱常，非唐詩人語也。至東坡詩云：「微生真草木，無處謝天力。慈顔如春風，不見桃李實。古今抱此恨，有志俯仰失。」其言尤悲。東萊於《蓼莪》章云：「莪蒿不能報天地之生育，猶人子不能報父母之劬勞。」皆祖郊之意也。

——周密《浩然齋雅談》

孟郊詩云：「天色寒青蒼，朔風吼枯桑。厚冰無裂紋，短日有冷光。」此語古而老。

——吳可《藏海詩話》

孟郊詩最澹且古，坡謂「有如食蟛蠘，竟日嚼空螯」。退之論數子，乃以「張籍學古澹」，東野爲「天葩吐奇芬」，豈勉其所長而諱其所短邪？抑以東野古澹自足而不待學歟？孟郊詩云「食薺腸亦苦，强歌聲無歡。出門即有礙，誰謂天地寬。」許渾詩云：「萬里碧波魚戀釣，九重青漢鶴愁籠。」皆是窮蹙之語。白樂天詩云：「無事日月長，不羈天地闊」與二子殆霄壤矣。

——阮閱《詩話總龜》（見《全浙詩話》）

司空圖善論前人詩，如謂元白力勍氣孱，乃都會之豪估；郊、島非附於寒澀，無所置才。皆切中其病。

——阮閱《詩話總龜·苦吟門》引《蔡寬夫詩話》語

風雅頌既亡，一變而爲《離騷》，再變而爲西漢五言，三變而爲歌行雜體、盛唐體、大歷體、元和體、晚唐體……以人而論，則有……賈閬仙體、孟東野體、杜荀鶴體。

李杜數公，如金雞擘海，香象渡河。下視郊、島輩，直蟲吟草間耳。

高、岑之詩悲壯，讀之使人感慨；孟郊之詩刻苦，讀之使人不歡。

孟郊之詩，憔悴枯槁，其氣局促不伸。退之許之如此，何耶？詩道本正大，孟郊自爲之艱阻耳。

——嚴羽《滄浪詩話》

乖崖（張詠）詩，句清詞古，與郊島相先後。

——胡仔《苕溪漁隱叢話》

人之爲詩要有野意。蓋詩非文不腴，非質不枯，能始腴而終枯，無中邊之殊，意味自長。風人以來得野意者，惟淵明耳。如太白之豪放，樂天之淺陋，至於郊寒島瘦，去之益遠。

——《休齋詩話》（又見《詩人玉屑》六）

字有顛倒可用者，如「羅綺」、「綺羅」、「圖畫」、「畫圖」、「毛羽」、「羽毛」、「白黑」、「黑白」之類，方可縱横。惟韓愈孟郊輩才豪，故有「湖江」、「白紅」、「慨慷」之句，後人亦難倣之。若不學矩步而學奔逸，誠恐「麟麒凰鳳木草川山」之句紛然矣。

《王直方詩話》引李希聲曰：「孟郊詩正如晁錯，爲人不爲不佳，所傷者峻直耳。」

——《漢皋詩話》（見郭紹虞《宋詩話輯佚》）

《雪浪齋日記》云：「東野《秋懷》詩奇妙。『棘枝風哭酸，桐葉霜顔高。蟲老乾鐵鳴，獸驚孤玉咆』，全似聯句中造語。」

——胡仔《苕溪漁隱叢話》

唐人工於爲詩而陋於聞道。孟郊嘗有詩云：「食薺腸亦苦，强歌聲無歡。出門即有礙，誰謂天地寬？」郊起居飲食有戚戚之憂，是以卒窮以死，而李翱稱之，……至韓退之亦談不容口。甚矣唐人之不聞道也！孔子稱顔子在陋巷，人不堪其憂，回也不改其樂，……與郊異也。

孟東野一不第，而有「出門即有礙，誰謂天地寬」語，若無所容其身者。老杜雖落魄不偶，而氣常自若，如

「納納乾坤大」何其壯哉！

——《苕溪漁隱叢話》卷十九引蘇轍語

孟郊詩最古澹，謂「有如食蟛蜞，竟日嚼空螯」，亦實録。

——《娱書堂詩話》（轉引自乾隆五十八年會稽陶篁村輯《全浙詩話》卷三）

退之於籍湜輩皆兒子蓄之。獨於東野極口推重，雖退之謙抑亦不徒然。世以配賈島而鄙其寒苦，蓋未之察也。郊之詩寒苦則信矣，然其格致高古，詞意精確，其才亦豈可易得？

——張戒《歲寒堂詩話》

退之《薦士》詩云：「孟軻分邪正，眸子看瞭眊。杳然粹而清，可以鎮浮躁。」蓋謂孟東野也。余嘗讀孟東野《下第》詩云：「棄置復棄置，情如刀刃傷。」及登第，則自謂「春風得意馬蹄疾，一日看盡長安花」。一第之得失，喜憂至於如此，宜其雖得之而不能享也。退之謂「可以鎮浮躁」，恐未免於過情。

——周紫芝《竹坡詩話》

詩以意爲主。又須篇中煉句，句中煉字，乃得工耳。以氣韻清高深眇者絶，以格力雅健雄豪者勝。元輕白俗，郊寒島瘦，皆其病也。

——張表臣《珊瑚鈎詩話》

自六朝詩人以來，古澹之風衰流爲綺靡，至唐爲尤甚，退之一世豪傑而亦不能自脱於習俗，東野獨一洗衆陋，其詩高妙簡古，力追漢魏作者。正如倡優雜沓前陳，衆所趨奔而有大人君子垂紳正笏屹然中立，此退之所以深嘉屢嘆而謂其不可及也。然亦恨其太過，蓋矯世不得不爾。當時獨李習之見與韓退之合。後世不解此意，但見退之稱道東野過實，爭先譏誚東野，反爲退之所累，惜乎無有原其意者也。

——費袞《梁溪漫志》卷七

徐師川問山谷云：「人言東野聯句既非平日所作，恐是退之有所潤色？」山谷云：「退之安能潤色東野！若東野潤色退之，卻有此理。」

——《呂氏童蒙詩訓》

孟郊詩「楚山相蔽虧，日月無全輝。萬株古柳根，拏此磷磷溪。太行横偃春，百里芳崔嵬。」等句皆造語工新，無一點俗韻。然其他篇章，似此處絶少也。李觀評其詩云「高處在古無上，平處下觀二謝」，許之亦太甚矣。東坡謂：「初如食小魚，所得不償勞。又似煮蟛蠘，竟日嚼空螯。」貶之亦太甚矣。

韓愈以瀑布爲天紳，所謂「懸瀑垂天紳」是也。孟郊以簷溜爲天紳，所謂「簷溜擲天紳」是也。東坡次韻王定國倅穎詩亦有餘波猶足挂天紳之句。

古人詩勉人行樂，未嘗不以日月迅駛爲言……司空圖云：「女媧只解補青天，不解煎膠粘日月。」孟郊云：「生隨昏曉中，皆被日月驅」，皆佳句也。

議者以此詩（指《歎命》、《登科後》）驗郊非遠器。余謂偶不遂志，至於屢泣，非能委順者。年五十，始得一第，而放蕩無涯，哦詩誇詠，非能自持者。其不至遠大，宜哉！

——葛立方《韻語陽秋》

人言居富貴之中者，則能道富貴語，亦猶居貧賤者工於說饑寒也。……若孟郊「借車載家具，家具少於車。」陶潛「敝襟不掩肘，藜羹常乏斟。」杜甫「天吴與紫鳳，顛倒在短褐」，皆巧於說貧者也。

李唐元和間，文人如蠭起。李翱與李觀，言雄破姦宄。孟郊及張籍，詩苦動天地。持正不退讓，子厚稱絶偉。元、白雖小道，爭名愈弗已。卒能霸斯文，昌黎韓夫子。

——石介《徂徠石先生全集》卷二

昔孔子居於洙、泗之間，七十子與三千之徒就之而不肯去也。孟軻則有公孫丑、萬章之徒，揚雄則有侯芭之徒，文中子則有程元、薛收、房魏之徒，韓吏部則有皇甫湜、孟郊、張籍、李翺之徒隨之而師，皆能授其師之道，傳無窮已。

——石介《徂徠石先生全集》卷十五

唐之初，承陳隋剥亂之後，餘人薄俗，尚染齊梁流風，文體卑弱，氣質叢脞，猶未足以鼓舞萬物，聲明六合……韓吏部愈，應期會而生。學獨去常俗，直以古道在己，乃以《空桑》、《雲和》，千數百年希闊泯滅已亡之曲，獨唱於萬千人間。衆人耳慣，所聽唯鄭、衛諮濦之聲，忽然聞其太古之上無爲之世雅頌正始之音，恍惚茫昧，如喪聰，如失明，有駭而亟走者，有陋而竊笑者，有怒而大駡者。叢聚嘲噪，萬口應答，聲無窮休。愛而喜、前而聽、隨而和者，唯柳宗元、皇甫湜、李翺、李觀、李漢、孟郊、張籍、元稹、白樂天輩，數十子而已。

——石介《徂徠石先生全集》卷十四

論詩文當以文體爲先，警策爲後。若但取其警策而已，則「楓落吴江冷」豈足以定優劣？孟浩然「微雲澹河漢，疏雨滴梧桐」之句，東野集中未必有也。然使浩然當退之大敵，如《城南聯句》亦必困矣。

——張戒《歲寒堂詩話》卷上

韓退之之留孟東野也，其詩有曰：「昔年因讀李白杜甫詩，長恨二人不相從。吾與東野生並世，如何復躡二子蹤。」某初疑退之言爲誇，及觀《城南》諸聯句，豪健險怪，其筆力略相當。使李、杜復生，未必不引避路鞭也。然後知「復躡」之語爲非過。又讀其末章有曰：「吾願身爲雲，東野變爲龍。四方上下逐東野，雖有離別無由逢。」於是又知二公心相知、氣味相得，至欲相與爲雲龍而不忍有離別，真可謂古之善交者。

——王十朋《梅溪王先生文集·後集》卷二十七

唐元和、大歷間詩人，多是韓門弟子，如湜、籍，如翺者，舊皆直呼其名，雖稱盧仝玉川先生，然語意多諧謔。惟於孟郊特加敬比之「長松」、「鉅鐘」，自比「青蒿」、「寸筳」。又曰：「低頭拜東野。」其没也，謚之曰貞曜先生。史稱退之木强，非苟下人者。余嘗論唐詩人，自李杜外，萬竅互鳴，千人一律。忽有《月蝕》等作，退之自是驚異，非謔之也。如東野諸詩，自出機杼，無一字犯唐人格律。如鶡弁短衣中見古人衣冠。如盆盎中見罍洗，退之豈陽尊而謬歌之哉！

——劉克莊《後村先生大全集》卷一百一十《滿領衛詩》

聯句，或二人三人，隨其數之多寡不拘也。其法則不同，有跨句者，謂連作第二第三句，《城南》等作是也；有一人一聯者，《會合遺興》等作是也；有一人四句者，《有所思》等作是也。《遺興聯句》，東野云：「我心隨月光，寫君庭中央。」退之云：「月光有時晦，我心安所忘。」詞意貫串，如同一喙。不然，則真四公子棋耳。

——范晞文《對牀夜語》卷四

金

嘗謂古人之詩，各得其一偏，又多其性之似者。若陶淵明、謝靈運、韋蘇州、王維、柳子厚、白居易得其冲澹。江淹、鮑明遠、李白、李賀得其峭峻。孟東野、賈閬仙又得其幽憂不平之氣。若老杜可謂兼之矣。

——趙秉文《閑閑老人滏水文集》卷十三

郊寒白俗，詩人類鄙薄之。然鄭厚評詩，荆公蘇黄輩曾不比數，而云樂天如柳際春鶯，東野如草根秋蟲，皆造化中一妙。何哉？哀樂之真，發乎性情，此詩之正理也。

——王若虚《滹南詩話》

元

自漢魏以降，言詩者莫盛於唐。方其盛時，李杜擅其宗，其他則韋柳之冲和，元白之平易，温李之新、郊島之苦，亦各能自名其家，卓然一代文人之製作矣。

——蘇天爵《滋溪文稿·西林李先生詩集·序》

熊勿軒云：東野之詩（指其科舉詩）不如高蟾《下第》一絶，爲知時守分，無所怨慕，斯可貴也。（高蟾原詩爲《下第獻高侍郎》：「天上碧桃和露種，日邊紅杏倚雲栽。芙蓉生在秋江上，不向東風怨未開。」）

愚謂：讀東野之詩（指《審交》），韓退之之語（指《柳子厚墓志》），則世之定交者，不可以不審矣。

——蔡正孫《詩林廣記》

孟東野有《下第》詩曰「棄置復棄置，情如刀刃傷。」又《再下第》詩曰：「兩度長安陌，空將淚見花。」其後登第，則志氣充溢，一日之間，花皆看盡，進取得失，蓋亦常事，而東野器宇不宏，至於如此，何其鄙邪？

——《唐宋遺史》（見蔡正孫《詩林廣記》）

東坡謂：郊寒島瘦，元輕白俗。予謂：詩不厭寒，不厭瘦；惟輕與俗則決不可。

——方回《桐江集·跋方君至庚辰詩》

孟郊《失志夜坐思歸楚江》詩云：「死辱片時痛，生辱長年羞。青桂無直枝，碧江思舊遊。」又《失意歸吴因寄劉侍郎》云：「至寶非眼别，至音非耳通。因緘俗外詞，仰寄高天鴻。」夫窮通得失，固自有命。郊一躓踣便爾忿懟欲死。又自以至寶至音非人耳所能及，因之綴緝語言，布露當世。則郊之爲丈夫也，何其淺也。人言郊及第後有「一日看盡長安花」之句，知其必不遠到。然何待已第時語，但觀此未第時語，已足以見其人矣。

——李冶《敬齋古今黈》

賀詩稍詭奇，而别出於郊島，組織花草，片片成文。所得皆警邁，絶於翰墨畦逕，時無能效者。

——辛文房《唐才子傳》

詩之造極適中，各成一家。……三百篇：思無邪。《離騷》：激烈憤怨。陶韋：含蓄優遊。孟郊：奇險斬截。

——范德機《木天禁語》

或問昌黎門人詩孰優？……島，黄花寂歷，秋則晚矣；郊，水厓霜壑，生意不露也。然則孟優矣。

——方回《桐江集·跋吴古梅詩》

（孟東野）《送遠吟》：東野不作近體詩，昌黎謂「高處古無上」是矣。此近乎律。「離杯有淚飲」，猶老杜「淚逐勸盃落」，而深切過之矣。

——方回《瀛奎律髓》卷二十六

明

劉文房詩「已是洞庭人，猶看灞陵月。」孟東野詩「長安日下影，又落江湖中。」語意相似，皆寓戀闕之意。然總不若王仲宣云：「南登灞陵岸，回首望長安」涵蓄蘊藉，自然不可及也。

「漁陽千里道，近如中門限。中門踰有時，漁陽長在眼」即《卷耳》詩後章之意也。

「晨登洛陽陌，目極天茫茫。群物歸大化，六龍頹西荒。豺狼日已多，草木日已霜。饑年無遺粟，衆鳥去空場。路傍誰家子，白首離故鄉。含酸望松柏，仰面訴穹蒼。去去勿復道，苦饑離故鄉。」此詩似阮嗣宗。

孟東野詩：「花嬋娟，泛春泉。竹嬋娟，籠曉煙。雪嬋娟，不長妍。月嬋娟，真可憐。」其詞風華秀豔，有古樂府之意。「雪嬋娟」，今本或作「妓嬋娟」，非也。

余嘗令繪工繪此爲四時嬋娟圖。以花當春，以竹當夏，以月當秋，以雪當冬也。

古樂府「蘭草自然香，生於大道傍。腰鐮八九月，俱在束薪中。」孟郊詩「昧者理芳草，蒿蘭同一鋤」，實本古樂府意。

（陸龜蒙《白蓮》）此詩爲白蓮傳神。然此詩祖李長吉《詠竹詩》……或疑「無情有恨」不可詠竹，非也。竹亦自有嫵媚。孟東野竹詩「竹嬋娟，籠曉煙」。左太冲《吴都賦》詠竹云：「嬋娟檀欒，玉潤碧鮮。」合而觀之，始知長吉詩之妙也。

晚唐唯韓柳爲大家。韓柳之外，元白皆自成家，餘如李賀孟郊，祖騷宗謝。

韓孟《城南聯句》：「袿熏霏霏在，綦跡微微呈。」「寶唾拾未盡，玉啼墜猶鎗。窗綃疑閟艷，妝燭已銷檠」。袿熏、綦跡、寶唾、玉啼，語精字選，惜周美成、姜堯章輩，未拈出爲花間蘭畹助也。

——楊慎《升菴詩話》

以時事入詩自杜少陵始，以名場事入詩自孟東野始。

——胡震亨《唐詩談叢》

孟詩韓筆之云，本六朝沈詩任筆語，今驟聽亦似駭耳也。

——胡應麟《詩藪》

孟郊詩之窮也。思不成倫，語不成響。有一二語總槁衷之瀝血矣。自古詩人，未有拙於郊者。……予嘗讀孟郊詩，如嚼木瓜，齒缺舌敝，不知味之所在。賈島詩如寒齏，味雖不和，時有餘酸薦齒。

——陸時雍《詩鏡》（見《全浙詩話》）

詩有作至數十卷而泛泛言無一深者。嘗置之箱笈几案間，只如無物。故其收效常不如少。若使運用心力時如鴻之滅雲，如峽之犯舟，如雨之吹燐，如檐之滴溜，竊恐不能過十首也。能過十首，吾何少之羨焉。朱無易先生出孟東野詩相與論之。予目爲貌險而其神坦，志栗而其氣澤。其中《送淡公》、《弔盧殷》、《石淙》、《峽哀》動踰十首。入其題，如入一岩壑，測其旨，如測一封象。其於奇險高寒，真所謂生於性、長於命而成如故者。郊寒島瘦，元輕白俗，非不足於詩之言也。豈苟然而已哉。予盟諸先生，將於三家詩推此類具思焉。

——譚元春《譚友夏合集·郊寒辨》

下暨元和之際，則有柳愚溪之超然復古，韓昌黎之博大其詞，張王樂府，得其故實，元白叙事，務在分明，與夫李賀盧仝之鬼怪，孟郊賈島之饑寒，此晚唐之變也。

——高棅《唐詩品匯·總序》

余併其詩（指韓愈、孟郊、柳宗元、張籍、李翺五人詩而觀之，其樂府詩景真情真，有風人之意。而五言近體又皆勁健清雅，脱落塵想，俱從胸臆中出，然後知昌黎之詩豐而腴，柳州之詩峭而勁，司業之詩新而奇，李翺之詩悲而壯，卒皆可傳。惟東野之詩則有窮促寒苦之狀，吾恐温厚之教或不若是。觀者自有巨目，不待余贅言也。

——劉成德《唐司業張籍詩集・序》

詩至於唐盛矣。然其能自名家者，其爲辭各不同。蓋發於情以爲詩。情之所發，人人不同，則見於詩，固亦不得而苟同也。是故王維之幽雅、杜牧之俊邁，張籍之古淡，孟郊之悲苦，賈島之清邃，……蓋其所以爲辭者，即其情之寓也。而今世之爲詩者，大抵習乎其辭而不本於其情，故辭雖工而情則非。

——王禕《王忠文公集》卷四

元輕白俗，郊寒島瘦。此是定論。

昔人有言元和以後文士，學奇於韓愈，學澀於樊宗師，歌行則學放於張籍，詩句則學矯激於孟郊，學淺易於白居易，學淫靡於元稹，俱謂之元和體。

——王世貞《藝苑卮言》

予夜觀李長吉孟東野詩集，皆造語奇古，正偏相半，豁然有得，併奪搜奇想頭。去其二偏：險怪。如夜壑風生、暝巖月墜，時時山精鬼火出焉；苦澀。如枯林朔吹，陰崖凍雪。見者靡不慘然。予以奇古爲骨，平和爲體，兼以初唐、盛唐諸家合而爲一，高其格調，充其氣魄，則不失正宗。

——謝榛《詩家直說》

孟詩用字之奇者，如《品松》：「抓拏指爪牖」，牖，均也。《寒溪》「抓榆喫無力」，柧，棱木，即觚。榆即箋。言畏寒，觚箋蹇吃無力。《峽哀》：「踔狧猿相過。」踔，足踢也。犬食曰狧。借以狀猿之行。《冬日》：「凍馬四蹄吃，陟卓難自收」。陟卓，崎嶇獨立之貌。又好用疊字，如「曝曝家道路」。「曝曝」，即曄曄。「抱山冷殑殑」。殑殑，即兢兢。至「嵩少玉峻峻，伊雒碧華華」、「强强攬所憑」諸類，又自以意造之，幾成杜撰，總好奇過耳。孟佳處詎在是。

（曹鄴詩）其源似出孟東野，洗剥到極淨極真，不覺成此一體。

——胡震亨《唐音癸籤》

東野之少懷耿介，齷齪困窮。晚擢巍科，竟淪一尉。其詩窮而有理，苦調凄凉，一發於胸中而無吝色。如古樂府等篇，諷詠久之，足有餘悲，此變中之正也。

——高棅《唐詩品匯》

李端《洞庭》、昌黎《秋懷》、東野《感興》，皆六朝之妙詣，兩漢之餘波也。

孟(云卿)「朝日上高堂,離人怨秋草。少壯無會期,水深風浩浩」,劇爲東野所宗。

——胡應麟《詩藪·内編》

嚴滄浪云:孟郊之詩刻苦,讀之令人不懽。愚按郊五言古以全集觀誠蹇澀費力,不快人意。然其入録者語雖琢削而體甚簡當,故其最上者不能竄易其字,其次者亦不能增損其句也。本傳謂其詩有理致,信哉。

東野五言古不事敷叙而兼用興比,故覺委婉有致,然皆刻苦琢削以意見爲詩,故快心露骨而多奇巧耳。此所以爲變也。

李西涯云「熊蟠鷄肋,筋骨有餘而肉味絶少。好奇者不能捨之而不足以厭飫天下」,予謂以此論東野尤切。

東野詩諸體僅十之一,五言古居十之九,故知其專工在此。然其用力處皆可尋摘,大要如連環貫珠,斯其所長耳。其《感懷八首》中有類陳子昂者,決非東野作。

退之奇險豪縱,恣於博,故長篇爲工。東野矯激琢削,歸於約,故短篇爲勝。

歐陽公詩云:「孟窮苦纍纍,韓富浩穰穰。窮者啄其精,富者爛文章。發生一爲宫,揫斂一爲商。二律雖不同,合奏乃鏘鏘。」數語得二子神髓。故孟之於韓,庶幾相匹,或稱郊島,則非其倫矣。

古人自許多不謬。東野詩云:「詩骨聳東野,詩濤湧退之。」以濤歸韓以骨自許不謬。但退之非不足於骨而東野實不足於濤。

——許學夷《詩源辯體》

東野詩有孤峰峻壑之氣，其云郊寒島瘦者，高則寒，深則寒也，勿作貧寒一例看。詩家變化自盛唐諸公而妙。……後來人又欲別尋出路，自不可無東野長吉一派。

——鍾惺、譚元春《唐詩歸》

聯句詩，唐惟顔真卿、韓退之爲多。顔雜詼諧；韓與孟郊爲敵手，各極才思，語多奇崛，尤可喜。

——胡震亨《唐音癸籤》卷六

六朝組練駢儷，别爲選體，佳者不數篇。仿之者似乎遒鬱，實拙滯耳。「河梁」、「十九首」之後，其曹、阮、陶、杜乎？昌黎太生割，取其莽蒼可也。太白奇放。次山樸直。東野痛快。高岑取黄初之爽健，王、孟取靖節之清遠，後而元、白，後而宋、元，各有所長，日趨纖薄，其能免乎？

——方以智《通雅·音義雜論》

孟東野陰祖沈、謝，而流於蹇澀。……梅（聖俞）之覃思精微，學孟東野，蘇之筆力横絶，宗杜子美。

——宋濂《答章秀才論詩書》

元和以降，王建、張籍、賈閬仙、孟東野、李長吉、温飛卿、盧仝、劉叉、李商隱、段成式，雖各自成家，而或淪於怪，或迫於險，或窘於寒苦，或流於靡曼，視開元遂不逮。

——王禕《王忠文公集》卷二

吾鄉孟東野，其奇險可與長吉鬼怪對壘。國材於時無所表見，今世亦罕知之，宜其未必有當。乃字櫛句比，其雌黄處亦時時得三昧焉。宋人不能詩而能言詩，亦其偏有所至耶？其劇貶休文之品而崇尚東野，謂其行吟溪曲，泊無宦情，然味其詩亦未免感時傷世，幽憤過多，如所謂「空將淚見花」等語與襄陽之孟純是曠達者局器大小固有别也。

——凌濛初《孟東野詩集・跋》

夫詩宣志而導和者也，故貴宛不貴嶮，貴質不貴靡，貴情不貴繁，貴融洽不貴工巧，故曰聞其樂而知其德。故音也者，愚智之大防，莊詖簡侈浮孚之界分也。至元、白、韓、孟、皮、陸之徒爲詩，始連聯鬬押，纍纍數千言不相下，此何異於入市攫金登場角戲也。彼覩冠冕珮玉，有不縮腕投竿而走者乎？何也？耻其非君子也。三代而下，漢魏最近古，向使繁巧嶮靡之習，誠貴於情質宛洽，而莊詖簡侈浮孚，意義殊無大高下，漢魏諸子不先爲之邪？故曰孚者士之屑也。然吾獨怪夫昌黎之從數子也。

——李夢陽《空同集》卷六十二

清

聶夷中詩，有古直悲凉之氣，但皆竊美於人。如「鋤禾日當午，汗滴禾下土」，李紳詩也，但改一「田」字，上加以「父耕原上田，子劚山下荒。六月禾未秀，官家已修倉。」又如「生在綺羅下」，「君淚濡羅巾」，本孟東野《征婦怨》，移其次篇後四語於前，前篇則删前四句，第改「緑蘿」爲「綺羅」，「千里」爲「萬里」，「羅巾常在手」爲「今在手」，「今得隨妾身」爲「日得隨路塵」。「如得風」爲「如煙飛」。至「欲别牽郎衣」，則直用無所更定。夫偷語爲鈍賊，兹更直盜其篇，較之館職諸公撏撦義山，作劫尤劇矣。吾不能爲之曲説。

「詩有别趣，非關理也。」然理原不足以礙詩之妙，如元次山《春陵行》、孟東野《遊子吟》、韓退之《拘幽操》、李公垂《憫農詩》，真是六經鼓吹。樂天與微之書曰：「文章合爲時而著，歌詩合爲事而作。」然其生平所負，如《哭孔戡》諸詩，終不諧於衆口。此又所謂「言之無文，行之不遠」，故必理與辭相輔而行，乃爲善耳，非理可盡廢也。

宋人多不喜孟詩。嚴滄浪曰：「孟郊之詩刻苦，讀之使人不歡。」又曰：「憔悴枯槁，其氣局促不伸，退之許之如此，何耶？」《青箱雜記》曰：「白樂天『無事日月長，不羈天地闊』，此達者之詞也。孟東野『出門即有礙，誰謂天地寬』，此偏狹者之詞也。」蘇潁濱亦指此爲「唐人工於爲詩，而陋於聞道。」東坡亦有《讀孟詩》曰「夜讀孟郊詩……飲我玉卮醪」。愚意東野實亦訴窮歎屈之詞太多，讀其集頻聞呻吟之聲，使人不歡。但跼天蹐地，雅亦有之。「終窶且貧」，《邶風》先有此歎。且尤不可與樂天比擬。樂天二十八而中春官，踰年即中書判拔萃，未幾又以賢良方正對策高等，由畿尉拜翰林兼拾遺，遷左贊善，始一貶江州耳。然尤官五品，月俸四五萬，寒有衣，饑有食，施及家人。才數年，復以州守入爲尚書郎知制誥，除中書舍人。屢典名郡，東南山水之區，恣其遨遊。又入爲秘書監，太子賓客分司東都，刑部侍郎，領河南尹，改少傅，以尚書終。其於遇合，可謂榮矣。東野窮餓，不得安養其親，五十始得一第，才尉溧陽，又困於禿令。此其身世何如，而與白較。旁觀者但聞人嘻笑，而遂責向隅者耶？二蘇皆年少成名，雖有謫遷之悲，未歷饑寒之厄，宜有不知此痛癢之言。且韓詩雖氣魄勝之，而深厚處不及，故有「吾願身如雲，東野變爲龍。四方上下逐東野，雖有離別無由逢」之句。此老自云：「若世無孔子，不當在弟子之列」，豈輕於自貶者！（黃白山評：「詩以言志，故觀其詩而其人之襟趣可知，苟戚戚於貧賤，則必汲汲於富貴。人品如此，詩品便爲之不高。雖聲金石而詞錦綉，何足取哉！東野詩，余亦不甚喜，以爲『陋於聞道』，誠然。賀君曲爲回護，似若以其悲苦愁歎爲當然者，可知賀亦偏狹之士矣。孟後及第，作詩云：『昔日齷齪不足嗟，今朝放蕩思無涯。春風得意馬蹄疾，一日看盡長安花。』才獲一第，便爾志滿意得，如此尤爲小器。若愈嘗作《送窮文》、《二鳥賦》，其逼窄狹隘之胸，正與東野相似，安得不引爲同調！」）至於賈雖工於詠物之言，僅律詩有佳句，風、騷、樂府之體，實未之備。如《列女操》：「波瀾始不起，妾心井中水。」《薄命妾》：「青山有蘼蕪，淚葉長不乾。」《塘下行》：「徒將白羽扇，調妾木蘭花。不是城頭樹，那棲來去鴉？」《去婦篇》：「君心匣中鏡，一破不復全。妾心藕中絲，雖斷猶牽連。」情深致婉，妙有諷諭。至若《贈文應道月》：「不踐有命草，但飲無聲泉。」「尋常晝日行，不使身影斜。」賈雖經爲僧，未能如此形容也。又如《贈鄭魴》曰：「天地入胸臆，……驪珠今始胎。」《送豆盧策歸別墅》曰：「短松鶴不巢，高日雲始棲。……避俗常自携。」《自述》則有「此外無餘暇，鋤荒出幽蘭。」此公胸中眼底，大是不可方物，烏得舉其饑寒失聲之語而訾之！

朱慶餘「滿酌勸僮僕，好隨郎馬蹄。春風慎行李，莫上白銅鞮。」鍾云：此詩篤情重義，遠勝「欲別牽郎衣」一首者，以「滿酌勸僮僕」五字意頭不同故也。」余意孟詩亦自佳。孟題曰《古離別》，乃是擬作；此題曰《送陳標》，乃是自寫胸懷。孟詩乃伉儷之言，故語中半含嬌妒；此詩乃友朋之語，故言外寓有箴規。同牀各夢，不足相形。

譚評蘇詩，大致不離於僻。然有當佩服者，一曰：「筆不加點，倚馬萬言。此語極誤人。縱使真才士，何妨稍一停研，而刺刺不休，取一時庸衆張目也。每讀坡公詩，恨不得同時，以此言進之。」又評其「玄鴻横號黄槲峴，皓鶴下浴紅荷湖」等句曰：「世豈少故作艱奇者，欲絶其源，且恨莫由，奈何復導之使有其詞也！此等詩，昌黎、東野諸人，不得不任其過。」二議真有益風雅。

貞元、元和間，詩道始雜，類各立門户。孟東野最爲高深，如「慈母手中綫，……報得三春暉」真是六經鼓吹，當與退之《拘幽操》同爲全唐第一。吾更喜其《送韓愈從軍》：「王粲有所依，元瑜初應命。一章喻檄明，百萬心氣定。」此即李抱真所云：「山東布赦書，士卒皆感泣」，可謂能見其大，而概謂之「蛩吟草間」耶？

《嬋娟篇》人多稱之，然始曰：「花嬋娟，泛春泉。竹嬋娟，籠曉煙。雪嬋娟，不常妍。月嬋娟，真可憐。」以四物並稱，下曰：「夜半姮娥朝太乙，人間本自無靈匹。漢宫承寵不多時，飛燕婕妤相妬嫉。」似三語皆是興意，獨歸重於月，而原本羿妻竊藥之故，伸明上云「可憐」之意，然正是東野寄托之辭。

（賈島）游仙詩：「借得孤鶴騎，高近金烏飛。天中鶴路直，天盡鶴一息。」亦是奇語，尚不如東野「日下鶴過時，人間空落影」，似乎若或見之。

——賀裳《載酒園詩話》

詩貴和緩優柔，而忌率直迫切。元結、沈千運是盛唐人，而元之《舂陵行》、《賊退詩》，沈之「豈知林園主，卻是林園客。」已落率直之病。樂天《雜興》之「色禽合爲荒，政刑兩已衰。」《無名税》之「奪我身上暖，買爾眼前恩。進入瓊林庫，歲久化爲塵。」《輕肥篇》之「是歲江南旱，衢州人食人。」《買花篇》之「一叢深色花，十户中人賦」等，率直更甚。東野《列女操》、《游子吟》等篇，命意真懇，措詞亦善；而《秋夕貧居》及《獨愁》等，皆傷於迫切。韋蘇州《寄全椒道士》及《暮相思》，亦止八句六句，而詞殊不迫切，力量有餘也。賈島之《客喜》、《寄遠》、《古意》，與東野一轍。曹鄴、于濆、聶夷中五古皆合理，而率直迫切，全失詩體。梁、陳於理則遠，於詩則近；鄴等於理則合，於詩則違。宋人雖率直而不迫切。

——吴喬《圍爐詩話》

馮定遠曰：東坡謂詩至子美爲一變。蓋大歷間李、杜詩格未行，元和、長慶始變，此實文字之大關也。然當時以和韻長篇爲元和體。但言時代，則韓、孟、劉、柳、左司、長吉、義山，皆詩人之赫赫者也。

讀郊、島、皮、陸詩，如逢幽花異酒，别有賞心。

——田雯《古歡堂集·雜著》卷一

至於有宋，折衷之學始大盛，……學昆體者，謂之村夫子，學郊、島者謂之字面詩。

——黄宗羲《錢退山詩文序》轉引自郭紹虞王文生《中國歷代文論選》(三)

徐文長有云：「高、岑、王、孟固布帛菽粟，韓愈、孟郊、盧仝、李賀卻是龍肝鳳髓，能捨之邪？」此言當王、李盛行之時，真如清夜聞晨鐘矣。余嘗因此言，而效梁人鍾嶸《詩品》爲四家品藻：韓如出土鼎彝，土花剥蝕，青緑斑爛；孟如海外奇楠，枯槁根株，幽香緣結；盧如脱砂靈璧，不假追琢，秀潤天成；李如起網珊瑚，臨風欲老，映日澄鮮。

五七絶句，唐亦多變。李青蓮、王龍標尚矣，杜獨變巧而爲拙，變俊而爲傖。後惟孟郊法之。

孟郊集截然兩格：未第以前，單抽一絲，裊繞成章，《太玄經》所謂「紅蠶緣於枯桑，其繭不黄」是其品評。及第後，變而入於昌黎一派，乃妙。且有昌黎所不及，比兩人《秋懷》可知也。東坡全目之爲苦蟲風味，誠苦矣，得毋有橄欖回味耶？余少不知，老乃咀嚼之。昔聞竹垞先生稱其略去皮毛，孤清骨立。余漫戲云：「宋人説部有妓瘦而不堪，人謂之風流骸骨，孟詩是也。」今媿悔之。

李賀、孟郊五言，造語有似子書者，有似《漢書·律曆志》者，皆安石碎金。

韓孟聯句，是六朝以來聯句所無者。無篇不奇，無韻不險，無出不扼抑人，無對不抵擋住。真是國手對局，然而難，若鄺城軍中與李正封聯者，則平正可法。

——方世舉《蘭叢詩話》

元次山詩如百歲老人，冠履古製。

柳子厚詩如玄鶴夜鳴，聲含霜氣。

韓退之詩如戰酣喝日，退舍倒行。

孟東野詩如夜黑風玄，石言不息。

李長吉詩如雨洗秋墳，鬼燈如月。

詩至盛唐，至矣。中唐如韓退之、孟東野、李長吉、白樂天，雖失刻露，要各具五丁開山之力。至晚唐諸公，乃僅以律句、絶句自喜耳。

中唐詩以道得人心中事爲工，意盡而語竭。元、白以煩，張、王以簡，孟東野詩瘦骨崚嶒，不幸令人以賈島匹之。

李長吉詩奇險，孟東野詩劖刻，皆鑿喪元氣之人，故郊貧而賀夭。其實從漢、魏門庭中來。

盛唐只是厚，中唐只是暢。

詩到中唐盡：昌黎艱奥盡，東野劖削盡，蘇州、柳州深永盡，李賀奇險盡，元、白曲暢盡，張、王輕俊盡，文房幽健盡。

——牟願相《小澥草堂雜論詩》

劉夢得評柳文「端而曼，苦而腴，佶然以生，癯然以清」。識者謂其已嚼出柳文佳處。予請移此語以評孟郊詩爲確。東坡不喜郊詩，比之寒蟲夜號，此語似過。蓋東坡逸才，髣髴太白。太白尚不知飯顆山頭之苦，而謂以文章爲樂事者，不厭此愁結肺腑之言哉！然「春風得意馬蹄疾，一日看盡長安花」，未始非快語也。

晚唐之馬戴，盛唐之摩詰也；晚唐之曹鄴，中唐之孟郊也。逸情促節，似無時代之別。

——葉矯然《龍性堂詩話初集》

退之五言大篇學杜，而峭露特甚；小詩學《選》而變，鑿空處類孟郊，而氣象較闊。孟郊詩筆力高古，從古歌謠、漢樂府中來，而苦澀其性也，勝元、白在此，不及韋、柳亦在此。郊詩類幽憤之詞，讀之令人氣塞。

古人詩境不同，譬諸山川：杜詩如河嶽，李詩如海上十洲；孟（襄陽）詩如匡廬；王（右丞）詩如會稽諸山；高、岑詩如疏勒、祁連，名標塞上；大歷十子詩如巫山十二，各上一峰；韋詩如峨眉天半，高無與比；柳詩如巴東三峽，清夜啼猿；韓詩如太行；孟（東野）詩如羊腸坂；蘇詩如羅浮；黄詩如龍門八節灘，此類不可悉數，惟覽者自得之耳。

——喬億《劍溪説詩》卷上

唐代深於騷者，自青蓮、昌黎、柳州、貞曜、昌谷而外，蓋亦寥寥。後來坡谷雖甚愛其文辭，祇供爲文驅使，於騷人之旨，未見有合焉者，而音韻尤乖。

元和、長慶間，自韓、柳而外，《古》、《選》首孟郊，歌行則李賀，張籍五律，劉禹錫七言律絶，張祜小樂府，並出樂天之右。

——喬億《劍溪説詩·又編》

貞元、元和之際，韓文公崛起，以天縱逸才，爲起衰鉅手……輔韓文公而起衰者，孟郊東野也。

——魯九皋《詩學源流考》

諫果雖苦，味美於回。孟東野詩則苦澀而無回味，正是不鳴其善鳴者。不知韓何以獨稱之？且至謂「横空盤硬語，妥帖力排奡」，亦太不相類。此真不可解也。蘇詩云：「那能將兩耳，聽此寒蟲號。」乃定評不可易。

韓門諸君子，除張文昌另是一種，自當别論。皇甫持正、李習之、崔斯立皆不以詩名。惟孟東野、李長吉、賈閬仙、盧玉川四家，倚仗筆力，自樹旗幟。蓋自中唐諸公漸趨平易，勢不可無諸賢之撑起。……而韓公獨謂東野「以其詩鳴」，則使人惑滋甚矣！

聯句體，自以韓、孟爲極致。然韓、孟太險，皮、陸一種，固是韓、孟後所不可少。

孟東野詩，寒削太甚，令人不歡；刻苦之至，歸於慘慄，不知何苦而如此！坡公《讀孟郊詩二首》真善爲形容。尤妙在次首，忽云「復作孟郊語」，又摘其詞之可者而述之，乃以「感我羈旅」跋之，則益見其酸澀寒苦，而無復精華可挹也。其第一首目以「蟲號」，特是正面語，尚未極深致耳。

葛常之云：「坡貶孟郊詩亦太甚」，因舉孟詩「楚山相蔽虧，日月無全輝。萬株古柳根，拏此磷磷溪。」以爲造語之工。下二句誠刻琢，至於「日月無全輝」，是何等言語乎？詩人雖云「窮而益工」，然未有窮工而達轉不工者。若青蓮、浣花，使其立於朝廟，制爲雅頌，當復如何正大典雅，開闢萬古！而使孟東野當之，其可以爲訓乎？

坡公亦太不留分際，且如孟東野之詩，再以牛毛細字書之，再於寒夜昏燈看之，此何異所謂「醉來黑漆屏風上，草寫盧仝《月蝕》詩」耶？

——翁方綱《石洲詩話》

孟東野聱吻澀齒，然自是盤餐中所不可少。五言肇興至唐，將及千載，故其境象尤博。即以有唐一代論之：陳、張爲先聲，王、孟爲正響。……岑嘉州峭壁懸崖，峻不得上；元次山松風澗雪，凜不可留。……韓、孟皆戛戛獨造，而塗畛又分；……

孟郊之《古別離》，即其古詩。王建之《新嫁娘》，即其樂府。

——管世銘《讀雪山房唐詩序例》

元和、長慶間，詩有兩岐：韓門諸子，專尚質實，張籍、皇甫，故爲敏妙，以及郊寒島瘦，各有勝處。

「慈母手中線」與「妾心古井水」諸篇，殆所謂在古無上者矣。《終南山》詩、《巫山高》等作，椎琢渾成，高視闊步，豈亦寒儉者乎？

——闕名《靜居緒言》

韓門張籍、孟郊、皇甫湜輩，自是不如韓，亦不似韓。然正以不如不似，能自成家數。古人雖同時一堂，不相依傍如此。後人模仿古人酷肖陶、謝，酷肖韓、柳，自家之真面目性靈在何處？作詩與作墨卷不同，不許單仿人家樣子以求速飛。

淺人多淺視郊、島兩家詩，初未嘗深究之也。東坡不甚喜東野詩，其天才雄邁，不能如此之喫苦耳。然必能爲東坡之「千山動鱗甲，萬谷酣笙鐘」，方許稍稍雌黃之。後之學東野甚多，卻要説是學杜、韓撑門面，最是可笑。如王幼華之「峽亂無全天」，非從東野之「楚山爭蔽虧，日月無全輝」化出來耶？評者必稱爲學杜。

李松溪云：前在京師晤部郎方鐵船元鵾，稱昌黎詩似大銀餅，東野則如碎金子，更令人可愛。此解人語也。東野五古，學者當覽其全集方妙。五律《送遠吟》一首云：「河水昏復晨，河邊相送頻。離杯有淚飲，别柳無枝春。一笑忽然斂，萬愁俄已新。東波與西日，不借遠行人。」有此種詩，昌黎安得不視爲畏友！拗折生辣，氣厚力健。第四句陡然作一拓筆，令人不測。結二句「東波」、「西日」常語也，一經錘煉，真有聲淚俱盡之妙。此等五律，工部而外，真無兩手。

——延君壽《老生常談》

古云「詩有別材，非關書也；詩有別趣，非關理也。」此説詩之妙諦也，而未足以盡詩之境。如杜子美「雨露之所濡，甘苦齊結實。」白樂天「野火燒不盡，春風吹又生」，韓退之《拘幽操》、孟東野《遊子吟》，是非有得於天地萬物之理，古聖賢人之心，烏能至此？可知學問理解，非徒無礙於詩，作詩者無學問理解，終是俗人之談，不足供士大夫之一笑。

——潘德輿《養一齋詩話》卷九

孟東野集不必讀，不可不看。如《列女操》、《塘下行》、《去婦詞》、《贈文應道月》、《贈鄭魴》、《送豆盧策歸別墅》、《遊子吟》、《送韓愈從軍》諸篇，運思刻，取逕窄，用筆別，修詞潔，不一到眼，何由知詩中有如此境界耶？

——方南堂《輟鍛録》

退之詩「我能屈曲自世間，安能隨汝巢神山」、「王侯將相念久絶，神縱欲福難爲功。」高心勁氣，千古無兩。詩者心聲，信不誣也。同時惟東野之古骨，可以相亞，故終身推許不遺餘力。雖柳子厚之詩，尚不引爲知己，況樂天、夢得耶？

予論唐詩，小與人異。東野《獨愁》詩云：「前日遠別離，昨日生白髮。欲知萬里情，曉卧半牀月。常恐百蟲鳴，使我芳草歇。」《洛橋晚望》云：「天津橋下冰初結，洛陽陌上行人絶。榆柳蕭疎樓閣閑，月明直見嵩山雪。」筆力高簡至此，同時除退之之奥、子厚之澹，文昌之雅，可與匹者誰乎？而人猶以退之傾倒不置爲疑。

問：郊、島何如？

郊勝於島。「郊寒島瘦」之評，亦未甚允。

——陳余山《竹林答問》

赤堇氏云：古來詩人，如孟東野一生坎壈，可謂極矣。而後世之名，又被東坡「郊寒島瘦」一語論定，且讀孟詩，亦無甚許可。究之平心而論，郊、島何可同日而語也。只如昌黎之於二公，亦已顯然。東野詩俱在，並可細心一觀，何可老髯之疎忽至此耶！

——厲心甫《白華山人詩説》卷二

子昂古直，曲江深穩，其源皆從漢魏來，餘子不及也。先輩論詩，五古以淵閎静雅，骨氣高妙爲上。三唐作者，無論李杜，如王、孟之冲澹，高、岑之勁拔，韓、孟之奇奥，元、白之曉暢，皆足上薄漢、魏，下掩宋、元，故曰詩至唐而極盛。韓有放縱處，孟卻簡素，故昌黎一生推服東野尤至。其贈張籍詩曰：「張籍學古淡」。「古淡」者，簡素之極致，籍固未之能逮焉。一「學」字，可見古人論文，分寸不苟，非若今人信口揄揚已也。

今世談詩者曰韓、蘇，曰郊、島。先廣文云：「韓、孟並世，韓才雄而肆，孟骨高而韻，且島非郊匹也。東野詩有《四嬋娟》詩，宋人繪爲四時圖，以花當春，以竹當夏，以月當秋，以雪當冬。詩曰：「花嬋娟……

月嬋娟，真可憐。」余謂東野詩嚴冷峭厲，不作軟媚語。此詩靡麗，疑是僞作。

——陸藝香《問花樓詩話》

昌谷以雄奇勝，元、白以平易勝。温、李以博麗勝，郊、島以幽峭勝。雖品格不一，皆能自成局面，亦皆力求其變者也。即張、王、皮、陸之屬，非無意翻新變故者，特成就狹小耳。

——朱庭珍《筱園詩話》卷一

孟東野詩好處，黄山谷得之，無一軟熟句；梅聖俞得之，無一熱俗句。

——劉熙載《詩概》

古人門户雖各自標新，亦各有所祖述。如《玉臺新詠》、温、李、西崑，得力於風者也。李、杜排奡，得力於雅者也；韓、孟奇崛，得力於頌者也；……

——袁枚《隨園詩話》卷五

「一噴一醒然，再接再勵乃」，此韓、孟《鬬雞聯句》東野一聯也。世或誤稱韓句，非是。「礪乃」用《費誓》

「礪乃鋒刃」語也。

——馬星翼《東泉詩話》卷一

自王、孟、韋、柳、東野以後，千餘年來，無有以五古名家者。摹古調則聲存實寡，抒己意則體格卑庸。此體劇難制勝，亦惟有學李、杜、韓三家，鍊其雄奇沉鬱之氣，以揮寫性情，鋪陳事略，乃能避熟避俗。詩之作料，必須審音擇字，以求合於體之所宜。如李、杜則取富健雄偉，韓、孟則通取遒峭生辣是也。

——施山《望雲詩話》卷一

韓門諸子，郊、島、仝、賀各極才思，盡詩之變，然罕能兼之。

——王闓運《湘綺樓説詩》卷三

「一噴一醒然，再接再礪乃」，虚字强押，退之所創。然不可輕學，學之往往不穩。

——施補華《峴傭説詩》

詩以道性情。人各有性情，則亦各有詩耳。俗人黨同伐異，是欲使人之性情，無一不同而後可也。……昌黎以沈雄博大之才，發之於詩，而遇郊、島之寒瘦者，亦從而津津歎賞之。蓋古之具異才者，未有不愛才者也。

——吴雷發《説詩菅蒯》

唐人之詩，光焰而爲李、杜，排奡而爲韓、孟，暢而爲元、白，詭而爲二李。此亦黄山之三十六峰，高九百仞，厜㕒直上者也。善學者如登山然，陟其麓，及其翠微，探其靈秀，而集其清英，久之而有得焉。李、杜、韓、孟之面目，亦宛宛然在吾心目中矣。

——錢謙益《牧齋初學集》卷二十九《邵梁卿詩草序》

《貞曜先生墓誌銘》：公於東野，可謂死友矣。俗論詩曰「郊寒」，而公張其軍若此，此知己所以難遇也。

——儲欣《唐宋十大家全集録·韓昌黎全集録》

孟郊之才，不及韓愈遠甚，而愈推高郊，至「低頭拜東野」，「願郊爲龍身如雲」、「四方上下逐東野。」

——葉燮《原詩》卷三《外篇》

唐詩三百年，一盛於開元，再盛於元和。退之《琴操》上追三代。李觀之言曰：孟郊五言，其有高處，在古無上；其平處下顧二謝。李翺亦云：蘇屬國、李都尉、建安諸子、南朝二謝，郊能兼其體而有之。今人號爲學唐詩者，語以退之《琴操》，東野五言，能舉其目者蓋寡矣。

——王士禛《古夫于亭雜録》

「東野悲鳴死不休，高天厚地一詩囚」。「詩囚」二字，新極趣極。昌黎每每推許東野，恐其好處後人不識。

——薛雪《一瓢詩話》

此詩（指韓愈《南山》）似《上林》、《子虛》賦，才力小者不可到也。余謂才力小者固不能，然如東野詩僅十句（指《遊終南山》），欲奇出意表耳。

——姚範《援鶉堂筆記》卷三十三

昔東坡之論詩，謂李、杜以海涵地負之量，凌跨百代，古今詩人盡廢。然而魏晉以來，高風絶塵，亦自此衰。蓋李、杜之詩不可幾，其神明魄力足以盡詩之變，而不善學者襲之，亦足以失詩之真。自是而還，昌黎、東野、玉川、閬仙、昌谷，以暨宋之東坡、山谷、誠齋、東夫、放翁，其造詣之深淺，成家之大小不一，要皆李杜之别子也。然而流弊所及，叢篇長語，或爲粗勵噍殺之音，或爲率易曼衍之調，弔詭險誕，無所不至。

——全祖望《鮚埼亭集·外編》卷二十六

孟郊詩托興深微，結體古奥。……蘇尚俊邁，元尚高華。門徑不同，故是丹非素，究之郊詩不以二人之論減色也。

——紀昀《四庫全書總目提要》

韓、孟聯句，字字生造，爲古來所未有，學者不可不窮其變。孟東野奇傑之筆萬不及韓，而堅瘦特甚。譬之偪陽之城，小而愈固，不易攻破也。東坡比之空螯，遺山呼爲詩囚，毋乃太過！

孟郊賈島並稱，謂之郊寒島瘦。然賈萬不及孟，孟堅賈脆，孟深賈淺故也。

——施補華《峴傭説詩》

東坡目爲郊寒島瘦。島瘦固然，郊之寒過求高深，鄰於刻削，其實從真性情流出，未可與島並論也。而元遺山云：「東野窮愁死不休，高天厚地一詩囚」，毋乃太過乎？

——沈德潛《唐詩别裁集》

東坡云：「詩至杜子美一變。」按大曆之時，李、杜詩格未行，至元和長慶始變，此亦文字一大關也。然當時以和韻長篇爲元和體。若以時代言，則韓、孟、劉、柳、韋左司、李長吉、盧玉川，皆詩人之赫赫者也。云「元白諸公」亦偏枯大略。滄浪胸中不了了，每言諸公，不指名何人，爲宗師參學之功少也。

——馮班《鈍吟老人雜録》

唐人鋭意復古，始因齊梁定爲律詩，與古詩截然分界。盛唐人陳（子昂）、張（九齡）、王（維）、孟（浩然）、高、岑、李、杜，中唐人韓、孟、韋、柳諸公五言古詩，師法漢魏晉宋。七言古詩，各出機杼，卓然成家。韓、柳又古文大手，四言詩上追雅頌，詩道大昌。而陳、韋、韓、孟四家鄙薄律詩，不多作。……

——許應芳《詩法萃編》卷七

《唐語林》稱：「文宗好五言詩，與肅、代、憲宗同。而古調尤爲清峻。李珏奏言，憲宗爲詩格合前古。當時輕薄之徒，摛章繪句，聱牙崛起，譏諷時事。爾後鼓煽聲名，謂之元和體」云云。則元、白、張、王之諷刺，韓、孟、劉、柳之崛奇，實憲宗倡之。

——沈曾植《海日樓札叢》卷七《全拙菴温故録》

東野《嬋娟篇》曰：「花嬋娟，……飛燕婕妤相妒嫉」。以花竹起興，以妓比花，接入姮娥，則猶是月也。陡以人間二字跌出飛燕、婕妤，不倫不次，變幻非常，可謂善鳴其不平也已。

孟東野有《罪松》篇，末云「天令設四時，……青青獨何爲？」陶靖節詩「春松在東園，……獨樹種乃奇。」莊生所謂「彼亦直寄焉，以爲不知己者詬厲也。」吾於東野之詩而追憶陶公者以此。

孟東野《懷南嶽隱士》詩：「飯不煮石喫，眉應似髮長。楓狸揞酒甕，鶴虱落琴牀。」枯寂之狀，一一畫出。又有宿僧房欲登高閣詩，其起句曰：「欲上千級閣，問天三四言」。其落句云：「一寸地上語，高天何由聞。」即古樂府「靖之吐高吟，舒憤訴穹蒼」之意。

孟東野有《品松》詩，略云：「此松天格高，聳異千萬重。抓拏巨靈手，擘裂少室峰。……賞異尚可貴，賞潛誰能容。」通篇尊獎之至，几於力排造化。而其後又有《罪松篇》，大肆譏訶，劉孝標所謂寒谷成暄，春叢落葉。文人筆墨，固有不可測度者也。

孟東野「慈母手中線」一首，言有盡而意無窮，足與李公垂「鋤禾日當午」並傳。餘如《峽哀》、《杏殤》之類，邊幅窘縮，寒士不足以盡之。而昌黎謂孟郊詩高出魏晉，侵淫乎漢，未免揚詡過情。東坡曰：「我憎孟郊詩，復作孟郊語」。遺山曰：「東野悲鳴死不休，高天厚地一詩囚」，信已。

——宋長白《柳亭詩話》

學詩者以唐人爲徑，此遵道而得周行者也。唐之有杜甫，其猶九達之逵乎！外之而高、岑、王、孟，若李，若韋，若元、白、劉、柳，則如崇期劇驂，可以交復而歧出。至若孟郊之硬也，李賀之詭也，盧仝、劉叉、馬異之怪也，斯綆繘而登險者也。正者極於杜，奇者極於韓。此躋夫三峰者也。宋之作者不過學唐人而變之爾，亦能軼出唐人之上。

——朱彝尊《曝書亭集》卷三十七《王士西征草序》

東漢之末，曹氏父子兄弟，雅擅文藻，所爲樂府悲壯奥崛，頗有漢之遺風。降及江左，古意寖微，而清商繼作，於是楚調吳聲、西曲南弄雜然興焉。逮於有唐，李、杜、韓、柳、元、白、張、王、李賀、孟郊之輩，皆有冠古之才，不沿齊梁，不襲漢魏，因事立題，號稱樂府之變。

——王士禛《帶經堂詩話·蠶尾續文》

開元文盛，百家皆有跨晉宋追兩漢之思。經大曆、貞元、元和，而唐之爲唐也，六藝九流遂成，滿一代之大業。燕許宗經典重，實開梁獨孤韓柳之先。李杜王孟包晉宋以跂建安，而元白韓孟實承其緒。

——沈曾植《茵閣瑣談》，見《海日樓札叢》

自蘇子瞻有郊寒島瘦之譏，嚴滄浪有蟲吟草間之誚，世上寡識之流遂奉爲典要，幾薄二子不值一錢。宜乎風雅之衰靡靡日下也。試看韓歐集中推崇二子者如何，豈其識見反出蘇嚴下耶？再子瞻詆樂天爲俗，而其一生學問專學一樂天。此等處須是善會，黄泥摶成人，多是被古人瞞了。

——程學恂《韓詩臆説》

昌黎詩雄奇，東野詩怪峭靜深，其《石淙》詩尤爲人所不及。東坡頗不謂然，梅宛陵學東野最肖。

——林紓《文微》

遊山詩能以一、二句隱括一山者最寡。孟東野南山詩云云，可云善狀終南矣。

「出門即有礙，誰謂天地寬。」即十字而蹋天蹐地之形，已畢露上矣。杜牧之詩「蓬蒿三畝居，寬於一天下」，非天下之寬，胸次之寬也。即十字，而幕天席地之概，已畢露紙上矣。一號爲「詩囚」，一目爲「詩豪」，有以哉。

——洪亮吉《北江詩話》

大凡才人好名，必創前古所未有，而後可以傳世，……如聯句一種，韓孟多用古體，惟香山與裴度、李絳、李紳、楊嗣復、劉禹錫、王起、張籍，皆用五言排律，此亦創體。

——趙翼《甌北詩話》

郊、島並稱，島非郊匹。人謂寒瘦，郊並不寒也。如「天地入胸臆，吁嗟生風雷。文章得其微，物象由我裁。」論詩至此，胚胎造化矣。寒乎哉？

每讀東野詩至「南山塞天地，日月石上生。高峰夜留日，深谷晝未明」諸句，頓覺心境空闊，萬緣退職，豈可以寒儉目之！

——潘德輿《養一齋詩話》

謝靈運詩「曉聞夕飇急，晚見朝日暾。」此語殊有變亘，凡風起必以夕。此云曉聞夕飇，即杜子美之喬木易高風也。晚見朝日倒景反照也。孟郊詩「南山塞天地，日月石上生。高峰夕駐景，深谷晝未明」皆自謝靈運翻出。

——《談苑醍醐》（見《全浙詩話》）

韓孟聯句體，可偶一爲之。連篇累牘，有傷詩品。

孟東野詩亦從風騷中出，特意象孤峻，元氣不無斲削耳。以郊、島並稱，銖兩未敵也。元遺山云：「東野窮愁死不休，高天厚地一詩囚，江山萬古潮陽筆，合卧元龍百尺樓。」揚韓抑孟，毋乃太過！

——沈德潛《説詩晬語》

至唐則多以詩筆對舉……孟詩韓筆，時人目退之東野語也。

——侯康《文筆攷》，見《學海堂初集》卷七

徐文長有論詩札云：「世惟法王孟高岑，固是布帛菽粟。盧仝、孟郊、韓愈、李賀，卻是龍肝鳳髓，不得而捨。」此論足以益人心智。余嘗擬六朝鍾嶸，戲爲評騭：韓愈如出土古鼎，土花剥落，骨出青紅。孟郊如海外奇楠，外槁中腴，香成緑結。盧仝如靈璧怪石，脱沙而出，秀潤自然。李賀如鐵網珊瑚，初離碧海，映日澄鮮。此其形體也。以音韻言之，韓是古瑟，孟是洞簫，盧是浮磬，李是撥阮。雖不及李杜之鐘鏞壯朗，高岑王孟之

絲竹清和，卻是廣寒宮與武夷幔亭仙樂，一入人耳，洗盡常調。

——方世舉《李長吉詩集批注·總批》

余愛其（指王安石《唐詩百家選》）去取多不可曉者，如李、杜、韓三大家概不入選，尚自有説，然沈、宋，陳子昂、張曲江、王右丞、韋蘇州、劉脊虛、劉文房、柳子厚、劉夢得、孟東野，槩不入選，下及元白温李諸家，不存一字。而高、岑、皇甫冉、王建數子，每人所録，几餘百篇。

——王士禛《香祖筆記》

（王）若虛雅服鄭厚評詩，荆公、蘇、黄曾不比數，獨云樂天如柳陰春鶯，東野如草根秋蟲，爲造化中之一妙。此亦誤也。荆公詩本不足與蘇、黄匹，蘇、黄與樂天、東野互有得失，何必以白、孟抹蘇、黄也。至謂白如春鶯，孟如秋蟲，又不免低視二家而不能盡其美。蓋白如平湖春漲，孟如峭石秋晴，庶幾近之耳。

——潘德輿《養一齋詩話》

謂聯句古無此體，自退之始，殊爲孟浪。沈括謂虞廷賡歌、漢武柏梁，是聯句之所起，可謂究其源流矣。自晉賈充與妻李氏始爲聯句，其後陶、謝諸人亦偶一爲之。何遜集中最多，然文義斷續，筆力懸殊，仍爲各人之製。又皆寥寥短章，不及數韻。唐時如顔真卿等亦有聯句而無足采，故皆不甚傳於世。要其體創之久矣，惟韓孟天才傑出，旗鼓相當，聯句之詩，固當獨有千古。

——方世舉《昌黎詩集編年箋注》

俞瑒云：聯句詩如國手對弈，著著相當。又如知音合曲，聲聲相應。故知非孟韓相遇不能得此奇觀也。

——顧嗣立《昌黎集增注證訛》

五言肇興至唐，將及千載，故其境象尤博。即以有唐一代論之：陳、張爲先聲，王、孟爲正響。常建、劉昚虚几於蘇、李天成，李頎、王昌齡不減曹劉自得。陶翰慷慨，喜言邊塞。儲光羲真樸，善説田家。岑嘉州峭壁懸崖，峻不得上。元次山松風澗雪，凛不可留。李供奉襟情倜儻，集建安六代之成。杜員外氣韻沉雄，盡樂府古詞之變。韋、柳以澄淡爲宗，錢、李以風標相尚。韓、孟皆戛戛獨造，而塗畛又分。樂天若平平無奇，而裨益自遠。其他一吟一咏，各自成家，不可枚舉。

——金湼生《粟香隨筆·三筆》卷一

柳州、東野、長江、武功、宛陵以至於四靈，其詩世所謂寂，其境世所謂困也。然吾以爲：有詩焉，固已不寂；有爲詩之我焉，固已不困。

——陳衍《石遺室文集》卷九

東野首聯多對起，多警辟語，皆從鮑照來也。

——陳衍《石遺室詩話》

初唐若沈宋蘇張，含英咀華，似春之惠風，盛唐若李杜高岑，頓挫悲壯，似夏之炎風。中唐若劉韋錢秦，冲和雅澹，似秋之颸風。晚唐若賀險仝怪郊瘦島饑，似冬之寒風。

——朱彝尊《唐風采·序》

《離騷》：激烈憤怨，學者不察，失於哀傷。孟郊：奇險斬截，學者不察，失於怪短。

——茅一相《詩法》

孟東野詩出鮑明遠，以《園中秋散》等篇觀之可見。但東野思深而才小，篇幅枯隘，氣促節短，苦多而甘少。

東野、山谷、白石，皆嫌太露圭角。

薑塢先生曰：筆瘦多奇，然自是小，如谷梁、孟郊詩是也，大家不然。

——方東樹《昭昧詹言》

浪仙、東野並擅天才，東野才力尤大。同時惟昌黎伯與之相敵，觀集中聯句詩可見。兩人生李、杜之後，避千門萬户之廣衢（似應作衢），走羊腸小道之仄徑，志在别開生面，遂成僻澀一體。

——許應芳《詩話萃編·跋司空圖與王駕評詩書》

東野詩其色蒼然以深，其聲皦然以清，用字奇老精確，在古無上，高出魏晉，殆非虚語。東坡稱東野爲寒，不知寒正不爲詩病。

——錢振鍠《謫星説詩》

元和、長慶以後，孟不如韓，元不如白。

——李重華《貞一齋詩話》

貞元、元和以降，詩家專尚近體，於古風漸薄，五言古尤入淺率，沿及宋、元，鮮遵正軌，復古轉在明代也。兹於柳子厚、孟東野後所采寥寥，惟恐歧途紛出，學詩者靡所適從耳。

——沈德潛《唐詩别裁集》

韓、孟兩人，意氣相合於中，仍有緩急均調之妙。蓋東野之思沉鬱，故時見危苦之音；昌黎之興激昂，故時見雄豪之氣。此同心之言所以相激而相成者也。

——俞瑒《昌黎集增注證訛》

（韓、孟《征蜀聯句》）形容破賊聲勢，語多瑰奇，尤競用險字，功力悉敵。

——李因培《唐詩觀瀾集》

自唐以降，詩家之途轍，總萃於杜氏。大曆後以詩名家者，靡不由杜而出。韓之南山，白之諷諭，非杜乎？若郊若島，若二李盧仝馬異之流，盤空排奡，横縱譎詭，非得杜之一枝者乎？然求其所以爲杜者無有也。以佛乘譬之：杜則果位也，諸家則分身也。逆流順流，隨源應化，各不相師，亦靡不相合。

——錢謙益《曾房仲詩・序》

杜、韓常取鮑句格，是其才力能兼之。孟東野、曾南豐專息駕於此，豈曰非工，然門徑狹矣。

——方東樹《昭昧詹言》

李唐既興，陳、張復起，融合蘇、李以爲五言，李、杜繼之，與王、孟竞爽。有唐名家乃有儲、高、岑、韋、孟郊，諸作皆不失古法，自寫性情，才氣所溢，多在七言，……退之專尚詰詘，則近乎戲矣！宋人披猖，其流弊也。

——陳衍《石遺室詩話》

詩本性情，亦各有性之所近。唐李洞愛賈島詩，銅鑄島像，祀之如神。……近鮑覺生宫詹嗜孟東野詩，以爲可與李、杜、白、韓並列。賦詩云：「李、杜、孟、韓、白，泰華嵩衡恒。」

——潘焕龍《卧園詩話》卷五

詠物之作，本六義賦體兼以比興，如古詩斷竹之謡，楚辭橘頌之賦，已開朕兆。漢魏以來，蜥蜴之占，豆萁之詠，不過一時指類，無關吟諷。齊梁而下，篇什遂夥。唐初太宗猶多此體，臣下效之，至開、寶極盛。然爲此體者每患撦典敷詞，儷同類對而真氣不屬，貽譏刻楮。至張曲江始含神託諷、意味深長。及工部出而後狀難狀之情如化工肖物，出有入無，寄托遥深，迥非尋常蹊徑。厥後唯韓、孟尚有遺音。元、白、温、李已趨纖俚，下此則自鄶矣。

——李因培《唐詩觀瀾集》下

孟郊《列仙文》類六朝步虚詞，疑非唐人所能作。

——宋長白《柳亭詩話》卷三

東野之古，浪仙之律，異曲同工，宇宙間真少此種不得，若長吉歌行則少之不爲缺事矣。

——邢昉《唐風定》

孟郊《塘下行》：介介耿直，乃似六朝兒女聲口。　《游子吟》：仁孝藹藹，萬古如新。　《征婦怨》：別具苦腸，吐出苦語，乃反自然，蓋天授也。　《古薄命妾》：閨思離怨，唐名家多極其致，一以蘊藉涵蓄爲上乘，至東野而發泄吐露，不盡不止，亦復異曲同工，足徵其身分之高也。　《秋懷》（「秋至老更貧」）：「幽幽草根蟲，生意與我微」：十字豈意想刻畫可到？真孟詩在此等處，毋徒欽其刻苦也。　《陪侍御叔遊城南山墅》：日月兩句合看則佳，竟陵酷贊「月見泉心」，無謂甚矣。　《游終南龍池寺》：孟詩以精苦爲奇，不知病亦在此。政如此種淡雅爲難。　《游終南》：「山中人自正」作平語觀則佳，詫以爲奇則反失之，蓋東野精神所不在也。　《峽哀》：「峽稜剸日月」：十首中鑱思怪語變換百出，細觀亦多習氣，理淺辭深，反易索然，此首淡得到家。　《送道士》（「十年山上行」）：閬仙遊仙正相髣髴。　《送淡公》（「射鴨復射鴨」）：風謠諷刺，高古絶倫。　（「短莎不怕雨」）：三笑各極情致，不煩苦語更妙。　《上河陽李大夫》：孟詩有落習氣者，如「大道母羣物，達人腹衆才」，取彼遺此，豈知孟者！　曹孟德「周公吐哺，天下歸心」得此兩句作注（指「試登山嶽高，方見草木微。山嶽恩既廣，草木心皆歸」四句）。　《覽崔爽遺文抒幽懷》：哀傷如是已足，若「至親惟有詩，抱心死有歸」，非不奇悲，涉於俚矣。　《出門行》：（「長河悠悠」一首）：平夷清曠嶔崎之意在其中，高於長吉遠矣。　《古怨》：雕思入骨，然太費力，太白龍標如此擾攘乎。　《閨怨》：苦思奇語，他人亦不能到。　《臨池曲》：風趣嫣然，與古詩五言絶如出一手。

——邢昉《唐風定》

孟東野《聞角》詩：「似開孤月口，能説落星心。」煎熬太苦，几無生趣。坡翁自有所感，乃贊其妙，以致黄山谷楔出豫章一派，由此浸淫。

——薛雪《一瓢詩話》

孟郊詩集刊刻序跋

華忱之輯録

《新唐書》卷六十《藝文志·丁部集》著録：「孟郊詩集十卷。」

宋王堯臣等撰《崇文總目》卷十二著録：「孟郊詩五卷。」

宋歐陽修等撰《新唐書》卷六十《藝文志·丁部·集》著録：「孟郊詩集十卷。」

宋晁公武《郡齋讀書志》卷四上著録：「孟東野詩集十卷。」（解題略）

宋陳振孫《直齋書録解題》卷十六别集上著録：「孟東野集十卷。」（解題略）

宋宋敏求《孟東野詩集·後序》：「東野詩世傳汴吴鏤本五卷一百二十四篇；周安惠本十卷三百三十一篇；别本五卷三百四十篇；蜀人蹇濬用退之贈郊句纂《咸池集》二卷一百八十篇；自餘不爲編秩，雜録之，家家自異。今總括遺逸，摘去重複，若體製不類者，得五百一十一篇。釐别樂府、感興、詠懷、遊適、居處、行役、紀贈、懷寄、酬答、送别、詠物、雜題、哀傷、聯句十四種，又以贊、書二繫於後，合十卷。嗣有所得，當次第益諸。十聯句見昌黎集，章章於時，此不著云。集賢校理常山宋敏求題。」

宋劉攽《中山詩話》：「孟東野詩，……今世傳郊集五卷，詩百篇。又有集號《咸池》者，僅三百篇。其間語句尤多寒澀，疑向五卷是名士所删取者。」

元辛文房《唐才子傳》卷五《孟郊》條：「有《咸池集》十卷，行於世。」

清陳景雲《韓集點勘》卷二《孟生詩·窅默咸池音》：「按蘇子容詩：『孟郊篇什號咸池。』自注云：『唐人題孟郊詩三百篇爲《咸池集》，取退之詩義。』劉貢父詩話亦云：『孟有集號《咸池》，僅三百篇。』至宋次道跋東野詩卻云：『蜀人蹇濬用退之贈郊句纂《咸池》二卷一百八十篇。』與蘇、劉之説不同，未詳孰是？」

宋國成德《孟東野詩集·序》：「武康代産文士，惟沈約、孟東野詩以名家。余謂永明接江左舊耳，元和集三變大成焉。步武不出江南，東野交遊北方名士，二家詩體固應是。抑德以形言，言以驗德，而止以詩觀詩，何哉？晉陶淵明詩爲晉宋大家數，然宋永初以後，每有著述，不繫紀年而書甲子，發乎情，根諸性也。約仕宋仕齊，宋元之末，探西邸密意，詔書出懷中，夙備無遺缺，然則平時用工覓句，豈其性情哉！視行吟谿曲，泊無宦情，奪俸不愠，一寒到死，不隨逐酒壚餠肆間媚匪人者，其言德定何如也！今保有孟保，井有孟井，人亡物故，竹幽水深，過之清風爽然，使人脱灑於世味之外。余始來爲令，急符獰卒晝夜至。余懼夫言政而不及化，懷賢訪古，與邑之士相與論文，則趣尚風流有苦學如正曜者，因與共評其詩，用宋公敏求本鋟諸梓，且併論沈孟言德大概，使尚友者觀焉。景定壬戌天台國材成德序。」

明弘治十二年楊一清刊本《孟東野詩集》强晟序：「孟東野以詩鳴於中唐之間，極爲昌黎韓子所稱重。至如聯句諸作，與韓公角奇爭雋，不肯相下，可謂雄矣！先輩且有東野潤色退之之説，雖未必然，要其所成就終非翺、湜輩所可班。顧其辭意傷於晦澀，無盛唐大家雄渾藴藉之風，亦器量使之然哉。提學楊按察邃菴先生以全集不多見，出所抄本屬商州梓行之。維時同知于君睿奉命惟謹，閲兩月工完。先生欲晟識其後，嗚呼！末學小子於名家述作何敢妄贅一言？然先生嘉惠後學與同知君勤事奉公之美，不可以不白也，於是乎書。弘治己未春正月望日後學汝南强晟識。」

明嘉靖三十五年秦禾刊本《孟東野詩集》序：「東野以詩名於唐諸家，編秩去取，互有異同，改竄復多臆見。宋學士敏求總括遺逸，擿去重複，彙爲十卷。東野，武康産也。宋景定間，武康令國成德氏用宋本刻之。曩得其集於都氏玄敬所，私識以印，蓋因其宋刻而寶之也。歷世已久，中多闕文訛字，予珍藏之舊矣。癸丑冬，承乏令武康，繙閲邑志，國令無聞焉。豈宋季師旅方興，文教漸弛，纂言者忽而不録與？兹可慨矣！予惟杞宋無徵，文獻不足故也。自唐歷宋，始會諸本而集其全，迄今傳者已無幾矣。宰邑者刻之，姓名復湮没而不志見，修舉廢墜，責將安歸？予懼夫後之視今，亦猶今之視昔，爰畀杭士趙顥伯正其訛舛，捐俸而重鋟諸梓，併入國令姓名於志，廣其傳，且俾文獻有徵也。粤若東野之詩愁苦沈抑，乏徐庾之流麗，規鈲少異，非杜陵之體裁，詩家評品，別自有説，非淺學所敢與知。刻既成，敬叙數言，用識歲月。嘉靖丙辰秋八月望日，賜進士第文林郎知武康縣事無錫秦禾書。」（清沈巖〔寶研〕用宋本校正。宋本半葉十行，每行十八字。）

明凌濛初刻套印本《孟東野詩集》（宋國材、劉辰翁評）序：「余既刻劉須溪所批諸家詩矣。已而思吾鄉孟東野其奇險可與長吉鬼恠對壘。且須溪先生評詩爲最廣，而唐諸選中亦時見有評其數首者，意必有其本如諸家而無從見也。遍索之，偶獲一宋雕本於武康故家，上有評點，以爲必須溪無疑。及閲其序，則宋景定時天台國材成德以宰武康爲梓行其集而評之者。國於時無所表見，今世亦罕知之，宜其未必有當。乃字櫛句比，其雌黄處亦時時得三昧焉。宋人不能詩而能言詩，亦其偏有所至耶？獨其劇貶休文之品而崇尚東野，謂其『行吟溪曲，泊無宦情』。然味其詩亦未免感時傷世，幽憤過多，如所謂『空將淚見花』等語，與襄陽之孟純是曠達者，局器大小，固有別也。余梓其詩以配長吉，亦因附其評以佐須溪之未備，遂並言其所見如此。吴興凌濛初識。」

明毛晉汲古閣刻本《孟東野詩集》跋：「據舊跋：東野詩向有汴吴鏤本五卷一百二十餘篇，周安惠本十卷三百三十餘篇。悉泯没無存矣。近來雜刻，舛謬多遺，不及四百。既從吴興得一宋本，釐别樂府、感興十四類，共五百一十有奇，繫以贊、書爲十卷，尾有常山宋敏求跋，真善本也！但聯句止《有所思》、《遺興》、《贈劍客》三章，而《城南》諸篇，因已有韓集，不復具載。先輩云：『此乃潤色退之耳。』何必不載之本集耶？至一讚二書，已章章《英華》、《文粹》册中，妄用削去云。湖南毛晉識。」